Daniel Sánchez Pardos
Die Sieben Türen

Daniel Sánchez Pardos

# *Die Sieben Türen*

Roman

Aus dem Spanischen
von Alice Jakubeit

PIPER

München Berlin Zürich

*Mehr über unsere Autoren und Bücher:*
*www.piper.de*
*Aktuelle Neuigkeiten finden Sie auch auf Facebook, Twitter und YouTube.*

Die spanische Originalausgabe erschien 2015
unter dem Titel »G« bei Editorial Planeta, Barcelona.

ISBN 978-3-492-06047-9
© Daniel Sánchez Pardos 2015
© der deutschsprachigen Ausgabe:
Piper Verlag GmbH München/Berlin 2016
Satz: psb, Berlin
Gesetzt aus der Caslon
Druck und Bindung: CPI books GmbH, Leck
Printed in Germany

*Orest weiß, wohin er will, wohingegen*
*Hamlet sich in Zweifeln verliert.*

ANTONI GAUDÍ

# Kapitel 1

Die Straßenbahn hielt an der Einmündung zur Calle de la Canuda an und ließ mehrfach ihre Glocke ertönen, die normalerweise die Endhaltestelle ankündigte. ›Höhere Gewalt und Fremdverschulden‹, schien der ernste Gesichtsausdruck des Schaffners zu sagen. Er war ein schmächtiger junger Mann, der die vergangene halbe Stunde damit zugebracht hatte, der einzigen jungen Dame im Wagen mit bezaubernder Tollpatschigkeit den Hof zu machen. Jetzt aber, angesichts der veränderten Umstände, hielt er seine Warnpfeife gepackt wie ein abgebrühter Straßenbahner.

»Bitte verlassen Sie ruhig und geordnet das Fahrzeug«, wiederholte er mehrfach, während er akrobatisch auf dem Trittbrett der Seitentür balancierte und dabei die rechte Hand kreisen ließ. »Kommen Sie den Pferden nicht zu nahe. Bewahren Sie Ihre Fahrkarten für Reklamationen auf.«

Vier Feuerwehrwagen, deren Pferde ausgespannt waren, blockierten die Promenade in der Mitte der Rambla, der Prachtstraße Barcelonas. Das brennende Gebäude vor ihnen überstieg ganz offensichtlich die bescheidenen Möglichkeiten der Feuerwehr. Die Gerätschaften eines der Wagen blockierten das zum Meer hinabführende Gleis, und drum herum standen Dutzende von Schaulustige. Sie merkten gar nicht, dass sie mitten auf den Straßenbahnschienen standen, so sehr waren sie damit beschäftigt, das Kommen und Gehen der Feuerwehrleute und die Flammen zu beobachten, die auf der gegenüberliegenden Straßenseite aus dem vierstöckigen Eckhaus schlugen. Überreste eines großen Werbeplakats hingen an dem Gebäude, von dem nur noch das schwarze, dampfende Skelett übrig war. Durch die große Hitze waren die Fensterscheiben zersprungen, die Scherben hatten sich wie Konfetti über die Promenade verstreut und glitzerten im Licht der Flammen. Männer und Frauen drängten sich in Gruppen an den Straßenecken, an den Türen der Cafés und auf den Balkonen der Gebäude, welche die Polizei noch nicht geräumt hatte. Kinder rannten kreuz und quer über die feine Schicht aus Asche und Glas. Die Glocken der Belén-Kirche oben am Llano de la Boquería, wo sich die große Markthalle befand, läuteten stürmisch Feueralarm, und am Canaletas-Brunnen ließ zwischen zwei Löschwagen eine Gruppe von Nonnen des Klosters Santa Teresa seine Gebete gen Himmel steigen.

»Bitte verlassen Sie ruhig und geordnet das Fahrzeug. Nähern Sie sich nicht den Pferden.«

Trotz alledem war ich froh, dass die Fahrt zu Ende war und ich wieder festen Boden unter den Füßen hatte. Schon seit der ersten Biegung auf der Plaza de Cataluña hatte der Rauchgeruch die üblichen Gerüche in diesem Teil der Stadt überlagert und die Pferde der Tram nervös gemacht, was uns von da an eine holprige Fahrt beschert hatte. Nun, an der Ecke zur Calle de la Canuda und in unmittelbarer Nähe zu den Flammen, schienen die vier Tiere kurz davor, die letzten Reste von Gehorsam abzuschütteln und ihrem Fluchtinstinkt nachzugeben.

Ich wollte jetzt nicht der Chauffeur dieser Tram sein, dachte ich, während ich die letzten beiden Stufen der Seitentreppe hinabstieg. Noch der Schaffner. Oder einer der vielen Schaulustigen, die mitten auf den Schienen standen.

»Das, junger Mann, ist der Duft meiner Jugend«, sagte plötzlich ein älterer Herr neben mir.

»Wie bitte?«

»Der Geruch des Feuers auf der Rambla. Dieser Duft.« Der Mann schnupperte übertrieben genüsslich. »Ich rieche das und sehe wieder all die brennenden Klöster vor mir.«

Ich lächelte höflich.

»Das war sicher ein rechtes Spektakel.«

»Das können Sie laut sagen, junger Mann.« Der alte Herr atmete nochmals tief ein und seufzte selig. »Das Feuer wanderte von einer Mauer zur anderen. Die Luft roch nach verbrannter Kutte. Und wozu war es am Ende gut?«

Dazu, dass sich jetzt einige Nonnen an den Händen fassen und aus voller Kehle neben einem Brunnen beten konnten, dessen Wasser anscheinend niemand zu dem Gebäude zu befördern vermochte, das nur wenige Schritte davon entfernt lichterloh brannte. Doch diesen Gedanken behielt ich für mich.

»Das hätte ich gern gesehen.«

»Wenn Sie das gesehen hätten, dann wären Sie jetzt so alt wie ich. Beklagen Sie sich also nicht.«

Der Mann nickte mir knapp zu und ging die Rambla hinab, wobei er noch immer selig schnupperte, die Augen feucht vor Nostalgie bei der Erinnerung an die glücklichen Tage der Klosterverbrennungen von 1835. Dieser Alte war gewiss nicht der einzige in Barcelona, der heute Nacht von seiner fernen Jugend träumen würde, dachte ich, während er in der Menge der Schaulustigen verschwand.

Barcelona: die einzige Stadt der Welt, in der die Alten einen Kloß im Hals bekamen, wenn es nach verbranntem Backstein roch. Eine Stadt, in der die Großeltern davon träumten, Kirchen niederzubrennen, und ihre Enkel vom Geldverdienen.

Der Schaffner hatte die Tram mittlerweile vollständig geräumt und plauderte am Fuß des Kutschbocks entspannt mit dem Chauffeur. Die Pferde waren noch angeschirrt, und allmählich scharte sich ein Grüppchen von Kindern um sie. Auch ein Hund mit drei Beinen und ein Bettler mit einem blauen Dreispitz mischten sich unter die Schaulustigen. Mein Blick verweilte eine Weile bei diesem seltsamen Paar, dem bärtigen Bettler und seinem armen Hund, ehe er wieder zum brennenden Gebäude zurückkehrte.

In diesem Moment entdeckte ich Fiona Beggs roten Haarschopf, der aus dem Meer schwarzer Köpfe auf der Promenade hervorstach.

Und in demselben Moment wäre ich beinahe von vier panischen Pferden niedergetrampelt worden.

Das alles spielte sich innerhalb von Sekunden ab. Ich entdeckte Fiona auf der Promenade in der Mitte der Rambla und machte instinktiv einen Schritt in ihre Richtung, wodurch ich vor die Straßenbahn trat. In diesem Augenblick begannen die Pferde, wütend aufs Pflaster zu trampeln und sich wie wild in ihren Geschirren aufzubäumen, fest entschlossen, ihren Weg die Rambla hinab fortzusetzen, weg von dem Feuer, das ihnen ins Blut gefahren war.

Ich erinnere mich noch genau an die weit aufgerissenen Augen der vorderen beiden Pferde. An den dampfenden Schweiß auf ihrem Fell und die Asche auf ihren schwarzen Mähnen. Ich erinnere mich an die feuchten Lefzen, die sich öffneten und schlossen und erneut öffneten. An den Geruch ihres Atems, als sie gerade die Hufe auf mich niederfahren lassen wollten, an die Schreie der panisch flüchtenden Kinder und an den schmerzhaften Schlag, zu dem es nie kam.

»Geht es Ihnen gut, Caballero?«

Ich kniete neben der Straßenbahn, und als ich den Kopf hob, erblickte ich den Menschen, der mir allem Anschein nach das Leben gerettet hatte.

Es handelte sich um einen gut aussehenden, schlanken jungen Mann, blass und glatt rasiert. Er mochte ebenso wie ich knapp über zwanzig Jahre alt sein und trug eine makellose schwarze Hose, die nach englischer Mode geschnitten war, sowie einen eng sitzenden Gehrock, aus dessen Kragen eine voluminöse, extravagant gebundene Krawatte ragte. Er hatte die blauesten Augen, die ich seit meiner Rückkehr nach Barcelona gesehen hatte, und unter dem Zylinder, der seine Gestalt krönte, war ein üppiger Haarschopf zu sehen, der beinahe ebenso rot war wie Fionas.

Mit der linken Hand hielt er meinen rechten Unterarm, an

dem er mich, so schloss ich, gerade außer Reichweite der scheuenden Pferde gezogen hatte.

»Ich glaube schon«, murmelte ich, erhob mich mit seiner Hilfe und betrachtete die Umgebung aus meiner noch frischen Perspektive des Überlebenden eines Verkehrsunfalls. Keine von Hufen zermalmten Körperteile. Keine ausgerenkten, gebrochenen oder aus einer offenen Wunde ragenden Knochen. Keine Blutlache zu sehen.

»Kein irreparabler Schaden«, fasste mein Retter zusammen, während er zugleich ein wenig gezwungen lächelte und die Hand von meinem Unterarm nahm. Dann entfernte er sich einige Schritte, klaubte meinen Hut aus einer schlammigen Pfütze und reichte ihn mir feierlich. »Allerdings fürchte ich, dass dieser Hut nie mehr so sein wird wie zuvor.«

Erst jetzt fiel mir auf, dass mich vier oder fünf uniformierte Männer besorgt und mit beflissenen Mienen umringten, und hinter ihnen entdeckte ich Hunderte von Augenpaaren, die mich aus sicherem Abstand zu den Straßenbahnschienen anstarrten. Für eine kurze Weile war der Brand in der Calle de la Canuda in den Hintergrund gerückt, und die Hauptrolle spielten nun, wenn auch nur für kurz, mein vereitelter spektakulärer Tod und ich. Zwei weitere Uniformierte – der Straßenbahnfahrer und sein schmächtiger Schaffner – kämpften nach wie vor mit den vier Pferden. Die Tiere tobten immer noch wie schwarze Dämonen in ihrem Geschirr, doch nun wirkten sie nicht mehr wie die Überbringer eines schmerzhaften Todes, sondern waren einfach vier bedauernswerte, verängstigte, schweißnasse Geschöpfe.

Ich nahm meinen Hut entgegen und untersuchte ihn.

»Er war ganz neu«, sagte ich.

Der rothaarige Mann nickte ernst.

»Eine Schande. Aber Ihnen geht es wirklich gut?«

Ich kam nicht dazu, ihm zu antworten, denn einer der Uniformierten, ein leitender Angestellter der Straßenbahngesellschaft, hielt mich, getrieben von seinem Pflichtgefühl, mehrere Minuten lang mit Bitten, Wehklagen und überflüssigen

Entschuldigungen in Beschlag, bis meine Geduld erschöpft war. Als es mir endlich gelang, ihn loszuwerden, war mein Retter bereits verschwunden, und an seiner Stelle, jedenfalls mehr oder weniger, stand nun die Frau, die indirekt der Grund für meinen Beinahetod gewesen war.

»Beginnst du so dein Studentenleben?«, war das Erste, was sie mich fragte. »Indem du dich vor die Straßenbahn wirfst?«

Fiona Begg.

Die Chefillustratorin der Tageszeitung *Las noticias ilustradas*. Die Frau, die zum Klang der Glocken von St. Mary-le-Bow groß geworden war und deren Akzent mir jedes Mal, wenn ich ihn hörte, einen kleinen Stich versetzte und eine neue Welle des Grolls gegen meinen Vater in mir aufsteigen ließ.

»Mir geht es gut«, erwiderte ich, ergriff die behandschuhte Hand, die Fiona mir reichte, und drückte sie sanft. »Nur ein kleiner Unfall.«

Hinter ihrer üblichen Maske der kühlen, unerschütterlichen Londonerin musterte mich Fiona aufrichtig besorgt. Eine bezaubernde Röte überzog ihre durch und durch englischen Gesichtszüge, so als hätte sie kurz vor dem Verlassen der Zeitungsredaktion noch etwas Rouge aufgetragen. Wahrscheinlicher war allerdings, dass sich der immer dichter werdende schwarze Qualm, der aus dem Inneren des brennenden Gebäudes drang, allmählich auf unsere Gesundheit auswirkte.

»Ein kleiner Unfall? In London, Gabriel, nennen wir so etwas ›um ein Haar von einer Straßenbahn überfahren werden‹.«

»In Barcelona sind wir nicht so dramatisch«, gab ich zurück und war überrascht, dass mir dieses ›wir‹ so leicht über die Lippen kam. »Was machst du eigentlich hier?«

Fiona wedelte kurz mit ihrem Skizzenbuch und drückte es dann wieder an die Brust.

»Was glaubst du denn?«

»Hat mein Vater dich geschickt?«

Sie schüttelte den Kopf, wodurch rote Strähnen und blaue Perlen ganz entzückend in Schwingung gerieten und kleine Ascheflocken um ihr Gesicht tanzten.

»*Mein* Vater hat mich geschickt.«

»Kein Mord in den letzten vierundzwanzig Stunden?«, mutmaßte ich.

»Ein Brand ist ein Brand. Zumal wenn das Gebäude, das brennt …«

Fiona konnte ihren Satz nicht beenden, denn in diesem Augenblick stürzte ein ganzes Gesims vom brennenden Haus auf den Bürgersteig der Calle de la Canuda und löste auf der Rambla eine Kettenreaktion aus: erschrockene Schreie, Ausweichmanöver, Gedrängel und verdoppelte Gebetsanstrengungen. Die Pferde vor der Straßenbahn bäumten sich erneut in ihren Geschirren auf, die Feuerwehrmänner hantierten mit ihren nutzlosen Wasserschläuchen und schrien sich gegenseitig unverständliche Anweisungen zu, und eine übel riechende schwarze Wolke trieb sehr niedrig über unsere Köpfe hinweg, ehe sie in der allgemeinen Luftverschmutzung Barcelonas aufging. Diesmal flohen sogar die Kinder, die bisher immer im Kreis um die Feuerwehrwagen herumgerannt waren, in Richtung der sicheren Plaza de Cataluña.

Fiona trat zu mir und hakte sich bei mir ein.

»Besser, ich hole dich hier heraus.« Aufmerksam ließ sie den Blick über unsere Umgebung wandern. Um wie immer jedes Detail des Spektakels in ihrem ausgezeichneten Gedächtnis festzuhalten, dachte ich; um mit den Augen und dem Gedächtnis die Szene um uns herum aus jedem erdenklichen Blickwinkel in sich aufzunehmen. »Mir gefällt nicht, wie dich diese Pferde immer noch ansehen.«

»Seit wann sorgst du dich um meine Sicherheit?«

Fiona lächelte mich ungewöhnlich warmherzig an.

»Wenn ich zulasse, dass du in meiner Gegenwart umkommst, könnte dein Vater auf die Idee kommen, mich zu entlassen.«

Auch ich lächelte.

»Verstehe.«

In diesem Augenblick unterbrachen die Glocken der Belén-Kirche ihren Feueralarm, um neun Uhr zu läuten. Ich sollte mich dringend auf den Weg machen: Um zehn Uhr begann mein neues Leben als Student in der Lonja de Mar, wo sich die Kunstakademie befand. Sie lag auf der anderen Seite der Stadt, und nicht einmal ein Verkehrsunfall würde in Sempronio Camarasas Augen mein Fehlen am ersten Unterrichtstag rechtfertigen. Ich setzte also den übel zugerichteten Hut auf, bot Fiona meinen Arm an, und dann machten wir zwei uns gemeinsam auf den Weg die Rambla hinab Richtung Meer, als wären wir zwei alte Freunde, zwischen denen nie etwas vorgefallen war.

# Kapitel 2

*D*ie Geschäftsräume von *Las noticias ilustradas* belegten alle drei Etagen eines schönen Renaissancepalais im östlichen Teil der Calle de Fernando VII. Die Entscheidung, die Redaktion eines Revolverblatts in einem derart zentral gelegenen, teuren, kaum an moderne Bedürfnisse angepassten Gebäude unterzubringen, war völlig absurd. Doch laut dem Direktor von *Las noticias ilustradas*, Martin Begg, hatte das einen Grund, bei dem weder Preis noch Behaglichkeit oder Effizienz eine Rolle spielten: Die Wasserspeier, Architrave und Rundbogenfenster dieser mehrere Hundert Jahre alten Fassade stellten ein rein symbolisches Kapital dar. Martin Begg hatte dafür eine anschauliche Analogie gefunden, die mein Vater, Eigentümer des Geldbeutels, aus dem die Miete bezahlt wurde, gern bei jeder sich bietenden Gelegenheit wiederholte: Die Redaktion einer auf Kriminalfälle ausgerichteten Zeitung in einem Stadtpalais in einem noblen Quartier anzusiedeln sei, als eröffnete man in einer ehemaligen Kirche ein Bordell. Es schien gewagt zu sein, doch war man damit in aller Munde.

An diesem Morgen herrschte im Erdgeschoss des Gebäudes das gleiche geschäftige Treiben von Druckern und Setzern, emsigen Sekretärinnen, umhereilenden Büroboten und Journalisten wie bei meinen letzten Besuchen. Unter den Lärm der Druckmaschinen in der großen Haupthalle mischten sich die Stimmen derjenigen, die sie bedienten, zehn, zwölf Männer in blauen Overalls, die diese unbekümmerte Tüchtigkeit gut ausgebildeter Arbeiter ausstrahlten. Einige junge Nachwuchsjournalisten liefen mit Papierbündeln, Notizbüchern und halbfertigen Illustrationen umher, und dann und wann streckte ein dienstälterer Journalist den Kopf in den Treppenschacht und schrie irgendeine Anweisung, die keiner befolgte.

Die Sekretärinnen belegten eine ganze Reihe von Schreibtischen am linken Ende der Halle, zwischen der Tür zum Innenhof und dem Treppenaufgang zur Beletage, wo sich die Redaktion befand. Eine gläserne Wand trennte sie von den Druckmaschinen, schützte sie vor dem Lärm, dem beißenden Geruch nach Druckerschwärze und heißem Papier und sicher auch vor den nicht immer für die Ohren von Damen geeigneten Sprüchen der Arbeiter. Die Sekretärinnen waren ausnahmslos jung und attraktiv und wie Töchter aus gutem Hause gekleidet. Schon bei meinen früheren Besuchen hatte keine von ihnen Notiz von mir genommen: Hinter der dünnen Milchglasscheibe von der Welt abgeschottet, in das künstliche Licht ihrer großen Stehlampen getaucht, saßen die Frauen mit gebeugten Köpfen über Stapeln von Rechnungen, Korrespondenz und internen Mitteilungen, die sie zu verfassen hatten, und die einzigen Bewegungen, die ich bei ihnen ausmachte, waren die ihrer Füllfederhalter auf dem Papier.

»Wenn du die Damen dann lange genug inspiziert hast, kannst du mir ja deinen Hut geben.« Fiona musterte mich amüsiert von der fünften Treppenstufe herab. »Oben gibt es sicher jemanden, der weiß, was man da machen kann.«

Ein wenig zerstreut wandte ich den Blick von den Sekretärinnen ab und stieg weiter die Treppe hinauf.

»Ich habe niemanden inspiziert«, protestierte ich. »Ich habe nur …«

»Rein berufliches Interesse, ich verstehe schon«, unterbrach mich Fiona. »Schließlich bist du der Sohn vom Chef.«

Der Sohn vom Chef. Unter anderen Umständen wäre das der Beginn einer langen Diskussion gewesen, über die Schattenseiten, Zwänge und zweifelhaften Vorzüge, die mit meiner Position als Sempronio Camarasas Erstgeborenem verbunden waren. Doch allmählich drängte die Zeit.

»Ich habe dir schon gesagt, dass mir niemand den Hut reinigen muss.«

»Es ist der erste Tag deines Studiums. Auch wenn wir hier in Barcelona sind, kannst du nicht mit einem schlammverschmierten Hut zum Unterricht erscheinen.«

»Schlimmer wäre es, wenn ich mit sauberem Hut, aber einer halben Stunde Verspätung erschiene.«

»Es dauert nur einen Augenblick. Wenn du in meinem Büro auf mich wartest, sorge ich dafür, dass dir jemand eine Tasse Kakao bringt.«

Ehe ich erneut widersprechen konnte, verschwand Fiona mit meinem Hut in der einen und ihrem Skizzenbuch in der anderen Hand im Gang, der rechts vom Hauptkorridor abzweigte. Bevor sie hinter einer Biegung des Korridors verschwand, sah ich, wie zwei junge Männer in der typischen Aufmachung der Straßenreporter ihren Weg kreuzten. Sie grüßten Fiona nicht, und auch sie neigte den Kopf keinen Zentimeter in die Richtung der Reporter. Die Stimmung bei *Las noticias ilustradas* war nach wie vor angespannt, dachte ich bei mir. Vielleicht waren die beiden jungen Männer aber auch erst seit Kurzem hier angestellt und wussten nicht, wer die Dame war, die sie da gerade missachtet hatten.

Wie ich beim Eintreten feststellte, ähnelte Fionas Büro immer mehr einer der Schreckenskammern bei Madame Tussauds. Auf beinahe sämtlichen horizontalen Flächen im Raum, einschließlich des Bodens, der Ottomane und der drei Sessel aus gutem andalusischem Leder, die um den Schreibtisch herumstanden, lagen Illustrationen, die zusammengenommen ein bedrückendes Abbild menschlichen Unglücks ergaben. Szenen, die Fiona mit nur wenigen dicken schwarzen Federstrichen, die mich an geronnenes Blut erinnerten, eingefangen hatte: Männer und Frauen, die am Galgen, am Ast eines Baumes oder mit letzter Kraft an einem Fenstersims hingen. Männer, auf deren Herzen Pistolen gerichtet waren. Frauen, die ohnmächtig vor dem offenen Hahn einer Gaslampe zusammengesunken waren. Männer und Frauen, die in aller

Öffentlichkeit erstochen, in ihren eigenen vier Wänden erdrosselt, mit allen möglichen Schlagwerkzeugen zu Tode geprügelt wurden. Männer, Frauen und Kinder, die in brennenden Häusern festsaßen, Schiffbruch erlitten oder bei Verkehrsunfällen umkamen. Opfer, die machtlose Schaulustige um Hilfe anriefen und bis in alle Ewigkeit im Sterben lagen auf diesen Bildern, die genauso absurd und endgültig waren wie das Leben selbst.

Martin Beggs einzige Tochter hatte ganz offensichtlich nichts von der Gabe verloren, mit der sie sich bereits in London einen Namen als die skrupelloseste Illustratorin der gesamten britischen Presse gemacht hatte.

»Ich habe niemanden gefunden, der dir den Kakao bringt«, verkündete in diesem Augenblick Fiona, die ohne anzuklopfen eingetreten war und mich bei der Betrachtung einer besonders blutrünstigen Zeichnung überrascht hatte. »Aber ich lasse deinen Hut gerade von einem echten Chefredakteur abbürsten. Gefällt es dir?«

Mit ihren grauen Augen betrachtete sie die Illustration, die ich neugierig aus dem Stapel am Kopfende der Ottomane herausgezogen hatte. Auch ich musterte sie aufmerksam: eine Frau auf den Knien mitten in einem gepflegten bürgerlichen Salon, die Hände vors Gesicht geschlagen und halb entkleidet, und vor ihr, wütend wie ein mittelalterlicher Rächer, ein Mann mit Zwirbelbart, der mit einem blutüberströmten Messer ausholte.

»Du vergeudest deine Begabung an diesen Schund! Du weißt, dass es so ist.«

Fiona lächelte.

»Manche von uns, mein Lieber, müssen sich ihr tägliches Brot verdienen«, sagte sie und schloss mit einem eleganten Hüftstoß die Bürotür. In der rechten Hand hielt sie noch immer ihr Skizzenbuch wie schon bei unserer Begegnung auf der Rambla, und in der linken trug sie nun eine Tasse mit dampfender Schokolade. »Ich habe sie selbst zubereitet.«

Ich nahm die Tasse und dankte ihr. Dann kostete ich einen Schluck und nickte anerkennend.

»Ausgezeichnet.«

»Und sehr gut, um die Nerven zu beruhigen. Setzen wir uns?«

Fiona räumte die Zeichnungen, die in der Mitte der Ottomane lagen, auf die Seite, sodass sich links und rechts hohe Stapel türmten. Dann setzte sie sich neben den rechten Stapel und lud mich ein, mich zu ihr zu gesellen.

»Ein bisschen vollgestopft, dein Arbeitsplatz, nicht wahr?«

»Ja, und es macht mir Sorgen, dass die Zeitung erst seit eineinhalb Monaten existiert«, sagte sie und blickte sich nachdenklich im Raum um. »In einem Jahr wird man dieses Büro nicht mehr betreten können.«

In einem Jahr, dachte ich, würden vermutlich sowohl sie als auch die Zeitung nicht mehr hier sein.

»Dann musst du dir wohl neue Büros suchen«, gab ich zurück.

Fiona schlug ihr Skizzenbuch auf und legte es mir auf die Knie.

»Das ist also in deinen Augen Schund?«

Einige Minuten lang betrachtete ich die letzten Illustrationen im Buch, die jedes Detail des Brandes festhielten, den wir gerade erlebt hatten: den Rauch, die Flammen und die Aschewolken, die Feuerwehrwagen, die uniformierten Polizisten, die nichts hatten ausrichten können, den Kreis der betenden Nonnen, die auf ihrem Weg zum Meer stillstehende Straßenbahn mit den Pferden und die Dutzenden, von Fiona in schwarze, überraschend lebendige Fleckchen verwandelten Schaulustigen, welche die Schienen blockierten.

»Vielleicht war ich ein wenig vorschnell in meinem Urteil«, räumte ich schließlich ein, während ich wieder einmal die Leichtigkeit bewunderte, mit der Fiona den Detailreichtum und die Komplexität der Wirklichkeit zu einem stimmigen Bild gebändigt hatte.

»Ein wenig vorschnell. Aus deinem Mund nehme ich das als Entschuldigung.«

Ich bewunderte noch ein wenig Fionas Skizzen, bis mein

Blick schließlich auf den Schriftzug des Plakats fiel, das unten an der Fassade des brennenden Gebäudes hing.

»*La gaceta de la tarde*«, las ich.

Fiona sah mir die Überraschung an. Die Überraschung, die Beunruhigung und auch die Ungläubigkeit.

»Wusstest du das nicht?«

Ich schüttelte den Kopf. Nein, das hatte ich nicht gewusst.

»Deshalb hat dein Vater dich geschickt, um den Brand zu zeichnen?«, fragte ich.

Fiona zuckte die Achseln.

»Ein Brand an der Rambla ist immer eine interessante Nachricht«, antwortete sie matt. »Dieser allerdings besonders.«

*La gaceta de la tarde* war die andere Abendzeitung von Barcelona. Der größte Konkurrent von *Las noticias ilustradas*. Die angesehene konservative Zeitung, deren Auflage drastisch gesunken war, seit sich mein Vater in dieses neue unternehmerische Abenteuer gestürzt hatte. Und die außerdem vor einer Woche eine wütende öffentliche Hetzkampagne gegen den Eigentümer, den Direktor und die Chefillustratorin von *Las noticias ilustradas* begonnen hatte. Oder, wie *La gaceta de la tarde* die Zeitung meines Vaters nannte: ein »des Spanischen nicht mächtiges, anglisierendes Druckerzeugnis«, das vor Kurzem »mit der für alle Briten typischen Arroganz« in Barcelona gegründet worden war, das gegen jede Regel von Taktgefühl und Anstand verstieß und ausschließlich auf »die unmittelbare Bereicherung seiner dubiosen Gründer abzielt, und zwar auf Kosten des guten Geschmacks. Außerdem korrumpiert es die wenig gebildete Öffentlichkeit, die den Verlockungen von Sensationslust und Perversion hilflos ausgeliefert« sei.

Wenn das Gebäude, das heute Morgen abgebrannt war, wirklich der Sitz von *La gaceta de la tarde* gewesen war, hatte mein Vater nun ein ernstes Problem.

»Du weißt, was das bedeutet, nicht wahr?«

Fiona nickte, und um ihre Lippen spielte ein Lächeln.

»Ein Konkurrent weniger.«

»Ich meine es ernst.«

»Ich auch. Erwartest du etwa, dass ich Mitleid habe mit Leuten, die deinen und meinen Vater und auch mich so verunglimpfen?«

»Ich erwarte, dass es dich beunruhigt, was man von heute Nachmittag an in den anderen Zeitungen über euch schreiben wird.«

Fiona schaute mich ungläubig an.

»Denkst du etwa, wir hätten etwas mit dem Brand zu tun?«

»Natürlich nicht. Aber ich weiß, was andere denken werden. Und was sie zu wissen vorgeben werden.«

»Was sie zu wissen vorgeben werden«, wiederholte Fiona.

»*La gaceta de la tarde* greift *Las noticias ilustradas* öffentlich an. *Las noticias ilustradas* reagieren ebenfalls öffentlich auf den Angriff von *La gaceta de la tarde*. Und wenige Tage später brennt die Redaktion von *La gaceta de la tarde* bis auf die Grundmauern nieder. Meinst du nicht, dass diese Geschichte viel zu gut ist, um sie nicht als Leitartikel zu bringen?«

›Dein Vater würde jedenfalls nicht zögern‹, hätte ich beinahe noch hinzugefügt. Und Fiona dachte das anscheinend auch.

»Kostenlose Werbung ist das auf alle Fälle«, bestätigte sie. »Mein Vater wird wissen, wie er daraus einen Vorteil ziehen kann. Und deiner wird nichts dagegen einzuwenden haben.«

Letzteres traf selbstverständlich ebenfalls zu. Wenn irgendwo Geld zu verdienen war, lösten sich das Ehrgefühl meines Vaters und seine humanistischen Ideale in Wohlgefallen auf wie ein Stück Würfelzucker in Absinth.

»Genau«, sagte ich. »Also wird es die Titelseite für heute Nachmittag?«

»Sobald ich aus diesen Skizzen etwas Vernünftiges gemacht und es in der Redaktion abgegeben habe.«

Ich stellte mir vor, wie die Zeitung aussehen würde, die in knapp sechs Stunden erschien: das kantige Schriftbild der Schlagzeile, die Illustration, die drei Viertel der Titelseite einnehmen, die Bildunterschrift, die von Adjektiven und Ausrufezeichen wimmeln würde, und der sorgfältig formulierte Artikel im Inneren der Zeitung, in dem, ohne etwas explizit auszusprechen, doch alles angedeutet würde.

»Das gefällt mir ganz und gar nicht«, stellte ich fest.

»Deshalb arbeitest du auch nicht hier.«

In diesem Augenblick wurde zweimal kurz an die Tür geklopft. Ehe Fiona von der Ottomane aufstehen und fragen konnte, wer da sei, flog die Tür auf, und ein etwa sechzigjähriger Mann mit voluminösem Schnurrbart und langen Koteletten trat sichtlich übellaunig ein.

»Ihr Hut, Señorita Begg«, sagte er, warf ihn Fiona zu und machte auf dem Absatz kehrt.

Der Knall, mit dem die Tür hinter ihm ins Schloss fiel, erinnerte sehr an den, mit dem das Gesims heute Morgen aufs Straßenpflaster gekracht war.

»Einer der Chefredakteure?«, fragte ich.

»Ein alter Herr mit Charakter«, bestätigte Fiona, nahm meinen Hut von dem Stapel Zeichnungen, auf dem er gelandet war, und untersuchte ihn beifällig. »Aber ein alter Herr, der mit einer Bürste umzugehen weiß.«

Ich nahm Fiona den Hut ab, setzte ihn behutsam auf und spürte eine angenehme Wärme am Kopf, bei der ich sofort das absurde Bild vor Augen hatte, wie der alte Chefredakteur in seinem Büro einen Wasserkessel aufsetzte, um meinen Hut über dem Wasserdampf auszudellen. Ich gab Fiona das Skizzenbuch zurück, trank den letzten Rest meiner heißen Schokolade und erhob mich.

»Jetzt muss ich aber wirklich gehen«, sagte ich.

Fiona stand ebenfalls auf.

»Machst du dir ernsthaft Sorgen?«

»Wegen meiner ersten Unterrichtsstunde?«

»Wegen des Brandes.«

Ich zuckte die Achseln.

»Mir wäre es lieber, er wäre nicht geschehen.«

»Dir wäre es lieber, dein Vater hätte diese Zeitung niemals gegründet.«

Ich lächelte traurig.

Mir wäre es lieber, mein Vater hätte niemals beschlossen, nach Barcelona zurückzukehren.

»So weit würde ich nicht gehen«, murmelte ich, nahm die Hand, die Fiona mir zum Abschied reichte, und küsste sie sanft. Und während ihre Bürotür sich zwischen uns schloss, schien es mir flüchtig, als bedachte mich Fiona mit demselben glänzenden, eindringlichen Blick, der in ein anderes, früheres Leben gehörte, in gewisse düstere und staubige Straßen des Londoner East End.

# Kapitel 3

Gegen ein Uhr mittags sah ich den jungen Mann wieder, der mir an der Ecke zur Calle de la Canuda das Leben gerettet hatte. Diesmal fand unsere Begegnung am Fuß der großen klassizistischen Treppe in der Lonja de Mar statt, an einem Ort und unter Umständen also, die sich von denen unserer ersten Begegnung nicht stärker hätten unterscheiden können. Ich kam gerade aus meiner dritten Vorlesung in der Fakultät für Architektur, einer Veranstaltung über die Geschichte der Romanik, die ein berühmter barcelonischer Architekt gehalten hatte, dessen Werke ich bislang nur aus der Ferne bewundert hatte und der sich nun als erstaunlich dick, langweilig und völlig leidenschaftslos erwies. Die ersten beiden Veranstaltungen des Tages waren auch nicht gerade besser gewesen: achtzigjährige Professoren, die den alten Wein ihrer längst überholten Ideen über Studenten ausgossen, die sich kaum dafür interessierten. Der gesamte Vormittag war eine einzige Enttäuschung gewesen. Sogar der mittelalterliche Zauber, der noch unter den klassizistischen Formen des Gebäudes atmete, konnte mich nicht trösten. Im Gegenteil hob er nur umso mehr hervor, wie bescheiden die Ambitionen in dieser Akademie waren.

Niedergeschlagen und desillusioniert, das Bild des dicken Architekten noch deutlich vor Augen, stieg ich die letzten Stufen hinab, die mich von der Sala de Contratación trennten, in der sich einst die Börse befunden hatte, und stand plötzlich dem jungen Mann gegenüber, der mich gerade einmal vier

Stunden zuvor außer Reichweite der panischen Pferde gezogen hatte.

In dieser Umgebung war die Erscheinung meines Retters noch eindrucksvoller als an der Rambla. Groß und schlank, rothaarig, sehr blass, mit tadelloser Eleganz gekleidet. Gleichzeitig verliehen der fächerartige Krawattenknoten und der tiefviolette Emailüberzug seiner Manschettenknöpfe seiner Erscheinung eine extravagante Note. Er strahlte ein tiefes Selbstvertrauen aus, das nur durch viel Geld, altem Adel oder gesellschaftlichen Erfolg entsteht, sodass er auch im exquisitesten Herrenklub auf der St. James Street nicht fehl am Platze gewirkt hätte. Sein langer, eng anliegender Gehrock war tiefschwarz, und dem weißen Hemdkragen sowie der schwarzen Seidenkrawatte im halb geöffneten Revers war anzusehen, dass sie wie der Rest seiner Kleidung mit liebevoller Hingabe ausgewählt waren. Seine Hände steckten in Handschuhen aus Chevreauleder, seine Füße in Halbstiefeln von meisterhafter italienischer Machart, und unter dem linken Arm trug er denselben Zylinder wie schon am Morgen.

»Wie ich sehe, hat Ihr Hut sich zu seinem Vorteil entwickelt«, waren seine ersten Worte, als er mich erkannte, neben mir am Fuß der Treppe stehen blieb und mich milde überrascht musterte.

Ich erinnere mich so deutlich daran, als wäre es heute gewesen. Ebenso gut erinnere ich mich leider auch an meine eigene überbordende Freude über dieses unerwartete Wiedersehen: Ich war an das Leben in der Großstadt gewöhnt, in dem unaufhörlich neue Gesichter und Schicksale an einem vorüberzogen, und hätte niemals damit gerechnet, meinen Retter je wiederzusehen.

»Gott sei Dank! Sie sind es wirklich!«, rief ich aus und stürzte so wild gestikulierend auf ihn zu, dass ich selbst überrascht war. »Wie ich mich freue, Sie wiederzusehen!«

Die Köpfe der zahlreichen Studenten, die sich in diesem Augenblick im Saal befanden, drehten sich zu uns herum, und man sah ihnen deutlich an, dass sie nach diesem Vormittag, den sie mit dem langweiligen Gebrabbel alter Männer zugebracht hatten, dringend eine Abwechslung benötigten. Manche blieben sogar auf dem Weg hinaus stehen und wandten sich uns mit erwartungsvoller Miene zu.

Mein Retter lächelte zögernd über meine stürmische Reaktion.

»Ich freue mich ebenfalls, Sie zu sehen«, sagte er und versteifte sich angesichts der linkischen Umarmung, zu der ich in meiner Euphorie ansetzte und die ich nur im letzten Moment unterdrückte. Stattdessen klopfte ich ihm peinlicherweise mehrfach auf die Schultern, ehe ich die Arme wieder sinken ließ.

»Verzeihen Sie meinen Überschwang«, sagte ich, trat einen halben Schritt zurück und versuchte, mich wieder zu fassen. »Ich wollte Ihnen nicht zu nahe treten. Es ist nur so, dass ich heute Morgen, in der allgemeinen Verwirrung, keine Gelegenheit hatte, Ihnen für Ihr Eingreifen zu danken, und nicht gedacht hätte, dass sich einmal die Gelegenheit ergeben würde, diese Schuld zu begleichen.«

Erneut lächelte mein Gegenüber, diesmal herzlicher.

»›Die Schuld zu begleichen‹, ist vielleicht ein wenig übertrieben formuliert, meinen Sie nicht?«

»Dann sagen wir eben ›den Mangel zu beheben‹«, kam ich ihm entgegen. »Sie haben mir das Leben gerettet, und ich kenne nicht einmal Ihren Namen.«

»Gaudí. Antoni Gaudí.«

Der junge Mann zog den rechten Handschuh aus und gab mir ebenso feierlich, wie er mir vier Stunden zuvor auf der Rambla meinen schlammbeschmutzten Hut gereicht hatte, die Hand.

Diese Geste schien mir sonderbar, aber sie gefiel mir. Noch nie hatte jemand den Handschuh für mich ausgezogen.

»Gabriel Camarasa«, entgegnete ich, zog ebenfalls den rechten Handschuh aus und drückte ihm fest die Hand.

Gaudí erhielt den Händedruck etwa fünf Sekunden aufrecht und löste ihn dann.

»Sehr erfreut, Señor Camarasa«, sagte er. Gleich darauf zog er den Handschuh wieder an, nickte mir knapp zu und ging Richtung Ausgang davon. Seltsamerweise versetzte mir das einen Stich, als hätte mir ein alter Freund eine Abfuhr erteilt. »Sie müssen mir zumindest erlauben, Sie zum Mittagessen einzuladen, einverstanden?«, beeilte ich mich zu sagen und ging neben ihm her. »Das ist das Mindeste, was mir einfällt, um Ihnen für Ihre Heldentat zu danken.«

»Nichts zu danken, Señor Camarasa. Und ›Heldentat‹ ist wieder ein wenig übertrieben formuliert.«

»Dann ›Einschreiten‹. Lassen Sie mich Ihnen für Ihr Einschreiten danken. Ohne Ihre guten Reflexe wäre ich jetzt nicht hier.«

Ein feines Lächeln huschte über Gaudís Gesicht. Kurz vor dem Ausgang wurde er langsamer und blickte sich mit hochgezogenen Augenbrauen im Saal voller trübseliger, gelangweilter Studenten um. An den Wänden hingen eine Tafel, auf der Zeiten und Räume der Veranstaltungen notiert waren, sowie große Stiche zu architektonischen Themen; und in der Mitte des Saals, von niemandem beachtet, befand sich ein gläserner Schaukasten mit einer plumpen Holznachbildung der Kirche Santa María del Mar, die ganz in der Nähe stand. Darüber die hohe Decke der ehemaligen Sala de Contratación, ebenso prachtvoll wie alle Decken in diesem Gebäude, das einst das Handelszentrum der mächtigsten Stadt am Mittelmeer gewesen war und heute, nur wenige Jahrhunderte später, allenfalls an ein großes Mausoleum erinnerte.

»Sind Sie sicher, dass Sie mir danken möchten?«

Ich lächelte ebenfalls.

»Sie sind also auch Student an dieser Akademie«, stellte ich fest.

»Im zweiten Jahr. Sie sind im ersten, nehme ich an?«

»Heute ist mein erster Tag«, bestätigte ich.

»Dann ist noch Zeit zu fliehen. Ich an Ihrer Stelle würde nicht lange fackeln. Falls Sie irgendein Talent haben – hier wird es noch vor Weihnachten verkümmert sein.«

»Ist es Ihnen etwa so ergangen?«

Gaudí und ich traten durch das vornehme Portal der Lonja und blieben draußen stehen.

»Mein Talent ist zum Glück immun gegen diese alten Tattergreise«, erwiderte er und kniff die Augen zusammen, da die Oktobersonne jetzt unerwartet kraftvoll schien.

Wieder lächelte ich, obwohl ich mir nicht ganz sicher war, ob seine Worte wirklich ironisch gemeint waren.

»Der Vormittag war tatsächlich von Anfang bis Ende eine Enttäuschung«, räumte ich ein.

»Dann erwarten Sie für den Nachmittag keine Besserung. Diese Akademie ist das Fegefeuer, durch das wir müssen, um eines Tages Architekten zu sein.«

»Kein sehr vielversprechender Vergleich.«

»In wenigen Wochen werden Ihnen noch schlimmere Vergleiche einfallen, glauben Sie mir.« Gaudí steckte die rechte Hand in die Tasche seines Gehrocks und holte ein vergoldetes Zigarettenetui hervor. »Rauchen Sie, Señor Camarasa?«

»Nur zu besonderen Anlässen.«

»Sehr vernünftig.«

Er reichte mir eine dünne schwarze Zigarette und ein Streichholzbriefchen, das mit dem lächelnden Gesicht einer nach der neuesten französischen Mode frisierten jungen Frau verziert war.

»Monte Táber«, las ich auf der Rückseite. »Calle del Hospital Nummer 36.« Ich zündete die Zigarette an und gab meinem Kommilitonen das Streichholzbriefchen zurück. »Ein interessantes Lokal?«

»Ich glaube nicht, dass es Ihnen gefallen würde.«

»Ach. So schnell haben Sie sich ein Bild von meinen Vorlieben gemacht?«

»Es fällt mir leicht, in den Menschen zu lesen«, sagte er ganz selbstverständlich.

»Tatsächlich? Und dürfte ich fragen, was Sie in den vergangenen fünf Minuten in mir gelesen haben?«

Gaudí riss mit der geübten Geste eines erfahrenen Rauchers ein Streichholz an, entzündete seine Zigarette und nahm einen tiefen Zug. Eine dichte blaue Rauchwolke schob sich flüchtig zwischen uns.

»Nicht viel«, erwiderte er dann und musterte mich. »Nur dass Sie Junggeselle sind, allein oder in Gesellschaft eines Mannes leben, mit dem Sie weder Verwandtschaft noch eine enge Freundschaft verbindet, dass Ihr Zimmer nach Norden liegt und wenig Sonne abbekommt, dass Sie Bleisoldaten sammeln, dass Sie nicht schwimmen können, dass Sie gut zu Fuß sind, dass Sie sich in Geldangelegenheiten häufig täuschen lassen und Menschen vertrauen, die Ihr Vertrauen nicht verdient haben, dass Ihre Beziehungen zu Frauen einiges zu wünschen übrig lassen, dass Sie in Ihrem Leben höchstens fünf Zigaretten geraucht haben, dass Sie sich für deutsche Musik und schlechte Literatur begeistern, dass Sie seit Jahren nicht mehr in einem Gottesdienst waren, dass Sie Ihre Berufung zum Architekten von einem kürzlich verstorbenen Angehörigen geerbt haben, dass Sie sich zu liberalen Ideen bekennen, dass Ihr liebster Zeitvertreib die Fotografie ist und dass Sie nach einem etwa sechsmonatigen Aufenthalt in einem tropischen Land erst kürzlich nach Barcelona zurückgekehrt sind.«

Gaudí zog wieder an seiner Zigarette und sah mich selbstgefällig lächelnd an. Da wurde mir klar, dass von mir keine Bestätigung oder Berichtigungen erwartet wurden, sondern Beifall und reines Staunen.

»Ach«, sagte ich.

»Außerdem würde ich behaupten, dass Sie die Angewohnheit haben, auf der rechten Seite zu schlafen. Aber das wäre reine Spekulation.«

»Im Gegensatz zu allem davor.«

»Habe ich mich etwa in irgendeinem Punkt geirrt?«

Ich musterte meinen Kommilitonen mit wachsender Neugier.

»Meinen Sie diese Frage ernst?«

»Möglicherweise bin ich ein wenig zu weit gegangen, als ich diesen roten Farbfleck an Ihrem rechten Handgelenk für

Spezialfarbe hielt, mit der man Bleisoldaten bemalt«, räumte er nach kurzem Nachdenken ein. »Aber das Magnesium, das an Ihrem Hemdkragen glitzert, hat auf jeden Fall etwas mit der Fotografie zu tun.«

Ich betrachtete mein Handgelenk und entdeckte tatsächlich einen kleinen roten Fleck, der unter der Hemdmanschette kaum zu sehen war.

»Die Fotografie ist meine größte Leidenschaft«, bestätigte ich. »Damit haben Sie ins Schwarze getroffen. Aber als ich zum letzten Mal einen Bleisoldaten bemalt habe, saßen die Bourbonen noch unangefochten auf dem spanischen Thron.«

Gaudí wischte mit der rechten Hand meinen Einwand beiseite, wodurch Rauch und Asche durch die Luft wirbelten.

»Dann hat sich meine Annahme eben als zu gewagt herausgestellt«, sagte er völlig ungerührt.

»Dieser Fleck stammt von der Palette meiner kleinen Schwester Margarita. Seit einiger Zeit versucht sie sich als Künstlerin, und gestern Abend half ich ihr, einige Farben anzumischen.«

»Ihre Schwester.«

»Mit der ich zusammenlebe, in Gesellschaft unserer Eltern, in einem sonnigen Landhaus im Dorf Gracia, einem Vorort von Barcelona. Allerdings ist es möglich, dass mein Zimmer nach Norden hinausgeht, das will ich nicht bestreiten. Heute Abend werde ich es überprüfen.«

Gaudí sah mich nachdenklich an.

»Ihre unsaubere Rasur und der klägliche Zustand Ihrer Kleidung lassen etwas anderes vermuten«, rechtfertigte er sich und deutete mit dem Finger auf mich. »Letzteres könnte allerdings auch an Ihrem Abenteuer auf der Rambla liegen«, räumte er ein.

»Und dass ich nicht schwimmen könne?«

»Reine Logik. Ihre Sonnenbräune und die Tatsache, dass Sie vor Kurzem viel Gewicht verloren haben, zeigen, dass Sie eine Weile in einem tropischen Land verbracht haben. Aber in Ihrem Gesicht finden sich keine der Spuren, die das Meersalz auf der Haut von Menschen hinterlässt, die nicht daran gewöhnt sind.«

»Wenn ich mich nicht irre, gibt es in tropischen Ländern auch Inland«, wandte ich ein. Allmählich fand ich Gefallen an diesem Spiel. »Und ich hätte mir diese Sonnenbräune auch zulegen können, ohne Zeit in einem tropischen Land zu verbringen, beispielsweise bei einem zweiwöchigen Aufenthalt in Palamós. Und der Gewichtsverlust könnte am Kummer über eine unkluge Entscheidung meiner Familie liegen.«

»Falls Sie wirklich zwei Wochen in Palamós verbracht haben, stützt das meine Theorie. Sie können nicht schwimmen.«

Ich hob kapitulierend die Hände.

»Sie haben recht. Ich kann nicht schwimmen. Und es stimmt auch, dass ich in letzter Zeit an Gewicht verloren habe. Geschlossen haben Sie das aus ...?«

»... dem Umstand, dass Ihre Kleidung übermäßig weit sitzt und trotzdem relativ neu aussieht.«

»Ausgezeichnet.«

»Reine Logik. Ebenso wie meine Schlussfolgerung, dass Sie mindestens sechs Monate außerhalb der Stadt verbracht haben. Denn sonst hätten meine Streichhölzer aus dem Monte Táber nicht Ihre Aufmerksamkeit erregt, denn jeder junge Mann mit künstlerischen Neigungen kennt das Lokal. Oder jedenfalls hätten Sie anders reagiert. Irre ich mich?«

»Sie irren sich nicht. Sie haben mit Ihren Schätzungen allerdings etwas zu niedrig gegriffen. Ich bin vor zwei Wochen nach Barcelona zurückgekehrt, nachdem ich die letzten sechs Jahre in London gelebt habe.«

Im Verlauf unseres Gesprächs hatte Gaudí zunehmend wie ein Taschenspieler in Erklärungsnot dreingeblickt, doch nun betrachtete er mich mit aufrichtigem Interesse.

»Dann sind Sie 1868 fortgegangen?«, fragte er. »Das ist das Jahr, in dem ich nach Barcelona kam. Zwei Wochen nach dem Triumph der Glorreichen.«

Die Glorreiche. Die Revolution – oder der Militäraufstand –, die Isabel II. im September 1868 vom spanischen Thron gestoßen hatte. Eines dieser magischen Worte, die innerhalb der Familie Camarasa sofort eine explosive Mischung aus Erinnerungen, gramvollen Blicken und mit ernster Miene geflüsterten Geheimnissen heraufbeschworen.

»Dann hat General Prim mit seinem Putsch wohl unser beider Leben verändert«, sagte ich. »Als Sie nach Barcelona kamen, verließen meine Familie und ich mit eingeklemmtem Schwanz die Stadt.«

Gaudí hob sichtlich neugierig die Augenbrauen.

»Meine Ankunft hatte nichts mit der Revolution zu tun«, klärte er mich auf. »Mein Bruder und ich sind nach Barcelona gezogen, um unsere Studien fortzusetzen.« Nach einer kurzen Pause fügte er hinzu: »Dürfte ich fragen, warum …«

»Nicht einmal ich weiß es«, beantwortete ich die unvollendete Frage meines neuen Bekannten. »Meine Familie ist kompliziert. Oder genauer gesagt, das Oberhaupt meiner Familie ist kompliziert. Das Einzige, was meine Schwester und ich mit einiger Sicherheit wissen, ist, dass die Camarasas zehn Tage nach dem Putsch, als die Königin und ihr Gefolge noch auf der Suche nach einer neuen Bleibe waren, bereits drei Etagen eines Gebäudes mitten in London, im Bezirk Mayfair, bewohnten und unsere gesamte Korrespondenz an einen Mr Collins adressiert war.«

Ich verlor mich kurz in der Erinnerung an jene seltsamen Tage, die so unwirklich gewesen waren. Mit zwei raschen Zügen rauchte ich die Zigarette zu Ende und warf den Stummel zwischen die Räder einer Droschke, die in diesem Augenblick an uns vorüberfuhr. Gaudí tat es mir gleich, die Stirn noch immer gerunzelt.

»Interessant«, sagte er bloß.

»An einem Montag machten meine Schwester und ich noch einen Ausritt durch den Jardín del General, und am darauffolgenden Freitag spielten wir schon zusammen Kricket auf dem Vincent Square«, erinnerte ich mich. »›Geschäftliche Angelegenheiten‹ lautete der Grund, den uns mein Vater genannt hat, als wir uns endlich trauten, danach zu fragen. Und unsere Mutter tat so, als hätte sie überhaupt nicht bemerkt, dass wir umgezogen waren.«

Gaudí nickte nachdenklich. Seine großen blauen Augen funkelten neugierig.

»Sie scheinen eine interessante Familie zu haben.«

»Wir haben uns seit 1861 im Prinzip nicht einen einzigen Tag gelangweilt.« Ich lächelte. »Also, Herr Menschenkenner: Was entnehmen Sie alledem?«

Ehe mein Kommilitone Gelegenheit hatte zu antworten, stürmte eine Gruppe Studenten aus der Akademie, die lauthals über die Vorzüge und Mängel der neusten holländischen Hemden debattierten, welche in der Schneiderei El Águila eingetroffen war. In diesem Trubel sahen wir uns gezwungen, den Bürgersteig zu räumen, auf dem wir bisher gestanden hatten, und unsere Unterhaltung auf die angrenzende Plaza del Palacio zu verlegen.

Schon als ich diesen Platz kaum drei Stunden zuvor unter Zeitdruck und voller Sorge über das, was ich von Fiona erfahren hatte, überquert hatte, war ich von der Schönheit dieses Ortes fasziniert gewesen; und nun erging es mir erneut so. Die Plaza del Palacio lag am Fuß des Ribera-Viertels und wurde von der Altstadt in ihrer ganzen diesigen Hässlichkeit umzingelt. Sie bildete einen angenehmen offenen Raum, um den sich in zufälliger und trotzdem harmonischer Anordnung einige der beachtenswertesten Gebäude dieses neuen Barcelona gruppierten, das ich gerade erst wiederzuentdecken begann: Die Stelle, an der früher die Puerta del Mar gestanden hatte, nunmehr offen für Licht und Meereswind ganz am Ende der einzigen Stadtmauer, die noch nicht den Immobilienspekulanten zum Opfer gefallen war. Das wuchtige Gebäude der Aduana – das Zollamt – mit dem Barockbrunnen Genio Catalán davor und dem kleinen Park Jardín del General, der sich mit seinem Baumbestand bis zu den Grenzen der Zitadelle erstreckte, im Rücken. Der alte Palacio Real – der ehemalige Königspalast –, gespickt mit Zinnen und Fahnen und bewacht von den Türmen der Kirche Santa María del Mar, die sich in all ihrer jahrhundertealten Pracht über den Dächern des Ribera-Viertels erhob. Neben dem Palast das arkadenbewehrte Gebäude von José Xifré y Casas, dem großzügigen Kunstmäzen, der in Amerika ein Vermögen machte und 1835 dieses Gebäude erbauen ließ, das so schnörkellos und bürgerlich war wie ein Sonntagnachmittag in einem Café an der Calle Petritxol. Und dann die Lonja de Mar selbst.

»Verstehe ich recht, dass Ihr Vater gesellschaftlich gut gestellt ist?«, fragte mich Gaudí und riss mich aus der flüchtigen Verzauberung, in die ich beim Anblick des Platzes verfallen war.

»Jedenfalls bis vor eineinhalb Monaten«, erwiderte ich. »Falls Sie sich für Verbrechen und andere Tragödien interessieren, haben Sie vielleicht schon von ihm gehört: Sempronio Camarasa.«

Gaudís Miene verdüsterte sich.

»Ihr Vater ist nicht mehr …?«

Rasch schüttelte ich den Kopf.

»Mein Vater erfreut sich ausgezeichneter Gesundheit, keine Sorge. Wobei ich mir vorstellen könnte, dass er im Augenblick etwas Bauchweh hat. Haben Sie von *Las noticias ilustradas* gehört?«

Gaudí nickte mit einem feinen Lächeln.

»Verstehe.«

»Mein Vater ist der Eigentümer. Riskante Unternehmungen haben ihn schon immer gereizt, und dieses ist sein neuestes Abenteuer«, erklärte ich. »Das erste Skandalblatt in Spanien, nach dem Vorbild dieser grässlichen englischen Boulevardblätter, die es für einen Penny zu kaufen gibt. Das ist die Spezialität meines Vaters: Geschäftsmodelle zu entdecken und umzusetzen. Aus diesem Grund ist er mit der ganzen Familie nach sechs Jahren in London zurück nach Barcelona gezogen: um unseren Namen zu ruinieren, indem er eine Zeitung gründet, die nicht mehr ist als ein Schundroman, der aus realen Tragödien besteht.«

Gaudí lauschte meiner Tirade mit ernster Miene, und dann sagte er etwas völlig Unerwartetes.

»Also ist Ihr Vater der Eigentümer einer neuen Tageszeitung, die in Barcelona viel von sich reden macht, und das nicht zum Guten. Und Sie hätten heute Morgen um ein Haar Ihr Leben verloren, als Sie vor dem brennenden Gebäude der Konkurrenzzeitung standen.«

Bis zu diesem Augenblick war mir überhaupt nicht in den Sinn gekommen, dass mein Unfall mit dem Brand bei *La gaceta de la tarde* in Zusammenhang stehen könnte. Ich dachte einen Augenblick darüber nach.

»Ich glaube nicht, dass mein Vater von meinem kleinen Missverständnis mit diesen Pferden erfährt«, sagte ich schließlich. »Eine seiner Angestellten war allerdings Zeugin des Unfalls. Verfolgen Sie die Abendpresse, Señor Gaudí?«

»Nicht sonderlich. Allerdings gestehe ich, dass ich schon einmal neugierig in einer Ausgabe von *Las Noticias ilustradas* geblättert habe.«

Der Tonfall, in dem Gaudí dies sagte, lud nicht zum Nachfragen ein.

»Ich werde mich nicht nach Ihrer Meinung erkundigen«, sagte ich daher. »Auch wenn sie nicht schlechter sein kann als meine eigene, glauben Sie mir. Und die Angelegenheiten meines Vaters sind auch nicht mein bevorzugtes Gesprächsthema.«

»Das sind die Angelegenheiten unserer Väter fast nie.«

In diesem Augenblick flogen zwei Möwen krakeelend über das Zollamt auf den Platz, zogen niedrig einige Kreise über dem Brunnen und kehrten zurück zum Meer.

Eine gute Gelegenheit, einen leichteren Ton anzuschlagen.

»Im Grunde sind wir gar nicht so arm dran«, sagte ich, während ich den Möwen hinterhersah, bis ich sie am Himmel über Barceloneta aus den Augen verlor. »Unser Fegefeuer hat immerhin eine hervorragende Aussicht.«

Gaudí schenkte der Umgebung der Lonja einen kurzen Blick und verzog zu meiner Überraschung angewidert das Gesicht.

»Gefällt Ihnen dieser Platz?«, fragte er.

»Ich finde ihn bezaubernd«, bestätigte ich. »Sie nicht?«
Er zuckte die Achseln.

»Vielleicht sind Sie in dieser Akademie doch nicht so fehl am Platz, wie ich dachte«, sagte er. Und fügte sogleich hinzu: »Entschuldigung. Ich wollte nicht unhöflich sein.«

Ich lächelte.

»Das waren Sie aber.«

»Dann verzeihen Sie. Ich neige dazu, meine Manieren zu vergessen, wenn jemand in meiner Gegenwart schlechten Geschmack zeigt.« Gaudí hielt inne und biss sich auf die Unterlippe. »Mir scheint, ich war schon wieder unhöflich.«

Ich schüttelte den Kopf.

»Keine Sorge. Sie haben mir vor Kurzem das Leben gerettet, und das gibt Ihnen das Recht, mindestens dreimal unhöflich zu sein.«

Zum ersten Mal, seit wir uns kennengelernt hatten, schenkte mir Gaudí ein offenes Lächeln.

»Steht Ihre Einladung zum Mittagessen noch?«, fragte er.

»Es sei denn, Sie haben andere Pläne …«

»Meine einzigen Pläne bestanden darin, im Restaurant *Las Siete Puertas*, einen *Arroz de poeta* zu genießen.« Mit dem Kinn wies Gaudí auf eines der arkadenbewehrten Gebäude, die sich gegenüber der Lonja erhoben. »Falls Sie einverstanden sind, würde es mich sehr freuen, wenn Sie mich begleiten würden.«

In diesem Augenblick erschien an der linken Seite der Plaza ein Omnibus, und in die Studenten, die noch an der Tür der Lonja zusammenstanden, kam Bewegung. TRINKEN SIE MORITZ-BIER, empfahl das große Plakat, das auf dem Dach des Fahrzeugs montiert war. Ich wartete mit meiner Antwort, bis die Studenten eingestiegen waren.

»Weder weiß ich, worum es sich bei diesem Gericht, diesem ›Reis für Dichter‹, handelt, noch habe ich je von diesem Restaurant gehört«, gestand ich. »Aber wie Sie sich denken können, möchte ich unbedingt erfahren, wie Sie zu dem

Schluss kamen, dass ich mit den Frauen bisher nicht besonders viel Glück hatte.«

Und dies war der Beginn der ungewöhnlichen Freundschaft, die mich einst mit dem außergewöhnlichsten Mann meiner Generation verband.

# Kapitel 4

Mit diesem ersten gemeinsamen Mittagessen im Las Siete Puertas – Die Sieben Türen –, dem Restaurant, das nach seinen sieben Eingangstüren benannt war, nahm eines der wichtigsten Rituale unserer Freundschaft seinen Anfang. Jeden Mittag, wenn um Punkt ein Uhr die dritte Unterrichtsstunde des Tages endete und eineinhalb Stunden Freiheit vor uns lagen, ehe wir zurück in die Hörsäle mussten, trafen Gaudí und ich uns am Fuß der Treppe in der Lonja, traten hinaus auf die Plaza del Palacio und rauchten gemeinsam eine Zigarette, während wir die Neuigkeiten des Vormittags austauschten. Danach gingen wir gemeinsam hinüber zur Casa Xifré, wo sich unter den Arkaden das Restaurant befand, und dort setzten wir uns an unseren üblichen Ecktisch, studierten eine Karte voller klangvoller Namen und großer Zahlen und entschieden uns am Ende stets für eines der leichteren Gerichte, zum Beispiel für *Arroz capuchino*, Rührei mit Gemüse oder ein wenig frischen Fisch aus Arenys. Dazu bestellten wir eine Flasche Wein, die mein Freund stets mit der Sicherheit eines wahren Kenners auswählte. Die regionalen Weine, die den Keller im Las Siete Puertas auszeichneten, besaßen Körper, Struktur und einen Alkoholgehalt, der nicht immer angemessen war für zwei Studenten, die gleich nach dem Essen noch drei lange Unterrichtsstunden vor sich hatten, und häufig konnte auch der schwarze Kaffee, der unsere Mittagspause krönte, nicht verhindern, dass Gaudí und ich mit unsicheren Schritten zur Akademie zurückwankten.

Wie ich im Verlauf jener ersten Tage unserer Freundschaft nach und nach entdeckte, war Gaudí ein Mann mit festen Gewohnheiten, der ein ungewöhnliches Leben führte. Oder, um es treffender zu formulieren: Er war ein Mann mit einem ungewöhnlichen Geist, der seine Tage um eine Reihe von Gewohnheiten herum organisierte, die besser zu einem Bankangestellten gepasst hätten. Jeden Morgen aß er dasselbe bescheidene Frühstück im selben Milchgeschäft im Ribera-Viertel, nur wenige Schritte von seiner Wohnung entfernt. An Werktagen ging er immer im Las Siete Puertas mittagessen und nahm in der ebenfalls unter den Arkaden der Casa Xifré gelegenen Horchatería del Tío Nelo, deren Spezialität Erdmandelmilch war, einen Nachmittagsimbiss ein. Samstags und sonntags aß er in einem der Lokale im unteren Teil der Rambla zu Mittag, in der Nähe der Plaza Real oder des Llano de las Comedias, und am Nachmittag stärkte er sich bei einem der verschiedenen gesellschaftlichen Anlässe Barcelonas, zu denen er aus mehr oder weniger beruflichen Gründen ging. Abends aß er stets im Hostal de la Buena Suerte in der Calle Carders – Brot, Käse und Bier –, ehe er seine Runde durch gewisse Lokale im Stadtteil Raval unternahm, denen sich kein anständiger Bankangestellter auch nur nähern würde. Gaudí allerdings besuchte sie mit der gleichen Beständigkeit und Treue, mit der er auch alle anderen Gewohnheiten verfolgte: Er ging in Theater wie das Teatro de los Sueños oder das Cabaret Oriental, suchte das Monte Táber auf, dazu ein, zwei beinahe völlig verwahrloste Gebäude in der Calle de la Cadena, an deren verschlossenen Türen kein Name stand und von denen später in diesen Memoiren noch die Rede sein wird.

Auch Gaudis Arbeitsgewohnheiten folgten festen Regeln. Allerdings sollte ich bald feststellen, dass einige dieser beruflichen Tätigkeiten so unüblich, exzentrisch und skandalös waren, dass man die Disziplin, mit der er ihnen nachging, mit dem Übereifer eines Wahnsinnigen verwechseln könnte.

Während wir in dieser ersten Mittagspause im Las Siete Puertas den schmackhaften Arroz de poeta aßen – einen Reis in Brühe mit Pilzen und Spargel, wie sich erwies – und den guten andalusischen Wein tranken, erzählten Gaudí und ich einander unsere Vergangenheit und die gegenwärtigen Lebensumstände. So erfuhr ich, dass er vor zweiundzwanzig Jahren in Reus geboren worden war, somit ein Jahr älter war als ich, und sich seit seiner Ankunft in Barcelona mit seinem Bruder einige Zimmer in verschiedenen Pensionen des Ribera-Viertels geteilt hatte. Im Augenblick wohnten Gaudí und sein Bruder in einer Wohnung an der Placeta de Montcada, gleich hinter der Apsis der Kirche Santa María del Mar, und zwar in einer geräumigen und sonnigen Mansarde, deren schräge Decke sie allerdings dazu zwang, sich in ihren Zimmern immer gebeugt zu bewegen. Gaudís Bruder hieß mit Vornamen Francesc, war dreizehn Monate älter und studierte Recht im kürzlich eingeweihten neomittelalterlichen Gebäude der Universität von Barcelona. Wenn ich Gaudí an jenem ersten Nachmittag recht verstand, war die Beziehung zwischen den beiden Brüdern nicht mehr so gut wie früher, weshalb ihre Wege sich möglicherweise trennen würden. Ihr Vater war Kesselschmied in einem kleinen Nachbardorf von Reus namens Riudoms, ihre Mutter eine einfache, fromme und sehr arbeitsame Frau, und die einzige Schwester, welche die Kindheit überlebt hatte, Rosa, lebte noch bei den Eltern. Insgesamt unterschied sich die Familie Gaudí kaum von anderen Familien auf dem Land um Tarragona: bescheidene, ehrbare, fleißige und fromme Männer und Frauen, die danach strebten, einem ihrer Söhne eine bessere Zukunft in der Stadt zu ermöglichen. Der Verkauf von ein wenig Land und die Ersparnisse mehrerer Jahre hatten es Gaudí und seinem Bruder ermöglicht, im Herbst 1868 nach Barcelona zu gehen, um ihre Ausbildung an einem guten Institut zu beginnen. Seither bezahlten sie, abgesehen von einer kleinen Zuwendung ihrer Familie, selbst für Unterkunft und Lebenshaltung. Doch der Ertrag, den die Kesselschmiede abwarf, sank immer mehr, und sämtliche Hoffnungen auf das Überleben des Familienbetriebs ruhten nun auf der beruflichen Zukunft ihrer Söhne.

Ein Schicksal, das sich nicht stärker von meinem eigenen hätte unterscheiden können, sodass mich Gaudí, der in ärmlichen Verhältnissen aufgewachsen und aus dieser Prüfung gestählt hervorgegangen war, umso mehr beeindruckte. Gleichzeitig passte diese Geschichte überhaupt nicht zu der Kleidung und den Umgangsformen meines neuen Freundes, ebenso wenig wie zu diesem guten Essen und dem hervorragenden Wein.

»Gestatten Sie mir eine indiskrete Frage?«, sagte ich, sobald Gaudí seine Erzählung beendet hatte und sich dem letzten Bissen Reis, der noch auf dem Teller war, widmete.

»Selbstverständlich.«

»Es ist einfach so, dass mir die gute Qualität Ihrer Kleidung und Ihr unbefangenes Auftreten hier im Las Siete Puertas aufgefallen sind, in dem sich nur wenige Studenten vom Land ein Mittagessen leisten könnten, in dem Sie aber jeden Tag zu essen scheinen. Entweder sind Sie sehr geschickt beim Umgang mit Geld, oder mir ist hier irgendetwas entgangen.«

Gaudí hob das Weinglas an die Lippen und lächelte ein wenig geheimnisvoll.

»Ich habe meine eigenen Einnahmequellen«, sagte er bloß.

»Dann arbeiten Sie also?«

»So könnte man es nennen.«

»Sind Sie Lehrling in der Werkstatt irgendeines Architekten?«, mutmaßte ich. »Arbeiten Sie vielleicht für einen unserer Professoren?«

»Für einen unserer Professoren?« Gaudí verzog verächtlich das Gesicht. »Unsere Professoren würden mir nicht einmal dann Arbeit in ihren Werkstätten geben, wenn ich der einzig verfügbare Architekt auf der gesamten Halbinsel wäre.«

»Also?«

»Vereinzelte Aufträge. Zwei Liebhabereien, die mir zum Glück nicht nur Vergnügen bereiten, sondern auch etwas Profit abwerfen. Nichts Besonderes.«

»Aber dennoch möchten Sie nicht weiter ins Detail gehen.«

Gaudí stellte sein Glas auf die weiße Leinentischdecke und

betrachtete mich mit großen blauen, ein wenig vom Wein getrübten Augen.

»Mindestens eine dieser Liebhabereien könnte einem jungen Mann Ihrer Herkunft als unangemessen erscheinen«, erklärte er und lächelte ein wenig boshaft. »Nach meiner Erfahrung gefällt den Bürgerlichen das, was die Arbeiterklasse manchmal tun muss, um sich ihr Brot zu verdienen, nicht immer.«

»Wollen Sie mich etwa schockieren, Señor Gaudí?«

»Nichts liegt mir ferner, Señor Camarasa. Aber ich kenne Sie noch nicht gut genug, um zu wissen, wie tolerant Sie gegenüber gewissen geschäftlichen Aktivitäten sind.«

»Ich möchte Sie daran erinnern«, gab ich zurück, »dass mein Vater der Eigentümer einer Zeitung ist, die eine Enthauptung eines Neugeborenen durch seine betrunkene Mutter auf der Titelseite bringt. Falls Sie also nicht Henker im Amalia-Gefängnis sind oder sich … was weiß ich … als Zuhälter elfjähriger Mädchen in den Kellern irgendeiner Werkstatt im Raval betätigen, dann kann nichts, was Sie tun, um Ihren Lebensunterhalt zu verdienen, mehr bei mir bewirken als ein leichtes Heben der Augenbrauen.«

Gaudí lächelte erneut.

»Eine meiner Beschäftigungen führt mich häufig in den Raval«, sagte er dann. »Aber ich versichere Ihnen, dass ich nicht mehr mit einer Elfjährigen gesprochen habe, seit meine Schwester zwölf geworden ist.«

»Dann können Sie mir beruhigt alles anvertrauen.«

In diesem Augenblick kam einer der Kellner an unseren Tisch und fragte uns im Flüsterton, ob alles zu unserer Zufriedenheit sei. Als wir bejahten, machte er eine kleine Verbeugung, bei der er den Oberkörper beinahe parallel zum Boden hielt, und verschwand ebenso leise, wie er gekommen war.

Gaudí aß den letzten Löffel seines Mittagessens, legte das Besteck auf den leeren Teller und schob ihn ans Tischende.

»Vielleicht kann ich Ihnen von einer neuen Beschäftigung erzählen, die sich erst vor zwei Wochen ergeben hat«, sagte er und teilte den restlichen Wein zwischen uns auf. »Da ich von

Ihrer Begeisterung für die Fotografie weiß, ist es sicher interessant für Sie. Haben Sie schon einmal von der *Sociedad Barcelonesa Propagadora del Espiritismo* gehört?«

Von dieser mysteriösen Vereinigung hatte ich tatsächlich schon gehört: Diese ›Gesellschaft zur Verbreitung des Spiritismus‹ war in mehreren Briefen aufgetaucht, die Fiona mir nach London geschrieben hatte, als sie und ihr Vater sich gewissermaßen als Vorhut bereits Ende 1873 in Barcelona niedergelassen hatten, um sich um die tausend Dinge zu kümmern, die zehn Monate später zur Gründung von *Las noticias ilustradas* geführt hatten. Mit ihren noch mageren Spanischkenntnissen ausgestattet, die sie sich im Hause Camarasa angeeignet hatte, und den Kopf wie immer voller seltsamer Ideen, hatte Fiona nach nicht einmal zwei Wochen begonnen, einige der ungewöhnlicheren Milieus ihrer neuen Heimatstadt zu erforschen. Eines davon war der Spiritistenzirkel, den Gaudí soeben erwähnt hatte und der, wenn ich mich recht erinnerte, aus einer Gruppe vornehmer Mitglieder bestand und sich mit nichts anderem beschäftigte, als um einen runden Tisch zu sitzen und die Geister der Toten anzurufen.

Die Beziehung zwischen dem Geldbeutel meines Freundes und dieser lächerlichen Vereinigung von Gespenstergläubigen erschien mir so unwahrscheinlich, dass ich, so fürchte ich, ein wenig verächtlich lächelte.

»Sie verdienen sich Ihren Lebensunterhalt als Medium, Señor Gaudí?«

»Würden Sie es mir übel nehmen, wenn es so wäre, Señor Camarasa?«

Sofort erlosch mein Lächeln.

»Also stimmt es?«, fragte ich.

»Selbstverständlich nicht. Als Medium zu arbeiten ist etwas, das ich bisher noch nicht in Erwägung gezogen habe. Falls allerdings die Preise auf der Speisekarte dieses Restaurants weiter so steigen wie bisher…«

»Sie sind kein Medium, aber Sie arbeiten für eine spiritistische Gesellschaft. Und nachdem ich Sie nun schon seit einer

Stunde kenne, vermute ich, dass Sie dort auch nicht der Pfört-
ner, der Kellner oder der Junge sind, der den Saal fegt, wenn
die Geister nach Hause gegangen sind.«

»Sie vermuten richtig.« Gaudí trank den letzten Schluck
Wein und schob auch das Weinglas ans andere Ende des Tisches. »Es wird Ihnen sicher gefallen, dass ich Ihre Begeisterung für die Fotografie teile. Wenn es die Architektur nicht
gäbe, wäre die Fotografie mittlerweile wahrscheinlich sogar
mein Beruf.«

»Das ist ja eine wunderbare Neuigkeit, lieber Gaudí!«, rief
ich aufrichtig erfreut. »Sie sind der erste Liebhaber der Fotografie, den ich in dieser Stadt kennenlerne.«

Mein neuer Freund erwiderte mein Lächeln und winkte
zugleich unserem Kellner. Flüchtig fürchtete ich, er werde zur
Feier des Anlasses eine zweite Flasche Wein bestellen.

»Kaffee, bitte«, sagte er. Und fuhr sogleich fort: »Ich gestehe, mich hat es auch gefreut, diese Magnesiumspuren an
Ihrem Hemdkragen zu entdecken.«

»Jetzt verstehe ich, wie Sie sie erkannt haben.«

»Keine Zauberei, wie Sie sehen. Auch mir ist es schon mehr
als einmal passiert. Allerdings muss ich gestehen, dass ich niemals mit einem derart beschmutzten Hemdkragen auf die
Straße gehen würde«, erklärte er und deutete auf das fragliche
Kleidungsstück.

»Vielleicht sind Ihre Räume sonniger als die meinen«, gab
ich zurück und trank meinen Wein ebenfalls aus. »Oder vielleicht haben Sie bessere Augen. Aber ich sehe noch immer
nicht den Zusammenhang zwischen unserer gemeinsamen
Leidenschaft für die Fotografie und Ihrer Arbeit für diese Ge-
spenstertruppe.«

»Ganz einfach«, sagte Gaudí. »Falls Sie die Entwicklung
der spiritistischen Bewegung im Verlauf der letzten Jahre ein
wenig verfolgt haben, dann wissen Sie sicher, dass ihr Hauptziel nicht mehr darin besteht, sich in einem abgedunkelten
Raum zu versammeln, an den Händen zu fassen und die Geister anzurufen, die ihrer Meinung nach durch unsere materielle

Welt streifen und darauf warten, mit uns zu kommunizieren. Heute strebt der Spiritismus die Anerkennung als wissenschaftliche Disziplin an, und seine Vertreter suchen nach einer Methode, um zu beweisen, dass der Geist nach dem Tod fortbesteht. Die Barceloner Spiritistengesellschaft steht dabei an vorderster Front und hat mich damit betraut, einen Fotoapparat zu entwickeln, mit dem man Bilder dieser Geister, die sich während der spiritistischen Sitzungen manifestieren, einfangen und auf eine Fotoplatte bannen kann.«

Das Schweigen, das sich nach dieser unerwarteten Erklärung zwischen uns ausbreitete, wurde durch den Kellner unterbrochen, der mit einem Tablett an unseren Tisch trat, auf dem zwei Tassen mit dampfendem Kaffee neben einer kleinen Metalldose mit kubanischem Zucker, zwei Silberlöffelchen, einem Futteral mit Zahnstochern und zwei großen Gläsern Sodawasser standen. Der Mann stellte das Tablett vor uns hin und entfernte sich nach einer kleinen Verbeugung wieder.

Ich löste zwei Löffel Zucker im tiefschwarzen Kaffee auf und nippte daran, ehe ich sagte: »Sie wissen selbstverständlich, dass die Fotografie keine Zauberei ist, auch wenn es so scheint ...«

Gaudís Gesichtszüge gefroren ein wenig.

»Offen gesagt glaube ich nicht, dass meine fachlichen Kenntnisse in der Kunst der Fotografie den Ihren in irgendeiner Weise nachstehen, Señor Camarasa.«

»Es war nur so dahin gesagt, lieber Gaudí«, beschwichtigte ich ihn hastig. »Ich wollte damit nichts unterstellen. Aber sicher glauben Sie nicht an diesen Unsinn mit dem Fotografieren von Geistern, oder?«

»Sie halten es also für Unsinn?«

»Eine Kamera kann nur das fotografieren, was sie vor sich hat«, erwiderte ich. »Träume hinterlassen auf einer Fotoplatte keine Spuren.«

»Träume selbstverständlich nicht«, räumte Gaudí ein. »Aber wer sagt uns, dass ein Geist es nicht kann?«

»Ein Geist ist also kein Traum?«

Gaudí gab einen Löffel Zucker in seinen Kaffee und rührte um. Das Silber klirrte melodiös auf dem hochwertigen Porzellan.

»Die Wirklichkeit, mein Freund, ist viel komplexer, als wir denken.«

»Das habe ich auch nie bezweifelt.«

»Unsere Sinne bringen uns in Kontakt mit der Welt, aber gleichzeitig begrenzen sie diese Welt auch. Wir sehen nur das, was unsere Augen sehen können, und wir hören nur das, was unsere Ohren hören können. Aber wir wissen auch, dass es jenseits unserer Sinne Geräusche und Farben gibt, die uns ganz und gar entgehen. Geräusche und Farben, die oberhalb oder unterhalb unserer Wahrnehmungsschwelle liegen. Die für uns außer Reichweite sind.«

»Und Sie sind der Meinung, dass Gespenster in diesem Raum der Farben und Geräusche wohnen, zu dem unsere Sinne keinen Zugang haben?«

»Ich sage nur, dass mir diese Idee nicht abwegig erscheint.«

»Und wie gedenken Sie, das zu fotografieren, was wir per definitionem niemals werden sehen können?«

»Und wer sagt Ihnen, Señor Camarasa, dass man mit der richtigen Einstellung der Linsen eines Fotoapparates nicht Zugang zu jenen Farbspektren erhalten kann, die uns bisher verwehrt sind? Wie können Sie so sicher sein, dass die Regionen, die unserem Auge verschlossen sind, auch für das speziell dazu entworfene Auge einer Kamera unerreichbar sind?«

Darüber dachte ich eine Weile nach. Ob bestimmte Linsen und Blenden einem Fotoapparat ermöglichen konnten, das zu sehen, was für das nackte Auge unsichtbar blieb? Ob eine silbernitrathaltige Fotoemulsion und ein Magnesiumblitz einen körperlosen Geist auf eine Fotoplatte bannen konnten? Ob man mithilfe der Wunder der Wissenschaft eines Tages würde zeigen können, dass sich der vermeintliche Aberglaube als Wahrheit erwies?

»Zweifellos eine interessante Idee«, sagte ich. »Zahlen sie gut?«

Gaudí deutete ein Lächeln an, das seine jetzt wieder klareren Augen aufleuchten ließ – das Ergebnis des guten Kaffees und unserer seltsamen Unterhaltung.

»Ich kann mich nicht beklagen«, antwortete er. Und fügte gleich darauf hinzu: »Da kommt mir eine Idee. Vielleicht möchten Sie mich irgendwann einmal in die kleine Werkstatt begleiten, die mir die Gesellschaft zu Verfügung stellt? Mich würde Ihre Meinung zu meinen ersten Fortschritten interessieren.«

Seine ersten Fortschritte. Ich nickte.

»Es wäre mir eine große Ehre«, sagte ich.

»Ausgezeichnet.«

»Vorausgesetzt, Sie begleiten mich eines Tages auch zu mir nach Hause. In unserem Keller habe ich ein kleines Fotolabor, in dem Sie möglicherweise etwas finden, was Ihnen bei Ihrem Projekt nutzt. Ich glaube, dass viele der Geräte, die ich aus London mitgebracht habe, auf dieser Seite der Pyrenäen noch nicht bekannt sind.«

Gaudí nickte ebenfalls. Mein Vorschlag gefiel ihm sichtlich. Gleich darauf griff er nach seinem Wasser und trank zwei große Schlucke, mit denen er das Glas beinahe leerte, so als wollte er unsere kleine Abmachung besiegeln.

»Ausgezeichnet«, wiederholte er, nachdem er ein Aufstoßen unterdrückt hatte. »Doch nun sollten wir, wenn Sie einverstanden sind, unser schönes Mittagessen für beendet erklären. Es ist beinahe halb drei, und wir haben in ein Fegefeuer zurückzukehren.«

Als wir vor das Restaurant traten, hatte sich der Himmel über der Plaza del Palacio zugezogen, und die Luft roch, so schien es mir, nach dieser Mischung aus Rauch, Asche und Meeresnebel, die heute Morgen die Rambla erfüllt hatte. Flüchtig ging mir der Brand bei *La gaceta de la tarde* durch den Kopf und verblasste sofort wieder. Ich nahm das Etui und die Streichhölzer, die Gaudí mir reichte, zündete mir im Schutz der Arkaden eine Zigarette an und bewunderte erneut die Abbildung der Frau auf der Vorderseite, ehe ich ihm das Streichholzbriefchen zurückgab.

Monte Táber. Calle del Hospital Nummer 36.

»Die siebte Zigarette Ihres Lebens«, sagte Gaudí und legte mir die Hand auf die Schulter. Wir überquerten den Boulevard, nachdem ein mit Kürbissen beladener Wagen vorübergefahren war.

Auch mit dieser letzten Annahme hatte sich Antoni Gaudí geirrt, doch aus Rücksicht auf unsere noch junge Freundschaft mochte ich ihn nicht berichtigen.

# Kapitel 5

ie ich befürchtet hatte, dauerte es keine vierundzwanzig Stunden, ehe die Gründer von *Las noticias ilustradas* die ersten Folgen des Brandes in der Calle de la Canuda zu spüren bekamen. Nach gerade einmal zwei Tagen wurden die Namen Sempronio Camarasa, Martin Begg und Fiona Begg in den Berichterstattungen über den Brand von *La gaceta de la tarde* nicht mehr mit Zurückhaltung erwähnt, sondern bildeten den Hauptgegenstand ganzer Leitartikel. In ihnen wurde meinem Vater und den Beggs vorgeworfen, für den Brand verantwortlich zu sein, ob nun durch Beeinflussung seiner Leser oder durch den tiefgreifenden moralischen Verfall, den die neue Tageszeitung angeblich in unserer Stadt bewirkte. In einer Stadt, die, wie man aus der Lektüre solcher Artikel schließen durfte, bis dato weder schlechten Geschmack noch Sensationsgier gekannt hatte. Ende der Woche hatte der Eklat bereits ungeahnte Ausmaße angenommen – es gab erboste Anzeigen bei den Gerichten, anonyme Briefe, förmliche, von einigen der wohlhabendsten Köpfe der Stadt unterzeichnete Zensuranträge und sogar den ein oder anderen tätlichen Angriff auf das Palais in der Calle de Fernando VII. Der Skandal beeinträchtigte allmählich auch das Leben derer, die sich wie ich im weiteren Umfeld von *Las noticias ilustradas* bewegten und keine andere als die rein familiäre Verbindung zu der Zeitung hatten.

Schon die Art, wie die Zeitungsverkäufer auf der Rambla an jenem Nachmittag die Geschichte des Brandes ausriefen, ließ nichts Gutes ahnen, wobei die Titelseite mit der von Fiona gezeichneten Illustration wie immer aus den nüchternen Titelseiten der Konkurrenz herausstach: eine Überblicksansicht des Brandschauplatzes, auf dem Chaos, Tumult und Verzweiflung herrschten. Das Plakat mit dem Namen *La gaceta de la tarde* nahm die Bildmitte ein und erstrahlte förmlich im Feuer. Eine Bemerkung, die ich bei einigen Schaulustigen aufschnappte, welche um sieben Uhr abends noch immer in Grüppchen vor der Ruine des Gebäudes zusammenstanden, bestätigte meine Befürchtung: So unwahrscheinlich und lächerlich es uns auch erscheinen mochte, war es doch sehr verlockend, einen Zusammenhang zwischen den Attacken von *La gaceta de la tarde* gegen *Las noticias ilustradas* und dem Brand herzustellen, dass sich niemand, der ein Mindestmaß an Fantasie, Eigeninteresse oder schlicht eine gute Portion Böswilligkeit besaß, diese Gelegenheit entgehen lassen würde.

Und wirklich erwähnten alle drei großen Morgenblätter der Stadt in ihren Berichten über den Brand die offene Rivalität zwischen *La gaceta de la tarde* und *Las noticias ilustradas*. Zwei davon berichteten ein wenig detaillierter über die Anschuldigungen und Schmähungen, mit denen sich die beiden Zeitungen in den vergangenen Wochen beleidigt hatten, und die kühnste von ihnen ließ – gar nicht einmal zu Unrecht – fallen, dass Sempronio Camarasas neue Zeitung am meisten von dem Brand profitieren würde.

Bisher zeigte noch niemand mit dem Finger auf meinen Vater, niemand behauptete oder deutete an, der Brand in der Calle de la Canuda könne etwas anderes als ein Unfall gewesen sein; allerdings nutzte der *Diario de Barcelona* in einer Notiz die Gelegenheit, um an einige der riskanten Unternehmungen meines Vaters in den letzten Jahren zu erinnern. Nicht einmal der Eigentümer der *Gaceta*, ein fünfzigjähriger Mann aus Gerona namens Tarroja, wagte es bisher, nach Schuldigen an seinem Unglück zu suchen, und beschränkte sich in der kurzen Erklärung, die der *Diario* brachte, darauf, den Opportunismus und die Geschmacklosigkeit zu beklagen, die

*Las noticias ilustradas* in ihrer gestrigen Berichterstattung über den Brand an den Tag gelegt hatten. Womit er nicht ganz unrecht hatte. Fionas Titelseitenillustration war in Tarrojas Worten »ein weiterer Beleg für die Begabung dieser englischen Dame, fremdes Unglück in den Schmutz zu ziehen«, und die vier illustrierten Seiten des dazugehörigen Artikels seien »eine Übung in schamlosem Opportunismus, nicht würdig, unter der Bezeichnung Information verkauft zu werden«. Mehr oder weniger zurückhaltende Sätze, mehr oder weniger unangenehme Andeutungen und Gedankenverbindungen, die mein Vater lieber nicht veröffentlicht gesehen hätte. Allesamt Hinweise, die belegten, was sich in manchen Redaktionen oder Köpfen zusammenbraute – aber dennoch nichts, was hätte ahnen lassen, wie sehr die Ereignisse sich ab dem folgenden Tag überschlagen würden.

»Alles gut?«, fragte ich meinen Vater, wie ich mich heute noch gut erinnere, an jenem Dienstagabend, als ich auf dem Weg in mein Schlafzimmer wie üblich kurz den Kopf in sein Büro streckte, um ihm eine gute Nacht zu wünschen, nachdem ich allein mit meiner Schwester auf der Terrasse zu Abend gegessen und danach mit meiner Mutter eine Tasse heiße Schokolade und einige Löffelbiskuits in ihrem Abendsalon zu mir genommen hatte.

Mein Vater saß an seinem Schreibtisch, umgeben von einem überquellenden Wust an Papieren und Zeitungen. Er war in Hemdsärmeln, hatte eine Zigarette im Mundwinkel hängen und sah alles in allem wie ein Sechzigjähriger aus, der von seinem wahren Alter eingeholt worden war.

»Alles in bester Ordnung«, antwortete er wie immer, womit unser allabendlicher Wortwechsel vollständig war.

»Nichts, worum wir uns sorgen müssten also?«

Mein Vater hob den Blick von dem gelben Blatt, das er gerade las, und sah mich sichtlich neugierig an, so als wüsste er nicht, wovon ich redete. Oder vielleicht überraschte ihn auch eher der Umstand, dass sein einziger Sohn ihn von sich aus ansprach.

»Was willst du damit sagen?«

»Der Brand bei dieser Zeitung. Müssen wir uns keine Sorgen machen?«

»Wir uns Sorgen machen?«, fragte er und brachte es irgendwie zustande, mich geringschätzig anzulächeln, ohne die Zigarette aus dem Mund zu nehmen. »Wegen des Unglücks einer Konkurrenzzeitung?«

»Du weißt, was ich meine.«

Mein Vater schüttelte den Kopf.

»Wir brauchen uns um nichts zu sorgen«, erklärte er und beendete das Thema auf die übliche Weise: Er senkte den Kopf und vergrub sich wieder in seiner Arbeit.

Zwölf Stunden später hatten die drei großen Morgenzeitungen die Neuigkeiten bereits in der gesamten Stadt verbreitet.

Nach Meinung der Feuerwehrleute, der Kriminalpolizei und verschiedener angeblicher Sachverständiger, die von den Zeitungen anonym zitiert wurden, war der Brand an der Einmündung der Calle de la Canuda vorsätzlich gelegt worden. Sowohl die Farbe der ersten Flammen als auch die Geschwindigkeit, mit der diese sich im ersten Stock des Gebäudes ausgebreitet hatten, deuteten auf den Einsatz irgendeines brandbeschleunigenden Mittels hin, versicherten *La actualidad* und *Diario de Barcelona* auf den ersten Seiten. *La información* hingegen ging noch einen Schritt weiter und identifizierte dieses Mittel als Kreosot: Ihren Informationen zufolge, deren Quelle ebenso wenig enthüllt wurde, hätten sich im ersten Stock Reste eines mit besagter Substanz getränkten Wolllappens gefunden, und die Polizei glaube, dass der Brandstifter damit das Feuer gelegt hatte. Die Theorie eines Unfalls war somit endgültig vom Tisch; so sah es zumindest das Gros der örtlichen Presse und damit auch die öffentliche Meinung, die sich mithilfe der in diesen drei Zeitungen gedruckten Artikel bildete.

Das gibt Probleme, ahnte ich, kaum dass ich vor der ehemaligen Schiffswerft und heutigen Kaserne Las Atarazanas aus der Straßenbahn gestiegen war und mir bei einem der zahlreichen Verkäufer, die am Beginn des Paseo de la Muralla standen, die Zeitungen gekauft hatte.

Wenn der Brand in der Redaktion von *La gaceta de la tarde* vorsätzlich gelegt worden war, war es mit der Schonzeit für *Las noticias ilustradas* vermutlich vorbei.

»Sie haben es schon gelesen«, begrüßte mich Gaudí eine Viertelstunde später, als wir uns auf der Plaza del Palacio trafen, um gemeinsam die erste Zigarette des Tages zu rauchen, ehe wir die Lonja betraten.

Auch er trug ein Exemplar von *La información* zweimal gefaltet unterm Arm.

»Was halten Sie davon?«, fragte ich.

»Ich denke, dass Sie vorgestern recht hatten: Ihrem Vater mangelt es nicht an Gründen für Magengrimmen. Sind Sie schon bei dem Teil mit den persönlichen Beleidigungen angekommen oder haben Sie beim Interview aufgehört?«

»Ich fürchte, ich habe bloß die ersten beiden Seiten überflogen ...«

Mein Freund rümpfte auf drollige Weise die Nase.

»Dann steht Ihnen noch einige Aufregung bevor.«

Wie ich gleich darauf feststellte, war der Befragte in dem Interview, von dem Gaudí gesprochen hatte, ein gewisser Víctor Sanmartín, Redakteur bei *La gaceta de la tarde*, der sich auf Gerichtssachen und Verbrechen verlegt hatte und jetzt nach dem Brand vom Montag anscheinend als selbsternannter Spürhund auf der Suche nach der geheimen Wahrheit war. Es war Señor Sanmartín gelungen, in jeder seiner Antworten auf die fünf Fragen, die ihm in dem Interview gestellt wurden, neue Andeutungen hinsichtlich einer Beteiligung der Verantwortlichen von *Las noticias ilustradas* unterzubringen: Die Beteiligung mochte direkt oder indirekt sein, aktiv oder durch Unterlassung, verbrecherisch und somit strafbar oder rein symbolisch, aber jedenfalls gebe es eine solche Beteiligung. In den Augen Víctor Sanmartíns, der, so musste man es wohl verstehen, im Namen der Zeitung sprach, für die er offiziell noch arbeitete, bestand kein Zweifel daran, dass Sempronio Camarasa und seine Londoner Clique von Revolutionären der Zeitungswelt hinter dem Brand an der Einmündung der Calle de la Canuda steckten. Noch mehr Probleme.

»Fabelhaft«, murmelte ich. »Und Sie sagen, die persönlichen Beleidigungen kommen noch?«

»In den Leserbriefen.« Gaudí ließ seine Zigarette halb geraucht zu Boden fallen und hob den Blick zur Uhr, welche die Fassade der Lonja beherrschte. »Sparen Sie sich die lieber für Ihre Stunde bei Señor Rogent auf. Sie werden Ihnen sicher gelegen kommen, um sich in seiner Stunde abzulenken.«

Also faltete ich die Zeitung und schob sie zu den anderen beiden, die bereits unter meinem linken Arm klemmten.

»Dann zu etwas anderem.« Ich tat die letzten beiden Züge an meiner Zigarette und ging ebenfalls auf die Akademie zu. »Haben Sie am späten Freitagnachmittag schon etwas vor?«

»Ich wollte mich zu Hause einschließen und die Zeit nutzen, um an einem neuen Projekt zu arbeiten. Haben Sie mir etwas Besseres zu bieten?«

Ich zog nicht einmal in Erwägung, Gaudí nach der Natur seines neuen Projekts zu fragen: Gerade einmal zwei Mittagessen mit ihm hatten mir genügt, um mich von seinem verschlossenen Wesen zu überzeugen.

»Meine Schwester Margarita lädt Sie zu einem Nachmittagsimbiss bei uns zu Hause ein«, sagte ich. »Sie möchte den Mann kennenlernen, der ihrem Bruder das Leben gerettet hat. Und ich warne Sie: Margarita ist kein Mensch, der ein Nein akzeptiert.«

»Verstehe.«

»Aber sie ist ein anbetungswürdiges Geschöpf. Das sage ich Ihnen, der ich sie seit siebzehn Jahren ertragen muss.«

Wir standen bereits im Halbdunkel der alten Sala de Contratación, und Gaudí lächelte versonnen. Da hatte offenbar gerade jemand an seine eigene Schwester gedacht.

»Ich nehme an, die Einladung schließt einen Besuch in diesem großartigen Fotoatelier ein, das Sie da haben.«

»Sie nehmen richtig an. Dürfen wir auf Sie zählen?«

»Selbstverständlich. Übermitteln Sie Ihrer Schwester meinen Dank für die Einladung.« Mein Freund blieb vor der Tafel stehen, auf der die Veranstaltungen angeschlagen waren, und deutete mit dem Finger auf unsere jeweiligen Hörsäle. »Ihre Fenster gehen auf die Plaza del Palacio hinaus, meine auf Xifrés Arkaden. Ich beneide Sie.«

»Sie beneiden mich?«

»Sie haben einen Hörsaal mit Blick auf diesen Platz, der Ihnen so gefällt, und eine Handvoll aberwitziger Briefe, die Sie lesen können. Ihre erste Stunde wird deutlich unterhaltsamer sein als meine.«

Die drei Vormittagsstunden waren ebenso enttäuschend wie die beiden am Nachmittag: eintönige Sujets, altväterliche Professoren, rückständige Lehrmeinungen und ganz allgemein ein Milieu von Konformismus und Trägheit, ein Mangel an Neugier und Begeisterung für die zu behandelnden Themen – das alles bestätigte allmählich auf besorgniserregende Weise, was Gaudí mir am Montag über die Architekturfakultät gesagt hatte. Trotz allem fand ich erst um kurz vor sechs Zeit, die Leserbriefe in *La información* zu lesen, während mein Freund und ich an einem der wenigen Tische, die in der Horchatería del Tío Nelo noch frei gewesen waren, darauf warteten, dass unser Kellner uns zwei *Pasteles de músico*, zwei Nusstörtchen, und die beiden Tassen Milchkaffee brachte, die wir gerade bestellt hatten. Die durchschnittliche Größe der Hörsäle ermöglichte den Studenten wohl das eine oder andere Nickerchen, nicht aber das Aufschlagen einer Tageszeitung, und in der Mittagspause hatte ich mir die köstlichen Artischocken aus San Baudillo nicht mit einer Lektüre verleiden wollen, von der ich bereits geahnt hatte, dass sie schwer verdaulich sein würde.

Der Inhalt der Leserbriefe war entschieden monoton: gebildete, konservative Leser – Traditionalisten, mutmaßlich wohlhabend, katalanisch- oder spanisch-patriotisch –, die den Brand und das Aufhebens, das darum gemacht wurde, zum

Anlass nahmen, um hasserfüllt gegen alles zu hetzen, was nach Volksnähe und fremdländischen Sitten roch. Allen diesen Lesern galt es als erwiesen, dass die Verantwortlichen eines von Engländern geführten Sensationsblatts, welches sich an die ungebildeten Klassen richtete, das Gebäude einer guten bürgerlichen Zeitung in Brand gesteckt hatten. Dafür lieferten sie je nachdem klassenbewusste oder patriotische Argumente. So beklagte einer, das Gesetz der Pressefreiheit »gewähre Schmierfinken Schutz« beziehungsweise schütze eine Zeitung, die »sich vom ersten Tag an dem Ziel verschrieben hat, das Laster und die Charakterschwächen der niedrigen Gesellschaftsschichten zu fördern, die durch mangelnde Bildung leichte Beute sind; ein Revolverblatt, das mit dem Unglück anderer hausieren geht.« Ein anderer sah einen direkten Zusammenhang zwischen der Fülle an blutigen Morden, gewalttätigen Raubüberfällen, Selbstmorden und häuslicher Gewalt bei *Las noticias ilustradas* und dem »erwiesenen Anstieg bei Kriminalität und Gewalt in den ärmeren Vierteln Barcelonas in den letzten eineinhalb Monaten«. Einer behauptete, »Feuer in einem vierstöckigen Gebäude zu legen, um eine aufsehenerregende Titelseite drucken zu können«, sei »nur ein weiterer logischer Schritt in dem grassierenden Wahnsinn, bei dem diese Zeitung seit ihrer Gründung in vorderster Front agiert«, und natürlich war einer dabei, der sich darüber wunderte, dass Kopf und Herz einer Frau »so viel Schmutz, so viel Schwärze, so wenig Mitgefühl mit dem Unglück oder der Schwäche anderer hervorbringen können, und sie auf der anderen Seite ein so tiefgehendes Verständnis von den schmutzigeren Aspekten des Lebens bekundet, wie es in den Zeichnungen der Señorita Begg zum Ausdruck kommt, die nicht zögert, jeden der ihrer Feder entsprungenen Auswüchse mit ihrem Namen zu unterzeichnen, so als wären diese Illustrationen für sie wirklich Anlass zu Stolz und Befriedigung anstatt Beschämung«.

Fiona war tatsächlich das bevorzugte Ziel der Tiraden beinahe aller dieser galligen Leserbriefschreiber: Mehr noch als Sempronio Camarasa oder Martin Begg, viel mehr als alle anderen Illustratoren, Berichterstatter und namentlich genannten Redakteure, die an dem Projekt *Las noticias ilustradas* mitarbeiteten, war sie es, die in diesen Briefen als Verkörperung sämtlicher Übel dastand, die mit der neuen Zeitung verbunden wurden. Frau, Engländerin und die Person, welche die am wenigsten liebenswürdige Feder führte, die in dieser Stadt bisher gesehen worden war: eine dreifache Schande, die viele jetzt nicht länger hinnehmen wollten.

Während ich all diese widerlichen Ergüsse las und mit meinem Freund besprach, stellte ich zu meiner eigenen Überraschung fest, dass ich zum ersten Mal auf der Seite meines Vaters und der Beggs stand, was deren gemeinsame Unternehmung betraf. Wenn ich mich entscheiden musste zwischen einem Revolverblatt mit zweifelhaften Zielen und abscheulichem Geschmack und einer Horde Scheinheiliger voller ererbter Überzeugungen, dann zweifelte ich nicht, welche Partei ich ergreifen musste.

Gaudí schien sich darüber nicht so klar zu sein.

»Dieser Herr hat nicht völlig unrecht«, sagte er schließlich zu meiner grenzenlosen Überraschung, nachdem ich ihm eine letzte Tirade gegen den »unerträglichen Realismus« von Fionas Zeichnungen aus einem mit F. M. gezeichneten Brief vorgelesen hatte.

»Wie bitte?«

»Sie selbst haben sich vorgestern ganz ähnlich geäußert, als Sie mir zum ersten Mal von der Zeitung Ihres Vaters erzählten.«

Ungläubig schüttelte ich den Kopf.

»Dieser Herr«, erwiderte ich und klopfte mehrfach mit den Fingerspitzen auf die entsprechende Zeitungsseite, »schreibt auch, dass alle, die in irgendeiner Beziehung zu *Las noticias ilustradas* stehen, als gemeinschaftlich Schuldige am Brand in der Calle de la Canuda ins Gefängnis gehören. Hat er damit etwa auch nicht ganz unrecht?«

Angesichts dieser Frage verzog mein Freund das Gesicht.

»Das ist Unsinn, ebenso wie fast alles, was in diesen Briefen steht«, erklärte er gelassen. »Aber weder diese systematische Volkshetze noch die Übertreibungen in allen diesen Attacken gegen Ihren Vater und seine Freunde ändern etwas daran, dass die editorische Politik ihrer Zeitung unhaltbar ist.«

»Ich glaube nicht, dass das etwas mit dem zu tun hat, was hier verhandelt wird«, gab ich zurück, faltete endlich die Ausgabe von *La información* zusammen und legte sie auf die beiden anderen Zeitungen an den Tischrand.

»Jede künstlerische Ausübung hat moralische Aspekte. Mit den Zeichnungen dieser Señorita Begg appelliert Ihr Vater an die niedersten Instinkte einer Leserschaft: Mitleidlosigkeit und Klatschsucht. Und jetzt wendet diese Leserschaft sich gegen ihn aus genau denselben Gründen: Häme und Klatsch.«

Erneut schüttelte ich den Kopf.

»Ich glaube nicht, dass Leser von *Las noticias ilustradas* diese Briefe geschrieben haben«, entgegnete ich. »Ihre Theorie ist von bewundernswerter Symmetrie, aber falsch.«

Gaudí lächelte.

»Ich sage nur, dass alle unsere Handlungen Folgen haben.«

»Dann ist also mein Vater für den Brand verantwortlich.«

»Ihr Vater ist dafür verantwortlich, dass er sich in einer Lage befindet, in der jemand zu der Einschätzung gelangen kann, er trage die Verantwortung für diesen Brand.«

»Haben Sie heute Ihren sophistischen Tag, Freund Gaudí?«, fragte ich. »Ginge es auch allgemein verständlich?«

»Die Zeichnungen dieser Señorita Begg, mein Freund, werden Ihrem Vater den einen oder anderen Verdruss bereiten, den ein Mann in seiner Stellung sehr leicht hätte vermeiden können.«

Zum zweiten Mal betonte Gaudí das Wort »Señorita« auf eine Weise, die mir nicht gefiel.

»Die Stellung, die mein Vater heute innehat, hat er just deshalb erlangt, weil er sich immer wieder in solche Bredouillen gebracht hat wie die jetzt«, versetzte ich und musste an eines der wenigen Geschäfte meines Vaters denken, über die ich in der Vergangenheit einmal etwas Konkretes erfahren hatte.

»Und lassen Sie mich Ihnen überdies sagen, dass ›diese Seño-rita Begg‹, wie Sie sie nennen, eine Künstlerin ersten Ranges ist, die sich aufgrund der besonderen Lebensumstände im Moment gezwungen sieht, ihre Kunst unter Wert zu verkaufen im Tausch für ein Bett in unserem Haus und einen vollen Teller an unserem Tisch. Gerade Sie müssten das doch verstehen«, fügte ich, vielleicht ein wenig ungerecht, noch hinzu.

Gaudí jedenfalls ließ sich von meiner Verteidigungsrede für Fiona nicht beeindrucken.

»Wenn Ihre Freundin ihre Kunst unter Wert verkauft, ist sie keine Künstlerin ersten Ranges«, sagte er abschließend. »Aber Sie haben recht, ich werde mich nicht zum Richter da-rüber aufschwingen, wie andere ihren Lebensunterhalt ver-dienen.« Nach einer kurzen Pause fragte er: »Ein Bett in Ihrem Haus und ein Teller an Ihrem Tisch, sagten Sie?«

»Fiona und ihr Vater bewohnen ein altes Bauernhaus, das zu unserem Landsitz gehört. Teil ihres Arbeitsvertrags.« Ich winkte ab. »Ich war der Erste, der die Entscheidung meines Vaters, nach Barcelona zurückzukehren und die Zeitung zu gründen, beklagt hat. Und ich bin auch der Erste, dem diese ganzen sensationsheischenden Artikel über Unfälle und Morde missfallen. Aber wenn jemand ein moralisches Urteil über meinen Vater oder eine gute Freundin fällt, dann darf ich mich nicht heraushalten, meine ich.«

In diesem Augenblick trat der Kellner mit einem Silber-tablett in der rechten Hand und einem beflissenen Lächeln auf den Lippen an unseren Tisch. Er stellte die Teller mit dem Ge-bäck und die Tassen mit Milchkaffee perfekt ausgerichtet vor uns hin, machte eine knappe Verbeugung und kehrte lächelnd an die von lärmenden Studenten belagerte Theke zurück.

»In diesem Fall empfehle ich Ihnen, genau auf die Syntax und das Vokabular dieser Briefe zu achten«, sagte Gaudí und prüfte mit der Spitze seiner Gabel die Konsistenz seines Ge-bäcks. »Es wird Sie freuen, zu erfahren, dass die öffentliche Meinung nicht immer so gleichförmig ist, wie unsere Freunde von der Presse uns glauben machen wollen.«

Meine Hand mit dem Milchkaffee verharrte auf halbem Weg zum Mund.

»Sie meinen …«

»Diese sechs Briefe wurden alle von ein und derselben Person geschrieben«, behauptete mein Freund. »Und der Stil ähnelt verdächtig dem dieses Víctor Sanmartín, der auf Seite vier das Interview gibt. Oder natürlich dem Stil desjenigen, der das Interview niedergeschrieben hat.«

Darüber dachte ich kurz nach.

»Ist das jetzt gut oder schlecht?«

Gaudí zuckte die Achseln.

»Es ist interessant«, sagte er. »Nach dem Essen können wir vielleicht einen Blick auf die Leserbriefe in den anderen beiden Zeitungen werfen.«

»Um zu sehen, ob dort größere stilistische Vielfalt herrscht«, pflichtete ich bei. »Da möchte jemand die Hunde auf meinen Vater hetzen.«

Mein Freund kostete eine erste Gabelvoll Nusstörtchen.

»Oder jemand will sich schlicht und ergreifend einen Namen in seinem Beruf machen und Zeitungen verkaufen.«

›Ist das jetzt gut oder schlecht?‹, dachte ich nochmals. Aber diesmal behielt ich die Frage für mich.

Wie bereits an den beiden vorangegangenen Tagen verabschiedete ich mich auch heute Abend an der Tür der Horchatería von Gaudí und machte mich zu Fuß auf den Heimweg, wobei ich einer dreifachen Geraden folgte: zuerst dem Paseo de la Muralla, dann der Rambla und schließlich dem Paseo de Gracia. Als ich an der Einmündung zur Calle de Fernando VII vorbeikam, erwog ich, bei *Las noticias ilustradas* vorbeizuschauen und Erkundigungen über Víctor Sanmartín einzuholen, dessen Angewohnheiten in Syntax und Wortschatz tatsächlich auch in vielen der Leserbriefe im *Diario de Barcelona* und in *La actualidad* zu finden waren. Ich entschied mich dagegen: Es war bereits nach sieben Uhr abends, der Tag an der Akademie war lang und anstrengend gewesen, zu Hause er-

warteten mich einige Fotoplatten, die belichtet werden mussten, und im Grunde fand ich die Vorstellung, die Angestellten
meines Vaters zu einem Schreiberling der Konkurrenz zu be-
fragen, der einen Hang zu Pseudonymen und willkürlicher
Verleumdung hatte, wenig verlockend.

So verbrachte ich den ersten Teil des Abends in meinem
Fotolabor, wo ich einige Porträts von Fiona entwickelte, die
ich am Vorabend aufgenommen hatte, und den Rest des Abends
auf der Terrasse, wo ich mit meiner Schwester zu Abend aß
und mit ihr über die Ereignisse ihres Tages sprach. Die beiden
Polizisten trafen gegen halb neun ein und verließen das Haus
gegen neun wieder; ich begegnete ihnen im Garten auf dem
Weg zu dem Tisch, an dem Margarita mich erwartete und vor
Neuigkeiten beinahe zu platzen schien. Die Miene, mit der
mein Vater sich in seinem Büro den ersten offiziellen Fragen
zu dem Zank zwischen den Zeitungen, den Gerüchten, der
üblen Nachrede und dem mit Kreosot getränkten Wolllappen
stellen musste, war gewiss nicht so erwartungsfroh.

Denn so viel ist sicher: Dies war unzweifelhaft der Beginn
von alledem, was noch kommen sollte.

»Alles gut?«, fragte ich meinen Vater später wie jeden
Abend, als ich an der Tür zu seinem Büro stehen blieb.

Und mein Vater hob – ebenfalls wie immer – den Blick von
seinen Papieren und antwortete: »Alles in bester Ordnung.«

# Kapitel 6

Die Räumlichkeiten, die Antoni Gaudí und sein Bruder Francesc im Herzen des Ribera-Viertels bewohnten, befanden sich unter dem Dach eines alten vierstöckigen Gebäudes, dessen Äußeres sich zu meiner Bestürzung nicht sehr von dem eines beliebigen Stundenhotels im Londoner East End unterschied. Stellen, an denen die Farbe großflächig abgeplatzt war, feuchte Flecken, so groß wie Lateinersegel, und eine allgemeine, im Lauf der Jahre angesammelte Patina aus Rußschichten verunstalteten die Fassade, die einst durchaus prächtig, wenn nicht sogar elegant gewirkt haben musste, nun jedoch nur noch einen kurz bevorstehenden Einsturz mit tödlichen Folgen befürchten ließ. An vielen der Fenster hingen Wäscheleinen voller vergilbter Bettwäsche, Unterwäsche grober Machart und Arbeiterkittel, und auf einigen Fensterbänken standen Blumentöpfe mit Geranien, die so verholzt waren, dass man glauben konnte, sie stünden bereits ganze Jahrhunderte hier. Die Fenster ganz oben unterm Dach waren allesamt klein und rund wie Kirchenfensterrosetten en miniature oder vielleicht eher wie die Bullaugen eines Transatlantikschiffs. Die Haustür stand sperrangelweit offen, und auf den niedrigen Stufen, die zu ihr hinaufführten, saßen zwei junge Burschen, die in der für die Straßenbengel Barcelonas typischen Kleidung steckten.

»Señor G!«, rief einer der beiden, sobald er Gaudí und mich um die Ecke auf die Placeta de Montcada kommen sah. »Wir warten schon eine Stunde auf Sie!«

Meinem Freund schien diese Begegnung überhaupt nicht recht zu sein.

»Ezequiel, Arturo«, murmelte er und grüßte die beiden Jungen mit einem knappen Nicken. »Ich dachte, wir hätten gesagt, dass heute keiner hierherkommt.«

»Es ist ein Notfall, Señor G. Señorita Cecilia…«

Gaudí unterbrach die Erläuterungen dieses Ezequiel mit einer gebieterischen Handbewegung. Die beiden jungen Burschen waren aufgestanden und verstellten mit ihren kräftigen Körpern den Zugang zum Haus beinahe vollständig. Sie konnten nicht älter als fünfzehn sein, wirkten auf mich jedoch lebenserfahrener als jeder meiner Mitstudenten an der Architekturfakultät.

»Es stört Sie doch nicht, hier unten auf mich zu warten, während ich rasch nach oben laufe und die Bücher ablege, nicht wahr?« Gaudí drehte sich zu mir um. Mir schien, sein Gesicht war leicht gerötet. »Heute sieht es bei uns fürchterlich aus, und meinem Bruder wäre es gar nicht recht, wenn er wüsste, dass ich Sie unsere Räume in diesem Zustand sehen ließ.«

Das war eine so plumpe Ausrede, dass ich mich gezwungen sah, sie zu akzeptieren.

»Wenn es Ihnen lieber ist…«

»Es dauert nur einen Moment.«

Damit verschwand mein Freund in Begleitung seiner beiden befremdlichen Bekannten im dämmrigen Gebäudeinneren, während ich an der Tür stehen blieb, die gotischen Formen der Kirche Santa María del Mar bewunderte und ein paar spontane Hypothesen über die Natur der Beziehung zwischen Gaudí und diesen beiden Straßenbengeln aufstellte.

Es war drei Uhr nachmittags an diesem Freitag, der so heiß und sonnig war wie kein anderer Tag seit meiner Rückkehr nach Barcelona. Vor ein paar Stunden hatte meine erste Unterrichtswoche an der Akademie geendet. Nun lag ein ganzer Nachmittag in Gesellschaft Gaudís und meiner Schwester Margarita vor mir und danach ein ganzes Wochenende voller wahlweise lästiger oder unangenehmer gesellschaftlicher Verpflichtungen. Trotz allem war das Gefühl der Freiheit, das mit dem freitäglichen Unterrichtsende einherging, um diese Stunde noch beinahe so angenehm wie die Wärme der Sonne, die Licht in die labyrinthischen Straßen des Ribera-Viertels brachte, und sogar das kleine Mysterium des unvermittelt sonderbaren Verhaltens meines Freundes Gaudí schien nur zur Stimmung dieses Nachmittags zu passen. Als wir nach dem Mittagessen den Paseo de la Muralla überquert hatten, um einige Minuten aufs Meer zu blicken, das vor den Katen Barcelonetas ans Ufer schlug, hatte mein Freund mir vorgeschlagen, ich könne ihn zunächst nach Hause begleiten, ehe wir uns zu Fuß auf den Weg nach Gracia machten. Er wollte einige Bücher, die er heute Morgen aus der Bibliothek entliehen hatte, in seiner Wohnung lassen, und vielleicht, hatte er beiläufig hinzugefügt, könne er ja die Gelegenheit nutzen und mir etwas zeigen, woran er seit mehreren Wochen arbeite, eine Art Modell der Kirche Santa María del Mar, das vielleicht von Interesse für mich sein könne, wenn ich recht verstanden hatte. Diese unerwartete Einladung – eine Gelegenheit, Zugang zum engsten Lebensumfeld eines Mannes zu erhalten, von dessen zurückhaltendem Wesen ich mich im Lauf dieser Woche ja schon hatte überzeugen können, und mir obendrein eines seiner privaten Projekte anzusehen – stellte unverkennbar einen Freundschafts- und Vertrauensbeweis dar, den ich gebührend zu schätzen wusste.

Und jetzt hatte mein Freund sich hinter dieser denkbar armseligen Ausrede verschanzt, um mir den Zugang zu seiner Mansarde zu verwehren, und war in Gesellschaft dieser beiden Burschen hinaufgegangen, die wie kleine Hafendiebe aussahen, sprachen und rochen, während ich hier unten warten musste, in einem Milieu also, das, um es vorsichtig zu formulieren, ganz anders war als das, in dem ich mich üblicherweise aufhielt.

Als meine Neugier nach etwa fünf Minuten allmählich in echte Sorge um die Sicherheit meines Freundes wie auch um meine eigene Sicherheit umschlug, kamen die beiden Jungen unter Rufen und Lachen wieder heraus, blickten sich kurz um und gingen dann zur Apsis von Santa María, wohin ich mich geflüchtet hatte, als ein mit stinkenden Innereien beladener Wagen in eine Wolke schwarzer Fliegen gehüllt auf den Platz gefahren war.

»Señor G sagt, er kommt gleich runter«, berichtete der Junge, den Gaudí Ezequiel genannt hatte, und musterte mich viel zu aufmerksam und für meinen Geschmack überdies aus viel zu großer Nähe. »Sie sind reich, stimmt's?«

Ezequiels Atem roch nach frischer Minze und zugleich nach fauligem Fleisch. Seine Zähne erinnerten mich von der Farbe her an Lumpen und von der Beschaffenheit her an Butter, die in der Hitze bereits zu schmelzen begonnen hatte.

Ich wog meine Antwort kurz ab.

»Ich bin Student. Wie Señor G.«

Der Junge lächelte unsagbar schmierig.

»Sie sehen nicht aus wie ein Student. Sie sehen aus wie ein reiches Söhnchen.«

»Ich studiere mit Señor G«, beharrte ich. »Er kann es euch bestätigen.«

Ezequiel räusperte sich und spuckte sodann, ohne den Blick abzuwenden, einen Schleimklumpen wenige Zentimeter neben die Spitze meines linken Schuhs.

»Schönen Tag«, sagte er und ging mit seinem Freund in Richtung El Borne davon.

Als Gaudí schließlich wieder aus dem Haus kam, war die leichte Röte, die seine Wangen gefärbt hatte, als wir auf die beiden Jungen gestoßen waren, verschwunden, und er war wieder der blasse, gelassene junge Mann, den ich kannte.

»Ich wäre dann so weit.« Er zeigte seine Hände vor, die nun frei waren von Büchern wie auch – symbolisch – von dem, was ihn da oben beinahe zwanzig Minuten festgehalten hatte.

»Dann gehen Sie voran«, erwiderte ich und täuschte ebenfalls Gelassenheit vor, die ich allerdings überhaupt nicht verspürte. »Das ist das erste Mal seit sechs Jahren, dass ich dieses Viertel betreten habe.«

Wir verließen die Placeta de Montcada, gingen um Santa María del Mar mit ihrer schönen Silhouette herum und dann schweigend durch eine Reihe enger, düsterer, beinahe immer überfüllter und schlecht oder gar nicht gepflasterter Gassen, deren zufällig anmutender Verlauf uns hin und wieder auf einen Platz voller verblasster mittelalterlicher Pracht oder auf eine kurze, von wunderschönen halb verfallenen Palais flankierte Straße führte. Häufig verstellten uns Wagen, die beinahe so breit waren wie die Straßen selbst, den Weg und zwangen uns, auf Nebenstraßen auszuweichen, wo uns der Durchgang ebenfalls oft erschwert wurde durch alle möglichen Menschen: Straßenverkäufer für Streichhölzer und Knöpfe, Messerschleifer, Schuhputzer und Flickschuster, Fischhändler ohne Ladenlokal oder Kunden, matronenhafte Frauen, die erschöpfte Ziegen hinter sich herzerrten und schrien: »Frische Milch, warme Milch, hervorragende Milch!«… Das Spektakel war zugleich faszinierend und beängstigend: so viele unterschiedliche Menschen auf so engem Raum, so nahe bei mir. Ich erinnere mich noch an einen Gedanken, der mir damals durch den Kopf schoss, während ich um den Obst- und Gemüsestand eines etwa zwölfjährigen Mädchens mitten auf der Calle de la Princesa herumging: Nicht einmal bei meinen Ausflügen in die Londoner Vororte Whitechapel und St. Giles in Begleitung von Fiona hatte ich so stark das Gefühl gehabt, mich an einem Ort zu befinden, an den ich überhaupt nicht gehörte, dessen inneres Wesen mir völlig unbekannt war und dessen Geheimnisse ich, sosehr ich es auch versuchte, niemals ergründen würde.

Ausgerechnet in der Calle de la Princesa lief uns ein dreibeiniger Hund über den Weg und weckte in mir den Anflug einer eigenartigen Erinnerung, die erst dann ganz Gestalt annahm, als Sekunden darauf ein Bettler mit einem Dreispitz aus dem Haus, an dem wir gerade vorbeigingen, trat und uns beinahe umgelaufen hätte.

»Nicht so hastig, Colmillos«, sagte Gaudí zu ihm, doch der Alte hob nicht einmal den Blick von dem gelblichen Käsestück, das er in der Hand trug.

»Sie kennen ihn?«, fragte ich, als der Bettler und sein Hund um die nächste Ecke verschwunden waren, und wunderte mich, dass er »Eckzähne« genannt wurde.

»Colmillos wird er genannt«, bestätigte Gaudí. »Sicher haben Sie gesehen, dass ihm alle Zähne fehlen. Er ist der berühmteste Bettler in diesem Teil der Stadt.«

»Er war am Morgen des Brandes auf der Rambla. Ich habe seinen Hund beobachtet, kurz bevor die Pferde scheuten. Das ist meine letzte Erinnerung vor Ihrem Eingreifen.«

Gaudí schien nicht überrascht.

»Ein anständiges Spektakel lässt sich Colmillos niemals entgehen«, sagte er. »Oder eine Gelegenheit, sich unter eine Menge abgelenkter Leute zu mischen.«

Ich nickte – ich hatte begriffen.

»Ein Freund fremden Eigentums ...«

»Ich glaube, er begreift sich eher als Überlebenden.«

Schweigend ließen wir endlich die diffusen Grenzen des Ribera-Viertels hinter uns, liefen noch eine Weile durch das dichte Netz aus Straßen und Plätzen in der Altstadt und kürzten dabei den Weg zum alten Portal del Ángel ab. Auch dieser vermeintlich eleganteste Teil Barcelonas war voller Überlebender, dachte ich, als mir auffiel, wie viele Bettler, Betrunkene und in den Textilfabriken verstümmelte Menschen hier in traumlosem Schlaf vor den Türen beinahe sämtlicher nicht geschäftlich genutzter Gebäude lagen. Männer und Frauen mit schäbiger Kleidung, schmutzstarrenden Gesichtern, fehlenden oder entstellten Gliedern, die in Wein- und Urinlachen schliefen und in deren Mienen ich nur noch Angst vor dem oder Hoffnung auf den Tod sah, gewöhnt an Verachtung, Einsamkeit und lange öde Stunden. Die Überflussigen des neuen industriellen Barcelona, dessen Wirtschaft der Fabriken und Werkstätten in nicht einmal einer Generation einen neuen Menschenschlag von Deklassierten hervorgebracht hatte, die keinen Schutz genossen und zum Elend verdammt waren; die infolge ihres Alters, ihres Gesundheitszustands oder bloßer geistiger oder körperlicher Untauglichkeit nichts zur unerbittlichen Maschinerie des bürgerlichen Fortschritts beizutragen hatten.

Erst als die helle Plaza de Cataluña in Sicht kam, entschloss Gaudí sich, das Thema anzuschneiden, das zwischen uns stand, seit wir die Türme von Santa María del Mar aus dem Blick verloren hatten.

»Haben Sie keine Fragen an mich?«

Ich sah Gaudí an und hob erstaunt die Augenbrauen.

»Zu Ihren befremdlichen Freunden?«

»Ich hätte gedacht, die Begegnung würde Ihre Neugier wecken.«

»Und das hat sie natürlich auch getan«, versicherte ich ihm und beschleunigte den Schritt, um die Ronda de San Pedro mit ihrem dichten Verkehrsgedränge zu überqueren.

»Also?«

»Mir scheint, Señor G, dass weder Sie Lust haben, auf meine Fragen zu antworten, noch ich mich traue, jetzt schon den Geheimnissen Ihres gesellschaftlichen Lebens auf den Grund zu gehen.«

Gaudí musterte mich verstohlen, und ein feines Lächeln spielte um seine Lippen. Meine Antwort gefiel ihm.

»Vorsicht, ein Cabriolet«, sagte er dann.

Und damit war diese Unterhaltung beendet.

# Kapitel 7

Es war schon beinahe fünf Uhr, als wir bei mir zu Hause ankamen, da wir gemächlich über den breiten Gehweg des Paseo de Gracia geschlendert und alle zwei, drei Straßenecken von unserem Weg abgewichen waren, um rechts oder links des Boulevards die langsamen Fortschritte beim Bau des neuen Stadtviertels Ensanche zu begutachten, dessen rasterförmige Anlage und streng geometrischer Aufbau in Zellen und Häuserblocks mit abgeschrägten Ecken eines der bevorzugten Diskussionsthemen unter den wenigen Architekturstudenten der Akademie war, die sich tatsächlich für Architektur interessierten.

Bei diesen Diskussionen waren Gaudí und ich ausnahmsweise derselben Meinung: Wir gehörten zu denen, die diese klare mathematische Vision des Architekten Ildefonso Cerdà interessant fanden, weniger allerdings ihre ungeschickte Umsetzung, wobei sich meine Art, diese Meinung – die Idee war gut, die Ausführung mangelhaft, der Ausgang ungewiss – zu vertreten, sehr von der meines Freundes unterschied. Wie ich bereits bei unserer ersten Unterhaltung in der Lonja am eigenen Leibe erfahren hatte, endete bei Gaudí jede ästhetische Erörterung mit einer verbalen Attacke, verächtlichem Schweigen oder einer gelangweilten Kapitulation seines Gegenübers. Die künstlerischen Wahrheiten, an die Gaudí fest glaubte, waren genau dies: Wahrheiten, über die man weder diskutieren noch sie bemängeln konnte – man erkannte sie einfach an, man achtete sie. Für ihn war eine Meinungsäußerung über eine ästhetische Frage ebenso sinnlos wie die über eine mathematische Formel oder ein Naturgesetz. Die künstlerische Wahrheit war objektiv und unwandelbar; und Gaudí schien der Einzige zu sein, der vollständig darüber verfügte.

All dies machte ihn selbstverständlich zu einem ungenießbaren Studienkollegen, einem unerträglichen Gesprächspartner und zum Albtraum jedes Professors, der sich ein Mindestmaß an beruflichem Stolz bewahrt hatte.

»Ein herrlicher schmiedeeiserner Zaun«, lautete Gaudís Urteil zu meiner grenzenlosen Überraschung, als wir auf der Calle Mayor des kleinen Vorortes Gracia ankamen und ich ihm in der Ferne das Landhaus zeigte, das mein Vater bei unserer Rückkehr nach Barcelona erworben hatte. »Diese Pflanzen-Ornamente sind von überraschend gutem Geschmack.«

Ich kam zu dem Schluss, dass er mit dem Gebrauch des vorletzten Adjektivs keine polemischen Absichten verfolgte.

»Es freut mich, dass es Ihnen gefällt«, sagte ich. »Bereit für die Begegnung mit meiner Schwester?«

Margarita erwartete uns im kleinen verwahrlosten Garten, der das Hauptgebäude des Landsitzes vor den Blicken neugieriger Passanten schützte. Sie trug ihr bestes Hauskleid, voller zurückhaltender Kurven und Falten, und es verströmte noch immer den Duft des Geschäfts auf der Bond Street, in dem es gekauft worden war. Sie trug weder Handschuhe noch Hut und hatte die Haare zu einem schlichten blumengeschmückten Knoten aufgesteckt, der ihren weißen Hals und die ungeschmückten Ohrläppchen sehen ließ. Ein kleiner Sieg meiner Mutter, schloss ich, und eine echte Niederlage für meine Schwester: Während der obligatorischen heißen Schokolade mit Löffelbiskuits im Salon von Mama Lavinia am Vorabend war die Frage, ob es sich für ein junges Mädchen von siebzehn Jahren gehörte, den neuen Freund ihres Bruders mit Ohrringen in den Ohren zu empfangen, das bei Weitem strittigste Gesprächsthema zwischen den beiden Frauen in meiner Familie gewesen.

Das schien Margaritas unbändiger Vorfreude auf die neue Bekanntschaft allerdings keinen Abbruch zu tun.

»Liebster Bruder«, begrüßte sie mich, möglicherweise zum ersten Mal in meinem Leben, und öffnete zugleich das Tor im Zaun mit gewandter, vornehmer, unverkennbar eingeübter Geste. »Wie ich mich freue, dass du hier bist.« Dann entzog sie mir ihre Aufmerksamkeit, richtete sie ganz auf meinen Begleiter und fügte in beiläufigem Ton hinzu: »Señor Gaudí, nehme ich an.«

»Es ist mir ein Vergnügen, Sie endlich kennenzulernen, Señorita Camarasa.« Gaudí nahm die Hand, die meine Schwester ihm reichte, und drückte in Höhe der Knöchel linkisch einen Kuss drauf. »Ihr Bruder hat mir viel von Ihnen erzählt.«

»Gabi ist bezaubernd, ja«, murmelte sie und bediente sich wie üblich des Spitznamens, den ich gerne zusammen mit den übrigen Accessoires meiner langen Jugend in London zurückgelassen hätte. »Aber Sie dürfen mich einfach Margarita nennen, wenn Sie mögen.«

»Señorita Margarita also.«

Meine Schwester rümpfte flüchtig die Nase, doch ihr Lächeln erlosch nicht.

»Einfach nur Margarita bitte.«

»Als meine Eltern meine Schwester tauften, sahen sie die metrischen Schwierigkeiten ihrer zukünftigen Anrede nicht voraus«, erklärte ich. »Señorita Margarita klingt wie der erste Vers eines Kinderlieds, finden Sie nicht auch?«

»Danke, mein Lieber«, flüsterte meine Schwester. »Ich glaube, Señor Gaudí hat schon verstanden.«

Mein Freund nickte mit feierlichem Ernst.

»Dann also Margarita«, sagte er. »Blumenvornamen sind mir am liebsten.«

Meine kleine Schwester dankte ihm mit einem knappen Nicken für das Kompliment und beschwor diese spontane Röte herauf, die sie seit ihrem dreizehnten Lebensjahr zu meiner fortwährenden Bewunderung ganz nach Belieben an- und abschalten konnte.

»Sie heißen Antoni, nicht wahr, Señor Gaudí?«

»Antoni Gaudí«, bestätigte mein Freund. »Sie dürfen mich selbstverständlich einfach Antoni nennen.«

»Hätten Sie etwas dagegen, wenn ich Sie Toni nenne? Es wird Ihnen albern erscheinen, aber dreisilbige Namen haben mir noch nie gefallen.«

Gaudí blinzelte mehrmals und warf mir einen verstohlenen Blick zu.

»Es wird mir eine Ehre sein, Margarita«, erwiderte er schließlich, da er sah, dass ich ihm nicht zu Hilfe kam.

Das Lächeln, das daraufhin die Züge meiner Schwester erhellte, war so hübsch, dass es ein oder zwei Fotoplatten wert gewesen wäre.

»Vielleicht möchten Sie uns auf die Nachmittagsterrasse begleiten, Toni«, und der neue Kurzname klang aus ihrem Mund bereits ganz natürlich. »Falls Sie eine Vorliebe für Tee haben – der, den wir im Haus haben, wird Ihnen höchst interessant erscheinen.«

Margarita verscheuchte unauffällig zwei streunende Katzen, die uns vom Gehweg aus beobachteten, und schloss das Tor ab. Dann führte sie uns, mit ihrem Schlüsselbund klimpernd, durch den Garten zu der kleinen überdachten Terrasse, auf der wir jeden Abend zu zweit unser Abendessen einnahmen, lud uns ein, uns an den bereits gedeckten Tisch zu setzen, entschuldigte sich kurz und ging das Hausmädchen suchen, das uns den Tee servieren würde.

»Ich wusste gar nichts von Ihrer galanten Ader, Gaudí«, sagte ich, als wir allein waren. »Oder darf ich vielleicht auch Ihren Nachnamen und die erste Silbe Ihres Vornamens weglassen?«

Gaudí bürstete ein imaginäres Stäubchen von der Manschette seines linken Hemdsärmels.

»Bei einer Dame, Freund Camarasa, toleriert man Vertraulichkeiten, die man einem Herrn niemals gestatten könnte.«

»Verstehe.«

»Wie zum Beispiel die, jemanden zum Nachmittagsimbiss

einzuladen und ihm dann englischen Tee mit Gebäck zuzumuten.«

Ich lächelte.

»Der Tee ist nicht englisch; er kommt aus Ceylon. Und ich vermute, dass wir auch ein paar Kanapees haben werden.«

»Ihre Familie hat den Milchkaffee noch nicht entdeckt?«

»Ich erziehe sie gerade in diesem Sinne. Sechs Jahre in London hinterlassen ihre Spuren auf der Seele, das wissen Sie ja.« Ich knöpfte mir die Jacke auf und lud Gaudí ein, mit seinem Gehrock ebenso zu verfahren. »Immerhin ist es mir bereits gelungen, sie mit der heißen Schokolade und dem Löffelbiskuit vertraut zu machen, aber erst nach dem Abendessen.«

Die Miene meines Freunds entspannte sich ein wenig.

»Eine Schokolade mit Löffelbiskuit klingt durchaus akzeptabel.«

»Erst nach dem Abendessen«, wiederholte ich. »Bedauere.«

Gaudí öffnete die obersten beiden Knöpfe seines Gehrocks; weitere Anstalten, es sich bequem zu machen, machte er jedoch nicht.

»Wird Ihre Mutter sich auch zu uns gesellen?«, fragte er, nachdem er einige Minuten schweigend die Marmorbalustrade betrachtet hatte, welche die Terrasse teilweise begrenzte, und das steinerne Geländer der niedrigen Treppe, die einige Meter weiter den Höhenunterschied zum Garten überbrückte.

»Mama fühlt sich heute Nachmittag nicht wohl«, kam mir meine Schwester zuvor, die in Begleitung von Marina, unserer liebsten Hausangestellten, durch die Salontür in den Garten trat. »Aber sie hofft, dass sie Sie für einen Moment im Salon empfangen kann, bevor Sie gehen.«

»Unsere Mutter ist eine sehr zarte Frau«, erklarte ich und lächelte Marina an, während diese den Inhalt des überladenen Tabletts auf dem Tisch verteilte.

»Dann hoffe ich, dass es ihr bald besser geht.«

»Das hoffen wir alle, ja. Danke, Marina.«

Das Hausmädchen beugte knapp den Kopf und verschwand wieder im Haus.

»Vielleicht waren die Aufregungen der vergangenen Tage zu viel für sie«, wagte Gaudí eine Vermutung.

»Wenn die Polizei innerhalb von vierundzwanzig Stunden dreimal zu Besuch kommt, ist das für niemanden angenehm«, pflichtete Margarita ihm mit einem Lächeln bei, das genau das Gegenteil bewies.

»Und wenn der eigene Ehemann in allen Zeitungen als Anstifter eines schweren Verbrechens gebrandmarkt wird, ist das auch nicht sehr hilfreich«, ergänzte ich dennoch.

»Ja, es ist schlimm. Milch und Zucker, Toni?«

Gaudí musterte resigniert den grünlichen Inhalt seiner Tasse.

»Danke, Margarita.«

»Mit Vergnügen.« Meine Schwester gab eine Milchwolke in den Tee unseres Freundes und dann auch in meinen Tee. Erst als sie uns auch den Zucker serviert hatte, widmete sie sich ihrem eigenen Tee. »Also, Toni, glauben Sie auch, dass unser Vater ein wahnsinniger Brandstifter ist?«

»Ich glaube nicht, dass irgendjemand so über Ihren Vater denkt.«

»Also ich glaube, dass ganz Barcelona so denkt.« Margarita wandte sich an mich. »Heute Morgen sind fünf weitere gekommen.«

Fabelhaft, dachte ich.

»Hat Mama sie gesehen?«

»Marina hat sie sogleich mir gegeben, und ich habe sie dann direkt Papa übergeben. Du warst gerade fort, als der Briefträger kam.«

»Und in den Briefen stand ...«

»Das Gleiche wie gestern. Nur schlimmer.«

Ich nickte ernst und sah Gaudí an, der uns mit sichtlichem Interesse beobachtete.

»Anonyme Briefe?«, fragte er und kam damit meiner Erklärung zuvor.

»Von der schlimmsten Sorte«, bestätigte ich.

Aus irgendeinem Grund – vielleicht Scham – hatte ich meinem Freund bisher noch nichts von den drei Briefen erzählt, die am Vortag eingetroffen waren. Sie hatten etwas an sich, das mich weit schwerer und tiefer und, ja, auch weitaus persönlicher beunruhigte als alles andere Unschöne, was sich im Lauf der Woche in unserem Umfeld ereignet hatte, einschließlich der drei Polizeibesuche bei meinem Vater und der beiden ersten Anzeigen gegen ihn seitens des Eigentümers von *La gaceta de la tarde* und des Unternehmens, dem das abgebrannte Gebäude gehörte.

Vielleicht lag es an der Art, wie die Anschuldigungen in diesen anonymen Briefen formuliert waren. Das Körnchen Wahrheit, das jede dieser Anschuldigungen unbestreitbar enthielt.

»Sie sind furchtbar«, sagte Margarita. »Ich wäre beinahe ohnmächtig geworden, als ich sie las. Wenn Mama sie zu Gesicht bekäme, wäre das ein tödlicher Schlag für sie. Nicht wahr, Gabi?«

Für dieses Mal ließ ich den Hang meiner Schwester zur Übertreibung unkommentiert und gab ihr recht. Ohne zu sehr in unerfreuliche Details zu gehen, was gewisse nicht-kommerzielle Aktivitäten Sempronio Camarasas betraf, die der Absender besser zu kennen schien als die eigenen Kinder, schilderte ich meinem Freund kurz den Inhalt der anonymen Briefe vom Vortag, und meine Schwester tat dasselbe mit den fünf vom heutigen Tag. Die einen wie die anderen waren kurze, direkte Botschaften, nicht laut zu wiederholen oder jedenfalls nicht in Gegenwart einer Dame, und bestanden aus Buchstaben, die sorgfältig aus *Las noticias ilustradas* ausgeschnitten worden waren. Ergänzt wurden sie mit einer Reihe von Fionas Zeichnungen, die sich, verstümmelt und aus dem Kontext gerissen, in etwas verwandelten, was gewalttätigen Morddrohungen sehr nahekam, wenn nicht Schlimmerem. Die Botschaft der acht Briefe war immer die Gleiche: eine Warnung an meinen Vater vor dem, was ihm und den Menschen in seinem Umfeld zustoßen könne, sollten *Las noticias ilustradas* nicht unverzüglich eingestellt werden und er selbst die Arbeit an dem aufgeben, was in einem der anonymen Briefe geschmackvoll als »die Sache des französischen Teufels« bezeichnet wurde.

Genau diese letzte Formulierung war es wohl gewesen, die mich heute Morgen davon abgehalten hatte, mit Gaudí über die Briefe zu sprechen. Auch jetzt erwähnte ich sie nicht, denn was für mich eine tiefere Bedeutung barg, schien Margarita glücklicherweise vollständig entgangen zu sein.

»Und wie hat Ihr Vater auf diese Briefe reagiert, wenn ich fragen darf?«, erkundigte sich Gaudí, als wir beide unseren Bericht beendet hatten.

»Ebenso wie auf alles andere auch. Mit Gleichmütigkeit und Schweigen.«

»Unser Vater ist ein sehr tapferer Mann«, sagte Margarita.

»Ja, so kann man es vermutlich auch ausdrücken.«

»Er ist ein tapferer Mann«, wiederholte sie und sah mich vorwurfsvoll an. »Er würde niemals vor einem Feigling Angst haben, der es nicht einmal wagt, seine Briefe zu unterzeichnen.« Dann wandte sie sich an Gaudí und fragte sehr ernst: »Meinen Sie nicht auch, dass das Verschweigen des eigenen Namens die gröbste Unhöflichkeit ist, die es gibt?«

Vielleicht um Zeit zu gewinnen, fischte Gaudí ein Kanapee mit Butter und Gurke von der Platte, die Marina für uns hingestellt hatte, und legte es auf seinen Dessertteller.

»Zweifellos«, antwortete er schließlich.

Margarita nickte und lächelte wieder.

»Es gibt nichts Jämmerlicheres als einen feigen Mann«, bekräftigte sie. »Sie hingegen sind ein außergewöhnlich tapferer Mann.«

»Meinen Sie?«

»Die Art und Weise, wie Sie meinem Bruder das Leben gerettet haben, war ganz und gar heldenhaft.«

»Ich glaube nicht, dass ›heldenhaft‹ das angemessene Wort für das ist, was in Wirklichkeit geschah …«

»Nun, ich glaube es sehr wohl«, beharrte Margarita und wurde wieder ernst. »Als Gabi mir erzählte, was hätte gesche-

hen können, wenn Sie nicht dort gewesen wären, um ihn zu
retten, wäre ich beinahe in Ohnmacht gefallen. Nicht wahr,
Gabi?«

Ich nickte, während ich mich bemühte, mein zweites Kanapee mit Fischpaste zu genießen.

»Margarita besitzt eine erstaunliche Begabung dafür, beinahe in Ohnmacht zu fallen, wie Sie noch sehen werden«, teilte ich Gaudí mit. »Sie hat es von den Heldinnen all dieser
französischen Romane gelernt, die sie liest.«

Margarita warf mir einen tödlichen Blick zu.

»Mein Bruder ist ein sehr witziger junger Mann«, sagte sie.
»Das ist Ihnen sicher bereits aufgefallen.«

»Sein Humor ist sehr erfrischend, ja.«

»In meiner Familie sind wir sehr stolz auf ihn.« Margarita
erhob sich, ging um den Tisch herum zum Teeservice, und
ehe Gaudí es verhindern konnte, schenkte sie seine Tasse, die
er gerade mit bewundernswerter Tapferkeit geleert hatte, erneut voll. »Was mich daran erinnert ...«

Ohne weitere Erklärungen stellte meine Schwester den
Krug mit der bereits lauwarmen Milch auf den Tisch, verschwand beinahe im Laufschritt im Haus und überließ den
armen Gaudí der Herausforderung, eine weitere Tasse Tee mit
Milch und Zucker leeren zu müssen, und mich, wie immer
in solchen Fällen, der Aufgabe, mir die letzten Sätze unserer
Unterhaltung nochmals vor Augen zu führen in der Hoffnung,
einen Grund für den unvermittelten Abgang der jüngsten
Camarasa zu finden.

Als Margarita nach einigen Minuten wieder herauskam,
hatte sie eine Visitenkarte in der Hand und trug die Miene
einer Geheimnisbewahrerin zur Schau.

»Heute Vormittag hattest du Besuch«, sagte sie, setzte sich
wieder an meine Seite und legte die Visitenkarte neben meine
Tasse. »Ein junger Mann, er war etwa fünfundzwanzig, der
sich als Journalist vorgestellt hat. Er kam um kurz vor zwölf,
als Mama und ich gerade unseren Vormittagsspaziergang machen wollten. Er hat nach dir gefragt. Marina hat ihm gesagt,

du seist nicht da und er solle ein andermal wiederkommen, aber er hat darauf bestanden, mit jemandem aus der Familie zu sprechen. Also hat sie mich gerufen.«

Ich nahm die Visitenkarte und sah sie mir an. Dann reichte ich sie an Gaudí weiter.

»Víctor Sanmartín«, las er laut vor, anscheinend ebenso wenig überrascht wie ich. »Redakteur bei *La gaceta de la tarde*.«

»Ein sehr schmucker junger Mann«, teilte Margarita uns mit. »Und sehr gut gekleidet. Allerdings nicht so gut wie Sie«, fügte sie sogleich hinzu und lächelte Gaudí an.

»Hat er gesagt, was er wollte?«

»Nur dass er mit dir sprechen muss.«

»Nicht mit Papa?«

Margarita schüttelte den Kopf.

»Mit dir. Er will in ein paar Tagen noch einmal herkommen, aber du könntest ihn auch morgen Abend unter der Adresse antreffen, die er auf die Rückseite geschrieben hat.«

»Calle de Aviñón Nummer drei, erster Stock, Wohnung Nummer drei«, las Gaudí vor. »Wenn ich mich nicht irre, ist das nur wenige Schritte von der Redaktion von *Las noticias ilustradas* entfernt.«

»Fabelhaft«, sagte ich. »Der Teufel gleich nebenan.«

»Ich habe ihm gesagt, dass weder du etwas mit ihm zu bereden hast noch sonst jemand aus unserer Familie. Dass wir in diesem Haus keine verlogene Journalisten mögen.« Margarita runzelte die Stirn. »Das ist doch der Kerl, von dem du mir neulich Abend erzählt hast, nicht wahr? Der Verfasser all dieser furchtbaren Leserbriefe?«

»Das glauben wir, ja«, erwiderte ich, nahm die Visitenkarte wieder von Gaudí entgegen und verwahrte sie in der Innentasche meiner Jacke. »Ehrlich gesagt sind wir uns dessen ziemlich sicher.«

»Entweder hat er neunzig Prozent dieser Briefe geschrieben, oder sein Stil ist so ansteckend, dass neunzig Prozent der Zeitungsleser in Barcelona seinen Satzbau, seinen Wortschatz und seine Argumentationsmuster vollständig verinnerlicht haben.«

Margarita rümpfte verächtlich die Nase.

»Wieder so ein Feigling«, sagte sie. »Schmuck und gut gekleidet, aber feige.«

»Warum will er wohl ausgerechnet mit mir sprechen?«

Gaudí zuckte die Achseln.

»Er sucht sicher nach einem indirekten Weg, um an Ihren Vater heranzukommen«, mutmaßte er. »Oder vielleicht glaubt er, dass Sie im Besitz von Informationen sind, mit denen er seine Artikel weiter ausschmücken kann. Beabsichtigen Sie, ihm einen Gegenbesuch zu machen?«

»Sollte ich?«

»Besser, Sie treten ihm auf seinem Territorium gegenüber, als zuzulassen, dass er noch einmal in das Ihre eindringt ...«

»Ich könnte ihn auch einfach ignorieren.«

Mein Freund schüttelte den Kopf.

»Ein so eifriger junger Mann wie Señor Sanmartín wird sich nicht damit abfinden, dass Sie ihn ignorieren.«

Das stimmte wohl. Die Begegnung mit Víctor Sanmartín war etwas, das ich vielleicht noch ein, zwei Tage aufschieben, nicht aber vermeiden konnte.

»Heute hat er wieder ein Interview in *La información* gegeben und einen Artikel im *Diario de Barcelona* veröffentlicht«, erzählte ich Margarita. »Und eine weitere Handvoll Leserbriefe in den drei Morgenzeitungen.«

Meine Schwester nickte. Mein Vater verbot ihr seit Mittwoch die Lektüre der Presse – eine seiner wenigen vernünftigen Entscheidungen in den letzten Tagen –, und seitdem waren sie und ihre Freundin Marina auf das angewiesen, was ich durchsickern ließ, wenn sie wissen wollten, was da draußen tatsächlich vorging.

»Mit dem üblichen Inhalt?«

»Mehr oder weniger. Nichts, was so schlimm wäre wie diese anonymen Briefe, aber schlimmer als alles, was eine Zeitung, die sich seriös gibt, wagen dürfte zu veröffentlichen.«

Margarita wiederholte ihr verächtliches Naserümpfen.

»Feigling«, sagte sie. »Ist das nicht furchtbar, Toni?«

Gaudí nickte hinter seiner erneut halb geleerten Teetasse.

»Absolut, Margarita.«

»Du musst morgen Abend zu ihm nach Hause gehen und ihm die Stirn bieten. Du musst ihm sagen, dass weder Papa noch Señor Begg irgendetwas mit dem, was er sagt, zu schaffen haben. Und dass Fiona ja verrückt sein mag, aber nicht die schamlose Person, für die er sie hält.« Meine Schwester hörte auf, den Finger mit dem halb abgekauten Nagel auf mich zu richten, und wandte sich erneut an Gaudí. »Und Sie, Toni, müssen ihn begleiten.«

Mein Freund lächelte betreten.

»Ich fürchte, Margarita, dass ich Ihren Bruder morgen nirgendwohin begleiten kann. Obwohl ich gestehe, dass ich diesen Herrn gern kennenlernen würde.«

»Oh, verstehe.« Der Blick meiner Schwester verfinsterte sich. »Eine romantische Verabredung vielleicht?«

»Margarita …«

Sie sah mich zerknirscht an.

»Verzeihung. Das geht mich nichts an. Eine Dame darf sich nicht nach den abendlichen Unternehmungen eines ungebundenen jungen Mannes erkundigen.« Margarita setzte eine gespielt reuevolle Miene auf und behielt sie ungefähr zwei Sekunden bei, ehe sie hinzufügte: »Denn Sie sind doch ungebunden, nicht wahr, Toni?«

Ich trank meinen Tee aus und schob die leere Tasse in die Mitte des Tischs.

»Wenn Mama hören könnte, welche Fragen du einem Fremden stellst, würde sie wirklich in Ohnmacht fallen«, sagte ich.

»Toni ist kein Fremder.«

»*Anyway.*« Ich lächelte meine Schwester und meinen Freund an und erhob mich. »Und jetzt vergessen wir ein für alle Mal Sempronio Camarasas Probleme und wenden unsere Aufmerksamkeit etwas viel Interessanterem zu, wenn es euch recht ist.«

Margarita seufzte ganz bezaubernd.

»Na fabelhaft!«, rief sie, wischte sich die Hände an der Serviette ab und ließ diese auf den Tisch fallen. »Wieder einmal dein Spielzeug.«

Und so führten wir Gaudí zunächst kurz durch die wichtigsten Räume des Hauses und die angenehmsten Winkel des Gartens, begrüßten sodann meine Mutter, die sich in ihrem Lieblingssessel im Abendsalon ausruhte und anscheinend tatsächlich gerade von ihrem neuesten Leiden – welches das auch sein mochte – genas, und danach verbrachten Gaudí, meine Schwester und ich den Spätnachmittag und frühen Abend mit den letzten Neuerungen, die in meinem bescheidenen Fotoatelier eingetroffen waren.

Alle diese Gerätschaften stießen auf lebhaftes Interesse bei Gaudí, von den Kamerablenden für Außenaufnahmen über die experimentelle Verbrennungslampe bis hin zur umfassenden Sammlung getönter und entgegengesetzt oder in unterschiedlichem Grad konvex geschliffener Linsen, die mir erst zu Anfang dieser Woche aus London geliefert worden waren. Auch meine kleine Sammlung von Laternae magicae, das Kosmorama mit neuesten Szenen aus Westafrika und das Stroboskop erregten seine Aufmerksamkeit. Die Verwendung des letztgenannten Geräts hatte mein Vater mir verboten, nachdem ein kleiner Scherz von mir auf dem Speicher unseres Hauses in Mayfair vor zwei Jahren dafür gesorgt hatte, dass Margarita und meine Mutter am Ende – buchstäblich – gelähmt gewesen waren von einem so panischen Entsetzen, wie ich es bis dato nur den Romanfiguren Anne Radcliffs zugetraut hätte. Am interessantesten von allem, was meine Werkstatt zu bieten hatte, erschienen meinem Freund allerdings offenbar die sechs, sieben entwickelten Fotoplatten mit einigen der Aufnahmen, die ich in den letzten Tagen in dem Atelier, das Fiona sich im ehemaligen Bauernhaus eingerichtet hatte, von ihr gemacht hatte.

Auf diesen Fotografien war Fiona mit einer langen römischen Tunika bekleidet, welche die Arme freiließ, war barfuß und trug die Haare offen. Sie posierte in unterschiedlichen Haltungen – die Hände in die Hüften gestemmt, im Halbprofil, den Blick zum Himmel oder fest auf die Kamera gerichtet – vor einer der großen Leinwände mit Traumbildern, denen Martin Beggs Tochter all ihre Begabung und Vorstellungskraft widmete, wenn sie nicht gerade einen Verbrechensschauplatz oder eine Leiche zeichnete.

»Fiona Begg«, sagte ich, als ich bemerkte, wie aufmerksam Gaudí eine der Fotografien betrachtete. »Eine schöne Frau, nicht wahr?«

Mein Freund nickte zerstreut.

»Ein sehr harmonisches Gesicht«, bestätigte er und wandte sich einer anderen Fotografie aus derselben Serie zu: Fiona, die auf einem Diwan lag, eine kleine hölzerne Schale in der Hand und den Blick auf einen Punkt im Südwesten, jenseits der Grenzen dieser Fotografie, gerichtet. »Diese Leinwände hinter ihr ...«

»Ihre Werke«, bestätigte ich. »Ich sagte Ihnen ja schon, dass Fiona eine hervorragende Künstlerin ist. Es sei denn natürlich, Sie mit Ihrem überlegenen Urteilsvermögen wären der Meinung, dass diese Landschaften nicht mehr als Schund in Öl sind.«

Gaudí betrachtete die zweite Fotografie noch einen Moment lang.

»Ich weiß nicht, was ich sagen soll«, erklärte er schließlich. »Wenn Ihre Fotos von etwas besserer Qualität wären, würde ich vielleicht ein Urteil wagen.«

Während ich diesen Seitenhieb meines Freundes hinunterschluckte, kam mir zum ersten Mal der Gedanke, dass es interessant sein müsste, eine Begegnung zwischen den beiden zu beobachten: der Architekt, der sich im Besitz der absoluten künstlerischen Wahrheit wähnte, und die Illustratorin, die ihrerseits von der absoluten Wahrheit ihrer Visionen überzeugt war.

»Eines Tages muss ich Ihnen Fiona einmal vorstellen«, sagte ich. »Zu schade, dass sie im Augenblick arbeiten muss und Sie, Gaudí, heute nicht zum Abendessen bleiben können.«

»Toni würde sie nicht mögen«, meldete sich Margarita von der Ottomane zu Wort, auf der sie sich zehn Minuten zuvor zusammengerollt hatte, nachdem sie eine Dreiviertelstunde damit verbracht hatte, auf verschiedene Arten zum Ausdruck zu bringen, wie sehr meine Begeisterung für die Fotografie und meine Freude an den von jenseits des Kanals importierten Gerätschaften sie langweilten. »Die arme Fiona ist verrückt. Und nicht jeder mag Verrückte, Gabi.«

»Exzentrisch zu sein ist nicht dasselbe, wie verrückt zu sein, liebe Schwester. Das müsstest du doch am besten wissen.«

Margarita runzelte die Stirn und streckte mir die Zunge heraus, eine dieser reizenden kindlichen Gesten, die ihr ab und an noch immer unterliefen.

»Fiona ist verrückt«, beharrte sie und wandte sich an Gaudí. »Sie sieht Dinge.«

»Sie sieht Dinge?«

»Wenn Gabi Sie einander vorstellt, bitten Sie sie, Ihnen ihre Gemälde zu zeigen. Und wenn Sie dann noch Lust haben, bitten Sie sie, Ihnen zu erklären, wie sie sie gemalt hat.«

»Man nennt das ›Inspiration‹«, warf ich ein.

»Man nennt es ›*Spleen*‹«, widersprach Margarita. »Sie soll Ihnen auch erzählen, woran sie glaubt, Toni. Politisch und spirituell. Sie werden sehen, es ist ganz köstlich.«

Gaudí nickte ernsthaft: Wenn er Fiona kennenlernte, würde er sie als Erstes nach ihren Überzeugungen und Kompositionsmethoden fragen.

Genau in diesem Augenblick schlugen die Glocken im Kirchturm von Gracia sieben Uhr, was eine sofortige Reaktion bei meinem Freund auslöste.

»Ich fürchte, ich muss gehen«, sagte er und reichte mir die Fotografie, die er noch in Händen hielt. »Um acht Uhr erwartet Francesc mich am anderen Ende der Stadt.«

Margarita sah ihn enttäuscht an.

»Und Sie möchten wirklich nicht zum Abendessen bleiben? Unser Vater würde Sie gerne kennenlernen ...«

»Ich wünschte wirklich, ich könnte bleiben«, entschuldigte

sich Gaudí. »Aber es war ein wundervoller Nachmittag, den ich liebend gern wiederholen würde, falls Sie noch einmal so freundlich wären, mich einzuladen.«

»Wir nehmen Sie beim Wort.«

Gaudí lächelte unbestimmt; dann drehte er sich um und warf einen letzten Blick auf das Stroboskop und die Laternae magicae, die ich für ihn auf den Arbeitstisch gestellt hatte. Vielleicht dachte er an eine Möglichkeit, wie man damit seine spiritistischen Mäzene täuschen könnte, dachte ich im Stillen, während ich die Fotos von Fiona einsammelte, sie in die mit »Römische Versuche« beschriftete Mappe steckte und diese bei den übrigen Mappen, die »mein fotografisches Werk *in progress*« bildeten, verwahrte. Ein Werk, das bisher hauptsächlich aus langen Fotoserien von Fiona in einem der zahlreichen Kostüme bestand, die mit ihr zusammen die Reise von London nach Barcelona unternommen hatten: mittelalterliche Zofe, griechische Muse, zartgliedriger junger Mann in Anzug und Krawatte: die tausendundein Erscheinungen einer Frau, die stets bereit war, sich von der Kamera eines Freundes porträtieren zu lassen.

Als ich mein Fotolabor abschloss und mich wieder umdrehte, hatte Margarita sich vor Gaudí hingestellt und wieder einmal ihren kunstvollen Errötungsmechanismus in Gang gesetzt.

»Wäre es sehr vermessen von mir, wenn ich Ihnen sagte, dass Sie herrliche blaue Augen haben?«, hörte ich sie im Flüsterton fragen – möglicherweise ebenso gekünstelt wie ihr Erröten. »Und eine sehr ungewöhnliche Haarfarbe. Aber das haben Ihnen sicher schon Tausende von Menschen gesagt ...«

Als wir zwei zehn Minuten später wieder allein am offenen Gartentor standen, verkündete meine Schwester mir, der Mann, dem wir gerade hinterhersahen, sei der eleganteste Mensch, den sie je kennengelernt habe. Außerdem der schmuckste, und auch derjenige, der am meisten dem Traummann einer jeden jungen Dame mit einem Mindestmaß an gutem Geschmack und Fantasie gleiche.

»Glaubst du, das zwischen uns ist eine unmögliche Liebe?«, fragte sie mich schließlich, als Gaudí nicht mehr zu sehen war.

Der Blick, mit dem Margarita meine vorhersehbare Antwort erwartete, war so traurig, dass ich mich gezwungen sah, zu improvisieren.

»Unmögliche Liebe gibt es nur im Roman«, sagte ich. »Im wahren Leben gibt es höchstens unwahrscheinliche Liebe.«

Und damit schien meine Schwester sich zufriedenzugeben.

# Kapitel 8

Um wenige Minuten nach sieben Uhr abends hatte ich die letzte von mehreren gesellschaftlichen Verpflichtungen hinter mich gebracht, die mich den ganzen Tag beschäftigt hatten, und konnte mich endlich auf den Weg zur Redaktion von *Las noticias ilustradas* machen. Auf den Gehsteigen der Calle de Fernando VII – beziehungsweise der Calle de Ferran, wie die von den republikanischen Behörden angebrachten Schilder jetzt lauteten – fehlte an einem Samstag um diese Zeit schon lange das rege Treiben der Arbeiter, die durch Fleiß zu Wohlstand gekommen waren. Stattdessen wimmelte es jetzt von herausgeputzten, fein gekleideten Damen und Herren aus den besten Verhältnissen, die Arm in Arm an den Schaufenstern der traditionsreichsten Bekleidungsgeschäfte der Stadt vorbeiflanierten. Hin und wieder blieben sie stehen, um eine Auslage mit neuen englischen Hüten, italienischen Schuhen und Handschuhen oder Pariser Korsetts zu betrachten. Ihre Bewegungen erinnerten an eine Art komplizierten Gruppentanz, der wiederum zur Belustigung der anderen Bewohner Barcelonas beitrug, deren kärglicher Geldbeutel verhinderte, auch nur davon zu träumen, diese Geschäfte zu betreten.

Die Lampen der Schaufenster beleuchteten die Gehsteige der Straße mit ihrem warmen, durch das bunte Glas vielfarbigen Schein, manche rötlich, andere grünlich, einige bläulich, und die Gaslaternen auf der Straße wurden eine nach der anderen von einem schon recht alten Laternenanzünder angesteckt, der seine Stange schräg und angriffslustig hielt wie einen Spieß. Anscheinend würde die hereinbrechende Nacht klar und mild werden. Der Nebel, der am frühen Nachmittag vom Meer her aufgezogen war, hatte sich in der üblichen Dunstschicht aus Qualm und Ruß aufgelöst, die über der Stadt lag, und selbst diese riss so weit auf, dass ein Stück des zunehmenden Viertelmonds und die zwei, drei ersten Sterne der Abenddämmerung über den herrschaftlichen Giebeln der Calle de Fernando VII sichtbar wurden.

An einem solchen Abend wären mir sogar in dieser Ecke Barcelonas fünfzig angenehmere Beschäftigungen eingefallen als das, was ich im Begriff war zu tun.

»Ich glaube, Señorita Begg ist bereits gegangen«, sagte mir die Sekretärin im ersten Stock des Gebäudes, an die ich mich gewandt hatte, als ich Fionas Büro leer vorfand. »Möchten Sie eine Nachricht hinterlassen?«

»Könnte ich vielleicht Martin Begg sprechen?«

Das leise Misstrauen, welches sich bereits bei der Erwähnung von Fionas Namen im schönen Gesicht der Frau abgezeichnet hatte, verstärkte sich.

»Ich fürchte, das wird nicht möglich sein.«

»Ich bin Gabriel Camarasa«, sagte ich. »Der Sohn von Señor Camarasa. Ich führe nichts Böses im Schilde.«

Als sie meinen Nachnamen hörte, versteifte sie sich ein wenig, anscheinend glaubte sie mir nicht recht.

Im Gegensatz zu den Sekretärinnen, die im Erdgeschoss arbeiteten, war sie nicht mehr jung und sogar noch vornehmer gekleidet. Sie sah aus wie eine Dame aus wohlhabenden Verhältnissen, gut erzogen und noch besser ausgebildet, die mit der Anstellung bei der Zeitung ihre Abenteuerlust befriedigte und Abwechslung in ihren eintönigen Alltag brachte.

Ich fühlte spontan mit ihr, denn die Arbeit für *Las noticias ilustradas* war in den letzten Tagen gewiss nicht nach dem Geschmack einer Frau gewesen, die vermutlich ein unkompliziertes, wohlanständiges bürgerliches Leben gewohnt war.

»Ich könnte mit meinen Vorgesetzten Rücksprache halten«,

sagte sie und musterte mich weiterhin, als suchte sie nach der Ausbeulung eines Steins in meiner Tasche oder nach einer Streichholzschachtel zwischen den Falten meines Anzugs.

»Ich wäre Ihnen sehr verbunden.«

Die Sekretärin erhob sich von ihrem Schreibtisch und ging langsam durch den Direktionskorridor davon, mit einer Anmut und einer Gelassenheit, die mir noch ein wenig mehr Bewunderung für sie einflößten. Während ich auf ihre Rückkehr wartete, dachte ich an die junge Frau, die heute mit mir im Restaurant des Hotel del Rey zu Mittag gegessen und mich danach ins Teatro Principal in die Opera buffa begleitet hatte: eine flüchtige Jugendliebe – befangene Unterhaltungen an einem Zaun, an einem Brunnen ausgetauschte Briefe, ein Nachmittag im Vergnügungspark –, an die ich während meiner Zeit in London häufig gedacht hatte, die mich von nun an aber nicht mehr in meinen einsamen Nächten trösten würde. Martita hatte grüne Augen, Hände, so weiß wie die einer Schaufenster- oder Kinderpuppe, und im Nacken einen feinen, golden glänzenden Flaum, so weich wie die Haut eines Neugeborenen. Das ideale Objekt der Begierde für einen Heranwachsenden mit Neigung zu Tagträumen – und zugleich ein Ideal, dem keine Frau aus Fleisch und Blut gerecht werden konnte.

Als die Sekretärin schließlich zurückkehrte, war Martin Begg bei ihr.

Der Direktor von *Las noticias ilustradas* war in Hemdsärmeln und so zerzaust, als wäre er nach einer mehrstündigen Siesta gerade erst aufgestanden. Eine kleine Brille ähnlich der einer Schneiderin balancierte auf der Spitze seiner Nase, die wie die eines ehemaligen Boxers aussah, und auf den beiden massigen weißen Wangen stand bereits der erste rötliche Schatten eines beginnenden Barts.

»Ich habe nur dreißig Sekunden«, verkündete er mit der für ihn typischen Diplomatie.

»Dann werde ich keine Zeit mit einer Begrüßung vergeuden«, versetzte ich, schob die Erinnerungen an Martita beiseite und konzentrierte mich auf das Hier und Jetzt. »Ich möchte nur wissen, ob Sie einen gewissen Víctor Sanmartín kennen.«

Martin Begg ließ sich einige Sekunden Zeit und wiederholte dann den Namen.

»Víctor Sanmartín.«

»Ein Redakteur bei *La gaceta de la tarde*, der die ganze Woche über in den Morgenzeitungen Verleumdungen gegen uns in Umlauf gebracht hat. Sie müssen von ihm gehört haben.«

Fionas Vater musterte mich eine Weile mit gerunzelter Stirn; seine rechte Hand steckte in der Hosentasche, und mit der linken stützte er sich auf den Schreibtisch der Sekretärin.

»Ich glaube nicht«, erwiderte er schließlich in diesem völlig neutralen Tonfall, der nur denen zur Verfügung steht, die eine Fremdsprache noch nicht lange sprechen.

»Das sagt mein Vater auch.«

Woran mochte es liegen, dass ich auch ihm nicht glaubte?

Doch diese letzte Frage behielt ich für mich. Mit seinen ein Meter neunzig, dem vollen roten Haar und dem Bierbauch war Martin Begg kein Mensch, der zu Vertraulichkeiten einlud. Selbst die beiden großen Schweißflecke, die sein Hemd unter den Achseln zierten, vermittelten einen gewissen Eindruck von aggressiver, ungezügelter Macht.

»Haben Sie Fiona danach gefragt?«

»Ich habe sie seit Donnerstag nicht mehr gesehen. Gestern kam sie nicht zum Abendessen und heute Morgen war sie bereits fort, als ich bei Ihnen vorbeischaute. Ich wollte gerade mit ihr sprechen, aber offenbar bin ich zu spät gekommen.«

»Bedauere, dass ich Ihnen nicht helfen kann.«

»In zehn Minuten treffe ich mich mit Sanmartín«, erzählte ich daraufhin. »Ich hätte gern gewusst, worauf ich mich einlasse.«

Falls ich erwartet hatte, dass diese Ankündigung bei Martin Begg irgendeine Wirkung zeitigen würde, hatte ich mich geirrt.

»Dann viel Glück«, sagte er und verschwand wieder im Direktionskorridor.

Erst als wir wieder allein waren, hob die Sekretärin den Blick von den Papieren, die ihren Schreibtisch bedeckten, und sah mich mit einer Miene an, die höchste Tüchtigkeit versprach.

»Ein liebenswürdiger Mann«, sagte ich lächelnd.

Sie verzog keine Miene.

»Guten Abend, Señor Camarasa.«

Dem hatte ich nichts hinzuzufügen, und so verließ ich die Redaktion von *Las noticias ilustradas* ebenso, wie ich sie betreten hatte: ohne irgendetwas über den geheimnisvollen Journalisten zu wissen, den ich gleich in seiner Wohnung besuchen würde. Dafür jedoch wurde mein Verdacht immer stärker, dass meine Position als Erstgeborener von Sempronio Camarasa in manchen Situationen ebenso viel wert war wie das Papiergeld eines Fantasielandes.

Die Calle de Aviñón kreuzte die Calle de Fernando VII nur wenige Schritte oberhalb des Palais, in dem die Zeitung residierte. Im Erdgeschoss des Gebäudes an der Kreuzung hatte die berühmte Handschuhmacherei von Esteve Comella ihre Schaufenster, und direkt daneben befand sich das Haus, dessen Nummer Víctor Sanmartín auf die Rückseite seiner Visitenkarte geschrieben hatte.

Die Haustür stand sperrangelweit offen, daher trat ich einfach ein. Im Hausflur gab es keine Pförtnerloge und kaum Licht: Eine einzige Lampe verströmte ihren matten Schein, doch der Flur, von dem die unteren Wohnungen abgingen, und der erste Treppenabschnitt lagen im Halbdunkel. Die Stufen, die in die erste Etage führten, waren ebenfalls nur von einer einzigen Wandleuchte auf halber Höhe erhellt. Als wollten die Bewohner des Hauses nicht sehen, in welchem Zustand das Gebäude war, dachte ich, oder als schämte sich das Haus selbst für sein Aussehen und hätte daher beschlossen, sich aller entbehrlichen Lichtquellen zu entledigen. Selbst in diesem Dämmerlicht fiel ins Auge, dass das Gebäude alt und hoffnungslos vernachlässigt war. Es genügte, das Treppengeländer zu berühren oder über den abgeplatzten Wandanstrich zu streichen, um an den Fingern einen feuchten, fettigen Schmutzfilm zu spüren, und der Geruch, der mich im Gebäudeinneren begleitete, ließ an vermoderndes Holz und zerfallenden Mörtel denken. Im ersten Stock angekommen, erkannte ich im Schein der Wandleuchte neben Tür Nummer drei den beklagenswerten Zustand der Wand neben der Wohnung, in die ich bestellt worden war: feucht und mit abplatzender, sich aufwölbender Farbe; vor allem aber verlief ein Netz aus tiefen Rissen vom Boden bis zur Decke und erinnerte an die Äderchen im Gesicht eines Mannes, der kurz vor dem Kollaps stand.

Trotz seiner hervorragenden Lage und der prächtigen Fassade strahlte dieses Gebäude beinahe ebenso wenig Hochherrschaftliches aus wie das, in welchem Gaudí und sein Bruder im Ribera-Viertel wohnten, dachte ich, als ich an die Tür klopfte. Wenn dies Víctor Sanmartíns Wohnung war, dann war der Journalist nicht der betuchte junge Mann aus gutem Hause, für den ich ihn nach der Beschreibung meiner Schwester und der Adresse im Zentrum gehalten hatte.

Ich klopfte dreimal an die Wohnungstür aus Eichenholz und wartete auf eine Reaktion, die nicht erfolgte.

Ich klopfte noch zweimal mit demselben Resultat.

Ein dritter Versuch. Keine Reaktion.

Ich verfluchte die Unzuverlässigkeit dieses Sanmartín wie auch meinen eigenen Entschluss, ihn zu besuchen, und wollte mich gerade abwenden und wieder die Treppe hinabgehen, als mein Blick auf einen Umschlag fiel, der halb unter der Tür hervorlugte.

»Gabriel Camarasa«, stand in großen Druckbuchstaben darauf.

Im Licht der Wandleuchte öffnete ich den versiegelten Umschlag und las die kurze Nachricht, die ich darin fand:

*Sehr verehrter Señor Camarasa,*

*ein unvorhergesehenes Ereignis zwang mich kurzfristig, die Stadt zu verlassen. Ich werde nicht vor Montag zurück sein. Ich bedauere zutiefst, derartig Ihre Zeit vergeudet zu haben, doch ich gehe davon aus, Sie bei dem Fest am Dienstag zu sehen, und hoffe, dann Gelegenheit zu erhalten, Sie für diese unverzeihliche Unhöflichkeit zu entschädigen.*
*Mit ergebensten Grüßen*

*VÍCTOR SANMARTÍN*

Die Schrift des Journalisten war klein und spitz – die Schrift eines Menschen, der es gewohnt ist, im Gehen zu schreiben. Die Tinte war nicht ganz schwarz oder vielleicht war sie, passend zum Zustand des Hauses, ein wenig verwässert. Das Papier war nichts Besonderes, nicht sonderlich schwer und von einem glanzlosen Weiß, doch es schien sorgfältig von einem größeren Blatt abgeschnitten worden zu sein. Der Stil der Nachricht ähnelte auf den ersten Blick nicht dem der Leserbriefe, die Gaudí und ich Sanmartín zuschrieben; allerdings, so sagte ich mir, während ich die Zeilen zum dritten Mal las, wird selbst der nachlässigste anonyme Pamphletist bei einer solchen Gelegenheit darauf achten, seinen Satzbau zu verändern.

Einen rätselhaften Punkt gab es in dieser Nachricht: das Fest am Dienstag.

»Ich gehe davon aus, Sie bei dem Fest am Dienstag zu sehen.«

Als ich fünf Minuten später das Gebäude und die Calle de Aviñón verlassen hatte und mich wieder unter das rege Treiben auf der Calle de Fernando VII mischte, hatte ich noch immer keine Ahnung, welches Fest Señor Sanmartín meinte, doch ich beschloss, nicht länger darüber nachzudenken. Der gescheiterte Besuch bei diesem Journalisten von *La gaceta de la tarde* war schließlich nur der passende Abschluss für einen Tag voller schwerer Fehleinschätzungen gewesen. Von meinem naiven Versuch, eine alte Jugendliebe wiederzubeleben, über die Unterhaltung zwischen Martin Begg und mir – wobei ich noch nicht recht wusste, was ich davon halten sollte – bis zu diesem überflüssigen Besuch bei Sanmartín. Eine unverständliche Anspielung in der Nachricht eines mir Unbekannten war da noch das geringste der Probleme, die mich heute Nacht beschäftigen würden, wenn ich, wie so oft in letzter Zeit, schlaflos im Bett liegen würde.

Als ich von der Calle de Fernando VII auf die Rambla abbog, war es pechschwarze Nacht. In nicht einmal einer Stunde hatte sich der Himmel mit einer so tief hängenden Wolkendecke überzogen, dass es schien, als könnte sie sich an den Dachtraufen und sogar in den Baumkronen auf der Rambla verfangen. Nebelige Lichthöfe umgaben die gelblichen Straßenlaternen und die Lampen der Berlinen, die zwischen der Plaza de Cataluña und der Muralla del Mar verkehrten. Der stechende Geruch nach Salpeter und Rauch vermischte sich mit den Aromen der Speisen, welche die Gasthäuser, Cafés und Hotels hier an der Promenade der Rambla servierten, und den Ausdünstungen des Pferdemists, der die beiden seitlichen Fahrbahnen pflasterte. Es war bereits nach halb neun, doch der Boulevard war noch ebenso belebt wie am frühen Nachmittag.

Da ich ohnehin nicht mehr rechtzeitig zum Abendessen in Gracia sein konnte, wählte ich ein Gasthaus an der Einmündung der Calle del Conde del Asalto aus, das einen halbwegs anständigen Eindruck machte, und aß dort einen Teller Kichererbsen mit Reis, zu dem ich eine halbe Flasche Wein trank. Ich esse nicht gerne allein, doch dieses einfache Mahl und der schlechte Wein hatten eine direkte Wirkung auf meinen Geist: Als ich das Gasthaus wieder verließ, erschienen mir die Ereignisse des Nachmittags wie in weiter Ferne. Angelockt von der Musik einer Militärkapelle überquerte ich erneut die Rambla und betrat die Plaza Real, auf der sich mehrere Hundert Menschen drängten. Einige saßen in den Cafés unter den Arkaden, andere standen herum, die Mehrheit jedoch hatte sich um die Kapelle in der Mitte des Platzes versammelt. Der Marsch, den diese alten Soldaten spielten, ging mir ans Herz und erzählte mir von einem Leben, das ich nie in Erwägung gezogen hatte, von dem ich nicht einmal geträumt hatte, das mir jetzt jedoch plötzlich erstrebenswert schien: das heldenhafte Leben in Uniform, das ruhmreiche Leben der Kasernen und Schlachten.

»Diese Musik lässt einem das Herz höher schlagen«, sagte ich, so fürchte ich, zu einem der Herren, die neben mir der Militärkapelle lauschten.

»Bei dieser Musik dreht sich einem der Magen um«, erwiderte er und spuckte einen Schleimklumpen auf den Boden, der die Farbe von Martitas Ohrringen hatte.

Von da an verschmelzen die Einzelheiten des Abends in meiner Erinnerung. Ich weiß noch, dass ich eine Weile auf dem Platz blieb und mit verschiedenen Personen sprach und dass irgendjemand die Kapelle mit dem Schrei »Tod den bourbonischen Truppen!« zum Verstummen brachte. Daraufhin brach ein kleiner Tumult aus, bei dem sich der Platz im Nu leerte, und zwei Jungen, die auf Laternenpfeiler geklettert waren, hielten lautstark Reden zur Verteidigung der Republik. Erneut schlug mein Herz höher, obwohl die Worte der jugendlichen Redner allem Enthusiasmus zum Trotz eher nach einem Abgesang auf ein Regierungssystem klangen, das seit dem Putsch von Pavía dahinsiechte und dessen kurze Glanzzeit nicht mehr wiederkehren würde. Dann verließ auch ich den Platz, überquerte die Rambla in Richtung Raval und betrat eine Kneipe in der Calle de la Unión. Dort trank ich ein paar Gläser Anisschnaps, ein wenig Gin und eine grünliche Flüssigkeit, an deren Namen ich mich einfach nicht erinnern kann, die aber, wie ein alter Mann, der neben mir saß, versicherte, ein Wundermittel gegen Liebeskummer sei.

»Ich habe keinen Liebeskummer«, entgegnete ich und versuchte, mich auf sein Gesicht zu konzentrieren, das mir vor den Augen verschwamm.

»Machen Sie sich nichts vor, Señor«, erwiderte er. »Wir haben alle Liebeskummer.«

Und dann, ehe ich's mich versah, schlugen die Glocken der Belén-Kirche elf Uhr nachts, und ich kniete, umringt von einem Haufen neugieriger Bettler, neben einer großen Urinlache und spie meinen gesamten Mageninhalt vor die wuchtige Mauer des Hospital de la Santa Cruz, während in meinem Kopf bereits die letzte schlechte Idee dieses Tages entstand.

# *Kapitel 9*

MONTE TÁBER verkündete das kleine Holzschild über der Tür des Hauses Nummer 36 auf der Calle del Hospital.

Das Gebäude war niedrig und düster wie alle in diesem Teil des Raval, und kein Schmuck milderte die Hässlichkeit seiner Fassade oder seine raue Geradlinigkeit. Es wirkte weniger wie ein Wohnhaus als vielmehr wie eine Werkstatt oder eine kleine Fabrik oder vielleicht sogar ein Lagerhaus einer der zahlreichen Textilmanufakturen, die ihren Sitz auf der anderen Seite des Hospitals hatten. Die schmucklose Tür aus Nussbaumholz war geschlossen, und auf den ersten Blick wirkte das Gebäude völlig dunkel; doch ein metallener Türklopfer gleich neben dem Schild lud mich dazu ein, mein Glück zu versuchen.

Er hatte die Form eines Schlangenkopfes und war so kalt, dass es sich wirklich anfühlte, als berührte man den Körper eines Reptils.

Nach ein paar Sekunden wurde die Tür von einer etwa sechzigjährigen Frau geöffnet. Sie war sehr ernst, stark geschminkt und so mager, dass die Sehnen und Adern an ihrem Hals hervortraten wie die zum Zerreißen gespannten Saiten einer Gitarre.

»Ja.« Es klang nicht wie eine Frage.

»Monte Táber?«

Die Frau musterte mich ein, zwei, drei Mal von oben bis unten, und anscheinend gefiel ihr nicht, was sie sah.

»Das steht auf dem Schild«, antwortete sie sodann.

Ein kurzes Schweigen. Die Sehnen am Hals der Frau zitterten an der kühlen Nachtluft. Obwohl ich keinen Alkohol mehr im Magen hatte, benebelte er mir noch immer das Hirn und machte das Blut in meinen Adern träge.

»Dürfte ich vielleicht eintreten?«, fragte ich schließlich.

»Ich glaube nicht.«

»Der Eintritt ist nicht frei?«

So etwas wie ein Lächeln huschte über das Gesicht der Frau.

»Wenn Sie mich das fragen müssen, dürfen Sie ganz sicher nicht eintreten«, erklärte sie und entblößte die hässliche Ansammlung schwärzlicher Zähne und Zahnlücken, die sich hinter ihren sehr roten Lippen verbargen.

Ich beschloss, die Strategie zu wechseln.

»Ein Freund erwartet mich drinnen.«

»Ganz bestimmt.«

»Ich bin zum ersten Mal hier. Aber mein Freund hat in den höchsten Tönen von diesem Etablissement geschwärmt.«

»Ganz bestimmt.« Die Frau trat einen Schritt zurück und machte unverkennbar Anstalten, mir die Tür vor der Nase zuzuschlagen. »Wenn Sie sonst nichts wünschen, mein Herr…«

Da hatte ich eine Eingebung.

»Mein Freund ist Señor G«, erklärte ich mit einer Überzeugungskraft, wie sie guten Betrunkenen zu eigen ist.

Die Frau verzog keine Miene, doch die Tür blieb offen.

»Wie war das?«

»Ich glaube, Sie haben mich schon verstanden. Señor G befindet sich dort drin oder wird gleich kommen, und ich muss ihn treffen.«

Die Frau schüttelte den Kopf und betrachtete mich, so schien es mir, aufrichtig traurig.

»Der Wein genügt Ihnen nicht?«

Ehe ich sie fragen konnte, was zum Teufel das heißen sollte, öffnete sich die Tür zum Monte Táber vollends, und ich ging durch einen langen, engen Korridor, an dessen Ende sich etwas befand, was mir im Halbdunkel und unter den gegebenen Umständen wie ein blutroter Theatervorhang erschien.

»Herzlich willkommen, Caballero«, begrüßte mich nun ein junges Mädchen in einer offen gesagt eigenartigen Aufmachung, hielt mir den Vorhang auf und lud mich zugleich mit theatralischer Geste ein, den Saal dahinter zu betreten.

Ich setzte mich an einen der Tische ganz hinten, wobei ich darauf achtete, die tiefe Stille, welche die zehn, zwölf anwesenden Männer bewahrten, nicht zu stören. Jeder saß allein an seinem Tisch, mit einem Glas oder einer Zigarre in der Hand und den Blick auf die erhöhte Bühne gerichtet, die den winzigen Theatersaal – denn das schien er tatsächlich zu sein – beherrschte.

Die Bühne war leer, doch die Lampen und Spiegel, mit denen sie ausgeleuchtet wurde, ließen darauf schließen, dass hier bald etwas geschehen würde.

»Was möchte der Herr trinken?«, fragte mich im Flüsterton, lächelnd und zuvorkommend, ein zweites Mädchen, das ebenfalls in einem Stil gekleidet war, den man auch am Straßenrand des Londoner Haymarket nur aufsehenerregend hätte nennen können.

»Ein Glas Portwein. Danke.«

Das Mädchen ging davon und ließ dabei die Fasanenfedern, die ihre Taille schmückten, anmutig tanzen, und ich blieb wieder allein zurück mit meiner wachsenden Verblüffung.

Der Saal mochte kaum mehr als einhundert Quadratmeter groß sein. Zwanzig kleine Tische drängten sich darin, so angeordnet, dass diejenigen, die an den Tischen saßen, trotz der Nähe keinen direkten Blickkontakt hatten. Ein drittes, unentwegt lächelndes Mädchen, ebenfalls in abenteuerlicher Aufmachung, stand hinter einer kleinen Theke, die sich ganz hinten an der linken Seite des Saals befand, in der Nähe des roten Vorhangs. Links und rechts des Vorhangs befanden sich geschlossene Türen, und unter den Türstürzen standen, resolut und schön wie griechische Karyatiden, zwei weitere Mädchen und beobachteten die Tische und die Männer, die daran saßen, mit Blicken, in denen sich auf kuriose Weise Langeweile und erwartungsvolle Spannung mischten. Die Wände des Saals waren in einem warmen Himmelblau gestrichen, und einige Handbreit über dem Boden verlief eine Bordüre mit einem Pflanzenmotiv; abgesehen davon hing hier kein einziges Gemälde, keine Fotografie, nicht einmal ein Schild mit dem Namen des Lokals oder dem, was hier an Gutem geboten wurde. Das einfache Pflanzenmotiv der Bordüre wiederholte sich auf dem Teppich, auf den bemalten Tischkanten und mit der einen oder anderen Variation an der Vorderseite der erhöhten Bühne. Die Beharrlichkeit, mit der dieses verschlungene Motiv aus Blättern und Dornen überall wiederaufgenommen wurde, erschien mir interessant; dennoch hielt ich mich nicht lange damit auf. Auf meinem Tisch befanden sich ein Kristallaschenbecher, ein Häufchen Zigaretten und ein Streichholzbriefchen wie das, welches Gaudí mir sechs Tage zuvor gereicht hatte, und nun ahnte ich, dass das Bild dieser nach der französischen Mode frisierten Frau mehr als eine bloße Reklame für ein beliebiges Nachtlokal war.

Ich hatte mir gerade eine der Zigaretten angezündet, als ohne Vorankündigung das Licht der Lampen, welche die Bühnenmitte beleuchteten, unvermittelt Farbe und Intensität wechselte, von Rot zu Orange, von Orange zu Gelb und von Gelb zu einem fahlen Grün, dessen Grabesschimmer allen Anwesenden ein gespensterhaftes Aussehen und allem eine wahrhaft unwirkliche, gar nicht einmal unangenehme Atmosphäre verlieh.

Da entdeckte ich Gaudí. Er saß an einem der vordersten Tische im Saal, ein wenig vorgebeugt und eingehüllt in dichte, ebenfalls grünliche und gespenstische Rauchschwaden. In der rechten Hand hielt er, so sah es aus der Entfernung aus, ein Skizzenbuch genau wie das, welches Fiona immer zum Skizzieren der Verbrechensschauplätze benutzte.

Im selben Augenblick betrat die außergewöhnlichste Frau, die ich je gesehen hatte, die Bühne.

»Ihr Portwein, Señor«, sagte das Mädchen mit den Federn an der Taille, doch soweit es mich betraf, hätte das Glas, das sie vor mich hinstellte, auch von allein durch die Luft auf meinen Tisch geschwebt sein können, oder der Alte mit dem Liebeskummer aus der Calle de la Unión hätte es mir gebracht haben können. Denn die Welt existierte nicht mehr für mich.

Das einzig Reale, das Einzige, was mein Interesse und die Aufmerksamkeit meines wirren Verstandes in diesem Augenblick auf sich zog, war das doppelte Mysterium, das mir gerade offenbart worden war.

Das Mysterium der Anwesenheit meines Freundes an einem solchen, auf mich noch völlig fremdartig wirkenden Ort, und das Mysterium des Erscheinens dieser Frau, die nun, in der Mitte der Bühne verharrend, bekleidet mit einem knappen fleischfarbenen Samtkleid und aufreizenden Strümpfen, mit einem langsamen, monotonen Bewegungsablauf ohne erkennbaren Rhythmus begann, den ich noch heute Punkt für Punkt aus dem Gedächtnis beschreiben könnte.

Um es kurz zu machen: Ich verbrachte die nächste halbe Stunde damit, Gaudí feige aus dem Hintergrund auszuspähen, zu beobachten, wie seine Hand unermüdlich über die Seiten des Skizzenbuchs wanderte, aufmerksam den Bewegungen seines Halses und seines Rückens zu folgen, zu zählen, wie oft einer jener einsamen Männer oder eine der Kellnerinnen an seinen Tisch trat und ihm wortlos zweimal die Hand drückte, ehe derjenige sofort wieder an seinen angestammten Platz im Saal zurückkehrte. (Einmal erhoben sich zwei Männer gleichzeitig von ihren jeweiligen Tischen, gingen durch den Saal zum der Bühne entgegengesetzten Ende und verschwanden mit einem der Mädchen hinter der Tür, welche diese bewacht hatte. Zehn Minuten später kehrten beide ohne ein Wort oder eine Geste, die ich hätte entschlüsseln können, wieder an ihre Tische zurück. Das Mädchen benötigte einige Minuten länger, ehe es sich wieder unter ihren Türsturz aufstellte.) Ich werde auch nicht ins Detail gehen, was die Art des Tanzes betrifft, den die Frau auf der Bühne aufführte, während all dies geschah; es möge genügen, wenn ich sage, dass er auf mich ebenso faszinierend, ebenso außergewöhnlich, ebenso schön und krank und zutiefst verstörend wirkte wie die körperliche Erscheinung der seltsamen Tänzerin selbst.

Nach einer halben Stunde schließlich gewann die Beschämung über das, was ich hier tat – im Schatten verborgen zu sitzen und einen Freund auszuspähen, aus der Ferne die Formen und Bewegungen einer unbekannten Frau zu bewundern, die sich im Verlauf ihres Tanzes immer mehr einem beinahe unerträglichen Zustand der Nacktheit näherte –, in mir die Oberhand gegen die reine Verzückung über das Geschehen. Ich drückte den Stummel meiner letzten Zigarette im Kristallaschenbecher aus, winkte dem Mädchen mit den Federn an der Taille, bezahlte das unangetastete Glas Portwein und das Entree und verließ das Monte Táber, ohne andere Erkenntnisse gewonnen zu haben als die, dass gerade etwas Bedeutsames geschehen war.

Es war bereits ein Uhr morgens, als ich zu Hause in Gracia ankam. Die nächtliche Kälte und der lange Fußweg hatten mir wieder einen halbwegs klaren Kopf beschert, sodass ich, als ich das Tor hinter mir schloss und einen matten Lichtschein hinter dem Haus bemerkte, aus einer Mischung aus Pflichtgefühl und reiner Neugier heraus beschloss, die herbeigesehnte Bettruhe nochmals aufzuschieben. Folglich ging ich um unser Landhaus herum und durch den Garten, bis ich den Teil erreichte, in dem das ehemalige Bauernhaus stand.

Fiona lag auf einer der beiden Schaukeln, die ihr Vater auf der behelfsmäßigen Veranda des Hauses für sie angebracht hatte. Der Lichtschein, der mich angelockt hatte, stammte von der kleinen Öllampe, die zu Fionas Füßen stand, und vielleicht auch von der Glut der Zigarette, die zwischen den Fingern ihrer linken Hand herunterbrannte. Ein vertrauter Kräutergeruch wehte mir entgegen, und allein Fionas Haltung – sie lag so auf der Schaukel, dass man denken konnte, sie sei gefallen – bestätigte mir, dass Martin Beggs Tochter sich einer weit weniger unschuldigen Beschäftigung hingab als der, eine letzte Zigarette zu rauchen, ehe sie zu Bett ging. Ich räusperte mich mehrmals, als ich mich näherte, doch weder öffnete sie die Augen, noch gab sie irgendein Anzeichen von Beunruhigung darüber zu erkennen, dass ein Fremder hier war. Fiona war in einer anderen Welt zu Besuch, in einer fremdartigen und privaten Welt, in der Welt ihrer Visionen, und was sie jetzt sehen mochte, würde sich morgen in unerklärliche Farbflecken auf einer großen weißen Leinwand verwandeln.

Ich setzte mich auf die zweite Schaukel und sah zum wolkenverhangenen Himmel. Vermutlich dachte ich an Gaudí und die Tänzerin und an die Männer, die meinem Freund die Hand gereicht hatten, und an die schönen jungen Mädchen, die in dieser ebenfalls fremdartigen und privaten Welt, die das Monte Táber für mich darstellte, bedienten. Dann betrachtete ich Fiona und bewunderte die Unschuld ihrer gelösten Gesichtszüge, ihre Haare, die makellose Blässe ihrer Haut. »Ein sehr harmonisches Gesicht«, hatte Gaudí beim Anblick ihrer Fotografie gesagt, und damit hatte er recht. Ich dachte zurück an den Tag fünf Jahre zuvor, an dem ich sie kennengelernt hatte, und an den Tag, an dem ich mich in sie verliebt hatte, und an den Tag, an dem diese Liebe unwiderruflich vergangen war. Ich schloss die Augen, und als ich sie wieder öffnete, war die Flamme der Öllampe bereits erloschen, und Fiona betrachtete mich von ihrer Schaukel aus sanft lächelnd.

»Hallo«, sagte sie.

»Hallo«, sagte ich.

Schweigend musterten wir uns gegenseitig, als wollten wir zuerst das Terrain erkunden.

»Um diese Uhrzeit hatte ich dich nicht erwartet«, sagte sie schließlich.

Erneut sah ich zum Himmel und entdeckte ein paar einsame Sterne, die in einem kleinen wolkenfreien Bereich leuchteten.

»Ich sah Licht und wollte dir gute Nacht sagen.«

»Sehr lieb von dir.« Fiona strich sich mit der linken Hand über die Haare und ordnete mit einigen raschen Griffen ihre offene Mähne. »Bist du erst jetzt nach Hause gekommen?«

»Schockiert dich das?«

»Es freut mich. Ein interessanter Tag?«

Ich dachte kurz darüber nach.

»Ein seltsamer Tag.«

»Erzähl mir davon.«

Und so tat ich das. Ich erzählte Fiona von meinem Frühstück mit einigen Freunden, die ich seit 1868 nicht mehr gesehen hatte, von meinem Pflichtbesuch am Vormittag bei einem entfernten Verwandten der Familie Camarasa, meinem Mittagessen mit Martita, der Opera buffa im Teatro Principal, der Unterhaltung mit Fionas Vater, meinem vergeblichen Besuch bei Víctor Sanmartín, meinem einsamen Abendessen, meinem Alkoholexzess, dem Besuch im Monte Táber und von dem, was dort geschehen war. Von den knapp bekleideten Mädchen, welche die beiden verschlossenen Türen bewacht hatten, oder dem nackten Körper der Tänzerin erzählte ich ihr nicht; von den befremdlichen Aktivitäten an Gaudís Tisch hingegen schon. Sie lauschte mir wie üblich schweigend. Als ich zum Ende kam, streckte sie mir eine Hand hin, und ich ergriff sie. Nach einigen Sekunden entzog sie mir ihre Hand sanft wieder.

»Hast du vor, diesen Sanmartín am Dienstag zu sehen?«

Ich zuckte die Schultern.

»Ich weiß nicht einmal, welches Fest er meint.«

»Das Fest bei *Las noticias ilustradas*. Am Dienstag um neunzehn Uhr. Im Festsaal der Redaktion.«

Papiergeld eines Fantasielandes, dachte ich.

»Davon höre ich zum ersten Mal.«

»Dein Vater hätte dir sicher morgen davon erzählt.«

»Víctor Sanmartín wusste schon heute davon.«

Fionas kurzes Schweigen bestätigte mir, dass auch sie das merkwürdig fand.

»Ein gut informierter junger Mann.«

»Und besessen von deinen Illustrationen. Er lässt sich keine Gelegenheit entgehen, sie in seinen Briefen zu erwähnen, um Bemerkungen über deine Moral zu machen.«

»In den Briefen, von denen dein Freund glaubt, dass er sie geschrieben hat«, berichtigte mich Fiona. »Vielleicht solltest du diesem Gaudí erklären, dass die Briefe, die Leser an die Zeitungen schreiben, nicht immer in einem für die Veröffentlichung geeigneten Stil abgefasst sind, und es in jeder Redaktion normalerweise jemanden gibt, der diese Briefe ein wenig überarbeitet, ehe sie abgedruckt werden. Vielleicht ist das die Aufgabe dieses Sanmartín.«

»In drei verschiedenen Zeitungen? Während er gleichzeitig bei einer vierten angestellt ist?«

Die Schaukel knarrte, als Fiona ihre Position veränderte.

»Vergiss es«, sagte sie und legte sich auf die Seite, das Gesicht mir zugewandt.

Die Position einer Ehefrau, die ihrem Mann im Ehebett von den kleinen Sorgen des Tages erzählt.

»Glaubst du, dass wir alle Liebeskummer haben?«, fragte ich sie zu meiner eigenen Überraschung, vielleicht um den letzten Gedanken zu verscheuchen oder aber um ihn zu festigen.

»Wie bitte?«

»Das hat ein alter Mann in einer Kneipe im Raval zu mir gesagt.« Kurz bevor ich mich neben einer Urinlache übergab, verkniff ich mir zu sagen. Ich durchkämmte mein Gedächtnis auf der Suche nach einem Beweis für diese Erinnerung. »Glaube ich wenigstens.«

Fiona machte sich nicht die Mühe zu antworten.

Ganz kurz leuchtete ein Licht am Himmel über unseren Köpfen auf, und unsere Körper zeichneten sich flüchtig ab, ehe sie wieder von der Dunkelheit verschluckt wurden. Ein Blitz ohne Donner oder ein Feuerwerk oder die Leuchtrakete eines Schiffes in Seenot.

Der Geruch von Fionas Zigarette erfüllte noch immer die Luft, die wir atmeten, und beschwor um uns herum eine ganz andere, fremde und unsichtbare Welt herauf.

»Hast du etwas Interessantes gesehen?«, fragte ich und legte mich ebenfalls auf die Seite, das Gesicht ihr zugewandt.

Auch darauf gab sie keine Antwort.

# Kapitel 10

Am Montag erwähnten die Morgenzeitungen zum ersten Mal seit sechs Tagen weder den Brand in der Calle de la Canuda noch die Kontroverse um *Las noticias ilustradas*: kein Artikel über den Fortschritt der polizeilichen Ermittlungen oder die juristischen Verästelungen der Angelegenheit, kein niederträchtiges Interview, kein Leserbrief, der ein Verbot von Sempronio Camarasas Zeitung, die Ausweisung ihres Direktors oder die öffentliche Steinigung ihrer Hauptillustratorin forderte. Zum ersten Mal seit sechs Tagen konnte ich die drei Morgenzeitungen lesen, ohne selbst den Wunsch zu verspüren, Feuer in den Redaktionsräumen, den Privathäusern der Direktoren und vielleicht noch in der Calle de Aviñón Nummer drei zu legen. Selbst die heutige Ausgabe von *Las noticias ilustradas* war in einem ungewöhnlich gemäßigten Ton gehalten, ohne sonderlich blutrünstige oder beunruhigende Nachrichten zu bringen. Nur von ein paar tätlichen Auseinandersetzungen im Hafen und einem drohenden Tumult bei einem Streik der Sozialisten in der Calle de los Talleres war die Rede, nichts, was einen konservativen Leser allzu sehr verstören konnte. Beim Abendessen konnte Margarita mir zu meiner Erleichterung und ihrer Enttäuschung nicht von neuen anonymen Briefen berichten, ebenso wenig von ungebetenem Besuch in unserem Haus oder Steinwürfen auf das Stadtpalais in der Calle de Fernando VII. Am späteren Abend, das weiß ich noch, schaute ich auf dem Weg zu meinem Schlafzimmer im Büro meines Vaters vorbei und beglückwünschte ihn zu diesem ruhigen Tag. Vielleicht behielt Papa Camarasa am Ende doch recht. Vielleicht mussten wir uns keine Sorgen machen. Vielleicht war das alles lediglich ein Fall von Sensationsfieber: heftig und peinigend, aber schon wieder im Sinken begriffen.

Und dann kam der Dienstag.

Der Artikel, der alle diese Illusionen zunichtemachte, nahm eine ganze Seite im *Diario de Barcelona* ein. Unterzeichnet war er mit zwei Initialen, V und S, und auch der Text des Artikels ließ keinen Raum für Zweifel an der Urheberschaft Víctor Sanmartíns.

Die Schlagzeile, deren Schriftgröße und -art auf eine Nachricht von internationaler Tragweite schließen ließen, lautete schlicht: »Sempronio Camarasa, Verbündeter der Bourbonen«. Die erste Zwischenüberschrift lautete: »*Las noticias ilustradas* im Dienste der Restauration der Monarchie«. Und eine zweite Zwischenüberschrift ergänzte: »Der verbrecherische Angriff auf *La gaceta de la tarde*: Teil der bourbonischen Verschwörung«.

Der Inhalt des Artikels war weniger schlagkräftig als die Überschriften und beschränkte sich in Wahrheit auf die Gerüchte, die ohnehin seit dem Ende des Sommers in Umlauf waren. Glaubte man ihnen, war eine umfassende Verschwörung im Gange, die das Ziel hatte, wieder einen Bourbonen auf den spanischen Thron zu setzen: Alfonso XII. Die Behauptung, mein Vater und seine Zeitung seien darin verwickelt, stützte sich auf so schwache und teils sogar imaginäre Indizien – die Flucht meiner Familie nach der Revolution von 1868, der möglicherweise doppelte Zweck der Londoner Geschäfte meines Vaters, seine vorgeblich gefährlichen Freundschaften, die nicht vorhandene probourbonische und antirepublikanische Linie von *Las noticias ilustradas* –, dass sie nicht einmal Sanmartín selbst zu überzeugen schienen. Lediglich einige kryptische Erwähnungen eines anonymen Gewährsmannes, der angeblich gute Beziehungen zum Pariser Stützpunkt des Sohns der abgesetzten Isabel II. pflegte, verliehen dem, was in Wirklichkeit nur ein Haufen wild zusammengeworfener Mutmaßungen unter einer sensationsheischenden Schlagzeile war, ein wenig Gewicht. Doch der Schaden war angerichtet.

Die Schlagzeile des Artikels nannte Sempronio Camarasa einen Spion des Königs, und dies würde sich in den Köpfen der Leser festsetzen. Mein Vater sei Mitglied einer laufenden bourbonischen Verschwörung und seine Zeitung deren Werkzeug. Die Rückkehr der Familie Camarasa ausgerechnet jetzt, wo die Republik nach Pavías Staatsstreich im Januar de facto begraben war und die Freiheit sich in den Händen ungeschickt und feige agierender Regierungen dem Ende zuneigte, wo bereits überall im Lande Säbelrasseln zu hören war, sei nichts Geringeres als Teil eines Plans, den »der französische Teufel« aus unseren anonymen Briefen von seinem Schlupfwinkel im Exil aus ersonnen hatte.

Das war die Ansicht, die sich bei allen, die heute Morgen den *Diario de Barcelona* lasen, festsetzen würde.

Und sobald ich den Artikel zu Ende gelesen hatte, wusste ich, dass dieser Verdacht auch mich von nun an nicht mehr loslassen würde.

Als Gaudí und ich auf der Placeta de Montcada ankamen, überzog ein feiner Schlammregen die Straßen des Ribera-Viertels mit einer Schmutzschicht. Es war sechs Uhr abends an einem ganz normalen Dienstag, doch in der Umgebung der Kirche Santa María del Mar herrschte ein ebenso geschäftiges Treiben wie sonntags nach der Messe. Dutzende von Menschen in Arbeitskleidung, vergnügte alte Frauen in Trauerkleidung und alte Männer, die an ihrem ländlichen Kleidungsstil festhielten, drängten sich um die Verkaufsstände an den Mauern des Gotteshauses und unterhielten sich lautstark in mir kaum verständlichem ländlichem Katalanisch, während um sie herum Horden von dreckigen Kindern wie die Wilden hinter einem Rad, einem davonwirbelnden Kreisel oder einem schlammbraunen Wollball herrannten. Ein mit Packtaschen beladener

Esel ließ neben der Apsis der Kirche Wasser, und ein Hund tat dasselbe vor der Eingangstür des Milchgeschäfts, das an einer der Seiten des Plätzchens lag, doch niemand schien sich daran zu stören. Zwei Bettler schliefen Arm in Arm unter dem steinernen Bogen eines zugemauerten Vorbaus, und wenige Meter von ihnen entfernt spielte ein Straßenmusiker mitten auf der Straße auf seiner kleinen Geige sephardische Musik und tanzte dabei zu seiner fröhlichen Melodie.

Diesmal wartete niemand an der Haustür auf Gaudí.

»Heute haben Sie keinen Besuch, wie ich sehe.« Diese Bemerkung hatte ich mir nicht verkneifen können.

»Ich versuche, werktags keinen Besuch zu erhalten«, entgegnete er und nahm die erste der zahlreichen Stufen bis zum Dachboden in Angriff.

Dort oben erweckte das Haus einen kaum besseren Eindruck als von außen und im Eingangsbereich. Die Tür der einzigen Wohnung auf dem Dachboden war voller Farbflecken, tiefer Kratzer und, so schien mir, noch frischer Spuren eines Brandes. Die kleine Dachluke war beinahe blind vom Kot der Tauben und Möwen, und etwas von diesem Schmutz schien auch auf die Decke und die Wände hier am Treppenabsatz und sogar auf den nicht gefliesten Boden abgefärbt zu haben. Das Auffälligste hier waren jedoch die drei Schlösser, welche die Wohnungstür der Gaudí-Brüder sicherten.

»Einbrecher in der Gegend?«, fragte ich, während mein Freund den ersten der drei Schlüssel ins oberste Schloss steckte.

»Wir haben kürzlich eine schlechte Erfahrung gemacht.«

»Nichts Gravierendes, hoffe ich«, sagte ich und betrachtete nochmals das, was ich für die Spuren eines Brands hielt.

»Zumindest nichts Irreparables.« Nun hatte Gaudí die Schlösser geöffnet und hielt mir die Tür auf. »Hereinspaziert.«

Von innen war die Mansarde geräumig, hell und erstaunlich wohnlich. Die Decken waren nicht so niedrig, wie mein Freund mir einmal zu verstehen gegeben hatte, wenn auch ihre Höhe wegen des Satteldachs zu den seitlichen Hauswänden hin immer weiter abnahm. Ein großer zentraler Raum nahm mehr als die Hälfte des Platzes ein, und längs der Wände befanden sich ein großer Esstisch und zwei kleinere Arbeitstische, zwei Sessel, einige Holzstühle, zwei Schränke mit Glastüren, mehrere Regale voller Bücher und anderer Gegenstände sowie ein kleiner Küchenbereich mit Speisekammer, Ofen und Wasserbecken. In der Raummitte war das Modell von Santa María del Mar, dessentwegen wir gekommen waren, wie ein sonderbares Tier aus Schnüren, Metall und Sandsäckchen aufgehängt. Auf dem nackten Boden darunter lagen alle möglichen Schreinerwerkzeuge sowie zwei große Bögen Papier und bildeten ein Durcheinander, das nicht zu der Ordnung passte, die ansonsten im Raum herrschte. Das Modell war völlig anders als alles, was ich bisher in Architektenateliers gesehen hatte, und auch die Pläne auf den beiden Papierbögen waren auf den ersten Blick nach einem mir völlig unbekannten System von Zeichen und Maßen gezeichnet. Obwohl Gaudí sichtlich Vergnügen an meiner verunsicherten Miene und meinen ersten Kommentaren hatte, nahmen wir das Modell zunächst noch nicht genauer in Augenschein. An den beiden Enden des Raumes führten je eine Tür in die Schlafzimmer der Brüder, und eine dritte zwischen den Bullaugen, durch die die Mansarde ihr Licht erhielt, führte auf eine winzige offene Terrasse über den Dächern des Ribera-Viertels.

Der Blick, den man von dort draußen auf die Kirche Santa María del Mar hatte, war so grandios, dass ich zum ersten Mal begriff – mehr oder weniger –, warum Gaudí hier wohnte.

»Außergewöhnlich«, sagte ich, vergaß den Regen und den kräftigen Wind, der hier oben wehte, und hatte nur noch Augen für das steinerne Wunder, welches das mittelalterliche Gotteshaus darstellte. »Sie haben hier eine Aussicht, für die jeder wohlhabende Bürger ein kleines Vermögen zahlen würde.«

Gaudí stellte sich neben mich an das Mäuerchen, das die Terrasse umgab.

»Ich glaube nicht, dass irgendein wohlhabender Bürger bereit wäre, das zu zahlen, was wir für diese Aussicht aufbringen müssen«, gab er zurück. »Ganz zu schweigen davon natürlich, dass kein wohlhabender Bürger sich je die Mühe machen würde, auch nur den Kopf zu heben, um die Türme der Kirche zu betrachten.«

Wir genossen noch eine Weile schweigend den Anblick der Kirche inmitten der Dächer des Viertels, bis der Regen und der Wind noch heftiger wurden und Gaudí vorschlug, wieder in die Mansarde zurückzukehren.

»Kein schöner Tag für ein Fest«, merkte ich an, als wir wieder im Trockenen standen, strich mit den Händen über die Schultern meiner Jacke und ließ sie nass wieder sinken.

»Wenn Ihnen lieber wäre, dass wir nicht hingehen…«

Ich lächelte.

»Sie haben versprochen, mich zu begleiten, lieber Freund«, sagte ich. »Und ich habe versprochen, dafür zu sorgen, dass Sie dort sein werden.«

»Dieser Skandal-Illustratorin, nehme ich an.«

Ich lächelte erneut.

»Tun Sie nicht so, als wollten Sie sie nicht kennenlernen.«

Bedächtig knöpfte Gaudí seinen ebenfalls durchnässten Gehrock auf.

»Ich will nicht leugnen, dass ich neugierig bin«, räumte er schließlich ein. »Die unscharfen Fotografien schienen einen originellen Geist zu offenbaren.«

Ich ignorierte den Teil mit den unscharfen Fotografien und ging nur auf die zweite Satzhälfte ein.

»Wenn Sie Originalität suchen, ist Fiona Ihre Frau.« Dann fügte ich, nicht ganz wahrheitsgetreu, hinzu: »Auch sie kann es kaum erwarten, Sie kennenzulernen.«

Ich hatte den Eindruck, dass mein Freund sich darüber freute, auch wenn das weder seiner Miene noch seiner Stimme anzumerken war.

»Sie werden verzeihen, dass ich Sie heute nicht in mein Zimmer bitte, nicht wahr?«, fragte er in Hemdsärmeln und mit gelockerter Krawatte. »Heute Morgen gab es keine Gelegenheit, dort aufzuräumen, und ich möchte nicht, dass Sie einen falschen Eindruck gewinnen. Mein Bruder ist ein stolzer Mann und würde mir niemals verzeihen, wenn ich ihn in Ihren Augen als unordentlichen Menschen dastehen ließe.«

»Ich fürchte, ich bin nicht der Richtige, um über Ordnung oder Unordnung zu urteilen«, bekannte ich. »Aber in jedem Fall wären doch auch Sie derjenige, der als unordentlicher Mensch dastünde, wenn Ihr Zimmer nicht vorzeigbar ist, nicht wahr?«, befand ich, ehe ich begriff, was Gaudí mir soeben auf seine übliche ausweichende Art zu verstehen gegeben hatte. »Ihr Bruder kümmert sich um die Reinigung der gesamten Wohnung?«

Gaudí deutete ein Lächeln an.

»In irgendeiner Form muss auch er zum Wohlstand der Familie beitragen, oder?«

›Er arbeitet also nicht für wohlhabende Spiritisten oder pflegt Umgang mit Spitzbuben, die ihn Señor G nennen‹, hätte ich beinahe gesagt. Doch mein Freund war schon in seinem Schlafzimmer verschwunden. Außerdem war mir heute ohnehin nicht danach, Gaudí seine Geheimnisse zu entlocken. Angesichts des bevorstehenden Fests bei *Las noticias ilustradas* und der Schwermut, die ich von den Spekulationen über meinen Vater im *Diario de Barcelona* zurückbehalten hatte, waren Gaudís private Angelegenheiten im Moment meine letzte Sorge.

Aber als ich nun unvermittelt allein im Wohnzimmer war, behielt meine Neugier die Oberhand über meine momentane Niedergeschlagenheit, und ich konnte der Versuchung nicht widerstehen, an einen der beiden Arbeitstische zu treten, um nachzuprüfen, ob ich vorhin richtig gesehen hatte: dass zwischen den vielen Büchern und Papieren auf dem Tisch ein Skizzenbuch wie das lag, das Gaudí am Samstagabend in Händen gehalten hatte. Es handelte sich wirklich um die gleiche Sorte, die auch Fiona verwendete, um vor Ort ihre Illustrationen zu skizzieren: Großquart, schwarzer Einband, zwei Finger dick und mit einer Schnur aus marineblauer Seide zugebunden. Die Versuchung war groß, doch weder knotete ich die Schnur auf, noch versuchte ich, hineinzuspähen, indem ich das Buch oben oder unten ein wenig auseinanderbog. Dieses

Buch war ein Geheimnis, das zu lüften mir an diesem Nachmittag nicht zustand.

Ich ging zum anderen Arbeitstisch und stellte fest, dass alles, was sich darauf befand, mit Francesc Gaudís Studium der Rechte zu tun hatte. Neugierig betrachtete ich die beiden gerahmten kleinen Fotografien auf dem Tisch, zwei Familienporträts in unverkennbar ländlicher Atmosphäre. Dann wandte ich mich den Regalen zu, die zwei der Wände bedeckten, und überflog die Rücken der Bücher darin. Die Buchtitel offenbarten ein eigenartiges Interessengemisch: Da standen Abhandlungen über Architektur, Ästhetik, Fotografie, Kunstgeschichte, einige minderwertige Romane, ein wenig katalanische Lyrik, eine abgegriffene Bibel, die neuesten übersetzten Werke von William Morris und Walter Pater, zwei Bücher über scholastische Theologie, eine kleine Sammlung griechischer und lateinischer Klassiker, eine ganze Reihe juristischer Werke, verschiedene illustrierte Bände über die Wunder der Welt, einzelne Hefte französischer Zeitschriften und auch, zu meiner Überraschung, eine ansehnliche Zahl Abhandlungen über Botanik, Medizin, Naturgeschichte und unkonventionelle Wissenschaften. Wie jede private Bibliothek schien diese spezielle Auswahl von Titeln und Themen etwas über die Seelen ihrer Besitzer zu sagen, doch an diesem Nachmittag war ich nicht in der rechten Stimmung, um irgendwelche Schlüsse daraus zu ziehen.

Schließlich hörte ich auf, in den Privatangelegenheiten der Brüder Gaudí herumzuschnüffeln, und wandte mich dem Modell von Santa María del Mar und den beiden Plänen darunter zu.

»Was meinen Sie?«, fragte Gaudí, als er einige Minuten später mit frischem Hemdkragen aus seinem Schlafzimmer kam, die Krawatte sogar noch kunstvoller gebunden als gewöhnlich.

»Dass Sie sehr elegant gekleidet sind.«

Mein Freund zog ein wenig die Augenbrauen in die Höhe.

»Zu dem Modell, meine ich.«

»Es sieht nicht aus wie Santa María.«

»Das liegt daran, dass die Santa María, die ich konstruiere, nicht dieselbe ist, die sie alle sehen.«

»Sie alle?«

›Die gewöhnlichen Leute‹, besagte Gaudís Blick, doch seine Zunge war ausnahmsweise diplomatischer: »Diejenigen, die nicht seit sechs Jahren das Kräftesystem der Kirche studieren.«

Das Kräftesystem der Kirche. Lange betrachtete ich das eigenartige, scheinbar formlose Gebilde in der Zimmermitte, und schließlich glaubte ich zu verstehen, was sich darin verbarg, welchen Sinn es hatte und welche Absicht Gaudí damit verfolgte. Die von der Decke hängenden Seile, die Sandsäckchen, die seltsame Apparatur aus Metall und Blech: ein System aus Gewichten und Flaschenzügen, die das innere Gerüst des Gebäudes abbildeten. Sein theoretisches Skelett. Das reine System physikalischer Gesetze, das seinen steinernen Körper aufrechterhielt.

»Ich verstehe«, sagte ich voller Staunen, auch wenn ich nur ahnen konnte, was mein Freund da tat.

»Wirklich?«

Gaudí fragte das so aufrichtig neugierig, dass es ihm diesmal wirklich gelang, meinen kleinen Stolz zu verletzen.

»Mir scheint, Gaudí, allmählich rechtfertigt auch die Rettung meines Lebens so viel Unhöflichkeit nicht mehr«, beschwerte ich mich.

Das Lächeln meines Freundes entwaffnete mich sofort.

»Heute ist wirklich kein guter Tag, um mit Ihnen zu scherzen. Erscheint Ihnen mein Projekt denn interessant?«

Die folgende halbe Stunde verbrachten wir im Lichtschein zweier Öllampen auf den Knien, einen Plan in der Hand, und erörterten die Einzelheiten dieses neuen Systems, das Gaudí ersonnen hatte, um die Geheimnisse des Gebäudes zu ergründen, das ihm in Barcelona das liebste war, eines der wenigen, die seinem strengen architektonischen Ideal gerecht wurden, und vielleicht das einzige, das mein Freund nicht bereitwillig niederreißen würde, um Platz für Besseres zu schaffen – für etwas von ihm Entworfenes, versteht sich. Anhand seines Modells aus Seilrollen und umgekehrten Flaschenzügen erläuterte Gaudí mir seine ersten Theorien dazu, wie die Baumeister von Santa María del Mar ihr Werk so ersonnen hatten, dass die Gewölbelast, anstatt sich auf das System aus Mauern, Säulen und Architraven zu verteilen, wie es in mittelalterlichen Kirchen üblich gewesen war, beinahe vollständig auf wenigen besonderen Punkten ruhte, die sich fast alle im Hauptschiff der Kirche befanden. Der unvergleichliche Eindruck von geradezu filigraner Leichtigkeit, ja, sogar Fragilität, den das Innere des Gotteshauses vermittelte, wäre somit direktes Resultat der genialen Konstruktion, welche die Architekten zu diesem Zweck ersonnen hatten, dieses geheimen Rückgrats – fünf oder sechs Säulen, der ein oder andere Gewölbefuß, der Säulengang einer Seitenkapelle –, die den Rest des Gebäudes von tragenden Aufgaben befreiten und von deren Existenz bisher niemand etwas geahnt zu haben schien.

Ich gestehe, dass Gaudís seltsame Ideen mir an jenem Nachmittag ebenso attraktiv wie dubios erschienen und ich ihnen nicht allzu viel Aufmerksamkeit schenkte; aber meinen Freund mit solcher Leidenschaft, mit so viel Begeisterung und Fantasie über etwas sprechen zu hören, dem er so viele Stunden seines Lebens gewidmet hatte, das war jedenfalls ein Vergnügen, mit dem ich gern den ganzen Abend zugebracht hätte.

Doch die Pflicht wartete jenseits der Fenster, vor denen es bereits dunkel geworden war. Als die Glocken von Santa María del Mar sieben Uhr schlugen, blieb mir nichts anderes übrig, als Gaudí in seinen Ausführungen über die Bedeutung des Fluchtpunkts in der religiösen Architektur des Mittelalters zu unterbrechen und voller Bedauern daran zu erinnern, dass uns in der Calle de Fernando VII ein Fest erwartete.

»Aber vielleicht haben Sie recht. Vielleicht sollten wir einfach nicht hingehen.«

Gaudí sah sein Modell an, dann mich, dann die regennassen Fensterscheiben und schließlich mit resignierter Miene wieder mich.

»Das können wir Ihrem Vater nicht antun«, sagte er und brachte seinen Krawattenknoten in Ordnung. »Ganz zu schweigen selbstverständlich von dieser jungen Dame, die mich so unbedingt kennenlernen möchte.«

Und so begann der Abend, der unser beider Leben unwiderruflich verändern würde.

# *Kapitel 11*

$\mathcal{A}$ ls Gaudí und ich den Festsaal des Palais in der Calle de
Fernando VII betraten, war die Feier bereits im Gange.
Eine dekorative Festbeleuchtung verlieh den Gesichtern der
Anwesenden Farbe, glättete wie durch Zauberei die Haut der
Damen und ließ die schweren Schnurrbärte der Herren leich-
ter erscheinen. Ein halbes Dutzend Kellner gingen mit ihren
Tabletts voller Getränke und Speisen zwischen den Gästen
umher, und eine kleine sechsköpfige Kapelle spielte auf einer
Bühne, die in einer Ecke aufgebaut war, eine Pavane. Doch
die Atmosphäre im Saal war kaum fröhlicher oder festlicher
als meine eigene Stimmung. Es mochten etwa fünfzig Personen anwesend sein, vielleicht auch mehr, aber ich kannte nur
drei davon. Die übrigen waren sicher Geschäftspartner meines
Vaters oder zumindest zukünftige, gewichtige Namen im
wirtschaftlichen und gesellschaftlichen Leben Barcelonas oder
Persönlichkeiten, die eine gewisse lokale Bedeutung hatten
und deren Wohlwollen man sich nach den letzten journalis-
tischen Fehltritten von *Las noticias ilustradas* zurückerobern
musste. Einige Militäruniformen fielen zwischen all den
schwarzen Abendanzügen ins Auge, und ich meinte sogar,
zwei Kollare unter ebenso vielen Doppelkinnen zu erblicken.
Das Durchschnittsalter der Anwesenden konnte nicht unter
sechzig Jahren liegen, selbst wenn man Gaudí, Fiona Begg –
die einzige Frau im Saal, deren Gesicht nicht unter einer
dicken Schicht Schminke verborgen war, die beim kleinsten
Lächeln abzuplatzen drohte – und mich mitzählte. Sogar die

Musiker und die Kellner gehörten einer Generation an, die noch einen Bonaparte auf dem spanischen Thron erlebt hatte.

»Mein Vater muss der einzige Mann der Welt sein, der fähig ist, ein Fest auszurichten, ohne dafür auch nur eine einzige junge Frau einzustellen«, murmelte ich, angelte mir ein Glas Sherry vom Tablett eines unter Haarschwund leidenden Kellners und leerte es in einem Zug.

»Männliche Kellner sind ein Anzeichen von Reichtum und Distinktion.«

»Meinen Sie?«

»Eine Frage der Etikette.« Gaudí beendete seine Inspektion des Saals und wandte sich mir mit zufriedener Miene zu. »Interessant«, stellte er fest.

»Wenn Sie das sagen ...«

»In diesem Augenblick sind hier zehn der fünfzehn größten Vermögen der Stadt versammelt. Erscheint Ihnen das nicht interessant?«

Ich hob die Augenbrauen.

»Ich hätte nicht gedacht, dass Sie über solche Dinge auf dem Laufenden sind, mein Freund«, sagte ich. »Ich kann mir nicht vorstellen, dass Sie die Klatschspalten der Zeitungen lesen.«

»Die Personen, über die auf diesen Seiten zu lesen ist, Camarasa, sind diejenigen, die über das Geld verfügen, das uns eines Tages zu essen geben wird. Es ist ratsam, ihre Namen zu kennen, auch wenn ihre Heldentaten uns unsagbar langweilen.«

Ich stellte mein leeres Glas auf einem Tablett ab, das gerade in Reichweite war, und nahm zwei Gläser Portwein.

»Also wollen Sie sich in einen Hofarchitekten verwandeln«, sagte ich und reichte meinem Freund eines der Gläser.

»Sie sagen das, als wäre es etwas Unanständiges.«

»Ist es das nicht?«

»Wenn Ihr Vater mich mit dem Entwurf einer Familienvilla beauftragen und ich sie ihm konstruieren würde, wäre das unehrenhaft?«

»Mir scheint, mein Vater gehört noch nicht in die Kategorie derer, die auf besagten Gesellschaftsseiten erscheinen.«

Gaudí nippte an seinem Portwein.

»Und mir scheint, dass Ihnen, verehrter Camarasa, noch überhaupt nicht bewusst ist, welches Gewicht Ihr Nachname besitzt. Was mich, nebenbei gesagt, überrascht. Als Sempronio Camarasas Erstgeborener sollten Sie eigentlich weit besser über die Geschäfte Ihrer Familie informiert sein. Schließlich werden Sie sie eines Tages erben.«

Mir schossen so viele mögliche Antworten durch den Kopf, dass ich mich wie üblich für die dümmste entschied.

»An dem Tag, an dem ich die Familiengeschäfte erbe, werden Sie mein Kammerarchitekt.«

Gaudí nickte ernst.

»Es wird mir eine Ehre sein, für Sie zu arbeiten«, sagte er anscheinend ohne jede Ironie. Dann wandte er den Blick einem Grüppchen im Ostteil des Saals zu, wenige Schritte vom Musikerpodest entfernt, und fügte hinzu: »Ich vermute, Ihr Vater ist der Herr mit den Smaragdmanschettenknöpfen.«

Ich sah zu meinem Vater und stellte fest, dass seine Manschettenknöpfe wirklich so grün wie das Tuch waren, welches sich Fiona, die mit einem leeren Glas in der Hand neben ihm stand, um die Schultern gelegt hatte.

»Dann haben die Zeitungen also schon ein Foto von ihm gebracht.«

Mein Freund schüttelte den Kopf.

»Sie gleichen einander wie ein Ei dem anderen.«

»Das stimmt nicht.«

»Die Form Ihrer Ohrläppchen ist unverwechselbar.«

Der Menschenkenner schlägt wieder zu, dachte ich.

»Haben Sie die Ohren aller Anwesenden inspiziert, nur damit Sie meinen Vater erkennen, ehe ich ihn Ihnen vorstelle?«

»Das war gar nicht nötig. Die Frau zu seiner Rechten hat es mir leicht gemacht.« Mein Freund deutete ein Lächeln an, das mir allmählich vertraut war. »Fiona Begg natürlich.«

»Eine nicht allzu schwierige Schlussfolgerung.«

»Und der rothaarige Herr ist Martin Begg«, fuhr er fort.

»Einen prächtigen Bauch hat er da.«

»Falls Sie ihm ein Kompliment machen wollen, wenn ich Sie gleich vorstelle, dann nicht dieses.«

»Keine Sorge.« Gaudí legte den Zeigefinger an die Lippen und beobachtete die Gruppe einige Augenblicke nachdenklich. »Der Mann, der mit Señorita Begg spricht, ist Reeder. Witwer, kinderlos oder mit einem einzigen Sohn, mit dem er seit Langem keinen Umgang mehr pflegt. Er lebt in derselben Gegend des Hafens, in der sich auch sein Geschäft befindet, was für einen Mann mit seinen Mitteln ziemlich seltsam ist. Vielleicht ist Ihnen das Pflaster aufgefallen, das unter seinem Hemdkragen hervorlugt, und der rötliche Schmutz, der an seinen Schuhen haftet.«

Diesmal ging ich auf dieses Spiel gar nicht erst ein. Mein Vater hatte sich gerade von dem alten Mann befreit, mit dem er bisher gesprochen hatte, und ich sah mindestens ein halbes Dutzend Gäste, die nur auf ihre Chance lauerten.

»Bereit für die Vorstellungsrunde?«, fragte ich, nahm Gaudís Arm und zog ihn hinter mir her zum Mittelpunkt des Geschehens.

Erst als wir nur noch wenige Schritte entfernt waren, wurde mein Vater auf uns aufmerksam und zwang sich zu einem matten Lächeln, das mir jedoch etwas weniger gekünstelt erschien als sonst. Er vermittelte den Eindruck eines müden, unfreien Mannes: Sein Blick war grimmig, unter den Augen lagen dunkle Ringe, und auf der Haut seiner Wangen, die trotz seines Alters noch beneidenswert straff war, schimmerte ein blauschwarzer Bartschatten. Er trug seinen besten Abendanzug, die vorderen Haare waren in die Stirn gekämmt, und in der linken Hand hielt er ein beinahe unangetastetes Glas französischen Champagners.

»Wie geht es dir, Papa?«, begrüßte ich ihn, fragte mich, ob ich ihm die Hand reichen oder ihn als sein Sohn kurz umarmen sollte, und tat am Ende wie immer nichts von beidem.

»Gabriel«, erwiderte er in unerwartet feierlichem Ton. »Danke, dass du gekommen bist.«

Das klang nicht wie die übliche Höflichkeitsfloskel. Nach dem Tiefschlag heute Morgen war mein Vater aufrichtig dankbar für meine Anwesenheit auf seinem Fest.

»Papa, das ist Antoni Gaudí«, sagte ich und legte meinem Freund eine Hand auf die Schulter. »Gaudí, das ist mein Vater, Sempronio Camarasa.«

Die beiden Männer wechselten einen festen Händedruck.

»Freut mich sehr, Sie endlich kennenzulernen, Señor Gaudí«, sagte mein Vater. »Gabriel hat viel von Ihnen gesprochen.«

»Ganz meinerseits, Señor Camarasa. Es ist mir eine Ehre, heute hier sein zu dürfen. Ein sehr schönes Fest.«

»Die Hälfte der Gäste ist noch nicht eingetroffen«, stellte mein Vater besorgt fest. »Und ich glaube auch nicht, dass sie noch kommen.«

Diesmal nickte Gaudí mit ernster Miene.

»Regen ist bei solchen Ereignissen nie hilfreich.«

So viel Taktgefühl seitens Gaudí stieß sichtlich auf Gefallen bei meinem Vater, einem Mann, der die Realität ebenfalls gerne mit gefälligen Metaphern beschönigte.

»Sie haben recht.« Er sah zu der langen Reihe großer Fenster, die auf die Calle de Fernando VII hinausgingen. »Der Wind, der da draußen weht, lädt nicht gerade dazu ein, aus dem Haus zu gehen.«

»Ganz zu schweigen natürlich von den Unannehmlichkeiten, die es nach sich ziehen kann, wenn man sich in der Öffentlichkeit mit einem vermeintlichen Verbündeten der Bourbonen sehen lässt, der die Republik stürzen möchte«, ergänzte ich.

Mein Vater warf mir einen Blick zu, der weniger verärgert als müde war.

»Das ist ein Thema, das ich heute Abend nicht erörtern möchte.«

»Aber ich glaube, es ist ein wichtiges Thema.«

»Unsere Anwälte befassen sich damit.«

»Ich nehme an, sie haben eine Verleumdungsklage gegen den *Diario de Barcelona* eingereicht.«

»Unsere Anwälte befassen sich mit der Angelegenheit«, wiederholte mein Vater. »Und das ist hier nicht der rechte Ort, um darüber zu reden.«

Ich leerte mein Glas Portwein und suchte ein Tablett, von dem ich mir ein neues nehmen konnte. Kein Kellner in Sicht, als hätten sie sich gegen mich verschworen und beschlossen, gleichzeitig den Saal zu verlassen. Neben uns plauderte Fiona noch immer mit dem vermeintlichen verwitweten Reeder. Sie stand mit dem Rücken zu uns, war sich unserer Anwesenheit aber sicher bewusst. Und wenige Schritte weiter stand ein Grüppchen aus drei Männern und zwei Frauen, die allesamt sehr fein gekleidet und herausgeputzt waren und uns unverhohlen beobachteten.

»Sag mir bloß, dass alles gelogen ist«, murmelte ich. »Mehr möchte ich heute Abend gar nicht hören.«

Mein Vater schüttelte ungläubig den Kopf.

»Ausgerechnet jetzt willst du etwas auf das geben, was in den Zeitungen über mich geschrieben wird?«

»Ich möchte es nur von dir hören«, beharrte ich. »Dass wir wirklich aus keinem anderen Grund als wirtschaftlichen Interessen nach Barcelona zurückgekehrt sind. Dass du nicht auch hier in die Politik verwickelt bist.«

Mein Vater ließ mir dieses »auch hier« ebenso selbstverständlich durchgehen, wie ich es ausgesprochen hatte.

»Morgen frühstücken wir zusammen«, verkündete er. »Es sei denn, du hast andere Pläne.«

»Abgemacht«, stimmte ich zu. »Aber jetzt bitte ich dich nur um drei Worte.«

Mein Vater leerte sein Glas in einem Zug und schob es mir in die freie Hand.

»Morgen früh um halb acht in meinem Büro«, sagte er und beendete damit das Gespräch so abrupt wie immer. »Genieße das Fest.« Dann wandte er sich an meinen Freund: »Es war mir ein Vergnügen, Sie kennenzulernen, Señor Gaudí.«

»Ganz meinerseits, Señor Camarasa.«

Und dann tat mein Vater etwas Seltsames. Anstatt sich zu entfernen und zu einer anderen der diversen Gruppen zu gesellen, die nur auf eine Gelegenheit warteten, mit dem Gastgeber zu sprechen, blieb Sempronio Camarasa noch bei uns stehen und musterte Gaudí mit nachdenklich gerunzelter Stirn und geschürzten Lippen.

»Allerdings sind Sie und ich uns schon einmal begegnet, nicht wahr?«

Gaudí wirkte ebenso überrascht wie ich über diese Frage.

»Ich glaube nicht, Señor Camarasa«, erwiderte er höflich. »Ich fürchte, Sie und ich, wir verkehren nicht in denselben Kreisen.«

Mein Vater nickte, ohne den Blick von Gaudí abzuwenden.

»Dann habe ich Sie wohl verwechselt«, sagte er. »Genießen Sie das Fest, Señor Gaudí.«

Das Grüppchen neben uns, das uns so offen beobachtet hatte, nutzte sofort die Gelegenheit, meinen Vater in seinen Kreis zu ziehen, und diesen Augenblick wählte Fiona, um sich liebenswürdig von ihrem Gesprächspartner zu verabschieden und sich zu uns zu gesellen.

»Mir schien, ich hörte eine vertraute Stimme«, sagte sie und schenkte mir ein bezauberndes Lächeln. »Ein Glas in jeder Hand? So weit sind wir schon?«

»Du kennst mich doch, ich sorge gerne vor«, erwiderte ich ebenfalls lächelnd. »Du siehst fabelhaft aus.«

Und das stimmte. Fiona sah fabelhaft aus. Sie trug ein langes schwarzes, grau und weiß abgesetztes Kleid mit weitem Rock und großzügigem Ausschnitt und dazu ein feines grünes Tuch, das ihre Schultern, den halb nackten Rücken und einen Teil der Brust bedeckte. Sie war geschmackvoll geschminkt, weder zu zurückhaltend noch zu aufdringlich, und der einzige Schmuck, den sie trug, war ein Paar filigraner Ohrringe aus Weißgold, welche die Aufmerksamkeit auf ihre kleinen, wohlgeformten Ohren lenkten. Ihre Handschuhe waren grau, samtweich und schmiegten sich so eng an ihre Haut, dass sich ihre Fingernägel und die Hautfalten an den Knöcheln darunter abzeichneten; die braunen Halbstiefel waren makellos sauber, als hätten sie niemals den Straßenschmutz auf der Calle de Fernando VII berührt. Die Haare trug sie zu einem komplizierten Geflecht aus Knoten und Zöpfen aufgesteckt, das ihre Stirn frei ließ, die ebenso breit wie die ihres Vaters und gleich oberhalb der linken Augenbraue von zwei kleinen, kreisrunden Muttermalen geziert war. In der eigentümlichen Festbeleuchtung bildeten ihre roten Haare einen starken Kontrast zu dem intensiven Grau ihrer Augen und ihrer weißen Haut.

»Du siehst auch originell aus«, sagte sie. »Diese Lehmflecken auf deiner Hose gefallen mir. Soll ich noch einmal den Chefredakteur rufen, der am Morgen des … deines Unfalls deinen Hut abgebürstet hat?«

Aus Fionas kurzem Zögern schloss ich, dass das Wort »Brand« auf diesem Fest verpönt war. Das schien mir eine gute Strategie zu sein.

»Da wir gerade von meinem Unfall reden«, sagte ich. »Endlich ist der lange erwartete Augenblick gekommen. Gaudí, diese junge Dame ist Fiona Begg. Fiona, dieser Herr ist Antoni Gaudí.«

Fiona richtete ihr Lächeln auf meinen Freund.

»Freut mich, Sie endlich kennenzulernen, Señor Gaudí«, sagte sie und reichte ihm die Hand, die er mit einer gewissen Feierlichkeit küsste.

»Die Freude ist ganz auf meiner Seite, Señorita Begg.«

»Fiona bitte.«

»Dann Antoni.«

Das kurze Schweigen, das eintrat, wurde gefüllt von dem lebhaften Menuett, das die Kapelle nun in Angriff nahm, und dem Stimmengewirr der zahlreichen Damen und Herren im Saal um uns herum.

Ein Tablett mit kleinen Gläsern Sherry und vage englisch anmutenden Kanapees verharrte so lange neben uns, bis wir alle drei wieder etwas in Händen hielten.

»Ich muss Ihnen etwas gestehen«, sagte Fiona dann und

lächelte Gaudí an. Ihre Lippen waren ein wenig feucht von dem Schluck Wein, den sie gerade getrunken hatte. »Zufällig habe ich den letzten Teil Ihrer Unterhaltung mit Señor Camarasa gehört.«

»Der Saal ist klein«, antwortete Gaudí ernst.

»Und Fiona ist eine Frau mit einem ausgezeichneten Gehör«, fügte ich hinzu. »Aber auch mich macht die Frage meines Vaters neugierig. Ist es möglich, dass Sie und er sich zufällig… ich weiß auch nicht, auf einem anderen Fest begegnet sind?«

Mein Freund musterte mich erheitert. Falls er vermutete, dass sich hinter meinem kurzen Zögern die Worte »Monte Táber« verbargen, dann ließ er sich das nicht anmerken.

»Danke, dass Sie mir zutrauen, an denselben Orten wie Ihr Vater ein und aus zu gehen, verehrter Camarasa«, erwiderte er. »Aber ich fürchte«, fuhr er, nunmehr an Fiona gewandt, fort, »dass dies nicht die Art von Gesellschaft ist, in der ich normalerweise verkehre.«

»Und in welcher Art von Gesellschaft verkehren Sie normalerweise, Antoni?«

Gaudí ließ den Blick kurz über unsere Umgebung schweifen – über die Abendanzüge, die Militäruniformen, die juwelengeschmückten Haarteile der Frauen und die Glatzen der Herren –, ehe er antwortete.

»In einer weit weniger illustren, fürchte ich.«

Fiona schien diese Antwort zu gefallen.

»Jedenfalls bin ich mir sicher, dass Sie und ich uns noch nie begegnet sind«, bestätigte sie. »Sonst würde ich mich an Sie erinnern, davon bin ich überzeugt.«

Die Wangen meines Freundes röteten sich ein wenig.

»Ganz meinerseits«, murmelte er.

»Das ist keine Schmeichelei«, fühlte ich mich verpflichtet zu erklären. »Fiona meint das ganz buchstäblich. Wenn sie Sie irgendwo schon einmal gesehen hätte, und wäre es auch noch so flüchtig gewesen, hätte sie Sie nicht vergessen. Ihr Gedächtnis ist erstaunlich.«

Gaudí musterte Fiona sichtlich interessiert.

»Wahrhaftig?«

»Ich habe das, was Gabriel ein ›fotografisches Gedächtnis‹ nennt«, bestätigte Fiona. »Wenn ich etwas sehe, vergesse ich es nicht mehr. Aber diesmal war es dennoch als Kompliment gemeint«, fügte sie mit einem bezaubernden Lächeln hinzu. »Wie Sie sehen, lässt Gabriel nicht zu, dass ich höflich zu seinen Freunden bin.«

»Ja, ich bin ein eifersüchtiger Mann.« Auch ich lächelte. »Aber es ist so, werter Gaudí, dass auch Fiona in Milieus verkehrt, die weit weniger illuster sind als das, in dem wir uns gerade aufhalten. Falls sich Ihre Wege schon einmal mit denen einer Person hier im Raum gekreuzt haben – abgesehen von den Musikern und Kellnern –, dann mit Fionas.«

Fiona knabberte an ihrem Kanapee.

»Beruflich bedingt«, erklärte sie. »Gabriel hat Ihnen sicher von meiner Arbeit erzählt.«

»Hauptillustratorin bei *Las noticias ilustradas*«, bestätigte Gaudí. »Eine faszinierende Arbeit.«

»Nicht alle Welt teilt Ihre Meinung.«

»Stimmt. Aber nicht jede Meinung ist gleichermaßen beachtenswert.«

Auch diese Antwort gefiel Fiona.

»Stimmt.«

Ein behagliches Schweigen trat ein. Die Musik der kleinen Kapelle, die Stimmen der Männer und Frauen um uns herum, das ferne Prasseln des Regens aufs Pflaster der Calle de Fernando VII bildeten die angenehme Geräuschkulisse einer Feier, die bisher in ruhigen Bahnen verlief. Eine hochgewachsene, sehr schlanke Dame von etwa siebzig Jahren ging mit raschelnden Röcken an uns vorüber und schenkte mir ein so liebenswürdiges Lächeln, dass ich für einen Augenblick das Gefühl hatte, ebenfalls in diese Welt zu gehören. In die Welt Sempronio Camarasas. In die Welt der Cutaways, juwelengeschmückten Haarteile und Gefälligkeiten zwischen alten Familien, die durch das Einzige geeint wurden, was wirklich zählte: Geld und Macht.

»Jedenfalls hat Gabriel recht«, sagte Fiona gerade zu Gaudí, als ich aus der kleinen Träumerei zurückkehrte, in die das Lächeln der alten Dame mich versetzt hatte. »Es ist eigenartig, dass unsere Wege sich bisher nie gekreuzt haben, finden Sie nicht? In einer so kleinen Stadt wie dieser würde man meinen, dass man früher oder später alle Welt kennt.«

»Barcelona erscheint Ihnen klein?«

»Barcelona ist ein Dorf der Fischer und kleinen Händler. Ein großes Dorf mit Ambitionen, aber letztlich doch ein Dorf.« Fiona verzog ein wenig verächtlich das Gesicht. »Und wie in allen Dörfern kennt hier jeder jeden, jeder redet über jeden, und niemand entgeht dem Urteil der anderen.«

Darüber dachte Gaudí kurz nach.

»Ich vermute, es ist eine Frage der Perspektive. Sie sind aus der bevölkerungsreichsten Stadt der Welt nach Barcelona gekommen; ich bin aus einem echten Dorf der Fischer und kleinen Händler beziehungsweise der Bauern und kleinen Händler hierhergekommen. Für mich ist Barcelona genau das Gegenteil dessen, was Sie gesagt haben. Hier kennt einen niemand, niemand spricht über einen und niemand verurteilt einen, weil niemand sich für den anderen interessiert.« Gaudí trank einen Schluck Sherry, ehe er hinterherschickte: »Das ist das, was mir an Barcelona gefällt.«

»Die Anonymität.«

»Die Freiheit.«

Fiona lächelte.

»Dann sind Sie ein Einzelgänger. Sie meinen, frei zu sein bedeute, dass einen keiner kennt und keiner sich für einen interessiert.«

»Das scheint mir eine gute Definition von Freiheit zu sein, ja. Zu leben, ohne dass sich jemand in meine Angelegenheiten mischt.« Auch Gaudí lächelte. »Sie hingegen sind keine Einzelgängerin.«

»Ich ziehe andere Definitionen von Freiheit vor.«

»Aber wir sind alle allein. Auch wenn manche von uns lieber in Gesellschaft sind als andere.«

Fiona nickte ernst.

»Das ist richtig.«

»Barcelona bietet uns Gesellschaft und lässt uns dabei nicht vergessen, dass wir allein sind. Deshalb gefällt mir die Stadt.«

»London dagegen besticht mit dem Spektakel fremden Lebens und zerstört zugleich das Innenleben der Menschen. Deshalb musste ich von dort fort.«

»Deshalb und auch deshalb.« Mit der linken Hand vollführte Gaudí eine weitläufige Geste, die den gesamten Festsaal umfasste. Gleich darauf fügte er hinzu: »Darf ich Ihnen sagen, dass Sie unsere Sprache beneidenswert gut beherrschen?«

Fiona deutete eine Verbeugung an.

»Sie dürfen, und ich danke Ihnen für das Kompliment.«

»Fiona spricht besser Spanisch als manche Katalanen«, bestätigte ich, um nach diesem unvermittelten Austausch tiefschürfender philosophischer Betrachtungen zwischen meinen Freunden wieder ein wenig Leichtigkeit in die Unterhaltung zu bringen. »Aber dieser Akzent, den sie da hat, wird sie auch zukünftig als Britin verraten, fürchte ich.«

Fiona sah mich mit schelmischer Miene an.

»Soll ich Antoni von deinen Abenteuern mit der englischen Sprache oder den Engländern erzählen?«, fragte sie. »Ich kenne einige Anekdoten, die würdig sind, bei einem Glas Portwein erzählt zu werden.«

»Vielleicht ein andermal. Lasst uns jetzt nicht den Genuss dieses Sherrys ruinieren.« Ich leerte mein Glas und nahm es in die andere Hand. »War der Reeder ein interessanter Gesprächspartner?«

»Der Reeder?«

»Der Herr, der dich mit Beschlag belegt hat, während wir mit meinem Vater sprachen.«

Fiona hob anmutig die Augenbrauen.

»Soll das eine Prüfung sein? Jemand, der Pferde züchtet, heißt nicht Reeder.«

Ich warf Gaudí einen verstohlenen Blick zu.

»Damit befasst sich dieser Herr also?«, fragte ich. »Pferde-zucht?«

»Das hat er mir gesagt.«

»Er hat Sie angelogen.« Gaudí sah flüchtig zu dem frag-lichen Herrn, der gerade zusammen mit einer Dame in viel Tüll und Perlen sowie deren mutmaßlichem Ehemann, einem Herrn, der sich auf einen Gehstock aus Ebenholz stützte, den Saal verließ. »Sie als Künstlerin haben doch sicher das Pflaster, das unter dem Hemdkragen hervorlugte, bemerkt.«

Fiona musterte meinen Freund sichtlich neugierig.

»Ich bin eine gute Beobachterin, ja. Aber ich glaube, ich weiß noch immer nicht, worauf Sie hinauswollen.«

»Ganz einfach ...«, setzte Gaudí an.

Doch just in diesem Augenblick wurde meine Aufmerk-samkeit von jemandem abgelenkt, der gerade durch den Haupteingang den Saal betrat.

Ein junger Mann von etwa fünfundzwanzig Jahren, hoch-gewachsen, schmuck, gut gekleidet – in allem übereinstim-mend mit der Beschreibung, die Margarita mir vier Tage zu-vor von ihm gegeben hatte.

Víctor Sanmartín.

»Entschuldigt mich«, sagte ich.

Damit ließ ich Fiona und Gaudí in ihr erstes Gespräch ver-tieft zurück und ging dem Mann entgegen, dessen Worte mittlerweile seit einer ganzen Woche den Seelenfrieden mei-ner Familie bedrohten.

# Kapitel 12

Señor Camarasa«, begrüßte Sanmartín mich und reichte mir eine unbehandschuhte Hand, die sich bei der Berührung als eigenartig feucht und schwielig erwies.

Ein Lächeln spielte um seine Lippen und seine Augen – gewissermaßen, falls das überhaupt möglich ist, um seine ganze Person.

»Ich hätte nicht gedacht, dass Sie es wagen würden, heute Abend hierherzukommen, Señor Sanmartín«, erwiderte ich und wischte mir demonstrativ die Hand an der Hose ab.

»Ein Versprechen ist ein Versprechen. Allerdings muss ich zugeben, dass es mir nicht leichtgefallen ist, die Sicherheitskontrollen, die Sie dort unten eingerichtet haben, zu passieren«, fügte er hinzu und lächelte noch ein wenig strahlender. »Haben Sie gesehen, wie breit die Schultern der Wachmänner sind?«

»Sie waren jedenfalls nicht sehr wirksam.«

»Das war nicht ihre Schuld. Ich hatte die richtigen Papiere.« Der Journalist klopfte sich auf das Sakko des Cutaway, den er für diesen Anlass ausgewählt hatte. Vermutlich befand sich dort die gefälschte Einladung, die ihm Zugang zum Palais gewährt hatte. »Aber zuallererst lassen Sie mich nochmals um Verzeihung bitten dafür, dass ich Sie Samstagabend nicht empfangen konnte.«

»Mir scheint, das ist im Augenblick das Letzte, wofür Sie sich entschuldigen müssen.«

Sein Lächeln geriet nicht ins Wanken.

»Ich verstehe, dass Sie verärgert sind. Mir würde es auch nicht gefallen, so etwas in der Presse über meinen Vater zu lesen. Aber Sie werden verstehen, dass meine Arbeit darin besteht, die Wahrheit ans Licht zu bringen.«

»Ihre Arbeit.«

»Der Journalismus ist ein anspruchsvoller Beruf«, erklärte er. »Manchmal zwingt er uns, etwas zu tun, was uns nicht gefällt.«

»Beispielsweise gefälschte Leserbriefe zu schreiben? Oder uns anonyme Drohbriefe zu schicken?«

Nun geriet Sanmartíns Lächeln doch ins Wanken.

»Anonyme Briefe, sagen Sie?«

»Kommen wir bitte zur Sache«, drängte ich, blickte mich im Saal um und stellte fest, dass sich tatsächlich schon einige Köpfe zu uns umgedreht hatten. »Warum wollten Sie mich sehen?«

Víctor Sanmartín legte mir flüchtig die rechte Hand auf den Arm und lud mich damit ein, ihm in eine der Ecken zu folgen. Gemeinsam gingen wir um das Podest der Musiker herum, ließen eine kleine Sitzecke mit Sesseln und Fußbänkchen hinter uns, wo sechs bärtige Männer lebhaft über die letzten Bewegungen an der Börse von Barcelona plauderten, schlugen Wein und Kanapees, die uns von einem der Kellner angeboten wurden, aus und blieben schließlich am größten der Fenster stehen, die auf den Innenhof des Palais hinausgingen.

Draußen fiel der Regen noch immer von einem nunmehr schwarzen Himmel, der so porös wie Kohle wirkte. Der Wind peitschte die kahlen Zweige des einzigen Baums, der den Innenhof zierte, und ließ die Rahmen der Fenster ächzen, die uns von der Außenwelt abschirmten. Das Wetter war so ungemütlich wie meine Stimmung.

»Vielleicht ist das hier nicht der geeignetste Ort für ein Gespräch.« Sanmartín blickte sich aus diesem neuen Blickwinkel im Raum um.

»Natürlich nicht«, stimmte ich zu. »Es ist der am wenigsten geeignete Ort, der mir für ein Gespräch mit Ihnen einfällt.«

»Jedenfalls möchte ich Ihnen lediglich vorschlagen, dass Sie mir ein Interview gewähren. Wo Sie wollen, wann Sie wollen und unter Umständen, die Sie bestimmen.«

Ein Interview.

»Fahren Sie fort.«

»Wie Sie, glaube ich, heute Morgen gesehen haben, verfüge ich über einige Informationen, die Ihrem Vater nicht gefallen können. Informationen über seine politische Arbeit.«

»Mein Vater arbeitet nicht politisch.«

Nun lächelte Sanmartín auf eine Art, die ich als unsagbar unerfreulich empfand.

Sein schmuckes Aussehen – beziehungsweise das, was meine Schwester bei ihrer flüchtigen Begegnung so wahrgenommen hatte – bestand in einer schmalen, spitzen Nase, großen schwarzen Augen und einem ebenfalls schwarzen Schopf langer, sehr dichter Haare, der Stirn und Ohren größtenteils bedeckte, ihm praktisch bis auf die Schultern fiel und sich auf eine feminine Weise lockte. Seine Lippen waren schmaler und farbloser, als ich es je bei einem Mann gesehen hatte, und am Ringfinger seiner rechten Hand glitzerte, das fiel mir jetzt ebenfalls auf, ein silberner Ring mit einem großen, seltsamen Siegel.

»Wenn das nur so wäre, nicht wahr? Aber Sie und ich, wir kennen die Wahrheit.«

»Bitte sprechen Sie nicht für mich.«

»Verzeihen Sie mir meine Offenheit. Aber Sie, Señor Camarasa, sind aufgeweckt genug, um zu wissen, dass das alles« – Sanmartín vollführte eine Geste, die den ganzen Festsaal und vielleicht auch das gesamte Gebäude und die Straße, in der es stand, umfasste – »nicht mit den Einnahmen eines Revolverblatts zu bezahlen ist. So gern Ihr Vater auch mit hohem Einsatz spielt, würde sich doch kein echtes Unternehmen dieses Zuschnitts in solchen Räumlichkeiten niederlassen.«

Nichts, was ich nicht schon wusste. Nichts, worüber ich gerne nachdachte.

»Fahren Sie fort.«

»Und alle diese Menschen sind auch nicht hier, um zu zeigen, dass sie eine Unternehmung wie diese unterstützen. Oder glauben Sie etwa, diese hübsche Ansammlung illustrer Herren sei hier zusammengekommen, um öffentlich die Ehre oder Würde eines Sensationsblatts zu verteidigen, das sich an die niedersten und ungebildetsten gesellschaftlichen Schichten richtet? Richter und Bankiers, Bischöfe und Industrielle, Großgrundbesitzer und Militärs ...« Sanmartín strich mit dem Mittelfinger der linken Hand über seinen Siegelring. »Ihr Vater ist mit einer Mission nach Barcelona gekommen. Mit einer Mission, für die er auf die Unterstützung aller dieser Herren zählt, die hier versammelt sind – oder zu zählen hofft. Eine Mission, die, wie ich aus sicherer Quelle weiß, Ihnen nicht behagt.«

»Das wissen Sie aus sicherer Quelle?«

»Ich habe Nachforschungen angestellt. Ich glaube, ich weiß gut, wie Sie denken und fühlen, Señor Camarasa. Sie sind nicht vom gleichen Schlag wie Ihr Vater, auch wenn Sie eines Tages in seine Fußstapfen treten sollen.«

Ganz gegen meinen Willen machte dieser Kerl mich allmählich neugierig.

»Sie haben Nachforschungen angestellt«, wiederholte ich. »Dürfte ich nach Ihren Quellen fragen?«

Wieder lächelte er und entblößte dabei Zähne, die ebenfalls seltsam feminin wirkten: klein, sehr weiß und sehr gerade; dazu diese schmalen farblosen Lippen.

»Ein Journalist gibt niemals seine Quellen preis«, erwiderte er. »Aber Sie müssen doch wissen, dass Sie in dieser Stadt kein Unbekannter sind, Señor Camarasa.«

»Ich bin erst seit gut drei Wochen in der Stadt. Ich glaube nicht, dass hier irgendjemand etwas über meine politische Haltung weiß. Denn von der reden wir doch hier, nicht wahr?«

»Barcelona ist nicht so weit von London entfernt, wie Sie vielleicht glauben, Señor Camarasa.« Der Journalist hielt kurz inne und nahm diesmal ein Glas Portwein von dem Kellner entgegen, der gerade in unserer Ecke des Saals erschienen war. Er hob das Glas, um mir zuzuprosten – eine Geste, die ich nicht erwiderte –, trank einen kleinen Schluck und fuhr fort: »Oder um es anders zu sagen: In Barcelona gibt es gewisse Gruppierungen, die in sehr direktem Kontakt mit gewissen Gruppierungen in London stehen. Sie wissen, wovon ich rede, nicht wahr?«

Ich tat ihm nicht den Gefallen, das zu bestätigen, doch ich stritt es auch nicht ab. Stattdessen wich ich seinem Blick aus und schaute kurz zur Eingangstür des Saals hinüber. Just in diesem Augenblick trat ein zerlumpter alter Mann ein, dessen Gesicht mir eigenartig bekannt vorkam. Schmutzige Kleidung, zerzauste Haare, ungepflegter Bart: Er war in diesem Saal voller Reicher und Mächtiger so fehl am Platz, dass er unter anderen Umständen sofort meine volle Aufmerksamkeit gehabt hätte.

»Sie wollen also, dass ich Ihnen ein Interview gebe, in dem ich mich öffentlich von den Handlungen meines Vaters distanziere«, sagte ich, vergaß den alten Mann wieder und sah erneut Sanmartín an. »Sie wollen, dass ich in einem Konkurrenzblatt Stellung nehme gegen die Mission, derentwegen er Ihnen zufolge nach Barcelona gekommen ist.«

»Ich will, dass Sie mir erzählen, was Sie für wahr halten, was auch immer das sein mag. Und im Gegenzug erzähle ich Ihnen, was ich für wahr halte.«

»Was Sie für wahr halten?«

»Was Ihr Vater in Wahrheit hier in Barcelona macht. Was er in den letzten sechs Jahren in Wahrheit in London gemacht hat. Aus welchen Gründen er 1868 in Wahrheit aus Barcelona floh.«

Ich dachte kurz darüber nach.

»Wenn Sie das alles schon wissen, wofür brauchen Sie dann mich?«

Sanmartín trank noch einen Schluck Wein und schenkte mir ein Lächeln, das, wie mir klar wurde, einfach nur freundlich sein sollte.

»Ich brauche Sie nicht. Ich möchte Ihnen nur eine Gelegenheit geben. Sie haben mit alledem nichts zu tun«, fügte er hinzu und deutete auf unsere Umgebung. »Wenn das Unausweichliche eintritt, wäre es nicht gerecht, wenn Sie mit in den Abgrund gezerrt würden, in den alle diese Parasiten der Gesellschaft stürzen werden.«

Das Unausweichliche, hätte ich beinahe erwidert, war, dass wieder ein Bourbone auf den spanischen Thron kam und alle diese Parasiten, die mein Vater auf seinem Fest vereint hatte, ihr frivoles Leben im Schutz des Feuers führen konnten, das sie am meisten wärmte. Wie sie es schon taten, seit die Welt die Welt oder jedenfalls seit Spanien Spanien war: Großgrundbesitzer mit Namen, die ihre Wurzeln im Mittelalter hatten, Bischöfe mit gut gefüllten Wänsten, Politiker und Richter ohne andere Loyalität als die dem Eigeninteresse gegenüber, in Diebstahl und Wucher beschlagene Bankiers und vor allem wohlanständige Bürger mit hohen moralischen Prinzipien, deren Vermögen aus dem Sklavenhandel, der jahrhundertelangen Plünderung der Kolonien oder der ungeminderten Ausbeutung all der Arbeiter stammten, die ihre Fabriken vierundzwanzig Stunden am Tag am Laufen hielten, namenlose Verbrauchsgüter wie die Kohle, die in einen bodenlosen Kessel geworfen wurde.

»Sehr liebenswürdig von Ihnen«, sagte ich. »Sonst noch etwas?«

»Ihr Vater hat seinen Karren an ein totes Pferd angeschirrt, Señor Camarasa. Nicht an ein lahmes oder geschwächtes: an ein totes. Die bourbonische Verschwörung ist zum Scheitern verurteilt, und alle diese Menschen sind dem Untergang geweiht. In wenigen Jahren, vielleicht sogar schon in wenigen Monaten, wird dieser Abend nur noch eine ferne, exotische Erinnerung sein, so wie die römischen Bacchanale oder mittelalterlichen Ritterturniere. Etwas Vergangenes, ein absurdes und glücklicherweise unwiederholbares barbarisches Ritual. Die Zukunft, Señor Camarasa, wird sozialistisch sein, oder sie wird gar nicht sein. In der bevorstehenden Revolution stehen

Sie auf der richtigen Seite; lassen Sie sich jetzt nicht durch falsch verstandene familiäre Treue beirren. Es gibt eine höhere Pflicht als die eines Sohnes gegenüber seinem Vater, und das ist die des Menschen gegenüber der Gesellschaft, von der er ein Teil ist. Das wussten Sie, als Sie in London waren, und das können Sie bei Ihrer Rückkehr nach Barcelona nicht vergessen haben.«

Als Schlusspunkt seiner kleinen Rede leerte Víctor Sanmartín sein Glas in einem Zug. Genau in diesem Augenblick beendete auch die Kapelle das Stück, das sie gerade gespielt hatte, und bewahrte einige Sekunden lang Stille, ehe sie mit dem nächsten begann. Sogar der Regen und der Wind draußen schienen eine kleine respektvolle Atempause einzulegen.

Die bourbonische Verschwörung.

Die sozialistische Zukunft.

Die bevorstehende Revolution.

Volltönende, starke Worte, die ich tatsächlich im Lauf der letzten Jahre hundertmal zu hören bekommen hatte, die mein Herz hatten höher schlagen lassen und häufig eine elektrisierende Wirkung auf meine Fantasie gehabt hatten mit ihrem Versprechen von Abenteuer und sozialer Gerechtigkeit.

Worte, die mir jetzt, aus dem Munde dieses lockigen jungen Mannes mit dem falschen Lächeln, bloß wie das Gerede eines Hausierers erschienen, der versuchte, einem Gutgläubigen minderwertige Ware anzudrehen.

»Niemand, Señor Sanmartín, wünscht sich die Festigung der Republik und die Einführung sozialistischen Gedankenguts in diesem unseren Land der Bonzen und Soutanen mehr als ich«, sagte ich. »Aber ebenso ist auch niemand mehr als ich davon überzeugt, dass Ihre Vorwürfe gegen meinen Vater falsch sind. Und wenn Sie nicht aufhören, uns mit Ihren gefälschten Leserbriefen und Ihren anonymen Drohbriefen zu belästigen, werde ich mich gezwungen sehen, persönlich zu intervenieren.« Ich hielt kurz inne und sagte dann markig: »Wenn Sie so viel über meine Londoner Vergangenheit wissen, dann wissen Sie auch, dass diese Warnung ernst zu nehmen ist.«

Ich weiß nicht, wie überzeugend meine Behauptung war, doch endlich erlosch Sanmartíns Lächeln vollends, und er wurde ganz ernst.

»Ich bitte Sie nur, darüber nachzudenken.«

»Da gibt es nichts, worüber ich nachdenken müsste.«

»Sie wissen ja, wo ich wohne. Zögern Sie nicht, mich jederzeit aufzusuchen.« Er sah mir unverwandt in die Augen und fügte noch etwas hinzu, woran ich in den kommenden Wochen und Monaten, in denen die sich überschlagenden Ereignisse allem, was ich an diesem höchst eigenartigen Abend sah und hörte, rückblickend eine unheilvolle Bedeutung verlieh, noch oft denken sollte: »Ich will Ihnen nichts Böses, Señor Camarasa. Sie und ich, wir sitzen im selben Boot und sollten in dieselbe Richtung rudern.«

Der Journalist reichte mir die Hand, und instinktiv ergriff ich sie diesmal auch.

»Halten Sie sich von meiner Familie fern, Señor Sanmartín«, sagte ich noch.

Doch da war er bereits unterwegs zum Ausgang und hörte mich nicht mehr, oder er machte sich bloß nicht die Mühe, mir zu antworten. Vielleicht hatte er mich – zutreffenderweise – aber auch so verstanden, dass jener letzte Satz von mir weniger eine Warnung an ihn war als vielmehr eine Geste, die nur mein eigenes Gewissen beruhigen sollte, welches sich nach allem, was ich gerade gehört hatte, regte und nicht mehr zum Schweigen bringen ließ.

# Kapitel 13

Während mir Víctor Sanmartíns Worte noch in den Ohren hallten, blieb ich einige Minuten allein am Fenster stehen und blickte hinaus in den Regen. Dann suchte ich Gaudí und Fiona und entdeckte sie in einer der kleinen Nischen mit Sesseln und Tischchen, wo sie nebeneinander auf einer Ottomane saßen und in eine ausgesprochen lebhafte Unterhaltung vertieft zu sein schienen. Im Augenblick hatte Gaudí das Wort, und er würzte seine Rede mit einem lebhaften Mienenspiel und vielerlei Gesten, während Fiona ihm lächelnd und mit einem Blick zuhörte, den sie immer bekam, wenn jemand sie, aus welchem Grund auch immer, wahrhaft interessierte. Keinem der beiden schien meine Abwesenheit aufgefallen zu sein, auch wenn ich kaum glauben konnte, dass Fiona Víctor Sanmartíns Gastspiel entgangen war. Jedenfalls beschloss ich, auch in Ermangelung anderer Ablenkungen hier in diesem mir so fremden Umfeld, dass es an der Zeit sei, zu den beiden zurückzukehren und ihnen von meiner Begegnung mit Sanmartín zu erzählen.

Und da geschah es.

Ich hatte mich gerade auf den Weg zu meinen Freunden gemacht, als mitten im Saal ein Glas auf den Keramikfliesen zersprang. Glassplitter und Rotweintröpfchen flogen in alle Richtungen. Sämtliche Gäste drehten die Köpfe, um zu sehen, was geschehen war, und eine der von dem Malheur unmittelbar betroffenen Damen, eine etwa sechzigjährige Dame, um deren Schultern ein weißer, nunmehr rot getupfter Fuchspelz lag, stieß einen schrillen, sehr lang gezogenen Schrei aus, der die Kapelle, das Geplauder und meine eigene innere Stimme, die unentwegt die unbequemen Wahrheiten wiederholte, welche Sanmartín zwischen seinen zahlreichen Lügen hatte fallen lassen, sofort verstummen ließ.

Inmitten des allgemeinen Schweigens erhoben sich zwei Männerstimmen, und sogleich setzte so etwas wie ein improvisierter Massenschreittanz ein, der die Positionen aller Anwesenden im Nu neu ordnete. Ich erinnere mich, dass ich selbst noch ein, zwei Schritte weiter auf Fiona und Gaudí zuging, die ihre Unterhaltung unterbrochen hatten und nun die Köpfe in die Richtung drehten, aus der die Stimmen kamen. Ich erinnere mich auch, dass ich sah, wie Martin Begg eine Gruppe von Offizieren in Zivil verließ und pfeilschnell durch den Raum auf dieselbe Stelle zusteuerte. Und schließlich erinnere ich mich, dass sich am Ende dieser improvisierten Schrittfolge ein weitläufiger Halbkreis aus schwarzen Rockschößen und Turnüren gebildet hatte, in dessen Zentrum sich mein Vater und der zerlumpte Alte befanden, der fünf Minuten zuvor flüchtig meine Aufmerksamkeit erregt hatte. Die beiden standen sich in einer so lächerlichen Haltung gegenüber – Stirn an Stirn und beinahe Nase an Nase –, dass ich in jeder anderen Situation nicht gewusst hätte, ob ich lächeln oder peinlich berührt erröten sollte.

Noch immer konnte ich das erhitzte, vorzeitig gealterte Gesicht des Mannes nicht zuordnen, doch jetzt fiel mein Blick zum ersten Mal auf die rote Aktenmappe, die er in der rechten Hand hielt.

»Wenn Sie nicht ein für alle Male aufhören, meine Familie zu belästigen, bringe ich Sie um, das schwöre ich bei Gott!«, war der erste Satz meines Vaters, den ich in der allgemeinen Verwirrung verstand.

»Glauben Sie vielleicht, ich habe Angst, Camarasa?«, erwiderte der Alte kaum weniger laut und bedrohlich als mein Vater. »Glauben Sie, Sie könnten mir noch etwas antun, was Sie mir nicht schon angetan haben?«

»Zwingen Sie mich nicht, Ihnen zu zeigen, was ich Ihnen noch alles antun kann!«

Jetzt hatte Martin Begg die beiden Männer erreicht und stellte sich mit seinem massigen Körper zwischen sie.

»Gehen Sie, Andreu«, sagte er und legte dem Alten eine dickliche weiße Hand auf die Brust. »Zwingen Sie uns nicht, die Polizei zu rufen.«

Andreu, dachte ich.

Eduardo Andreu. Der Kunsthändler.

Noch ein altes Londoner Gespenst, das an diesem seltsamen Abend auferstand.

»Die Polizei?« Andreu stieß ein gekünsteltes Lachen aus und schwenkte die Aktenmappe über seinem Kopf. »Die wäre sicher entzückt, das hier zu sehen. Meinen Sie nicht, Camarasa?«

Und da beging mein Vater den zweiten Fehler dieses Abends. Er stieß Martin Begg beiseite, stellte sich erneut vor den alten Mann und versetzte ihm wortlos und zur Bestürzung aller Anwesenden eine so schallende Ohrfeige, dass ihr Echo in allen Ecken des Saals widerhallte.

»Sempronio!«, hörte ich Fiona rufen, der es gelungen war, sich mit Gaudí einen Weg durch den Halbkreis aus Schaulustigen zu bahnen, und die nun den Arm meines Vaters ergriff und versuchte, ihn zu beschwichtigen. Noch nie hatte ich einen solchen Wutanfall bei meinem Vater erlebt.

»Ich dulde nicht eine einzige weitere Diffamierung! Nicht eine einzige!«

Eduardo Andreu betastete seine Wange und sah meinen Vater lächelnd an. Er wirkte sehr zufrieden.

Da begriff ich, dass der alte Kunsthändler genau das gewollt hatte. Nur das. Eine öffentliche Szene in Anwesenheit derer, die mein Vater mit diesem Fest, das nunmehr ebenso ruiniert war wie der alte Mann selbst, für sich hatte gewinnen wollen.

»Das ist alles, was Ihnen einfällt«, sagte Andreu nun. »Einen wehrlosen alten Mann zu schlagen. Sie alle sind Zeugen«, fügte er hinzu, wandte sich nach links und nach rechts und hielt kurz den Blick einiger derer fest, die einst, in einem früheren Leben, seine eigenen Kunden hätten sein können. »Dieser Mann, Sempronio Camarasa, hat mir zuerst mit dem Tod gedroht und mich dann tätlich angegriffen. Dies ist der Mann, mit dem Sie Geschäfte machen wollen? Ein gewalttätiger und feiger Dieb!«

Endlich war auch ich bei meinem Vater angelangt, ehe dieser sich erneut auf Andreu stürzen konnte.

»Lass ihn, Papa«, murmelte ich und packte ihn an demselben Arm, den auch Fiona noch festhielt. »Du machst es nur noch schlimmer. Er soll endlich gehen.«

»Ich soll das auf sich beruhen lassen?« Mein Vater sah mich an. Sein Gesicht war gerötet infolge der ohnmächtigen Wut, die sich im Lauf der vergangenen Woche bei ihm angestaut hatte. »Ein betrunkener alter Mann platzt auf mein Fest, beleidigt mich öffentlich, nennt mich vor allen diesen Menschen einen Betrüger und darf dann einfach so wieder gehen?«

»Diese Menschen müssen erfahren, mit wem sie es zu tun haben«, sagte Andreu. »Und wenn Sie nicht auf mein Wort vertrauen, dann doch den Beweisen, die ich Ihnen bald vorlegen werde.«

Martin Begg legte dem Alten erneut seine Pranke auf die Brust.

»Der einzige Beweis, über den Sie verfügen, ist Ihr Erscheinungsbild, Andreu«, stellte er fest. »Ihr Erscheinungsbild und Ihre Vergangenheit. Wir wissen alle, wer Sie sind.«

Eduardo Andreu sah den Direktor von *Las noticias ilustradas* hitzig an.

»Alle wissen, wer ich war, ehe dieser Mann meinen Weg kreuzte, ja«, erwiderte er. »Und alle wissen, was durch seine Schuld aus mir geworden ist. Und jetzt werden endlich alle erfahren, wer er ist.«

Nochmals versuchte mein Vater, sich von Fiona und mir loszureißen, und zwar so wütend, dass sich augenblicklich erwartungsvolles Gemurmel unter den Gästen erhob.

»Ich hätte Sie erledigen sollen, als ich Gelegenheit dazu hatte. Das ist nun der Lohn für mein Mitgefühl.«

»Ihr Mitgefühl?« Der Alte hob die Arme und forderte uns damit auf, ihn zu betrachten. »Das nennen Sie Mitgefühl?«

»Wären Sie lieber im Gefängnis? Wäre Ihnen lieber, ich hätte Sie wegen Betrugs bei Gericht angezeigt, wie ich es eigentlich hätte tun müssen?«

Der Alte schüttelte den Kopf, lächelte hämisch und sah mich mit halb geöffnetem Mund geifernd an. Erst da schien er mich zu erkennen.

»Ach, wen haben wir denn da? Wenn das nicht der kleine Camarasa ist.«

»Gehen Sie, Señor Andreu«, sagte ich und erwiderte seinen Blick. »Machen Sie es nicht noch schlimmer.«

»Ich soll es nicht noch schlimmer für deinen Vater und für dich machen, willst du wohl sagen.« Nochmals breitete der Händler theatralisch die Arme aus, um unsere Aufmerksamkeit auf seine traurige Gestalt zu lenken. »Hast du die Folgen deiner Tat gesehen? Sicher schläfst du nachts auch wie ein Murmeltier, was?«

Ehe ich der Versuchung erliegen konnte, darauf zu antworten, ließ Fiona den Arm meines Vaters los und nahm die Situation in die Hand.

»Antoni, rufen Sie die Wachleute«, befahl sie Gaudí, der nicht von ihrer Seite gewichen war und die Szene mit sichtlichem Interesse verfolgt hatte. »Papa, bring Sempronio fort«, fügte sie auf Englisch hinzu. »Und Sie, Andreu, tun uns den Gefallen und gehen jetzt. Wenn Sie das Fest ruinieren wollten – das ist Ihnen gelungen. Ich denke, mehr können Sie hier nicht erreichen.«

Der Alte musterte Fiona amüsiert.

»Glauben Sie, Señorita?«

»Ich bin ebenso davon überzeugt wie Sie.«

»Dann werde ich auf Sie hören.« Nochmals schwenkte er die rote Mappe. »Diese Mappe ist Ihr Untergang, Camarasa. Hier drin befinden sich Ihr Verderben und meine Rache. Diesmal werden Ihnen weder Ihr Geld noch Ihre Beziehungen helfen. Alle Welt wird endlich erfahren, was für ein Mensch Sie sind.«

Dies waren seine letzten Worte, denn nun kehrte Gaudí in Begleitung zweier Wachleute zurück, die seit den Steinwürfen der vergangenen Woche um das Palais patrouillierten, und als Eduardo Andreu sie erblickte, machte er schweigend auf dem Absatz kehrt, warf seinem Publikum – offene Münder, geweitete Pupillen, begierig, ihre Zungen an diesem Vorfall zu wetzen – einen letzten Blick zu und ging zur Tür, eingehüllt in diese eigenartige zerlumpte Würde, die er während der gesamten Szene ausgestrahlt hatte.

Fiona war die Erste, die es wagte, das Schweigen zu brechen, welches auf den Abgang des alten Händlers folgte.

»Ich glaube, Sie haben eben eine Polka von Strauss gespielt«, sagte sie, an die Kapelle gewandt. »Aber ich fürchte, Sie sind aus dem Takt gekommen. Versuchen wir es noch einmal?«

Und genau in diesem Augenblick brach die Frau mit dem weißen Fuchspelz in Tränen aus, ebenso untröstlich wie ein kleines Mädchen, das sein Lieblingsspielzeug verloren hat, und verkündete zur mehr oder weniger unverhüllten Erheiterung aller Anwesenden, dieses sei das unerquicklichste Fest, das sie je besucht habe.

# Kapitel 14

Es war beinahe zehn Uhr abends, als Gaudí und ich uns an der Ecke Calle de Fernando VII und Rambla von meinem Vater, Fiona und Martin Begg verabschiedeten. Wir warteten, bis die drei die Berline meiner Familie bestiegen und sich auf den Rückweg nach Gracia gemacht hatten. Als wir allein waren, gingen wir einen Teil des Wegs wieder zurück, bogen dann links in die Calle del Vidrio ein und betraten nach kurzer Betrachtung der Auslagen des Reformhauses Herboristería del Rey die Plaza Real.

Die Stimmung auf dem arkadengesäumten Platz war bei Weitem nicht so lebhaft, wie ich sie am Samstagabend vorgefunden hatte, als jene kleine Militärkapelle mit ihren Märschen und Uniformen beinahe eine offene Schlacht zwischen Monarchisten und Republikanern ausgelöst hätte. Heute hatten die fünf, sechs Paare, die Arm in Arm im intimen Licht der Straßenlaternen flanierten, einige Männer, die auf dem Brunnenrand saßen, rauchten und tranken, und ein einsamer Schuhputzer, der sich nicht entschließen konnte, seinen Arbeitstag zu beenden, den rechteckigen Platz für sich allein. Nach dem Regen der letzten Stunden waren die Fassaden der Gebäude dunkel, während das Pflaster hübsch glänzte. Es war nicht kalt, doch es wehte weiterhin ein kräftiger Wind von jenseits der Muralla del Mar.

Ohne sich mit mir abzusprechen, wählte Gaudí eines der Restaurants unter den Arkaden am Platz aus, und nachdem er kurz hineingegangen war, setzte er sich an einen der Tische im Freien und forderte mich mit einem Nicken auf, es ihm gleichzutun.

»Sie haben mir vieles zu erzählen«, sagte er, kaum dass der Kellner unsere Bestellung aufgenommen und uns wieder allein gelassen hatte. »Allerdings hätte ich Verständnis dafür, wenn Sie damit lieber bis morgen warten wollten.«

Ich lächelte traurig.

»Auch Sie haben mir zwei, drei Dinge zu erzählen«, sagte ich, möglicherweise um Zeit zu gewinnen. »Angenehmere Dinge.«

»Sie meinen Ihre Freundin?«

»*Unsere* Freundin, wenn ich recht sehe. Sie haben sich sehr lebhaft und viel länger unterhalten, als ich erwartet hätte.«

»So wenig Vertrauen haben Sie in mein gesellschaftliches Geschick?«

»Wenn das Thema Kunst im Spiel ist? Keines.«

Diesmal war es Gaudí, der lächelte.

»Ich will nicht leugnen, dass ich mir ein, zwei Mal auf die Zunge beißen musste. Señorita Begg hat eine sehr spezielle Auffassung von ihrer Malerei.«

»Eine Auffassung, die Sie selbstverständlich zutiefst missbilligen.«

»Mein Kunstverständnis ist weniger romantisch als das unserer Freundin, falls Sie darauf hinauswollen. Aber ich will nicht leugnen, dass mich einiges von dem, was sie gesagt hat, neugierig gemacht hat.«

»Sie halten sie nicht mehr für eine bloße Zeichnerin von Unglücksfällen?«

Gaudí gab vor, darüber nachzudenken.

»Sagen wir, ich halte sie für eine Zeichnerin von Unglücksfällen mit einigen interessanten Ideen.« Gaudí beendete das Thema, indem er einmal in die Hände klatschte, was zeitlich beinahe perfekt mit dem Erscheinen unseres Kellners zusammenfiel. Der Mann trug ein Tablett mit zwei Portionen heißer Schokolade mit Löffelbiskuits, einem Glas Wasser mit Kohlensäure für Gaudí und außerdem – ein Geschenk des Hauses – einigen mit Honig gefüllten Waffelröllchen. »Fangen wir mit Señor Andreu an?«

Ich nahm einen der Löffelbiskuits und biss die Spitze ab, wobei ich unweigerlich an meine Mutter und meine Schwester Margarita denken musste, denen mein Vater in letzter Minute die Teilnahme am Fest bei *Las noticias ilustradas* untersagt hatte, aus Sorge, der heutige Artikel im *Diario de Barcelona* könne unangenehme atmosphärische Störungen zur Folge haben. Wenn Margarita von dem Spektakel erfuhr, das ihr heute Abend entgangen war, würde ihr das nicht gefallen; ich konnte mir lebhaft ihr Gesicht vorstellen, wenn ich ihr morgen von Víctor Sanmartíns Erscheinen auf dem Fest, dem späteren Hereinplatzen von Eduardo Andreu und der überzogenen Reaktion von Papa Camarasa auf die Drohungen des ruinierten alten Kunsthändlers erzählte. Meiner Mutter hingegen würde schon die zensierte Version, die mein Vater ihr von seiner Begegnung mit Andreu erzählen würde, genügen, um sich wieder ein, zwei Tage in die Polster ihres Abendsalons zurückzuziehen.

»Das ist eine lange Geschichte«, warnte ich.

»Wir haben den ganzen Abend und die ganze Nacht Zeit.«

»Sie haben es so gewollt.« Ich lächelte. »Haben Sie schon einmal von Lizzie Siddal gehört? Dem Modell der präraffaelitischen Bruderschaft?«

Sofort blickte Gaudí interessiert. Die unerwartete Aussicht auf einen Zusammenhang zwischen jenem exotischen Namen und der Geschichte über Eduardo Andreu faszinierte ihn.

»Millais' Ophelia«, bestätigte er. »Eine Frau von beachtlicher Schönheit.«

»Eine außergewöhnliche Frau. Dann wissen Sie auch, dass sie Dante Gabriel Rossettis Ehefrau und die Muse war, die fast alle seine großen Gemälde inspiriert hat. Kennen Sie die Geschichte ihres Todes?«

Gaudí runzelte flüchtig die Stirn.

»Ich meine, ich hätte etwas von Suizid gelesen. Laudanum vielleicht?«

»Offiziell handelte es sich um einen Unfall. Siddal war laudanumabhängig, nahm eine Überdosis und starb, ehe jemand ihr zu Hilfe eilen konnte. Aber es gab immer Gerüchte, sie habe einen Abschiedsbrief hinterlassen, in dem sie Rossetti die Schuld an ihrem Tod gab. Die Seitensprünge des Malers waren in ganz London bekannt und auch seine gelegentliche Grausamkeit gegenüber seiner Frau.« Ich hielt inne, um einen Schluck Kakao zu trinken, ehe ich meine Erzählung fortsetzte. »Ich glaube, es wird Ihnen gefallen, zu hören, dass die gesamte Familie Camarasa bald nach unserem Umzug nach London an einem Empfang der Royal Society of Arts teilgenommen hat, bei dem auch der Dichter Swinburne zugegen war. Er ist ein guter Freund Rossettis oder war es wenigstens damals, und an dem Tag, an dem Siddal starb, hatte er mit dem Ehepaar in einem Restaurant im Stadtzentrum zu Mittag gegessen. Das war Anfang 1862. Swinburne verabschiedete sich vor dem Restaurant von dem Ehepaar. Rossetti begleitete seine Frau nach Hause, ließ sie im Bett in ihrem Schlafzimmer zurück und verließ wieder das Haus, um eine seiner Malklassen zu unterrichten. Als er am Abend zurückkehrte, war Siddal bereits bewusstlos, und neben ihr lag eine leere Flasche Laudanum. Mehrere Ärzte versuchten, sie wiederzubeleben, doch vergebens. Der *Coroner* berichtete, der Tod sei ein Unfall gewesen, doch Swinburne ging ebenso wie beinahe alle anderen davon aus, dass es Suizid war. Bei besagtem Empfang bei der Royal Society of Arts hatte Swinburne wohl zu viel getrunken und erzählte jedem, der ihm zuhörte, von den Ereignissen an Siddals Todestag. Damals sprach ich noch kaum Englisch, und überdies hätte ich mit meinen sechzehn Jahren nicht einmal im Traum gewagt, einen Mann von solchem Rang anzusprechen; aber mein Vater hat mir hinterher einiges von dem erklärt, was er gesagt hatte. Anscheinend ist Rossetti ein rechter Hallodri.«

»Das sind fast alle Genies.«

»Dann bin ich froh, dass ich kein Genie bin. Und Sie hoffentlich auch nicht.«

Gaudí lächelte.

»Fahren Sie bitte fort.«

»Swinburne zufolge war Lizzie Siddal eine außergewöhnliche Frau. Sie stammte aus bescheidenen Verhältnissen, verfügte bloß über geringe Bildung, und nur ihre Schönheit hatte ihr das Tor zur Welt der Kunst geöffnet. Aber sie wurde nicht nur zu einem der bevorzugten Modelle der großen Namen aus der präraffaelitischen Bruderschaft, sondern war auch selbst eine talentierte Malerin und besaß einen so originellen Verstand, dass sie jeden faszinierte, der ihr begegnete. Als sie und Rossetti sich um 1850 herum kennenlernten, war Rossetti sofort geblendet vom Aussehen und von dem Verstand dieser Frau. Sie lebten beinahe ein Jahrzehnt zusammen, ehe sie die Ehe schlossen, und Siddal wurde schwanger, aber das Kind kam tot zur Welt. Siddal saß Rossetti für einige seiner ungewöhnlichsten Gemälde Modell, und in all dieser Zeit, so Swinburne, hat der Maler seine Muse auf jede erdenkliche Art und Weise misshandelt. Als Siddal starb, war sie wieder schwanger und lebte seit Jahren in einem Zustand so tiefer Schwermut, dass alle ihre Bekannten ein Ende wie das befürchteten, das schließlich auch eintrat.«

»Wirklich eine traurige Geschichte«, sagte Gaudí. »Machen wir mit 1862 weiter.«

»Rossetti jedenfalls fühlte sich zu Recht schuldig an ihrem Tod. Seine Grausamkeit oder seine Nachlässigkeit oder seine egoistische Künstlernatur hatten den Tod der Frau beschleunigt, die über ein Jahrzehnt hindurch seine Muse und Gefährtin gewesen war. Und zur Buße tat er etwas, wovon Sie vielleicht auch gelesen haben: Rossetti legte neben Siddals Leiche ein Heft in den Sarg, das die einzige Abschrift seiner Gedichte enthielt.«

Gaudí nickte.

»Ich glaube, ich weiß schon, worauf das hinausläuft.«

»Das bezweifle ich.«

»Er hat sich das Heft zurückgeholt.«

»Noch besser.«

Wieder nickte mein Freund, sehr ernst diesmal.

»Fahren Sie fort«, sagte er.

»Wir springen jetzt ins Jahr 1869. In das Jahr, in dem die Begegnung meiner Familie mit Swinburne stattfand, einige Monate später. Rossetti hat seine Trauer um Siddal bereits überwunden, oder vielleicht hat sich auch der Künstler in ihm gegen das bloße menschliche Wesen durchgesetzt. Jedenfalls bereut er seine romantische Geste und kommt zu dem Schluss, dass seine Gedichte es nicht verdienen, neben der Leiche seiner Frau in einer Gruft auf dem Friedhof Highgate zu vermodern. Daher beantragt er eine gerichtliche Genehmigung, um den Sarg öffnen zu lassen und das Heft wieder an sich nehmen zu dürfen.«

»Darüber wurde auch in Barcelona in den Zeitungen berichtet«, bestätigte Gaudí.

»Die Londoner Presse hat damit viel Geld verdient. Die Exhumierung fand nachts und fast im Geheimen statt, um keine Journalisten und Schaulustigen anzulocken. Einige Freunde Rossettis führten die Exhumierung durch. Sie öffneten den Sarg, warfen einen Blick hinein, nahmen das Heft an sich und begruben den Sarg wieder. Das Heft gelangte wieder in Rossettis Besitz, und da ist es noch heute. Nichts Mysteriöses also in diesem Teil der Geschichte, abgesehen von dem psychologischen Rätsel, was das für ein Mensch sein muss, der etwas um sich haben möchte, das sieben Jahre lang neben der Leiche seiner verstorbenen Frau lag.«

›Ein echter Künstler‹, besagte Gaudís Blick.

»Das Mysterium ist nicht das Heft«, sagte er laut. »Das Mysterium hat mit Lizzie Siddals Leiche zu tun.«

»Kennen Sie das Gerücht, das nach der Exhumierung in Umlauf kam?«

»Jemand hat die Leiche geraubt?«

Ich schüttelte den Kopf.

»Nichts so Spektakuläres, fürchte ich. Aber dafür schöner. Das Gerücht, das damals durch die gesamte Presse ging und überall in der Stadt zirkulierte, besagte, als Rossettis Freunde den Sarg geöffnet hätten, sei Lizzie Siddals Leiche vollständig erhalten gewesen. Als wäre sie am selben Nachmittag erst gestorben. Oder so, als hielte das Laudanum sie in einem tiefen Schlaf gefangen, aus dem sie jeden Moment erwachen könne. Und ihre Haare, ihre berühmten roten Haare, seien in jenen sieben Jahren weiter gewachsen, bis sie das Innere des Sarges vollständig ausgefüllt hätten. Was Rossettis Freunde folglich gefunden hätten, als sie den Sargdeckel öffneten, sei keine von Würmern zerfressene, verweste Leiche gewesen, sondern eine schöne Frau, die unter einer Decke aus roten Haaren schlief. Was halten Sie davon?«

»Mir scheint, Margarita ist nicht die einzige Romantikerin in der Familie Camarasa.«

Ich lächelte.

»Ich komme zum Wesentlichen«, fuhr ich fort. »Wir befinden uns jetzt Ende 1870. Die Zeitungen haben Lizzie Siddal und Dante Gabriel Rossetti vergessen, und nicht einmal in den Künstlerkreisen, in denen mein Vater sich aus geschäftlichen Gründen bewegt, wird noch über die Geschichte der Exhumierung und der unverwesten Leiche gesprochen.«

»Aus geschäftlichen Gründen?«

»Kurz nachdem wir nach London gezogen waren, eröffnete mein Vater ein Auktionshaus. Bis zum vergangenen Jahr war das sein Hauptgeschäft: An- und Verkauf von Kunstwerken und Antiquitäten. Seine Spezialität waren südamerikanische und kontinentale Artikel, zwei Bereiche, welche die englischen Auktionshäuser damals vernachlässigten, und in wenigen Monaten hatte er sich einen Namen gemacht und besaß einen guten Kundenstamm. In London gibt es viele Leute mit teurem Geschmack und unerschöpflichem Geldbeutel.«

»In jedem Fall ein riskantes Unternehmen.«

»Meinem Vater ist es damit nicht schlecht ergangen, das sehen Sie ja.«

»Ich beziehe mich nicht auf den ökonomischen Aspekt«, sagte Gaudí. »Soweit ich weiß, sind die Geschäfte, die über solche Auktionshäuser abgewickelt werden, manchmal ein wenig … undurchsichtig.«

»Kunstschmuggel, wollen Sie sagen.«

»Ich erhebe keinerlei Vorwurf gegen Ihren Vater.«

»Wenn Sie es täten, hätten Sie sicherlich recht. Das ist einer der Gründe, weshalb ich nie genau über die Geschäfte meines Vaters Bescheid wissen wollte. Wenn auch nur der hundertste Teil der Waren, die täglich durch die Lager des Auktionshauses liefen, so undurchsichtigen Ursprungs waren, wie man häufig annehmen musste, dann würde das genügen, um meinen Vater für den Rest seines Lebens in Gesellschaft einiger seiner besten Kunden im Gefängnis vermodern zu lassen.«

Gaudí, der gerade einen Biskuit zum Mund führte, hielt inne.

»Eduardo Andreu war einer seiner Kunden«, mutmaßte er. »Oder vielmehr, er war einer der Händler, die Ihrem Vater die Waren lieferten, die in seinem Haus versteigert wurden.«

»Weder noch. Andreu und mein Vater hatten sich vor 1868 in Barcelona kennengelernt, aber nie Geschäfte miteinander gemacht. Damals befasste mein Vater sich mit Finanzgeschäften und hatte keinerlei Interesse an den Kunstwerken, die Andreu den wohlhabenden Bürgern der Stadt verkaufen wollte. Das erste gemeinsame Geschäft der beiden war zugleich das letzte, und der Gegenstand dieses Geschäfts war sozusagen Lizzie Siddal.«

»Lizzie Siddal«, murmelte Gaudí lautlos. »Eines schönen Tages erschien Eduardo Andreu in London und bot Ihrem Vater irgendetwas an, was mit dieser Frau zu tun hatte. Ein Gemälde?«

»Eine Fotografie.«

»Eine Fotografie von Lizzie Siddal«, sagte Gaudí; und gleich darauf leuchtete Verstehen in seinen Augen auf. »Eine Fotografie von Lizzie Siddals unverwester Leiche.«

»Genau.«

»Rossettis Freunde haben eine Kamera mit auf den Friedhof genommen und das Wunder im Inneren des Sargs festgehalten. Und diese Fotografie war nun im Besitz eines Händlers aus Barcelona, der sie über Sempronio Camarasas Auktionshaus verkaufen wollte.«

Ich nickte lächelnd.

»Genau deshalb haben wir von Anfang an an der Echtheit der Fotografie gezweifelt: Wenn das Bild echt war, wie war es dann in die Hände eines Menschen wie Andreu gelangt?«

»Eine sehr vernünftige Frage.«

»Lassen Sie sich aber nicht von dem Eindruck täuschen, den er heute Abend auf dem Fest gemacht hat. Damals war Eduardo Andreu ein sehr geachteter Kunsthändler in Barcelona, und als mein Vater seine Referenzen prüfte, waren sie makellos. Niemand hatte ihm je Betrug vorgeworfen, er hat seine Rechnungen immer pünktlich gezahlt, und zu seinem Kundenstamm zählten einige der mächtigsten Männer der Stadt. Aber er hatte noch nie Geschäfte auf dem englischen Markt gemacht. Und das ließ seine Geschichte selbstverständlich verdächtig erscheinen.«

»Und die lautete ...«

»Im Wesentlichen, dass einer von Rossettis Freunden, die in jener Nacht auf dem Friedhof Highgate dabei gewesen waren – ein sehr unbedeutender Dichter, an dessen Namen ich mich nicht einmal erinnere –, eine Reihe von Fotografien gemacht hätte, die den gesamten Exhumierungsprozess dokumentierten. Eine dieser Fotografien, nämlich die, die nun Andreu verkaufen wollte, sei in die Hände des Bruders jenes Dichters gelangt, der sie seinerseits einem spanischen Politiker verkauft habe, der wiederum nach Prims Putsch nach London ins Exil gegangen sei. Dieser Politiker, dessen Namen man nie erfuhr, sei ein großer Bewunderer Rossettis und zugleich ein so exzentrischer Sammler, dass er bereit gewesen sei, eine bedeutende Summe für die Fotografie von Rossettis verstorbener Frau zu bezahlen. Eine so bedeutende Summe sogar, dass er sich wenige Monate später gezwungen gesehen habe, seine Entscheidung zu überdenken. London ist eine teure Stadt, wie Sie sicher wissen, besonders für einen spanischen Politiker im Exil, der nur Pesetas im Geldbeutel hat. Er habe Kontakt zu

Andreu aufgenommen, der in Spanien einer seiner Stamm-
händler gewesen sei, damit dieser für ihn den Verkauf des Bildes in die Wege leite, und Andreu sei der Meinung gewesen,
dass das Auktionshaus meines Vaters am besten geeignet sei,
um einen so außergewöhnlichen Artikel auf den Markt zu
bringen.«

»Und dann stellte Ihr Vater fest, dass die Fotografie eine
Fälschung war.«

»Eigentlich war ich derjenige, der das feststellte.«

»So schlecht war die Fälschung?«

Ich atmete tief durch und zwang mich, diese neuerliche
Beleidigung seitens meines Freundes zu übergehen.

»Falls Sie damit sagen wollen, dass ein guter Kenner der
Fotografietechniken durch bloße Betrachtung feststellen
konnte, dass mit dem Bild etwas nicht stimmte, dann lautet
die Antwort ja«, sagte ich. »Auf jeden Fall lag das Problem
nicht im Gegenstand der Fotografie, sondern in der Bild-
komposition. Die Frau in jenem Sarg hätte wirklich Lizzie
Siddal sein können beziehungsweise Lizzie Siddals unver-
weste Leiche, die steif und halb unter einer gewaltigen Mähne
begraben dalag, welche von den verschiedenen Grautönen auf
dem Bild her durchaus hätte rot sein können. Aber die Aus-
leuchtung des Bildes entsprach nicht dem, was man hätte erwarten müssen. Rossettis Freunde hatten den Sarg ausge-
graben, gleich neben dem Grab geöffnet und sofort wieder
begraben, alles in Gegenwart eines Gerichtsangestellten. Das
fragliche Foto jedoch war eindeutig unter den kontrollierten
Bedingungen eines Fotoateliers aufgenommen worden.«

»Vielleicht haben sie die Fotografie nicht im Freien aufgenommen«, schlug Gaudí vor. »Vielleicht war es eine Gruft.«

»Lizzie Siddal wurde nicht in einer Gruft beigesetzt, sondern in der Erde. Und überdies hätte eine Gruft auch nicht
das Problem gelöst, welches das Foto aufwarf.«

»Das zweifellos darin bestand ...«, setzte Gaudí an.

Und in diesem Augenblick geschah etwas Seltsames.

Ein recht kleiner, rundlicher, etwa fünfzigjähriger, gut gekleideter Herr trat an unseren Tisch und legte wortlos ein Bündel Geldscheine neben Gaudís Tasse.

Mein Freund musterte zunächst die Geldscheine, dann sah er den Mann an und schließlich mich. Daraufhin griff er ebenfalls wortlos in sein Sakko und holte etwas Kleines hervor, auf das ich in dem kurzen Augenblick, in dem Gaudí es dem Mann reichte und dieser es begierig an sich nahm, nur einen kurzen Blick werfen konnte.

Ein höchstens zwei Zentimeter hohes Glasfläschchen, vielleicht auch noch kleiner, gefüllt mit einer grünlichen Flüssigkeit.

Der Mann schloss die Faust um das Fläschchen und verschwand ebenso verstohlen, wie er gekommen war. Gaudí verwahrte das Bündel Geldscheine in seinem Gehrock, räusperte sich leise und sagte: »Man müsste die Straßenlaternen auf diesem Platz auswechseln. Sie geben so wenig Licht, dass man nicht einmal weiß, mit wem man spricht.« Gleich darauf fügte er hinzu: »Sie wollten mir soeben erklären, welches Problem das vermeintliche Foto von Lizzie Siddals Leiche aufwarf.«

Also beschloss ich, dass nichts vorgefallen war. Kein Herr von respektablem Äußeren hatte meinem Freund eine hübsche Summe Geldes ausgehändigt und im Gegenzug ein Fläschchen mit einer grünlichen Flüssigkeit erhalten.

Das alles war ein Produkt meiner Fantasie, die übererregt war von den Ereignissen des Abends und der Erinnerung an die unheilvolle Geschichte von Lizzie Siddal; möglicherweise war ich auch hier im Halbdunkel, das unter den Arkaden der Plaza Real herrschte, einer Täuschung erlegen.

Folglich wandte ich mich wieder Eduardo Andreu und den Gespenstern zu, die meinem Vater im Nacken saßen.

»Das allzu gleichmäßige Licht, das in den Sarg fiel«, fuhr ich fort. »Und der Winkel, in dem dieses Licht auf das Gesicht der vermeintlichen Leiche fiel. Der Fotograf, der die Elemente dieser Szene angeordnet hat, hat das Kopfende des Sargs um mindestens zwei Handbreit angehoben, sodass er mit der Kamera das Sarginnere aufnehmen konnte, ohne sich zu weit vorbeugen zu müssen. Doch erstens sah er nicht voraus, welche Änderungen diese Anordnung notwendigerweise auf den Brechungswinkel des Lichts haben würde. Und er achtete auch nicht darauf, dass der Magnesiumblitz einer Lampe, die eine solche vermeintlich nächtliche Szene im Freien beleuchtet hätte, ein deutlich weniger gleichmäßiges Licht auf den Sarg geworfen hätte als das, welches man auf dem Bild sah.«

»Es gab noch weitere Lichtquellen, die die Szene beleuchteten.«

»Deutlich stärkere Lichtquellen als die, die man vernünftigerweise an einem Schauplatz wie dem der Exhumierung erwarten durfte«, bestätigte ich. »Lichtquellen wie die, welche sich in jedem halbwegs gut ausgestatteten Fotografenatelier finden.«

»Verstehe.«

»Letzten Endes war das Bild zu stark komponiert und zu gut ausgeleuchtet, um echt zu sein. Der Fotograf hatte versucht, eine so perfekte Fälschung zu erzeugen, dass sie am Ende zu gut war, um echt sein zu können. Die Fotografie war exzellent, und genau dadurch fiel ins Auge, dass sie eine Fälschung war.«

Gaudí nickte mit einem feinen Lächeln.

»Ausgezeichnet, Freund Camarasa«, sagte er zu meiner Überraschung: Es war das erste Mal, dass ich aus seinem Mund so etwas Ähnliches wie ein Lob hörte. »Aber Ihr Vater hat doch sicherlich versucht, die Echtheit der Fotografie mit herkömmlichen Mitteln zu prüfen: Herkunft, Besitzerwechsel ...«

»Selbstverständlich. Und alles hat meine eigene Hypothese gestützt: Schon nach wenigen Tagen hatten wir die Bestätigung, dass es in jener Nacht auf dem Friedhof Highgate keinen Fotoapparat gegeben hatte, dass Rossettis Dichterfreund in seinem ganzen Leben keine Kamera angefasst und auch keinen Bruder hatte, dass der spanische Politiker nicht einmal zu existieren schien und dass letztlich der Einzige, durch dessen Hände die fragliche Fotografie gegangen war, ehe sie ins Büro meines Vaters gelangte, Eduardo Andreu gewesen war.«

»Und folglich hat Ihr Vater Andreu wegen versuchten Betrugs angezeigt und damit seine Reputation ruiniert.«

»Das ist die Kurzfassung dessen, was geschah, ja. Der geschäftliche Erfolg meines Vaters gründete auf seiner Reputation, und ich glaube, er sah diese Angelegenheit als eine Möglichkeit, als unbestechlicher, korrekter Mann dazustehen. Anstatt Andreus Spiel mitzuspielen und die Fotografie zu verkaufen, ohne Verantwortung für ihre Echtheit zu übernehmen, wie er es vielleicht bei anderer Gelegenheit getan hätte, oder anstatt dem Händler die Fotografie einfach zurückzugeben und von da an keinen Umgang mehr mit ihm zu pflegen, machte er das Geschehene auf die denkbar schlechteste Art und Weise öffentlich.«

»Durch die Presse.«

»Mein Vater hatte gerade erst Martin Begg kennengelernt, der damals bei einer Londoner Wochenzeitung namens *The Illustrated Police News* arbeitete. Begg war auf unser Auktionshaus gestoßen, als er einer Spur in einer anderen Sache nachgegangen war, und mein Vater hat die Gelegenheit genutzt und sich seiner bedient, um kostenlos sowohl für sein Auktionshaus als auch für seine eigene Person zu werben.«

»Und das ging, wenn man so will, auf Kosten von Eduardo Andreu.«

»Beggs Zeitung hatte bereits im Vorjahr ausführlich über Lizzie Siddals Exhumierung berichtet, und jetzt stürzte man sich voller Begeisterung auf diesen Betrugsversuch mit Siddals gefälschter Fotografie. Einer Fotografie übrigens, die unsere Freundin Fiona in einer ihrer Illustrationen getreu wiedergegeben hat. Wenn ich mich nicht irre, war das ihre erste Titelseite. Zum Teil verdankt sie ihre Karriere also Lizzie Siddal.«

»Eine Rothaarige, die sich einer anderen Rothaarigen bedient.«

»Sagt ein dritter Rothaariger.« Ich lächelte. »Kurz gesagt: Mein Vater hat Eduardo Andreus Reputation ruiniert und zugleich die günstige Gelegenheit genutzt, um seinen eigenen Ruf als durch und durch ehrlicher Geschäftsmann zu festigen. Andreu kehrte nach Barcelona zurück, musste aber feststellen, dass die Nachricht von seinem Betrugsversuch ihm vorausgeeilt war. Innerhalb weniger Monate war er bankrott, und das Letzte, was wir von ihm hörten, war, er habe seine Gemälde verkauft und versuche sich jetzt als Buchmacher bei den Kämpfen im Hafen.«

Gaudí rümpfte die Nase.

»Das nenne ich einen mustergültigen Niedergang«, sagte er. »Aus dem Vorfall heute Abend schließe ich, dass Andreu Ihrem Vater die Schuld daran gibt.«

»Er versicherte damals, die Fotografie sei auf völlig seriösem, legalem Wege in seine Hände gelangt und er habe nichts mit einer Fälschung zu tun. Und ich zweifle nicht daran, dass das stimmte. Ich glaube vielmehr, dass er einem Betrug durch einen Dritten zum Opfer gefallen war.«

»Und Ihnen ist nie in den Sinn gekommen, dass dieser Dritte Ihr eigener Vater sein könnte?«, fragte mein Freund unverblümt.

»Wie bitte?«

»Es wäre keine schlechte Strategie, meinen Sie nicht? Ihr Vater lässt die gefälschte Fotografie anfertigen, spielt sie Andreu in die Hände und lotst ihn zu seinem eigenen Auktionshaus. Und dann denunziert er öffentlich die Fälschung der Fotografie und verschafft sich damit diese kostenlose Werbung, von der Sie gesprochen haben.«

»In diesem Szenarium wäre dann ich der geheimnisvolle Fotograf, wenn ich recht verstehe.«

»Es wäre eine elegante Lösung für das Rätsel, finden Sie nicht?«

»Meinen Sie das ernst?«

»Selbstverständlich nicht. Ich glaube nicht, dass Sie Fotografien berühmter Leichen fälschen, und ich bin davon überzeugt, dass Sie niemals wissentlich das Leben eines Menschen ruinieren würden.«

»Und mein Vater?«

»Ihren Vater kenne ich nicht so gut, wie ich Sie allmählich zu kennen glaube.«

Ich schüttelte den Kopf.

»Mein Vater würde so etwas nicht tun.«

»Vielleicht nicht er direkt. Vielleicht jemand aus seinem Umfeld, ohne dass er es wusste, will ich sagen.«

Aus dem Mund meines Freundes klang das Wort »Umfeld« eigenartig unheilvoll.

»An dieser Stelle kommen wir zu Víctor Sanmartín und seinen Theorien über meinen Vater, nehme ich an.«

»Wenn es Ihnen lieber ist, verschieben wir das auf morgen«, schlug Gaudí vor. »Aber ich konnte nicht anders, als Ihre Reaktionen zu beobachten, während Sie auf dem Fest mit dem Journalisten sprachen, und ich würde sagen, seine Worte haben Sie tief getroffen.«

Mit der Spitze eines Löffelbiskuits tunkte ich den letzten Rest Schokolade in meiner Tasse auf.

»Ich dachte, Fiona hätte Ihre Aufmerksamkeit vollständig in Anspruch genommen«, sagte ich und kaute bedächtig. »Sie beide schienen sich miteinander sehr wohlzufühlen auf dieser Ottomane.«

»Es fällt mir leicht, auf zwei Dinge gleichzeitig zu achten, das wissen Sie ja.«

»Erst vor wenigen Minuten wurde ich Zeuge dieser Fähigkeit, doch.«

Gaudí lächelte.

»Falls Sie glauben, dass es Ihnen hilft, klarer zu sehen, wenn Sie darüber reden, dann stehe ich Ihnen zur Verfügung«, bot er an und bezog sich offensichtlich auf meine Unterhaltung mit Sanmartín. »Sonst können wir den Abend auch beenden. Morgen ist ein neuer Tag.«

Diese beiden Möglichkeiten waren keine echten Alternativen, erkannte ich: Mein Freund war begierig, meinen zweiten Bericht von diesem Abend zu hören, und ich war begierig, ihm diesen Bericht zu geben. Folglich riefen wir den Kellner, bezahlten, was wir verzehrt hatten, und verließen die Plaza Real, während das Gespenst Víctor Sanmartíns zwischen uns schwebte wie das, was es vielleicht in Wirklichkeit war: die Androhung unvorhersehbarer Konsequenzen für das Leben all derer, die sich im Umfeld von *Las noticias ilustradas* bewegten.

Als wir auf der Placeta de Motncada neben der nun völlig dunklen Apsis von Santa María del Mar anlangten, präsentierte Gaudí mir seine persönliche Zusammenfassung der Situation, die ich ihm unterdessen dargelegt hatte.

»Schwierige Zeiten für die Camarasas«, sagte er.

Und damit hatte er recht.

# Kapitel 15

Am nächsten Morgen weckte mich ein gedämpftes Klopfen an meiner Schlafzimmertür noch vor sechs Uhr. Beinahe von dem Augenblick an, als ich mich in den frühen Morgenstunden hatte ins Bett fallen lassen, hatten mich Träume von zahnlosen, zerlumpten alten Männern, femininen jungen Journalisten und schönen rothaarigen Leichen gequält. Das Erwachen brachte daher zunächst Erleichterung, bis mir wieder einfiel, welche Realität mich außerhalb meiner Träume erwartete. Ich drehte mich auf die andere Seite, öffnete halb die Augen und erblickte an der Tür, umrahmt vom Licht im Flur, die Umrisse einer Gestalt, die ich nicht sofort erkannte.

»Guten Morgen, Schlafmütze.«

Margarita schloss die Tür hinter sich und tappte zum Bett. Das Parkett knarrte unter ihren nackten Füßen. In meinem Zimmer herrschte pechschwarze Finsternis, die sich erst ab sieben Uhr allmählich lichten würde, falls es ein klarer Tag wurde. Auch herrschte noch völlige Stille: ein schlafendes Haus inmitten eines schlafenden Dorfes in der Umgebung einer Stadt, die niemals schlief.

Als die Matratze sich unter dem Gewicht ihres Körpers leicht neigte, wusste ich, dass meine Schwester ihr Ziel erreicht hatte.

»Wie spät ist es?«, fragte ich.

»Höchste Zeit, dass du mir alles erzählst«, erwiderte sie und tastete meinen Kopf ab, bis sie in etwa wusste, wo sich mein Gesicht befand. Dann gab sie mir einen Kuss auf die rechte Wange und kniff mich einige Male spielerisch in mein zukünftiges Doppelkinn.

»Und du konntest nicht bis zum Frühstück warten?«

»Dem Frühstück, das du mit Papa einnehmen wirst, meinst du?«

Das Frühstück mit meinem Vater. Das hatte ich bereits vergessen.

»Woher weißt du das?«

»Fiona hat es mir gestern erzählt.«

Ich wunderte mich erst gar nicht darüber, dass Fiona von dem Frühstück erfahren hatte, das mein Vater und ich für heute Morgen vereinbart hatten: Offenbar waren dem, was die Engländerin über mich wusste, einfach keine Grenzen gesetzt.

»Dann hat sie dir sicher auch erzählt, was auf dem Fest geschehen ist.«

»Gar nichts hat sie mir erzählt. Die gemeine Hexe hat gesagt, eine junge Dame in meinem Alter und meiner Stellung solle ihre Nase nicht in die Angelegenheiten der Erwachsenen stecken. Kannst du das glauben?«

»Voll und ganz.«

Wieder legte Margarita mir die Hände an den Kopf, tastete mich kurz ab und zog mich dann an den Ohren.

»Immer schlägst du dich auf ihre Seite«, murrte sie. »Du weißt doch, dass du sie niemals heiraten wirst, oder?«

»Und du weißt doch, dass eine junge Dame in deinem Alter und deiner Stellung nicht mitten in der Nacht im Bett ihres Bruders liegen dürfte, oder?«

»Es ist nicht mehr mitten in der Nacht«, versetzte sie. »Und ich liege nicht in deinem Bett, ich liege auf deinem Bett. Los, erzähl.«

Also tat ich ihr den Gefallen. Ich erzählte Margarita von allen bedeutsamen Vorfällen des gestrigen Abends von dem Moment an, als ich in Begleitung von Gaudí den Festsaal betreten hatte, bis wir ihn gemeinsam mit Papa Camarasa und den Beggs wieder verlassen hatten. Als ich von meiner Begegnung mit Sanmartín berichtete, ging ich vorsichtshalber nicht näher auf die Anschuldigungen ein, die der Journalist gegen unseren Vater erhoben hatte. Allerdings fragte Margarita wie üblich so klug nach, dass sie die wesentlichen Punkte in Erfahrung brachte. Was die Szene mit Eduardo Andreu betraf, so bemühte ich mich, die Heftigkeit dieses Vorfalls, der mir über zehn Stunden später noch immer beschämend und unerklärlich erschien und fatale Folgen für unsere Familie haben könnte, durch den absurden Auftritt der Frau mit dem weißen Fuchspelz abzumildern.

Selbstverständlich funktionierte diese Strategie nicht. Als ich an den Punkt kam, wo mein Vater vor all jenen Vertretern der besten Gesellschaft Barcelonas einen alten Mann ohrfeigte und ihm mit dem Tode drohte, stieß meine Schwester einen leisen Schrei aus, der wie der Ausruf einer jungen Maid in Nöten in einer schlechten Übersetzung aus dem Französischen klang.

»Das hätte Marguerite Gautier auch nicht besser ausdrücken können«, versicherte ich ihr.

»Du meinst, Papa hat einen alten Mann geschlagen? In aller Öffentlichkeit?«

»Ich fürchte ja«, bestätigte ich. »Und ich weiß nicht, was geschehen wäre, wenn die Beggs und ich nicht dazwischengegangen wären.«

Darüber dachte Margarita kurz nach.

»Hat er ihn mit der behandschuhten Hand geschlagen?«

»Wie bitte?«

»Wenn er ihn mit dem Handschuh geschlagen hat, ist das, als hätte er ihn damit geohrfeigt. Und dann müsste sich Papa mit ihm duellieren.«

Ich lächelte in der Dunkelheit.

»Ich glaube nicht, dass das so gehandhabt wird.«

»Bist du sicher?«

»Ziemlich sicher, ja. Papa hat niemanden zum Duell herausgefordert. Er hat bloß einen armen alten Mann geohrfeigt, der ihn vor all den Menschen beschämt hatte, die er mit seinem Fest für sich einnehmen wollte.«

»Nur.«

»Das ist nicht wenig, nein.«

Margarita schwieg.

»Und du sagst, er hatte eine Mappe in der Hand, die er ständig herumgeschwenkt hat?«, fragte sie schließlich.

»Eine rote Aktenmappe«, bestätigte ich. »Mit einem roten Samteinband, glaube ich.«

»Und was war da drin? Beweise für all die schlimmen Dinge, die Papa in seinem Leben getan hat?«

Hoppla, dachte ich.

»Hat Papa in seinem Leben viele schlimme Dinge getan?«

»Das sagt doch alle Welt, oder?«

Margarita fragte das so selbstverständlich, dass ich nicht wusste, ob ich das nun kindlich oder zutiefst erwachsen finden sollte.

»Das sagen im Augenblick Víctor Sanmartín und Eduardo Andreu«, erwiderte ich. »Also ein Journalist auf der Suche nach einer Geschichte, die er den Zeitungen verkaufen kann, und ein alter Mann mit einem Groll gegen den Mann, der ihn zu Recht beruflich ruiniert hat.«

»Zu Recht«, wiederholte Margarita, die meinen knappen Erläuterungen zur Geschichte der gefälschten Fotografie von Lizzie Siddal aufmerksam gelauscht hatte. Zur Zeit jener Ereignisse Ende 1870 war meine Schwester gerade dreizehn Jahre alt gewesen und hatte viel Dringenderes und Aufregenderes im Kopf gehabt als die gefälschte Fotografie einer berühmten Leiche. »Und wenn du dich geirrt hast? Und die Fotografie doch echt war?«

»Die Fotografie war nicht echt«, versicherte ich ihr. »Meine Einschätzung war nur ein Beweis unter mehreren.«

»Und wenn Andreu in seiner Mappe andere Beweise hat? Den Beweis dafür, dass sie echt war?«

Da musste ich an die Möglichkeit denken, die Gaudí mir gestern Nacht aufgezeigt hatte; eine Möglichkeit, die er zwar wie eine mehr oder weniger scherzhafte Provokation hatte klingen lassen, die er aber sicher ernsthaft in Erwägung zog.

»Die Fotografie war gefälscht«, wiederholte ich. »Aber dein Freund Toni glaubt, dass Papa das alles so eingefädelt haben könnte, weil es gute Werbung für sein Auktionshaus bedeutete. Und nebenbei auch, um seine Reputation als Mensch von einwandfreien moralischen Prinzipien zu festigen. Papa hätte die Fälschung der Fotografie veranlassen und diese dann Andreu zukommen lassen können, sodass er hinterher, als Andreu versuchte, sie über Papas Auktionshaus zu verkaufen, die Fälschung durch seine Freunde, die Beggs, öffentlich denunzieren lassen und diesen ganzen Zirkus in Gang setzen konnte.«

»Ernsthaft?«

»Ich selbst hätte die Fotografie anfertigen können. Schließlich habe ich einen für mich ganz untypischen Scharfblick bewiesen, als ich die Fälschung enttarnt habe.«

Darüber dachte Margarita länger nach.

»Das kann Toni nicht glauben«, sagte sie schließlich.

»In Wirklichkeit glaubt er das auch nicht. Meine Beteiligung an einer solchen Intrige, meine ich.«

»Aber dass Papa das Ganze veranlasst haben könnte, das glaubt er schon.«

»Ich fürchte, ja.«

Meine Schwester zögerte kurz, dann stellte sie mir die Frage, die ich am meisten gefürchtet hatte.

»Und du, was glaubst du?«

Auch ich nahm mir kurz Zeit, ehe ich antwortete, und als ich es tat, war ich nicht so aufrichtig, wie meine Schwester es verdient hatte, fürchte ich.

»Ich glaube, dass das eine elegante, reizvolle Auflösung wäre«, antwortete ich. »In einem Roman würde das sehr schön funktionieren. Aber dies ist das wahre Leben, und im wahren Leben sind die Dinge normalerweise viel einfacher. Andreu wollte über Papa eine gefälschte Fotografie verkaufen, Papa hat den Betrug entdeckt und das getan, was er tun musste: Er hat den Betrüger entlarvt. Möglicherweise wusste Andreu nicht, dass die Fotografie gefälscht war, und war bloß selbst einem Betrug zum Opfer gefallen. Aber Papa«, wiederholte ich, ob nun, um Margarita zu überzeugen oder mich, weiß ich auch nicht, »hat das getan, was er tun musste.«

Meine Schwester schüttelte nachdrücklich den Kopf neben mir auf dem Kopfkissen.

»Also ich glaube, dass Toni recht hat. Papa hat Andreu benutzt, um sich einen Namen als vertrauenswürdiger Auktionator zu machen, und deshalb will Andreu sich jetzt rächen. Er hat einen Beweis dafür gefunden, dass Papa die Fotografie in Auftrag gegeben hatte, und den verwahrt er in dieser Mappe.« Margarita streckte die Hand unter die Bettdecke, nahm meine Hand und drückte sie fest. »Toni ist ein erstaunlich kluger junger Mann, nicht wahr?«

Unweigerlich musste ich an den Herrn denken, der zu uns getreten war, als wir unter den Arkaden an der Plaza Real über das alles gesprochen hatten, und an das Bündel Geldscheine, das er auf unseren Tisch gelegt hatte, und an das winzige Fläschchen, das Gaudí ihm im Gegenzug ausgehändigt hatte. Noch eines der Rätsel, die ich mit meinem Kopfkissen erörtert hatte, bis Margarita in mein Schlafzimmer geplatzt war, und ebenso ungelöst.

»Belassen wir es dabei, dass Toni ein erstaunlicher junger Mann ist«, entgegnete ich.

»Ich wünschte, er könnte morgen mit uns ins Liceo gehen. Könnten wir nicht eine Eintrittskarte für ihn besorgen?«

Der Opernbesuch der ganzen Familie am morgigen Abend. Die letzte Aufführung von Gounots *Faust* in dieser Saison. Ein Geschenk an die Familie Camarasa, auf dem die Beggs bestanden hatten, um den üblen Nachgeschmack zu mildern, den die vergangene Woche hinterlassen hatte, und das jetzt plötzlich, mir jedenfalls, lächerlich fehl am Platze erschien.

»Ich glaube nicht, dass Martin Begg bereit ist, auch nur einen einzigen Penny mehr für Eintrittskarten auszugeben«, sagte ich. »Vorausgesetzt natürlich, Papa sagt die Verabredung nach dem gestrigen Abend nicht ohnehin ab.«

»Wir könnten ihm die Eintrittskarte bezahlen …« – Margarita ließ ihren Vorschlag einige Sekunden lang in der Luft hängen −, »… wobei, wenn ich es recht bedenke, ist es doch besser, er kommt nicht mit.«

»Wenn du es recht bedenkst?«

»Fiona wird auch dabei sein.«

»Verstehe.«

»Du hast sie gestern Abend auf dem Fest einander vorgestellt?«

Margaritas Tonfall war vorsorglich traurig, und das rührte mich.

»Mir blieb nichts anderes übrig.«

»Und?«

»Und?«

»Fanden sie einander … interessant?«

»Ich hatte nach dem Fest keine Gelegenheit mehr, mit Fiona zu sprechen«, sagte ich. »Und Gaudí war gestern Abend zu sehr mit dem beschäftigt, was geschehen war, um mir seine Meinung zu sagen.«

»Aber?«

Ich streichelte Margaritas Hand.

»Aber Gaudí ist ein Mann mit künstlerischen Neigungen. Und Fiona …«

»Fiona ist eine Hexe«, fiel Margarita mir ins Wort. »Eine Hexe und eine schamlose Person. Und wenn du wirklich Tonis Freund wärst, würdest du nicht zulassen, dass er ihr näher als hundert Meter kommt.«

Wie immer in solchen Fällen fühlte der Kavalier in mir sich genötigt, die Ehre der Engländerin zu verteidigen.

»Ich glaube, du tust Fiona großes Unrecht.«

»Diese Frau ruiniert das Leben aller Männer, die sich ihr nähern. Und du müsstest das am besten wissen.«

Ein unbehagliches Schweigen breitete sich zwischen uns aus. Ich gab nicht vor, nicht zu wissen, wovon meine Schwester sprach, aber ich ließ auch keine Bereitschaft erkennen, mich daran zu erinnern. Nicht an diesem Morgen jedenfalls. Nicht in Gegenwart meiner kleinen Schwester.

»Vielleicht solltest du …«

Wieder unterbrach Margarita mich.

»Dann ist es das, was sich in der roten Aktenmappe befindet«, sagte sie und wechselte in der für sie typischen Manier das Thema. »Die Beweise dafür, dass Papa, ohne mit der Wimper zu zucken, das Leben eines Mannes zerstört hat im Gegenzug für ein bisschen Werbung. Papa kann manchmal sehr niederträchtig sein, findest du nicht?«

Hoppla, dachte ich erneut.

Niederträchtige Männer, schamlose Frauen und aus gutem Grunde rachsüchtige alte Männer.

»Ich glaube, meine Liebe, dass wir sofort deine Lektüre von französischen Liebesromänchen und englischen Schundromanen unterbinden müssen«, sagte ich ernst. »Seit wann ist Papa kein tapferer Mann mehr, sondern ein Schurke aus einem *Penny Dreadful?*«

Margarita ließ meine Hand los und drehte sich auf den Rücken. Das erste Licht der Morgendämmerung drang durch die Ritzen in den Fensterläden, sodass ich ihr angespanntes Profil mit den offenen Augen und den zusammengebissenen Zähnen sehen konnte. Auch sie verstand auf ihre Weise, dass diese Tage bedeutsam für die Familie Camarasa waren.

»Vielleicht habe ich mich die ganze Zeit geirrt«, sinnierte sie. »Vielleicht hattest du recht.«

»Ich habe nie gesagt, dass Papa ein niederträchtiger Mensch sei.«

»Du weißt genau, was ich meine.«

»Papa ist ein Geschäftsmann. Ein Geschäftsmann mit Ideen, die mir fragwürdig erscheinen. Aber das bedeutet nicht, dass ich seine moralischen Grundsätze in Zweifel ziehe.«

Ein kurzes Schweigen trat ein, das es mir gestattete – jetzt erst –, zu bemerken, wie heftig Margarita atmete. Sie roch durch und durch nach frischer Wäsche und Savon de Marseille und auch ganz leicht nach dem Schweiß einer langen unruhigen, schlaflos verbrachten Nacht.

Als sie wieder sprach, klang ihre Stimme aufgebracht.

»Nach allem, was geschehen ist, seit wir nach Barcelona zurückgekehrt sind, kommen dir da keine Fragen?«

»Zu Papa?«

»Und wenn dieser Journalist, dieser Sanmartín, nun recht hat? Und wenn Papas Geschäfte in Wirklichkeit nur eine Tarnung sind? Und wenn wir in Wirklichkeit auch nur eine Tarnung sind?«

»Wir?«

»Seine Familie. Seine Angestellten. Alle, die wir in seinem Umfeld leben. Und wenn wir nur die Fassade sind, hinter der Papa etwas verbirgt, wovon wir nicht einmal eine Ahnung haben?«

Das war selbstverständlich gar nicht so abwegig: Ich selbst versuchte schon länger, als ich mich erinnern mochte, diese Ahnung abzuschütteln. Dennoch gefiel mir nicht, dass auch Margarita mit ihren gerade einmal siebzehn Jahren so etwas dachte.

»So etwas solltest du nicht denken.«

»Du hast Papa immer gehasst«, sagte sie in unvermittelt schroffem Ton. Das kam so unerwartet, dass ich nicht fähig war, sie zu unterbrechen. »Aber bis jetzt habe ich nie verstanden, warum. Ich habe mich immer auf seine Seite geschlagen. Ich dachte, du bist nur neidisch.«

»Das ist nicht wahr«, erwiderte ich schließlich. »Ich habe Papa nie gehasst.«

»Du hast ihn immer für einen gewöhnlichen, materialistischen Menschen gehalten. Für einen Mann mit niederen Absichten und rückständigem Gedankengut. Und du hast recht.«

»Wenn man die Ansichten eines Menschen nicht teilt, heißt das noch nicht, dass man ihn hasst. Ich hasse Papa nicht. Und du solltest nicht so reden, als ob du ihn allmählich hasst.«

»Du hasst Papa nicht, aber du wärst lieber nicht sein Sohn.«

Auch das war neu.

»Wie kommst du denn auf diese Idee?«

»Ich habe dich mit Fiona reden hören. Nicht hier. In London. Oft.« Margaritas Ton wurde wieder schärfer. »Fiona hasst Papa auch, sie hat ihn immer schon verachtet. Wenn sie ihrem Vater nicht so treu ergeben wäre, würde sie Sanmartín dabei helfen, alle diese Artikel zu schreiben.«

»Ich hasse Papa nicht«, wiederholte ich nochmals, und es war nicht gelogen. »Weder hasse ich ihn, noch verachte ich ihn. Und Fiona hasst ihn auch nicht.«

»Fiona hat tausendmal versucht, dich zu einem der Ihren zu machen. Und im Grunde ist es ihr gelungen.« Hier hielt meine Schwester kurz inne. »Und wenn du dich noch so sehr über mich lustig machst: Ich bin nicht die einzige Idealistin in unserer Familie. Du und ich, wir sind uns sehr ähnlich, Gabi. Und das freut mich.«

Diesmal suchte ich Margaritas Hand.

»Es war eine schwierige Woche für uns«, sagte ich, führte ihre Hand an den Mund und küsste sie sanft. »Wir sind alle beunruhigt und erschrocken. Aber alles wird gut. Am Ende wird sich die Lage wieder beruhigen.«

Meine Schwester reagierte auf meinen Kuss, indem sie noch ein Stück näher an mich heranrückte und den Kopf auf meine Schulter legte.

Ihr Geruch hüllte mich ein wie eine ferne glückliche Erinnerung.

»Dann hat Toni nicht recht«, sagte sie. »Papa hat nicht wissentlich das Leben dieses Mannes zerstört.«

»Natürlich nicht.«

»Und in dieser roten Aktenmappe ist nichts, was beweisen würde, dass Papa aus Eigennutz die Fotografie dieser toten Frau gefälscht hätte.«

»Wenn Eduardo Andreu wirklich etwas gegen Papa in der Hand hat, muss es etwas weit weniger Skandalöses sein«, versicherte ich ihr. »Beweise dafür, dass er sein Auktionshaus benutzt hat, um geschmuggelte Ware nach England zu schaffen oder mit gestohlenen Kunstwerken zu handeln oder etwas in der Richtung. Nichts, was man nicht sowieso bei ihm vermuten würde wie bei jedem anderen Geschäftsmann auch. Jedenfalls nichts, weswegen Papa sich Sorgen machen müsste.«

»Glaubst du?«

Nein, das glaubte ich nicht.

»Selbstverständlich.«

»Aber wenn Andreu Beweise für irgendetwas von dem, was du gesagt hast, hätte, könnte er damit zur Polizei gehen und die Einleitung einer gerichtlichen Untersuchung verlangen. Und er könnte Papa auch anzeigen, weil er ihn gestern Abend geohrfeigt hat. Und wegen der Todesdrohungen.«

»Papa ist ein reicher Mann mit guten Beziehungen. Und Andreu ist kaum mehr als ein Bettler, der mit einem Fuß im Grab steht. Selbst wenn es diese Beweise gäbe, müsste Papa sich keine Sorgen machen«, bekräftigte ich.

Margarita hob den Kopf von meiner Schulter und legte ihn auf meine Brust. Unsere Nasen berührten sich flüchtig, und ich musste daran denken, wie mein Vater und Andreu Stirn an Stirn, Nase an Nase einander gegenübergestanden hatten, mitten im Festsaal des Palais in der Calle de Fernando VII.

Da drang von ferne das vertraute Klirren der Milchkrüge in den Körben eines Lastesels ins Schlafzimmer und verkündete so den offiziellen Beginn des Morgens im Dorf Gracia.

»Dann ist die Welt sehr ungerecht«, sagte Margarita.

Ohne ein weiteres Wort erhob sie sich und verließ mein Schlafzimmer, und ich blieb mit dem eigenartigen Gefühl zurück, Zeuge eines bedeutsamen Augenblicks im Leben meiner Schwester geworden zu sein.

# Kapitel 16

Ich blieb noch fünf Minuten liegen, ließ die Unterhaltung mit Margarita Revue passieren und dachte über das nach, was ihre Fragen und Beobachtungen mir über meine eigenen Gefühle für meinen Vater beziehungsweise das, wofür er stand, offenbart hatten: sein Geld, sein Wertesystem, seine Lebensanschauung, seine Blindheit gegenüber der gesellschaftlichen Realität. Als ich schließlich aufstand, öffnete ich die Fensterläden und stellte fest, dass der Himmel über Gracia so düster, so schmutzig, so wolken- und nebelverhangen war wie der Himmel über Barcelona tags zuvor. Ich sah einen weiteren Tag mit Schlammregen und Asche in der Luft voraus. Einen weiteren Londoner Tag für das neue industrielle Barcelona.

Ich kleidete mich am offenen Fenster an, spürte voller Behagen die Liebkosung der frischen Morgenluft auf meinem nackten Körper und atmete den Duft der Obstbäume ein, die im Garten dahinkümmerten: ein Orangen-, ein Zitronen- und ein Birnbaum, deren Früchte bereits abgefallen waren; ein angemessen melancholischer und herbstlicher Anblick. Ich band eine blind aus der Schublade genommene Krawatte, doch in für mich ganz untypischer Rücksichtnahme auf meinen Vater glich ich diese Nachlässigkeit aus, indem ich die Weißgoldmanschettenknöpfe anlegte, die Mama Lavinia mir zum einundzwanzigsten Geburtstag geschenkt hatte. Dann schloss ich beide Fensterflügel, ließ mein Nachthemd im ungemachten Bett liegen, ging ins Bad, um mich frisch zu machen, durchquerte sodann Flure und verlassene Salons, stieg die Treppe hinab und trat schließlich hinaus auf die Terrasse hinter dem Haus, wo ich jeden Morgen das Frühstück und jeden Abend das Abendessen zusammen mit Margarita einnahm. In der Absicht, eine Zigarette zu rauchen – ich trug noch immer das Streichholzbriefchen mit der Aufschrift »Monte Táber« bei mir, das ich Samstagabend bekommen hatte –, nahm ich auf dem Holzstuhl Platz, auf dem ich heute nicht zur gewohnten Zeit sitzen würde, und als ich zu Ende geraucht hatte, ging ich im Garten spazieren.

Im ehemaligen Bauernhaus schien ebenso wie im Haupthaus noch alles ruhig zu sein, doch auf dem Boden der Veranda stand zwischen den beiden Schaukeln ein Aschenbecher mit einem Zigarettenstummel, der mir so frisch wie der zu sein schien, den ich am Fuß unseres Zitronenbaums zu Boden geworfen hatte. Einer der beiden Bewohner des Bauernhauses hatte wohl ebenfalls nicht ausschlafen können. Einige Minuten lang ging ich vor den geschlossenen Fensterläden von Fionas Zimmer auf und ab, doch weder hörte ich ein Lebenszeichen von ihr, noch wagte ich anzuklopfen. Ich wandte mich ab – ob nun erleichtert oder enttäuscht, weiß ich nicht zu sagen – und kehrte zum Haupthaus zurück, um darauf zu warten, dass das Glockenspiel der Uhr im großen Salon endlich halb acht schlug.

In Anbetracht des enttäuschenden Ergebnisses erspare ich Ihnen eine ausführliche Schilderung der ausweichenden Unterhaltung mit meinem Vater in den knapp zwanzig Minuten, die zwischen dem Beginn unseres Frühstücks und dem Moment, als die Kriminalpolizei in sein Arbeitszimmer platzte, vergingen. Weder stellte ich meinem Vater die richtigen Fragen, noch machte er sich die Mühe, mir andere Antworten zu geben als die, mit denen er mich immer schon abgespeist hatte, wenn das Pflichtgefühl, die reine Neugier oder, in einem Fall, der Einfluss Dritter mich veranlasst hatten, eines seiner Geschäfte oder einen seiner öffentlichen Auftritte infrage zu stellen. Nichts, was ich in besagten zwanzig Minuten zu hören bekam, half jedenfalls, das Misstrauen oder die Besorgnis zu zerstreuen, die zunächst Sanmartín, dann Gaudí und schließlich Margarita in mir geweckt hatten: Mein Vater betrug sich, als stünden mein Vertrauen in seine Person und mein stillschweigendes Einverständnis mit allen seinen Entscheidungen trotz meiner früheren Rebellion außer Frage, und ich meinerseits brachte nicht den Mut oder die Willensstärke auf, um die drei schlichten Fragen aufs Tapet zu bringen, welche die Lage zwischen uns hätten erhellen können, und sei es auch nur zeitweise.

Waren die Gründe für die Rückkehr der Familie Camarasa nach Barcelona rein wirtschaftlich gewesen, wie er mir in London mehrfach versichert hatte, oder war da noch etwas?

Falls ein solches »noch etwas« existierte, hatte es dann etwas mit dem angeblichen Projekt der bourbonischen Restauration zu schaffen, die im Untergrund der im Sterben liegenden Republik betrieben wurde und zu der Sanmartín in seinem Artikel vom Vortag bereits eine direkte Verbindung hergestellt hatte?

Waren der Brand in der Calle de la Canuda, die darauffolgende Kampagne gegen *Las noticias ilustradas* und die Person meines Vaters, die gut informierten anonymen Briefe und jetzt das Wiederauftauchen von Eduardo Andreu nach beinahe vier Jahren voneinander unabhängige Ereignisse, die nichts mit diesem hypothetischen »noch etwas« zu tun hatten, oder gehörten sie im Gegenteil zu irgendeiner sorgfältig inszenierten Verschwörung gegen Sempronio Camarasa?

Zu meiner Schande und meinem späteren tiefen Bedauern brachte ich an diesem Morgen keine dieser drei entscheidenden Fragen hervor. In den zwanzig kurzen Minuten unseres gemeinsamen Frühstücks ließ ich mich wieder einmal in einen dieser verbalen Fechtkämpfe verwickeln – viele Schnörkel, viele Finten und Gegenangriffe, kein echtes Blutvergießen –, in die Sempronio Camarasa sämtliche Unterhaltungen verwandelte, die wir beide führten, seit ich meinen Verstand benutzen konnte. Unter diesen Umständen kam ich der Frage nach dem Wahrheitsgehalt von Víctor Sanmartíns Geschichten noch am nächsten, als ich meinem Vater von dem Vorschlag erzählte, den Sanmartín mir auf dem Fest gemacht hatte.

»Ein Interview«, wiederholte mein Vater ohne sichtbare Überraschung.

»Er möchte, dass ich öffentlich erkläre, wie ich zu deinen vorgeblichen politischen Beziehungen stehe.«

»Und beabsichtigst du, es zu tun?«

»Sollte ich?«

»Dem Mann ein Interview geben, der seit einer Woche öffentlich deinen Vater beleidigt und das Familienunternehmen gefährdet?«

Ich schüttelte den Kopf.

»Ich werde meine Frage anders formulieren. Gibt es etwas Konkretes – keine Annahme oder Erfindung –, zu dem ich auf den Seiten eines Konkurrenzblattes Stellung beziehen sollte?«

Die Miene meines Vaters blieb ebenso gleichmütig – ebenso undeutbar – wie üblich.

»Ich glaube, mein Sohn, dass du alt genug bist, um zu wissen, welche Stellung du wann und wem gegenüber zu beziehen hast.«

In diesem Augenblick wurde zweimal laut an die Tür geklopft, und ehe mein Vater Gelegenheit hatte, zu fragen, wer da sei, wurde die Tür geöffnet. Uns bot sich ein Anblick, der im Hause Camarasa sehr bald an der Tagesordnung sein sollte: ein Inspector und ein einfacher Kriminalpolizist, die uns mit der ungetrübten Selbstsicherheit, Überheblichkeit und sogar moralischen Überlegenheit derer musterten, die sich aufseiten des Gesetzes wissen.

Was sich daraufhin in den fünf Minuten, die die Polizisten im Arbeitszimmer meines Vaters verbrachten, zwischen ihnen, meinem Vater und meiner Wenigkeit abspielte, lässt sich in wenigen Worten berichten: Eduardo Andreu, vierundsechzig Jahre alt, gebürtig und wohnhaft in Barcelona in der Calle de la Princesa Nummer sowieso, Wohnung sowieso, hatte um elf Uhr am Abend des Vortages gegen Sempronio Camarasa, neunundfünfzig Jahre alt, gebürtig und wohnhaft und so weiter, Strafanzeige erstattet wegen Körperverletzung, Bedrohung und übler Nachrede an einem öffentlichen Ort, in Gegenwart von mehreren Dutzend Zeugen und unter unzulässigem Einsatz »seiner körperlichen Überlegenheit und seiner gesellschaftlichen Vorrangstellung«, wie es der Inspector anscheinend bitterernst formulierte. Die Polizei hatte die Anzeige aufgenommen, und nun musste der Bezichtigte noch an diesem Vormittag zur Aussage auf das zentrale Kommissariat der Kriminalpolizei in Las Atarazanas kommen, um seine Version der Ereignisse darzulegen und sich gegebenenfalls einem Verhör zur Sache durch den Inspector, der gerade mit uns sprach, zu unterziehen. In Anbetracht der »hohen gesellschaftlichen Stellung« Sempronio Camarasas und seiner »unbestreitbaren Achtbarkeit als Mensch« war besagter Inspector ganz gegen alle Gewohnheit so entgegenkommend gewesen, zu ihm nach Hause zu kommen, um ihm persönlich von der »unerfreulichen Situation, mit der wir es zu tun haben«, zu berichten und auch, um meinen Vater diskret in seiner eigenen Dienstkutsche auf das Kommissariat zu bringen, sollte dieser das wünschen.

Der so überaus zuvorkommende Inspector hieß Abelardo Labella. Er war ein kleiner rundlicher Mann mit braunen Haaren und brauner Haut, welcher sich mit der Sorgfalt eines Menschen kleidete, der sich noch nicht daran gewöhnt hatte, die Uniform nicht mehr zu tragen: blütenweiße Manschetten und Hemdkragen, Hose mit makelloser Bügelfalte, eine mit millimetergenauer Präzision gebundene Krawatte. Sein Gesicht war so voller Pockennarben, dass Teile der Stirn, des Kinns und der linken Wange ein einziges bläuliches, haarloses Narbenfeld bildeten. Dieser unzeitige Besuch war nicht unsere erste Berührung mit ihm, und man musste kein Hellseher sein, um zu wissen, dass es auch nicht die letzte sein würde. Labella war der erste Gesetzeshüter, der unser Landhaus betreten hatte, als der Fund des mit Kreosot getränkten Wolllappens in den Ruinen des abgebrannten Gebäudes in der Calle de la Canuda Mitte der vorigen Woche endgültig das Interesse der Kriminalpolizei erregt und dazu geführt hatte, dass die Inspectores den sich ausbreitenden Gerüchten über die Verbindung der Verantwortlichen von *Las noticias ilustradas* mit dem Brand bei *La gaceta de la tarde* Gehör schenkten. Vierundzwanzig Stunden später war Labella damit betraut worden, meinen Vater von der Anzeige zu unterrichten, die Saturnino Tarroja, der Eigentümer von *La gaceta de la tarde*, gegen ihn als angeblichen Urheber des aufsehenerregenden Brandes erstattet hatte. Und als am folgenden Tag mein Vater an der Reihe gewesen war, wegen Verleumdung, Bedrohung, Übersendung anonymer Briefe und verschiedener anderer, ebenso unerfreulicher Tatbestände Anzeige gegen Tarroja zu erstatten, war es wiederum Labella zugefallen, diese Anzeige zu bearbeiten, da man ihm unterdessen die Zuständigkeit für alles übertragen hatte, was direkt oder indirekt mit dem Brand zu tun hatte.

Margarita hatte, hinter einer halboffenen Tür verschanzt, jene erste Begegnung zwischen Abelardo Labella und Sempronio Camarasa mit angehört und erzählt, die Befragung habe damit geendet, dass unser Vater dem Inspector barsch mitgeteilt habe, was er vom reformierten Polizeikorps der Republik, vom allgemeinen Zustand der von Prim geerbten spanischen Justiz, von den wechselseitigen Abhängigkeiten zwischen Polizei und Justiz einerseits und den im Schutz der neuen politischen Verhältnisse aufgestiegenen Spitzen der wirtschaftlichen Macht Barcelonas andererseits sowie schließlich von Labella selbst halte, der nach Papa Camarasas Meinung in seinem Verhalten blumiges Lob und feige Beleidigung mit einer Geschicklichkeit vereinige, die ein anspruchsvolleres Betätigungsfeld verdiente.

»Wollen Sie damit sagen, ich sei festgenommen, Señor Labella?«, fasste mein Vater jetzt zusammen, nachdem er dem Wortschwall, in den Inspector Labella die offizielle Benachrichtigung von der Anzeige Eduardo Andreus gekleidet hatte, mit beachtlicher Geduld gelauscht hatte.

»Selbstverständlich nicht, Señor Camarasa. Wie können Sie das nur denken?«

Das Lächeln meines Vaters hätte im richtigen Kontext noch dem Abgebrühtesten das Blut in den Adern gefrieren lassen.

»Ich bin also nicht festgenommen«, sagte er. »Und trotzdem wollen Sie, dass ich meine Pläne für den heutigen Tag zurückstelle und Sie auf Ihr Kommissariat begleite, um eine Aussage zu den Wahnvorstellungen eines alten Betrügers zu machen, der sich gestern Abend auf Privatbesitz eingeschlichen hat, in ein gleichermaßen privates Fest hineingeplatzt ist und versucht hat, mein Ansehen und meine Reputation vor hundert potenziellen Geschäftspartnern in den Schmutz zu ziehen.«

Der schlichte Inspector Labella hob leicht die Fersen an, reckte das Kinn und zog überdies, so schien es mir, ein wenig den Bauch ein, ehe er versicherte, dass es sich dabei lediglich um eine vom Gesetz vorgesehene Formalität handele.

»Immerhin beteuert Señor Andreu, Sie hätten ihn tätlich angegriffen ...«

»So war es.«

»... und ihm mit dem Tode gedroht ...«

»Ganz recht.«

»... und das sind sehr schwerwiegende Vorwürfe. Aber Sie, Señor Camarasa, haben das Recht, sie bei uns auf dem Kommissariat zu entkräften.«

»Ich sagte ja schon, dass die Anschuldigungen zutreffen. Werden Sie mich jetzt also festnehmen?«

Abelardo Labella schüttelte den Kopf und sah verstohlen zu dem Polizisten, der ihn begleitete, einem großen, strammen Mann ungefähr in meinem Alter, der mit seinen Gedanken anderswo zu sein schien. Falls der Inspector sich Unterstützung von ihm erhoffte, wurde er enttäuscht.

»Ich werde Sie nicht festnehmen, Señor Camarasa«, sagte Labella in noch liebenswürdigerem Ton. »Aber es ist nun einmal notwendig, dass Sie aufs Kommissariat kommen und dort eine offizielle Aussage machen. Und falls Sie es dann wünschen, können Sie danach Ihrerseits Anzeige gegen Señor Andreu erstatten wegen Hausfriedensbruchs, wegen Verleumdung und wegen … wegen Störung einer privaten Feier.«

Ich musste unwillkürlich lächeln. Glücklicherweise schienen sowohl mein Vater als auch Inspector Labella meine Anwesenheit schon bei Beginn ihrer Unterhaltung vollständig vergessen zu haben.

»Sie werden mich nicht festnehmen«, sagte mein Vater.

»Dann ist dies also ein Höflichkeitsbesuch.«

»Nun …«

»In diesem Fall, Señor Labella, lassen Sie mir Ihre Visitenkarte hier, und ich mache Ihnen einen Gegenbesuch, sobald es mir passt.«

Der Bauch des Inspectors unter der zugeknöpften Jacke schwoll an und wurde wieder eingezogen.

»Nun …«, wiederholte er.

»Ja?«

»Offen gesagt, Señor Camarasa, wäre alles sehr viel einfacher, wenn wir diese Sache so schnell wie möglich hinter uns bringen würden. Wenn Sie mich jetzt begleiten, ist die Sache bereits um zehn erledigt, und Sie können sich wieder Ihren Angelegenheiten widmen.«

Endlich wandte mein Vater den Blick von Inspector Labella ab und sah mich an.

»Ich bin nicht festgenommen, aber man nimmt mich mit aufs Kommissariat.«

»Inspector Labella hat recht, Papa«, wagte ich da zu sagen. »Je eher wir das hinter uns bringen, desto eher können wir uns wieder unseren Angelegenheiten zuwenden. Und Eduardo Andreu vergessen.«

Die Augen meines Vaters funkelten wütend.

»Das ist jetzt also mein Leben«, sagte er. »Ich werde beleidigt und angezeigt und bekomme um acht Uhr morgens Besuch von der Polizei.«

Ja, in London hatten wir alle ein ruhigeres Leben, hätte ich beinahe gesagt. Aber ich hielt rechtzeitig an mich.

»Sie werden uns doch unser Frühstück beenden lassen, nicht wahr?«, fragte mein Vater den Inspector.

»Selbstverständlich, selbstverständlich. Agente Catalán und ich warten in unserer Berline auf Sie.«

Mein Vater schüttelte den Kopf.

»Ich verfüge über mein eigenes Transportmittel, danke. Nun gehen Sie endlich.«

Inspector Labella wirkte erneut unschlüssig. Ohne sich von der Stelle zu rühren, leckte er sich mit einer dicklichen rosafarbenen Zunge über die Unterlippe und sah mich so hilflos an, dass er mir unvermutet sympathisch wurde.

»In einer halben Stunde fahren wir zum Kommissariat«, versicherte ich ihm.

Der Inspector wartete einen Moment auf Bestätigung oder Widerspruch seitens meines Vaters. Als nichts dergleichen erfolgte, nickte er ernst, schlug die Hacken zusammen wie ein frustrierter Soldat, der er ja auch war, und verließ ohne ein weiteres Wort in Begleitung von Agente Catalán das Arbeitszimmer meines Vaters.

# Kapitel 17

W ährend mein Vater hinauf in sein Zimmer ging, um sich fertig anzukleiden, stellte ich mich Margaritas Fragerunde – draußen vor der diesmal geschlossenen Arbeitszimmertür hatte sie gerade einmal den Nachnamen Andreu und ein, zwei unzusammenhängende Sätze verstehen können. Danach ging ich in den Salon im Erdgeschoss, wo meine Mutter wie jeden Morgen ihr Frühstück in Gesellschaft von Marina einnahm. Als das Dienstmädchen auf meine Bitte hin das Geschirr abgeräumt und uns allein am großen Fenster zurückgelassen hatte, das zum Garten hin offen stand, erklärte ich meiner Mutter die Situation: die Szene gestern Abend auf dem Fest, von der ihr noch niemand berichtet hatte; Andreus Anzeige, der darauf folgende Besuch von Inspector Labella und Papas bevorstehende Fahrt zum Kommissariat in Las Atarazanas sowie die Aussicht auf eine Verschärfung der Pressekampagne gegen Papas Person und Geschäfte. Meine Mutter hörte mir aufmerksam zu, sehr ernst, blass und fragil wie immer, doch auch, so schien es mir, mit ungewohnt lebendiger Miene. Dann sagte sie etwas, was mir, wie ich gestehen muss, als ich es hörte, beinahe ein unangebrachtes Lächeln entlockt hätte, woran ich mich jedoch bald mit einiger Beunruhigung erinnern sollte: »Ich glaube, es ist an der Zeit, dass ich die Sache selbst in die Hand nehme.«

Als ich zur Haustür kam, erwartete mein Vater mich bereits in Gesellschaft von Martin und Fiona Begg sowie Margarita, die ihn untergehakt hatte und ihn darüber belehrte, was er während seiner offiziellen Aussage alles nicht zu Inspector Labella sagen dürfe. Die Beggs, nahm ich an, waren eingeweiht und wollten meinen Vater und mich nach Las Atarazanas begleiten.

»Ich darf natürlich nicht mit«, sagte Margarita traurig, als mein Vater sich von ihr löste und auf die Tür zuging.

»Eine Polizeiwache ist kein Ort für eine junge Dame«, erklärte Martin Begg und setzte einen großen runden Hut auf, wie man ihn bei festlichen Gelegenheiten in Córdoba trug.

»Deshalb nehmt ihr Fiona ja auch mit.«

Die Engländerin zwinkerte meiner Schwester zu, wie in solchen Situationen immer, und verließ das Haus. Ich gab Margarita einen Kuss auf die Wange und versicherte ihr, dass ich sie beim Abendessen auf den neuesten Stand bringen würde, was die Ereignisse des Tages betraf.

»Und pass mir auf Mama auf. Sie hat gerade etwas Seltsames gesagt.«

Margaritas Stirn glättete sich ein wenig.

»Das ist das Einzige, wozu ich in euren Augen gut bin«, murrte sie dennoch. »Um auf Mama aufzupassen.«

Die Fahrt in der Familienberline war lang und unbequem. Das hohe Verkehrsaufkommen auf dem Paseo de Gracia zwang unseren Kutscher immer wieder, langsamer zu fahren, auszuweichen oder sogar anzuhalten, um nicht mit einer Straßenbahn, einem Omnibus, einem mit Geflügel beladenen Wagen oder, sehr häufig, Fußgängern, die erst kürzlich aus der Provinz gekommen und mit den grundlegenden Verkehrsregeln noch nicht vertraut waren, zusammenzustoßen. Auf der Rambla sah es wie üblich noch schlimmer aus. Als der Verkehr sich auf Höhe des Llano de las Comedias erneut staute, riss meinem Vater schließlich der Geduldsfaden, und er beschloss, die Kutschfahrt hier zu beenden. Daher stiegen wir alle aus und gingen zu Fuß weiter bis zu Las Atarazanas.

Die offizielle Aussage meines Vaters war kurz, monoton und beinahe einsilbig. Er leugnete nicht, was Eduardo Andreu ihm vorwarf, rechtfertigte sich aber mit dem, was dieser zuvor getan hatte: Wenn er dem Alten eine Ohrfeige verpasst und schwere Drohungen gegen ihn ausgestoßen hatte, dann weil Andreu seine Geduld bis aufs Äußerste strapaziert hatte, indem er in sein Fest hineingeplatzt war, ihn in Gegenwart seiner potenziellen Geschäftspartner beleidigt und öffentlich aller möglichen Straftaten bezichtigt habe und, wie man wohl annehmen dürfe, auch der Urheber der anonymen Drohbriefe gewesen sei, die im Verlauf der Tage davor bei uns eingegangen waren. Wenn das alles nicht eine kräftige Ohrfeige rechtfertige, dann dürfe Inspector Labella ihn sofort festnehmen; ansonsten könne der Inspector Andreus Anzeige zerreißen und eine neue Anzeige aufnehmen, auf der unter »Anzeigender« Sempronio Camarasa stehe.

Als wir die Polizeiwache wieder verließen, war es beinahe zehn Uhr vormittags, und über dem Portal de Santa Madrona riss die Wolkendecke allmählich auf. Der Kontrast zwischen den düsteren Innenmauern des Gebäudes, das wir gerade verlassen hatten, und dem Morgenlicht in der Umgebung des Paseo de la Muralla lud dazu ein, innezuhalten und sich vielleicht einfach dazu zu beglückwünschen, dass man lebte und frei war. Der salzige Geruch des Meeres, der leichte Ostwind, die Betriebsamkeit an den Kais: kleine Wohltaten des Lebens in einer Hafenstadt, die man in der Hektik des Alltags vergaß zu würdigen. Ehe ich Gelegenheit hatte, den anderen vorzuschlagen, irgendwo auf der Terrasse eines der Lokale in der Umgebung des alten Klosters Santa Mónica einen Milchkaffee zu trinken, gingen mein Vater und die Beggs bereits die Rambla hinauf davon, ebenso schweigsam, wie sie es schon die ganze Zeit waren, seit wir das Büro von Inspector Labella verlassen hatten.

»Dann bis später.«

Fiona war die Einzige, die kurz stehen blieb und sich zu mir umdrehte.

»Gehst du in die Akademie?«

»Hast du einen besseren Vorschlag?«

Sie gab vor, kurz darüber nachzudenken.

»Ich glaube, heute habe ich einen Mord in einer Familie in
San Pedro und den Überlebenden eines Blitzschlags in Santa
Catalina. Und wieder einmal einen Besuch der Polizei bei einer
Versammlung der Anarchisten im Raval, falls mir heute Vor-
mittag noch etwas Zeit übrig bleibt.«

Ich nickte. Ein neuer Tag in der Redaktion von *Las noticias
ilustradas.*

»Er wurde vom Blitz getroffen und hat überlebt?«

Fiona deutete ein bezauberndes Lächeln an.

»Katalanen sind nun einmal nicht totzukriegen«, sagte sie.
»Sehen wir uns heute Abend?«

»In deinem Atelier?«

»Es sei denn, du bist es überdrüssig, mich zu fotografieren...«

»Passt es dir um zehn?«

»Keine sehr schickliche Uhrzeit. Also gut.« Immer noch
lächelnd strich Fiona sich eine rebellische Haarsträhne aus
dem Gesicht. »Hast du etwas Bestimmtes im Sinn?«

»Heute darfst du wählen.«

»Dann werde ich dich überraschen.«

Sofort hatte ich zehn, zwölf mögliche Aufmachungen vor
Augen, in denen Fiona mich abends in ihrem Atelier empfangen könnte, um sich einer weiteren langen Fotografiesitzung
zu unterziehen. Meine Kamera in ihrem Refugium im Keller
freute sich schon darauf.

»Nichts anderes hätte ich von dir erwartet«, versicherte ich
ihr.

»Siehst du heute deinen Freund?«

Diese unvermittelte Frage wunderte mich, wenn auch nicht
sehr.

»Gaudí?«

»Hast du noch andere Freunde?«

Nein, das stimmte. In Barcelona hatte ich keine anderen
Freunde mehr.

»Wir werden zusammen zu Mittag essen wie jeden Tag«,
sagte ich. »Möchtest du auch kommen?«

»Die Angestellten von *Las noticias ilustradas* essen nicht zu Mittag, das weißt du doch. Mit leerem Magen kann man sich an einem Tatort nicht übergeben. Aber das Angebot ist verlockend.«

Fionas Ton war scherzhaft, doch so, wie sie das letzte Wort betonte, vermutete ich, dass der Satz weder ironisch gemeint noch eine reine Floskel war. Meine rothaarige Londoner Freundin würde meinen rothaarigen Freund aus Reus wahrhaftig gern wiedersehen.

»Ich hatte noch keine Gelegenheit, dich zu fragen, was du von Gaudí hältst«, sagte ich und dachte dabei an meine Unterhaltung mit Margarita am frühen Morgen. Fiona, die Schamlose, eine Gefahr für Gaudí. »Aber jetzt hast du es mir wohl auf deine Weise gesagt.«

Fiona hob auf die für sie typische Art die linke Augenbraue – nun wurde sie doch ironisch.

»Jetzt liest du also auch schon wie er meine Gedanken?«

»Hat er denn deine Gedanken gelesen?«

Fiona lächelte gutmütig.

»Sagen wir, er las jemandes Gedanken.« Sie hielt kurz inne und fügte dann hinzu: »Dein Freund ist ein eigentümlicher junger Mann.«

»Aus deinem Munde ist das eine Art Lob, wie ich dich kenne.«

Fiona legte den Kopf ein wenig schräg, was sowohl Bestätigung als auch Verneinung bedeuten mochte.

»Grüße ihn bitte von mir, wenn du ihn siehst«, sagte sie bloß. Nach kurzem Zögern ergänzte sie: »Es gibt da etwas, was ich dir sagen möchte, aber ich darf nicht.«

»Wenn du es mir sagen möchtest, wirst du es schon tun.«

»Wenn ich das nur könnte. Aber ich darf nicht.«

Fionas Miene war völlig ernst, doch unter dieser ernsten Fassade erahnte ich ein Lächeln, das dazu einlud, weiterzuspielen.

»Es ist ein Geheimnis«, riet ich.

»Es ist ein Arbeitsauftrag.«

»Und dieser Auftrag ist geheimnisvoller, als zu zeichnen, wie ein Katalane vom Blitzschlag getroffen wird?«

»Viel geheimnisvoller. Und interessanter.« Fiona machte ein kurze dramatische Pause. »Und auch persönlicher.«

Persönlicher.

»Hat es mit mir zu tun?«

»Mehr oder weniger.«

»Hat es mit dir zu tun?«

Fiona strich sich eine widerspenstige rote Locke hinters rechte Ohr.

»Mehr oder weniger.«

»Verstehe. Sie haben dich mit etwas beauftragt, was uns betrifft.«

»Nicht etwas. Jemand. Jemand, der dich und mich betrifft.« Jetzt lächelte Fiona ganz offen. »Im Moment mehr dich als mich.«

Ich überlegte. Und dann begriff ich.

»Ein Freund.«

»Wir wollen keine Namen nennen«, sagte Fiona. »Aber ja.«

»Sie haben dich beauftragt, Nachforschungen über Gaudí anzustellen?«

»Ich habe doch gesagt, keine Namen nennen ...«

Ich rief mir unsere Ankunft auf dem Fest gestern Abend in Erinnerung, das kurze höfliche Gespräch, das Gaudí mit meinem Vater geführt, und die Frage, die dieser ihm gestellt hatte, ehe wir uns verabschiedet hatten: »Allerdings sind Sie und ich uns schon einmal begegnet, nicht wahr?«

»War es mein Vater?«, fragte ich. »Hat er dich beauftragt, Nachforschungen über Gaudí anzustellen?«

Fiona hob kapitulierend beide Hände.

»Ich habe dir das nicht erzählt«, sagte sie. »Aber heute Morgen bat dein Vater meinen Vater, mich zu fragen, was ich über Gaudí weiß. Und falls ich nichts Aufschlussreiches wisse, solle ich ein bisschen nachforschen. Anscheinend kommt dein Freund Señor Camarasa bekannt vor. Und das lässt ihm keine Ruhe.«

»Und anstatt mich zu fragen, wer er ist oder was mein neuer Freund beruflich macht, sagt er deinem Vater, er solle dich nachforschen lassen«, sagte ich. »Fabelhaft.«

»Señor Camarasa macht die Dinge gern auf seine Weise, das weißt du doch. Sicher wollte dein Vater dich nur nicht damit behelligen.«

»Sicher.«

»Einem jungen Mann mit so viel Klassenbewusstsein wie Antoni wird es jedenfalls nicht missfallen, wenn ein so gut gestellter Mann wie dein Vater sich seinetwegen Gedanken macht.«

»Davon habt ihr also gestern Abend auf der Ottomane gesprochen? Von Gaudís Klassenbewusstsein?«

Fiona lächelte geheimnisvoll.

»Unter anderem.«

»Soll heißen, es geht mich nichts an.«

»Sicher hat Antoni dir gestern Abend noch unsere Unterhaltung zusammengefasst«, entgegnete Fiona. »Das macht ihr Männer doch, wenn wir Frauen gegangen sind, oder? Trinken und über uns reden.«

»Gaudí ist ein sehr zurückhaltender Mann. Und nachdem du gestern Abend gegangen warst, haben wir nur noch heiße Schokolade und Mineralwasser getrunken.«

Wieder lächelte Fiona.

»Ihr seid wirklich ein entzückendes Paar«, erklärte sie.

Ein Straßenköter kam zu uns und schnupperte an Fionas Rocksäumen, bis ich ihn mit der Fußspitze verscheuchte. An der Ecke des alten Klosters ertönte Leierkastenmusik, und sofort kamen zwei Jungen von etwa sechs Jahren aus dem Nichts angerannt und wären beinahe mit uns zusammengestoßen, so eilig hatten sie es, nachzusehen, was das für ein Spektakel war.

Am Himmel bildete ein Schwarm rußfarbener Tauben einen gewaltigen Kreis über der Rambla. Bald darauf zerstreuten die Tiere sich in alle Himmelsrichtungen.

»Hast du deinem Vater gesagt, was ich dir Samstagabend

erzählt habe?«, fragte ich und wandte den Blick wieder Fiona zu. »Was ich in diesem Lokal, dem Monte Táber, gesehen habe?«

»Natürlich nicht«, erwiderte sie ohne das geringste Zaudern. »Wofür hältst du mich?«

»Für eine Journalistin?«

»Ich bin keine Journalistin, ich bin Illustratorin«, berichtigte sie mich. »Und ich glaube nicht, dass es deinen Vater interessiert, wie ein Architekturstudent seine Nächte verbringt.«

»Also?«

Fiona zuckte die Achseln.

»Dein Vater muss deinen Freund mit jemandem verwechseln«, sagte sie. »Das ist alles. Seit dem Brand bei *La gaceta de la tarde* ist er so empfindlich, dass er überall Bedrohungen sieht.«

Nicht ganz zu Unrecht, dachte ich. Aber Gaudí?

»Also will er wissen, wer dieser junge Mann mit dem vage vertrauten Gesicht ist, der da plötzlich mit seinem Sohn herumläuft.«

»Und das können wir ihm nicht verdenken. Nach allem, was er weiß, könnte Gaudí ein Handlanger von Víctor Sanmartín sein oder vom Eigentümer von *La gaceta de la tarde* oder von wer weiß wem.« Ich lächelte sarkastisch.

»Das würde vieles erklären.«

»Im Grunde müsstest du dich geschmeichelt fühlen. Dein Vater glaubt, jemand könne versuchen, über dich an ihn heranzukommen.«

»Und das soll schmeichelhaft sein? Wenn er mich nicht einmal für fähig hält, meine Freunde richtig auszuwählen?«

Fiona streckte die Hand aus und streichelte kurz meine Wange.

»Ach du Lieber«, sagte sie und sah mich auf eine Weise an, die entweder zärtlich oder mitleidig war. »Hast du das denn je gekonnt?«

Darauf antwortete ich lieber nicht.

»Mein Vater will also wissen, welche geheimen Pläne Gaudí

bei mir verfolgt, und da fiel ihm niemand ein, der besser geeignet wäre als du, das in Erfahrung zu bringen«, fasste ich zusammen.

»Hältst du das für eine schlechte Strategie?«

»Ich halte es sogar für eine sehr schlechte Strategie. Und der Beweis ist, dass du mir gerade alles erzählt hast.«

Fiona hielt sich einen Finger an die Lippen.

»Ich habe dir nichts erzählt.«

In diesem Augenblick blieb ein Straßenverkäufer neben uns stehen und bot uns eine Reihe von Fächern an, die ebenso unansehnlich waren wie die fast aller dieser armen Männer, welche mit einem hölzernen Wagen voller Waren über die Rambla zogen. Der Mann war klein und zerlumpt, von Alter und Armut ausgezehrt, und erinnerte mich an Eduardo Andreu.

Aus Mitleid reichte ich dem Mann einige Münzen und nahm den am wenigsten ausgeblichenen Fächer seiner Sammlung.

»Für Margarita«, erklärte ich. »Es sei denn, du möchtest ihn haben.«

Fiona lächelte.

»Schöne Art, mir ein Geschenk zu machen.« Sie reichte mir zum Abschied die behandschuhte Hand. »Was hast du in diesen sechs Jahren in London gelernt?«

»Es ist unmöglich, einem Katalanen Manieren beizubringen.«

Ich ließ Fionas Fingerspitzen los und sah ihr hinterher, als sie die Rambla hinauf davonging, zu ihrem und meinem Vater und dieser so seltsamen Arbeit – Zeichnerin von Unglücksfällen und Gelegenheitsdetektivin –, die das Schicksal ihr beschert hatte. Erst als ich sie endgültig aus den Augen verloren hatte im unablässigen Getümmel der Müßiggänger auf der Rambla – ein rot-weißer Fleck, der von der eintönig grauen Umwelt verschluckt wurde –, riss ich mich aus meinen Träumereien und machte mich meinerseits auf den Weg zur Lonja, den Kopf voller neuer Fragen.

# Kapitel 18

Am Ende konnte ich mich doch nicht dazu durchringen, die Akademie zu betreten, mochte aber auch noch nicht nach Gracia zurückkehren und gleich den gesamten Tag verloren geben, und so verbrachte ich den restlichen Vormittag damit, durch die Nachbarschaft der Plaza del Palacio zu streifen. Bis meine Kommilitonen um ein Uhr mittags fluchtartig die Lonja verließen und zu den Omnibussen oder in eines der umliegenden Restaurants eilten, wo sie sich die leeren Mägen füllten, hatte ich den Radius meiner Streifzüge bis jenseits der einstigen Puerta del Mar erweitert und damit Bezirke erreicht, in die ich mich bisher nicht gewagt hatte. Als ich schließlich Gaudís Silhouette in der anonymen Schar meiner Mitstudenten entdeckte, kehrte ich gerade von einem missglückten Ausflug zurück, der mich von den mir vertrauten Baracken Barcelonetas in den mir völlig unbekannten – und alles andere als angenehmen – Industriehafen geführt hatte.

»Sie sehen angeschlagen aus«, sagte mein Freund und begrüßte mich mit einem ein wenig ermatteten Händedruck. »Um nicht zu sagen, Sie sehen aus, als wären Sie kürzlich aus einem Massengrab exhumiert worden.«

Da hatte jemand offenbar noch die Fotografie von Lizzie Siddal vor Augen, dachte ich.

»Ich freue mich auch, Sie zu sehen.«

»Alles gut?«

»Fragen Sie wegen des Schlamms?« Ich deutete auf meinen Anzug, den zahlreiche Flecken zierten. »Jetzt müssten Sie doch deduzieren, in welchem Bezirk die Pfütze liegt, in die ich gefallen bin, oder?«

»Sie sind in eine Pfütze gefallen?«

»Mehr oder weniger. Man könnte sagen, ich bin mithilfe Dritter in eine Pfütze gefallen.«

Gaudí musterte mich halb mitfühlend, halb neugierig.

»Wie viel haben sie Ihnen geraubt?«

»So viel, dass Sie mich heute zum Mittagessen einladen müssen«, antwortete ich wahrheitsgemäß. »Die Brieftasche, die Uhr, die Weißgoldmanschettenknöpfe und einen Fächer. Aber die Schuhe habe ich noch.«

»Sie sind nicht verletzt, hoffe ich«, sagte Gaudí besorgt und musterte mich von oben bis unten. »Einen Fächer, sagten Sie?«

»Das ist eine lange Geschichte.«

Während wir in der nächsten Stunde an unserem üblichen Tisch im Las Siete Puertas einen guten *Arroz montañés* – ein Reisgericht mit verschiedenem Fleisch, Pilzen und Gemüse – aßen und dazu einen schlechten Cariñena tranken, unterrichtete ich meinen Freund von den Ereignissen des Vormittags: vom Frühstück mit meinem Vater in dessen Arbeitszimmer in Gracia bis zu meinem kleinen Hafenabenteuer mit zwei verwahrlosten Burschen, die zusammengenommen kaum älter als ich gewesen sein dürften, deren Messer jedoch keine Widerrede zugelassen hatten. Außerdem fasste ich ihm das seltsame Gespräch mit Margarita zusammen, berichtete ihm von dem drolligen Satz, mit dem meine Mutter Andreus Anzeige gegen meinen Vater kommentiert hatte – »Ich glaube, es ist an der Zeit, dass ich die Sache selbst in die Hand nehme« –, und übermittelte ihm Fionas Grüße. Hingegen verzichtete ich einstweilen darauf, ihm von Sempronio Camarasas unerwartetem Interesse am neuen Freund seines einzigen Sohnes zu erzählen, und ich konnte mich auch nicht dazu durchringen, Gaudí zu erzählen, wie Fiona den Eindruck beschrieben hatte, den sie am Vorabend von ihm gewonnen hatte: »ein eigentümlicher junger Mann«.

Von allen diesen neuen Informationen schien er sich am meisten für den Polizisten zu interessieren, in dessen Zuständigkeit die diversen, meinen Vater betreffenden Anzeigen fielen.

»Abelardo Labella, haben Sie gesagt?«

»Sagt der Name Ihnen etwas?«

»Ein sehr kleiner Mann mit einem pockennarbigen Gesicht?«

»Dann kennen Sie ihn.«

Gaudí machte eine unbestimmte Handbewegung.

»Wir sind einander nicht vorgestellt worden«, sagte er. »Aber ich hatte Gelegenheit, aus der Ferne unter einer seiner Handlungen zu leiden.«

Ob es nun an meiner Müdigkeit lag oder an der im Laufe des Tages angestauten Gereiztheit, an der winzigen Saat des Zweifels, die Fionas Eingeständnis mir unwillkürlich eingepflanzt hatte, oder am ungewöhnlich schlechten Wein, den Gaudí heute ausgesucht hatte – jedenfalls konnte ich es mir diesmal nicht verkneifen, laut auszusprechen, was mir seit einiger Zeit durch den Kopf ging.

»Werden Sie es nie müde, den Geheimnisvollen zu spielen, Señor G?«

Gaudí, der gerade einen Löffel Reis und Erbsen zum Mund führte, erstarrte.

»Wie bitte?«

»Die kleinen Gauner, die Sie zu Hause besuchen und ›Señor G‹ nennen. Die drei Schlösser und die Brandspuren an der Tür Ihrer Mansarde. Die gut gekleideten Herren, die spät am Abend an Sie herantreten und Bündel Geldscheine auf Ihren Tisch legen. Und jetzt Ihre Beziehungen zu einem Inspector der Kriminalpolizei.«

Mein Freund legte den Löffel unangetastet zurück auf seinen Teller und lächelte entwaffnend offen.

»Sie haben recht«, sagte er. »Was gestern Abend auf der Plaza Real geschah, war unverzeihlich.«

»Wie Sie selbst sagen würden, ist ›unverzeihlich‹ ein wenig übertrieben formuliert. Belassen wir es bei ›ungewöhnlich‹.«

»Dann eben ungewöhnlich«, räumte er ein. »Jedenfalls hätten Sie bei diesem … Austausch von Gütern nicht dabei sein sollen.«

»Beim Austausch eines hübschen Bündels Geldscheine gegen ein kleines Fläschchen mit einer grünen Flüssigkeit, meinen Sie.«

»Es gibt Menschen, die keine Rücksicht auf die Tageszeit oder den Ort nehmen«, erklärte er. »Und bei gewissen Geschäften hat man es besonders häufig mit solchen Personen zu tun.«

Dann war das also ein Geschäft.

»Opium?«, fragte ich leise und sprach damit die plausibelste Erklärung für den rätselhaften Vorfall auf der Plaza Real aus, die mir heute Nacht in den Sinn gekommen war.

Mein Freund wirkte aufrichtig empört über diese Unterstellung.

»Opium?«, wiederholte er und spuckte das Wort förmlich aus. »Für wen halten Sie mich?«

»Für jemanden, der kleine Fläschchen mit grüner Flüssigkeit gegen dicke Bündel Geldscheine eintauscht?«

Da lächelte Gaudí wieder, diesmal ein wenig spöttisch.

»Ich sehe schon, dass Sie über das Leben von Opiumsüchtigen nicht auf dem Laufenden sind«, sagte er. »Und das freut mich sehr. Opium ist die einfachste, preiswerteste und dümmste Methode, die der Mensch ersonnen hat, um seinen Körper abstumpfen zu lassen und seinen Geist zu zerstören. Wenn Sie sich mit Opiumsirup, aromatisiertem Laudanum oder irgendeinem anderen modischen, aus dem Schlafmohn gewonnenen Erzeugnis betäuben wollen, müssen Sie nur mit einigen Münzen in der Tasche zum Hafen gehen und dort gewisse Lokale von wohlverdientem Ruf aufsuchen.«

Lokale, die nicht so exklusiv waren wie das Monte Táber, hätte ich beinahe gesagt.

»Verstehe.«

»Und wenn Sie nach der Einnahme von Opium wieder wach werden, stellen Sie sehr wahrscheinlich fest, dass Sie mehr als nur einen Fächer eingebüßt haben.«

Jetzt lächelte ich.

Wenn Sie wüssten, was ich alles über Opium weiß, dachte ich. Wenn Sie wüssten, in welchen Lokalen ich in einer gewissen Phase meiner Vergangenheit zu verkehren gezwungen war.

Wenn Sie Fiona Begg damals kennengelernt hätten, als sie in den Gassen des East End auf Drachenjagd ging.

»Und ich freue mich, dass auch Sie nichts mit diesem Geschäft zu tun haben«, sagte ich. »Ich verfüge diesbezüglich über die eine oder andere Erfahrung, und ich würde es bedauern, wenn Sie mit der Sorte Menschen verkehrten, die sich im Umfeld dieser Lasterhöhlen bewegen.«

Gaudí runzelte ein wenig die Stirn.

»Dürfte ich fragen ...?«

»Fiona ist eine Frau mit einer Vergangenheit«, sagte ich bloß und winkte ab. »Was Sie anbieten, ist also ...«

»Was ich anbiete, ist eine Erfahrung, die nichts mit der Abstumpfung der Sinne oder der Betäubung des Geistes zu tun hat, nach denen ordinäre Menschen suchen. Keine aus gewissen Pflanzen extrahierte Alkaloiden.« Gaudí trank einen Schluck Wein und sah sich im Raum um. »Verfügen Sie über botanische Kenntnisse, Freund Camarasa?«

»Ich fürchte nicht.«

»Dann unterscheiden Sie sich nicht von den übrigen Herren hier. Genau wie sie leben Sie in einer vollständig künstlichen Welt.«

Ich wartete einen Augenblick lang auf eine Erklärung, doch die blieb aus.

»In einer vollständig künstlichen Welt«, wiederholte ich daher.

»In einer künstlichen Realität, wenn Sie das vorziehen. In einer gezähmten, kastrierten Welt, die auf den kleinen Erfahrungshorizont reduziert ist, den die Stadt Ihnen bietet. Die Stadt, Freund Camarasa, ist die große Gleichmacherin. Zuerst ebnet sie die Träume und Ambitionen der Menschen ein und am Ende auch ihren Blick auf und ihr Verständnis von der Realität.«

Ich nippte nun an dem Wein, der noch in meinem Glas war. Eine kastrierte Realität.

»Interessantes Paradox«, sagte ich. »Ich hätte eher gedacht, dass das Leben in einer Stadt den Horizont viel weiter machen würde als das Leben auf dem Land, und ihm deswegen unendlich überlegen wäre. Auch wenn der fragliche Dorfbewohner noch so viele Botanikkenntnisse besäße.«

Gaudí schüttelte den Kopf.

»Erinnern Sie sich an unsere Unterhaltung hier an diesem Tisch an dem Tag, an dem wir uns kennengelernt haben?«

»Voll und ganz.«

»Erinnern Sie sich noch, wie Sie darüber gespottet haben, dass ich an die Möglichkeit glaube, körperlose Geister zu fotografieren?«

»Ich erinnere mich, dass die Idee mich erstaunt hat, ja.«

»Wenn Sie Botanikkenntnisse hätten, wären Sie nicht so erstaunt gewesen.«

Obwohl Gaudí das sehr ernsthaft sagte, musste ich unwillkürlich lächeln.

»Die Eigenschaften der Pflanzen zu kennen, hilft Ihnen also dabei, eine Kamera zu konstruieren, mit der man Tote fotografieren kann?«

»Die Eigenschaften der Pflanzen zu kennen, wie Sie sagen, hilft mir, mir einen offenen Geist zu bewahren. Und vor allem lässt es mich nicht vergessen, dass es in dieser Welt viel mehr gibt, als wir mit bloßem Auge erkennen können.«

Ich wurde wieder ernst.

»Und das ist es, was in diesen Fläschchen ist, die Sie verteilen«, mutmaßte ich. »Ein Trank, mit dem man die Realität sehen kann «

»Diese Fläschchen sind nur ein Teil der Erfahrung, die ich offeriere«, erwiderte Gaudí, nachdem er eine Weile über meinen letzten Satz nachgedacht hatte. »Meine Kunden sind feinsinnige Menschen mit rastlosem Geist, die tatsächlich etwas suchen, was ihnen hilft, die Realität zu sehen.«

Menschen mit rastlosem Geist. Ich dachte an die mit weißen

Fasanenfedern geschmückten Mädchen vor den beiden geschlossenen Türen im Monte Táber und an den missgestalteten, sich windenden Körper der nackten Frau auf der Bühne. Vielleicht eine andere Art von Hilfsmittel, um die Realität zu sehen.

»Die beiden Jungen, die Sie am Freitag an Ihrer Haustür erwartet haben, erschienen mir nicht sonderlich feinsinnig«, sagte ich jedoch bloß.

Mein Freund runzelte die Stirn.

»Die beiden Jungen sind nicht meine Kunden.«

Ich verstand.

»Sie sind Ihre Angestellten.«

»Sie haben mit dem, worüber wir gerade sprechen, nichts zu tun«, erwiderte Gaudí. Damit war das Thema beendet. Nach einer kleinen Pause, die wir beide dazu nutzten, um unsere Teller zu leeren, fügte er hinzu: »Sind Sie morgen Abend frei?«

»Morgen habe ich eine familiäre Verpflichtung. Ein Besuch im Liceo.«

»Dann am Freitag?«

»Am Freitag stehe ich ganz zu Ihrer Verfügung. Wollen Sie mich …« Ich biss mir rechtzeitig auf die Zunge, ehe ich den verbotenen Namen aussprechen konnte. »Wollen Sie mich zu Ihrem Kunden machen?«

Gaudí musterte ostentativ den großen Schlammfleck, der vorne auf meiner Jacke prangte.

»Mir scheint, werter Freund, Sie sind noch nicht geeignet, meine Dienste in Anspruch zu nehmen«, sagte er.

Und damit endete der Teil unserer Unterhaltung, in dem es um die mysteriösen Geschäfte des Señor G ging.

Als ich fünf Stunden später aus dem Cabriolet stieg, das Gaudí mir an der Plaza del Palacio aufgenötigt hatte, und den Kutscher mit einigen der Münzen bezahlte, die mein Freund mir trotz meiner Proteste in die Tasche gesteckt hatte, wartete Margarita schon am Gartentor mit einer Ausgabe von *Las noticias ilustradas* in der Hand.

»Ist diese Frau jetzt wahnsinnig oder nicht?«, fragte sie mich anstelle einer Begrüßung.

Ich musste mir die Zeitung nicht erst ansehen, um zu wissen, wovon Margarita sprach.

Fionas zwei Zeichnungen.

Ein Herr, der vor den weit aufgerissenen Augen der nur verschwommen skizzierten Reichen und Mächtigen Barcelonas einen alten Mann ohrfeigte, und derselbe Herr, der auf dem Kommissariat vor einem kleinen, untersetzten Inspector mit tintenfleckigem Gesicht seine Aussage machte.

»Das habe ich vorhin schon gesehen«, sagte ich, küsste sie auf die Wange und schloss das Gartentor hinter mir. »Vergiss es.«

»Ich soll es vergessen?«

»Das ist nicht Fionas Idee gewesen. Das war Papas Idee.«

»Papa soll genehmigt haben, dass so etwas veröffentlicht wird?«

»Fiona soll so etwas ohne Papas Genehmigung veröffentlicht haben?«

Margarita musterte mich schweigend. Dann faltete sie die Zeitung, warf sie zu Boden und stampfte mehrfach mit dem kleinen Absatz ihrer Hausschuhe darauf.

»Wären wir bloß nie nach Barcelona gezogen«, sagte sie. »Und hätte Papa bloß nie Martin Begg kennengelernt.«

Der Tonfall, in dem meine Schwester das sagte, ähnelte sehr demjenigen, in dem sie heute Morgen erklärt hatte, dass die Welt ungerecht sei.

Ich nahm ihren Arm, überwand ihren halbherzigen Widerstand und zog sie an mich.

»Ich habe dir vieles zu erzählen«, sagte ich und umarmte sie. »Und du hast mir sicher auch vieles zu erzählen.«

Margarita duldete meine Umarmung eine Weile, doch sobald es ihr angemessen erschien, löste sie sich von mir und betrachtete mich mit noch immer sehr ernster Miene.

»Danke«, murmelte sie. »Jetzt bin ich auch voller Schlammflecken.«

Am späten Abend belichtete ich in Fionas Atelier zehn Fotoplatten mit Bildern von ihr als englischer Waldfee und ließ
mich meinerseits von Fiona in einer improvisierten Aufmachung, die dem Kleiderschrank ihres Vaters entstammte,
als *Squire* aus den Highlands fotografieren: Hose und Jacke
aus Tweed im Schottenmuster, eine Deerstalker-Kappe mit
ganz aufgestelltem Schirm und ein Inverness-Mantel von den
Ausmaßen einer mittelgroßen Decke. Es war ein vergnüg-
licher Abend. Während der langsamen Belichtungsvorgänge
sprachen weder Fiona noch ich viel, und die unbedeutenden
Themen, die wir behandelten, unterstrichen eher noch das be-
hagliche Schweigen, das bei unseren Fotografiesitzungen beinahe immer herrschte. Weder machte sie Anstalten, mir Sinn
und Zweck ihrer Illustrationen in der neuesten Ausgabe von
*Las noticias ilustradas* zu erklären, noch erwähnte ich Gaudís
befremdliche Enthüllungen beim Mittagessen, obwohl deren
vage esoterische Natur – beziehungsweise die Beteiligung
halluzinogener Substanzen – die stets experimentierfreudige
Fiona sicherlich interessiert hätte. Als wir uns an der Eingangstür des ehemaligen Bauernhauses eine gute Nacht wünschten,
schlugen die Glocken des Uhrenturms von Gracia gerade
zwölf, und die Stimmung zwischen uns war, das hätte ich ge-
schworen, so herzlich wie nie.

»Morgen wird ein großer Tag«, sagte Fiona und küsste
mich an der Tür auf die Wange. »Das verspreche ich dir.«

Und ich glaubte ihr.


Unterwegs zu meinem Schlafzimmer sah ich Licht unter der
Tür zum Arbeitszimmer meines Vaters, was mich veranlasste,
noch einen Zwischenhalt einzulegen.

»Alles gut, Papa?«, fragte ich, nachdem ich verhalten an die
Tür geklopft und sie dann kaum zwei Handbreit geöffnet hatte.

Er saß an seinem Schreibtisch, der von Papieren und
Aktenmappen übersät war und in jeder Hinsicht wie der eines
Bankangestellten aussah, den ein unmittelbar bevorstehender
Rechnungsabschluss drückte.

»Alles gut«, antwortete er und sah mich dabei kaum an.

Ihm glaubte ich nicht.

»Darf ich dir eine Frage stellen?«

Nun hob mein Vater doch den Kopf von seinen Papieren.

»Nun?«

»Der Freund, den ich dir gestern auf dem Fest vorgestellt habe. Antoni Gaudí.« Ich hielt kurz inne in der vergeblichen Hoffnung, dass das Gesicht meines Vaters irgendeine Reaktion zeigen würde, wenn er den Namen hörte. »Stimmt das, was du da gesagt hast? Dass ihr euch schon einmal begegnet seid?«

Anstatt mir zu antworten, deutete mein Vater auf einen der beiden Stühle vor seinem Schreibtisch. Allein das war bereits eine interessante Neuerung, weshalb ich die Tür hinter mir schloss, auf dem angebotenen Stuhl Platz nahm und auf eine Enthüllung wartete, die wie vorherzusehen nicht erfolgte.

»Erzähle mir von diesem jungen Mann«, sagte er statt-dessen, nachdem er sein silbernes Zigarettenetui geöffnet, ihm eine Zigarette aus edlem Tabak entnommen und diese mit dem wuchtigen steinernen Feuerzeug angezündet hatte, das neben einer Trichinopoly-Zigarre auf seinem Schreibtisch lag.

»Was willst du hören?«

»Alles, was du über ihn weißt. Wer er ist, was er macht, mit wem oder für wen er arbeitet. In welchen Milieus er verkehrt.«

Die Miene meines Vaters war unverändert ernst und un-durchdringlich wie eine Maske. Sein Interesse an der Person und den Aktivitäten Gaudís, begriff ich, war nicht nur auf-richtig: Es war auch dringlich. Mit einem Mal mutete die Situation mich so absurd an, dass ich beinahe gelächelt hätte.

»Seit wann sorgst du dich um meine Freundschaften?«

»Tu bitte, was ich dir sage.«

Ich nahm das silberne Zigarettenetui meines Vaters, ent-nahm ihm die letzte Zigarette, die sich noch darin befand, und entzündete sie mit einem der Monte-Táber-Streichhölzer.

»Er heißt Antoni Gaudí, ist ein Jahr älter als ich, wurde in Reus geboren, ist der Sohn eines Kesselschmieds und kam vor sechs Jahren nach Barcelona. Nur wenige Tage nach der

Septemberrevolution und unserer Flucht aus der Stadt.« Mit
Letzterem hatte ich nur die vage Absicht verfolgt, meinen Vater ein wenig zu ärgern, doch dann erkannte ich, dass er es
missverstehen könnte. »Reiner Zufall allerdings. Gaudí und
sein Bruder kamen nach Barcelona, um hier zu studieren. Er
ist jetzt im zweiten Jahr an der Fakultät für Architektur, daher
unsere Freundschaft.«

»Und womit beschäftigt er sich außerhalb des Hörsaals?«
Ich fühlte mich genötigt zu lügen.

»Ausschließlich mit völlig harmlosen Dingen, soweit ich
weiß. Die einzige Extravaganz, die Gaudí sich gestattet, besteht darin, dass er in Spiritistenkreisen und in den Theatern
des Raval verkehrt. Falls du dich auch zu Geistern und Revue-
mädchen hingezogen fühlst, bist du ihm dort vielleicht einmal
begegnet …«

Mein Vater beachtete meinen Scherz nicht.

»Margarita sagt, ihr hättet euch am Morgen des Brandes
bei *La gaceta de la tarde* kennengelernt. Er hätte dich davor bewahrt, von scheuenden Pferden niedergetrampelt zu werden,
während du den Brand beobachtet hast.«

»Du hast auch Margarita nach meinem Freund ausgefragt?«

»War es so?«

»Es war so«, bestätigte ich. »Und meiner Ansicht nach
spricht das für Gaudí. Oder macht es ihn etwa irgendwie verdächtig, dass er mich vor einem grässlichen Tod unter den
Hufen von vier Pferden bewahrt hat?«

Mein Vater schüttelte langsam den Kopf und stieß zwei
bläuliche Rauchwolken durch die Nasenlöcher aus.

»Manchmal macht mir deine Naivität Angst, Gabriel.«

In dem Schweigen, das auf diese unerwartete Bemerkung
hin folgte – in den vergangenen sechs Jahren hatte Papa
Camarasa mich mit allerlei wenig oder gar nicht schmeichel-
haften Adjektiven belegt, doch »naiv« war bisher nicht darunter gewesen –, hörte ich laut und deutlich die Pendeluhr ticken,
die den durch mehrere Wände von uns getrennten großen
Salon beherrschte.

»Erklärst du mir das bitte?«, fragte ich schließlich.

Mein Vater richtete sich ein wenig auf und sah mich mit einer Eindringlichkeit an, wie sie bedeutsamen Gelegenheiten vorbehalten ist.

»Du, Gabriel, bist ein Camarasa. Sosehr du das bedauern magst, du bist der Erstgeborene von Sempronio Camarasa. Und das macht dich zu einem potenziellen Ziel für alle möglichen Schurken. Menschen, die unser Geld wollen. Menschen, die Einfluss über uns gewinnen wollen. Menschen, die Zugang zu unserem innersten Zirkel wollen und Absichten verfolgen, die du mittlerweile kennen müsstest.« Ohne den Blick abzuwenden, deutete er mit dem glühenden Ende seiner Zigarette auf mich. »Im Augenblick bist du nicht nur der Erbe eines Namens, der bei vielen Menschen Neid und Groll weckt, Gabriel: Du bist außerdem das schwächste Glied in einer Kette, die eine Handvoll gewissenloser Schurken unbedingt zerbrechen wollen.«

Eher neugierig denn gekränkt schwieg ich einen Augenblick, ehe ich eine Vermutung wagte.

»Und Gaudí ist einer dieser Schurken?«

»Dieser junge Mann taucht wie durch ein Wunder an deiner Seite auf, um dir das Leben zu retten, während vor euch das Gebäude der Konkurrenz von *Las noticias ilustradas* brennt. Dann stellt sich dieser junge Mann als Student heraus, der an derselben Fakultät wie du studiert. Er wird zu einem engen Freund von dir, während zugleich alles um uns herum in Auflösung begriffen ist. Und als ich ihn endlich kennenlerne, entspricht das Äußere dieses jungen Mannes in allen Punkten den Beschreibungen, die ich im Verlauf der letzten Wochen durch verschiedene Kanäle, die jetzt nichts zur Sache tun, erhalten habe.«

Als ich den letzten Satz hörte, gefror mir das selbstgefällige Lächeln, das zunächst um meine Lippen gespielt hatte.

»Was für Beschreibungen?«

Erneut schüttelte mein Vater den Kopf.

»Sei wachsam«, sagte er. »Das ist das Einzige, worum ich

dich bitte. Und vergiss nicht, wer du bist. Du bist kein Architekturstudent, der die Freundschaft von Provinzlern suchen muss, die ihre bäuerliche Herkunft mit modischen Krawattenknoten tarnen. Du bist Sempronio Camarasas Erstgeborener. Eines Tages werden meine Angelegenheiten die deinen sein. Und das macht dich zu einem außergewöhnlich reizvollen Ziel für alle möglichen Opportunisten und falschen Freunde mit Hintergedanken.«

Zu meiner Schande war das Einzige, was ich in diesem Moment zu Gaudís Gunsten vorzubringen wusste, ein plumper Versuch, meinen Vater zu provozieren, der mir noch heute die Schamesröte ins Gesicht treibt.

»Fiona war ebenfalls auf der Rambla, als Gaudí mich am Morgen des Brandes vor den Pferden gerettet hat«, sagte ich. »Und ihre Wege kreuzen sich, wie du sehr wohl weißt, ständig mit meinen. Vielleicht solltest du über sie ebenfalls Nachforschungen anstellen lassen.«

Wieder traten aus den Nasenlöchern meines Vaters zwei bläuliche Rauchschwaden aus und hingen kurz, zerfransend und traurig, an den Enden seines Schnurrbarts wie Nasensekret. Ein alter, angeschlagener Drache, dachte ich.

»Das ist alles, was du mir zu sagen hast?«

Die Unterhaltung war beendet.

»Gaudí ist kein Opportunist, und er ist auch kein falscher Freund mit Hintergedanken«, versuchte ich es erneut, doch bereits ohne jeden Nachdruck. »Gaudí ist ein außergewöhnlicher junger Mann. Und mit allem gebotenen Respekt, Papa, ich habe das Gefühl, die Geschehnisse der letzten Tage scheinen allmählich dein Urteilsvermögen zu trüben.«

Mein Vater drückte seine Zigarette im Porzellanaschenbecher aus und sah mich unvermittelt erschöpft an.

»Gute Nacht, Gabriel«, murmelte er.

Und das war alles.

# Kapitel 19

$\mathcal{A}$ ls ich am frühen Abend des nächsten Tages die Placeta de Montcada betrat, saß wieder dieser Schlingel Ezequiel vor der Tür des Hauses, in dem die Brüder Gaudí lebten. Diesmal überraschte seine Anwesenheit mich nicht: Schließlich arbeitete der kleine Spitzbube mit den zerzausten Haaren und den schwarzen Fingernägeln für meinen Freund.

Meine Anwesenheit überraschte ihn ebenso wenig.

»Der Student«, begrüßte er mich, stand auf und tippte sich spöttisch an den nicht vorhandenen Hut. Dann deutete er auf die langen Rockschöße meines Cutaway und fügte hinzu: »Wie elegant Sie heute aussehen, was?«

»Wie geht es, Ezequiel?«

Das schien ihn dann doch ein wenig zu überraschen.

»Sie erinnern sich an meinen Namen?«

»Ich habe ein gutes Gedächtnis. Ist Señor G oben?«

»Nee.« Der Bursche rümpfte die Nase. »Nur der Alte. Wieso sitze ich wohl hier?«

Der Alte, schloss ich, war Francesc Gaudí. Antonis älterer Bruder. Er war gerade mal dreiundzwanzig Jahre alt.

»Der Alte mag dich nicht?«

»Der Alte mag niemanden. Falls Sie raufgehen, seien Sie vorsichtig. Erinnern Sie sich an meinen Kumpel?«

»Arturo?«

»Gestern hat der Alte ihm zwei Zähne ausgeschlagen. Er hat von da oben ein Buch nach ihm geworfen und voll getroffen.«

Ein treffsicherer Bursche, dieser Francesc. Doch diese Bemerkung verkniff ich mir.

»Nun, das tut mir leid. Wie unhöflich.«

Ezequiel musterte mich mit großen, wässrigen, halb geschlossenen Augen.

»Sie und Señor G…«

Vergeblich wartete ich darauf, dass er seine Frage zu Ende führte.

»Sie wissen schon…«

Ich werde nicht versuchen, die Geste zu beschreiben, die Ezequiel nun vollführte. Es möge genügen, wenn ich sage, dass meine Ohren flammend rot wurden.

»Ich weiß nicht, wovon du redest.«

»Dann sind Sie ein Kunde von ihm?«

»Ich bin ein Freund von Señor G. Wir studieren zusammen. Und jetzt muss ich mit seinem Bruder sprechen, wenn du erlaubst.«

Ezequiel setzte ein raubtierhaftes Grinsen auf, das mich unweigerlich an die beiden Gauner erinnerte, die mich tags zuvor im Hafen überfallen hatten. Sofort lösten sich auch die letzten Reste von Sympathie, die ich bei Beginn unserer Unterhaltung noch für ihn empfunden hatte, in Luft auf.

»Denken Sie dran, was ich gesagt hab«, ermahnte er mich und trat nur halb zur Seite, wodurch ich gezwungen war, auf dem Weg ins Gebäude seine schmierige Kleidung zu streifen.

»Ich werde auf meine Zähne aufpassen«, versicherte ich ihm. »Danke.«

Im Dunkeln tappte ich die Treppe hinauf bis zum Dachgeschoss. Dort klopfte ich dreimal an die Tür der Gaudís.

Nichts.

Ich klopfte noch zweimal. Keine Reaktion.

Ein weiteres dreifaches Klopfen.

»Machen Sie das noch einmal, und ich schieße.«

Instinktiv wich ich zurück.

»Señor Gaudí?«, fragte ich. »Francesc?«

»Ich zähle jetzt bis drei.« Seine Stimme klang ruhig und entschlossen.

»Ich bin keiner der Kunden Ihres Bruders«, erklärte ich. »Ich bin ein Kommilitone in der Fakultät für Architektur. Ich will nichts kaufen.«

Zehn Sekunden blieb es still. Ich wich noch weiter von der Tür zurück, um tunlichst außer Reichweite der hypothetischen Flinte zu bleiben, die Francesc Gaudí möglicherweise hinter der dünnen Barriere aus Holz und Farbe zwischen uns auf mich richtete.

Schließlich wurden die drei Schlösser eines nach dem anderen aufgesperrt. Offenbar war ich die Sache richtig angegangen.

»Gabriel Camarasa«, sagte der junge Mann, der mir die Tür öffnete – eher eine Feststellung denn eine Frage.

»Sehr erfreut, Sie endlich kennenzulernen, Señor Gaudí.«

Francesc Gaudí musterte sichtlich widerwillig die Hand, die ich ihm reichte, ergriff sie jedoch schließlich. Ein fester Händedruck, dem das vorherige Zögern nicht mehr anzumerken war.

»Mein Bruder ist nicht zu Hause.«

»Und wissen Sie, wann er zurückkehrt?«

»Wissen Sie es?«

Ich hob die Augenbrauen.

»Nein. Und Sie?«

»Nein.«

Ein schwieriger Gesprächspartner, dachte ich. Ich versuchte es anders.

»Zufällig habe ich eine überzählige Eintrittskarte für die Vorstellung heute Abend im Liceo und wollte sie Ihrem Bruder anbieten. Er ist zu einem guten Freund der Familie geworden, und nicht nur ich hätte ihn gern in unserer Loge.«

Francesc Gaudí musterte mich von oben bis unten, als wollte er prüfen, ob meine Aufmachung zu der Erklärung passte, die ich ihm gerade gegeben hatte. Er war hochgewachsen und hatte einen Körper von beachtlichem Umfang für jemanden seines Alters. Sein dichter roter Haarschopf wirkte auf mich ebenso unbezähmbar wie der Charakter des zukünftigen Anwalts.

»Sind Sie sicher, dass Sie meinen Bruder suchen?«, fragte er schließlich. »Antoni Gaudí?«

Ich lächelte liebenswürdig.

»Wenn Sie wüssten, dass er in höchstens einer halben Stunde hier sein wird, könnte ich auf ihn warten«, schlug ich vor und deutete mit dem Blick an, dass ich mit »hier« nicht vor der Wohnung meinte. »Die Vorstellung beginnt um neun.«

»Ich glaube, das wird nicht möglich sein.«

»Dass Ihr Bruder in einer halben Stunde wieder hier ist oder dass ich hier warte?«

Francesc Gaudí schüttelte den Kopf.

»Ich glaube, das wird nicht möglich sein.«

Doch in diesem Augenblick ertönten zu meiner unendlichen Erleichterung Schritte auf der Treppe, und eine vertraute Stimme fragte in freundlichem Ton: »Camarasa?«

Als ich mich umdrehte, tauchte Gaudís Oberkörper gerade bedächtig aus dem düsteren Treppenschacht auf. Wie ein Geist, der gerade in seinen Körper zurückkehrte, erschien er mir, oder ein Spion, der das Versteck verließ, in dem er sich in Ausübung seiner sehr geheimen Mission postiert hatte. Dann dachte ich, dass all das Seltsame, was ich in letzter Zeit erlebt hatte, offenbar allmählich auf meine Fantasie abfärbte.

»Gaudí, wie schön. Soeben habe ich Ihrem Bruder erklärt...« Als ich sah, was mein Freund in der rechten Hand hielt, hielt ich inne. »Mein Fächer?«

»Ein kleines Geschenk von Ezequiel«, bestätigte er und reichte ihn mir ganz nonchalant. »Was haben Sie soeben meinem Bruder erklärt?«

Wie schon so häufig fragte ich lieber nicht nach, sondern steckte den Fächer ein und wandte mich dorthin, wo eben noch Francesc Gaudí gestanden hatte, doch die Türöffnung war verlassen. Gaudís Bruder hatte sich in Luft aufgelöst wie ein Gespenst, das ins Jenseits zurückgekehrt war.

»Mein Vater ist kurzfristig verhindert und kann uns heute Abend nicht ins Liceo begleiten«, erklärte ich und wandte mich wieder meinem Freund zu. »Und Fiona dachte, vielleicht hätten Sie ja Lust, seine Eintrittskarte zu nutzen.«

Gaudí nickte feierlich.

»Fiona dachte das?«

»Und Margarita hat den Antrag unterstützt.«

»Und die … anderen?«

»Meine Mutter und Martin Begg. Und ich selbst natürlich. Keiner hat nennenswerte Einwände dagegen, dass Sie uns begleiten, falls es das ist, was Sie wissen möchten.«

»Dann ist es mir eine Ehre, Sie zu begleiten.« Gaudí deutete eine kleine Verbeugung an, die mir auf diesem trostlosen, im Halbdunkel liegenden Treppenabsatz entschieden unpassend erschien. »Möchten Sie hereinkommen?«

»Ich warte lieber unten. Sie brauchen sicher nicht lange, um sich fertig zu machen, oder?«

Mein Freund wirkte ein wenig überrascht über meine Antwort, widersprach aber nicht.

»Geben Sie mir zehn Minuten«, sagte er und verschwand in der Wohnung.

Als ich wieder unten anlangte, war Ezequiel nicht mehr da. Doch gleich darauf entdeckte ich ihn an der Apsis von Santa María del Mar, wo er vergnügt gegen den jahrhundertealten Stein des Gotteshauses pinkelte und dabei ein beliebtes Lied pfiff. Ich nahm den Fächer in die Hand, setzte meine strengste Miene auf und ging zu ihm.

»Erklärst du mir das, Ezequiel?«

Der Junge drehte mir den Kopf zu, ohne den Strahl, der in einem Bogen an die Mauer plätscherte, zu unterbrechen.

»Wie bitte?«

»Der Fächer.«

Der Bengel setzte wieder dieses spitzbübische Grinsen auf.

»Sie sind der Trottel mit dem Fächer?«, fragte er, schüttelte unterdessen, was er in der Hand hielt, und verstaute es umständlich in den Falten seiner Hose. »Sie waren der, der von zwei Kindern überfallen wurde?«

Rasch wog ich mögliche Erwiderungen ab. Das Beste, was mir einfiel, war: »Señor G hat dich gebeten, die zu suchen, die mich überfallen haben?«

»Er hat mich gebeten, die zu suchen, die einem reichen Söhnchen, das mit Manschettenknöpfen aus Silber durch den Hafen spaziert ist, einen Fächer geraubt haben.«

»Aus Weißgold. Wo sind sie?«

»Haben Sie mir etwa was zu sagen? Señor G hat mich nur gebeten, den Fächer zurückzuholen.«

»Und meine Brieftasche? Und meine Uhr?«

»Und Ihre Eier? Das waren zwei zwölfjährige Kinder, die Sie da ausgeraubt haben, Sie Schlauberger!«

Pfeifend ging Ezequiel davon. Es war dieselbe Melodie, bemerkte ich, zu der er gerade noch die Mauer der Apsis von Santa María del Mar mit einem beinahe geometrischen Muster dunkler Urinspuren verziert hatte. Ich wandte mich um. Die runden Fenster der Brüder Gaudí waren orange erleuchtet, über dem Satteldach hing ein beinahe voller Mond und auf dem schmalen Vordach unter der kleinen Terrasse saßen mehrere Möwen nebeneinander und beobachteten mich. Ich ging zur Haustür und setzte mich auf eine Stufe, um auf Gaudí zu warten.

Eine Viertelstunde später – wir waren bereits unterwegs zum Liceo – packte mein Freund an einer Straßenecke der Calle de la Princesa plötzlich meinen Arm, sodass ich stehen bleiben musste. Erst als er meinen Blick mit dem Kinn zu einem Gebäude dirigierte, das ganz am östlichen Ende des Häuserblocks stand, bemerkte ich, was dort gerade geschah. Drei Gestalten standen vor dem Haus, und ich kannte alle drei.

Ein dreibeiniger Hund mit einem Tuch um den Hals und einem gebrochenen Schwanz, mit dem er ungestüm wedelte.

Ein bärtiger alter Mann mit blauem Dreispitz und einer Tasche, die beinahe so groß war wie er selbst.

Ein weiterer alter Mann, kleiner, schlanker, ebenfalls bärtig und mit zerzausten Haaren, der oben auf der Treppe vor dem Haus stand und mit dem ersten Mann redete, welcher unten geblieben war.

»Andreu«, murmelte ich.

»Eduardo Andreu und Colmillos«, bestätigte Gaudí. »Interessantes Paar.«

Es war dasselbe Haus, so erkannte ich nun, aus dem Gaudí und ich vor einer Woche den Bettler mit dem Dreispitz, an einem Stück Käse knabbernd, hatten herauskommen sehen.

Das neue gesellschaftliche Umfeld des ruinierten alten Kunsthändlers, dachte ich ein wenig traurig: ein zahnloser Bettler, der im gesamten Ribera-Viertel bekannt war, und sein ebenso bekannter dreibeiniger Hund.

»Sprechen wir mit ihm?«, fragte ich.

»Mit Andreu?«

»Vielleicht könnte ich …«

Ich brach ab, denn in diesem Augenblick steckte Eduardo Andreu die Hand in die Manteltasche, holte etwas hervor, was auf diese Entfernung nicht zu erkennen war, und reichte es Colmillos. Gleich darauf drehte er sich um und verschwand im Inneren des Gebäudes.

Gaudí ließ meinen Arm los und ging eilig auf den Bettler zu, der sich mit seiner großen Tasche auf dem Rücken bereits Richtung Plaza de San Jaime entfernte.

»Wie geht's, Colmillos?«, hörte ich ihn fragen, als ich ihn eingeholt hatte. »Gute Woche fürs Geschäft?«

Der Bettler warf Gaudí einen unfreundlichen Blick zu.

»Kann nicht klagen«, erwiderte er, ohne stehen zu bleiben.

»Ihr Freund hatte eine beschwerlichere Woche, wie mir scheint. Zuerst ohrfeigt man ihn öffentlich, und dann wird er noch bei der Kriminalpolizei angezeigt.«

Colmillos drehte den Kopf nach links und spuckte einen Schleimklumpen aus, der mich beinahe am Hosenbein getroffen hätte.

»Ich weiß nicht, wovon Sie reden, Señor G.«

»Señor Andreu hat es Ihnen nicht erzählt?« Gaudí ließ seine Frage enttäuscht klingen. »Dann sind Sie wohl doch keine so guten Freunde.«

»Ich weiß nicht, wovon Sie reden«, wiederholte der Bettler.

»Dann gute Nacht.«

Gaudí blieb mitten auf der Calle de la Princesa stehen und ich ebenfalls. Colmillos und sein Hund gingen noch zwei Straßenecken weiter, bogen dann ab und waren außer Sicht.

Es war zwanzig nach acht.

»Was haben Sie gehofft, von ihm zu erfahren?«, fragte ich.

»Nichts. Und Sie, was haben Sie gehofft, von Andreu zu erfahren?«

Ich schüttelte den Kopf.

»Auch nichts.«

Gaudí nickte und lächelte matt.

»Dann sollten wir uns jetzt beeilen«, sagte er und setzte den Weg nach Westen fort. »Wir dürfen Ihre Familie nicht warten lassen.«

Wir kamen gerade rechtzeitig auf der Rambla an, um vor dem Liceo noch meine Mutter, meine Schwester und die Beggs zu begrüßen und die unerlässlichen Höflichkeiten mit ihnen auszutauschen, ehe wir gemeinsam hineingingen, inmitten der geordneten Reihen von braven Bürgern, die regelmäßig dieses erlauchte Haus aufsuchten.

Dabei unterlief Gaudí der erste Fauxpas – die Engländer sagen *gaffe* dazu – des Abends. Zur Überraschung aller Anwesenden und zur Freude zumindest einer davon bot mein Freund meiner Mutter den Arm und überging damit beide jungen Damen in unserer kleinen Gruppe. Margarita, deren Miene sich in den gerade einmal drei Minuten, die Gaudí auf der Rambla mit ihr und Fiona geplaudert hatte, abwechselnd erhellt und verfinstert hatte, sah sich unvermittelt gezwungen, zu entscheiden, was demütigender war: unsere Loge am Arm ihres eigenen Bruders zu betreten oder in Begleitung eines fünfzigjährigen Engländers mit Bierbauch, dessen weiße

Hängebacken wie beinahe immer um diese Uhrzeit nach dem Genuss von mindestens zwei Pints Bier gerötet waren.

»Ich bedauere sehr, dass Ihr Mann Sie nicht in die Oper begleiten kann, Señora Camarasa«, hörte ich meinen Freund zu meiner Mutter sagen, während die beiden sich auf den Weg zur Haupttreppe machten. »Nichts Ernstes, hoffe ich.«

»Ein Arbeitsessen, mehr nicht«, erwiderte meine Mutter. »Mein Gatte ist ein vielbeschäftigter Mann.«

»Als erfolgreicher Unternehmer muss er sicher viele Opfer bringen.« Gaudí lächelte höflich. »Ebenso wie seine Gattin.«

Meine Mutter nickte.

»Ich nehme an, Sie sind über die Geschehnisse auf dem Laufenden«, sagte sie.

»Ihr Sohn hält mich unterrichtet, ja. Und vorgestern hatte ich die Ehre, zum Fest der Zeitung eingeladen zu sein.«

»Dann gibt es dazu nichts mehr zu sagen.« Meine Mutter hob die Hand zur Brust und klimperte zerstreut mit den Perlen ihres Kolliers. »Ich hoffe, es war keine allzu unerfreuliche Erfahrung.«

»Ein unschöner Vorfall«, stimmte Gaudí zu. »Zum Glück konnten Ihr Sohn und Señor und Señorita Begg verhindern, dass es zu Schlimmerem kam.«

»Unter ›Schlimmerem‹«, mischte ich mich ein, »verstehe ich, dass die Fäuste geflogen wären oder irgendjemand einen Karabiner gezogen hätte.«

Meine Mutter und Gaudí ignorierten mich gleichermaßen.

»Glücklicherweise war es meinem Gatten lieber, dass Margarita und ich den Abend zu Hause verbringen.«

»Ein Glück, ja.« Gaudí neigte den Kopf und schickte sich an, den zweiten Fauxpas des Abends zu begehen. »Ich hoffe, Sie sind vollständig wiederhergestellt.«

Meine Mutter versteifte sich.

»Ich erfreue mich nicht immer bester Gesundheit, Señor Gaudí«, entgegnete sie ernst und mit fester Stimme. »Aber ich kränkele auch nicht so, wie mein Gatte und meine Kinder gerne glauben. Ich bin nicht hinfällig.«

Gaudí zögerte ganz kurz, ehe er die einzige Antwort gab, die meine Mutter ihm offengelassen hatte.

»Das freut mich, zu hören, Señora Camarasa.«

Meine Mutter stellte den ersten Fuß auf die unterste Stufe der Treppe, die zu den Logen führte, sah sich flüchtig zu mir um – ihre kleinen Augen, die heute außergewöhnlich lebhaft blickten, schienen ihre Worte uneingeschränkt zu bestätigen – und wandte sich wieder ihrem Begleiter zu.

»Mögen Sie französische Opern, Señor Gaudí?«, fragte sie, nunmehr wieder in gewohnt liebenswürdigem Ton.

Fiona hatte in der Zwischenzeit der Verunsicherung meiner Schwester ein Ende gesetzt, indem sie meinen rechten Arm genommen und sich damit für den Rest des Abends zu meiner Begleitung erklärt hatte. Somit blieb Margarita nur Martin Beggs Arm. In diesen ungewöhnlichen Paarungen gingen wir nun zu unserer Loge, meine Mutter und Gaudí in eine angeregte Unterhaltung über die Hauptunterschiede zwischen italienischen und französischen Opern vertieft, Fiona und ich in halblautem Austausch über die neuesten Nachrichten des Tages – beziehungsweise über das Ausbleiben derselben. In der Presse war kein einziger Artikel über den Vorfall auf dem Fest, in der Post kein anonymer Brief, keine von Víctor Sanmartín gefälschten Leserbriefe gewesen. Meine Schwester und Martin Begg allerdings gingen in tiefem Schweigen daher, das so angespannt war wie die zusammengepressten Lippen der armen Margarita.

Wir erreichten unsere Loge wenige Minuten, bevor die Lampen im Saal erloschen und die Logenschließer die Anwesenden um Ruhe baten. Ich weiß noch, dass ich Fiona gerade von der Szene berichtete, die Gaudí und ich eine kurze Weile zuvor in der Calle de la Princesa mit angesehen hatten, und ich weiß auch noch, dass Fiona meinem Bericht mit zerstreuter Miene lauschte, abwartete, bis ich zum Ende gekommen war, und mir dann, als es schon dunkel war, sagte, ich solle an diesem Abend alles vergessen, was mit meinem Vater, Andreu, der Zeitung und überhaupt allem außer der Opernvorführung zu tun hätte.

Die Aufführung begann um Punkt neun Uhr und dauerte bis weit nach elf.

Niemand verließ auch nur kurz die Loge.

Niemand von uns war in der Pause länger als drei Minuten außer Sicht der anderen.

Als wir wieder hinaus auf die Rambla traten, zeigte die Armbanduhr meiner Mutter halb zwölf an. Und ihre Augen waren geschwollen und gerötet, was darauf hindeutete, dass der Abend für sie zu Ende war.

Mama Lavinia mochte nicht hinfällig sein, doch sie war noch immer eine Frau, die es nicht gewohnt war, lange aufzubleiben.

»Aber ich möchte noch nicht nach Hause«, klagte Margarita, als sie sah, dass Martin Begg die Hand hob und eine der zahlreichen Kutschen herbeiwinkte, die in der Umgebung des Liceo die Runde machten.

»Ich möchte den Abend auch nicht so früh beschließen«, stimmte Fiona ein. »Wollen wir auf der Plaza Real noch eine heiße Schokolade trinken? Es ist eine so schöne Nacht, dass es eine Schande wäre, sie im Bett zu vergeuden ...«

Die Idee, eine Schokolade zu trinken, lockte meine Mutter nicht. Sie schloss den Kragen ihres Pelzmantels und warf Fiona einen Blick zu, der besagte, sie wisse nicht, wovon sie spreche.

»Es ist eine scheußliche Nacht«, sagte sie. »Ich bin sehr müde. Und Margarita muss ins Bett. Das ist keine Uhrzeit für eine junge Dame.«

»Mama!«

»Es war ein sehr angenehmer Abend, Margarita.«

Meine Schwester runzelte die Stirn und rümpfte die Nase, doch sie widersprach nicht.

»Es war ein sehr angenehmer Abend«, pflichtete Gaudí bei, der meiner Mutter am Ausgang der Loge wieder den Arm gereicht und sich erst auf der Straße von ihr gelöst hatte. »Danke nochmals für die Einladung. Das war sehr freundlich von Ihnen.«

»Ein Geschenk von Señor Begg«, erwiderte meine Mutter und lächelte zufrieden. »Er hat uns eingeladen.«

Auch Martin Begg lächelte. Die Bierröte in seinen Wangen war verflogen, und so erstrahlten sie wieder in ihrer gewohnten englischen Blässe.

»Idee meiner Tochter«, erklärte er.

»Danke jedenfalls.«

»Gern geschehen.« Fiona lächelte. »Aber ich fürchte, Antoni, auf diese heiße Schokolade werde ich nicht verzichten.«

Gaudí hob mitfühlend die rechte Augenbraue.

»Ah.«

»Da Señora Lavinia und Margarita sich schon zurückziehen müssen und mein Vater sich gewiss wie ein Kavalier beträgt und sie nach Hause begleitet, könnten Gabriel und Sie sich doch auch wie die Kavaliere betragen, die Sie sind, und mich auf die Plaza Real begleiten. Was meinen Sie?«

Mit noch immer erhobener Augenbraue sah Gaudí zuerst zu mir und dann zu Martin Begg, der bereits mit einem Kutscher von sehr wenig dienstfertigem Aussehen über den Fahrpreis nach Gracia verhandelte.

»Fiona ist volljährig, auch wenn man das nicht merkt«, sagte Margarita mit funkelnden Augen – ob nun vor Wut, Verachtung oder Enttäuschung, wusste ich nicht zu sagen. »Sie ist schon fast dreißig Jahre alt. Sie braucht keine Erlaubnis von ihrem Vater mehr, um spät ins Bett zu gehen.«

Sofort röteten sich die Spitzen von Gaudís Ohren unter seinen roten Locken. Fiona hingegen lächelte weiter und zwinkerte meiner Schwester ganz automatisch zu, woraufhin diese erst recht die Stirn runzelte. Meine Mutter verzog missbilligend den Mund, schwieg jedoch. Und da fiel mir wieder das Geschenk ein, dass ich in der Tasche hatte.

»Für dich«, sagte ich und gab Margarita den Fächer. »Morgen erzähle ich dir von dem Abenteuer, das er erlebt hat, bis er in deine Hände gelangte.«

Noch immer schmollend wie ein beleidigtes kleines Mädchen, was ihr gar nicht stand, nahm meine Schwester den

Fächer entgegen. Sie öffnete ihn mit einem Ruck aus dem Handgelenk, fächelte sich einige Male zu und schloss ihn wieder. Nun blickte sie nicht mehr so böse. Sie stellte sich auf Zehenspitzen und gab mir rasch einen Kuss auf die Wange.

»Danke«, sagte sie. »Gehen wir, Mama?«

Ohne sich von Gaudí oder Fiona zu verabschieden, machte sie kehrt und stieg in die Droschke, mit deren Fahrer Martin Begg gerade handelseinig geworden war.

»Entschuldigen Sie sie«, sagte meine Mutter und reichte Gaudí die rechte Hand. »Meine Tochter hat einen unmöglichen Charakter.«

»Nun, ich finde, sie ist eine bezaubernde junge Dame.« Mein Freund küsste meiner Mutter artig die Hand und schenkte ihr sein gewinnendstes Lächeln. »Es war mir ein Vergnügen, diesen Abend in Ihrer Gesellschaft zu verbringen, Señora Lavinia.«

Als die beiden Frauen bereits in der Kutsche saßen, trat Martin Begg nochmals zu uns, eine Zigarette zwischen den Lippen und die Hand ausgestreckt. Gaudí und ich ergriffen sie nacheinander; dann stieg Begg ebenfalls in die Kutsche, woraufhin diese Richtung Plaza de Cataluña über die Rambla davonrollte.

»Fabelhaft«, stellte Fiona dann fest. »Jetzt beginnt der Abend richtig.«

Und damit hatte sie recht.

# Kapitel 20

Von unserem restlichen Abend zu dritt will ich gar nicht im Einzelnen berichten. Es möge genügen, wenn ich sage, dass Fiona, Gaudí und ich zunächst wie geplant unter den Arkaden der Plaza Real die Schokolade mit Löffelbiskuits bestellten, sodann in ein kleines Café-concert nahe des Portal de Santa Madrona umzogen und den Abend um weit nach drei Uhr morgens in einem Varieté im Raval namens Teatro de los Sueños beschlossen. Dieses ›Theater der Träume‹ war zwar ein Vorschlag von Fiona, doch Gaudí schien dort kein Unbekannter zu sein. Als wir hinterher wieder hinaus auf die Rambla traten, begann auf dem Llano de la Boquería bereits das geschäftige Treiben der Marktarbeiter. Wir hielten ein Cabriolet an, und Fiona und ich verabschiedeten uns von Gaudí mit einem Kuss auf die Wange beziehungsweise einem herzlichen Händedruck. Fionas Kuss überraschte uns alle drei, doch er ließ sich sicherlich durch die fortgeschrittene Uhrzeit und den Alkohol erklären, den wir im Teatro de los Sueños reichlich genossen hatten. Als das Pferd sich in Gang setzte, stand unser Freund auf der Promenade in der Mitte der Rambla und verabschiedete uns mit erhobener rechter Hand und einem liebenswürdigen Lächeln auf den Lippen.

Wie ich gleich darauf herausfand, war auch Fiona nicht entgangen, wie häufig Gaudí während der Varietévorführung, die unseren Abend in der Stadt gekrönt hatte, zum Gegenstand neugieriger Blicke und kaum verhüllten Getuschels geworden war.

»Dein Freund ist ein allseits bekannter Mann«, sagte sie, kaum dass wir den Paseo de Gracia erreicht hatten. »Hast du das bemerkt?«

Erst da entschloss ich mich, den Verdacht in Worte zu fassen, der mir durch den Kopf gegangen war, seit wir das Varietétheater betreten hatten: eine dieser absurden Vermutungen, die mir unter normalen Umständen niemals in den Sinn kämen, die ich jedoch nach der Unterhaltung mit meinem Vater am Vorabend anscheinend nicht mehr ignorieren konnte.

»Hast du es aus einem bestimmten Grund ausgewählt?«

»Das Theater?« Fiona schüttelte den Kopf. »Ich war einmal vormittags wegen einer Illustration dort.«

»Ein Verbrechen?«

»Mehr oder weniger. Eines der Mädchen hatte sich von einem der Podeste auf der Bühne herabgestürzt. Sie wollte fliegen und hat sich dabei das Genick gebrochen.«

Ja, ich meinte mich daran zu erinnern. Ein lächelndes Mädchen, das vor Dutzenden von erschrockenen Zuschauern, die in Fionas Zeichnung nur angedeutet waren, anmutig in der Luft schwebte, die Arme ausgebreitet, den Körper beinahe zu einem U gekrümmt. Einer unter vielen illustrierten Unglücksfällen, nur zerstreut zur Kenntnis genommen.

»Sie wollte fliegen?«, fragte ich dennoch.

»Sie schien es zu versuchen.« Fiona lächelte ein wenig maliziös. »Aber es ist ihr nicht gut gelungen.«

Ein Trank, mit dem man die Realität sehen kann, dachte ich.

Ein gescheitertes Experiment.

Ein Name weniger auf der Liste der Kunden.

Oder vielleicht auch nur ein Zufall. Vielleicht hatte der wunderliche Verlauf, den die Unterhaltung zwischen Fiona und Gaudí gegen Ende des Abends genommen hatte – spiritistische Sitzungen, Kräuter mit seltsamen Eigenschaften, Ausflüge in die Bereiche jenseits unserer Wahrnehmung – auf mich abgefärbt, sodass meine eigene Fantasie, die durch die Ereignisse der letzten Tage und den Verdacht, den mein Vater gegen Gaudí geäußert hatte, ohnehin schon angeregt war, ein wenig mit mir durchging.

»Gaudí und du, ihr habt anscheinend viele Gemeinsamkeiten«, sagte ich.

Fiona überlegte einen Augenblick, wie ich das wohl gemeint haben könnte.

»Ich bin auch eine allseits bekannte Frau?«

»Unter anderem.«

Flüchtig legte Fiona mir die Hand aufs Knie; dann zog sie sie zurück unter ihren Mantel.

»Ich fürchte, wir waren ein wenig unhöflich«, sagte sie und setzte eine mehr oder weniger zerknirschte Miene auf. »Hast du dich sehr einsam gefühlt?«

»Nicht mehr als sonst auch«, gab ich zurück. Dann merkte ich, dass das eher nach Margarita als nach mir klang, und so fügte ich hinzu: »Aber es war interessant, euch dabei zu beobachten. Es ist immer interessant, zwei Erwachsenen zuzuhören, die wie zehnjährige Kinder laut daherfantasieren.«

Wieder lächelte Fiona.

»Antoni hat interessante Ideen«, bestätigte sie. »Naiv, aber interessant.«

Ich wusste – oder wollte es jedenfalls so verstehen –, dass Fiona sich unter anderem auf den geplanten Fotoapparat bezog, auf den Gaudí während unserer Unterhaltung im Teatro de los Sueños wieder einmal die Sprache gebracht hatte und der in der Lage sein würde, Bilder von Toten einzufangen oder von körperlosen Geistern oder wie man diese Wesen aus dem Jenseits auch nennen sollte, mit denen die Spiritisten bei ihren Sitzungen angeblich Kontakt aufnahmen: ein langfristig angelegtes Vorhaben, dessen Früchte Gaudí frühestens in einem Jahr zu ernten hoffte, dessen theoretische und praktische Grundlagen mein Freund Fiona gegenüber jedoch mit der gleichen Leidenschaft verteidigt hatte wie gerade einmal zwei Tage zuvor seine Theorien zur Statik des Gotteshauses Santa María del Mar, die wiederum absolut vernünftig und gut begründet waren. Fiona hatte Gaudís wortreichen Ausführun-

gen über Kameraobjektive, Geister und für das menschliche
Auge nicht sichtbare Farbspektren ebenso aufmerksam zuge-
hört wie denen über seine festen künstlerischen Überzeugungen, seine Erfahrungen mit einigen der mehr oder weniger
halluzinativen Kräuter, die er auf seinen regelmäßigen Ausflügen zum nahe gelegenen Hügel Monte Carmelo sammelte,
oder seine nebulösen religiösen Anschauungen – in Fionas
Worten war Gaudí ein Mystiker, der nur noch an Gott glauben und seinen weltlichen Vergnügungen entsagen musste. An
unserem Tisch im Teatro de los Sueños, mit einem Glas Wein
in der Hand, hatte Gaudí diese Einschätzung mit einem wenig überzeugenden Lächeln quittiert. Gleichgültig, ob Fiona
nun glaubte, dass man die Toten fotografieren könne, oder ob
sie es für eine von Gaudís naiven Ideen hielt, war doch eines
unübersehbar: Die Engländerin interessierte sich wahrhaftig
für diesen jungen Rotschopf, der durch mich vor Kurzem in
unser Leben getreten war.

»Ich glaube, am Ende hast du noch Vergnügen daran, den
Auftrag meines Vaters auszuführen«, sagte ich und dachte
daran, wie Fiona Gaudí angesehen hatte, während sie sich
über ihre jeweiligen Kenntnisse der okkulten Botanik aus-
getauscht hatten.

»Den Auftrag deines Vaters?«

»Nachforschungen über Gaudí anzustellen.«

Fiona gab einen eigenartigen kehligen Laut von sich.

»Weder mein noch dein Vater haben noch einmal davon
gesprochen«, sagte sie. »Vielleicht hat Señor Camarasa sich
selbst davon überzeugt, dass Antoni nur ein junger Mann mit
einem fragwürdigen Geschmack in der Auswahl seiner Freunde ist. Oder vielleicht hat auch euer Gespräch gestern Abend
etwas damit zu tun.«

Ich hob unwillkürlich die Augenbrauen.

»Du weißt, dass ich gestern mit meinem Vater über Gaudí
sprach?«

»Manchmal vergisst du, dass ich alles weiß.«

Ich lächelte.

»Du hast recht. Manchmal halte ich dich bloß für eine schöne Frau.«

Angesichts dieses linkischen Kompliments neigte Fiona anmutig den Kopf.

»Aber du hast recht«, sagte sie. »Ich habe nichts dagegen, ein wenig über Antoni in Erfahrung zu bringen. Er mag nicht die finsteren Absichten verfolgen, die dein Vater ihm unterstellt, aber er ist ein interessanter Mensch.«

Wir schwiegen eine Weile, während unser Cabriolet rasch eine weitere verlassene Kreuzung überquerte. Abgeschrägte Häuserecken, Straßenlaternen, kürzlich gepflanzte Bäume: Der allmählich vertraute Anblick des neuen Bezirks Ensanche zog an uns vorüber wie die Bilder eines herrlichen dreidimensionalen Dioramas.

»Darf ich dich etwas fragen?«

Fiona legte den Kopf an meine Schulter.

»Sicher«, murmelte sie.

»Als Gaudí auf seine Arbeit für die Spiritistengesellschaft zu sprechen kam, hast du ihm verschwiegen, dass du selbst schon mit diesen Leuten zu tun hattest. Das hat mich gewundert. Du hattest mir in einem deiner ersten Briefe davon geschrieben. Die Sociedad Barcelonesa Propagadora del Espiritismo.«

»Auch du hast ein gutes Gedächtnis.«

»Entweder das oder ich habe deine Briefe doch häufiger gelesen, als ich jemals zugeben würde.«

Fiona gab einen Laut von sich, der dem zufriedenen Schnurren einer Katze ähnelte.

»Ich wollte unseren Freund nicht enttäuschen«, sagte sie.

»Enttäuschen?«

»Sagen wir, ich habe nicht die höchste Meinung von diesen Spiritisten.«

»Verstehe.«

»Was nichts daran ändert, dass ich Antonis Idee bezaubernd finde.«

»Bezaubernd und naiv«, ergänzte ich.

»Das sind die besten Ideen, oder? Die bezaubernden und naiven Ideen.«

»Dann glaubst du nicht, dass er Erfolg haben könnte«, stellte ich fest, ob nun erleichtert oder eher überrascht, weiß ich nicht zu sagen. »Ich meine seine Kamera zum Fotografieren der Toten.«

»Im Gegenteil. Ich bin davon überzeugt, dass Antoni wirklich fähig sein wird, Geister zu fotografieren, wenn er wahrhaft daran glaubt. Auch wenn die Geister, die er dann fotografiert, nicht unbedingt die sind, nach denen diese Spiritistenvereinigung sucht.«

»Muss ich das verstehen?«

»Du bist doch der Fotograf, oder?«

Der Fotograf war ich, ja. Ich beschloss, es auf sich beruhen zu lassen.

»Hat er dir etwas gegeben?«

»Etwas?«

»Etwas zu trinken?«

Fiona hob den Kopf von meiner Schulter und sah mich mit gerunzelter Stirn an.

»Wirke ich betrunken?«

Ich schüttelte den Kopf. Kein Fläschchen mit einer grünlichen Flüssigkeit also.

»Gaudí geht nachts seinen ganz eigenen Geschäften nach«, sagte ich da, weshalb, weiß ich auch nicht. Vielleicht um Fiona zu bestätigen, dass Gaudí trotz seines gelegentlichen Kokettierens mit dem Irrationalen und der Scharlatanerie wirklich ein interessanter Mensch war; andererseits machte genau dieses Kokettieren Gaudí für Fiona automatisch interessant. »Möglicherweise ist das Teatro de los Sueños eines der Lokale, in denen er seine Geschäfte abwickelt. Vielleicht hat seine Anwesenheit in Begleitung einer Dame mit deinem Erscheinungsbild deshalb solches Aufsehen erregt.«

Das schien Fiona neugierig zu machen, aber sie fragte nicht nach.

»Mein Erscheinungsbild«, sagte sie vielmehr bloß.

»Das ist noch ein Kompliment.«

Ihre Stirn glättete sich wieder.

»Ich habe dir ja gesagt, heute würde ein großer Tag sein«, schloss sie.

Es war halb vier Uhr morgens. In einigen Stunden würde der Fahrer unseres Cabriolets auf Inspector Labellas Nachfrage hin unsere Version der Ereignisse bestätigen: wann und wo wir eingestiegen waren, in welchem Zustand unsere Kleidung gewesen war, in welchem Tonfall wir uns unterhalten hatten. Der Kutscher würde weder die Schultern noch das Haar der Frau vergessen haben, der er vor der Tür des herrschaftlichen Landsitzes in Gracia eine gute Nacht gewünscht hatte.

»Dann gute Nacht.«

Auch mich küsste Fiona flüchtig, aber liebevoll auf die Wange wie zuvor Gaudí auf der Rambla. Gleich darauf trennten sich unsere Wege an der Gartentreppe, und Fiona ging rasch davon zum ehemaligen Bauernhaus. Ich sah ihr hinterher, bis sie mit den Schatten der Pflanzen verschmolz; dann ging ich um das Hauptgebäude herum zum Dienstboteneingang.

Alle Fenster waren dunkel.

Die Tür zum Arbeitszimmer meines Vaters war geschlossen, und durch die Ritzen fiel kein Licht.

Die Tür zum Schlafzimmer meiner Mutter war ebenfalls geschlossen.

Die Tür zum Schlafzimmer meines Vaters stand offen, und der Raum war verlassen. Das Bett war nicht zerwühlt, die Fensterläden waren geöffnet, und auf dem Nachttisch stand ein unangetastetes Glas Wasser. Das Zimmer war tadellos aufgeräumt. Ich ging nicht hinein, denn auch von der Tür aus konnte ich sehen, dass Sempronio Camarasa in dieser Nacht nicht hier schlafen gegangen war.

Die Tür zum Schlafzimmer meiner Schwester stand ebenfalls offen, und der Raum war gleichfalls leer. Ihr Bett jedoch war zerwühlt.

Meines ebenfalls.

»Hallo«, begrüßte mich Margarita, die sich diagonal auf meiner wollenen Bettdecke zusammengerollt hatte.

Als ich die Öllampe auf den Nachttisch stellte, sah ich, was ich schon an ihrer Stimme gehört hatte.

»Hast du geweint?«

Margarita fuhr sich mit dem Handrücken über die trockene, geschwollene Haut über ihrem Wangenknochen.

»Ein bisschen«, sagte sie, schürzte hastig die Lippen und wechselte das Thema. »Habt ihr euch vergnügt?«

Ich setzte mich neben sie auf die Bettkante.

»Es war nicht übel.«

»War Toni ärgerlich auf mich?«

Ich schüttelte den Kopf.

»Er hat zu Mama gesagt, du seist eine bezaubernde junge Dame.«

Margarita richtete sich ein Stück auf und streckte die Beine aus.

»Wirklich?«

»Frag morgen Mama.«

»Nicht nötig«, sagte sie. Und fügte hinzu: »Du riechst nach Alkohol.«

»Wir haben ein wenig getrunken.«

»Fiona auch?«

»Ein wenig.«

Margarita richtete sich vollends auf und lehnte sich ans Kopfteil meines Bettes.

»Schamlos«, sagte sie.

Wir lächelten beide.

»Diesmal hat sie wenigstens nichts geraucht.«

»Sie wollte sicher nicht, dass Toni sofort sieht, was für eine Frau sie ist. Aber das wird er schon noch merken.«

Ich stand auf und ging zum großen Kleiderschrank, der einen guten Teil der linken Wand einnahm. Wir schwiegen beide, während ich mir vor dem Spiegel an der mittleren Tür den Gehrock aufknöpfte und Margarita, die nun auf meinem Kopfkissen saß, mich aufmerksam beobachtete.

»Papa ist nicht nach Hause gekommen«, sagte ich.

»Noch ein Schamloser.«

»Du weißt es schon?«

»Als wir nach Hause kamen, bin ich zu seinem Arbeitszimmer gegangen, um ihm gute Nacht zu sagen. Als er dort nicht war, bin ich zu seinem Schlafzimmer gegangen. Und seit ich hier bin, habe ich niemanden heraufkommen hören, bis du jetzt gekommen bist.«

»Hat Mama etwas gesagt?«

»Ich wollte sie nicht fragen. Sie ist gleich zu Bett gegangen und hat nach einer halben Stunde schon selig geschnarcht. Señor Begg wäre gern noch ein Weilchen geblieben, um mit ihr zu plaudern, aber Mama sagte, sie sei sehr müde.« Margaritas Spiegelbild hob die Augenbrauen – eine sehr vertraute Mimik. »Glaubst du, zwischen den beiden ...«

»Sehr wahrscheinlich.«

»Wirklich?«

»Morgen verbrenne ich alle deine französischen Romane!« Margarita grinste breit. Wieder schwiegen wir.

Zu meiner Rechten blitzte über den Wipfeln der Bäume im Garten ein winziger Lichtblitz auf und erlosch sofort wieder inmitten der Schwärze hinter der widerspiegelnden Scheibe.

Nachdem ich den Gehrock ausgezogen hatte, machte ich mich an die Weste und das Plastron.

»Willst du bis zum Schluss bleiben?«, fragte ich.

Lächelnd stand meine Schwester auf.

»Der Fächer gefällt mir sehr«, sagte sie und gab mir einen Kuss auf dieselbe Wange wie Fiona zehn Minuten zuvor. »Aber beim nächsten Geschenk achte bitte darauf, dass es nicht nach Fisch stinkt.«

Damit war mein Abend zu Ende. Nach weiteren fünf Minuten war die Öllampe auf meinem Nachttisch gelöscht und ich eingeschlafen. Doch schon dreieinhalb Stunden später senkte sich das Gewicht eines anderen Frauenkörpers auf meine Bettkante und holte mich sanft aus dem Schlaf.

»Die Polizei ist hier«, hörte ich Fiona sagen. »Sie suchen deinen Vater. Eduardo Andreu ist ermordet worden.«

Noch heute habe ich den Duft ihres Parfüms in der Nase, der sich in meinem Schlafzimmer ausbreitete.

# Kapitel 21

Bereits vor neun Uhr morgens war ich wieder auf der Rambla, stieg an der Einmündung der Calle Fernando VII aus der Berline meiner Familie und begleitete Fiona bis zur Tür des Palais von *Las noticias ilustradas*. Wir vereinbarten, uns in zwanzig Minuten in der Calle de la Princesa zu treffen, und verabschiedeten uns formlos. Fiona wirkte ebenso bedrückt wie ich über die neuesten Entwicklungen; als sie die Fragen der beiden Polizisten beantwortet hatte, die auf der Suche nach Papa Camarasa nach Gracia gekommen waren, hatte ihre Stimme gebebt, was höchst untypisch für sie war. Und mehrmals war ihr die spanische Entsprechung für das englische Wort, das sie im Kopf hatte, nicht eingefallen, sodass ich ihr hatte helfen müssen. Ihre Lider waren vom Schlafmangel geschwollen, die Lippen trocken und die Haut an den Wangen war glanzlos, sodass ihr sonst so bezauberndes hellhäutiges Gesicht einfach nur blass und kränklich wirkte. Zum ersten Mal seit Langem, ging es mir durch den Kopf, während ich Richtung Ribera-Viertel davonging, sah man Fiona ihre neunundzwanzig Jahre wirklich an, während ein unaufmerksamer Bewunderer sie an ihren besten Tagen durchaus erst für zwei- oder dreiundzwanzig halten mochte.

Ich erreichte die Placeta de Montcada genau in dem Augenblick, als Gaudí aus dem Haus trat.

»Hoppla, Freund Camarasa, so früh schon auf den Beinen?«, begrüßte er mich mit einem strahlenden Lächeln. »Ich habe nicht damit gerechnet, Sie heute in der Akademie zu sehen, und schon gar nicht …« Dann bemerkte er mein ernstes Gesicht und brach ab. »Was ist passiert?«

Ich erklärte ihm in wenigen Worten die Situation, während wir Richtung Calle de la Princesa gingen, wo Fiona, wenn alles gut ging, hoffentlich bereits das Herz der Polizisten erweicht hatte, die mit Sicherheit die Tür von Hausnummer 14 bewachen würden. Seit unsere Freundin Verbrechensschauplätze für *Las noticias ilustradas* zeichnete, hatte sie fast täglich Umgang mit diesen Wachhunden, zumeist sehr jungen Polizisten, denen die eintönige Aufgabe oblag, vor der Tür herumzustehen und aufzupassen, weshalb sie sich nur allzu gerne von einer exotischen Engländerin bezaubern ließen. Mittlerweile hatte Fiona bei ihnen eine Beliebtheit erlangt, die, wenn sie recht hatte, auch Gaudí und mir Zugang zu dem Gebäude verschaffen würde, in dem sich Eduardo Andreus Leiche befand.

»Wer hat die Leiche entdeckt?«, fragte mich Gaudí, als ich mit meinen Erläuterungen zum Schluss kam.

»Der Inspector hat nicht viel erzählt. Andreus Vermieterin, soweit ich weiß.«

»Eine Pension?«

Ich nickte.

»Um sechs Uhr morgens ging sie durch den Flur, an dem sein Zimmer liegt, wunderte sich darüber, dass seine Tür halb offen stand, und sah nach. Das ist das, was der Agente Fiona erzählt hat, während der Inspector mit mir befasst war.«

»Abelardo Labella.«

»Nein. Labella war mit der Leiche und den Nachbarn beschäftigt, vermute ich.«

Gaudí murmelte etwas, was ich nicht verstand. Dann nahm er meinen Arm und zog mich in eine besonders enge und übel riechende Gasse.

»Eine Abkürzung«, sagte er. »Wenn Labella noch im Gebäude ist, dann werden wir da nicht hineingelangen.«

Das hatte ich mir auch schon gedacht.

»Vertrauen wir auf Fionas Charme.«

Gaudí nickte ernst.

»War sie überrascht, dass Sie mich holen?«

»Gar nicht«, sagte ich wahrheitsgemäß. »Sind Sie überrascht?«

Gaudí zögerte nicht.

»Ich freue mich.«

Das sagte mein Freund mit einem bei ihm seltenen warmherzigen Unterton. Vielleicht fühlte ich mich deshalb veranlasst, die Stimmung mit einem kleinen Witz aufzuheitern.

»Schließlich müssen wir endlich einmal Ihre famose Beobachtungs- und Deduktionsgabe nutzen, nicht wahr?«

Gaudí nickte erneut.

»Dann hoffe ich, dass ich Sie nicht enttäusche«, sagte er ernst.

Die Calle de la Princesa wurde von Dutzenden von Schaulustigen belagert, die sich in der Umgebung des Hauses Nummer 14 drängten. Dabei handelte es sich natürlich um dasselbe Gebäude, vor dem Gaudí und ich am Vorabend Eduardo Andreu in Gesellschaft von Colmillos und seinem dreibeinigen Hund gesehen hatten. Das lag erst gut zwölf Stunden zurück, doch es kam mir vor, als wäre es in einem anderen Leben oder vielleicht sogar in einer anderen Welt gewesen. Die gestern Abend so dunkle, ruhige Straße, welche sich in nichts von den übrigen Hauptstraßen des Ribera-Viertels unterschieden hatte, war zu einer Art französischem Boulevard voller Unruhe, Geschrei und aufgeregter Gesichter geworden.

Innerhalb des Polizeikordons, der die Neugierigen auf Abstand halten sollte, plauderte Fiona am Eingang des Gebäudes mit einem jungen Mann, der ein auffällig langes Gesicht hatte und nicht uneingeschränkt freundlich blickte, wie mir schien. Als sie uns jenseits der Barriere aus Uniformierten entdeckte, hob sie die Hand und lenkte die Aufmerksamkeit des jungen Mannes auf uns.

Dennoch öffnete sich die Absperrung erst nach ein, zwei Minuten für uns.

»Inspector Abriles ist so freundlich, uns Zutritt zum Zimmer des Opfers zu gewähren«, erklärte Fiona, nachdem sie uns ihrem Begleiter lediglich mit unseren Vornamen vorgestellt hatte. »Der Inspector ist immer sehr entgegenkommend uns gegenüber.«

»Sie haben fünf Minuten«, sagte der junge Mann und machte einen Schritt zur Seite, um uns eintreten zu lassen. »Sollten Sie dann nicht wieder hier unten sein, lasse ich Sie alle drei festnehmen.«

»Das erscheint mir angemessen«, versicherte Fiona. »Im Zimmer erwartet uns Agente Miralles, nicht wahr?«

Der Inspector mit dem pferdeähnlichen Gesicht nickte, ohne die Maske professioneller Strenge fallen zu lassen.

»Fünf Minuten«, wiederholte er.

Die Gemeinschaftsbereiche waren genauso schmutzig und schlecht belüftet, wie man es bei einem solchen Gästehaus erwartete, doch die sechs Treppenabschnitte und die Zwischenflure, durch die wir auf dem Weg in den dritten Stock kamen, waren erstaunlich gut beleuchtet. Fiona ging so zielstrebig voran, als würde sie das Gebäude bereits kennen; das war wohl der Vorteil, wenn man schon jede Menge Tatorte besucht hatte, die sich von diesem vermutlich kaum unterschieden. Mit der linken Hand strich sie zerstreut über das abgewetzte Treppengeländer, die Holzleiste, die in der Mitte der Innenwand jedes Flurs verlief, und die Griffe der zahlreichen geschlossenen Türen, an denen wir vorüberkamen, während sie mit der rechten ihr Skizzenbuch und den gut gespitzten Bleistift hielt.

»Das ist alles andere als korrekt«, murmelte ich schließlich, als ich auf dem letzten Treppenabschnitt zu ihr aufholte. »Weiß dieser Inspector, wer ich bin?«

»Dieser Inspector weiß, dass Antoni und du für mich bei *Las noticias ilustradas* arbeitet und dass ihr hier seid, um mit mir über den Mord zu berichten. Das ist nicht völlig falsch.«

Ich dachte kurz darüber nach.

»Was ist daran nicht völlig falsch? Dass wir für dich arbeiten oder dass wir gekommen sind, um mit dir über den Mord zu berichten?«

Anstatt mir zu antworten, nutzte Fiona die letzten Schritte, um die wenigen Informationen zusammenzufassen, die sie Inspector Abriles hatte entlocken können, während sie auf uns gewartet hatte. Andreus Leiche war tatsächlich von der Hauseigentümerin gefunden worden, einer altjüngferlichen, etwa sechzigjährigen Person, die sich rühmte, ein rein professionelles und auf Abstand bedachtes Verhältnis zu allen Mietern zu haben. Außerdem behauptete sie, nichts über die Gewohnheiten, die Bekanntschaften und ganz allgemein über die Lebensweise des ermordeten alten Kunsthändlers zu wissen. Sie wisse lediglich, dass er seit drei Jahren im selben Zimmer wohnte, seine Miete pünktlich gezahlt und kaum Kontakt zu den anderen Bewohnern des Hauses unterhalten habe – drei seltene Merkmale, die ihn zu einem sehr geschätzten Mieter gemacht hatten. Gestern Abend hatte die Vermieterin ihn gegen zehn die Treppe hinaufgehen sehen und danach nichts mehr von ihm gehört. Ehe sie zu Bett ging, sei sie um Punkt zwölf noch einmal wie gewöhnlich durch die Flure gegangen, um sich zu vergewissern, dass alle Zimmertüren geschlossen waren, auch Andreus. Sie hatte in der Nacht keine Schreie gehört, keine Schritte, kein Gepolter; keiner der Mieter im dritten Stock habe Stimmen im Zimmer des Toten gehört oder sei von anderen Geräuschen geweckt worden, und niemand habe von einem Unbekannten im Haus berichtet. Um Punkt sechs Uhr war die Frau auf ihrer morgendlichen Runde durchs Haus an Andreus Tür vorbeigekommen und hatte bemerkt, dass sie halb offen stand. Sie hatte hineingeschaut, die Leiche entdeckt und sogleich die Polizei gerufen. Das war alles.

»Ein diskreter Mörder«, murmelte ich.

»Oder Nachbarn, die sich durch nichts mehr erschüttern lassen«, entgegnete Fiona. »Ich bezweifle sehr, dass sich jemand an einem Ort wie diesem auch nur im Bett umdreht, wenn da einer um sein Leben brüllt.«

»So übel scheint mir diese Pension gar nicht zu sein ...«

»Glaub mir, du möchtest hier keine Nacht verbringen.«

Ich fragte Fiona nicht, woher ihre Kenntnisse über die Lebensumstände in diesem Gästehaus stammten. Die mit allen Wassern gewaschene Journalistin markierte vielleicht auch nur ihr Territorium gegenüber dem wohlhabenden Bürgerlein, das ich nun einmal war.

Im dritten Stock angekommen, blieb Fiona am Beginn des Flurs stehen, reichte mir Skizzenbuch und Bleistift und begann, sich die Haare zu richten, während Gaudí und ich gleichermaßen verdutzt zusahen.

»Der Inspector hat uns nur fünf Minuten gegeben ...«, mahnte schließlich mein Freund, als er sah, dass Fiona nun auch noch unterschiedliche Varianten, den Ausschnitt ihres blauen Musselinkleides zur Geltung zu bringen, ausprobierte.

»Das gehört zu meiner Arbeit, mein Lieber«, sagte sie gelassen. »Die Zwänge, denen man unterworfen ist, wenn man als Frau in einem Männergewerbe tätig ist.«

»Ich verstehe«, erwiderte Gaudí.

»Ich glaube nicht.«

Das Lächeln, das Fiona Gaudí schenkte, während sie ihr tiefes Dekolleté zurechtzupfte, erinnerte mich an das Wort, mit dem sie meinen Freund erst gut fünf Stunden zuvor auf der Rückfahrt nach Gracia beschrieben hatte: naiv.

»Agente Miralles ist ein hartgesottener Kerl?«, fragte ich.

»Agente Miralles ist ein Mann«, erwiderte sie sachlich. »Aber heute wäre es mir lieber, wenn er nicht mit ansieht, was wir in Andreus Zimmer treiben. Vielleicht möchtet ihr ein bisschen in den Schubladen wühlen, während ich die Leiche zeichne.«

Angesichts der Selbstverständlichkeit, mit der Fiona das sagte, rümpfte ich die Nase.

»Ich glaube nicht, dass das nötig ist«, sagte ich. »Und wenn Labella auftaucht?«

»Wenn Labella auftaucht, dann gehen wir und fertig.«

»Einfach so?« Erst jetzt machte ich mir deswegen Gedanken. »Und wenn er uns verhaftet, weil wir uns in seine Ermitt-

lungen einmischen oder weil wir uns auf einen Verbrechensschauplatz einschleichen oder weil wir die Schubladen eines
Toten durchsuchen?«

Fiona nahm ihr Skizzenbuch und den Bleistift wieder an
sich und sah zu Gaudí, der mit seinen großen blauen, weit
offenen Augen abwechselnd sie und dann wieder mich betrachtete.

»Wenn er uns verhaftet, habe ich noch mehr, was ich für
die heutige Ausgabe zeichnen kann«, sagte sie. »Bereit?«

Gaudí und ich nickten gleichzeitig: er sichtlich überzeugt,
ich eher schicksalsergeben.

»Bereit.«

»Dann will ich jetzt keinen Ton mehr von euch hören,
bis wir wieder auf der Straße stehen. Von nun an rede nur
ich.«

Wir folgten Fiona über den im Zickzack verlaufenden Korridor durch den dritten Stock des Hauses, bis wir vor der Tür
von Eduardo Andreus Zimmer standen. Ein einzelner Polizist
in mittleren Jahren hielt davor Wache; er rauchte eine offensichtlich minderwertige Zigarette und summte halblaut etwas
vor sich hin, was sehr an unsere Nationalhymne, die *Himno de
Riego*, erinnerte. Als er uns um die letzte Biegung kommen
sah, verfinsterte sich zunächst seine Miene, hellte sich dann
jedoch gleich wieder auf.

»Señorita Fiona«, sagte er in einem vertraulichen Ton, der
mich beinahe ärgerte.

»Wie schön, Sie so bald wiederzusehen, Agente Miralles.«
Lächelnd reichte Fiona dem Polizisten die Hand zum Kuss.
»Auch wenn es wieder einmal unter so wenig angenehmen
Umständen ist ...«

»Meine Arbeit, Señorita.«

»Und die meine, Agente, und die meine.«

Er verzog den Mund unter seinem buschigen Schnurrbart
zu einem strahlenden Lächeln.

»Vielleicht können wir uns einmal unter günstigeren Bedingungen sehen«, wagte er in einem schmeichlerischen Ton

zu sagen, der überhaupt nicht zu seiner äußeren Erscheinung eines im Laufe der Jahre durch die Umstände abgebrühten Polizisten passen wollte.

»Das hoffe ich, Agente Miralles.« Nun entzog Fiona ihm die Hand und deutete auf die geschlossene Tür, vor der wir standen. »Was haben wir hier?«

»Einen Mord, Señorita. Ein armer alter Mann, dem ins Herz gestochen wurde. Sehr unschöner Anblick. Möchten Sie wirklich eintreten?«

»Meine Arbeit«, wiederholte Fiona. »Sie wissen doch, dass wir bei *Las noticias ilustradas* stolz darauf sind, alles wirklichkeitsgetreu zu zeichnen.«

»Nun denn …«

Agente Miralles öffnete die Tür und machte Anstalten, den Raum vor uns zu betreten.

»Sie brauchen uns nicht zu begleiten, Agente«, sagte Fiona da ganz beiläufig. »Diese beiden Herren müssen mit mir hinein, und ich glaube nicht, dass es so geräumig ist.«

»Nun, ich weiß nicht, ob ich …«

»Es dauert nur einen Augenblick, Agente. Sie wissen doch, wie flott ich bin … wenn ich zeichne.«

Die kleine Pause vor dem Satzende sorgte für ein entschieden anzügliches Lächeln bei Agente Miralles und rote Ohren bei Gaudí. Ich hingegen kannte – ob nun glücklicher- oder bedauerlicherweise, sei dahingestellt – bereits Fionas Strategien und ihr Talent, die Männer um den Finger zu wickeln, die sich zwischen sie und ihr Ziel stellten, sodass ich nur liebenswürdig lächelte, ohne jemand Bestimmtes anzusehen.

»Ich riskiere eine gepfefferte Rüge von meinen Vorgesetzten, Señorita Fiona.«

»Es ist für einen guten Zweck, Agente Miralles. Und ich verspreche Ihnen, es dauert nur drei Minuten.«

Der Polizist nickte mit gekünstelter Strenge.

»Aber rühren Sie bitte nichts an«, sagte er und sah Gaudí und mich zum ersten Mal an. »Wenn Sie an einem Ort, an dem wegen eines Verbrechens ermittelt wird, auch nur ein Staubkorn bewegen, ist das ein Delikt, das härter bestraft wird, als Sie sich vorstellen können.«

Beide nickten wir ernst: Wir würden kein Staubkorn bewegen. Fiona dankte dem Polizisten, deutete einen kleinen Knicks an wie eine Wiener Hofdame, und sobald wir alle im Zimmer standen, schloss sie die Tür hinter uns.

»Es gehört ganz euch«, sagte sie, schlug ihr Skizzenbuch auf und brachte den Bleistift in Gefechtsposition.

# Kapitel 22

Das Zimmer, in dem Eduardo Andreu die letzten drei Jahre seines Lebens gewohnt hatte, war so klein und düster, wie man es von der Bleibe eines Mannes in seinen Lebensumständen erwarten konnte. Es maß keine zehn Quadratmeter, besaß keinerlei Fenster, wurde nur spärlich durch eine Gasleuchte an der Wand gleich neben der Tür erhellt und wies nicht die geringste persönliche Note auf, die Rückschlüsse auf den Charakter, die Neigungen oder die Vergangenheit seines Bewohners ermöglicht hätte. Die einzigen Möbel waren ein kleiner Tisch, ein Stuhl, eine einfache Holztruhe und eine Pritsche, die kaum größer als ein Kinderbett war. Der Deckel der Truhe stand offen, doch sie enthielt nur einen Haufen schmutziger Wäsche ähnlich der, die der Alte in der Stunde seines Todes getragen hatte. Auf dem Tisch befanden sich lauter verdorbene oder hart gewordene Essensreste, einige Kleinigkeiten ohne jeden Belang – ein Kamm, ein Messer, einige Münzen – und verschiedene Papiere, die sich bei oberflächlicher Betrachtung durch Gaudí und mich ebenfalls als vollständig belanglos erwiesen. Auf dem Stuhl lagen ein paar Kleidungsstücke, und in einem kleinen Weidenkorb fanden wir noch einige Münzen. Auf dem Boden lagen über das Zimmer verstreut fünf, sechs Bücher, zwei Zeitungen und eine kleine Sammlung leerer Flaschen. Bei den Zeitungen handelte es sich nicht um *Las noticias ilustradas* und bei den Flaschen nicht um Wein oder Schnaps. In einer Ecke lag dicht an der wasserfleckigen Wand ein Bündel aus schwarzem Stoff, das halb geöffnet war und eine eigenartige Sammlung von Kupferteilen enthielt, alle rechteckig, alle gleich groß, gründlich poliert und glänzend. Sinn und Zweck dieser Gegenstände waren mir völlig unklar, doch Gaudí schien lebhaftes Interesse an ihnen zu haben. Das Gemisch der Gerüche, die von der Feuchtigkeit in den Wänden, den Essensresten, der dreckigen Kleidung und der staubigen Schmutzschicht, die jede sichtbare Oberfläche bedeckte, aufstiegen, war widerlich. Allein davon hätte einem übel werden können, auch ohne Eduardo Andreus Leiche auf dem Bett.

Er lag sehr gerade auf dem Rücken; der Kopf war ganz leicht nach links gedreht, und die Arme ruhten ausgestreckt neben dem Oberkörper. Er war vollständig bekleidet und schien noch dieselben Sachen zu tragen wie am Abend des Fests in der Calle de Fernando VII. Augen und Mund standen offen, und der versilberte Griff eines Dolches ragte aus der Mitte seiner Brust. Sein Blut hatte die Decken und die zerknitterten Laken getränkt, auf denen er lag, war durch die dünne Matratze gesickert und hatte auf den nackten Bodenfliesen eine recht große Lache gebildet. Die Leiche des alten Mannes wies keine sichtbaren Spuren von Gegenwehr auf, ebenso wenig wie der Rest des Zimmers, es sei denn, sie wären unter der hier herrschenden Unordnung verborgen. Andreu hatte sich gegen seinen Mörder nicht zur Wehr gesetzt, oder falls doch, dann so schwach, dass sein Tod auch eine natürliche Ursache gehabt haben könnte, wäre da nicht der Dolch in seiner Brust gewesen.

»Vermissen Sie hier im Zimmer nichts?«, fragte mich da Gaudí im Flüsterton und riss mich aus der Benommenheit, die mich bei der Betrachtung von Andreus leblosem Körper befallen hatte.

Ich sah meinen Freund an und dann zu Fiona, die vor der Pritsche stand und unermüdlich skizzierte.

»Ein wenig Ordnung?«, fragte ich. »Eine Grundreinigung?«

»Eine rote Aktenmappe.«

Richtig, das war mir bereits aufgefallen.

»Vielleicht hat die Polizei sie mitgenommen«, schlug ich vor.

»Oder Ihr Vater hat sie gestern Nacht mitgenommen, nachdem er Andreu getötet hatte.«

Weniger überrascht als fasziniert sah ich Gaudí mit erhobenen Augenbrauen an.

»Meinen Sie das ernst?«

»Immerhin scheint diese Mappe der einzige Grund zu sein, warum dieser Mann einen Dolch in der Brust stecken hat, oder? Ihn zu töten und dann die Mappe hierzulassen – das wäre eine Nachlässigkeit, die einem Mann von Welt wie Ihr Vater nicht passieren würde.«

Ich nickte.

»Sie meinen es nicht ernst.«

»Aber die Polizei meint es ernst«, entgegnete mein Freund, beugte sich über die Leiche und betrachtete das Heft des Dolches aus der Nähe. »Und es mangelt ihm nicht an Motiven. Wenn die Aktenmappe oder ihr Inhalt verschwunden sind, ist Ihr Vater in Bedrängnis.«

»Mein Vater ist ohnehin in Bedrängnis, ob nun mit oder ohne Aktenmappe«, sagte ich. »Und was den Inhalt betrifft: Sofern die Mappe sich jetzt tatsächlich in Händen der Polizei befindet, wer sollte dann wissen, was verschwunden ist und was nicht?«

»Sehr richtig.« Gaudí hob den Kopf und sah mich mit glänzenden Augen an. »Meinen Sie nicht auch, dass dies eine außergewöhnliche Arbeit ist?«

Ich beugte mich ebenfalls über die Leiche und erkannte, dass er sich auf die Machart des Dolchgriffs bezog, den er so gründlich betrachtet hatte.

Die Krallen eines Greifvogels, die einen kleinen Erdball umschlossen, auf dessen Oberfläche sich Umrisse zweier Kontinente und dazwischen ein mir unbekanntes Wappen als Basrelief erhoben.

»Ich erkenne den Dolch nicht wieder, falls Ihre Frage darauf abzielt.«

Gaudí schüttelte den Kopf.

»Eines möchte ich von Anfang an klarstellen«, sagte er, nahm meinen Arm und zog mich von Andreus Bett fort. »Ich glaube nicht, dass Ihr Vater das getan hat.«

»Freut mich zu hören.«

»Ich glaube nicht, dass Ihr Vater so dumm wäre, gestern Abend den Mann zu töten, dem er achtundvierzig Stunden zuvor vor fünfzig Zeugen mit dem Tode gedroht hat.«

Das freute mich weniger.

»Ganz zu schweigen davon natürlich, wie abwegig die Vorstellung ist, mein Vater könne überhaupt jemanden töten, unter welchen Umständen auch immer ...«

»Ich kenne die moralische Gesinnung Ihres Vaters nicht«, entgegnete Gaudí, »aber aus seinem unternehmerischen Erfolg muss ich schließen, dass er ein intelligenter Mann ist. Kein intelligenter Mann würde so etwas tun«, fügte er hinzu und vollführte eine weitläufige Geste, die das gesamte Zimmer umfasste.

Ich nickte. Das war auch meine Auffassung. Was die moralischen Grundsätze meines Vaters sowie die Frage betraf, ob er einen Menschen töten könnte, war ich mir allerdings selbst nicht sicher, dachte ich, während ich Gaudí wieder in die Ecke folgte, wo das Bündel mit den Kupferteilen lag.

»Ich befürchte, dass die Polizei nicht so vernünftig sein wird, wenn es darum geht, die Intelligenz meines Vaters einzuschätzen«, merkte ich an. »Glaubst du auch ...«

Fiona beantwortete meine Frage, ehe ich sie zu Ende sprechen konnte.

»Ich glaube nicht, dass die Polizei der Ansicht ist, dieser Mann sei wegen seines Reichtums getötet worden«, sagte sie spöttisch, ohne den Blick vom Papier zu heben. »Aber ich bin ebenfalls davon überzeugt, dass dein Vater hiermit nichts zu tun hat.«

»Danke.«

»Und auch mir ist das Wappen auf dem Dolchgriff aufgefallen.«

Sofort hob Gaudí den Blick von dem Kupferrechteck, das er untersucht hatte.

»Erkennen Sie es wieder?«, fragte er.

»Ich sehe es zum ersten Mal. Erkennen Sie es wieder?«

Gaudí schüttelte den Kopf.

»Aber es kommt mir bekannt vor«, sagte er. »Ich fürchte, ich besitze nicht Ihr fotografisches Gedächtnis.«

Ohne den Blick von ihrem Skizzenbuch abzuwenden, schenkte Fiona meinem Freund ein bezauberndes Lächeln.

»Ein gutes Gedächtnis ist nicht immer nur ein Segen«, erwiderte sie. »Manchmal ist es ratsam ...«

Fiona hatte keine Gelegenheit, ihren Satz zu Ende zu führen, denn in diesem Augenblick ging jäh die Tür auf, und im Türrahmen stand Abelardo Labella mit seinen gerade einmal eineinhalb Metern Körpergröße und seinen Pockennarben, und seine sonst so beflissene Miene war zu einer Maske tiefer Empörung verzerrt. Unter dem Anzug, den er heute Morgen trug, zeichnete sich sein Bauch nicht weniger rund ab als die Erdkugel, die das Heft des Dolches in Andreus Brust zierte.

»Darf man erfahren, was Sie hier tun?«

Gelassen ließ Fiona Skizzenbuch und Bleistift sinken und setzte ihr bestes Schlangenbeschwörerinnenlächeln auf, während Gaudí zu meiner grenzenlosen Überraschung die Situation nutzte, um das Kupferstück, das er in der Hand hielt, unauffällig in die Tasche seines Gehrocks gleiten zu lassen.

»Inspector Abriles war so freundlich, uns fünf Minuten zu gewähren, Inspector. Es sind noch nicht mehr als drei vergangen.«

›Inspector Abriles ist ein Schwachkopf!‹, schrie der empörte Blick des kleinen Polizisten geradezu hörbar.

»Inspector Abriles war nicht korrekt darüber unterrichtet, wer dieser Herr ist«, sagte er stattdessen, ohne mich anzusehen oder mit dem Finger auf mich zu deuten. Doch er meinte ganz eindeutig mich.

»Inspector Abriles wurde ordnungsgemäß davon in Kenntnis gesetzt, dass Gabriel ...«

»Señor Camarasa, meinen Sie.«

»... hier ist, um an *Las noticias ilustradas* mitzuwirken. Und genau das tut er.«

Abelardo Labella machte sich nicht die Mühe, Fiona zu widersprechen.

»Verlassen Sie bitte unverzüglich das Zimmer«, sagte er noch ein wenig lauter und schlug die Hacken zusammen wie ein Bleisoldat. »Sie haben sich unbefugt Zugang zu einem Tatort verschafft, und das ist ein schwerwiegendes Delikt. Ich könnte Sie drei auf der Stelle festnehmen, wenn ich wollte. Und falls ich feststelle, dass Sie irgendetwas angerührt haben, während Sie sich unbefugt hier im Raum aufhielten«, fügte er hinzu und sah mich nun doch an, und seine Augen funkelten vor selbstherrlicher Empörung, »dann seien Sie gewiss, dass ich Sie, ohne mit der Wimper zu zucken, zu Ihrem Vater schicken werde.«

Bei diesem letzten Satz blieben mir die Unschuldsbeteuerungen in der Kehle stecken.

»Wollen Sie damit sagen, Señor Camarasa sei bereits verhaftet?«, fragte Gaudí, da ich es nicht tat.

Inspector Labella sah mich unverwandt an.

»Er wird es jedenfalls sehr bald sein«, antwortete er. »Sie wissen noch immer nicht, wo Ihr Vater ist, nehme ich an?«

Die Erleichterung gab mir endlich mein Sprechvermögen zurück.

»Dann haben Sie ihn also noch nicht gefunden.«

»Wenn Sie ihn sehen, richten Sie ihm aus, dass es ihm in keiner Weise hilft, wenn er die Sache weiterhin hinauszögert. Im Gegenteil: Er macht es dadurch nur schlimmer. Sie kennen sich ja mit Verbrechen aus«, fügte er hinzu und sah nun Fiona an. »Sie sollten das sehr wohl wissen.«

Fiona machte eine kleine Verbeugung.

»Sie schmeicheln mir, Inspector Labella.«

Der Mann schnaubte auf eine Art und Weise, die mir in jeder anderen Situation sympathisch gewesen wäre.

»Das lag nicht in meiner Absicht, Señorita«, sagte er und

folgte uns, als wir den Raum verließen. Dann schloss er die Tür, blieb neben dem niedergeschlagenen Agente Miralles stehen und musterte zum ersten Mal Gaudís Gesicht. »Kennen wir uns?«

Gaudí antwortete, ohne zu zögern: »Ich glaube nicht«, und streckte die rechte Hand aus. »Antoni Gaudí.«

Der Inspector ergriff sie mit einer Miene, die deutlich erkennen ließ, dass dies unter der Würde eines Mannes in seiner Position war.

»Und Ihre Beziehung zu diesem Paar ist …«

»Wie Señorita Begg Ihnen bereits sagte, arbeite ich ebenfalls für *Las noticias ilustradas.*«

»Ja, ja. Darf ich Ihnen einen Rat geben?«

Während ich den gereckten Hals und die selbstzufriedene Miene Inspector Labellas betrachtete, dachte ich, dass die überhebliche Haltung, die dieser Polizist heute an den Tag legte, sich derartig von der demütigen Eilfertigkeit unterschied, die er noch am Mittwoch bei seinem Besuch in Gracia gezeigt hatte, dass diese Veränderung nur zwei mögliche Gründe haben konnte, und keiner von beiden verhieß Gutes für meinen Vater.

»Selbstverständlich«, antwortete Gaudí.

»Sie scheinen mir ein Ehrenmann zu sein. Lassen Sie sich nicht mit Straftätern ein.«

Als Fiona das hörte, nahm sie meinen Arm – ob nun, um mich von einer unwahrscheinlichen melodramatischen Reaktion abzuhalten, oder vielmehr sich selbst davon, den unerträglichen Polizisten ein für alle Male zu ohrfeigen, weiß ich nicht. Ihre Fingernägel gruben sich in meinen Unterarm wie die Zinken einer Gabel in ein Stück gekochtes Fleisch, doch ihr Lächeln geriet nicht ins Wanken.

»Eigenartiger Rat aus dem Munde eines Polizisten«, sagte Gaudí mit undurchdringlicher Miene.

Abelardo Labella lächelte.

»Sie finden gewiss allein hinaus. Inspector Abriles wird Sie kurz durchsuchen, ehe Sie das Gebäude verlassen; ich bin sicher, dafür haben Sie Verständnis.«

Ehe Fiona, Gaudí und ich auf die Idee kommen konnten, Einspruch gegen diese neuerliche Beleidigung zu erheben, ging Labella zurück in Andreus Zimmer und schloss die Tür hinter sich.

Erst da hob Agente Miralles den Blick von seinen Schuhspitzen.

»Sie sind also der Sohn von Sempronio Camarasa«, sagte er mit unverhüllter Verachtung. »Mir scheint, Señorita Fiona, dass Sie vorhin vergaßen, diese Kleinigkeit zu erwähnen.«

Fiona setzte eine wenig überzeugende zerknirschte Miene auf.

»Ich bedauere, dass ich Ihnen Informationen vorenthalten musste, Agente Miralles.«

»Es ist Ihre Arbeit«, sagte er und nahm wieder Haltung an. Ende der Unterredung.

Schweigend verließen wir den Hauptflur im dritten Stock und stiegen die Treppen hinab, jeder in seine eigenen Gedanken versunken. In meinem Fall war es die eigenartige Metamorphose, die mit Abelardo Labella vorgegangen war, welche mich beschäftigte. War die Kriminalpolizei so sicher, dass mein Vater Eduardo Andreu ermordet hatte, dass sogar ein Inspector wie Labella es wagte, seinen Schafspelz abzuwerfen und einer Frau die Zähne zu zeigen, die ihn noch am selben Nachmittag auf die Titelseite einer lokalen Zeitung mit großer Reichweite befördern konnte? War der Polizei der Einfluss der Familie oder des Umfelds der Camarasas so unwichtig geworden? Stand unser Name schon so dicht davor, zu einem Teil der Kriminalgeschichte Barcelonas zu werden?

»Ich fürchte, Sie hatten nicht einmal Zeit, Ihre Skizzen fertigzustellen«, bemerkte da Gaudí, während wir an der Treppe zum Erdgeschoss verharrten, die uns von der angedrohten Durchsuchung durch Inspector Abriles trennte.

»Ich habe mehr als genug«, versicherte Fiona. »Wenn ich Skizzen von Verbrechensschauplätzen anfertige, dient das eigentlich nur dazu, den Polizisten am Tatort gegenüber den äußeren Anschein zu wahren.«

Gaudí nickte mit einem feinen Lächeln.

»Ihr fotografisches Gedächtnis.«

»Apropos Gedächtnis, werter Gaudí«, warf ich ein. »Ich nehme doch an, Sie denken an das, was Sie in Ihrer Tasche verwahrt haben.«

Mein Freund blieb an der obersten Stufe des letzten Treppenabschnitts stehen, sodass wir ebenfalls stehen bleiben mussten.

»Darauf wollte ich gerade zu sprechen kommen«, sagte er und zog das Kupferteil aus dem Gehrock. »Würden Sie mir einen Gefallen tun, Fiona?«

Ohne Fragen zu stellen, nahm Fiona das Kupferteil von Gaudí entgegen und ließ es in den Tiefen ihres Dekolletés verschwinden, als wäre der kleine Diebstahl, den mein Freund begangen hatte, das Normalste der Welt.

»Bereit?«

Und so durchquerten Gaudí, Fiona und ich fünf Minuten später den Halbkreis, den die Uniformierten um Haus Nummer 14 auf der Calle de la Princesa gebildet hatten, und machten uns, nunmehr zu Straftätern geworden, auf den Weg zu *Las noticias ilustradas*.

# Kapitel 23

Gegen zehn Uhr vormittags ließen wir Fiona inmitten der Schreibfedern und Skizzenblöcke in ihrem Büro in der Calle de Fernando VII allein und kehrten auf dem umständlichsten Weg, der Gaudí in den Sinn kam, ins Ribera-Viertel zurück. Eine kurze Begegnung mit Martin Begg auf dem Korridor in der Beletage des Stadtpalais hatte uns bestätigt, was wir bereits aus der Anwesenheit zweier Kriminalpolizisten geschlossen hatten: dass von meinem Vater noch immer jedes Lebenszeichen fehlte. Das war alles, was wir aus Martin Begg herausbrachten. Die einzige echte Sorge des Zeitungsdirektors galt, wie immer um diese Tageszeit, der rechtzeitigen Fertigstellung aller Artikel bis zum Redaktionsschluss. Ab ein Uhr mittags würden die brutale Ermordung des Eduardo Andreu und das unerklärliche Verschwinden meines Vaters auch für ihn zu dringenden persönlichen Problemen werden, die seinen Arbeitsplatz, seine Zukunft und vielleicht sogar seine Freiheit bedrohen konnten, doch bis dahin waren sie lediglich die Hauptzutaten einer aufsehenerregenden Titelseite, und er musste dafür sorgen, dass darüber mit dem größtmöglichen Aufwand berichtet wurde, ehe die Konkurrenz sich darauf stürzen konnte.

»Die Lektüre der Abendzeitungen wird heute kein Vergnügen«, merkte Gaudí an, als wir die Calle de Aviñón durch eine schmale Passage, in der es nach Katzenurin stank, verließen. »Ihr Vater wird berühmt.«

»Ich bin auf das Schlimmste vorbereitet.«

»Das Schlimmste wird aus Ihrem eigenen Hause kommen.«

»Auch darauf bin ich vorbereitet.«

Mein Freund gab ein Knurren von sich, welches zweifellos zum Ausdruck bringen sollte, dass er mir nicht glaubte.

»Erzählen Sie mir, was gestern Nachmittag geschah.«

»Gestern Nachmittag?«

»Für Ihren Vater war gestern ein Logenplatz im Liceo reserviert, auf dem am Ende ich saß. Ihre Mutter erzählte mir, Ihrem Vater sei in letzter Minute etwas dazwischengekommen, ein Arbeitsessen oder etwas Ähnliches. Stimmt das?«

»Das war das, was er sagte, ja. Er kam um sechs Uhr nach Hause und hielt sich eine Weile bei meiner Mutter in ihrem Salon auf wie immer. Um halb sieben ging er hinauf in sein Schlafzimmer, um sich umzukleiden, und da kam Marina mit einem Brief für ihn ...«

»Marina?«, unterbrach mich Gaudí.

»Eines der Dienstmädchen. Sie hat uns bei Ihrem Besuch den Tee serviert.«

Gaudí nickte.

»Fahren Sie bitte fort.«

»Margarita und ich waren auf der Terrasse und spielten Karten, bis wir ebenfalls hinaufgehen und uns für die Oper umziehen mussten. Da kam Marina mit einem Umschlag, der gerade erst für meinen Vater abgegeben worden war, und händigte ihn Margarita aus. Meiner Schwester gefällt es, die Post im Haus zu verteilen.«

»Nur verteilen?«

»Verteilen und ein wenig mehr, vermute ich.« Ich lächelte. Dann begriff ich. »Sie haben recht, vielleicht hat sie einen Blick in den Umschlag geworfen, bevor sie ihn meinem Vater gab.«

»Wir fragen sie beim Mittagessen«, sagte Gaudí und lud sich damit selbst in unser Haus ein. »Jedenfalls hat Ihre Schwester den Brief hinauf zu Ihrem Vater gebracht, und dieser beschloss unvermittelt, den Opernbesuch mit seiner Familie abzusagen.«

»Er kam nach fünf Minuten herunter und gab meiner Mutter Bescheid. Ich habe es dann von ihr erfahren. Mir hat sie die gleiche Erklärung gegeben wie Ihnen: Meinem Vater sei ein wichtiges Essen, das mit seiner Arbeit zu tun hatte, dazwischengekommen.«

»Wegen *Las noticias ilustradas*?«

»Wer weiß ...«

»Ihr Vater betreibt neben der Zeitung also noch andere Geschäfte«, stellte Gaudí fest.

»Soweit ich weiß schon. Aber Sie wissen ja, dass ich kaum etwas über seine Angelegenheiten weiß. Auch wenn es Sie noch so erstaunt.«

»Sind solche Arbeitsessen bei ihm an der Tagesordnung?«

»In den drei Wochen, die wir jetzt wieder in Barcelona leben«, sagte ich und meinte mit »wir« meine Mutter, meine Schwester und mich, »ist er vielleicht drei, vier Mal zum Abendessen ausgegangen. Zumindest einmal war er noch nicht zurückgekehrt, als ich um zwölf zu Bett ging. Aber nie hat er eine ganze Nacht außer Haus verbracht.«

»Als Sie sich auf den Weg zum Liceo machten, war er da bereits fort?«

Ich schüttelte den Kopf.

»Meine Schwester und ich gingen nach oben, um uns in seinem Arbeitszimmer von ihm zu verabschieden, bevor wir in die Stadt fuhren. Er saß über irgendwelchen Papieren an seinem Schreibtisch, hatte sich nochmals umgezogen und schien ebenfalls ausgehfertig zu sein.«

»Elegante Kleidung?«

»Mein Vater trägt nie andere als elegante Kleidung. Aber es war keine festliche Kleidung, falls Sie das meinen. Wir waren festlicher gekleidet als er.«

»Dieses Dienstmädchen, Marina, konnte sie sagen, um wie viel Uhr er das Haus verließ?«

»Wir bestiegen gegen halb acht die Familienberline. Sie schätzt, dass er etwa zwanzig Minuten später fortging.«

»Aber wenn Sie die Berline genommen haben ...«

»Mein Vater ist gut zu Fuß«, fiel ich ihm ins Wort. »Und am Ende unserer Straße gibt es immer Mietdroschken.«

Gaudí blieb an einer Kreuzung mehrerer ungepflasterter Gassen stehen und entschied sich nach kurzem Zögern für die schmutzigste. Auch diesmal erhob ich keine Einwände.

»Ihr Vater ist mehrere Monate vor Ihnen nach Barcelona gezogen, nicht wahr?«, fragte er sodann.

»Er kam Anfang Juli hier an«, bestätigte ich. »Wir übrigen sind am ersten Oktober nachgekommen, wie Sie wissen.«

»Und der Grund für diesen zeitlichen Abstand …«

»Er musste in Barcelona sein, um die letzten Schritte der Zeitungsgründung zu überwachen. Ich glaube, eigentlich sollten wir alle gemeinsam Anfang Juli anreisen. Aber die Untervermietung des Hauses in Mayfair hat sich schwieriger gestaltet als vorhergesehen, außerdem gab es noch einige Probleme bei der Schließung des Auktionshauses und der Transferierung des Geldes von einigen Konten nach Spanien.«

Gaudí nickte.

»Sie mussten also unbedingt noch in London bleiben.«

Der Tonfall, in dem er das sagte, machte deutlich, wie wenig ihn diese Geschichte überzeugte.

»Wollen Sie andeuten, dass mein Vater drei Monate allein in Barcelona sein wollte, ehe seine Familie kam?«

Anstelle einer Antwort stellte mein Freund mir seinerseits eine Frage: »Folglich hatte das Auktionshaus noch bis Mitte dieses Jahres geöffnet?«

»Die letzte Versteigerung fand am 31. März statt. Das weiß ich noch, weil ich es war, der diese Auktionen geleitet hat.«

»Sie?«

»Ein Gefallen für meinen Vater. Es war nicht das erste Mal, dass ich das tat. Dass ich mich nicht in die Familiengeschäfte einmische, bedeutet nicht, dass ich nicht hin und wieder aushelfe.«

»Dann hat das Auktionshaus nicht aus wirtschaftlichen Gründen geschlossen. Ihr Vater hatte selbstverständlich bereits die Gründung von *Las noticias ilustradas* in die Wege geleitet.«

»Die Beggs sind im Oktober des vergangenen Jahres hier angekommen«, bestätigte ich. »Ich würde sagen, mein Vater beschloss Ende 1872, diese Tageszeitung zu gründen.«

»Zwei Jahre nach dem Vorfall mit der gefälschten Fotografie von Lizzie Siddal.«

Ich schüttelte den Kopf.

»Ich sehe da keinen Zusammenhang.«

»Ich sage ja auch nicht, dass es einen gibt. Ich versuche nur, mir die Chronologie der Ereignisse zu vergegenwärtigen. Sie kommen im September 1868 in London an, nur wenige Tage nach dem Triumph der Revolution, und Ihr Vater gründet sein Auktionshaus ... Anfang 1869?«

Ich versuchte, mir diese schwierige Zeit, die ersten Monate meines neuen Lebens als Heranwachsender in einer fremdsprachigen Stadt, in Erinnerung zu rufen.

»Die offizielle Einweihung fand zu Beginn des Sommers 1869 statt, aber da drehte sich unser gesellschaftliches Leben schon seit einer Weile um die Welt der Kunst und Antiquitäten. Ich kann es nicht beschwören, aber ich glaube, dass mein Vater schon mit einer einigermaßen präzisen Vorstellung von dem, was er in London machen wollte, dort ankam.«

Diese Vermutung schien Gaudí zu überraschen.

»Dann war es also nicht die eilige Flucht, die Sie an dem Tag, als wir uns kennenlernten, angedeutet haben.«

»Es war eine eilige Flucht. Aber ich glaube nicht, dass mein Vater von den Ereignissen überrumpelt worden war.«

»Von der Revolution.«

»Er nennt sie lieber ›Prims Staatsstreich‹.« Ich machte eine kurze Pause, um mir die Nase zuzuhalten, als wir an einer Senkgrube mitten auf der Straße vorbeikamen. »Irgendjemand war jedenfalls über unsere bevorstehende Ankunft in London unterrichtet. Die erste Nacht haben wir noch in einem Hotel nahe der Victoria Station verbracht, aber in der zweiten schliefen wir schon in dem Haus in Mayfair, in dem wir bis vergangenen Monat gewohnt haben. Ein vom ersten Tag an vollständig eingerichtetes Haus.«

»Jemand hat Sie in London erwartet. Vielleicht ein Geschäftspartner?«

»Vielleicht. Ich weiß nichts über die Geschäftspartner meines Vaters«, musste ich wieder einmal bekennen.

»Aber bei dem Auktionshaus hat es zweifellos Geschäftspartner gegeben«, erklärte er. »Ein so bedeutendes Unternehmen wie das, was Sie mir beschrieben haben, kann ein einzelner Unternehmer, der gerade erst aus dem Ausland gekommen ist, nicht auf die Beine stellen. Für das Anfangskapital und die Kontakte, die man braucht, um eine solche Firma auf den Weg zu bringen, muss Ihr Vater sich der Unterstützung Dritter versichert haben.« Gaudí hielt kurz inne. »Erzählen Sie mir von Ihrem gesellschaftlichen Leben.«

»Sehr lebendig. Vor allem Spanier und Südamerikaner; die meisten hatten eine Verbindung zum Auktionshaus: Lieferanten, Händler, Sammler und auch einige wenige Künstler. Ein paar vertraute Gesichter. Niemand, den ich seit unserer Rückkehr nach Barcelona wiedergesehen hätte.«

»Und was können Sie mir über seine Geschäftspartner aus der Zeit davor sagen?«

Er meinte, aus der Zeit vor dem September 1868, das war mir klar. Ich dachte kurz nach.

»Ich war gerade sechzehn Jahre alt geworden, als wir aus Barcelona fortgingen. Wenn ich heute schon so gut wie nichts über seine Geschäfte weiß, dann stellen Sie sich vor, wie es damals war.«

»Was hat Ihr Vater beruflich gemacht, bevor er sich in London niederließ?«

»Finanzgeschäfte«, antwortete ich. »Aktienspekulationen, glaube ich. Er hielt Anteile an verschiedenen Gesellschaften in den Kolonien. Kuba hauptsächlich.«

Weitere Fragen stellte Gaudí nicht.

Einige Minuten lang folgten wir schweigend einem immer verschlungeneren Weg durch düstere Gassen: Wir wichen benommenen Kindern und ausgehungerten Hunden aus, umgingen Pfützen voller Exkremente, zogen wie ein Magnet die

Blicke der schlimmsten Sorte Bewohner dieser städtischen Unterwelt an, die mein Freund so gut zu kennen schien. Schließlich blieben wir vor dem morschen Portal eines halb verfallenen Gebäudes stehen.

»Vielleicht möchten Sie hier auf mich warten«, sagte Gaudí, nachdem er vor der schief in den Angeln hängenden Holztür stehen geblieben war, und runzelte die Stirn. »Der Ort, an den ich will, könnte unerfreulich sein.«

Auch ich trat an das halb offene Portal und streckte den Kopf in eine Eingangshalle, die so düster und übelriechend war, dass das Gebäude, in dem Eduardo Andreu gestorben war, im Vergleich dazu ein orientalischer Palast war.

»Ich vermute, wir suchen Colmillos«, sagte ich und zog den Kopf zurück.

»Hier ist ein Unterschlupf, den er gern benutzt«, bestätigte Gaudí. »Einer von dreien, die ich kenne.«

»In diesem Fall komme ich mit Ihnen hinauf.«

Das schien Gaudí zu freuen.

»Ich danke Ihnen«, sagte er, zog die Chevreaulederhandschuhe aus und lud mich mit einem Blick ein, es ihm gleichzutun. »Aber wir gehen nirgends hinauf. Wir gehen hinab.«

Das mit dem Unterschlupf war also wörtlich zu verstehen.

»Ein Keller?«

»Ein Kohlenkeller.« Ohne mich um Hilfe zu bitten, packte Gaudí die morsche Tür und schob sie mühsam vollends auf. Das Quietschen der Türangeln mischte sich, so schien es mir, mit dem Fiepen der Ratten, welche die Eingangshalle fluchtartig verließen, als das spärliche Licht der Gasse hineinfiel. »Bereit?«

Das Innere des Gebäudes war in einem noch schlimmeren Zustand als das baufällige Äußere. Schutt auf dem Boden, Efeu an den Wänden, schwarze Flecken an der Decke und Kakerlaken von der Größe kleiner Haustiere, die um unsere Füße herumhuschten: ein Anblick, der eher in das alte Paris in Margaritas französischen Romanen mit seiner Bohème und seiner Schwindsucht passte als zum neuen industriellen Barcelona. Die Wendeltreppe aus Metall, die in den Keller des Gebäudes führte, drohte bei jedem Schritt zusammenzubrechen, und auf der letzten Stufe wären wir beinahe einem alten Mann auf den Kopf getreten, der dort schlief und dabei einen toten Hund im Arm hielt.

Der Alte war nicht Colmillos, sah ich im Licht des Streichholzes, das Gaudí vor sein Gesicht hielt. Und vielleicht war der Hund auch nicht tot, sondern schlief nur.

Der Gestank hier unten war so widerwärtig, dass mein Magen ihm keine drei Sekunden gewachsen war.

»Sie können draußen auf mich warten«, bot Gaudí nochmals an, nachdem ich mich an der nächstgelegenen Wand erbrochen hatte.

»Es geht mir gut«, murmelte ich.

Im Licht der Streichhölzer suchten wir die verschiedenen Räume ab, aus denen der alte Kohlenkeller bestand, fanden aber weder Colmillos noch irgendein anderes menschliches Wesen. Die Decken und Kleiderbündel, die sich hier und da auftürmten, bestätigten, dass in diesem Keller mindestens zehn Personen die Nächte verbrachten, aber im Augenblick verdienten sie wohl alle ihren Lebensunterhalt mit Diebstahl, Betteln oder irgendwelchen kleinen heimlichen Geschäften auf den Straßen der Stadt oder an den Kais im Hafen. Auch der Alte, der am Fuß der Treppe schlief, konnte uns keine Auskunft über den Aufenthaltsort des Bettlers mit dem Dreispitz geben: Sosehr Gaudí auch versuchte, ihn zu wecken, es gelang ihm nicht.

»Opium«, sagte er und gab sich geschlagen. »Aber ich bezweifle ohnehin, dass er uns etwas hatte sagen können. Gehen wir?«

»Bitte.«

Als wir in den Eingangsbereich des Gebäudes zurückkehrten, hatten sich drei Kinder mit eingefallenen Augen und gelblicher Haut vor der schief in den Angeln hängenden Tür versammelt. Zwei von ihnen rannten in entgegengesetzte

Richtungen davon, als wir aus dem Schatten der quietschenden Wendeltreppe traten, doch der dritte rührte sich nicht vom Fleck und sah uns unverwandt an.

»Hallo«, sagte Gaudí, steckte die Hand in die Tasche und hielt dem Jungen eine Münze hin.

»Hallo«, sagte der Junge und beäugte die Münze wie ein Kater eine Taube mit gebrochenen Flügeln.

»Kennst du einen zahnlosen Alten mit einem dreibeinigen Hund?«

Er nickte, ohne die Hand meines Freundes aus den Augen zu lassen.

»Colmillos.«

»Colmillos«, bestätigte mein Freund lächelnd. »Hast du ihn heute gesehen?«

Nun schüttelte der Knabe den Kopf.

»Aber gestern hab ich ihn gesehen.«

»Hier?«

»Hier.« Mit dem Finger deutete er auf die Haustür. »Sie sind reingegangen, er hat die Tür zugemacht und fertig.«

»Sie sind reingegangen? Er und noch jemand?«

»Er und der Hund.«

»Und wann war das?«

»Gestern Abend.«

Es wäre widersinnig gewesen, einen Jungen wie diesen nach der Uhrzeit zu fragen. Sicher konnte er nicht einmal die Glockenschläge zählen oder brachte sie auch nur mit etwas so Abstraktem wie dem Vergehen der Zeit in Verbindung. So sah es auch Gaudí.

»Vor dem Abendessen?«

»Später.«

»Viel später?«

Der Junge legte die Stirn in Falten.

»Eine Weile.«

Gaudí nickte, reichte dem Jungen die Münze und zerzauste ihm kurz die Haare.

»Wie heißt du?«

»Xavi«, antwortete der Junge und besah sich lächelnd die Münze, die nun in seiner Hand lag. »Danke, Señor.«

»Du hast uns sehr geholfen, Xavi.«

Xavi vollführte eine Geste, die an einen militärischen Salut erinnerte, und rannte davon, so aufgeregt, dass seine spindeldürren nackten Waden bebten. Armes Kind, dachte ich. Armer zukünftiger Mann, zu dem er sich entwickeln würde.

»Und jetzt?« Ich beobachtete, wie Gaudí die Handschuhe so bedächtig wieder überzog, als hätte er eine schwere Arbeit verrichtet.

»Jetzt können wir diesen traurigen Ort verlassen.«

»Möchten Sie Colmillos nicht mehr finden?«

Gaudí zuckte die Achseln.

»Ich würde gerne mit ihm sprechen, doch. Aber wir wissen jetzt, was wir wissen wollten.«

»Und das wäre?«

»Dass Colmillos gestern Abend zum Schlafen in den Kohlenkeller ging, nachdem wir sahen, wie er sich an der Tür des Gästehauses von Andreu verabschiedet hatte, und dass er jetzt nicht mehr hier ist.«

»Ich glaube nicht, dass wir davon mit absoluter Sicherheit ausgehen können«, wandte ich ein. »Dass Colmillos gestern Nacht hier geschlafen hat, meine ich. Der Junge war nicht sehr genau, was die Zeit betrifft, und selbst wenn sie zu dem passt, was wir gesehen haben, woher wollen wir wissen, ob er nicht doch wieder ausgegangen und in die Calle de la Princesa zurückgekehrt ist?« Ich hielt kurz inne. »Und ich wüsste nicht, wie uns der Umstand, dass Colmillos jetzt nicht hier ist, bei unseren Ermittlungen helfen sollte.«

Gaudí lächelte: ›bei unseren Ermittlungen‹, das gefiel ihm.

»Falls Colmillos etwas mit Andreus Tod zu tun hätte«, entgegnete er, »hätte er sich entweder in seinem Unterschlupf verkrochen und sich in den nächsten Tagen nicht mehr blicken lassen, oder er hätte seine Habseligkeiten geholt und die Stadt verlassen, ehe der Mord entdeckt wird. Eine andere Möglichkeit würde ein Mann wie er gar nicht in Erwägung ziehen.«

»Und woher wissen Sie, dass er nicht die Stadt verlassen hat?«

»Ein Landstreicher wie er würde niemals ohne seine Habseligkeiten fliehen. Seine Decken, seine Kleidung, seine Flaschen – die waren alle noch im Kohlenkeller.« Gaudí schüttelte den Kopf. »Colmillos ist noch in der Stadt, aber er glaubt nicht, dass er sich verstecken muss.«

»Vorhin haben Sie gesagt, Sie kennen noch zwei Unterschlupfe von ihm.«

»Beide nicht so sicher wie dieser hier. Und mit ›sicher‹ meine ich ›abstoßend‹. Wenn er sich vor der Polizei verstecken wollte, würde er es hier tun.«

»Wenn Sie diesen Schlupfwinkel kennen, kennt die Polizei ihn auch.«

Gaudí hob verächtlich die Augenbrauen.

»Jetzt sind Sie es, der mich beleidigt.«

»Das ist doch eine erfrischende Abwechslung.« Ich lächelte. »Ich vergaß, dass ich mit dem großen Señor G spreche. Ist Colmillos auch Ihr Angestellter wie Ezequiel?«

Mein Freund würdigte mich keiner Antwort.

»So oder so haben doch weder Sie noch ich wirklich geglaubt, dass Colmillos etwas mit diesem Verbrechen zu tun hat«, sagte er stattdessen. »Was wir eigentlich gerne von ihm wüssten – nämlich in welcher Beziehung er zu Eduardo Andreu stand und welches Leben Andreu in den letzten Monaten geführt hat –, ist jetzt nicht so dringend. Wichtiger ist, Ihrer Familie in dieser schwierigen Zeit beizustehen.«

Ich war überrascht.

»Dann machen wir uns auf den Weg nach Gracia?«

»Wenn Sie das für eine gute Idee halten.«

»Ich halte das für eine ausgezeichnete Idee. Mein Magen wäre dankbar für die Luftveränderung, das will ich nicht verhehlen.«

Gaudí lächelte.

»Diese Gegend ist nichts für empfindliche Mägen.« Er legte mir die Hand auf den Rücken und schob mich sanft aus der

Gasse. »Inspector Labella hat mit Sicherheit mehrere seiner Leute vor dem Landsitz Ihrer Familie postiert, weil er damit rechnet, dass Ihr Vater früher oder später zurückkommt. In Gracia werden wir ebenso auf dem Laufenden über alle Entwicklungen sein wie in der Calle de Fernando VII, wenn nicht sogar besser. Und Ihre Mutter und Ihre Schwester werden dankbar sein, Sie um sich zu haben.«

Da musste ich ihm allerdings zustimmen.

# Kapitel 24

Durch dasselbe verschlungene Labyrinth mittelalterlicher Gässchen, durch das wir zu Colmillos' Unterschlupf gelangt waren, gingen Gaudí und ich wieder zurück zur Rambla. Dort hielten wir, ebenfalls auf Veranlassung meines Freundes, ein Cabriolet an, das von einem solide wirkenden Kutschpferd gezogen wurde, und begannen die Fahrt nach Gracia in behaglichem Schweigen. Erst auf der Höhe der Calle de Aragón setzte Gaudí die Befragung fort, die er unterbrochen hatte, als wir uns in unser kleines unterirdisches Abenteuer gestürzt hatten.

»Also eröffnet Ihr Vater sein Auktionshaus im Sommer 1869, doch er arbeitet bereits seit Ihrer Ankunft in London im Herbst 1868 an diesem Vorhaben«, sagte er und warf den Stummel der Zigarette, die er auf der Rambla angezündet hatte, hinaus auf den Paseo de Gracia. »Ende 1870 ereignet sich der Vorfall mit der gefälschten Fotografie, die Andreu über Ihren Vater verkaufen wollte, und da macht Ihr Vater sich die Beggs, mit denen er damals bereits Freundschaft geschlossen hat, zunutze, um den Betrugsversuch öffentlich zu machen. Die Nachricht löst einen Skandal aus und ruiniert Eduardo Andreus Reputation im gleichen Maße, wie sie Sempronio Camarasas festigt.« Gaudí hielt inne. »Wann verschwindet Andreu von der Bildfläche?«

Ich überlegte.

»Ich glaube nicht, dass die Geschichte länger als bis Januar 71 dauerte. Als mein Vater beschloss, nicht Anzeige zu erstatten, schiffte Andreu sich wieder nach Barcelona ein, und wir hörten nichts mehr von ihm.«

»Das ist interessant«, bemerkte Gaudí. »Ihr Vater denunziert Andreu über die Presse, aber er zeigt ihn nicht bei den Behörden an. Die logische Vorgehensweise wäre umgekehrt gewesen, nicht wahr?«

Ich zog es vor, nicht darauf zu antworten.

»Sie glauben noch immer, dass mein Vater das alles eingefädelt hat.«

»Ich glaube, falls Andreu wirklich ein Opfer der Situation war, falls er wirklich nicht wusste, dass die Fotografie gefälscht war, dann hatte er guten Grund zu der Annahme, dass es Ihr Vater war, der ihm das Bild zugespielt und ihn zu seinem Auktionshaus gelotst hat. Ob diese Annahme nun korrekt ist oder nicht – sie würde seinen Rachewunsch erklären.«

Ich gestattete mir eine halbe Minute Schweigen, ehe ich antwortete.

»Ich möchte Sie daran erinnern, dass wir bis zum Fest am Dienstag nichts mehr von Andreu gehört hatten. Sein Rachewunsch hat ungefähr vier Jahre lang geschlafen.«

Gaudí nickte nachdenklich.

»Richtig«, sagte er. »Richtig.«

»Und es ist auch nicht wahr, dass mein Vater seine Freundschaft mit den Beggs ausgenutzt hat, um die Nachricht bei ihrer Zeitung unterzubringen. Mein Vater und Martin Begg hatten sich einige Monate zuvor kennengelernt, aber man konnte ihre Beziehung nicht als Freundschaft bezeichnen.«

»Dennoch hat er ihn gebeten, seine Beschuldigung öffentlich zu machen.«

»Begg war der einzige Journalist, den er kannte.«

Gaudí blickte mich ungläubig an.

»Der Eigentümer eines Auktionshauses kennt keinen weiteren Journalisten in der Stadt?«

»Sie lassen es wie einen Pakt zwischen Freunden klingen«, beschwerte ich mich. »›Ich gebe dir eine gute Geschichte für deine Zeitung, und du verschaffst mir die Reklame, die ich für meine Zwecke brauche.‹ So war es nicht.«

»Aber am Ende haben beide von der Situation profitiert. Und heute sind sie Geschäftspartner, ausgerechnet bei einer Zeitung ähnlich der, bei welcher Martin Begg und seine Tochter damals gearbeitet haben. Somit hat sich ihre Freundschaft seither gefestigt.«

Mir gefiel nicht, welche Richtung unsere Unterhaltung nahm, aber ich fühlte mich verpflichtet, etwas darauf zu entgegnen.

»Damals haben wir Fiona kennengelernt«, sagte ich also. »Wie ich Ihnen am Dienstag erzählt habe, illustrierte sie alle Nachrichten, die mit der Lizzie-Siddal-Fotografie zu tun hatten. Eines Nachmittags kam sie zu uns nach Hause, um die Fotografie abzuzeichnen, und das wurde ihre erste Titelseitenillustration. Damals haben wir zwei uns angefreundet.«

»Mehr nicht?«

Die Frage überraschte mich, und der sachliche Ton, in dem er sie aussprach, ebenfalls.

»Ich war gerade achtzehn Jahre alt geworden. Fiona war fünfundzwanzig. Ich glaube, auf einer anderen als der rein freundschaftlichen Ebene hätte sie mich nicht sonderlich stimulierend gefunden.«

Gaudí schien die Halbwahrheit zu erahnen, die sich in meinen Worten verbarg.

»Auf Sie wirkte Señorita Fionas Persönlichkeit hingegen durchaus stimulierend.«

Ich lächelte.

»Fionas Persönlichkeit wäre damals wohl für jeden stimulierend gewesen, der noch ein wenig Blut in den Adern hat«, bestätigte ich. »In meinem Fall kamen noch meine eigenen künstlerischen Neigungen hinzu, der natürliche Hang eines Achtzehnjährigen zur Schwärmerei und der nicht unbedeutende Umstand, dass ich, ob ich nun wollte oder nicht, ein junger Spanier aus gutem Hause war, der bis dahin keine anderen Frauen als die aus seiner eigenen Gesellschaftsschicht kennengelernt hatte. Sie verstehen schon: Frauen, neben denen Fiona wie eine Art Außerirdische im Rock wirkte.« Ich lächelte. »Allein ihre Vorliebe für Zigaretten, nicht mentholhaltige Getränke und andere für Damen sogar noch weniger geeignete Substanzen hätte sie schon zu einem Geschöpf gemacht, das der Aufmerksamkeit jedes fantasiebegabten jungen Mannes würdig ist. Ganz zu schweigen von ihrer Leidenschaft für die Malerei und neues Gedankengut, ihrem ein wenig frivolen Sinn für Humor und auch, wozu es abstreiten, einfach ihrer äußeren Erscheinung. Sie werden mir zustimmen, werter Gaudí, dass Fiona eine außergewöhnlich attraktive Frau ist.«

Mein Freund sah mich verständnisvoll an.

»Ich kann nachvollziehen, dass ein Achtzehnjähriger da den Kopf verliert«, sagte er.

Ich machte mir nicht die Mühe, das Gegenteil zu beteuern.

»Sie hätten auch den Kopf verloren«, behauptete ich. »Es gibt keinen jungen Mann mit künstlerischen Neigungen, der den Reizen einer außergewöhnlichen Frau widerstehen kann. Und das sind Sie beide noch immer: ein junger Mann mit künstlerischen Neigungen und eine außergewöhnliche Frau. Seien Sie also vorsichtig.« Mein ein wenig spöttisches Lächeln erwiderte Gaudí mit einer Grimasse, die schwer zu deuten war.

»Aber darüber hinaus«, fuhr ich fort, »war es so, dass Fiona damals eine Phase in ihrem Leben durchmachte, die ... wie soll ich sagen ... besonders rastlos war.«

»Rastlos«, wiederholte Gaudí.

»Sozialistische Gruppen. Arbeitervereine. Spiritisten- und Neopaganistenzirkel, Anhänger jedweder mehr oder weniger neuen oder exotischen Religion. Künstler- oder Intellektuellenzirkel, die vom unmittelbaren Bevorstehen der Revolution überzeugt waren. Überall dort, wo sich mindestens drei Personen zusammenfanden und gefährliche Ideen vertraten – oder zumindest solche, die abseits des gerade vorherrschenden Mehrheitsdenkens lagen, ob nun politisch oder metaphysisch –, tauchte auch Fiona bald auf. Damals verkehrte sie ganz unbekümmert in den unterschiedlichsten Milieus, und überall war sie für ihren Enthusiasmus bekannt. Es hieß, sie sei zur Anführerin berufen, und außerdem war sie, so fürchte ich, berüchtigt, Streitigkeiten vom Zaun zu brechen und sich Feinde zu machen. Ich selbst kann es bezeugen.«

»Haben Sie sie bei diesen Aktivitäten begleitet?«

»Gelegentlich«, erwiderte ich. »Zu Beginn unserer Bekanntschaft. Damals fühlte ich mich ebenfalls vom sozialistischen Gedankengut angezogen, und Fiona lud mich mehrfach ein, mit ihr zu den Versammlungen zu gehen, die in der Nähe des British Museum abgehalten wurden. Mindestens zwei dieser Versammlungen endeten sehr unschön.«

»Und Señorita Fiona war der Grund dafür?«

»Revolutionäre haben in der Regel kaum Sinn für Humor«, erklärte ich. »Ebenso wenig wie religiöse Fanatiker. Mögen ihre Ideale und Ziele auch noch so erhaben sein, sind doch die Mittel, mit denen sie sie erreichen wollen, stets die gleichen: blinder Gehorsam, die Unterdrückung kritischer Geister und die Vereinfachung der Wirklichkeit, bis sie in die Passform ihres eigenen Denkens passt. Für oder gegen mich, an meiner Seite oder an der meines Feindes. Fiona passte nicht in dieses Denkschema der Bewegungen, in denen sie verkehrte, und deshalb hielt sie es in keiner lange aus.«

Gaudí nickte.

»Eine Freidenkerin.«

»Als ich Fiona kennenlernte, war sie eine der Anführerinnen einer Gruppe von Suffragetten, die nachmittags auf der Oxford Street Pasquille verteilten und Parolen riefen. An den Vormittagen, an denen sie nicht bei der Zeitung arbeiten musste, zog sie durch die Hafenbezirke, rief zum Klassenkampf auf, predigte, die Arbeiter müssten sich organisieren, und abends nahm sie an den spiritistischen Sitzungen teil, die eine gewisse verwitwete Gräfin von mehr als zweifelhaftem Ruf bei sich abhielt. Als sich unsere Freundschaft nach ein, zwei Monaten allmählich festigte, hatte Fiona bereits mit diesen drei Zirkeln gebrochen und nahm an den heimlichen Zusammenkünften russischer Nihilisten in Whitechapel teil. Ende

71 haben genau diese Nihilisten einen Sprengkörper in einem der unterirdischen Züge deponiert, die im Finanzbezirk der Stadt verkehrten, und fünfzehn Menschen getötet. Fiona hatte sich bereits mehrere Monate zuvor wieder von den Nihilisten abgewandt, doch Scotland Yard hat sie trotzdem zusammen mit ihnen verhaftet und mehrere Tage in eine Zelle gesperrt, wo sie alle möglichen unangenehmen Fragen beantworten musste. Die Anführer der Nihilistengruppe wurden wenige Wochen später vor den Mauern des Gefängnisses von Newgate hingerichtet.«

›Hoppla‹, las ich in Gaudís großen blauen Augen.

»Ihr ist nichts geschehen?«

»Nichts Schlimmes. Am Ende sahen Polizei und Richter ihre einzige Schuld darin, eine verwirrte junge Frau zu sein, die sich vom exotischen Zauber einer Gruppe von Russen mit üblem Gedankengut angezogen gefühlt hatte. Einige Tage lang war Fiona der Liebling der Londoner Boulevardpresse: die arme unschuldige Engländerin, die von den teuflischen Ausländern getäuscht worden war. *The Illustrated Police News*, die Zeitung, bei der Fiona und ihr Vater arbeiteten, widmete ihr sogar eine Illustration auf der Titelseite, die unserer Freundin übrigens in keiner Weise gerecht wurde. Dann geriet alles in Vergessenheit, und Fiona setzte ihr Leben fort, als wäre nie etwas geschehen.«

Gaudí schwieg eine Weile und ordnete, so nahm ich an, diese neuen Informationen in das Gesamtbild ein, das er sich zweifellos bereits von Fiona gemacht hatte.

»Das haben Sie also gestern gemeint, als Sie sagten, Señorita Fiona sei eine Frau mit einer Vergangenheit«, sagte er schließlich.

Ich nickte.

»Und dann war da natürlich noch diese Sache mit der Drachenjagd.«

»Drachen?«

»So nannte sie es selbst. ›Drachen jagen.‹ All diese Substanzen, die sie konsumiert hat, um sich in einen Bewusstseinszustand zu versetzen, in dem sie in der Lage sein würde, das künstlerische Werk zu erschaffen, zu dem sie sich berufen fühlte. Gin, Absinth, Opium, Laudanum, zehnprozentige Kokainlösung … Fiona hat alles ausprobiert, allein aus wissenschaftlicher Neugier und zu rein praktischen Zwecken, wie sie sagte.«

»Interessant.«

Selbstverständlich, dachte ich. Schließlich sprach hier der Mann, der in Theatern, die im Herzen des Raval verborgen lagen, unter der Hand grüne Fläschchen verkaufte.

»Ich versichere Ihnen, dass ich das anders sah«, sagte ich und verzog missbilligend das Gesicht. »Wenn sie sich immer wieder bis zum Delirium oder bis zur Bewusstlosigkeit mit denselben alkoholischen Getränken betäubte, wenn sie immer wieder dieselben Rauschmittel rauchte oder sich spritzte, die tagtäglich das Leben Hunderttausender Menschen überall in London zerstörten, dann nur um ihrer Malerei willen, sagte sie. Aber ich habe eine schöne Frau mit Flausen im Kopf gesehen, die sich im Namen irgendwelcher abwegigen Ideen jeden Tag ein bisschen mehr umbrachte.«

Gaudí machte eine eigenartige Kopfbewegung.

»Alle Ideen, die wir nicht teilen, erscheinen uns abwegig«, behauptete er.

»Manche Ideen sind aber abwegiger als andere.«

»An ein Ideal zu glauben, ist nicht abwegig. Die Wahrheit in der Kunst zu suchen ebenso wenig. Und wenn der einzige Weg, den wir zu sehen glauben, derjenige der künstlich erzeugten Paradiese ist, dann dürfen wir nicht zögern, ihn zu beschreiten, und uns dessen auch nicht schämen.«

Künstlich erzeugte Paradiese.

Ein Trank, mit dem man die Realität sehen kann.

»Dann jagen auch Sie Ihren Drachen hinterher«, sagte ich. »Das ist der Zweck Ihrer okkulten Botanik.«

Mein Freund schwieg einen Augenblick, ehe er mir antwortete.

»Wir Künstler jagen alle Drachen. Aber jeder von uns

macht es auf seine Weise.« Nach einem weiteren kurzen Zögern fügte er hinzu: »Sicher hat Señorita Fiona versucht, Sie auch in die Kunst der Bewusstseinserweiterung einzuführen.«

Ich nickte.

»Ohne großen Erfolg, muss ich sagen. Die Freuden des Opiums und des Kokains locken mich ebenso wenig wie der utopische Sozialismus oder der Nihilismus mit seinen Schreckenstaten.«

»Erzählen Sie mir bitte davon.«

»Da gibt es nicht viel zu erzählen«, sagte ich. »Ich habe Fiona in verschiedene einschlägige Lokale im East End begleitet – schäbige, widerwärtige Kaschemmen, deren Klientel zum Abstoßendsten gehört, was ich je gesehen habe. Ich habe einiges von dem getrunken, was Fiona trank, einiges von dem geraucht, was Fiona rauchte, mir sogar einiges von dem gespritzt, was Fiona sich spritzte, und damit habe ich im besten Fall erreicht, dass ich die Beherrschung über sämtliche Körperfunktionen verlor und in einer tiefen Narkose versank. Keine Vision, keine Offenbarung, nichts. Übelkeit oder Ohnmacht und am nächsten Morgen infernalische Kopfschmerzen.«

»Keine Drachen für Gabriel Camarasa.«

Ich lächelte.

»Jedenfalls nichts, wofür es sich gelohnt hätte, diese Kaschemmen aufzusuchen. Irgendwann hat sich Fiona geschlagen gegeben. Sie hat mich zu ihren Ausflügen ins East End nicht mehr mitgenommen und in den letzten Monaten, in denen sie noch in diesem Milieu verkehrte, hat sie sehr darauf geachtet, mir diesen Teil ihres Lebens zu ersparen.«

»Señorita Fiona hat die Suche also aufgegeben?«

»Was sie auch gesucht haben mag, ich glaube, sie hat es gefunden.« Ich lächelte erneut. »Zumindest sind ihre Gemälde voller Drachen.«

Gaudí nickte ernst, als ob mein letzter Satz wirklich irgendeinen Sinn ergäbe. Gleich darauf beendete er das Thema mit einer für ihn charakteristischen Handbewegung und konzentrierte sich wieder auf Sempronio Camarasa.

»Neulich habe ich Sie so verstanden, dass Ihr Vater und Martin Begg sich durch eine Angelegenheit kennengelernt haben, die ebenfalls mit seinem Auktionshaus zu tun hatte.«

»Begg arbeitete damals an einem Artikel über den Kunstmarkt«, bestätigte ich. »Für diesen Artikel hat er Interviews mit allen geführt, die damit zu tun hatten, von Künstlern und Händlern bis zu Auktionatoren und Sammlern. Nichts Besonderes. Er suchte einige Male unser Auktionshaus auf, und von da an blieben mein Vater und er lose in Verbindung, bis zu der Sache mit Andreu. Danach und mit Fiona als zusätzlichem Bindeglied festigte sich die gute Beziehung zwischen unseren Familien, und als mein Vater beschloss, in Barcelona sein eigenes Sensationsblatt zu gründen, hat er dabei natürlich auf die Erfahrung und die praktischen Kenntnisse seiner Bekannten vertraut, die schließlich seit Jahren bei *The Illustrated Police News* arbeiteten, der Zeitung, die das Vorbild für *Las noticias ilustradas* war.«

»Also war es die Idee Ihres Vaters, nicht die von Martin Begg.«

»Würden Sie meinen Vater kennen, würden Sie mich das nicht fragen. Mein Vater lässt keine fremden Ideen zu.«

»Außer um sie zu kopieren«, murmelte Gaudí.

»Wenn Martin Begg ihm so etwas wie *Las noticias ilustradas* vorgeschlagen hätte, hätte mein Vater sofort abgelehnt. Sein Stolz verhindert, dass er auch nur den kleinen Finger rührt, wenn ein anderer die Richtung bestimmt.«

»Es gibt unterschiedliche Arten, etwas vorzuschlagen.«

»Es gibt auch unterschiedliche Arten, etwas abzulehnen. Und mein Vater kennt sie alle.«

Damit schien sich mein Freund zufriedenzugeben.

»Ärgern Sie sich nicht, mein Freund«, sagte er, nachdem wir einige Minuten geschwiegen hatten, als unser Cabriolet die Calle Mayor in Gracia erreicht hatte. »Falls Ihr Vater nicht sehr bald wieder auftaucht und überzeugend erklären kann, was er während seiner Abwesenheit getan hat, dann werden

Fragen wie diese noch die freundlichsten von denen sein, die er beantworten muss.«

Gaudí hatte recht. Ich wusste es. Dennoch gefiel es mir nicht, ihn dergleichen sagen zu hören.

»Nehmen wir an, die Idee, nach Barcelona zurückzukehren und die Zeitung zu gründen, wäre nicht die Idee meines Vaters, sondern die von Martin Begg gewesen.«

»Nehmen wir es an«, stimmte mein Freund zu. »Würde das etwas ändern?«

»Das wollte ich eigentlich Sie fragen.«

»Dann sage ich Nein. Meiner Meinung nach würde es nichts ändern.« Gaudí machte eine rhetorische Pause, deren offensichtlicher Zweck es war, das bevorstehende Aber hervorzuheben. »Aber es ließe einen außergewöhnlichen Einfluss von Martin Begg auf Sempronio Camarasa erkennen. Außergewöhnlich im Vergleich mit dem Bild, das Sie gerade von Ihrem Vater gezeichnet haben.«

»Ein Einfluss, der auf die Angelegenheit mit Andreus Fotografie zurückginge.«

»Oder vielleicht noch weiter zurück.«

»Auf den Artikel, den Begg Anfang 1870 über den Kunstmarkt schrieb also.«

»Nehmen wir an, während er für diesen Artikel recherchierte, hat Martin Begg etwas entdeckt, was mit dem Unternehmen Ihres Vaters zu tun hatte«, schlug Gaudí vor. »Etwas, das ihm eine gewisse Macht über ihn verlieh. Nehmen wir ferner an, dass Señor Begg Ende jenes Jahres beschloss, diese Macht zu nutzen, um in seinem Beruf Karriere zu machen, indem er sich den Exklusivbericht über eine Geschichte sichert, die wie für sein Boulevardblatt gemacht war ... und auch für die Feder seiner Illustratorentochter. Nehmen wir schließlich an, dass es Martin Begg nach ein, zwei Jahren nicht mehr genügte, ein hochrangiger Angestellter einer bereits etablierten Zeitung zu sein, sondern er seine eigene Zeitung leiten wollte. Eine neue Zeitung. Eine auf ihn zugeschnittene Zeitung, von ihm selbst ersonnen und konzipiert, aber von dem Mann finanziert, über den er seit seiner Entdeckung im Jahre 1870 Macht hatte.«

Jetzt musste ich doch lächeln.

»Eine auf ihn zugeschnittene Zeitung – bis auf die winzigen Kleinigkeiten der Sprache und des Standorts«, erwiderte ich. »Eine in einer Stadt gegründete Zeitung, die viele Hundert Kilometer von der Heimatstadt der Beggs entfernt liegt und in einer Sprache verfasst wird, die Martin Begg damals kaum beherrschte.«

Gaudí lächelte ebenfalls.

»Ein kleiner Punkt, der noch zu klären wäre«, räumte er ein.

»Aber auch wenn das alles stimmte und Martin Begg wirklich ein Erpresser wäre, der meinem Vater seit vier Jahren die Pistole auf die Brust setzt, dann sehe ich trotzdem noch keinen Zusammenhang zu der Ermordung von Eduardo Andreu.«

Unterdessen hatte mein Freund dem Kutscher bedeutet, anzuhalten, und das Cabriolet stand zehn Meter von unserem Gartentor entfernt.

Zwei einfache Kriminalpolizisten bewachten das Tor in der Haltung von Soldaten, die bereit waren, sich bei der geringsten Provokation in den Kampf zu stürzen.

»Ich behaupte nicht, dass es da einen Zusammenhang gibt«, erwiderte Gaudí, reichte dem Kutscher einige Münzen und sprang außerordentlich behände hinaus. »Und ich glaube auch nicht, dass es so ist. Ich sage nur, wenn es so wäre, wäre es interessant.«

Das konnte ich nicht bestreiten.

# Kapitel 25

Gegen zwei Uhr nachmittags traf mein Vater schließlich wieder in unserem Haus in Gracia ein, staubbedeckt, übellaunig und ohne eine auch nur halbwegs überzeugende Erklärung für seine achtzehnstündige Abwesenheit. Er trug noch dieselbe Kleidung wie am Vorabend, als Margarita und ich uns in seinem Arbeitszimmer von ihm verabschiedet hatten, ehe wir zum Liceo gefahren waren, doch jetzt waren sein Anzug, sein Hemd und seine Schuhe verschmutzt und feucht und verströmten diesen charakteristischen Geruch, den Nächte unter freiem Himmel oder Tage mit körperlicher Arbeit hinterlassen. Keine der beiden Tätigkeiten – im Freien zu nächtigen oder körperlich zu arbeiten – gehörte zu den Gepflogenheiten meines Vaters, doch angesichts der Schweigsamkeit, die seine Rückkehr begleitete, waren es die beiden einzigen Erklärungen, die mir für seine allgemeine Verfassung einfallen wollten.

Meine Mutter, meine Schwester, Gaudí und ich waren gerade vom Tisch aufgestanden, als wir ihn durch den Korridor kommen sahen, der den Eingangsbereich mit dem großen Salon verband. Unser Mittagessen war kurz und trübselig gewesen. Nicht einmal Gaudís und Margaritas vereinte Bemühungen, einen etwas leichteren Ton in das Tischgespräch zu bringen, hatten Mama Lavinias düstere Stimmung und meine Niedergeschlagenheit ein wenig lindern können, die mich ergriffen hatte, kaum dass wir in Gracia angekommen waren, und mich in unhöfliches Schweigen hatte verfallen lassen, was mir gar nicht ähnlich sah. Als Marina die Dessertteller abräumte und uns mit ihrem breiten ländlichen Akzent fragte, ob wir noch etwas wünschten, hatte bereits seit mehreren Minuten niemand mehr den Mund aufgemacht. Wir wünschten nichts mehr, danke. Meine Mutter erhob sich, Gaudí und ich taten es ihr nach, und Margarita einige Sekunden später ebenfalls, mit einem letzten Rest Schokolade im Mund. Just in diesem Augenblick ertönten im Korridor martialische Schritte, und unsere Köpfe fuhren zur Tür herum.

Mein Vater wurde von Inspector Labella und Agente Catalán eskortiert und blickte befremdlich, ja bestürzt, drein – eine Miene, die ihn auch in den kommenden Stunden nicht verlassen sollte. Hinter ihm gingen Fiona, Martin Begg und ein dritter Polizist, ein junger Uniformierter, dessen Gesicht – kleine Augen, eingefallene Wangen, vorspringendes Kinn – mir bekannt vorkam. Ich meinte, ihn heute Morgen vor Andreus Haus gesehen zu haben. Abelardo Labella hatte meinem Vater die rechte Hand auf die Schulter gelegt. Gerade einmal fünf Stunden zuvor hätte diese Geste auf mich höflich und zuvorkommend, wenn nicht gar belächelnswert gewirkt. Nun aber deutete ich sie ausschließlich als besitzergreifend: Sempronio Camarasa, besagte diese Geste, war Eigentum von Abelardo Labella. Die Hand, die meinen Vater jetzt sanft durch den Korridor seines Landhauses steuerte, war dieselbe, die ihn in wenigen Stunden, ohne zu zögern, in den Kerker werfen lassen würde. Das feine, zufriedene Lächeln, das um die Lippen des Inspectors spielte, bestätigte diesen Eindruck noch. Die Zukunft Sempronio Camarasas lag in den Händen dieses rundlichen, beinahe zwergenhaft kleinen Mannes mit dem pockennarbigen Gesicht, der nun meine Mutter, meine Schwester und mich mit der Miene eines Menschen ansah, der eine sehr angenehme Pflicht zu seiner größten Zufriedenheit erledigt hatte.

»Hier haben Sie ihn«, sagte er und nahm die Hand von der Schulter meines Vaters, als ließe er einen Hund von der Leine.

Margarita reagierte als Erste.

»Papa!«, rief sie, lief zu ihm, umarmte ihn stürmisch und gab ihm einen kräftigen Kuss auf die rechte Wange.

Meine Mutter ging ebenfalls zu ihm, allerdings deutlich gemäßigter. Sie umarmte ihn nicht und gab ihm schon gar keinen Kuss auf die Wange, sondern begnügte sich damit, sich mit ernster Miene und schwerem Atem vor ihn zu stellen und sehr leise seinen Namen zu sagen: »Sempronio.«

Mein Vater löste sich aus Margaritas Umarmung und sah meine Mutter ebenso ernst an wie sie ihn.

»Lavinia«, sagte er. Dann wandte er sich dem Inspector zu. »Ich möchte allein mit meiner Frau sprechen.«

Labella schüttelte den Kopf.

»Ich fürchte, das wird nicht möglich sein«, erwiderte er.

Mein Vater blieb gelassen.

»Ich verlange, allein mit meiner Frau zu sprechen.«

»Sie verlangen?«, fragte der Inspector lächelnd. »Ich fürchte, Señor Camarasa, im Moment sind Sie nicht in der Position, von irgendjemandem etwas zu verlangen.«

Da trat zu meiner Überraschung Gaudí einen Schritt vor und wandte sich mit fester Stimme und entschlossenem Blick an Labella.

»Dieser Mann, Señor Inspector, bittet Sie lediglich, ihm einige Minuten allein mit seiner Frau zu gewähren, ehe er Sie auf das Kommissariat begleitet«, sagte er. »Ich glaube, das ist nicht zu viel verlangt.«

Inspector Labella musterte meinen Freund mit gerunzelter Stirn.

»Wie bitte?«

»Lassen Sie Señor Camarasa mit Señora Lavinia sprechen. Das schadet Ihren Ermittlungen doch nicht, und Sie erweisen sich dadurch als Ehrenmann und anständiger Mensch.«

Labella sah Gaudí lange in die Augen. Dann fragte er: »Ihr Name …?«

»Gaudí. Antoni Gaudí.«

»Erinnern Sie sich an den Rat, den ich Ihnen heute Morgen gab, Señor Gaudí?«

Gaudí nickte ernst.

›Sie scheinen mir ein Ehrenmann zu sein. Lassen Sie sich nicht mit Straftätern ein.‹ Auch ich erinnerte mich daran.

»Voll und ganz.«

»Dann halten Sie sich daran.«

In diesem Moment trat mein Vater einen Schritt vor, was eine unmittelbare Reaktion der beiden Polizisten auslöste, die den Inspector begleiteten. Agente Catalán schob meine Schwester grob aus dem Weg und stellte sich links neben meinen Vater, und der andere, der die Beggs begleitete, legte demonstrativ die Hand auf die Pistole, die an seinem Gürtel hing, und murmelte etwas, was ich nicht verstand.

Die leise Klage meiner Schwester über die derart grobe Behandlung fiel mit den vorletzten Worten zusammen, die wir an diesem Nachmittag von meinem Vater vernehmen sollten.

»Es dauert nur fünf Minuten. Ebenso lange, wie es dauert, mich umzukleiden. Danach gehöre ich ganz Ihnen.«

›Sie gehören bereits ganz mir‹, besagte Labellas Blick.

»Agente Catalán wird vor Ihrer Tür Wache halten«, murmelte er stattdessen und blickte abwechselnd meinen Vater und Gaudí an. »Sie werden ihm die Kleidung aushändigen, die Sie jetzt tragen. Falls Sie irgendeinen Unfug versuchen sollten ...«

Abelardo Labella sprach die Warnung nicht aus, doch seine Satzmelodie war aussagekräftig genug. Mein Vater nickte zustimmend. Dann sah er seine Frau und seine Tochter und schließlich auch mich an.

»Gabriel«, sagte er.

Dies war sein letztes Wort.

Da ging ich zu ihm und, weil ich nicht wusste, was ich sonst tun sollte, reichte ihm die Hand.

»Papa.«

Ernst gaben wir uns die Hände, nicht allzu herzlich, sondern wie zwei Fremde, die einander gerade bei einem nicht sonderlich interessanten gesellschaftlichen Anlass vorgestellt worden waren, und das war alles. Weder fiel mir irgendetwas

Angemessenes zu sagen ein, noch schien er von mir mehr zu erwarten als diese förmliche Verlegenheitsgeste.

»Fünf Minuten«, wiederholte Inspector Labella.

Meine Eltern verließen in Begleitung von Agente Catalán den Salon, und nach einem kurzen Augenblick, in dem der Inspector abzuwägen schien, ob er bei uns bleiben und mit den Vernehmungen beginnen sollte, die uns zweifellos bevorstanden, folgte er ihnen. Der andere Polizist hingegen blieb mitten auf dem Korridor stehen und musterte uns von dort aus, so als versuchte er zu entscheiden, wer von uns fünf hier im Salon der potenziell Gefährlichste war. Die Pistole, die noch immer unter seinem Gürtel hervorlugte, lud nicht dazu ein, ihm in die Augen zu sehen oder sich ohne Vorwarnung auf ihn zuzubewegen.

»Und jetzt?«, fragte Margarita. Sie rieb sich noch immer die Stelle am Arm, wo Agente Catalán sie gestoßen hatte, und blickte zur Tür, durch die unsere Eltern verschwunden waren.

»Jetzt müssen wir stark sein«, sagte ich, weil ich mich als Margaritas älterer Bruder und vorübergehendes neues Oberhaupt des kleinen Clans der Camarasas verpflichtet fühlte, etwas zu sagen. Auch wenn es nur etwas Dämliches war. »Hat er dir wehgetan?«

Margarita wandte sich mir zu und umarmte mich rasch.

»Ein bisschen.« Dann sah sie die Beggs an und stellte ihnen die Frage, die ich selbst und vermutlich auch Gaudí gerade stellen wollten. »Was ist geschehen?«

Es war Fiona, die darauf antwortete.

»Um ein Uhr erschien ein Bote im Büro meines Vaters und richtete ihm aus, Señor Camarasa erwarte ihn in einem Café in der Calle de Petritxol«, erklärte sie leise. »Wir gingen dorthin und fanden ihn in dieser Verfassung. Er wusste, dass die Polizei ihn suchte und den Sitz der Zeitung überwachte, aber er wollte sich nicht stellen, bevor er mit Señora Lavinia gesprochen hat. Wir nahmen eine Mietdroschke und fuhren direkt hierher. Und an der Tür trafen wir den Inspector.«

»Hat er ihn verhaftet? Oder hat er ihn nur gebeten, ihn zu begleiten, um eine Aussage zu machen?«

Diese Frage kam von mir. Fiona beantwortete sie nur mit einem Blick.

»Tut mir leid«, sagte sie dann.

»Hat Señor Camarasa Ihnen irgendetwas erklärt?«, fragte da Gaudí, ging um Martin Beggs massige Gestalt herum und stellte sich links neben Fiona. »Hat er gesagt, wo er die Nacht verbracht hat?«

Fiona schüttelte den Kopf.

»Er hat nur gesagt, dass er mit Andreus Tod nichts zu tun habe. Mehr hat er nicht erklärt. Er hat uns mehr Fragen gestellt als wir ihm.«

Gaudí nickte.

»Also war er über die Geschehnisse unterrichtet.«

»Alle Welt ist über die Geschehnisse unterrichtet. In der ganzen Stadt redet man von nichts anderem.«

Und in einer knappen Stunde, wenn die aktuelle Ausgabe von *Las noticias ilustradas* an die Verkaufsstände der Straßenhändler gelangte, würde man erst recht darüber reden.

»Gibt es etwas Neues?«, fragte ich.

»Die Polizei rückt nicht mit der Sprache heraus«, erwiderte Fiona noch leiser und sah verstohlen zu dem Polizisten auf dem Korridor. In seinen Augen, dachte ich, mussten wir aussehen wie ein Grüppchen von Verschwörern, die darüber berieten, wie man meinen Vater am besten aus dem Haus schaffen konnte, ehe Inspector Labella ihn abführte und auf das Kommissariat brachte. Gott gebe, dachte ich, dass dieser junge Polizist nicht schießwütig war. »Anscheinend wurde der Mord zwischen elf und eins begangen. Als der Polizeiarzt gegen sieben Uhr kam, stellte er anhand der Temperatur der Leiche fest, dass Andreu bereits sechs, sieben Stunden tot gewesen war. Unsere Journalisten haben mit der Pensionswirtin und mehreren Mietern gesprochen, die heute Nacht im dritten Stock schliefen, und scheinbar hat niemand etwas Ungewöhnliches gesehen oder gehört. Um elf Uhr hat Andreu noch gelebt, denn ein junger Mann, der drei Türen weiter wohnt, ist ungefähr um diese Uhrzeit an seinem Zimmer vorübergegangen und hat ihn Selbstgespräche führen hören.«

Gaudí und ich hoben die Augenbrauen.

»Selbstgespräche?«

»Anscheinend hatte er diese Angewohnheit. Andreu bekam auf seinem Zimmer keinen Besuch, und der junge Mann hat gestern keine weiteren Stimmen gehört, deshalb nahm er an, dass Andreu Selbstgespräche geführt hat. Aber natürlich wäre es auch möglich, dass er mit seinem Mörder geredet hat.«

»Und danach?«

»Danach nichts mehr. Niemand hat einen Fremden durchs Gebäude schleichen sehen, niemand hat Schreie oder Geräusche eines Handgemenges gehört, und bis sechs Uhr morgens hat niemand geahnt, dass über Nacht etwas Ungewöhnliches vorgefallen war. Eine Stunde zuvor hatte ein anderer Mieter aus dem dritten Stock gesehen, dass Andreus Tür ein Stück offen stand, aber im Gegensatz zur Vermieterin hatte er nichts darauf gegeben und keinen Blick ins Zimmer geworfen.« Fiona hielt inne, und ihre Miene verdüsterte sich noch mehr. »Aber da ist noch etwas.«

»Die Aktenmappe«, sagte Gaudí schnell.

»Wenn unsere Informanten recht haben, dann war die Mappe aus Andreus Zimmer verschwunden, als die Polizei heute Morgen eintraf.«

»Ihre Informanten haben recht, Señorita Begg.«

Alle fünf drehten wir uns um und sahen Inspector Labella mit diesem zufriedenen Lächeln vor uns stehen.

Das Licht, das durch die großen Fenster in den Salon fiel, umgab seine rundliche Gestalt unpassenderweise wie ein Heiligenschein.

»Dann ist die Aktenmappe verschwunden«, sagte Gaudí.

»Nur vorübergehend.«

»Sie haben sie bereits gefunden?«

»So ist es.«

Mein Freund wartete einige Sekunden lang auf eine Erläuterung, die der Inspector uns selbstverständlich nicht gab.

»Nun?«, fragte ich schließlich.

»Es wird Ihnen nicht gefallen, Señor Camarasa. Ihnen ebenso wenig, Señor Begg«, fügte Labella hinzu und wandte sich erstmals an Fionas Vater. »Zu schade, dass Sie bereits Redaktionsschluss haben. Es ist eine brisante Neuigkeit.«

Martin Begg begnügte sich damit, den Inspector unfreundlich anzusehen.

»Sie haben die Mappe doch nicht bei meinem Vater gefunden?«, fragte Margarita. »Nicht wahr, Fiona?«

Fiona schüttelte den Kopf.

»Señor Camarasa hatte keine Mappe bei sich, als er sich mit uns im Café traf«, sagte sie. »Mein Vater und ich können das beschwören.«

»Das wird nicht nötig sein, Señorita Begg. Die Mappe befand sich nicht in Señor Camarasas Händen. Die Mappe befand sich in Señor Camarasas Büro.«

Schweigen senkte sich herab.

Meine Schwester packte mich am Arm und sah mich ebenso flehentlich an, wie sie es als kleines Mädchen getan hatte, wenn sie hoffte, dass ich ein bereits geschehenes Unglück aus der Welt schaffen möge.

Ich sah Gaudí an.

»In seinem Büro bei der Zeitung?«, fragte mein Freund.

»In seinem Büro hier im Haus. Meine Männer fanden sie bei der Durchsuchung heute Morgen in einer Schublade seines Schreibtisches.«

»Das ist doch absurd«, sagte ich. »Mein Vater hat die Nacht nicht hier verbracht.«

»Vielleicht nicht. Aber er war offenbar lange genug hier, um die Mappe zu verstecken, ehe er floh.«

»Das ist doch unlogisch«, wandte Gaudí ein. »Wozu sie an einem Ort verstecken, an dem Sie garantiert suchen würden? Warum sie nicht einfach zerstören oder sie wenigstens bei der Flucht mitnehmen und an einem sichereren Ort verstecken?«

Inspector Labellas Lächeln geriet nicht ins Wanken.

»Sie erwarten, dass ich vernünftige Erklärungen für das Verhalten eines Mörders suche?«

Da ließ meine Schwester meinen Arm los und tat das, wozu weder Fiona noch ich heute Morgen in Andreus Zimmer den Mut gefunden hatten. Mit zwei großen Schritten trat sie vor den Inspector, holte mit dem rechten Arm weit aus wie eine erfahrene Tennisspielerin zu einer schönen Vorhand, und ehe irgendjemand einschreiten konnte, versetzte sie diesem vernarbten, lächelnden Gesicht eine schallende Ohrfeige.

»Sie verbittertes, jämmerliches Männlein!«, brachte sie noch heraus, ehe sich eine große Pistole auf sie richtete.

Gaudí reagierte als Erster auf diese neue Wendung.

»Schon gut, schon gut«, sagte er beschwichtigend und versuchte, sich zwischen Margarita und den Polizisten zu stellen, der die Waffe auf sie gerichtet hielt. »Stecken Sie die Pistole weg, guter Mann. Sie werden doch nicht einem jungen Mädchen wehtun wollen, das gerade einen sehr verständlichen Nervenzusammenbruch hat.«

»Ich habe nichts dergleichen«, widersprach meine Schwester und sah abwechselnd Gaudí und die Pistolenmündung an, die trotz der Bemühungen meines Freundes noch immer auf ihren Kopf gerichtet war. »Dieser Herr hat Papa einen Mörder genannt, und dafür habe ich ihm eine Ohrfeige versetzt.«

»Mir erscheint das nur angemessen«, sagte Fiona.

Inspector Labella betastete seine Wange mit, wie mir schien, leicht zitternder Hand.

»Schon gut«, sagte er zu seinem Mitarbeiter. »Stecken Sie die Pistole weg. Und Sie, Señorita Camarasa, nehmen bitte einen Rat von mir an.«

Die Ratschläge des Inspector Labella. Ich machte mich auf das Schlimmste gefasst.

»Ich brauche keinen Rat von Ihnen«, gab Margarita zurück.

»Ich gebe Ihnen den Rat trotzdem. Betrachten Sie ihn als Geschenk von mir.« Der Inspector nahm die Hand von der Wange und sah meine Schwester mit zusammengekniffenen

Augen an. »Machen Sie so etwas nie wieder. Unter keinen Umständen. Das können Sie sich nicht mehr erlauben.«

Ich weiß nicht, ob Margarita die Bedeutung des letzten Satzes erfasste, doch vorsichtshalber legte ich ihr den Arm um die Taille und zog sie an mich.

»Sie scheinen sehr von sich überzeugt zu sein, Inspector Labella«, hielt ich ihm vor.

Er sah mich nicht einmal an.

»Hier ist eine weitere Nachricht, die Sie nicht nutzen konnten, Señor Begg«, sagte er und wandte sich wieder an Fionas Vater. »Als meine Männer und ich heute Morgen das Zimmer von Eduardo Andreu durchsuchten, fanden wir dort etwas, das uns erstaunlich fehl am Platze zu sein schien: ein silbernes Zigarettenetui. Ein wertvoller Gegenstand, der wohl kaum dem bettelarmen Mann, bei dem wir ihn fanden, gehört hat. Auf dem Etui sind Initialen eingraviert. Ein S und ein C.« Er wandte sich an Margarita. »Ihre Mutter hat es sofort wiedererkannt, noch ehe sie wusste, woher es stammte. Vielleicht haben Sie auch dafür eine vernünftige Erklärung?«

Der letzte Satz war an Gaudí gerichtet.

Mein Freund zögerte keine Sekunde mit der Antwort.

»Selbstverständlich: Jemand hat das Etui dort platziert, um Señor Camarasa zu belasten.«

Inspector Labella fand sein Stinktierlächeln wieder.

»Zweifellos dieselbe Person, die auch die Mappe in seinem Büro platziert hat«, sagte er.

»Zweifellos«, pflichtete Gaudí ihm bei.

Gespielt ungläubig schüttelte der Inspector den Kopf.

»Ein sehr methodisch vorgehender Mörder also.«

»Ein sehr wenig methodisch vorgehender Mörder ist der, von dem Sie ausgehen. Ein Mörder, der sein Zigarettenetui im Zimmer seines Opfers vergisst und den Gegenstand, wegen dem er das Verbrechen überhaupt begangen hat, an dem Ort versteckt, an dem die Polizei vermutlich zuerst sucht. Eine so geringe Meinung haben Sie von der Intelligenz Señor Camarasas, Inspector Labella?«

Wir erfuhren nicht mehr, wie die Antwort des kleinen Mannes gelautet hätte, denn in diesem Augenblick betraten meine Eltern und Agente Catalán den Salon.

»Wir wären dann so weit, Inspector«, sagte der Polizist und hob eine Segeltuchtasche in die Höhe, in der sich zweifellos die schmutzige Kleidung befand, die mein Vater soeben ausgezogen hatte.

»Sehr schön«, erwiderte der Inspector. Er wandte sich nochmals an uns: »Wir müssen diese Unterhaltung ein andermal fortsetzen, meine Herrschaften. Señor Camarasa und ich werden auf dem Kommissariat erwartet.«

# Kapitel 26

Die Polizisten führten meinen Vater zur Polizeikutsche, die vor dem Tor unseres Landsitzes wartete – eine geräumige, von vier Pferden gezogene Berline, die äußerlich keinen Deut hinter der Privatkutsche eines kleinen Adeligen zurückstand, deren Inneres jedoch weniger einladend war als das eines verlotterten Cabriolets, das man irgendwo am Hafen mieten konnte. Währenddessen schickte meine Mutter eilig meine Schwester auf die Suche nach unserem eigenen Kutscher, und Gaudí nahm mich am Arm und befahl mir, ihn umgehend zu Marina zu führen. Da hatte sich jemand bei den Umgangsformen und der Redeweise von Inspector Labella angesteckt, dachte ich; doch die Zeit war knapp, und Gaudí verfolgte sicher nur die besten Absichten, daher beschwerte ich mich nicht. Eilig verließen wir den Salon durch eine Seitentür, gingen zur Dienstbotentreppe und hinab in den Keller, wo wir mehrere Räume durchsuchten, bis wir Marina in der Spülküche fanden.

Sie stand auf einem Fußschemel aus Holz, der mir ziemlich wackelig erschien. Marina hatte den kräftigen Körper eines jungen Mädchens vom Lande, und der war in einem Winkel von neunzig Grad über das größte der drei Spülbecken gebeugt, welche sich an der Südwand des Raums befanden: den Unterleib an den Stein des Beckens gedrückt, den Oberkörper über das Seifenwasser geneigt, in dem die Überreste unseres Mittagessens schwammen wie Fleisch in einer widerwärtigen Suppe, zusammen mit einem Teil des Geschirrs, auf dem es serviert worden war. Neben ihr erhoben sich Türme von Tellern und Gläsern, Töpfen und Pfannen, Besteck und Schüsseln, die mir ebenso instabil erschienen wie der Schemel. Zwei große Eimer mit trübem Wasser dampften zu ihren Füßen, und daneben stand, ebenfalls auf dem Boden, ein geschwärzter Topf, in dem sich mehrere Stücke öliger Seife und eine kleine Sammlung weich geklopfter Stücke Espartogras befanden.

Als wir mit lauten Schritten ihre Räume betraten und als sie unsere sehr ernsten Mienen sah, zuckte das arme Mädchen so heftig zusammen, dass sie ums Haar kopfüber in die Brühe gestürzt wäre.

»Entschuldige die Störung, Marina«, sagte Gaudí in einem Ton, der nur wenig freundlicher war als der, den er gerade bei mir verwendet hatte. »Dürfte ich dir eine Frage stellen?«

Auf meinen Arm gestützt, den ich ihr hastig gereicht hatte, stieg sie anmutlos wie ein Mann vom Schemel herab. Dann sah sie meinen Freund und mich mit dem Blick eines kleinen Tieres an, das sich darauf gefasst macht, von zwei größeren Tieren gefressen zu werden.

»Keine Angst, Marina«, sagte ich und lächelte beruhigend. »Antworte meinem Freund.«

Sie nickte und warf Gaudí einen flüchtigen Blick zu.

»Natürlich, Señor.«

»Es geht um den Brief, den du gestern Abend Señorita Camarasa gegeben hast«, sagte Gaudí. »Ein Brief für Señor Camarasa. Erinnerst du dich?«

»Sicher, Señor.«

»Ich möchte wissen, ob dieser Brief von eurem Briefträger überbracht wurde.«

Marina zögerte keinen Augenblick.

»Nein, Señor.«

»War der Überbringer denn überhaupt ein Briefträger? War es ein ganz normaler Brief? Kam er genauso in diesem Haus an wie alle anderen Briefe auch?«

Diesmal nahm Marina sich einige Sekunden Zeit, um die drei unmittelbar aufeinanderfolgenden Fragen zu erfassen, die ihr dieser Herr mit den roten Haaren, den blauen Augen und der unergründlichen Miene gestellt hatte.

Das Wasser, das von ihren nackten Armen tropfte, bildete allmählich zwei Pfützen neben ihren Füßen: kleine Kreise aus trübem Wasser auf dem grob verputzten Boden der Spülküche.

»Nein, Señor«, antwortete sie schließlich.

Gaudí warf mir verstohlen einen sichtlich zufriedenen Blick zu.

»Könntest du mir den Mann beschreiben, der den Brief brachte, Marina?«

»Nein, Señor.«

»Und weshalb nicht, Marina?«

»Weil der Brief nicht von einem Mann überbracht wurde.«

Mein Freund und ich wechselten erneut einen Blick.

»Er wurde nicht von einem Mann überbracht?«, fragte ich.

»Natürlich nicht«, kam Gaudí Marina zuvor. »Er wurde von einer Frau überbracht.«

Das Dienstmädchen nickte.

»Und könntest du uns diese Frau beschreiben, Marina?«, fragte ich.

»Ich glaube, das wird nicht nötig sein«, nahm Gaudí nochmals ihre Antwort vorweg. »Nicht wahr, Marina?«

Da erst glaubte ich zu begreifen.

»Meine Mutter hat dir diesen Brief gegeben?«

Gaudí schnaubte ungeduldig, machte auf dem Absatz kehrt und ging auf die Tür zu.

»Nein, Señor«, erwiderte Marina und schüttelte den Kopf.

»Den Brief hat Fiona ihr gegeben«, verkündete Gaudí, der bereits an der Tür war. »Danke, Marina, du hast uns sehr geholfen.«

Ein erleichtertes Lächeln huschte über das Gesicht des Dienstmädchens. Dann machte sie einen kleinen Knicks, den allerdings nur ich noch sah.

»Zeitverschwendung«, murmelte ich, als ich meinen Freund auf der Treppe ins Erdgeschoss eingeholt hatte.

»Wenn man etwas Neues in Erfahrung bringt, ist das nie Zeitverschwendung.«

Diese Erwiderung gefiel mir gar nicht.

»Eine neue Erkenntnis?«

Gaudí kam nicht dazu, mir zu antworten. Kaum hatten wir den Eingangsbereich des Hauses erreicht, stießen wir auf meine Schwester, die uns gesucht hatte. Wenn man ihrem Gesichtsausdruck trauen durfte, war es für sie der schlimmste und zugleich interessanteste Nachmittag, den sie je erlebt hatte.

»Wo habt ihr gesteckt?«, fragte sie, nahm mich am Arm und zog mich in Richtung Garten. »Sie haben Papa gerade Handschellen angelegt!«

Ich glaubte, mich verhört zu haben.

»Sie haben was?«

»In der Berline. Sie haben ihn damit an den Türgriff gefesselt. Als ob er ein Verbrecher wäre! Als ob sie glaubten, er könnte aus der fahrenden Kutsche springen, bevor sie beim Kommissariat ankommen!«

»Schon eher, als wollten sie ihn demütigen«, murmelte ich und verfluchte Labella im Stillen. »Was meinen Sie?«

Gaudí nickte sehr ernst.

»Mir scheint, Inspector Labella möchte einen triumphalen Einzug in Las Atarazanas. Sind sie schon fort?«

Margarita schüttelte den Kopf.

»Sie untersuchen die Hufeisen eines Pferdes oder so etwas. Unsere Kutsche steht bereit. Fiona und Señor Begg bleiben zu Hause.«

Diese letzte Information interessierte Gaudí sichtlich.

»Dann müssen wir sofort mit Fiona sprechen«, sagte er an mich gewandt. »Danke, Margarita.«

Meine Schwester rümpfte die Nase wie immer, wenn jemand anderes als sie den Namen der Engländerin ohne Missbilligung aussprach, doch sie vergaß nicht, höflich den Kopf zu beugen und ein »nichts zu danken« zu murmeln, das genauso zu spät kam wie Marinas Knicks: Gaudí war bereits unterwegs in den Garten und außer Sichtweite.

»Was ist jetzt mit Fiona?«

»Sie war es, die Marina den Brief gegeben hat. Den Brief, den du Papa gegeben hast, bevor er seinen Opernbesuch absagte. Wusstest du das?«, fragte ich unnötigerweise. Margarita war anzusehen, dass sie es nicht gewusst hatte.

»Sie ist in die Sache verwickelt«, behauptete sie. »Diese Hexe hat einen gefälschten Brief an Papa geschrieben, und jetzt ist Papa in einer Polizeikutsche angekettet, und sie werden ihn ins Gefängnis stecken. Und bestimmt werden sie ihn zur Guillotine verurteilen.«

Ich zwang mich zu lächeln.

»In Spanien gibt es keine Guillotine. Und niemand wird Papa ins Gefängnis stecken. Und Fiona ist in gar nichts verwickelt.«

Damit wollte ich meine Schwester beruhigen, doch sie schüttelte dreimal den Kopf.

»Du bist naiv«, warf sie mir vor.

»Und warum das?«

»Wegen allem.«

Ohne weitere Erklärungen rannte Margarita zum Gartentor und stellte sich zu Mama Lavinia, die am Kutschbock mit unserem Kutscher und unserer Hausdame, Señora Iglesias, sprach. Ich beobachtete sie einen Augenblick aus der Ferne. Dann wandte ich den Blick der Polizeikutsche zu, die noch immer einige Meter weiter stand. Ihre Abfahrt schien unmittelbar bevorzustehen: Die Pferde waren angeschirrt, der Kutscher saß auf dem Kutschbock, Zügel und Peitsche in Händen; die schweren Vorhänge der Fahrgastkabine waren zugezogen, und von Inspector Labella, Agente Catalán oder dem anderen Polizisten, dem verdrießlichen mit der Pistole, war nichts zu sehen. Die drei widmeten sich zweifellos der wenig verdienstvollen Aufgabe, meinen im Inneren dieses unseligen Gefährts angeketteten Vater zu bewachen.

»Es war kein offizieller Briefträger«, sagte Fiona zu Gaudí, während sie gemeinsam näher kamen. »Der Brief war nicht frankiert. Aber es war auch kein gewöhnlicher Bote.«

»Gewöhnlicher Bote?«, fragte mein Freund.

»Es war keiner dieser Jungen, die für ein paar Münzen private Post austragen, meine ich. Ich ging gerade im Garten spazieren, als ein Mann an den Zaun trat, mir einen Umschlag gab und mich bat, ihn Sempronio Camarasa zu übergeben. Ein älterer Mann, gut gekleidet, mit guten Manieren. Er war weder Briefträger noch ein normaler Bote, aber er wirkte auch nicht wie ein anonymer Briefeschreiber, und der Umschlag, den er mir reichte, sah anders aus als die, die vergangene Woche hier eintrafen, deshalb habe ich ihn, ohne nachzufragen, entgegengenommen. Es war nicht das erste Mal, dass dein Vater einen unfrankierten Brief durch einen privaten Boten erhalten hat, wie du weißt«, fügte sie, an mich gewandt, hinzu. »Als ich ins Haus kam, traf ich Marina und gab ihr den Brief, so wie wir es mit der gesamten Post machen. Das war alles.«

Nichts Mysteriöses also, dachte ich, während ich Fiona die Hand küsste, ehe ich in unsere Berline stieg, und als unsere beiden Pferde einige Minuten später bereits im Windschatten der vier Polizeipferde Richtung Süden unterwegs waren, sprach ich es leise aus.

»Nichts Mysteriöses also.«

Anstatt mir beizupflichten, wartete Gaudí, bis meine Schwester den Kopf von der Tasche hob, die meine Mutter ihr in die Hand gedrückt hatte, gleich nachdem sie in die Berline gestiegen war, und deren Inhalt Margarita seither verstohlen, aber mit zunehmend enttäuschter Miene erkundete. Er wandte sich in demselben ein wenig gezwungen höflichen Ton an sie, in dem er heute schon den ganzen Tag mit den Damen Camarasa sprach.

»Dürfte ich Ihnen eine Frage stellen, Margarita?«

Sofort hellte sich die betrübte Miene meiner Schwester auf.

»Selbstverständlich, Toni.«

»Der Umschlag, den Sie gestern Ihrem Vater gebracht haben, woraufhin Señor Camarasa Sie nicht ins Liceo begleitet hat ...«

»Der Umschlag, den Fiona Marina gegeben hatte«, unterbrach ihn Margarita.

»Fiona bekam ihn von einem Herrn, der an den Gartenzaun kam, als sie im Garten spazieren ging«, erklärte ich. »Sie hat es uns gerade erzählt.«

»Ja, ja. Ein Herr.«

»Jedenfalls, Margarita ... besteht die Möglichkeit, dass Sie gesehen haben, was sich in diesem Umschlag befand, ehe Sie ihn Ihrem Vater übergaben?«

Sofort erlosch das feine Lächeln, mit dem sie das Wort »Herr« ausgesprochen hatte.

»Wollen Sie andeuten, ich hätte einen Brief geöffnet, der nicht für mich bestimmt war?«, fragte sie und sah aus dem Augenwinkel zu unserer Mutter.

»Ich dachte nur, es wäre doch möglich, dass der Umschlag bereits offen war, als er in Ihre Hände gelangte, oder das Papier vielleicht so dünn, dass der Inhalt durchschien, oder ...«

Gaudí ließ den Satz freundlicherweise in der Schwebe hängen, sodass meine Schwester damit machen konnte, was sie wollte.

Margarita dachte kurz nach und entschied sich dann für die zweite Alternative.

»Jetzt, wo Sie es sagen, ja, möglicherweise war das Papier des Umschlags sehr dünn«, gab sie zu und sah erneut verstohlen nach links, um sich zu vergewissern, dass unsere Mutter zu benommen war, um unserem Gespräch zu folgen.

Mama Lavinia hatte die Arme vor der Brust verschränkt, die Stirn an die Fensterscheibe gelehnt, und ihr Blick verlor sich in der Landschaft, die an uns vorüberzog. Ihre zusammengepressten Knie berührten beinahe meine, und ihre Füße, die ebenfalls dicht nebeneinanderstanden, ragten unter einem eleganten grünen Musselinkleid mit bunten Paspeln hervor, das mir für die Lage, in der wir uns befanden, nicht gerade angemessen erschien. Wobei sich die Frage stellte, wie die Kleidung aussehen sollte, die einer solchen Lage angemessen wäre.

»Und konnten Sie sehen, was sich darin befand?«

»Ich glaube, ich konnte etwas erkennen ...«

»Margarita, bitte.«

Meine Schwester warf mir einen finsteren Blick zu.

»Ich glaube, da standen ein Ortsname und vier Zahlen«, sagte sie leise. »Der Ort war eine Kirche.«

»Welche Kirche?«

»Die Kirche Santa María.«

Gaudí und ich wechselten einen überraschten Blick.

»Santa María del Mar?«

Margarita zuckte die Achseln.

»Nur Santa María.«

»Und die Zahlen?«

»Vier Nullen«, erwiderte sie, ebenfalls ohne zu zögern.

»Vier Nullen?«

»Mitternacht«, sagte Gaudí und nickte mit eigenartig zufriedener Miene. »Eine interessante Form, die Uhrzeit anzugeben.«

»Und eine interessante Uhrzeit, um jemanden in eine Kirche zu zitieren«, fügte ich hinzu. »Sonst noch etwas?«

Margarita schüttelte den Kopf.

»Das war das Einzige, was ich erkennen konnte«, beteuerte sie. »Aber ich bin recht sicher, dass sonst nichts auf dem Blatt Papier im Umschlag stand.«

Gaudí lächelte besonders liebenswürdig.

»Vielen Dank, Margarita.«

Sofort zauberte meine Schwester eine perfekte Röte in ihr Gesicht.

»Es war mir ein Vergnügen.« Sie bedachte Gaudí und mich mit einem Augenaufschlag, der einer Schauspielerin auf der Shaftesbury Avenue würdig gewesen wäre. Dann nahm ihre Haut wieder die normale Färbung an, und sie wandte sich an unsere Mutter. »Hat Papa dir wirklich nicht gesagt, wo er die Nacht verbracht hat?«

Mama Lavinia schüttelte kaum merklich den Kopf – man sah nur ihre schwarzen Locken und die goldenen Ohrringe ganz leicht beben –, doch sie wandte den Blick nicht vom Fenster ab. Zwei kleine kastanienbraune Augen, traurig wie Perlen ohne Lüster, deren Blick sich im Spiel der Geraden und

Diagonalen des neuen Ensanche-Viertels von Barcelona verlor. Vielleicht sah Mama auch ihre eigenen Gedanken im Spiegel der Fensterscheibe unserer Berline.

Das Zigarettenetui ihres Gatten am Tatort.

Andreus rote Aktenmappe in einer Schublade in seinem Arbeitszimmer.

Seine rätselhafte, eine ganze Nacht und einen halben Tag während Abwesenheit.

Vieles, worüber man nachdenken konnte.

»Und worüber habt ihr dann gesprochen?«

Margarita wartete einige Sekunden auf eine Antwort, die nicht kam. Dann sah sie mich mit düsterer Miene an. Ich nahm sanft eine ihrer Hände in meine rechte Hand.

»Es wird alles gut werden«, sagte ich. »Es wird sich alles aufklären früher oder später. Die Wahrheit kommt immer ans Licht.«

Meine Schwester nickte wenig überzeugt.

»Du bist naiv.«

»Ihr Bruder hat recht, Margarita«, mischte sich da Gaudí ein, ahmte meine Geste nach und nahm die freie Hand meiner Schwester. »Die Wahrheit kommt immer ans Licht. Früher oder später.«

Zum ersten Mal war die Röte, die meiner Schwester ins Gesicht trat, vollständig natürlich.

»Dann sind auch Sie naiv«, sagte sie. »Aber danke.«

Gaudí lächelte.

»An die Gerechtigkeit zu glauben, ist nicht naiv, Margarita. Wenn wir beweisen können, dass Ihr Vater nichts mit dem Tod von Eduardo Andreu zu tun hat, wird die Justiz ihn freilassen, und dieser Albtraum hat ein Ende.«

Gaudís zuversichtlicher Ton überraschte mich weniger als die Annahme, die seinen Worten zugrunde lag.

»Wenn wir es beweisen können?«, fragte ich.

»Inspector Labella scheint mit seiner Version der Ereignisse mehr als zufrieden zu sein. Und auch wenn es schmerzt, müssen wir doch einräumen, dass er genug Gründe dafür hat«, fügte er mit ärgerlicher Miene hinzu. »Unser Freund hat ein Motiv, zwei Beweise und einen Verdächtigen, der, wie es scheint, für die Zeit, in der das Verbrechen verübt wurde, kein Alibi hat. Ganz zu schweigen von der Ohrfeige und der Todesdrohung gegen Andreu auf dem Fest bei *Las noticias ilustradas* vor nicht weniger als fünfzig Augenzeugen. Was Inspector Labella in Händen hält, genügt ihm, um den Fall abzuschließen und Señor Camarasa ins Gefängnis zu schicken, bis zu einem Gerichtsverfahren, dessen Ausgang, so fürchte ich, ganz und gar nicht verheißungsvoll für ihn aussähe.« Hier hielt Gaudí kurz inne. »Es gibt nur einen Weg, um zu verhindern, dass dieses düstere Szenario Wirklichkeit wird.«

Margarita nickte energisch.

»Papas Unschuld zu beweisen.«

»Eduardo Andreus wahren Mörder zu finden«, fuhr Gaudí fort. »Wenn Ihr Vater nicht jetzt gleich ein Alibi präsentiert, das beweist, dass er gestern Nacht nicht in der Calle de la Princesa sein konnte, und ich fürchte, das wird nicht geschehen«, fügte er hinzu und suchte vergeblich den Blick meiner Mutter, »dann besteht die einzige Möglichkeit, die mir einfällt, um Inspector Labella von seiner Unschuld zu überzeugen, darin, ihm den wahren Schuldigen vorzuführen.«

Ich lächelte traurig.

»Anscheinend werden uns Ihre Deduktionsfähigkeiten doch noch nutzen.«

»Wo fangen wir an?«, fragte Margarita.

Gaudí beugte sich ein wenig zu meiner Schwester vor.

»Dies ist ein Mord mit zwei Opfern: der Ermordete selbst, also Eduardo Andreu, und der Unschuldige, auf den die Schuld am Mord zurückfällt, also Sempronio Camarasa. Als der Mörder diesen Dolch in Andreus Brust steckte, wusste er, dass er zwei Leben ruiniert. Die Lösung des Rätsels besteht darin, herauszufinden, welches der beiden Leben dasjenige ist, das er eigentlich ruinieren wollte.«

»Wer war sein eigentliches Opfer und wer lediglich das Werkzeug?«

Gaudí musterte mich zufrieden.

»Meines Erachtens gibt es nur zwei mögliche Erklärungen für das Geschehene: Entweder wollte jemand Eduardo Andreu ermorden und hat Ihren Vater als Sündenbock benutzt, indem er eine Reihe von Spuren gelegt hat, die Sempronio Camarasas sofortige Verhaftung sicherstellen und jede echte Untersuchung des Verbrechens verhindern; oder jemand wollte Ihren Vater erledigen und benutzte dazu Andreu als Werkzeug.«

»Wenn Letzteres der Fall wäre, warum ihn dann nicht direkt ermorden?«

»Gabi hat recht. Wenn der Mörder meinem Vater schaden wollte, warum hätte er es dann so kompliziert machen sollen, wo er ihn doch viel einfacher hätte vernichten können?«

Gaudí zuckte die Achseln.

»Es gibt viele Methoden, einen Mann zu vernichten, ohne ihn zu töten«, sagte er. »Vielleicht wollte der Mörder nur seinen Ruf ruinieren. Oder ihn geschäftlich schädigen. Oder …«

Eine dritte Möglichkeit schien meinem Freund nicht einzufallen. »Jedenfalls ist es eine Möglichkeit, die wir in Betracht ziehen müssen.«

»Eine Möglichkeit, die nicht seltsamer ist als die andere, die Sie in Betracht ziehen«, bemerkte ich. »Warum sollte irgendjemand einen armen alten Teufel wie Andreu ermorden? Wer könnte von seinem Tod profitieren?«

»Das ist es, was wir herausfinden müssen. Schließlich wissen wir noch immer nichts über das Leben, das Andreu in den letzten Jahren in Barcelona geführt hat. Wir wissen nicht, mit wem er Umgang gepflegt oder welche kleinen Geschäfte er getätigt hat. Wir wissen ja nicht einmal, wie es ihm gelungen ist, jeden Monat die Miete für dieses Zimmer in der Calle de la Princesa aufzubringen.«

Als die Berline die letzte Kurve auf der Plaza de Cataluña in Angriff nahm, wurde sie langsamer; dann bog sie auf die Rambla ein und beschleunigte wieder. Auf der gegenüberliegenden Fahrbahn hielt ein Omnibus voller junger Männer in Militäruniformen vor den Ruinen des ehemaligen Sitzes von *La gaceta de la tarde* und blockierte die ganze Straße. In diesem Augenblick – ich weiß es noch genau – wandte meine Mutter endlich den Blick vom Fenster ab und sprach die drei einzigen Worte, die wir auf dieser Fahrt von ihr hörten: »Bitte seid still.«

Bis unsere Berline an der Muralla del Mar anhielt, sprach niemand mehr auch nur ein einziges Wort.

# Kapitel 27

Als wir das Kommissariat in Las Atarazanas endlich wieder verließen, ging über den Dächern Barcelonas bereits die Sonne unter. Es war kurz vor acht Uhr abends, und der Himmel über dem Kasernen- und Arsenalkomplex in der ehemaligen Werft hatte eine ganz eigenartige Farbe: wie warme Asche. Es regnete nicht, doch es hatte den Nachmittag über mehrfach geregnet und würde es bald wieder tun. Eine Reihe riesiger schlammiger Pfützen erschwerte den Fußweg zum Portal de Santa Madrona, einem der alten Stadttore, vor dem uns die Berline, der Kutscher und auch der erste von, wie wir bald feststellen sollten, zahlreichen Journalisten der Konkurrenzblätter erwarteten, die unser Nervenkostüm in den kommenden Tagen auf die Probe stellen würden.

»Verzeihung, Señora Camarasa …«

Die einzige Frage, die der junge Mann wenigstens teilweise stellen konnte, ehe meine Mutter ihn sehr ungehalten zum Teufel schickte, hatte seltsamerweise weder mit der spektakulären Ermordung Eduardo Andreus noch mit der bereits erfolgten Festnahme Sempronio Camarasas zu tun. Stattdessen fragte er nach dem Eigentümer eines herrschaftlichen Hauses auf dem Paseo de San Juan, aus dem man meinen Vater angeblich gegen zwölf Uhr mittags im Laufschritt hatte herauskommen sehen, also wenige Stunden, bevor er sich der Polizei gestellt hatte.

»Weißt du etwas darüber?«, fragte ich meine Mutter, als sich der Journalist, von ihrer unerwarteten Reaktion in die

Flucht geschlagen, mit gesenktem Kopf und leerem Notizbuch entfernte.

Anstatt mir zu antworten, nahm meine Mutter Margarita am Arm und winkte mit der freien Hand eines der zahlreichen Cabriolets heran, die vor dem alten Stadttor standen.

»Es macht Ihnen sicher nichts aus, meine Tochter nach Hause zu begleiten, nicht wahr, Antoni?« Es klang eher wie eine Feststellung denn wie eine Frage, vorgebracht im gleichen Befehlston, in dem sie auch den Journalisten abgewiesen hatte.

Es gelang Gaudí, sich die Überraschung nicht anmerken zu lassen.

»Es wird mir ein Vergnügen sein«, sagte er. Er hielt noch die beiden Zeitungen in der Hand, die er am Nachmittag gekauft hatte und die uns die Zeit verkürzt hatten, in der uns Inspector Labella hatte warten lassen, bis er uns in seinem Büro das Schicksal meines Vaters verkündet hatte. Ein Schicksal in den unterirdischen Kerkern dieses düsteren Orts am Meer, des Kommissariats in Las Atarazanas.

»Mir ebenso«, beteuerte Margarita mit sichtlich gemischten Gefühlen: Freude über die Aussicht auf eine halbe Stunde allein mit Gaudí in der Kutsche und Missfallen, weil sie ausgeschlossen wurde von dem, was meine Mutter und ich nun erleben würden. »Was habt ihr vor?«

Auch hierauf antwortete meine Mutter nicht.

»Sie haben Geld bei sich, nicht wahr, Antoni?«, fragte sie, während sie zugleich Margarita brüsk in das Cabriolet schob. »Sie müssen in Gracia nicht auf uns warten; die Beggs werden sich um Margarita kümmern.«

Als Gaudí und meine Schwester unterwegs nach Gracia waren, fuhren Mama Lavinia und ich in unserer Berline den gesamten Paseo de la Muralla entlang, ließen die Plaza del Palacio und die waldige Silhouette des Jardín del General hinter uns und bogen auf den Boulevard ein, der an den Überresten der alten Zitadelle entlangführte, diesem empörenden Denkmal des Militärterrors, das von Felipe V. zu Beginn des vergangenen Jahrhunderts erbaut und 1868 nach Prims Staats-

streich von den neuen Behörden Barcelonas wieder abgerissen
worden war. Noch heute, sechs Jahre später, waren die Ruinen
ein düsterer Ort, den nur Bettler und Kriminelle aufzusuchen
wagten.

»Wir fahren zum Paseo de San Juan«, stellte ich schließlich
fest, weniger überrascht als verärgert. Die Berline ließ gerade
die Avenida de la Ciudadela und den Zaragoza-Bahnhof hinter sich. »Klärst du mich jetzt auf?«

Meine Mutter nahm das Tuch, das sie auf den Sitz gelegt
hatte, und drapierte es wieder um ihre Schultern.

»Du brauchst nicht auszusteigen«, sagte sie. »Es dauert nur
zwei Minuten.«

Das war der erste von vier Besuchen, die wir im Laufe der
folgenden Stunde machten. In allen Fällen waren die Ziele
sichtlich luxuriöse große Häuser oder kleine Palais auf den
neuen bürgerlichen Boulevards – der Rambla de Cataluña, der
Calle de Aragón und dem Paseo de San Juan –, und meine
Rolle dabei beschränkte sich, ebenfalls in allen Fällen, darauf,
in der Berline zu warten, bis meine Mutter ihre geheimnisvolle Mission erfüllt hatte und zurückkehrte. Weder erklärte
sie mir von sich aus den Zweck dieser Besuche, noch traute ich
mich recht, sie danach zu fragen: Der Tonfall, das Auftreten
und sogar die Miene der sonst so sanften und schwermütigen
Gemahlin Sempronio Camarasas wirkte an diesem Nachmittag dermaßen verändert, dass ich es vorzog, das Schicksal
nicht herauszufordern, indem ich ihr Fragen stellte, die sie
ganz offensichtlich nicht beantworten wollte.

Der letzte dieser Besuche fand am oberen Ende des Paseo
de Gracia statt, in der Nähe der Kreuzung mit der Avenida
Diagonal. Das Gebäude, in dem ich meine Mutter verschwinden sah, war ein richtiges Herrenhaus, eher im Pariser denn
im lokalen Stil; und auch der Mann, der sie zur Berline zu-
rückbegleitete, hatte eine eigenartig französische Ausstrah-
lung.

»Steig einen Moment aus, Gabriel.«

Ich gehorchte widerspruchslos, kletterte aus der Berline,

schüttelte die Hand, die der Begleiter meiner Mutter mir reichte, vernahm – ohne ihn wiederzuerkennen – seinen Namen und seinen Beruf und nickte, als er versprach, mein Vater werde in höchstens einer Woche wieder frei sein.

Der Mann hieß Aladrén und war etwa fünfundfünfzig Jahre alt, hochgewachsen, von angenehmem Äußeren mit einem beneidenswerten Schopf schlohweißer Haare und einem grauen Schnurrbart, dessen glatte, dünne Enden bis zu seinem Spaltkinn herabhingen.

»Dann werden Sie also sein Anwalt sein?«

»Es sei denn, Sie hätten etwas dagegen einzuwenden«, erwiderte er, und über sein Gesicht huschte ein feines Lächeln, das mir im Gegensatz zu seinem Aussehen und seinem Namen vage vertraut erschien.

»Gabriel freut sich genauso wie ich darüber, dass wir auf Ihre Dienste zählen können, Señor Aladrén.«

Der Mann nickte gelassen.

»Ich werde Sie nicht enttäuschen«, versicherte er uns. »Sie können heute Nacht ruhig schlafen, Señora Lavinia. Morgen sieht alles schon ganz anders aus.«

»Dessen bin ich sicher, Señor Aladrén«, stimmte meine Mutter zu und neigte ein wenig den Kopf.

»Dürfte ich Sie fragen, worin Ihre ersten Schritte bestehen werden, Señor Aladrén?«

Der Anwalt und meine Mutter blickten mich gleichermaßen ernst an.

»Lassen Sie mich zunächst den Fall studieren, damit ich eine klare Vorstellung davon bekomme«, erwiderte er. »Selbstverständlich halte ich Sie jederzeit über alle Maßnahmen, die mir notwendig erscheinen, auf dem Laufenden.«

»Falls Sie etwas benötigen, können Sie auf mich zählen.«

»Das werde ich, Señor Camarasa.«

Das war alles. Ein weiterer Händedruck, ein Kuss auf den Handschuh meiner Mutter, und zurück in die Berline.

»Ein Freund von Papa?«, fragte ich, als die Kutsche weiterfuhr.

»Ein Freund der Familie.«

»Ich habe noch nie von ihm gehört.«

»Sollte mich das überraschen?«

Ich blickte meine Mutter ernst an.

»Was möchtest du damit sagen?«

»Wie viele Freunde deines Vaters kennst du? Wie viele seiner Geschäftspartner? Was weißt du über seine Geschäfte?« Meine Mutter hielt kurz inne. »Was weißt du von seinem Leben?«

Die Antworten auf diese Fragen kannten wir beide zur Genüge. Unwillkürlich musste ich an die letzte Unterhaltung mit meinem Vater denken, die diese Bezeichnung verdiente: die abendliche Diskussion vor zwei Tagen über seine absurden Mutmaßungen hinsichtlich Gaudí. Sein Zigarettenetui und die Trichinopoly-Zigarre. Der Rauch, der wie bläuliches Blut aus seinen Nasenlöchern gequollen war. Meine beschämende, hoffnungslose Unfähigkeit, Sempronio Camarasa gegenüber meine Stellung zu behaupten wie ein erwachsener Mann.

»Vielleicht ist es an der Zeit, dass ich beginne, alle diese Wissenslücken zu schließen.«

»Vielleicht.« Und dann sagte sie etwas, woran ich in den folgenden Wochen häufig denken sollte: »Bisher warst du eine einzige Enttäuschung für deinen Vater. Möglicherweise ist dies deine letzte Gelegenheit, das wiedergutzumachen, indem du etwas für ihn tust.«

Das Schweigen, das auf diese Worte folgte, war abgrundtief und eisig. Ich spürte es auf meinen Schultern lasten wie eine Bürde, die ich vielleicht nie wieder abschütteln konnte.

»Dann wirst du mir die Möglichkeit dazu geben müssen«, erwiderte ich schließlich.

»Zuerst wirst du mir zeigen, dass du nicht mehr das verzogene Kind bist, als das dein Vater und ich dich kennen.«

Neuerliches Schweigen.

Die Calle Mayor von Gracia zog in der Abenddämmerung an uns vorüber, während wir uns dem Familienlandsitz näherten.

Diese Frau, entschied ich, war nicht die Mama Lavinia, die ich kannte.

»Geht es dir gut, Mama?«

Meine Mutter zog ihr Schultertuch noch ein wenig enger um sich und nahm die Tasche, die sie unter dem Sitz verstaut hatte, auf den Schoß. Dann gab sie mir eine kurze Zusammenfassung der Lage, in der wir uns befanden.

»Dein Vater ist in einem widerwärtigen Kerker eingesperrt. Sehr wahrscheinlich verlegen sie ihn am Montag ins Amalia-Gefängnis und sperren ihn dort in eine noch widerwärtigere Zelle. Die Polizei bezichtigt ihn eines Mordes, den er nicht begangen hat, und alle Beweise sprechen gegen ihn. Du bist jetzt das Oberhaupt der Familie, aber seine Angelegenheiten liegen in meinen Händen.« Meine Mutter musterte mich, verzog das Gesicht und legte die Hand auf den Türgriff. »Es ging mir nie besser.«

Da musste irgendwo ein ironischer Unterton sein, doch ich konnte ihn einfach nicht heraushören.

Als wir das Haus betraten, war es zehn Uhr abends. Marina wartete an der Tür, um uns die Mäntel abzunehmen, zu fragen, wann und wo wir unser Abendessen einnehmen wollten, und uns kurz und knapp von den kleinen häuslichen Neuigkeiten zu unterrichten, die der Nachmittag im Hause Camarasa beschert hatte. Außerdem überreichte sie uns ein kleines Bündel Visitenkarten und unfrankierter Briefe. Meine Mutter wies Marina an, sie im Herd zu verbrennen, ohne auch nur einen Blick darauf zu werfen. Sie würde ihr Abendessen wie üblich im Abendsalon einnehmen, ich das meine auf der überdachten Terrasse; beide konnten jetzt serviert werden. Dies waren die letzten Worte, die wir beide an diesem Abend im Beisein des jeweils anderen sprachen. Der Kuss auf die Wange, den ich meiner Mutter gab, als wir uns an der Freitreppe des großen Salons trennten, war so frostig, dass ich förmlich sehen konnte, wie mein Atem beim Kontakt mit ihrer Haut gefror.

Auf dem Tisch des Salons lagen die beiden Zeitungen, die

Gaudí am Nachmittag draußen vor dem Kommissariat gekauft hatte. *Las noticias ilustradas*, die mein Vater nun für längere Zeit nicht mehr würde beaufsichtigen können, und *La gaceta de la tarde*, die heute zum ersten Mal nach zwölf Tagen wieder in Druck gegangen war. Ich nahm sie ganz automatisch an mich und warf unterwegs in den Innenhof nochmals einen Blick auf die Titelseite von *Las noticias ilustradas*, auf der sich sieben Worte – »Das Rätsel der Calle de la Princesa« – den Platz mit einer der wohl detailliertesten, realistischsten Illustrationen teilten, die Fiona je angefertigt hatte.

Eduardo Andreus Leiche auf dem ungemachten Bett.

Der Dolch, der in seiner Brust steckte.

Die schwarze Blutlache unter dem Bett.

Das Elend, in dem der alte Händler seine letzten Tage verbracht hatte, in allen Einzelheiten in einer ganzseitigen Illustration von Fionas Feder festgehalten.

Am Tisch auf der überdachten Terrasse spielten Margarita und Fiona eine Partie Schach, während sie angeregt über etwas plauderten.

»Hoppla«, sagte ich anstelle einer Begrüßung. »Das ist das erste Mal, dass ich euch Schach spielen sehe.«

›Das ist das erste Mal, dass ich euch lächelnd zusammensitzen sehe‹, hätte ich natürlich eigentlich sagen wollen. Die beiden verstanden es auch so.

»Ja, wir staunen selbst darüber.« Fiona lächelte mich an. »Margarita hat mir erzählt, was auf dem Kommissariat passiert ist, ich habe ihr die Sache mit dem Herrn erklärt, der mir gestern den Brief für euren Vater gab, und dann haben wir Schach gespielt.«

»Irgendetwas mussten wir ja tun, während wir auf dich gewartet haben, oder?«, sagte meine Schwester, machte aufs Geratewohl einen Zug und verkündete: »Schachmatt. Erzählst du es uns?«

Ich nahm auf dem Stuhl neben Margarita Platz und lockerte die Krawatte, während ich antwortete: »Da gibt es nicht viel zu erzählen.«

»Ihr wart lange weg. Irgendetwas werdet ihr ja wohl getan haben.«

Ich berichtete Margarita und Fiona, was in den zwei Stunden geschehen war, die zwischen unserem Abschied vor dem Portal de Santa Madrona und Mama Lavinias und meiner Rückkehr nach Gracia vergangen waren: der Besuch in dem Herrenhaus auf dem Paseo de San Juan, aus dem jenem Journalisten zufolge irgendjemand unseren Vater zwei Stunden vor seiner Verhaftung hatte herauskommen sehen, die beiden nachfolgenden Besuche in herrschaftlichen Häusern, das undurchdringliche nachdenkliche Schweigen, in das unsere Mutter sich gehüllt hatte, und schließlich meine kurze Unterhaltung mit dem Anwalt Aladrén. Hingegen erzählte ich den beiden nichts von meiner letzten Unterhaltung mit Mama Lavinia und den schmerzhaften Wahrheiten, die dabei zur Sprache gekommen waren, ebenso wenig wie von ihrem befremdlichen letzten Satz – »Es ging mir nie besser« –, ehe sie aus der Berline gestiegen war; allerdings erwähnte ich die sichtbare Veränderung, die mit ihr vorgegangen war, seit mein Vater sich der Polizei gestellt hatte.

»Dann wissen wir immer noch nicht, was Papa ihr in den fünf Minuten, die Inspector Labella die beiden allein ließ, gesagt hat, und wir wissen auch nicht, was Mama in den ersten drei Häusern gemacht hat, die ihr besucht habt«, fasste Margarita zusammen. »Als Detektiv bist du unbezahlbar.«

»Wie ich sehe, hat Gaudí dich mit seinen Ermittlerallüren angesteckt.« Ich lächelte. »Wie war die Fahrt im Cabriolet?«

Sofort hellte sich die Miene meiner Schwester auf.

»Wunderbar. Die schönste Kutschfahrt meines Lebens.«

Ich fragte lieber nicht nach.

»Das freut mich.«

»Toni ist ein ganz besonderer Mann. Wenn es irgendjemandem gelingt, Papa aus dem Gefängnis zu holen, dann ihm, und nicht diesem Alten mit dem Schnurrbart, den Mama dir vorgestellt hat.« Margarita wandte sich an Fiona und legte den Kopf ein wenig schräg. »Stimmt doch, Fiona?«

Fiona lächelte liebenswürdig.

»Hoffentlich hast du recht.«

»Aber Papa ist noch nicht im Gefängnis«, fühlte ich mich verpflichtet zu sagen. »Lasst uns nicht voreilig sein. Im Moment ist er nur im Kerker eines Kommissariats.«

›Wie du meinst‹, besagte Margaritas Blick.

»Toni hat einen Haufen Ideen zu der Sache. Sehr interessante Ideen, nicht wahr, Fiona?«

Fiona lächelte wieder.

»Du bist doch die, die in diesem Cabriolet saß, meine Liebe. Ich hatte nur kurz Gelegenheit, ihn im Garten zu begrüßen, bevor er wieder ging.«

»Das stimmt.« Margarita setzte eine zutiefst bedauernde Miene auf. »Was mich daran erinnert ...«

Sie versenkte die Hand in den Tiefen ihres Kleides und holte ein mehrmals gefaltetes Blatt Papier hervor.

»Eine Nachricht von Gaudí?«

»Er hat gesagt, es täte ihm leid, dass er nicht auf dich warten konnte. Toni ist ein vielbeschäftigter junger Mann. Nicht wahr, Fiona?«

In diesem Augenblick erschien Marina mit meinem Abendessen und bewahrte Fiona davor, wieder lächeln zu müssen.

»Entschuldige, Marina«, sagte sie, räumte hastig die Schachfiguren in den Kasten aus Ebenholz und schob das Schachbrett auf die Seite des Tisches, wo ich die Zeitungen abgelegt hatte. »Deine Mutter isst nicht mit dir?«

Ich schüttelte den Kopf und steckte Gaudís Nachricht ungelesen in die Tasche.

»Sie hat sich in den Abendsalon zurückgezogen.«

»Dann entschuldigt mich bitte. Ich gehe nach oben und spreche kurz mit ihr.«

Fiona ging ins Haus, und Marina folgte ihr, nachdem sie die Teller, das Besteck und den großen Krug mit gekühltem Zitronenwasser, das wir immer zum Abendessen tranken, für mich auf den Tisch gestellt hatte. Ich setzte mich auf meinen üblichen Stuhl und lud Margarita ein, sich auf den zu setzen, den Fiona geräumt hatte.

Meine Schwester runzelte wieder einmal übertrieben die Stirn.

»Und was hat diese Hexe mit Mama zu bereden?«

Ich lächelte.

»Und ich hätte schon fast an eure plötzliche Freundschaft geglaubt ...«

»Fiona ist sehr schlau. Sie kennt viele Leute. Und sie weiß mehr, als wir ahnen.«

Sie hatte Fiona vorhin wohl einer Befragung unterzogen, und dies waren offenbar die drei Schlussfolgerungen, die sie daraus gezogen hatte.

»Je mehr sie weiß, desto besser für uns. Und für Papa.«

»Glaubst du?«

»Fiona steht auf unserer Seite«, erwiderte ich und aß ein Stück Schweinefleisch mit Pilzsoße. »Bei allem Respekt für deinen verehrten Toni: Ich bin sicher, dass uns Fionas Kontakte mehr nutzen, wenn es darum geht, Papa aus dem Gefängnis zu holen, als irgendeine Deduktionsübung, die Gaudí aus dem Ärmel schütteln mag.«

»Papa ist nicht im Gefängnis«, berichtigte mich Margarita hastig. »Das hast du selbst gesagt. Und Toni hat auch seine Kontakte.«

»Was weißt du denn über Tonis Kontakte?«

»Mehr als du. Er hat mir unterwegs vieles erzählt.«

Auch in diesem Punkt wollte ich nicht nachfragen.

»Was steht in der Nachricht, die du mir gegeben hast?«

»Und woher soll ich das wissen?«

»Ist das Papier etwa nicht durchscheinend?«

Margarita rümpfte die Nase.

»Sehr witzig«, sagte sie. »Aber ohne meine Achtsamkeit wüsstet ihr nicht, wo Papa gestern Nacht war.«

Ihre Achtsamkeit. Ich lächelte.

»Wir wissen noch immer nicht, wo Papa gestern Nacht war«, gab ich zurück. »Aber du hast recht. Es ist sehr aufschlussreich, dass jemand ihn für zwölf Uhr nachts in eine Kirche zitiert hat, und vermutlich liegt darin einer der Schlüssel zu den Geschehnissen. Ein Glück, dass deine Achtsamkeit dich bewogen hat, den Brief gegen das Licht zu halten.«

Margarita lächelte ebenfalls.

»Toni vermutet, der Brief sei eine Falle gewesen. Jemand habe gewollt, dass Papa zur Zeit des Mordes nicht bei uns war. Um zwölf Uhr wurde Andreu ermordet, ungefähr. Glaubst du das auch?«

Ich dachte kurz darüber nach.

»Wenn es eine Falle war, warum hat Papa dann Inspector Labella nichts davon gesagt?«

»Wahrscheinlich weil Papa davon ausging, dass das eine Einladung zu einem Stelldichein sei. Womöglich hat Papa eine Geliebte und ist gestern in diese Kirche gegangen, weil er geglaubt hat, er würde sie dort treffen. Und jetzt ist es ihm zu peinlich, das zuzugeben.«

»Ich glaube nicht, dass sich ein Mann wie Papa aus Scham in einen Kerker sperren lässt.«

»Er will Mama nicht verletzen«, entgegnete Margarita sofort, sichtlich angetan von ihrer Theorie. »Deshalb ist Mama so merkwürdig: weil sie etwas ahnt. Und selbst wenn Papa der Polizei sagen würde, dass er um Mitternacht in dieser Kirche war, anstatt seine Familie ins Liceo zu begleiten: Wenn seine Geliebte nicht zu der Verabredung erschienen ist, hat er noch immer kein Alibi. Sprich: Es würde ihm gar nichts nutzen, das alles zu gestehen.«

»Ich muss zugeben, das ist eine gute Geschichte.«

»Mit anderen Worten: Du glaubst nicht, dass sie stimmt.«

Ich trank einen Schluck Zitronenwasser und zuckte die Achseln.

»Sie könnte wahr sein«, räumte ich ein. »Die letzten Stunden waren so seltsam, dass ich mir sogar vorstellen könnte, ein Mann wie Papa habe eine Geliebte.«

Margarita riss die Augen noch ein wenig weiter auf.

»Und wenn sie nun der Grund dafür ist, dass wir nach Barcelona zurückgekehrt sind? Und wenn Papa seine Zeitung nur gegründet hat, um in ihrer Nähe zu sein? Wäre das nicht romantisch?«

Doch, das wäre sehr romantisch.

»Und wenn nun Fiona Papas Geliebte ist?«

Margarita wäre beinahe die Kinnlade herabgefallen.

»Fiona? Fiona und Papa?«

»Andererseits, wenn ich es recht bedenke, hätte Papa nicht nach Barcelona zurückziehen müssen, um mit Fiona zu schlafen. Wir werden eine plausiblere Kandidatin suchen müssen.«

Margarita runzelte die Stirn.

»Das meinst du nicht ernst.«

»Da wir schon einmal dabei sind, abstruse Erklärungen zu ersinnen ...«

»Was ist daran abstrus, dass Papa seine Geliebte schützen will und der Polizei deshalb nicht sagt, wo er gestern Nacht war?«

»Also will er gar nicht Mama schützen?«

»Auch.«

Wir schwiegen eine Weile. Margarita, den Blick zu Boden gerichtet, war in Gedanken über die verschiedenen Theorien versunken, die ihre blühende Fantasie ersonnen hatte, während ich mein Abendessen beendete und mit wachsender Zärtlichkeit das nachdenkliche Profil meiner Schwester betrachtete.

Als wir auf dem Kommissariat von Las Atarazanas in einem düsteren, schlecht belüfteten Büro darauf gewartet hatten, dass Inspector Labella sich dazu herabließ, uns endlich zu verraten, was mit unserem Vater geschehen würde, da hatte Margarita denselben Blick gehabt, kurz bevor sie allen Anwesenden verkündet hatte, sie sei gerade zu dem Schluss gekommen, dass dies mit großem Abstand der schlimmste Tag ihres Lebens sei.

»Woran denkst du?«

Erst nach einigen Sekunden hob Margarita den Blick vom Boden.

»Ich denke, dass Toni recht hat«, sagte sie und blickte mich eindringlich an. »Wenn wir nicht herausfinden, wer Andreu getötet hat, und Inspector Labella Beweise dafür vorlegen können, wird er sich nicht die Mühe machen, nach anderen möglichen Tätern zu suchen. Dieser dicke Zwerg ist davon überzeugt, dass er seinen Mörder bereits hinter Gittern hat.«

Und das nicht ohne Grund, dachte ich.

»Vielleicht wird der Anwalt, den Mama mir vorgestellt hat ...«

»Anwälte sind zu nichts zu gebrauchen«, unterbrach Margarita mich. »Wenn du Romane lesen würdest, wüsstest du das. Anwälte sind Nichtsnutze.«

»Ein Anwalt, der in einem solchen Haus wohnt wie Aladrén, kann kein Nichtsnutz sein. Morgen zeige ich es dir.«

Meine Schwester schüttelte den Kopf.

»Morgen bist du beschäftigt. Toni erwartet dich um Punkt neun Uhr bei sich zu Hause.«

»Ach.«

»Ihr werdet zum Hafen gehen und herausfinden, wo sich Andreu vor seinem Tod aufgehalten hat. Toni glaubt, der Alte hatte dort Geschäfte.«

Ich holte Gaudís Nachricht aus der Tasche.

»Sonst noch etwas, das ich wissen sollte?«

»Heute Abend wart ihr verabredet, aber er versteht, dass du diese Verabredung lieber verschieben möchtest.«

Erst da fiel mir wieder ein, dass Gaudí versprochen hatte, mir heute den Teil der Geschäfte des Señor G zu zeigen, der mit diesen mysteriösen Substanzen zu tun hatte, mit denen man angeblich die Realität sehen konnte.

»Wieder einmal ein sehr durchscheinendes Papier.«

»Toni hat mir die Nachricht gegeben, ohne sie in einen Umschlag zu stecken, also wollte er eigentlich, dass ich sie lese.« Unvermittelt hob Margarita die Augenbrauen. »Glaubst du, damit wollte er mir zu verstehen geben, dass ich euch morgen zum Hafen begleiten soll?«

»Das glaube ich nicht, nein.«

In diesem Augenblick erschien Marina an der Terrassentür und fragte, ob sie abräumen dürfe. Ihre vor Müdigkeit geröteten Augen und ihre zusammengepressten Lippen ließen erkennen, dass sie ein Nein als Antwort nicht akzeptieren würde. Ich aß einen letzten Bissen Brot, trank einen letzten Schluck Zitronenwasser und stand vom Tisch auf.

»Und welche Pläne hattet ihr zwei für heute Abend?«, fragte Margarita und stand ebenfalls auf.

»Keine, die man einer Dame erzählen könnte.«

»Aha.«

»Und jetzt, wenn du nichts dagegen hast, ist es Zeit für uns, ins Bett zu gehen«, sagte ich, legte ihr den Arm um die Taille und führte sie ins Haus. »Wir hatten beide einen langen Tag.«

Margarita widersprach nicht.

»Fiona weiß nichts davon«, sagte sie bloß und deutete auf die Ausgabe von *La gaceta de la tarde*, die vergessen auf dem Tisch lag. »Sagt sie jedenfalls.«

Dann hatte also auch Fiona nicht geahnt, dass *La gaceta de la tarde* ausgerechnet heute wieder erscheinen würde, begriff ich.

»Hat sie Sanmartíns Artikel schon gelesen?«

»Sie hat gesagt, der sei Mist. Alles, was dieser Kerl schreibt, sei Mist. Und morgen will sie herausfinden, wer ihm das alles erzählt hat.«

Ich nickte.

Das alles.

»Mama hat mir gesagt, ich sei schon mein ganzes Leben lang eine Enttäuschung für Papa«, sagte ich unvermittelt, ohne zu wissen, warum. »Ich sei ein verzogenes Kind. Und dies sei meine letzte Gelegenheit, das ihm gegenüber wiedergutzumachen.«

Als Margarita das hörte, blieb sie auf der untersten Stufe der Freitreppe stehen, stellte sich auf die Zehenspitzen und gab mir einen Kuss auf die Stirn.

»Dann weißt du ja, was du zu tun hast«, sagte sie.

Daraufhin ging sie ohne weitere Erklärungen die Treppe hinauf.

# Kapitel 28

Ich war bereits barfuß und in Hemdsärmeln, als an meine Tür geklopft wurde. Ein einzelnes, knappes Klopfen, das ganz anders klang als das Kastagnettenspiel der Knöchel, mit dem Margarita ihre abendlichen Besuche in meinem Schlafzimmer ankündigte, oder das zaghafte dreifache Klopfen, mit dem Marina mich um Punkt sieben Uhr morgens weckte. Mit den schlimmsten Befürchtungen schloss ich die Gürtelschnalle und die beiden obersten Hemdknöpfe wieder und öffnete mit leicht klopfendem Herzen die Tür.

Fiona stand davor.

Eine lächelnde Fiona, noch immer tadellos gekleidet und von so frischem Aussehen, als wäre es nicht bereits fünfzehn Stunden her, dass die Polizei sie nach einer Nacht, die sie zu einem großen Teil in den Theatern der Stadt verbracht hatte, aus dem Bett geholt hatte.

»Ich bringe dir ein Glas Milch«, verkündete sie, hob die Hand und zeigte mir tatsächlich ein Glas mit einer weißen Flüssigkeit. »Findest du das unangebracht?«

»Ich finde es überraschend.«

»Ich war bis vor Kurzem bei deiner Mutter im Abendsalon. Danach ging ich in den Innenhof, aber du warst nicht mehr da. Marina sagte mir, du seist zu Bett gegangen, ohne dein Glas Milch zu trinken. Und das erschien mir nicht gut.«

»Seit wann trinke ich ein Glas Milch, bevor ich zu Bett gehe?«

»Tust du das nicht?« Fionas Lächeln wurde noch ein wenig

breiter. »Anscheinend bin ich nicht mehr so gut über deine nächtlichen Gewohnheiten unterrichtet wie früher ...«

Ebenfalls lächelnd nahm ich ihr das Glas Milch ab, trat zur Seite und ließ sie herein.

»Danke jedenfalls.«

»Gern geschehen.« Fiona blieb in der Mitte meines Zimmers stehen, drehte sich einmal um sich selbst und deutete dann mit dem Finger auf den einzigen Sessel. »Darf ich mich setzen?«

»Bitte.«

Sie schürzte die Röcke ihres schlichten Kleides und setzte sich in den Sessel. Wenn man von den wenigen Sekunden absah, in denen sie mich an diesem Morgen über den Mord an Andreu informiert hatte, war dies das erste Mal, dass sie einen Fuß in mein Schlafzimmer setzte. Dass sie es jetzt, nach elf Uhr abends und mit einem Glas Milch in der Hand tat, während ich mich schon halb entkleidet hatte, erschien mir trotz allem eigenartig angemessen: das absurde Ende des absurdesten Tages, den man sich vorstellen konnte.

Nach kurzem Zögern verwarf ich die verlockende Idee, mich auf die Sessellehne zu setzen, und ließ mich auf der Bettkante nieder.

»In Wirklichkeit bin ich gar nicht hier, um dir ein Glas Milch zu bringen«, sagte Fiona da und beugte sich ein wenig zu mir vor.

»Das habe ich mir schon gedacht.«

»Ich wollte sehen, wie es dir geht.«

Ich nickte dankbar.

»Ich hatte schon bessere Tage«, gab ich zu. »Ebenso wie du.«

»Verglichen mit deinem Tag war meiner der reinste Urlaub.«

»Vermutlich«, räumte ich ein. »Aber es sind so viele seltsame Dinge in so kurzer Zeit geschehen, dass ich bisher kaum Gelegenheit hatte, mir die Lage, in der wir uns befinden, zu vergegenwärtigen.«

»Dein Vater hat einen Mann ermordet. Alle Beweise deuten darauf hin, und für die Polizei besteht kein Zweifel an seiner Schuld. Mit dem, was sie haben, können sie ihn für den Rest seines Lebens einsperren. Und wer weiß, ihn vielleicht sogar hinrichten.«

Das war die Lage, in der wir uns befanden.

»Ich hatte schon bessere Tage«, wiederholte ich und versuchte zu lächeln, was vermutlich eher nach der Grimasse eines traurigen Clowns aussah.

»Tut mir leid, dass ich es so direkt ausspreche. Aber die Tatsachen zu ignorieren, würde diesmal überhaupt nicht helfen. Weder dir noch deiner Mutter und auch nicht deinem Vater.«

Ich verzog das Gesicht. ›Diesmal‹, hatte Fiona gesagt.

»Ich weiß. Ich habe nicht vor, die Lage zu ignorieren oder zu verharmlosen. Ich versuche nur, sie zu verstehen. Und im Augenblick«, gestand ich, »verstehe ich, glaube ich, gar nichts.«

Fiona schob sich eine rote Locke aus dem Gesicht, die ihr in die Stirn gefallen war.

»Wir hatten bisher keine Gelegenheit, darüber zu sprechen«, sagte sie und sah mich mit einem Mal sehr eindringlich an. »Ohne deine Schwester oder deinen Freund, meine ich. Du sollst nur wissen, dass ich dir helfen werde.«

»Dafür bin ich dir dankbar.«

»Ich meine es ernst. Ich werde dir helfen.«

Dummerweise fragte ich Fiona nicht, wie sie das meinte. Wobei sie mir helfen wollte oder wie oder warum. Ich nickte lediglich und sagte: »Gaudí glaubt, die einzige Möglichkeit, meinen Vater vor dem Gefängnis zu bewahren, sei, Andreus wahren Mörder zu finden und Inspector Labella zu übergeben.«

Ein mattes Lächeln huschte über Fionas Gesicht, das ebenfalls traurig und gekünstelt wirkte.

»Hört sich einfach an, nicht wahr?«

»Hört sich verflucht schwierig an«, gestand ich ein. »Aber auch ich sehe keine andere Möglichkeit, zu verhindern, dass dieser Polizist den Fall bis Dienstag abschließt. Ich vermute, sie haben dir schon erzählt, dass wir am Montag alle auf das Kommissariat in Las Atarazanas vorgeladen sind. Auch du und dein Vater, unsere Hausangestellten, und sogar der Kutscher und der Gärtner.« Fiona nickte, sie wusste es. »Labella will unsere Aussagen nur aufnehmen, um der Form Genüge zu tun. Keiner von uns hat etwas zu sagen, was ihn an dem zweifeln lassen würde, was er bereits zu wissen glaubt, und wenn er mit uns fertig ist, muss er meinen Vater nur noch ins Amalia-Gefängnis schicken, den Fall derselben Justiz übergeben, für die er arbeitet, und darauf warten, dass ein Richter seinen Bericht annimmt. Wenn es dann schließlich zur Gerichtsverhandlung kommt, wird mein Vater bereits seit Monaten im Gefängnis sitzen, und niemand wird an seiner Schuld zweifeln. Und dann gibt es nur zwei mögliche Zukunftsaussichten für ihn: die Garrotte oder lebenslange Haft.«

Fiona nickte.

Wieder fiel ihr eine Haarsträhne über das rechte Auge und verfing sich in ihren langen Wimpern.

Der Nagel des kleinen Fingers, mit dem sie sich die Strähne wieder hinters Ohr strich, war, wie mir jetzt auffiel, tiefschwarz lackiert.

»Ich würde dir gerne sagen, dass du dich irrst«, versicherte sie mir. »Aber da Inspector Labella im Spiel ist, ist das die Zukunft, die deinen Vater erwartet.«

»Es sei denn, einer von uns würde den wahren Mörder finden. Wir oder dieser Anwalt, den Mama mir heute Nachmittag vorgestellt hat, oder ...«

Ich sprach den Satz nicht zu Ende. Ich wusste nicht, wie.

Da stand Fiona auf und setzte sich neben mich.

»Vielleicht ist es gar nicht nötig, diesen Mörder zu finden«, sagte sie und nahm mir das Glas Milch, das ich immer noch festhielt, aus der Hand, nippte aber nur kurz daran. »Vielleicht gibt es einen einfacheren Weg, deinen Vater wieder in Freiheit zu sehen.«

»Und der wäre?«

»Abzuwarten, bis die Freunde deines Vaters siegen und Inspector Labella zusammen mit dem Rest der republikanischen Polizei und dem gesamten Justizsystem, für das dieser Polizist arbeitet, nur noch Schnee von gestern sind.«

Das kam so unerwartet, dass ich nicht wusste, wie ich darauf reagieren sollte.

»Das meinst du nicht ernst.«

»Das meine ich sehr ernst«, versicherte mir Fiona. »Wenn ich dein Vater wäre, würde ich sogar meine ganze Hoffnung darauf setzen. Und sag nicht, du hättest nicht auch schon daran gedacht.«

»Ich versichere dir, nein. Du hältst es für ausgemacht …«

»Dass die Behauptungen, die dieser Víctor Sanmartín heute in seinem Artikel in *La gaceta de la tarde* über deinen Vater aufgestellt hat, wahr sind? Dass das, was er in seinem Artikel vom Dienstag schrieb, auch wahr ist? Dass einige der Autoren der anonymen Briefe, die nach dem Brand hier oder in der Redaktion ankamen, wussten, wovon sie schrieben?« Ohne den Blick von mir abzuwenden, stellte Fiona das Glas auf den Nachttisch und nahm meine rechte Hand. »Das alles stimmt, und du weißt es.«

Ich schüttelte den Kopf. Nichts wusste ich.

Ich wollte es nicht wissen.

Ich wusste es nicht.

»Mein Vater ist ein königlicher Spion«, begann ich aufzuzählen. »*Las noticias ilustradas* ist nur eine Tarnung, die seine Rückkehr nach Barcelona rechtfertigen soll. Seit er 68 das Land auf der Flucht vor Prims Staatsstreich verließ, dienten alle seine unternehmerischen Aktivitäten dem Ziel der Wiedereinsetzung der Bourbonen auf dem spanischen Thron, die, allen Gerüchten zufolge, tatsächlich kurz bevorsteht. Andreu ist gestorben, weil er Beweise dafür hatte.« Erneut schüttelte ich den Kopf. »Das glaubst du ernsthaft?«

Fionas Gesichtsausdruck, ihr trauriger Blick, ihre warmen Hände auf meiner Hand – das alles ließ keinen Raum für Zweifel. Selbstverständlich glaubte sie das.

»Auch wenn du noch so naiv bist, Gabriel, kannst du unmöglich glauben, dass dein Vater ein Auktionshaus, das ihm in London millionenschwere Einnahmen brachte, geschlossen hat und mit seiner Familie zurück nach Barcelona gezogen ist, um Eigentümer eines Boulevardblattes zu werden, aus dessen Verkäufen sich im besten Fall nicht einmal die Hälfte der Miete für das Gebäude bestreiten lässt, in dem es residiert. Glaubst du, in dieser Stadt der Heiligen und Analphabeten könnte eine Zeitung wie *Las noticias ilustradas* ein Geschäft sein, mit dem ein Unternehmer, wie dein Vater es angeblich ist, sich abgeben würde?«

Da war es wieder: »naiv«.

Vielleicht war ich das wirklich.

»Dann darf ich wohl daraus schließen, dass ihr ebenfalls Verbündete des Königs seid, dein Vater und du«, entgegnete ich. »Auch ihr arbeitet auf den Sturz der Republik und die Rückkehr eines Bourbonen auf den spanischen Thron hin. Ihr zwei seid aus demselben Grund in Barcelona wie mein Vater.«

Fiona ließ meine Hand los und schlang sich die Arme um den Leib, halb die Geste eines kleinen Mädchens, halb die einer schwangeren Frau, was mich zugleich mit Zärtlichkeit erfüllte und abstieß.

»Ich weiß nicht, warum mein Vater in Barcelona ist«, erwiderte sie mit dünner Stimme. »Ich bin seinetwegen hier. Mein Vater ist alles, was ich habe.«

Wir schwiegen eine Weile.

Die Frau, die noch knapp zwei Jahre zuvor in den sozialistischen Zirkeln Londons, in Arbeitervereinen, sogar in den Nihilistengruppen des East End verkehrt hatte, war jetzt aus reiner Tochterliebe irgendwie in eine Verschwörung zum Sturz der spanischen Republik verwickelt? Diese Vorstellung war so abstrus, dass mir schon der Gedanke daran empörend erschien. Ein Verrat am Andenken der wahren Fiona.

»Ich erkenne dich nicht wieder«, murmelte ich.

»Was willst du damit sagen?«

»Dass du auf die Krönung eines Königs hinarbeitest! Vor

ein paar Jahren hättest du auf seine Entmachtung hingearbeitet. Oder vielleicht sogar auf seinen Tod.«

Verletzt sah Fiona mich an.

»Du weißt nichts über mich, Gabriel«, sagte sie. »Nicht mehr. Und es steht dir auch nicht zu, über mich zu urteilen.«

Das stimmte. Beides.

Ich wusste überhaupt nichts mehr über Fiona, und es hatte mir noch nie zugestanden, über sie zu urteilen.

»Es tut mir leid. Ich habe nicht gemeint…« Ich ließ den Kopf hängen. »Entschuldige.«

»Schon gut.«

Ein neuerliches Schweigen trat ein.

Um irgendetwas zu tun, um meine Hände irgendwie zu beschäftigen, nahm ich das Glas Milch und trank einen Schluck, der wie schmutziges Wasser mit Honig schmeckte. Die dünne Sahneschicht auf der Milch klebte an meinem Gaumen wie eine abgestorbene Hautschicht – widerlich.

»Der Brief, den dieser Herr dir gestern für meinen Vater gab«, sagte ich schließlich. »Die Nachricht, wegen der er nicht mit uns ins Liceo kam. Stand die auch in Verbindung mit seiner Tätigkeit als …?«

Ich wusste nicht, wie ich die Funktion nennen sollte, die meinen Vater angeblich zurück nach Barcelona geführt hatte. Monarchistischer Verschwörer? Antirepublikanischer Putschist? Handlanger des französischen Teufels? Um nur einige der Bezeichnungen aus den anonymen Briefen zu nennen, die Fiona gerade erwähnt hatte.

»Das habe ich jedenfalls angenommen«, bestätigte Fiona. »Es war nicht das erste Mal, dass dein Vater solche Nachrichten erhalten hat. Briefe, die persönlich durch den Gartenzaun gereicht wurden, von anscheinend absolut achtbaren Herren. Deshalb habe ich der Sache überhaupt keine Bedeutung beigemessen und den Umschlag einfach an Marina weitergereicht.«

»Hast du die Nachricht gelesen?«

»Natürlich nicht. Ich lese keine fremde Korrespondenz.«

»Margarita schon. Man hat meinen Vater für Mitternacht in die Kirche Santa María bestellt. Sagt dir das etwas?«

Fiona überlegte kurz.

»Santa María del Mar?«

»Vielleicht«, sagte ich. »Oder vielleicht auch nicht. Jedenfalls, warum hat man ihn um diese Uhrzeit und an diesen Ort bestellt? Und falls er wirklich hingegangen ist, warum hat er das nicht Inspector Labella gesagt? Es ist die Zeit, zu der der Mord geschah. Sein Alibi wäre perfekt.«

Fiona schüttelte den Kopf.

»Wenn die Verabredung in Zusammenhang mit seinen politischen Angelegenheiten stand, kann dein Vater Inspector Labella nichts davon sagen. Inspector Labella gehört zu dem System, das dein Vater stürzen will. So ist das in eurem Land nun einmal.« Fiona zog eine verächtliche Grimasse. »Wenn das herrschende System stürzt, stürzen alle seine Institutionen mit ihm. Eine neue Justiz, ein neues Militär, eine neue Polizei. Wenn dein Vater Labella sagt, dass er gestern Nacht zu der Zeit, als jemand Andreu in seinem Zimmerchen in der Calle de la Princesa ermordet hat, in einer Kirche war und an einer Verschwörung gegen die Republik und für die Einsetzung eines neuen Königs arbeitete, würde das sein Schicksal nur noch beschleunigen.«

»Du meinst ...«

»Er käme schon morgen ins Amalia-Gefängnis, würde übermorgen vor Gericht gestellt und nach Ablauf einer Woche würde er aufs Schafott steigen.«

Ich war erschüttert über den sachlichen Ton, in dem Fiona dies aussprach.

»Aber Labella kennt doch bereits die Gerüchte, die über meinen Vater im Umlauf sind«, wandte ich matt ein. »Auch er liest die Zeitung. Und zweifellos verfügt er über deutlich mehr Informationen als ein Schmierfink wie Sanmartín. Wenn er glaubte, dass diese Gerüchte der Wahrheit entsprechen, dann würde es ihn kaum kümmern, ob mein Vater gesteht oder nicht.«

Erneut schüttelte Fiona den Kopf.

»Du wärst überrascht, was Journalisten alles wissen und die Polizei nicht. Und dein Vater ist immerhin so klug, Labella nicht das zu verschaffen, was ein Mann wie er zu gern hätte: die Gelegenheit, auf Kosten deines Vaters seine Loyalität der Republik gegenüber zu beweisen.«

Da begriff ich allmählich.

»Also lässt mein Vater sich lieber wegen Mordes an einem alten Bettler anklagen als wegen Vaterlandsverrats«, fasste ich zusammen. »Wenn sie ihn des Mordes beschuldigen, kann sich das Gerichtsverfahren hinziehen, bis seine Freunde an die Macht kommen und ihn befreien. Wenn sie ihn als Vaterlandsverräter anklagen, könnten sie ihn hinrichten, ehe die Republik gestürzt ist. Ist es so?«

Fiona nahm wieder meine Hand.

»So sehe ich es jedenfalls«, bestätigte sie. »Und wenn es das ist, was deine Eltern im Augenblick im Sinn haben, dann scheint mir das keine schlechte Strategie zu sein.«

Mit den Fingerspitzen streichelte ich über Fionas Handrücken. Über weiße, warme, weiche Haut.

»Dann glaubst du nicht, dass mein Vater Andreu getötet hat?«

»Natürlich nicht.«

»Aber Víctor Sanmartín glaubt es. Und du glaubst anscheinend, dass Víctor Sanmartín weiß, wovon er spricht.«

»Sanmartín weiß, wovon er spricht, wenn es um die gefährlichen Beziehungen geht, die dein Vater seit seiner Ankunft in Barcelona unterhält«, erwiderte Fiona. »Und dafür, glaub mir, muss man nicht der am besten informierte Journalist der Stadt sein.«

»Was willst du damit sagen?«

Fiona ließ meine Hand los, strich sich nervös über die Haare und rieb sich über Stirn und Wangen – eine dieser Gesten, an denen man bei ihr Erschöpfung oder Ungeduld erkannte. Kurze Zeit blieben einige gerötete Stellen zurück und verliehen ihrem Gesicht Farbe, ehe es wieder seine gewohnte Blässe annahm.

»Beispielsweise die Fahrt, die du vorhin mit deiner Mutter unternommen hast«, sagte sie. »Die herrschaftlichen Häuser, die ihr besucht habt. Das Haus auf dem Paseo de San Juan, aus dem man deinen Vater heute Morgen offenbar herauskommen sah. Jeder, der ein wenig über das Leben in dieser Stadt auf dem Laufenden ist, weiß, wer in diesen Häusern lebt. Und womit sie sich beschäftigen.«

»Verstehe.«

»Und dann dieser Anwalt, Ramón Aladrén. An dem Tag, an dem die Republik gestürzt wird, wird er der erste Ehrengast an der Tafel des frisch gekrönten Bourbonen sein.« Fiona guckte ebenso verächtlich wie vorhin, als sie auf den traditionellen spanischen Bruderkrieg angespielt hatte. »Erinnerst du dich nicht an ihn?«

»Sollte ich?«

»Wir haben ihn in London kennengelernt. Er war mindestens dreimal zum Mittagessen in eurem Haus in Mayfair. Du kannst ihn doch nicht vergessen haben!«

Daher war mir das Lächeln des Anwalts vage vertraut erschienen, begriff ich. Aber nein, ich erinnerte mich nicht an ihn.

»Mein Gedächtnis ist nicht so gut wie deines«, sagte ich. »Dann ist er auch gerade erst aus London zurückgekehrt?«

Fiona schüttelte den Kopf.

»Soweit ich weiß, hat Aladrén nie in London gelebt. Aber er war der Anwalt, der deinen Vater in der Angelegenheit mit dem gefälschten Foto von Lizzie Siddal beraten hat. Er riet ihm, Andreu nicht vor Gericht zu zerren. Das tat er zweifellos, um zu verhindern, dass eine offizielle Untersuchung den wahren Zweck des Auktionshauses ans Licht bringt. Du musst dich doch an ihn erinnern«, wiederholte sie.

Damals hatte ich anderes im Kopf, hätte ich erwidern können. Und andere Personen.

»Mal sehen, ob ich dich richtig verstanden habe«, sagte ich stattdessen. »Um meinen Vater aus dem Gefängnis zu holen, hat meine Mutter sich der Dienste des Anwalts versichert, der damals in die Angelegenheit verwickelt war, die überhaupt dafür verantwortlich ist, dass jetzt, vier Jahre später, in einer anderen Stadt, Eduardo Andreu tot und mein Vater hinter Gittern ist. Ein Anwalt, der wie mein Vater bekanntermaßen ein Verfechter der bourbonischen Restauration ist.«

»Ich glaube nicht, dass deine Mutter sich der Dienste Aladréns versichert hat«, erwiderte Fiona. »Ich glaube vielmehr, dass sie sie angenommen hat. Wenn es in dieser ganzen Sache ein Gutes gibt, dann dass dein Vater in seiner Zelle nicht allein sein wird. Viele Menschen werden auf seine Freilassung hinarbeiten. Auf die eine oder andere Weise.«

Auf die eine oder andere Weise.

Ich stand auf und lief ziellos durchs Zimmer, während ich versuchte, das alles zu verarbeiten.

»Du hast Margarita gesagt, alles, was Víctor Sanmartín in seinem Artikel sagt, sei Mist.«

»Margarita hat es nicht verdient, die Wahrheit über ihre eigene Familie von mir oder von diesem Journalisten zu erfahren. Das ist eine Pflicht, die deiner Mutter und dir zufällt.«

»Aber was seine Theorie über Andreus Tod angeht, glaubst du, da hat er sich geirrt?«, beharrte ich. »Der Alte starb nicht deshalb, weil er von den Angelegenheiten meines Vaters wusste? Sein Tod steht nicht in direktem Zusammenhang mit den Angelegenheiten meines Vaters?«

Fiona biss sich leicht auf die Unterlippe, ehe sie mir antwortete.

»Was ich glaube, Gabriel, ist, dass dein Vater Andreu nicht getötet haben kann. Wie Gaudí dem Inspector gesagt hat, müsste Sempronio Camarasa der dümmste Mörder aller Zeiten sein, um diese beiden Fehler zu begehen, die Labella ihm zutraut. Das silberne Zigarettenetui am Tatort zu vergessen und dann noch die geraubte Aktenmappe im eigenen Schreibtisch zu verstecken.«

Ich nickte.

»Aber Andreu könnte trotzdem getötet worden sein, weil er zu viel wusste«, sagte ich.

»Möglich.«

»Aber warum dann versuchen, meinem Vater die Schuld in die Schuhe zu schieben?«

Wieder schlang Fiona sich die Arme um den Leib.

»Ich weiß es nicht«, sagte sie. »Ich weiß nur das, was du weißt. Heute Morgen befand sich Andreus Aktenmappe im Schreibtisch deines Vaters, und er kann sie nicht heute Nacht da hineingelegt haben. Entweder hat er sie vor dem Mord gestohlen oder…«

»Oder jemand mit Zugang zum Haus hat sie nach der Ermordung des Alten dort platziert.«

»Beide Möglichkeiten erscheinen mir gleichermaßen verstörend und unfassbar. Aber eine dritte fällt mir nicht ein. Dir etwa?«

Ich antwortete nicht. Das brauchte ich auch nicht.

Ich ging zum Nachttisch, trank noch einen Schluck lauwarme Milch und setzte mich wieder neben Fiona.

»Darüber hattest du mit meiner Mutter sprechen wollen?«

Fiona nickte.

»Aber zuerst habe ich sie gebeten, mir zu erzählen, was dein Vater ihr in den fünf Minuten gesagt hat, in denen sie alleine waren.«

»Und?«

»Sie hat gesagt, das gehe mich nichts an. Also habe ich sie nach den Besuchen gefragt, die ihr beide gemacht habt.«

»Auch das ging dich nichts an.«

»Auch das nicht.«

»Und dann hast du ihr erzählt, was du vermutest.«

»Nicht alles. Fast alles.«

»Und?«

Fiona rümpfte anmutig die Nase.

»Du kannst es dir sicher vorstellen.«

Weitere Fragen stellte ich ihr nicht. Wir blieben noch eine Weile auf der Bettkante sitzen. Fiona hatte den Blick auf die schwarzen Spitzen ihrer Halbstiefel gerichtet, ich auf Fionas schwarze Fingernägel im Spiegel an der Kleiderschranktür, beide nachdenklich und schweigend.

Erst als ich ein Gähnen nicht mehr unterdrücken konnte, stand Fiona auf und erklärte, sie wolle schlafen gehen.

»Es war ein langer Tag«, sagte sie. »Und morgen wird auch wieder ein langer Tag.«

»Ein straffer Terminkalender?«, fragte ich, begleitete sie zur Tür und öffnete sie für sie.

»Am Vormittag werde ich versuchen, etwas über diesen Víctor Sanmartín in Erfahrung zu bringen. Außerdem will ich sehen, ob mir einer meiner Informanten bei der Kriminalpolizei erzählen kann, was genau sich in Andreus Aktenmappe befand. Das wird meine Art sein, deinem Vater zu helfen. Und am Nachmittag«, fügte sie hinzu und schenkte mir endlich wieder ihr bezauberndes Lächeln, »bin ich zu einem kleinen Imbiss mit deinem Freund verabredet.«

»Mit Gaudí?«

»Als Margarita heute Nachmittag kurz unachtsam war, habe ich ihn in mein Atelier geführt und ihm einige meiner Gemälde gezeigt. Im Gegenzug hat er mich eingeladen, ihn morgen in seiner Mansarde zu besuchen, um mir dieses Modell von Santa María del Mar anzusehen, an dem er arbeitet.«

»Wirklich?«

»Er klang so, als würde er mir damit eine große Ehre erweisen«, erzählte sie. »Und er hat mir auch mehrfach versichert, dass sein Bruder die ganze Zeit über anwesend sein wird.« Sie lächelte. »Das hat mich ein wenig beruhigt.«

»Ich glaube nicht, dass Gaudí schon viele Frauen zu sich eingeladen hat, um ihnen sein Modell zu zeigen. Viele Männer übrigens auch nicht. Ich würde sagen, du und ich, wir sind die Ersten.«

»Dann ist es ja wirklich eine Ehre. Es stört dich doch nicht, oder?«

»Dass du Gaudí besuchst?«

»Wir gehen auch essen. Allein, wie ich hoffe.«

Jetzt lächelte ich.

»Ich bezweifle, dass sich sein Bruder zu euch gesellt«, sagte ich. »Ich kenne ihn nicht gut, aber ich würde sagen, Francesc Gaudí ist kein Mann, der gerne in Gesellschaft speist.«

Fionas Augenbrauen hoben sich ganz entzückend.

»Dann stört es dich nicht.«

»Natürlich nicht. Sollte es?«

»Natürlich nicht.«

Fiona ging hinaus. Auf dem Korridor blieb sie noch einmal stehen und streckte die Arme nach mir aus.

Unsere Umarmung war lang und innig. Die Umarmung zweier Freunde, die gern mehr füreinander wären oder waren oder es nicht zu sein wagten.

»Was ich vorhin gesagt habe, tut mir leid«, sagte ich und atmete den lieblichen Duft nach Blumen und Kräutern ein, den ihr Haar und ihre Haut verströmten. »Von wegen, ich würde dich nicht wiedererkennen. Entschuldige bitte.«

Fiona rieb zärtlich ihren Kopf an meinem Hals.

»Mir tut auch alles leid, was geschehen ist«, flüsterte sie.

Daraufhin löste sie sich sanft aus unserer Umarmung, drückte mir einen Kuss auf die Wange und ging davon. Das Rascheln ihrer Seidenröcke und das Knarren der Dielen begleiteten sie.

# Kapitel 29

$\mathcal{A}$ls ich begriff, dass ich in dieser Nacht nicht würde schlafen können, hatten die Glocken am Uhrenturm von Gracia schon vor einer geraumen Weile zwölf Uhr geschlagen. Ich war es leid, mich im Bett herumzuwälzen, stand auf, zog die gleiche Kleidung wieder an, die ich vor nicht einmal einer Stunde ausgezogen hatte, nahm Schlüssel und Brieftasche und verließ im Dunkeln das Schlafzimmer.

Unsere Hausdame, die gute Señora Iglesias, hatte bereits alle Lampen gelöscht, alle Fenster geschlossen und alle drei Außentüren des Gebäudes verriegelt, wie sie es jeden Abend tat, ehe sie sich in das Schlafzimmer zurückzog, das sie sich mit Marina und unserer Köchin, Señora Masdéu, teilte. Ich hatte sie um Viertel nach elf ihre Runde durch die Korridore machen hören, kurz nachdem Fiona mich verlassen und ich mit vor Fragen schwirrendem Kopf und ebenso verwirrtem Herzen zurückgeblieben war. Señora Iglesias' Schritte klangen wie die einer alten Frau, und das brachte mich auf die Frage, wo wir alle in dreißig Jahren sein würden. Fiona. Margarita. Meine Eltern. Gaudí. Ich selbst. Wie viele von uns würden in dreißig Jahren, im unvorstellbaren Jahr 1904, noch leben? Wer von uns würde als Erster sterben? Würden auch unsere Schritte schleppend und schwerfällig werden wie die von Señora Iglesias, die da durchs Haus lief, unsere Lampen löschte und sich vergewisserte, dass die Fenster geschlossen waren?

Als ich nun meine eigene Runde durch denselben Korridor machte, stellte ich fest, dass unter den Türen der Schlaf-

zimmer meiner Mutter und meiner Schwester kein Licht zu
sehen war, und auch im Schlafzimmer meines Vaters, das mit
seiner offenen Tür wirkte, als wartete es vergeblich auf seinen Bewohner, brannte keine Lampe. Im spärlichen Mond-
schein, der von draußen durch die Ritzen in den Fensterläden hereindrang, zeichneten sich undeutlich die Umrisse
eines Betts, einer Kommode und eines Nachttischs ab, auf
dem neben der Öllampe ein Glas Wasser stand: ein Anblick,
der mich wehmütig machte und unwillkürlich das Bild einer
Gemeinschaftszelle heraufbeschwor, in der mein Vater eben
jetzt vergeblich einzuschlafen versuchte und sich immer wieder die absurde Verkettung von Ereignissen durch den Kopf
gehen ließ, die ihn dorthin gebracht hatte. Die Ziele, denen
er sich verschrieben hatte. Die Geheimnisse, die er bewahrt
hatte. Die Fallen, die er sich selbst gestellt hatte, indem er
dieses verlogene Leben gewählt hatte, falls Fiona denn recht
hatte.

Ohne Licht zu machen, ging ich ins Bad und erleichterte
mich im Dunkeln, erfrischte mich mit dem lauen Wasser im
Waschbecken, trocknete mich mit einem Handtuch ab, das so
rau war wie die Haut eines Bauern, und ging ein wenig belebt
wieder hinaus auf den Korridor.

Im Erdgeschoss kam ich an der Tür des Arbeitszimmers
meines Vaters vorbei und stellte fest, dass sie abgeschlossen
war. Die Polizei hatte es wohl nach der Durchsuchung ver-
siegelt: eine dieser sinnlosen Vorsichtsmaßnahmen, an denen
die Gesetzeshüter solchen Gefallen finden. Im kleinen Dienst-
zimmer von Señora Iglesias gab es einen Zweitschlüssel, ebenso wie für alle anderen Zimmer des Hauses. Meine Neugier
hätte mich beinahe veranlasst, ihn zu holen, doch am Ende
verzichtete ich darauf. Alles, was in diesem Arbeitszimmer
von Interesse gewesen war – die persönlichen Papiere, die Ver-
zeichnisse und Rechnungen, die private Korrespondenz –, befand sich bereits in den Händen Abelardo Labellas.

Ich öffnete die Tür zur Terrasse, trat hinaus in die frische,
feuchte Nachtluft und ging so weit in den Garten hinein, bis

ich feststellen konnte, dass auch im ehemaligen Bauernhaus kein Licht mehr brannte. Flüchtig spielte ich mit der Idee, an Fionas Schlafzimmerfenster zu klopfen und sie einzuladen, mich bei dem kleinen Abenteuer, das ich unternehmen wollte, zu begleiten. In Erinnerung an die alten Zeiten, hätte ich sagen können. In Erinnerung an jene gemeinsamen nächtlichen Ausflüge in die Gassen von Whitechapel und Shadwell, damals, als Fiona ihre Drachen im Ginrausch und in den übelriechenden Rauchschwaden des Schlafmohns gesucht hatte, während ich mich neben ihr nur darüber hatte wundern können, wie eine so schöne, so intelligente, so unkonventionelle Frau Nacht für Nacht Körper und Geist auf solch schmutzige, vulgäre Weise schädigen konnte.

Ich beschloss, sie nicht zu stören. Nicht nach der Unterhaltung, die wir vor gerade einmal einer Stunde in meinem Schlafzimmer geführt hatten. Ich begnügte mich damit, die dunkle Silhouette des ehemaligen Bauernhauses noch eine Weile zu betrachten, während ich mir ausmalte, wie eine Begegnung zwischen Fiona und dieser seltsamen Tänzerin im Monte Táber aussehen könnte, dieser Frau mit dem engelhaften Gesicht und dem missgebildeten Körper, deren grazile Bewegungen mir mein Gedächtnis seit Samstagnacht immer wieder vor Augen führte. Schließlich drehte ich mich um und wollte schon zum Hauptgartenweg gehen.

Und da hörte ich die Stimmen.

Sie kamen aus dem Inneren des Bauernhauses, vielleicht sogar aus dem Schlafzimmer, vor dessen Fenster ich gerade stand, und sie gehörten ohne jeden Zweifel Fiona und Martin Begg. Ich konnte nicht ein einziges Wort von dem, was die beiden sagten, verstehen, aber die Heftigkeit ihres Streits drückte mir das Herz ab. Noch nie hatte ich die beiden streiten hören, und natürlich hatte ich auch keinen der beiden je so laut schreien hören, nicht einmal Martin Begg, dessen häufige Wutausbrüche bei der Arbeit sich normalerweise deutlich subtiler und wirksamer – und auch furchterregender – äußerten als die Schreie, die dort im dunklen Haus ertönten.

Ich trat einige Schritte näher ans Haus und versuchte zu verstehen, was Vater und Tochter einander an den Kopf warfen, aber vergeblich. Fionas Stimme war hoch und fest, Martin Beggs hingegen rau, unsicher und beinahe unartikuliert – die Schreie eines Betrunkenen, der die lodernde Wut in seinem Herzen nicht recht in Worte kleiden kann. Ein ordinärer Cockney-Akzent verfremdete die Worte der beiden Engländer zusätzlich, so als hätte die Hitzigkeit ihrer Auseinandersetzung sie automatisch in ihr früheres Leben zurückversetzt, in die Umgebung von St. Mary-le-Bow. Was sie einander auch vorwerfen mochten, keinen der beiden schienen die Argumente des anderen groß zu interessieren: Sie unterbrachen einander in einem fort, sie redeten gleichzeitig, und am Ende verschmolzen ihre Schreie zu einer einzigen Kakafonie.

Nach einigen Minuten endete der Streit so plötzlich, wie er begonnen hatte.

Ich blieb noch ein Weilchen, wo ich war, vor dem geschlossenen Fenster von Fionas Schlafzimmer, und dann ging ich davon und fragte mich, was zum Teufel da gerade geschehen war.

Ein kalter Nieselregen begleitete mich den ganzen Weg bis in den Raval. Es waren nicht viele Menschen unterwegs: einige Paare, die Arm in Arm durch die Gassen schlenderten, ein paar Gruppen festlich gekleideter junger Leute, der ein oder andere Betrunkene. Sogar die zahlreichen Prostituierten, die in Ausübung ihres uralten Gewerbes Nacht für Nacht über die Rambla streiften, schienen sich in dieser Freitagnacht in den Schutz der Bordelle oder der zahlreichen Privathäuser geflüchtet zu haben, die ihnen in dieser Gegend als Arbeitsplatz dienten.

Auf der Calle del Hospital kniete ein Bettler und erbrach sich am selben Abschnitt der mittelalterlichen Mauer, den auch ich in der Nacht des vergangenen Samstags mit meinem Erbrochenen besudelt hatte.

MONTE TÁBER verkündete das kleine Holzschild, das an

der Tür des Hauses Nummer 36 hing, nach wie vor. Derselbe Türklopfer in Form eines Schlangenkopfes. Und dieselbe verdrießliche, stark geschminkte Alte – schwarze Augen, rote Lippen, gräuliche, spröde Haut – stand an derselben, einen Spalt weit geöffneten Tür aus schmutzigem Nussbaumholz.

»Ja.«

»Ich möchte zu Señor G.«

Die Frau schien mich nicht wiederzuerkennen.

»Wirklich?«, fragte sie und musterte mich verächtlich.

Ich nahm einen Geldschein aus der Brieftasche und wedelte damit vor ihren stark geschminkten kleinen Augen herum.

»Vergeuden wir bitte nicht noch mehr Zeit.«

Die Frau schnappte sich den Geldschein und steckte ihn in ihr Dekolleté, das ich hier nicht weiter beschreiben möchte. Die Tür schloss sich kurz, dann öffnete sie sich wieder mit einem rostigen Quietschen, das seltsam einladend klang. Die Alte war verschwunden, und an ihrer Stelle stand ein lächelndes junges Mädchen, das mir mit der linken Hand den Weg wies.

Derselbe enge, düstere Korridor. Dieselben roten Samtvorhänge. Dasselbe süße Lächeln auf den Lippen eines anderen ausgesprochen spärlich bekleideten Mädchens.

Auf der Bühne im Saal war bereits das Schauspiel im Gange, das mich bei meinem ersten Besuch so beeindruckt hatte. Die Frau mit dem erstaunlichen Gesicht und dem … wie soll ich es sagen … dem anrührenden Körper gab sich ihrem eigentümlichen Ritual aus Gesten, Blicken und Pirouetten hin, in ein Licht getaucht, das in einem fort die Farbe wechselte, von Grün zu Blau, von Blau zu Gelb, von Gelb zu Rot, Orange und wieder zu Grün und Blau, begleitet diesmal von der Musik eines unsichtbaren Klaviers, dessen süße, in großen Abständen ertönende Klänge die kaum wahrnehmbaren Bewegungen der deformierten Glieder nur ganz leicht akzentuierten. Sie hatte sich bereits des letzten Kleidungsstücks entledigt, das sie noch bedeckt hatte, als ich letztes Mal das Lokal wieder verlassen hatte, und nun erstrahlte ihre unfassbare Nacktheit wie die einer beschädigten, vom Meeresgrund geborgenen Statue: schön, gebrochen, unschuldig, bar jeder Sinnlichkeit und zugleich aufgeladen mit dem Begehren ganzer Generationen von Männern, die sich damit begnügen mussten, ihr ohnmächtig zuzuschauen. Verkrümmte Knochen, weiße Haut, flammender Blick: eine bescheidene, uralte Kreatur wie der Berg, der diesem Lokal den Namen gab. Eine Kreatur vom Anfang der Zeiten, aus dem staubigen Halbdunkel des römischen Barcelona, aus den mythologischen Tagen von Ölbaum und Schwert. Zum ersten Mal dachte ich, dass der Name vielleicht weder willkürlich gewählt noch unschuldig war. Der Monte Táber, das Hügelchen, auf dem die Römer diese Stadt errichtet hatten, die uns zweitausend Jahre später noch immer beherbergte und in deren Eingeweiden unter unseren Füßen, zwischen dem Stein unserer Straßen und Häuser, die vergessenen Überreste einer Zivilisation weiterlebten, mit der uns nichts mehr verband, welche die rituellen Bewegungen der Tänzerin aber in irgendeiner Weise heraufzubeschwören schienen: Brunnen, Nekropolen, Katakomben, Altäre und Tempel, toten, furchterregenden Göttern gewidmet. Zwölf einsame Männer beobachteten die Tänzerin von ihren Tischen aus, alle mit einer Zigarette oder einem Glas in der Hand, die Rücken so angespannt wie Gitarrenseiten, und an diesen Männern war nichts, was es nicht auch zweitausend Jahre zuvor hätte geben können.

Einer dieser Männer war Gaudí.

Ich nahm an dem Tisch Platz, zu dem mich ein zweites halb nacktes Mädchen führte, und bestellte aufs Geratewohl das teuerste Getränk, das sie mir anbot. Sie lächelte und fragte sehr leise, ob ich dieses Mal auch wieder gehen wolle, ohne die Gastfreundschaft des Monte Táber kennengelernt zu haben. Ich weiß nicht mehr, was ich ihr antwortete. Die Bordüre mit dem Pflanzenmotiv, die sich über die Wände des Saals zog, hatte in dieser Nacht etwas leicht Bedrohliches, so schien es mir, wie ein Bild aus einem schlechten Traum, den wir eigentlich nie wieder träumen wollten, oder aus einem früheren Leben, das wir noch immer nicht recht vergessen können. Ich nahm eine Zigarette von dem Häufchen, das auf dem Tisch lag, zündete sie an und tat einige tiefe Züge, die mir die Lunge öffneten und das Herz erwärmten. Ich trank das Glas, welches das Mädchen mir serviert hatte, in einem Zug aus, bestellte ein weiteres, trank es ebenfalls aus, und erst dann fühlte ich mich imstande, die Krawatte zu lockern und aufzustehen.

Die Karyatide, welche die Tür rechts des Vorhangs bewachte, empfing mich mit einer leichten Verbeugung des Kopfes und geschürzten Lippen, die, so verstand ich es, gleichzeitig den Schatten eines Lächelns und die Andeutung bevorstehender Freuden auf der anderen Seite der Tür vermitteln sollten. Auch ich beugte den Kopf und folgte ihr wortlos. Erst als ich bereits im Halbdunkel des winzigen Zimmers im flackernden Schein parfümierter Kerzen stand, musterte ich die junge Frau genauer: Sie war brünett, klein und gut gebaut und hatte etwas grobe, aber angenehme Gesichtszüge. Sie konnte noch keine zwanzig Jahre alt sein, vielleicht nicht einmal achtzehn. Sie sprach nur wenig, und ihre Stimme klang hoch, dabei melodiös und einigermaßen kultiviert: die Stimme eines Mädchens vom Lande, das bei seiner Ankunft in der Stadt versucht hatte, seine Vergangenheit hinter sich zu lassen. Ihre Hände verfügten in hohem Maße über diese angeborene Weisheit, deren Frauen sich in Liebesdingen erfreuen. Finger, die mir geübt aus dem Anzug halfen. Fingernägel, die den Körper eines Mannes besänftigten, ihn erregten und trösteten. Uralte Taschenspielertricks, die mit geübten Fingern einem staunenden, glückseligen Publikum dargeboten wurden. Noch heute erinnere ich mich an ihre trüben honigfarbenen Augen, den Glanz ihrer Zähne, den Geruch ihrer Haut nach feuchter Vegetation. An die altmodische Frisur, die lange Abende im Kreise der Familie auf einem Gehöft im alten Katalonien heraufbeschwor, und an die Art, wie sie, als alles vorbei war, ihre spärliche Karyatiden-Bekleidung wieder anlegte und mich mit geschürzten Lippen aufforderte, meine linkischen

Versuche, ihr zu danken, einzustellen und das Zimmer zu verlassen.

Auf meinem Tisch erwartete mich ein drittes, bis zum Rand gefülltes Glas, und der Zigarettenvorrat war aufgestockt worden. Auf der Bühne fuhr die missgestaltete Tänzerin mit ihrem endlosen rituellen Tanz fort. Die Kellnerin mit den Fasanenfedern an der Taille bediente jetzt einen dicken, kahlköpfigen Mann, der an einem Tisch nur wenige Meter von Gaudí entfernt saß.

Ich zündete mir eine Zigarette an, trank in sehr kleinen Schlucken und kostete die zunehmende Wirkung des Alkohols auf meinen erregten Körper aus. Einige Minuten lang betrachtete ich die hypnotischen Bewegungen der Tänzerin in ihrem Aquarium aus farbigem Licht und verglich sie mit denen, die sich mir am vergangenen Samstag eingeprägt hatten, und auch mit den Bewegungen der kleinen ländlichen Karyatide auf meinem Körper. Ich sah zu den Türen, die den Vorhang vor dem Ausgang flankierten, und stellte fest, dass das Mädchen mit unergründlicher Miene nach vorn zur Bühne blickte. Dann stand ich erneut auf.

»Ich kenne Ihre Preise nicht, Señor G«, flüsterte ich und beugte mich schwerfällig über Gaudís Tisch.

Mein Freund hob den Blick von seinem Skizzenbuch voller Frauenfiguren und sah mich ausdruckslos an. Falls er überrascht darüber war, mich hier zu sehen, so ließ er sich das nicht anmerken.

Auch er jagte wohl seine Drachen, nahm ich an, ebenso wie all die Männer, die im Lauf der Nacht bereits an seinen Tisch getreten waren und ihm die Hand gereicht hatten. Vielleicht gehörte diese ausdruckslose Miene aber auch zu der Maske, die alle in diesem seltsamen Tempel von Berufs wegen trugen.

»Die erste Abgabe ist gratis«, murmelte er, nahm eines der kleinen farbigen Fläschchen, die am Rand seines Tisches aufgereiht standen, und reichte es mir formlos.

»Ich möchte nicht...«

»Auf Ihre eigene Verantwortung«, unterbrach mich mein

Freund. »Wenn Ihnen das, was Sie sehen, nicht gefällt, verlassen Sie sofort das Lokal.«

Mit dem Fläschchen in der Hand und einem mulmigeren Gefühl im Bauch, als ich hätte zugeben mögen, kehrte ich an meinen Tisch zurück.

Auf meine eigene Verantwortung.

Als ich das Fläschchen entkorkte, hatte die Frau auf der Bühne begonnen, linkisch mit dem goldenen Haar auf ihrem Venushügel zu spielen, und schien allein mir zuzulächeln.

# Kapitel 30

Ich würde Ihnen jetzt gerne von all dem Wunderbaren berichten, das ich sah, nachdem ich den Inhalt von Gaudís Fläschchen getrunken hatte, von einer Fülle neuartiger Wahrnehmungen, von Offenbarungen, die mir erstmals in meinem Leben zuteilwurden. Eine ganz neue Leuchtkraft der Farben im Saal beispielsweise oder gestochen scharf umrissene Konturen, ein helleres Strahlen der Bühnenbeleuchtung. Oder die plötzliche Erkenntnis, dass der Frau auf der Bühne, jener eigenartigen Tänzerin, eine ganz einleuchtende Bedeutung innewohnte und ihre körperlichen Besonderheiten – Beine wie die eines sechsjährigen Mädchens, deformierter Rumpf, deformierte Arme, engelsgleiches Gesicht – nicht mehr nur eine Extravaganz darstellten, die an schlechten Geschmack oder an die Zurschaustellung von Kuriositäten auf dem Jahrmarkt grenzte, sondern sich dank jenem Trank in den zentralen Teil eines komplexen Zusammenspiels verwandelten, das uns Zuschauern dabei helfen sollte, die Realität zu sehen oder intuitiv zu erfassen oder uns ihrer voll und ganz bewusst zu werden. Ein uraltes mysteriöses Ritual. Ein Tanz zu Ehren des großen Gottes Pan. Eine Anrufung sämtlicher im jahrtausendealten Boden Barcelonas begrabenen Gottheiten. Ich würde Ihnen gern von einer schwindelerregenden Flut geistiger Prozesse berichten, die von der grünlichen Flüssigkeit des Señor G in meinem Hirn ausgelöst wurden, von durch sie ermöglichten neuen intuitiven Einsichten, von dem neuen Licht, in dem ich alte Überzeugungen sah, die bisher mein Leben bestimmt hatten. Von einem kontrollierten Rausch, der mich in diesen zwei Stunden im Monte Táber mit Staunen erfüllte. Von herrlichen Visionen, die entfesselt wurden in einem Kopf – meinem –, der endlich frei war von den Beschränkungen, die seine eigenen Sinne ihm auferlegten, und zum ersten Mal mit der Realität konfrontiert. Ich würde sogar liebend gern in allen Einzelheiten die unglaublichen Wesen, die erstaunlichen Kreaturen, die Fantasielandschaften schildern, die im Laufe dieser zwei Stunden vor meinem Blick Gestalt annahmen, sehr ähnlich den Landschaften und Geschöpfen, die Fiona in Öl auf ihre Leinwände bannte oder die Gaudí selbst Jahre später im Stein, in der Keramik und im Eisen jener Werke nachbilden sollte, die Sie kennen. Wie eine private Vorführung einer Laterna magica. Oder ein großes inneres Kosmorama. Oder die wundersamste stroboskopische Vorführung der Welt.

Nichts würde ich lieber tun.

Doch es wäre eine Lüge.

»Nun?«

Es war drei Uhr morgens. Die Vorführung hatte vor etwa fünf Minuten geendet, und die anderen Zuschauer waren nach Hause oder in die anderen Theater des Viertels oder zu wer weiß welchen Orten gegangen, an denen man eine Nacht wie diese ausklingen lassen konnte. Gaudí und ich trafen uns draußen vor der Tür, er mit dem Skizzenbuch unterm Arm, ich mit den Händen in den Taschen meines Mantels und ein wenig benommen von der frischen Luft und der Dunkelheit. Das Monte Táber hatte nunmehr seinen Zauber verloren: Die Kellnerinnen trugen ihre Straßenkleidung und waren müde und gelangweilt, die Alte mit den stark geschminkten Augen schrubbte auf den Knien den klebrigen Boden des Saales, die geheimnisvolle Tänzerin hatte sich in eine schüchterne Frau mit körperlichen Missbildungen verwandelt, und die beiden Karyatiden, ach, steckten nun in der Kleidung zweier Mädchen, die vor nicht allzu langer Zeit noch auf dem Mercat de la Boquería gearbeitet hatten. So war das Monte Táber wieder zu dem geworden, was es vielleicht in Wirklichkeit war: eine sauberere, bürgerlichere, künstlerisch deutlich lohnendere Version jener Opiumhöhlen und *Gin Palaces* im Londoner East End, in die Fiona mich in jenen ersten Monaten unserer Freundschaft mitgezerrt hatte, als sie noch ihre eingebildeten Drachen und ich Fionas Liebe gesucht hatte.

Auch meinen Freund mochte ich nicht belügen.

»Ich muss Sie leider enttäuschen.«

Gaudís Augen funkelten im Licht der einzigen Straßenlaterne, die diesen Abschnitt der Calle del Hospital beleuchtete.

»Sie enttäuschen mich nicht«, entgegnete er. »Ich habe nichts anderes von Ihnen erwartet.« Sogleich fügte er hinzu: »Verstehen Sie mich nicht falsch.«

»Ich wüsste nicht, wie.«

»Ich will lediglich sagen, Freund Camarasa, ich habe gar nicht damit gerechnet, dass Sie aus dieser Erfahrung irgendeinen Nutzen ziehen könnten. Wenn es stimmt, was Sie mir heute Morgen erzählt haben, dass nämlich traditionelle Halluzinogene bei Ihnen keine Reaktion ausgelöst haben, dann konnte meine Grünteekomposition kaum eine Wirkung auf dieses Hirn eines wohlhabenden Bürgersöhnchens haben, das sich unter seinem breitkrempigen Hut versteckt.«

Ich ignorierte das mit dem Bürgersöhnchen und versuchte stattdessen vergeblich, mich an den Geschmack jenes vor zwei Stunden getrunkenen Schlückchens zu erinnern.

»Grüntee? Das verkaufen Sie Ihren Kunden?«

»Ich sagte, Grünteekomposition. Der entscheidende Wortbestandteil hier ist, wie Sie sich denken können, ›Komposition‹.«

»Also geben Sie noch ein wenig Zucker und Milch hinein.«

Ein feines Lächeln huschte über sein Gesicht.

»Wie viel haben Sie heute Nacht getrunken, wenn ich fragen dürfte?«

»Ungefähr?« Ich versuchte, mich daran zu erinnern, wie oft das Mädchen mit den Fasanenfedern an der Taille an meinen

Tisch gekommen war. »Genug, um zwei Stunden lang zu ertragen, wie eine arme missgestaltete Frau ihre nackten Glieder vor etwa zehn unter dem Einfluss einer Droge stehenden Männern zur Schau stellt.«

Gaudís Lächeln erlosch sofort.

»Glauben Sie das wirklich? Eine arme missgestaltete Frau?«

Nein, das glaubte ich nicht.

»Ehrlich gesagt halte ich sie für die außergewöhnlichste Frau, die ich in letzter Zeit gesehen habe«, sagte ich wahrheitsgemäß. »Dürfte ich ihren Namen erfahren?«

»Im Monte Táber nennt sie sich Cecilia.«

»Und außerhalb?«

»Außerhalb des Monte Táber existiert Cecilia nicht.«

»Dann gehört Cecilia also zu Ihrem Geschäft.«

Als wir auf Höhe des alten Hospital de la Santa Cruz anlangten, nahm Gaudí mich am Arm. Diverse Bettler lagen neben der Mauer und schliefen, dunkel und still wie Leichen, die am Fuß eines Schafotts aufgereiht waren.

»Cecilia ist eine alte Freundin«, sagte er und senkte die Stimme, um die armen Schlafenden nicht zu stören. »Und ja, man kann sagen, dass sie bei diesem Projekt mit mir zusammenarbeitet. Sie täuschen sich nicht, wenn Sie sie als außergewöhnliche Frau bezeichnen; allerdings möglicherweise aus den falschen Gründen.«

»Dürfte ich fragen, woher Sie sie kennen?«

»Es ist eine lange Geschichte. Vielleicht ein andermal.«

Wie so oft nahm ich diese Zurückweisung hin. Man diskutierte nicht mit Gaudí, solange dieser die Maske des Señor G trug.

»Dann gehört das Monte Táber Ihnen?«

»Mir?« Gaudí stieß ein sarkastisches Schnauben aus. »Sehe ich aus wie jemand, der ein Theater besitzt?«

Ich zuckte die Achseln.

»Bis vor drei Minuten erschienen Sie mir auch nicht wie jemand, der mit kleinen Schlückchen Grüntee handelt.«

Diese Antwort gefiel meinem Freund.

»Wie viel genau, sagten Sie noch, haben Sie getrunken?«

»Ich habe deshalb gefragt, weil Sie wirklich wie der Eigentümer des Lokals gewirkt haben, wie Sie da an Ihrem Tisch in der ersten Reihe saßen, mit Ihren grünen Fläschchen vor sich wie die Auslage eines Kolonialwarengeschäfts.«

»Die Eigentümerin des Monte Táber ist Cecilia. Was dieses Lokal betrifft, bin ich nur vorübergehend ihr Geschäftspartner.«

»Nun, Sie passen gut zusammen.« Ich hielt inne. Flüchtig war ich versucht, Gaudí zu beichten, was im Inneren jenes von der Karyatide bewachten Zimmers geschehen war, und ihn zu fragen, ob seine Zusammenarbeit mit dieser Cecilia sich auch auf diesen Teil des Geschäfts erstrecke. Stattdessen entschied ich mich für eine weniger heikle Frage. »Ich muss Sie fragen…«

»Die Antwort lautet Nein.«

»Die Frage war, ob Ihr Trank tatsächlich wirkt.« Nun war ich es, der lächelte. »Dachten Sie, ich wollte Sie fragen, ob Cecilia und Sie…«

»Diese Frage wäre typisch für Sie«, unterbrach Gaudí mich trocken.

Ich musterte meinen Freund einigermaßen überrascht.

»Sie kommen mir ein wenig aggressiv vor heute Nacht«, sagte ich. »Sind Sie so enttäuscht über meinen Mangel an… Empfänglichkeit?«

»Sie haben mich nicht enttäuscht, das habe ich Ihnen doch gesagt. Ich habe nichts anderes von Ihnen erwartet«, sagte er nochmals. »Aber es stört mich, dass Sie andeuten, ich sei ein Betrüger.«

»Ich habe nichts dergleichen angedeutet.«

»Sie haben mich gerade gefragt, ob mein Trank tatsächlich wirkt. Das ist dasselbe, wie zu sagen, ich sei ein Betrüger.«

Ich schüttelte den Kopf.

»Die Suggestion ist eine sehr machtvolle Waffe. Eine ungewöhnliche Frau, ein hypnotischer Tanz, eine geschickte Beleuchtung… Ganz zu schweigen von den alkoholischen Getränken, die diese leicht bekleideten Mädchen so fleißig servieren. Die Erfahrung, die Sie anbieten, ist real; ich habe mich nur gefragt, ob das auch für diese Fläschchen gilt.«

»Unsinn. Mein Geschäft, wie Sie es nennen, ist nicht auf dieses Theater beschränkt.«

»Es erstreckt sich auch auf das, welches wir mit Fiona besucht haben«, sagte ich da, ohne eigentlich zu wissen, warum. »Das Teatro de los Sueños. Das Theater, in dem vor einigen Wochen ein Mädchen starb, nachdem es versucht hatte, von der Bühne zu fliegen.«

Gaudí blieb wie angewurzelt stehen.

»Damit hatte ich nichts zu schaffen«, sagte er und sah mich unvermittelt eindringlich an. »Mein Trank hat keine halluzinogene Wirkung. Im Gegenteil.«

Im Gegenteil.

Ein Trank, mit dem man die Realität sehen kann.

»Ich beschuldige Sie ja nicht«, beeilte ich mich klarzustellen. »Fiona hat einmal erwähnt, sie sei in diesem Theater gewesen, um den Unfall für die Zeitung zu zeichnen, und weder sie noch ich konnten umhin zu bemerken, wie die Kellnerinnen und einige der anderen Gäste Sie während der Vorführung beobachtet haben. Das ist alles.« Ich sah Gaudí in die Augen. »Ich wollte Ihnen nicht zu nahe treten.«

Gaudí akzeptierte meine Entschuldigung mit einem leisen Knurren und einem Nicken.

»Weder die Schauspielerinnen noch die Kellnerinnen der Lokale, in denen ich arbeite, haben meinen Trank probiert«, sagte er, nahm wieder meinen Arm, und weiter ging es Richtung Osten, Richtung Rambla. »Offen gesagt hat das keine Frau je getan. Ich gebe ihn nur an Herren von einem gewissen Alter und Stand ab und immer unter der Bedingung, dass sie ihn nicht an Dritte weitergeben. Was es auch gewesen sein mag, das dieses arme Mädchen veranlasst hat, sich von der Bühne zu stürzen, es hatte nichts mit meinen Aktivitäten oder mit dem von mir erfundenen Trank zu tun.« Gaudí schüttelte vehement den Kopf. »Allerdings scheinen manche Ihren Verdacht zu teilen, wie Señorita Fiona und Sie gestern Nacht sehen konnten.«

Ich nickte.

»Also sind Frauen nicht würdig, Ihren Trank zu probieren?«, fragte ich.

»Das ist keine Frage von würdig oder unwürdig. Es ist einfach so, dass Frauen von Natur aus nicht fähig sind, solche Zustände vollständiger geistiger Klarheit zu erreichen, wie mein Trank sie beschert. Diese Zustände momentaner Hellsichtigkeit, wenn der Schleier, den unsere Sinne über die wahre Realität breiten, sich vorübergehend hebt, sind Frauen verwehrt. Sie sind rein gefühlsbetonte, erdverbundene Geschöpfe, die im kleinen Hier und Jetzt verhaftet sind, das ihre Augen und Hände ihnen darbieten.«

Hoppla, dachte ich.

Blumige Worte, um ein eigenartiges Vorurteil zu rechtfertigen.

Fiona würde das nicht gerne hören. Margarita ebenso wenig.

»Vertrauen Sie Fiona diese Gedanken nach Möglichkeit nicht an«, sagte ich. »Unsere Freundin könnte versucht sein, Ihnen zu zeigen, wie falsch Sie liegen, und ihre Mittel und Wege würden Ihnen nicht gefallen.«

Gaudí lächelte matt.

»Halluzinationen zu haben, weil man an einer Opiumpfeife zieht, sich Morphium spritzt oder eine Zigarette mit Kokablättern raucht, hat nichts mit dem zu tun, wovon ich rede«, beharrte er. »Ich jage mit meinem Trank keine Drachen, um es in den Worten von Señor Fiona zu sagen. Allerdings verurteile ich selbstverständlich niemanden, der es mit den Mitteln tut, die ihm zur Verfügung stehen«, fügte er hinzu. »Besser am Himmel Drachen zu jagen, als sich damit zu bescheiden, in Bodenhöhe zu leben.«

Noch mehr blumige Worte.

»Ich wiederhole: Erwähnen Sie nichts davon Fiona gegenüber bei Ihrer Verabredung morgen.«

Mein Freund legte den Kopf ein wenig schräg.

»Sie wissen, dass Fiona und ich ...«

»Wir haben nach dem Abendessen eine sehr interessante Unterhaltung geführt«, bestätigte ich. »Morgen erzähle ich Ihnen davon; jetzt bin ich zu müde, um mich an alles zu erinnern. Denn es bleibt doch bei unserem Besuch im Hafen, den Sie mir in Ihrer Nachricht vorschlugen, nicht wahr?«

»Sicher, es sei denn, Sie wollten sich lieber ausruhen.«

»Wenn ich mich ausruhen könnte, dann wäre ich jetzt nicht hier. Was halten Sie übrigens von Fionas Gemälden?«

Gaudí dachte darüber nach.

»Interessant«, sagte er schließlich.

»Das ist alles?«

»Interessant und originell.«

»Dann wollen Sie also sagen, sie seien nicht schlecht dafür, dass sie von einer Frau gemalt wurden, die dem kleinen Hier und Jetzt verhaftet ist.«

Die Lichter an der Ecke der Rambla fielen auf Gaudís Gesicht: Er lächelte.

»Dürfte ich fragen, wie Sie erfahren haben, wo Sie mich finden können?«, fragte er dann und blieb an der Einmündung zur Rambla stehen.

Ich zögerte kurz, ehe ich mich für eine Antwort entschied.

»Ich muss Ihnen etwas gestehen. Dies war nicht mein erster Besuch im Monte Táber.«

Wieder lächelte Gaudí.

»Dann muss ich Ihnen auch etwas gestehen. Das habe ich bereits gewusst.«

»Sie haben mich gesehen?«, fragte ich überrascht.

»Den Mädchen ist Ihre Anwesenheit nicht entgangen. Und die Beschreibung von einem schmucken, geheimnisvollen jungen Mann, die sie mir gaben, der in einer Ecke des Saales saß und Cecilia und mich beobachtet hat, ließ keinen Zweifel daran, um wen es sich handelte.«

»Schmucker, geheimnisvoller junger Mann? Das haben sie gesagt?«

»Vielleicht nicht wortwörtlich.« Gaudí verzog den Mund zu einem spöttischen Lächeln. »Jedenfalls muss ich gestehen, dass ich überrascht war, zu erfahren, dass mein neuer Freund mir hinterherspioniert wie ein gemeiner …«

Gaudí brach ab, packte meinen rechten Arm und deutete mit dem Kinn auf einen Hund, der gerade vor uns eine Fahrbahn der Rambla überquert hatte.

Ein dreibeiniger Hund mit einem Tuch um den Hals.

»Colmillos' Hund«, murmelte ich.

Einen Augenblick später hatten wir auch den Bettler entdeckt. Er saß auf einer der Bänke auf der Mittelpromenade, mit dem Rücken zu uns, umgeben von allerlei Bündeln und Flaschen, den Kopf, so schien es mir, in einem sehr unnatürlichen Winkel zum schwarzen Himmel über Barcelona erhoben. Flüchtig glaubte ich, es habe sich ein neues Unglück ereignet und Colmillos habe sich unerklärlicherweise ebenfalls in eine zerlumpte Leiche verwandelt, ein zweites Opfer des mysteriösen Mörders, der vor wenig mehr als vierundzwanzig Stunden Eduardo Andreu getötet hatte.

»Guten Morgen, Colmillos.«

Als der Bettler Gaudís Stimme hörte, senkte er den Blick und sah uns so unfreundlich an, als wüsste er nicht, wen er zuerst anspucken sollte.

»Señor G«, murmelte er. »Caballero.«

Ich führte die Hand zur Hutkrempe und grüßte Colmillos sehr feierlich, so als wäre er ein gesellschaftlich Ebenbürtiger oder sogar Höhergestellter und nicht etwa ein betrunkener Bettler, dessen Füße in einer Lache aus seinem eigenen Erbrochenen standen, die flüssig und bräunlich war von Wein, Rum und Gin und aus der uns ein fauliger, widerwärtiger Gestank in die Nasen stieg.

»Heute Morgen haben wir Sie gesucht«, sagte Gaudí, stellte sich vor Colmillos hin und sah ihn gebieterisch an. »Wir waren im Kohlenkeller in der Calle del Pez. Wo haben Sie gesteckt?«

»Hier in der Gegend.«

»Hier in der Gegend«, wiederholte Gaudí. »Haben Sie sich versteckt?«

»Kann sein.«

»Vor der Polizei.«

»Kann sein.«

»Hatten Sie Angst, dass man Sie wegen des Mordes an Ihrem Freund festnimmt?«

Erst da schien die Benommenheit, die wie eine undurchdringliche Maske auf dem Gesicht von Colmillos lag, ein wenig von ihm abzufallen.

»Wovon reden Sie, Señor G?«

»Von Andreu. Von Ihrem Freund, Colmillos. Gestern sahen wir Sie vor der Tür seiner Pension mit ihm reden, in der Calle de la Princesa. Erinnern Sie sich? Sie hatten es sehr eilig wegzukommen, und drei Stunden später war Andreu tot.«

Der Bettler schüttelte energisch den Kopf, sodass der Dreispitz erzitterte und die Glöckchen an seinem schmalen Schulterriemen klingelten.

»Andreu war nicht mein Freund. Und ich hab ihn nicht getötet.«

»Einverstanden«, räumte Gaudí ein. »Andreu war nicht Ihr Freund. Aber Sie haben ihn besucht und Geschäfte mit ihm gemacht.«

»Geschäfte?«

»In Andreus Zimmer war ein Beutel voller Kupferplatten.«

Colmillos zuckte die Achseln.

»Sie werden's ja wissen.«

»Ich habe nicht mit Andreu gearbeitet. Andreu war Ihr Freund, Colmillos. Aber mit mir haben Sie sehr wohl gearbeitet. Ergo ...«

Bei diesem letzten Wort blickte der Bettler wohl ebenso verdutzt drein wie ich bei den vorangegangenen Sätzen.

»Ergo?«

»Glaube ich, dass Andreu Ihnen, Colmillos, half, das Material zu beschaffen, das Sie dann mir verkauft haben.«

In diesem Augenblick kam Colmillos' bedauernswerter Hund angehumpelt, bellte einige Male kurz und stellte sich mit allen drei Pfoten in die Lache mit dem Erbrochenen seines Herrchens.

»Ich weiß nichts«, sagte der Bettler. »Fragen Sie seinen Freund.«

Zufrieden warf mir Gaudí einen verstohlenen Blick zu. Endlich waren wir auf etwas gestoßen.

»Dann hatte Andreu noch einen anderen Freund.«

Der Bettler schüttelte erneut den Kopf.

»Ihren Freund. Den warmen Bruder.«

Gaudí und ich wechselten einen erstaunten Blick.

»Und dürfte man erfahren, wer das ist?«, fragte ich.

»Das werden Sie schon wissen, oder?«

»Ich versichere Ihnen, nein«, erwiderte ich. »Wer hat Ihnen gesagt, dass...?«

Gaudí winkte ungeduldig ab und unterbrach mich.

»Beschreiben Sie uns bitte diesen Herrn.« Er trat ein wenig näher an die Bank des Colmillos heran, sodass er nun direkt über dem übelriechenden Erbrochenen stand.

»Hören Sie, Señor G, ich will keine Schwierigkeiten kriegen. Ich weiß nicht, worum es geht, und ich will's auch nicht wissen.«

»Tun Sie mir den Gefallen, Colmillos«, bat Gaudí in sanfterem Ton. »Ich glaube, das schulden Sie mir.«

Da bekam der Bettler einen ganz harten Blick.

»Ich schulde Ihnen gar nichts, Señor G«, sagte er in stolzem Ton. »Ich schulde niemandem was. Die Arbeit, die ein Mann tut, die ist das, was ihm seine Würde gibt, und ich hab mehr Würde als Sie alle«, erklärte er und vollführte mit der rechten Hand eine weitläufige Geste, die, so wurde mir klar, nicht nur Gaudí und mich umfasste, sondern die gesamte Einwohnerschaft unserer Stadt. »Weder Sie noch sonst jemand hat mir je was geschenkt.«

Gaudí seufzte.

»Sie haben recht, Colmillos. Verzeihen Sie. Sie schulden

mir nichts. Allenfalls bin ich es, der Ihnen danken muss, weil Sie die ganze Zeit so verlässlich für mich gearbeitet haben. Ich bitte Sie vielmehr um einen Gefallen. Beschreiben Sie uns diesen Mann.«

Der Bettler blickte nicht mehr ganz so grimmig drein.

»Ein junger Mann. Schlank. Leichenblass. Mit sehr langen schwarzen Haaren wie eine Frau. Überhaupt hat er wie eine Frau ausgesehen.« Colmillos blickte verächtlich. »Einer von diesen warmen Brüdern, die durch den Hafen ziehen und nach Seemännern suchen, die andersrum sind.«

Wieder wechselten Gaudí und ich einen Blick.

»Und warum glauben Sie, dass dieser Mann unser Freund ist?«

»Andreu hat es mir gesagt.«

»Was hat er noch gesagt?«

Colmillos schüttelte den Kopf, schloss die Augen und öffnete den Mund zu einem Gähnen, das eher wie das Brüllen eines afrikanischen Löwen klang.

Der Gestank, der dabei aus den Tiefen dieses schwarzen, zahnlosen Mundes aufstieg, zwang mich, einen Schritt zurückzutreten.

»Hören Sie, Señor G, das ist keine Tageszeit, um schlecht über die Toten zu reden«, sagte er. »Warum verschieben wir das nicht auf einen anderen Tag?«

In diesem Augenblick trottete der dreibeinige Hund, mit seinem langen gebrochenen Schwanz wedelnd, auf Gaudí zu. Ohne den Blick von Colmillos abzuwenden, streichelte mein Freund dem Tier mit der behandschuhten Hand zerstreut über den Rücken.

»Danke, Colmillos«, sagte er schließlich. »Sie haben uns sehr geholfen. Wir sprechen ein andermal weiter.«

Der Alte nickte mit zufriedener Miene und streckte ihm, ohne von der Bank aufzustehen, die Hand hin. Zuerst dachte ich, er wolle sich mit einem Händedruck von Gaudí verabschieden. Erst als dieser die Hand in die Tasche steckte, begriff ich, was Colmillos wollte.

Wir ließen den Alten Münzen zählend auf der Promenade der Rambla zurück und wandten uns schweigend der aufwärts führenden Fahrspur zu.

»Víctor Sanmartín«, sagte ich schließlich.

»So scheint es.«

»Morgen gehen wir zu ihm nach Hause«, erklärte ich. »Ich weiß zwar nicht, was Sie im Hafen vorhatten, aber ich glaube nicht, dass es dringender ist, als uns mit diesem Mann zu unterhalten.«

Gaudí hob die Hand, gerade rechtzeitig, um das erste Cabriolet anzuhalten, das vom Portal de la Paz her angefahren kam.

»Um zehn Uhr vor der Tür der Calle de Aviñón Nummer drei«, sagte er.

Und das war alles. Zehn Sekunden später machte ich es mir auf der Sitzbank der offenen Droschke bequem, während Gaudí bereits eine seiner Abkürzungen genommen hatte, die ins Innere des Ribera-Viertels führten, und außer Sicht war.

## Kapitel 31

Früh am nächsten Morgen lagen die gotischen Dächer von Las Atarazanas mit dem Kommissariat darin in strahlendem Sonnenschein. Die Wolken und der Nebel vom Freitag waren dem klarsten, blauesten, rauch- und rußfreiesten Himmel gewichen, den ich seit Wochen gesehen hatte, soweit ich mich erinnerte: einer dieser strahlend blauen Mittelmeerhimmel, nach denen ich mich in meinen ersten Monaten in London so gesehnt hatte und die Gott oder der Zufall oder wer auch immer dafür zuständig sein mochte, mir seit meiner Rückkehr nach Barcelona bisher versagt hatte. Als ich unser Haus in Gracia um kurz nach sieben Uhr in Begleitung meiner Mutter verlassen hatte, hatte ich beim unerwarteten Anblick dieses hohen blauen Himmels voller funkelnder Lichtreflexe kurz geglaubt, das Schlückchen Grüntee des Señor G zeigte doch noch eine Wirkung auf »dieses Hirn eines wohlhabenden Bürgersöhnchens, das sich unter seinem breitkrempigen Hut versteckt«; doch die Begleitumstände der langen Fahrt, die darauf gefolgt war, hatten mich schnell von diesem Gedanken abgebracht.

Denn die von Gaudí beschriebenen Geisteszustände – vollständige geistige Klarheit, momentane Hellsichtigkeit, vorübergehendes Lüften des Schleiers zwischen uns und der wahren Realität – konnten unmöglich so prosaische, unerfreuliche, unbestreitbar irdische Elemente umfassen wie das verbissene Schweigen, das meine Mutter die gesamte Fahrt nach Las Atarazanas über bewahrt hatte, den Anblick ihrer fest zusammengepressten Lippen oder die vorwurfsvollen Blicke, mit denen sie jedem meiner Versuche, die Atmosphäre in der Berline ein wenig aufzuheitern, begegnet war.

Erst als wir unser Ziel erreicht hatten – das Gebäude, in dessen Kerker mein Vater seine erste Nacht als Mordverdächtiger verbracht hatte –, öffnete meine Mutter schließlich den Mund, und zwar um sich im selben hoheitsvollen Ton, den sie seit dem vergangenen Nachmittag an den Tag legte, an den Kutscher zu wenden. Sie ignorierte den Arm, den ich ihr reichte, und stieg würdevoll durch die rechte Tür aus der Berline, trat an den Kutschbock und befahl dem Mann, um ein Uhr mittags zurückzukehren.

»Ich vermute, wir warten mit dem Mittagessen nicht auf dich«, sagte sie dann, drehte sich zu mir um und sah mich an, die Augen wegen der hellen Sonne zusammengekniffen.

»Ich gehe mit dir hinein, falls du nichts dagegen einzuwenden hast«, erwiderte ich und deutete auf das düstere, wuchtige Kommissariat. »Ich möchte Papa sehen.«

»Ich fürchte, das wird nicht möglich sein. Man gewährt uns nur zehn Minuten Besuchszeit.«

Und diese zehn Minuten würde Sempronio Camarasa offenbar nicht mit seinem einzigen Sohn vergeuden.

»Dann möchte ich Inspector Labella sprechen.«

»Inspector Labella spricht am Montag mit uns allen. Versuche, daran zu denken.«

Ich nickte. Ich hatte es nicht vergessen.

»Dennoch möchte ich heute mit ihm reden«, beharrte ich.

»Und wozu, wenn man das erfahren dürfte?«

»Ich möchte ihn fragen, was er über Víctor Sanmartín weiß.«

Meiner Mutter war nicht anzumerken, ob sie den Namen kannte. Sie nahm lediglich ihre kleine Tasche in die andere Hand und trat ein Stück zur Seite, um Platz für unsere Berline zu machen, die nun unter lautem rhythmischem Hufklappern in Richtung Rambla davonfuhr.

»Víctor Sanmartín?«, fragte sie dann.

»Der Journalist, der Papa seit dem Tag nach dem Brand bei *La gaceta de la tarde* in sämtlichen Zeitungen dieser Stadt attackiert hat«, sagte ich. »Derselbe Journalist, der am Dienstag im *Diario de Barcelona* einen Artikel veröffentlicht hat, in dem er Papa bezichtigt, ein bourbonischer Spion zu sein, der mit der Mission nach Barcelona zurückgekehrt sei, gegen die Republik zu arbeiten. Und der gestern Abend einen weiteren Artikel veröffentlicht hat, in dem er behauptet, Papa habe Andreu ermordet, um zu verhindern, dass irgendwelche Geheimnisse im Zusammenhang mit dieser Mission ans Licht kommen.«

Noch während ich sprach, machte meine Mutter sich auf den Weg zum Eingang des Kommissariats, der noch geschlossen war. Ich folgte ihr.

»Und wieso sollte Inspector Labella sich deiner Meinung nach für diesen Herrn interessieren?«

»Interessiert dich denn nicht, warum er Papa gegenüber eine solche Feindseligkeit an den Tag legt?«

»Señor Sanmartín wäre nicht der erste Journalist, der versucht, sich auf Kosten deines Vaters einen Namen zu machen«, erwiderte sie. »Das ist ihm auch in London schon so ergangen. Nichts, was einen Camarasa überraschen sollte.«

Davon hörte ich zum ersten Mal.

»Ich weiß nicht, was in London vorgefallen ist, aber ich weiß, dass Víctor Sanmartín zu viele Informationen über Papa in der Hand hat. Und über unsere Familie. Und über mich.«

Zum ersten Mal seit vierundzwanzig Stunden sah ich meine Mutter lächeln.

»Und was genau weiß dieser junge Mann über dich?«

›Und woher weißt du, dass Sanmartín jung ist?‹ Doch diese Frage stellte ich nur im Stillen.

»Letzten Freitag war er bei uns und ließ Margarita seine Visitenkarte für mich da«, erzählte ich. »Am Dienstag erschien er auf dem Fest von *Las noticias ilustradas*, ohne dass jemand ihn eingeladen hätte, ebenso wie Andreu. Er kam eigens, um mit mir zu reden. Er schlug mir vor, ich solle ihm ein Interview gewähren, in dem ich mich von den vermeintlichen politischen Aktivitäten, derentwegen Papa nach Barcelona gekommen sei, distanzierte. Und aus dem, was er mir erzählt hat, schließe ich, dass er gut darüber unterrichtet ist, in welchen Kreisen Fiona und ich in London eine Zeit lang...« Ich beließ es dabei. »Anscheinend hält er mich für einen überzeugten Republikaner und Gegner der Monarchie, wenn nicht sogar für einen Sozialisten.«

Erneut lächelte meine Mutter, ebenso schief und spöttisch wie zuvor.

»Er hält dich dafür, sagst du?«

Ich beschloss, den ironischen Unterton in ihrer Frage zu ignorieren.

»Und gestern Nacht haben wir erfahren, dass Sanmartín kurz vor dem Mord mit Andreu zu tun gehabt hat.«

Meine Mutter blieb wie angewurzelt stehen.

»Erkläre mir das.«

Also tat ich das. Ich erzählte meiner Mutter von Colmillos, von der Beziehung, die er anscheinend zu Andreu unterhalten hatte, und von dem, was Gaudí und ich unterwegs zum Liceo gesehen hatten, gab – ein wenig abgemildert – wieder, wie der Bettler uns den jungen Mann beschrieben hatte, in dessen Gesellschaft er den alten Händler mehrfach gesehen hatte, und brachte schließlich meine Überzeugung zum Ausdruck, dass diese Beschreibung in sämtlichen Punkten mit dem eigenartig femininen Aussehen des ärgerlichen Journalisten übereinstimme.

»Sanmartín und Andreu kannten sich. Sanmartín hasst Papa. Und jetzt ist Andreu tot und Papa im Gefängnis. Glaubst du nicht, Inspector Labella könnte dem nachgehen wollen?«

Meine Mutter antwortete nicht, sondern fragte, ohne stehen zu bleiben: »Und was wolltest du gestern Nacht auf der Rambla?«

»Ich konnte nicht schlafen. Gaudí hatte mich eingeladen, mit ihm zusammen eine Vorführung in einem Theater im Raval anzuschauen, und ich dachte, das sei eine gute Möglichkeit, wieder einen klaren Kopf zu bekommen.«

»Gaudí.«

Der Tonfall, in dem meine Mutter den Namen meines Freundes aussprach, gefiel mir nicht, denn er kam mir unangenehm bekannt vor.

»Stört auch dich etwas an Gaudí?«

Anstatt mir zu antworten, stieß meine Mutter eine weitere Frage hervor.

»Ist es wahr, dass Fiona gestern Abend in deinem Schlafzimmer war?«

Diese Frage traf mich selbstverständlich unvorbereitet.

»Wer hat dir das erzählt?«

»Dann ist es also wahr.«

Margarita, dachte ich. Oder vielleicht Marina. Oder Señora Iglesias: Sie konnte bei ihrem Rundgang vor dem Zubettgehen gesehen haben, wie Fiona und ich uns vor meinem Zimmer umarmt hatten.

»Es war nicht das, was du anscheinend denkst, so wie du das sagst«, entgegnete ich und kam mir unsagbar dumm vor. »Nach ihrer Unterhaltung mit dir im Salon ist Fiona zu mir gekommen, um mir ihre Unterstützung anzubieten und mir zu erklären, wie sie über die Angelegenheit denkt.«

»Wie sie über die Angelegenheit denkt«, wiederholte meine Mutter.

»Soweit ich weiß, bist du darüber im Bilde.«

Meine Mutter machte eine Kopfbewegung, die alles Mögliche bedeuten konnte: Bestätigung, Verneinung oder reines Desinteresse.

»Ich möchte nicht, dass diese Frau noch einmal dein Schlafzimmer betritt«, sagte sie nur. »Wir führen noch immer ein anständiges Haus.«

Außerdem, hätte ich beinahe gesagt, haben die Camarasas einen Ruf zu wahren.

»Wirst du Ramón Aladrén treffen?«, fragte ich, nachdem ich längere Zeit geschwiegen hatte, was meine Mutter deuten mochte, wie sie wollte.

»Er kommt um neun Uhr«, bestätigte sie. »Señor Aladrén ist ein pünktlicher Mann.«

»Das bezweifle ich nicht. Er darf Papa also sehen?«

»Er ist sein Anwalt.«

»Und er wird auch mit Inspector Labella sprechen.«

»Deshalb nehmen wir ja seine Dienste in Anspruch. Señor Aladrén«, fuhr meine Mutter fort, und ihre Stimme wurde tiefer und kehliger, als sie seinen Namen aussprach, »ist einer der besten Anwälte Spaniens.«

»Fiona sagt, er hat uns schon in London einmal geholfen. Genauer gesagt bei der Sache mit Andreus Betrugsversuch.«

Anstatt mir zu antworten, blieb meine Mutter beim ersten Zeitungsverkäufer, der auf uns zukam, stehen und verlangte je ein Exemplar der drei wichtigsten Morgenzeitungen.

Ich tat dasselbe.

»Señor Aladrén ist ein hervorragender Anwalt«, sagte sie schließlich. »Damals hatten wir das Glück, ihn an unserer Seite zu haben, und jetzt ebenfalls.«

»Aber glaubst du, dass es irgendetwas nutzt?«, fragte ich und suchte in meiner Tasche nach genügend Kleingeld, um die sechs Zeitungen zu bezahlen. »Glaubst du, Señor Aladrén kann Inspector Labella davon überzeugen, dass die Beweise, die er gegen Papa zu haben glaubt, absurd sind?«

»Deshalb nehmen wir ja seine Dienste in Anspruch«, bekräftigte meine Mutter erneut.

Der Zeitungsverkäufer reichte uns die Zeitungen und kehrte zurück in den Schutz der Mauer, die Taschen ein wenig voller, der Tisch, auf dem er seine Ware präsentierte, ein wenig leerer.

In diesem Augenblick stießen zwei große weiße Möwen im Sturzflug auf eine der wenigen Pfützen herunter, die zwischen den Pflastersteinen zurückgeblieben waren, tranken kurz und kehrten wieder zum Meer zurück, in einer Stille, die so tief, so schön, so unwirklich war wie der strahlend blaue Himmel, vor dem sie auf dem Rückweg über die Stadtmauer dahinflogen.

»Dann wartet nicht mit dem Mittagessen auf mich«, sagte ich. »Grüße Papa von mir.«

Meine Mutter versicherte mir, das werde sie tun.

Da ich bis zu meiner Verabredung mit Gaudí in der Calle de Aviñón beinahe zwei Stunden zu füllen hatte, suchte ich mir ein geöffnetes Café in der Nähe des ehemaligen Klosters Santa Mónica, setzte mich an einen der Tische auf der Terrasse, bestellte ein gutes Frühstück – geröstetes Brot mit Olivenöl, ein wenig Aufschnitt, ein Glas süßer Wein, ein Tellerchen Oliven – und machte mich daran, die Tagespresse durchzublättern.

Die Artikel, die sich mit dem Mord an Andreu, der Verhaftung meines Vaters und den Gerüchten über seine Aktivitäten und Beziehungen befassten, die bereits ganz offen im Umlauf zu sein schienen, interessierten mich kaum: Nachdem ich Sanmartíns Artikel in der letzten Ausgabe von *La gaceta de la tarde* gelesen hatte, konnte mich nichts Gedrucktes über meinen Vater oder die Familie Camarasa noch weiter beunruhigen. Die Karten lagen sozusagen auf dem Tisch, und das Spiel war eines, das zu spielen mir nicht zustand. Weitaus interessanter erschienen mir hingegen die Zeitungsrubriken, die ich bisher stets leichtfertig überblättert hatte. Nach Fionas Enthüllungen ahnte ich allmählich, dass sie die eigentlich interessanten Artikel enthielten: aktuelle politische Geschehnisse und militärische Informationen. In den kommenden Tagen würde es mir zu einer Gewohnheit, ja, beinahe zu einem Ritual werden, die Zeitungen beim Politik- und Militärteil aufzuschlagen und Tag für Tag die Nachrichten zu verfolgen, die von einem fortschreitenden Säbelrasseln und Unruhen in den Kasernen an den Rändern einer zerfallenden Republik berichteten.

Vereitelte Aufstände im Süden des Landes. Unterdrückte Demonstrationen in Asturien und Kantabrien. Karlistische Angriffe im Baskenland. Attentate mit Bomben, Gewehr oder Pistole durch republikanische Extremisten, fanatische Rechtsgerichtete, Arbeiter, die unzufrieden waren mit der Richtung, welche unsere späte industrielle Revolution unaufhaltsam nahm, und zunehmend auch durch vereinzelte Grüppchen mit anarchistischem Gedankengut, die sich dank des grausamen Elends überall im Land gebildet hatten. In rascher Folge wechselnde Regierungen und Mehrheitsverhältnisse im Parlament in Madrid, wie Notpflaster auf die Risse im Gewebe eines Regierungssystems geklebt, das nicht mehr zu retten war. Dazu Erklärungen des zukünftigen Alfonso XII., jenes neuen, noch heranwachsenden bourbonischen Erben, der in seinem Pariser Exil jedwede Beteiligung an dem vorletzten gescheiterten Aufstand in Murcia oder Jaén seitens der selbstherrlichen Generäle eines Heeres von sich wies, das nie an Prim, an Amadeo I. und schon gar nicht an die schnaufende Republik geglaubt hatte, die daraufhin ausgerufen worden war.

Allesamt Nachrichten, die tatsächlich auf einen bevorstehenden Wechsel des Regierungssystems, also den Sturz der Republik und die Restauration der Monarchie, die unvermeidliche Besteigung des spanischen Throns durch einen neuen französischen Teufel, hinzudeuten schienen. Nachrichten, bei deren Lektüre mich unter anderen Umständen unweigerlich Übelkeit und Mutlosigkeit überkommen hätten, und Abscheu vor unserem Land von Schießpulver und Weihrauch, Dreispitz und Signalhorn, selbstherrlichen Königen und zufriedenen Untertanen. Doch in den Wochen nach Andreus Tod, die mein Vater in einer Zelle des Amalia-Gefängnisses verbringen würde, während die Aussicht auf seine »legale« Freilassung mit jedem Tag weiter in die Ferne rücken würde, sollte sich bei mir allmählich das Gefühl durchsetzen, dass allein diese Nachrichten eine Hoffnung auf Rettung für ihn und meine Familie bargen. Vielleicht hatte Fiona doch recht. Vielleicht würden wir meinen Vater nur dann wieder in Freiheit sehen, wenn »die Seinen« die Kontrolle über das Land übernahmen. Falls das, was Fiona mir erzählt hatte, stimmte, dann würde es weder genügen herauszufinden, wer der wahre Morder Andreus war, noch meinem Vater ein Alibi zu verschaffen oder Inspector Labella von der Lächerlichkeit der Beweise zu überzeugen, die er gegen meinen Vater ins Feld führte, um Sempronio Camarasa aus seiner Zelle zu holen. Wenn mein Vater wieder freikommen sollte, blieb uns vielleicht nur, dafür zu beten, dass ein neuer Bourbone in Spanien landete.

Dies war eine neue Realität für mich, von der ich an diesem Morgen eine erste Ahnung bekam, während ich auf einer sonnigen Terrasse am Ende der Rambla inmitten der drei Zeitungen, die ich um mich ausgebreitet hatte, mein Frühstück zu mir nahm.

Die neue Realität, die neue Welt, in der wir Camarasas nun anscheinend lebten, in der alle diese furchtbaren Nachrichten – die beständige Bedrohung durch Militäraufstände, die politischen und sozialen Verbrechen, der Sturz des ersten demokratischen Experiments in der Geschichte Spaniens – in Wirklichkeit gute Nachrichten waren.

Als ich in der Calle de Aviñón ankam, war es erst zwanzig Minuten vor zehn. Ich überlegte kurz, ob ich die wenigen Schritte bis zum Sitz von *Las noticias ilustradas* gehen und Fiona fragen sollte – im unwahrscheinlichen Fall, dass sie um diese Zeit schon in ihrem Büro sein sollte –, ob sie Gaudí und mich zu Víctor Sanmartín begleiten wolle, doch ich entschied mich dagegen. Stattdessen betrat ich ein kleines Milchgeschäft wenige Haustüren weiter, wo ich der einzige Kunde war, bestellte bei dem Mädchen, das an der Theke bediente, einen Milchkaffee und nahm an einem Fenster Platz, von dem aus man Haus Nummer drei im Auge behalten konnte.

Das Mädchen war blond und nicht älter als zwölf. Ihre Zähne waren so schief und krumm, dass ihr Mund beim Lächeln an ein Musterbuch mit Perlmuttfingerhüten erinnerte, die durcheinandergepurzelt waren. Der Milchkaffee, den sie mir servierte, gehörte jedoch zu den besten, die ich seit meiner Ankunft in Barcelona gekostet hatte.

»Wie heißt du, meine Hübsche?«, fragte ich nach dem ersten Schluck.

Anstatt mir zu antworten, lächelte das Mädchen nochmals und duckte sich hinter die Marmortheke.

»Zu klein für den großen Studenten«, hörte ich hinter mir eine vertraute Stimme.

Ezequiel.

»Um Himmels willen!«, sagte ich und drehte mich zur Tür um, wo der Straßenbengel mit diesem Grinsen stand, das ihn älter wirken ließ, als er war. Auf dem Kopf trug er eine unsagbar schmutzige Mütze, sein rechtes Auge war zugeschwollen, und wie immer schien er sehr zufrieden mit sich zu sein. »Wir treffen uns immer wieder, du und ich.«

»Komisch, was?« Ezequiel trat an meinen Tisch und reichte mir mit solcher Selbstsicherheit die rechte Hand, dass ich ihm den Händedruck nicht verweigern konnte. »Sie sind ein miserabler Spion, wissen Sie das?«

»Ich bin ein Spion?«

Ezequiel deutete durchs Fenster auf Sanmartíns Haustür.

»Wenn der Kerl zu Hause wäre, hätte er Sie schon vor tausend Stunden entdeckt«, erklärte er. »Und wenn er eine Pistole hätte, hätte er Sie einfach so töten können.«

Der Junge tat, als hätte er ein Gewehr in der Hand, legte auf mich an, zählte bis drei und schoss mir mit einem markerschütternden »Peng«, bei dem Speichel auf meinen Tisch, meine Zeitungen und die Vorderseite meines Mantels sprühte, in den Kopf.

»Dann schickt dich Señor G«, riet ich.

»Klar. Sehe ich so aus, als würde ich Milch in einem Lokal für reiche Söhnchen trinken?« Ezequiel drehte sich zur Theke um und zwinkerte dem blonden Mädchen mit den schiefen Zähnen zu, das gerade wieder den Kopf zwischen den Tassen und Krügen hervorgestreckt hatte und uns mit sichtlicher Neugier beobachtete. »Wobei das Mädchen wirklich niedlich ist, da haben Sie schon recht.«

»Ich weiß ja nicht, was du von mir denkst, aber ...«

»Ja, ja.« Der Junge deutete mit gerümpfter Nase auf meinen Milchkaffee. »Ist der gut?«

»Nicht schlecht. Darf ich fragen, was dir passiert ist?«

Wieder rümpfte Ezequiel die Nase.

»Das da?«, fragte er und deutete auf das blaue Auge. »Ihr Freund.«

Unwillkürlich musste ich lächeln.

»Señor G hat dir aufs Auge geboxt?«

»Sie sind ein Trottel. Wieso sollte Señor G mir aufs Auge boxen?« Ezequiel verzog verächtlich das Gesicht. »Und sich die Handschuhe ruinieren?«

»Also was dann?«

»Gestern Abend hat er mir einen kleinen Auftrag gegeben.«

»Und der hat kein gutes Ende genommen.«

»Doch.« Der Junge zuckte die Achseln. »Aber nicht für mich. Wobei es den anderen schlimmer erwischt hat«, fügte er hinzu und fand sein Grinsen wieder.

»Darf ich fragen ...«

»Nein, dürfen Sie nicht. Señor G erwartet uns in zehn Minuten an der Tür zum Lagerhaus vom Alten. Also trinken Sie schon dieses Gebräu aus, bezahlen Sie das Mädchen, und los geht's.«

Ich schüttelte den Kopf.

»Señor G und ich sind um zehn Uhr an dieser Tür da verabredet. Wir haben etwas Wichtiges zu erledigen.«

»Was habe ich Ihnen gerade gesagt? Der Kerl ist nicht zu Hause. Señor G hat um neun über zehn Minuten lang geklopft, und ich habe mich gerade in seiner Wohnung umgesehen. Da ist keiner.«

»Du hast dich gerade in seiner Wohnung ...«

Ich brach ab, denn Ezequiel zeigte mir bereits die Dietriche, die ihm offenbar Zugang zu Sanmartíns Wohnung verschafft hatten.

»Da war nichts Interessantes«, sagte er. »Dieser Kerl muss noch langweiliger sein als Sie. Der hat nur Bücher und Papiere.«

»Was für Papiere?«

»Woher soll ich das wissen? Papiere. Mit was darauf geschrieben. Und mit Bildern.«

Ich gestehe, flüchtig war ich versucht, Ezequiel zu bitten, mich in die Wohnung zu bringen, um diese Papiere zu untersuchen. Doch dann fand ich, dass ein Camarasa hinter Gittern vollauf genügte.

»Machst du so etwas oft?«, fragte ich. »Türen aufzubrechen und dich in fremde Wohnungen zu schleichen?«

»Nur wenn jemand mich nett darum bittet. Interessiert?«

»Nein danke. Aber falls ich einmal die Hilfe eines Einbrechers benötige, werde ich an dich denken«, versicherte ich ihm. Ich warf noch einen Blick auf die Tür von Sanmartíns Haus. »Dann begleitest du mich dorthin, wo Señor G mich erwartet?«

»Irgendjemand muss ja auf Sie aufpassen, oder? Wenn man bedenkt, was letztes Mal passiert ist, als Sie im Hafen waren ...«

Diesmal war Ezequiels Grinsen nicht nur spöttisch, sondern entschieden beleidigend. Unvermittelt hatte ich wieder den widerlichen, beschämenden Fischgestank in der Nase, den Margaritas Fächer verströmte.

»Diesmal werde ich vorsichtiger sein«, versetzte ich.

»Ach?«

Ezequiel streckte die Hand aus und zeigte mir den goldenen Ring, den er am Mittelfinger trug.

Meinen Ring.

Den Ring, den mein Großvater väterlicherseits, der erste Sempronio Camarasa, mir als einziges Erbe hinterlassen hatte, als er 1868 starb, wenige Monate vor unserer Flucht ins Exil, und den dieser Spitzbube mir gestohlen hatte, zweifellos bei dem flüchtigen Handschlag, den er mir bei seiner Ankunft aufgezwungen hatte.

»Du weißt also nicht nur, wie man sich in fremde Wohnungen schleicht«, sagte ich, packte Ezequiels Handgelenk ein wenig grob und holte mir meinen Ring zurück. »Du bist auch ein kleiner Dieb mit flinken Fingern.«

»Die flinksten der Stadt«, versicherte er mir stolz und ließ die Finger vor meiner Nase spielen. »Wenn ich wollte, könnte ich Ihnen sämtliche Knöpfe von Ihrem Hemd klauen, bevor Sie auch nur Zeit hätten, zu blinzeln. Soll ich es Ihnen zeigen?«

Ich schlug Ezequiels schmutzige Hände vor meinem Gesicht zur Seite und schüttelte den Kopf.

»Meine Knöpfe sind genau richtig da, wo sie sind, danke«, sagte ich. »Das gehört auch zu den Fähigkeiten, die Señor G dazu veranlasst haben, dich für sich arbeiten zu lassen? Lässt er dich auch unvorsichtige Leute ausrauben?«

Ezequiel büßte weder sein Lächeln noch seine diebesstolze Miene ein.

»Unter anderem.«

»Aha. Die flinksten Finger der Stadt.« Ich steckte mir den Ring an den Ringfinger der linken Hand, trank einen Schluck Milchkaffee und versuchte, in Erfahrung zu bringen, was mich an diesem Vormittag wohl erwartete. »Und Señor G erwartet mich an der Tür des Lagerhauses vom Alten, hast du gesagt?«

»Das hat er gesagt.«

»Was für ein Alter?«

»Was für ein Alter schon? Der Vater von Señor G natürlich.«

Der Vater von Señor G.

Natürlich.

»Señor Gs Vater hat ein Lagerhaus im Hafen?«, fragte ich, als würde mich das nicht sonderlich interessieren.

Ezequiel schüttelte ungläubig den Kopf.

»Das wussten Sie nicht?« Er musterte mich mit dem weit aufgerissenen linken Auge. »Der Vater von Señor G lebt in einem Lagerhaus im Hafen. Was für Freunde sind Sie eigentlich?«

Manchmal fragte ich mich das auch.

»Señor G ist ein zurückhaltender Mann«, murmelte ich.

»Oder vielleicht sind Sie auch ein Schwätzer. Deshalb erzählt er Ihnen nichts.«

Ich dachte kurz darüber nach.

»Vielleicht.«

»Vielleicht«, äffte Ezequiel mich nach. Gleich darauf setzte er sich die schmutzige Mütze auf den ungekämmten Kopf und klatschte so laut in die Hände, dass es in dem leeren Lokal klang wie ein echter Gewehrschuss. »Gehen wir jetzt oder nicht?«

Also erhob ich mich, ging zur Theke und bezahlte den Milchkaffee, den ich nun gar nicht hatte austrinken können. Ich fügte ein kleines Trinkgeld für die von uns verursachten Störungen hinzu und betrachtete, Mantel und Hut schon in der Hand, ein letztes Mal das entzückende Lächeln des Mädchens mit den schiefen weißen Zähnen.

# Kapitel 32

Als Ezequiel und ich vor die Tür des Milchgeschäfts traten, fand an der Kreuzung der Calle de Aviñón mit der Calle de Fernando VII gerade eine kleine Marionettenvorführung statt. Zehn, zwölf Kinder drängten sich in einem engen Kreis um den Puppenspieler, einen dicken, bärtigen Alten, der mit zwei grell bemalten Marionetten akrobatische Salti, liebenswerte Wutanfälle und kleine höfische Tänze vorführte. Ein zweiter alter Mann bediente neben ihm die Kurbel einer Drehorgel und ließ eine bekannte, fröhliche Zirkusmusik ertönen, bei der ich zu meiner Schande flüchtig ein Bild von Cecilia, der exquisiten Tänzerin des Monte Táber, vor Augen hatte. Zu Füßen des Drehorgelspielers schlief ein Hund, der wie Colmillos Gefährte ein rotes Tuch um den Hals trug, aber noch alle vier Beine hatte, und daneben hockte ein Kind von nicht mehr als drei Jahren mit einem Hut in der Hand.

»Geben Sie ihm was«, befahl mir Ezequiel, nachdem er dem Schauspiel einige Minuten lang mit ebenso staunend aufgerissenen Augen und genauso verzücktem Lächeln wie die Kinder zugesehen hatte.

Ich trat zu dem kleinen Kassierer und ließ ein paar Münzen in seinen Hut fallen.

Der Junge sah mich mit großen Augen und leerem Blick an, ohne jeden Anflug eines Lächelns.

»Tut mir leid, dass ich dir den Spaß verderben muss«, sagte ich zu Ezequiel, als ich wieder neben ihn an die Tür des Milchgeschäfts trat. »Aber Señor G erwartet uns.«

Der Junge warf einen letzten Blick auf die beiden tanzenden Marionetten, und dann erlosch sein Lächeln.

»Los, wir haben keine Zeit zu verlieren«, murmelte er und begrub das vierzehn- oder fünfzehnjährige Kind, das er im Grunde noch war, wieder unter der Maske des herablassenden, abgebrühten jungen Mannes.

Anstatt zur Rambla zurückzukehren, sie bis zum Hafen hinabzulaufen und dann durch das Portal de la Paz zu gehen, wie man es normalerweise getan hätte, ging Ezequiel die Straße hinab und bog gleich darauf unter dem Vorwand, irgendeine Abkürzung nehmen zu wollen, rechts ab, ins Herz der Altstadt. Dann führte er mich durch eine lange Abfolge unterschiedlich finsterer, schmutziger und übelriechender Gassen, deren Aufnahme in unsere Route, wie mir klar wurde, einzig dem Zweck diente, die Schwäche, die er seiner Meinung nach dadurch gezeigt hatte, dass er sich in meiner Gegenwart von diesem Kindermarionettentheater hatte bezaubern lassen, aufzuwiegen, indem er mich nun mit dem Anblick der leidenden Menschen ängstigte, die hier zwischen den verfallenden Mauern lebten. Schmutzige Kinder ohne Schuhe, lahme Männer, Frauen mit verbitterten Mienen und von Armut verhärmten Gesichtern. Vorzeitig gealterte Menschen, die ihr elendes Leben zwischen Rattennestern, offenen Senkgruben und ungepflasterten Straßen verbrachten und, wenn wir vorübergingen, meine Kleidung und meine Schuhe mit Augen betrachteten, die ebenso hohl und ausdruckslos waren wie die des Jungen, der den beiden alten Puppenspielern den Hut gehalten hatte.

»War dieser ganze Umweg nötig?«, fragte ich Ezequiel, als wir schließlich auf die helle Plaza del Palacio traten.

»Señor Gs Idee. Er findet auch, dass Sie sich ein bisschen abhärten müssen.«

Der Bursche überquerte die zehn Meter breite Fahrbahn, welche die Lonja von den Arkaden der Casa Xifré trennte, ohne auch nur im Mindesten auf den starken Verkehr zu achten, der in beiden Richtungen herrschte. Ich ging ihm ein wenig vorsichtiger hinterher.

»Es ist keine Schande, dass dir die Marionetten gefallen, weißt du? Als ich in deinem Alter war, gefielen sie mir auch.« Ezequiel sah sich zu mir um und grinste.

»Tunte«, sagte er beinahe zärtlich.

Schweigend erreichten wir das südwestliche Ende der Muralla del Mar, überquerten sie dort, wo einst die Puerta del Mar gestanden hatte, und erreichten so die ersten Fischerhäuschen Barcelonetas. Etwa zwanzig Fischer reinigten und flickten gerade an Land ihre Netze, während ihre schlichten Boote auf den Sandbänken des ehemaligen Inselchens Maians vertäut waren; der Fang der vergangenen Nacht war zweifellos bereits an die Händler der Boquería oder an die Köche der Essensstände und Restaurants der Stadt verkauft. Ezequiel trat zu einer Gruppe von drei alten Männern, die an einem äußerst fragilen, schwärzlichen Netz arbeiteten, und sagte etwas zu ihnen, was allgemeines Gelächter hervorrief; dann kam er zu mir zurück, wandte sich wortlos nach rechts und führte mich ebenso unbeirrt wie bisher zu den Kais im Westen.

Weder die strahlende Herbstsonne, die noch immer am Himmel schien, noch die saubere Brise, die vom Mittelmeer herwehte, konnten Erscheinungsbild und Gestank des Industriehafens auch nur um einen Deut verbessern. Alles dort war hässlich, schmutzig und verfallen, und zwar auf eine stolze und aggressive Art: das vermoderte Holz der Kais, die einsturzgefährdeten Mauern der zahlreichen verlassenen Lagerhäuser, der Rost auf den Schiffsrümpfen, den Be- und Entladekränen und den großen Metallbehältern, in denen die Arbeitserzeugnisse von Millionen von Männern und Frauen wie denen, die jetzt um uns herumwimmelten, von einem ins andere Land, von einem in den anderen Geldbeutel befördert wurden. Der Gestank des Kots der vor die Fuhrwerke gespannten Maulesel vermischte sich mit dem Schweißgeruch der schmutzigen Hafenarbeiter, welche die Wagen mit den wertvollen Waren beladen mussten, und beide Gerüche gingen unter im Gestank der verschiedenen Brennstoffe, die das unablässig klopfende, monströse mechanische Herz, das der Hafen von Barcelona darstellte, antrieben.

»Wenn ich Sie hier allein lasse, schaffen Sie's dann, sich nicht ausrauben zu lassen, bis Señor G kommt?«

Ezequiel war vor dem Tor eines baufälligen Lagerhauses stehen geblieben, das inmitten des Gebäudekomplexes einer verlassenen Schiffswerft stand.

»Das ist das Lagerhaus von Señor Gs Vater?«, fragte ich ungläubig und musterte das Gebäude, das mir so wacklig und einsturzgefährdet erschien wie ein Kartenhaus.

»Hübsch, was? Der Alte ist drin, aber ich an Ihrer Stelle würde ihn nicht stören. Sehen Sie sich ruhig um, aber berühren Sie nichts. Wenn Sie was anfassen, sind Sie ein toter Mann.«

Den letzten Satz sprach er in einem ernsten Ton und mit ernster Miene, um mir begreiflich zu machen, dass er nicht scherzte.

»Hast du nicht gesagt, Señor G würde auf mich warten?«

»Der Chef ist ein vielbeschäftigter Mann.« Ezequiel legte zwei Finger an die Mütze und streckte mir ganz kurz die rosa Zungenspitze heraus. »Tun Sie mir einen Gefallen, Schlauberger. Sagen Sie dem Chef, dass im Schlupfwinkel nichts Interessantes war.«

»Nichts Interessantes.«

»Er versteht Sie schon. Und sagen Sie ihm auch, ich will die Boxer besuchen. Wenn was ist, finde ich ihn.«

Ehe ich Gelegenheit zu Widerspruch oder Rückfragen hatte, machte der Bengel kehrt und rannte davon, und ich blieb vor dem halb offenen Tor des trostlosen Lagerhauses zurück, das Ezequiel zufolge absurderweise Antoni Gaudís Vater gehörte.

Ich wusste nicht recht, was ich jetzt tun sollte, daher wartete ich zwei Minuten lang da, wo ich war, darauf, dass mein Freund endlich käme und mir alles erklärte. Warum hatte er unsere Verabredung vor Víctor Sanmartíns Haus nicht eingehalten? Warum schlich sich jemand, der für ihn arbeitete, einfach in fremde Wohnungen und brüstete sich mit seiner

Geschicklichkeit als Dieb? Was sollten wir im Hafen? Was war das für ein Mann, der in diesem baufälligen Lagerhaus lebte und arbeitete? Als ein paar Minuten herum waren und ich außerdem über das, was ich mittlerweile als Respektlosigkeit mir gegenüber empfand, zunehmend wütend wurde, sowie über Gaudís verfluchte Neigung zu Geheimniskrämerei und kleinen Rätseln, beschloss ich, die Tür hinter mir aufzudrücken und wenigstens einer dieser Fragen selbst auf den Grund zu gehen.

Meine Augen benötigten mehrere Sekunden, um sich an das Halbdunkel zu gewöhnen, das im Inneren des Lagerhauses herrschte. Der weiträumige Hauptraum wurde nur von dem Licht beleuchtet, das durch die Ritzen der Bretter vor den Fenstern und die zahlreichen Risse im Dach drang. In der Luft mischten sich so viele eigenartige Gerüche, dass man sie beinahe nicht atmen konnte; einige waren vertraut – morsches Holz, rostiges Metall, langjährige Feuchtigkeit in den Wänden und im Steinboden –, mit anderen verband ich gar nichts. Doch weder das Halbdunkel noch die schlechte Luft im Raum konnten meine Aufmerksamkeit länger als eine halbe Minute fesseln. Blinzelnd ließ ich den Blick von der hohen Decke des Lagerhauses über die großen verbarrikadierten Fenster nach unten wandern, bis er auf den Boden fiel, und unvermittelt existierte für mich nichts mehr als das ungewöhnliche Gebilde, das ich dort sah.

Es handelte sich um eine Miniatur der Stadt Barcelona, allerdings um eine gigantische Miniatur, deren höchste Gebäude sich vielleicht zwei Handbreit über den Boden des Lagerhauses erhoben, deren breiteste Boulevards knapp das Hineinsetzen eines menschlichen Fußes erlaubten, und deren Grenzen beinahe genau mit denen dieser Halle übereinstimmten. Eine glänzende Stadt aus Kupfer, Glas und Stein, deren Hauptmerkmale – die Türme und Kuppeln der diversen Kirchen, die Parks und runden Plätze, das perfekte Raster aus Häuserblocks mit Innenhöfen und abgeschrägten Ecken, das über die anachronistischen Stadtmauern hinauswuchs – ohne jeden Zweifel die Stadt im Kleinen spiegelten, die sich jenseits der Wände dieses Lagerhauses erstreckte. Aber zugleich stimmte diese Miniaturstadt nicht vollständig mit ihrem realen Gegenstück überein. Wie die Noten einer berühmten Partitur, die nicht auf die gewohnte Weise interpretiert wurde, waren die einzelnen Elemente dieses ungewöhnlichen Modells vertraut, doch das Gesamtgebilde war nicht ganz das, was wir, die Bewohner der realen Stadt, als Barcelona kannten. Eine Stück für Stück demontierte und unter Berücksichtigung der strengen Logik der Träume neu errichtete Stadt.

»Señor Gaudí?«

Der alte Mann kniete neben einem der vielen Hundert – wenn nicht gar vielen Tausend – Gebäuden aus Glas und Kupfer, aus denen das Modell bestand. Seine äußere Erscheinung war nicht minder erstaunlich als sein außergewöhnliches Werk: zerwühlte weiße Haare, weißer Bart, vernachlässigte alte Kleidung und im Blick dieses eindringliche, verklärte Leuchten, das nur Heiligen, Genies und Wahnsinnigen zu eigen ist. Er mochte achtzig Jahre alt sein, aber seine hagere gekrümmte Gestalt und die Falten, die sein Gesicht durchzogen, vermittelten einen solchen Eindruck von Zeitlosigkeit, dass er genauso gut sechzig oder hundertzwanzig hätte sein können. In der rechten Hand hielt er einen kleinen Hammer mit rot verfärbter Spitze, und mit der linken schien er in Daumenbreiten den Abstand zwischen zwei Kupferteilen zu messen, über deren Form oder Funktion ich aus der Entfernung keine Vermutung anstellen konnte. Ein kleines Kohlenbecken brannte zu seinen Füßen, und drei weitere, ebenfalls brennende Kohlenbecken waren im Lagerhaus verteilt und verströmten einen Rauch, der den unerwarteten Anblick, der sich mir bot – das unfassbare glänzende Modell, das Spiel aus Licht und Schatten, das die Risse im Dach erzeugten, der vollständig in seine unergründliche Arbeit versunkene alte Mann –, nur noch nebulöser erscheinen ließ. Der Nebel eines Fantasie-Barcelonas, sagte ich mir. Der ganz persönliche *Smog* einer ebenfalls ganz persönlichen Stadt, und sehr weit von allem entfernt, was ich erwartet hatte, in diesem Lagerhaus zu finden.

»Señor Gaudí?«

Auch diesmal hob der Alte nicht den Blick von dem Kupferteil, das seine Aufmerksamkeit fesselte.

»Er kann Sie nicht hören«, vernahm ich da hinter mir eine Stimme. »Señor Comella ist nicht hier.«

Ich wandte mich um und erblickte das vertraute Gesicht Antoni Gaudís, der an einer Wand lehnte und mich beobachtete.

»Wollen Sie sagen …«

»Wenn ihn die Kunst ruft, verschwindet die Welt für ihn.« Gaudí winkte mich zu sich. »Stören wir ihn nicht.«

Ich sah nochmals zu dem in seine Aufgabe vertieften alten Mann, ließ den Blick ein letztes Mal über diese erstaunliche Landschaft aus Kuppeln, Dächern und Boulevards aus Glas, Stein und Kupfer wandern, und gehorchte sodann meinem Freund.

Draußen vor dem Lagerhaus, unter der noch immer strahlenden Sonne, zog Gaudí den rechten Chevreaulederhandschuh aus und reichte mir ebenso feierlich die Hand, wie er es am Tag unserer Bekanntschaft getan hatte, bei jener zweiten Begegnung am Fuß der klassizistischen Treppe in der Lonja de Mar, als weder er noch ich etwas von den seltsamen Abenteuern ahnten, welche die unmittelbare Zukunft für uns bereithielt.

»Señor Comella haben Sie ihn genannt?«, lautete meine erste Frage, sobald meine Augen sich an den neuerlichen Wechsel der Lichtverhältnisse gewöhnt hatten.

»Oriol Comella«, bestätigte Gaudí und zog den Handschuh wieder an, nachdem er mir einen festen Handschlag gegeben hatte. »Kommt der Name Ihnen bekannt vor?«

»Überhaupt nicht. Aber man hat mir gesagt, dieses Lagerhaus gehöre dem Vater von Señor G.«

Gaudí lächelte.

»Eine kleine dichterische Freiheit von mir«, sagte er, nahm meinen Arm und verließ mit mir das Gelände der verlassenen Werft. »Der Hafen ist, wie Sie ja wissen, nicht unbedingt eine sichere Gegend. Hier operieren alle möglichen Taschendiebe, Gauner und Betrüger, und einige von denen haben keinerlei Achtung vor dem menschlichen Leben. Señor Comella zu Señor Gs Vater zu machen, ist die beste Strategie, die mir einfiel, um dem alten Mann einen gewissen ... Schutz zu gewähren.«

»Dann ist Señor G also ein Mann, der sich in solchen Milieus Respekt zu verschaffen weiß«, sagte ich.

»In solchen Milieus, Freund Camarasa, ist das Einzige, was respektiert wird, das Geld«, gab er zurück. »Geld, das man nicht auf einmal und mit vorgehaltenem Messer rauben kann, meine ich.«

Und da begriff ich es endlich.

Die Geschäfte des Señor G. Das Monte Táber. Die Kupferstücke in Andreus Zimmerchen. Die Unterhaltung gestern Nacht mit Colmillos. Der Trank, mit dem man die Realität sehen kann.

»Señor G verteilt sein Geld mit vollen Händen«, sagte ich. »Das Geld, das er beim Handel mit seinen Grünteeschlückchen verdient.«

»Sehr witzig.«

»Geld, mit dem er, wenn ich es recht verstehe, diesem seltsamen Herrn, dem ich mich leider nicht habe vorstellen können, Kupfer, polierten Stein und Glas in großen Mengen beschafft.«

Gaudí musterte mich amüsiert.

»Jetzt haben Sie mich überrascht, Freund Camarasa.«

»Irre ich mich?«

»Sie liegen absolut richtig. Deshalb bin ich ja überrascht.«

Auch ich lächelte.

»So dünn die Platten sind, mit denen Señor Comella arbeitet, muss er dort drin doch beinahe eine Tonne Kupfer, Glas und Stein angesammelt haben«, schätzte ich. »Ich bin nicht auf dem Laufenden über die Preise für Glas und Stein dieser

Qualität, aber sogar ich weiß, dass Kupfer heutzutage ein teures und seltenes Material ist. In unruhigen Zeiten wie diesen hamstert das Militär es, als wäre es Gold. Und um die Brosamen, die das Heer übrig lässt, kämpfen die Industriellen. Irre ich mich?«

»Ganz und gar nicht. Glas und Stein sind nicht billig, aber Kupfer ist ein Luxusartikel.«

»Wie beschaffen Sie es?«

Mein Freund zuckte die Achseln.

»Sie wissen schon. Von hier und da.«

Ich verstand.

»Ich frage besser nicht.«

»Meine Lieferanten wissen, wo sie es beschaffen können. Das ist alles, was wir wissen müssen. Ich bezahle ihnen einen guten Preis, sie verdienen ihren Lebensunterhalt, und Señor Comella kann weiter an seinem Projekt arbeiten. Alle sind zufrieden.«

Alle sind zufrieden, bis auf die rechtmäßigen Eigentümer dieses ohne Zweifel gestohlenen Kupfers, war ich versucht zu erwidern.

»Lieferanten wie Colmillos«, sagte ich stattdessen. »Und Eduardo Andreu.«

Gaudí schüttelte den Kopf.

»Ich habe nie direkt mit Andreu gearbeitet«, erklärte er. »Er muss für einen meiner Lieferanten gearbeitet haben. Für Colmillos selbst zweifellos, auch wenn er das gestern Nacht abgestritten hat.«

»Deshalb hat es sogleich Ihre Aufmerksamkeit erregt, als Sie diese Kupferplatten in seinem Zimmerchen entdeckten. Deshalb haben Sie eine davon gestohlen. Sie wollten herausfinden, woher sie stammt.«

Gaudí zog die kleine Kupferplatte, die er am Tatort hatte mitgehen lassen, aus seinem Gehrock.

»Erfolglos, muss ich sagen. Sie weist keine besonderen Kennzeichen auf. Aber ich glaube auch nicht, dass es in irgendeiner Weise von Bedeutung ist.«

Ich nickte.

»Wenn Andreus kleine Aufträge als indirekter Lieferant von Señor G etwas mit seinem Tod zu tun gehabt hätten, wäre das Kupfer nicht mehr dort gewesen, als die Leiche entdeckt wurde.«

»Das scheint mir logisch«, stimmte Gaudí mir zu. »Auf jeden Fall fand ich nach unserer Unterhaltung gestern Nacht mit Colmillos, dass ich Ihnen eine Erklärung schuldig bin. Deshalb bat ich Ezequiel, Sie zu Señor Comellas Lagerhaus zu führen.«

»Dann danke ich Ihnen für diese Rücksichtnahme. Jetzt müssen Sie mir nur noch erklären, wer Señor Comella ist, was zum Teufel dieses gigantische Modell ist, das er da drin gebaut hat, und warum Sie sich, um ihm zu helfen, in eine Art Straftäter im großen Stil verwandelt haben.«

Gaudí steckte die Kupferplatte wieder in den Gehrock und sah mich mit zufriedener Miene an.

»So weit würde ich nicht gehen.«

»Was Sie da tun, verehrter Freund, ist ein Verbrechen, wie es im Buche steht. Sie zahlen hübsche Summen Geld für gestohlene Materialien. Materialien, die Ihre Lieferanten einzig deshalb rauben, weil Sie sie dafür bezahlen. Sie sind zugleich der Anstifter der Straftat und der direkte Begünstigte. Inspector Labella wäre entzückt, von dieser Facette Ihres Lebens zu erfahren, meinen Sie nicht?«

»Inspector Labella hat im Moment Wichtigeres zu tun.«

Da fiel es mir wieder ein.

»Sie kannten den Namen Labella«, sagte ich. »Als ich zum ersten Mal von ihm sprach, erzählten Sie mir, Sie hätten unter einer seiner Handlungen zu leiden gehabt. Und als wir ihm in Andreus Zimmer begegnet sind, hat Labella Sie angesehen, als käme Ihr Gesicht ihm bekannt vor.«

»Es ist möglich, dass unsere Wege sich bei einer früheren Gelegenheit gekreuzt haben, ja«, räumte Gaudí ein. »Aber nie von Angesicht zu Angesicht. Sorgen Sie sich nicht meinetwegen.«

»Wenn Sie es sagen …«

»Und was Oriol Comella betrifft, stellt es Sie vielleicht zufrieden, wenn ich Ihnen erzähle, dass er die erste Person war, die ich bei meiner Ankunft in Barcelona kennengelernt habe. Wir sind im Presbyterium von Santa María del Mar beinahe zusammengestoßen. Ich war damals achtzehn Jahre alt, und er war über siebzig; Señor Comella war ein glühender Katholik, und ich hatte gerade angefangen, mich vom Glauben meiner Vorfahren zu lösen; er war ein Mann, der ein streng asketisches Leben führte, und ich ein junger Mann, der geblendet war von den Verlockungen der großen Stadt; aber uns beide einte die Leidenschaft für die Architektur und das Interesse an den weniger konventionellen Aspekten dieser Kunst. Seit Jahren lebte Señor Comella als Architekt im Ruhestand, vergessen von seinem Berufsstand. Obwohl seine Familie eine der wohlhabendsten in Barcelona ist, lebte er von der Wohltätigkeit Fremder in diesem Lagerhaus, das Sie gerade kennengelernt haben, und hatte bereits mit der Arbeit an seinem nach seiner eigenen Meinung entscheidenden Projekt begonnen. Die Handschuhmacherei von Esteve Comella ist Ihnen sicher bekannt«, fügte Gaudí hinzu und deutete mit dem Kinn auf meine Hände.

In der Tat kannte ich sie. Die Handschuhmacherei lag an der Ecke Calle de Fernando VII und Calle de Aviñón, zugleich direkt neben dem Gebäude, in dem Víctor Sanmartín wohnte, und war das renommierteste Geschäft seiner Art in ganz Barcelona.

»Oriol Comella ist mit Esteve Comella verwandt?«

Mein Freund nickte.

»Allerdings muss ich sagen, dass die Talente der beiden Männer nicht verschiedener sein könnten. Zu Señor Comellas Glück.«

»Und dieses entscheidende Projekt, an dem Señor Comella bereits gearbeitet hat, als Sie ihn kennenlernten, ist das, welches wir gerade sahen«, mutmaßte ich. »Ein Modell von Barcelona.«

»Eine Rekonstruktion von Barcelona. Eine freie und ganz persönliche Neuerfindung von Barcelona.« Gaudí bedeutet mir mit einer Geste, das Thema ruhen zu lassen: Wir würden später noch Gelegenheit haben, ins Detail zu gehen. »Jedenfalls habe ich mir damals gelobt, dass ich Señor Comella eines Tages bei seinem Projekt helfen würde.«

»Und dies ist Ihre Art, ihm zu helfen«, ergänzte ich. »Ihm das Material mit finanziellen Mitteln zu verschaffen, die seine Familie ihm verweigert. Keine schlechte Idee.«

»Obwohl Sie es nicht billigen.«

»Es steht mir nicht zu, die Handlungen anderer zu billigen oder zu missbilligen. Ihr Zweck ist nobel, also keine Einwände meinerseits. Was mich daran erinnert ...« Ich lächelte. »Ihr Freund Ezequiel bat mich, Ihnen zwei Botschaften auszurichten.«

»Ich wollte Sie gerade nach ihm fragen. Ich hatte ihn gebeten, bei Ihnen zu bleiben, bis ich komme.«

»Er hat gesagt, er wolle die Boxer besuchen. Und außerdem hat er gesagt, im Schlupfwinkel sei nichts Interessantes gewesen. Das waren seine beiden Botschaften.«

Gaudí nickte, während wir einen wackligen Steg überquerten, der einen Höhenunterschied auf dem alten Kai, auf dem wir gerade liefen, überbrückte.

»Erinnern Sie sich daran, wie Sie mir erzählten, dass Eduardo Andreu, nachdem er seinen guten Ruf als Kunsthändler eingebüßt hatte, versucht habe, sich den Lebensunterhalt als Buchmacher für illegale Kämpfe im Hafen zu verdienen?«, fragte er. »Ich dachte, es wäre eine gute Idee, in diesem Milieu ein wenig nachzuforschen. Zu sehen, ob Andreu seine Kontakte dort bis zuletzt aufrechterhalten hat oder ob jemand uns etwas über seine kleinen Geschäfte sagen kann.« Gaudí zuckte die Achseln. »Ich glaube nicht, dass wir etwas Interessantes herausfinden, aber man muss es versuchen.«

»Und der Unterschlupf?«

»Víctor Sanmartíns Wohnung selbstverständlich.«

Selbstverständlich.

»Noch eine Straftat«, sagte ich. »Einen Jungen dazu anzustiften, in eine fremde Wohnung einzubrechen und die Habseligkeiten eines Mannes zu durchwühlen, der, auch wenn er uns nicht sympathisch ist, doch ein Recht auf Privatsphäre hat.«

»Sie erscheinen mir heute Morgen ein wenig kleinmütig, Freund Camarasa.«

»Möglicherweise bin ich, seit mein Vater hinter Gittern sitzt, ein wenig empfindlich geworden, wenn es um rechtliche Dinge geht, Freund Gaudí.«

Er nickte mit ernster Miene.

»Verzeihen Sie«, sagte Gaudí. »Ich habe die Lage Ihres Vaters nicht vergessen.«

»Ich weiß. Und ich bin Ihnen auch dankbar. Ich möchte bloß nicht, dass auch wir beide uns ein blaues Auge einhandeln wie Ezequiel.«

Gaudí blieb an einem Bauwerk stehen, das ich erst jetzt als die Rückseite des Portal de la Paz erkannte. Wir verließen den Hafen. Eine gute Neuigkeit.

»Hat er Ihnen erklärt, wie das passiert ist?«

»Er hat gesagt, es sei Ihre Schuld.«

Mein Freund lächelte.

»Nicht ganz zu Unrecht«, räumte er ein. »Erinnern Sie sich an den Dolch, der in Andreus Brust steckte?«

»Wie sollte ich den vergessen können?«

»Erinnern Sie sich auch an das Wappen auf dem Griff?«

»Sie haben gesagt, Sie hätten es schon einmal gesehen, wüssten aber nicht, wo.«

Gaudí tippte sich zweimal mit dem rechten Zeigefinger an die Schläfe.

»Nun, dank Ihnen ist es mir doch noch eingefallen«, erklärte er. »Dank Ihnen und Señorita Fiona. Wissen Sie noch, wie Sie mir von den Beziehungen unserer Freundin zu einer Gruppe russischer Nihilisten erzählt haben, die später ein Attentat in der Londoner Untergrundbahn verübt hat?«

»Das weiß ich noch, ja.«

»Eines Nachts vor ein paar Jahren kam die Polizei in eines der Theater im Raval, in denen ich damals verkehrte, und nahm eine kleine Gruppe von Anarchisten fest, die anscheinend dort ihre geheimen Versammlungen abhielten. Ich war an jenem Abend auch in diesem Theater und hatte ernste Schwierigkeiten, die Polizisten davon zu überzeugen, dass der Inhalt der Fläschchen, die ich in der Tasche hatte, rein medizinischen Zwecken diente und nur für den Privatgebrauch bestimmt war.« Gaudí lächelte schief. »Als einer der verhafteten Anarchisten an mir vorüberging, entdeckte ich ein Abzeichen an der Vorderseite seiner Weste.«

»Das Wappen auf dem Dolch.«

»Ich könnte schwören, dass es das war.«

»Dann wurde Eduardo Andreu also von einem Anarchisten ermordet?«, fragte ich ungläubig. »Welches Interesse hätte jemand, der die Gesellschaft erneuern will, daran, diesem armen Teufel das Leben zu nehmen?«

Gaudí hob amüsiert die Augenbrauen.

»Jemand, der die Gesellschaft erneuern will?«

»Verstehen Sie mich nicht falsch. Ich bin weder für die Methoden der Anarchisten, noch teile ich ihre Ansichten. Terrorismus und gesellschaftliches Chaos erscheinen mir nicht im Geringsten reizvoll, wie Sie sich sicher denken können. Ich sage nur, dass ich nicht wüsste, wieso ein Mann wie Andreu Opfer eines politischen Verbrechens geworden sein sollte.«

»Sie vergessen, dass der Mord an Andreu ein Verbrechen mit zwei Opfern ist.«

Darüber dachte ich kurz nach.

»Ich wüsste auch nicht, was die Anarchisten gegen meinen Vater haben sollten«, sagte ich schließlich. »Vergessen Sie nicht, dass man ihm in letzter Zeit vor allem vorgeworfen hat, dass er die Menschen mit seiner Zeitung zu allen möglichen populistischen und zersetzenden Gedanken anstiftet.«

»Mit reißerischer Typografie und sensationsheischenden Illustrationen den Charakter unserer Gesellschaft zu verderben, ist nicht dasselbe, wie sich auf die Seite derer zu schlagen, die jede soziale Ordnung abschaffen wollen«, erwiderte Gaudí. »Zum Glück. Ich bezweifle sehr, dass ein echter Anarchist Ihren Vater als Anhänger seiner Sache sieht. Schon gar nicht, falls er die Gerüchte kennt, die unser Freund Víctor Sanmartín in letzter Zeit in Umlauf gebracht hat.«

Allmählich verstand ich, worauf mein Freund hinauswollte.

»Der natürliche Feind des Anarchisten, der jede Ordnung abschaffen will, ist der König«, sagte ich. »Wenn mein Vater also darauf hinarbeitet, dass dieser König wieder den Thron besteigt ...«

»Vielleicht ist der Gedanke abwegig«, räumte Gaudí ein. »Aber wir sollten versuchen herauszufinden, wohin er uns führt.«

»Wir handeln uns höchstens ein blaues Auge ein.«

Gaudí lächelte.

»Das Fingerspitzengefühl, das Ezequiel in den Händen hat, fehlt ihm in der Zunge«, sagte er. »Aber vielleicht war es auch nicht besonders klug von mir, ihm diese Aufgabe zu geben.«

»Ich schätze, sie bestand darin, im Raval ein paar diskrete Fragen zu stellen.«

Mein Freund nickte.

»Ezequiel besitzt viele Fähigkeiten, aber Diskretion gehört nicht dazu.«

»Vielleicht wäre es sinnvoller, Sie würden diese Fragen heute Nachmittag Fiona stellen.«

»Fiona?«

»In den letzten Tagen hat sie mindestens zwei Artikel illustriert, die von Razzien bei geheimen Zusammenkünften der Anarchisten im Raval berichteten. Die Heldentaten der Polizei und ihrer Widersacher sind eines der Lieblingsthemen von *Las noticias ilustradas*. Fiona wird wissen, an welche Türen man klopfen muss.«

Gaudís Blick verlor sich eine Weile im geschäftigen Treiben des Hafens; mit seinen großen blauen Augen starrte er auf irgendeinen Punkt oberhalb der Schiffsmasten am Kai. Kreischende Möwen drehten über dem trüben Wasser des Hafens

ihre Kreise, Tauben flatterten über den dreckigen Boden, im
Westen zogen zaghaft die ersten Wolken des Vormittags auf.
Mehrmals bewegte Gaudí die Lippen, doch er sagte keinen
Ton. Schließlich steckte er, ohne den Blick vom Himmel abzuwenden, die Hand in die Tasche, holte sein Zigarettenetui
und ein Streichholzbriefchen hervor, zündete sich eine Zigarette an und reichte beides an mich weiter, ohne mich anzusehen. »Wir sollten machen, dass wir von hier fortkommen.«
Dagegen hatte ich selbstverständlich nichts einzuwenden.

# Kapitel 33

Zwanzig Minuten später empfing Fiona uns in ihrem Büro bei *Las noticias ilustradas.* Ihr Gesicht verriet Freude und Neugier. Sie stand zur Begrüßung nicht auf, sondern reichte uns lediglich die Hand, wobei sie sich über die hohen Papierstapel beugen musste, die ihren Schreibtisch bedeckten und aus Zeichnungen, aufgeschlagenen Heften und alten Zeitungsausgaben bestanden. Unsere Handküsse quittierte sie mit einem knappen Nicken. Dann lud sie uns ein, auf den Stühlen vor ihrem Schreibtisch Platz zu nehmen, und erkundigte sich, welchem Umstand sie unseren unerwarteten Besuch verdanke.

»Wie interessant«, sagte sie, nachdem sie Gaudís Erläuterungen gelauscht hatte. »Sie sind der Dritte, der heute mit mir über Anarchisten spricht.«

Gaudí und ich wechselten einen Blick.

»Und die beiden ersten waren ...«

»Víctor Sanmartín und mein Vater.«

Nanu, dachte ich.

»Hast du Víctor Sanmartín gefunden?«

»Eigentlich hat er mich gefunden«, erwiderte Fiona lächelnd. »Er hat an der Ecke der Fernando VII auf mich gewartet, als ich um neun Uhr hier ankam. Er hat mir ein Geschäft vorgeschlagen.«

»Ein Geschäft?«

»Er wollte, dass wir gemeinsam einen Artikel über Sempronio Camarasa schreiben. Meine internen Informationen, seine eigenen Informationen, meine Zeichnungen und seine Feder. Ein sicherer Erfolg.«

»Was hast du ihm gesagt?«

Fiona blickte mich mit hochgezogenen Augenbrauen an.

»Was glaubst du denn?«

»Und die Anarchisten?«

Hinter dem breiten Schreibtisch, der uns trennte, wandte Fiona sich nun Gaudí zu.

»Er hat gesagt, Señor Camarasas Freunde würden versuchen, den Mord an Andreu den Anarchisten anzuhängen. Sie würden nicht zögern, einen Unschuldigen anzuklagen, um Camarasa freizubekommen.«

»Aber warum ausgerechnet die Anarchisten?«

»Das hat er nicht erklärt. Ich vermute, er hat die Artikel gelesen, die wir in den letzten Tagen in der Zeitung veröffentlicht haben. Über die jüngsten Besuche der Polizei in Lokalen im Raval, in denen sich diese armen, armen Teufel treffen. Ich dachte, er hätte das nur so dahingesagt.«

›Arme Teufel.‹ Dieser Ausdruck überraschte mich.

»Dann hast du keine hohe Meinung von ihnen?«, fragte ich vorsichtig. Ich erinnerte mich noch gut an Fionas Reaktion am Vorabend, als ich angedeutet hatte, dass sich ihre politische Einstellung anscheinend merklich geändert hätte seit unserer gemeinsamen Zeit in London. »Ich dachte, du fändest sie … interessant.«

»Die Anarchisten?« Fiona verzog verächtlich das Gesicht. »Die wenigen Anarchisten, die ich in Barcelona kennengelernt habe, sind bedauernswerte Fantasten. Noble Gefühle, wirre Ideen und keinerlei Sinn für die Realität. In eurem Land, ihr Lieben, hat der Anarchismus ebenso viel Aussicht auf Erfolg wie eine echte Republik.«

›Und ihr seht ja, wo wir jetzt stehen‹, fügten ihre erhobenen Augenbrauen hinzu. ›In Erwartung der Ankunft eines neuen Bourbonen.‹

»Und dein Vater?«, fragte ich.

»Das ist das Interessante. Vor einer halben Stunde rief mich mein Vater in sein Büro und verkündete mir, dass wir ab Dienstag eine Reihe von Hintergrundartikeln über die Anarchisten veröffentlichen werden. Eine weitere »Kampagne zur Aufklärung der Öffentlichkeit«, wie dein Vater es immer nannte. Wie dein Vater es immer nennt«, korrigierte sie sich sofort.

Gaudí stieß ein eigenartiges Knurren aus.

»Welch ein Zufall.«

»Nicht wahr?« Fiona legte den Bleistift, den sie bisher in der Hand gehalten hatte, auf den Schreibtisch und blickte Gaudí fest in die Augen. »Was hat das alles zu bedeuten?«

Mein Freund schüttelte den Kopf.

»Das weiß ich nicht. Aber auch ich finde es interessant.«

Ein langes nachdenkliches Schweigen trat ein. Die Schlussfolgerung, die sich aus dem ergab, was Fiona erzählt hatte – Sanmartín hatte recht, die Freunde meines Vaters versuchten, die Anarchisten für den Mord an Andreu verantwortlich zu machen, und *Las noticias ilustradas* würde das Hauptwerkzeug sein, mit dem sie diese Idee verbreiten würden –, war zugleich unerfreulich und verheißungsvoll. Jedenfalls in meinen Augen.

Auch wenn Inspector Labella und seine Kollegen bei der Kriminalpolizei meinen Vater und das, wofür er stand, noch so sehr hassten, mussten sie diese Anarchisten doch noch mehr hassen, die, ob nun Fantasten oder nicht, eine Gesellschaft ohne Regierung, ohne gesellschaftliche Unterschiede und ohne Sicherheitskräfte anstrebten. Und die, falls die Artikel in *Las noticias ilustradas* nicht logen, bereits seit Jahren mit ihren Gerüchten von einem Aufstand und sozialen Konflikten für Unruhe im verschlafenen bürgerlichen Barcelona sorgten.

Nach ein, zwei Minuten nachdenklicher Stille beschloss ich, endlich das Thema anzuschneiden, das mich seit gestern Abend beunruhigte.

»Ist zwischen dir und deinem Vater alles in Ordnung?«

Fiona blickte mich überrascht an.

»Warum fragst du?«

»Ohne es zu wollen, habe ich euch gestern Nacht streiten hören.«

Sofort verfinsterte sich Fionas Miene.

»Was hast du denn gehört?«

»Nur Schreie. Verstanden habe ich nichts. Aber ich habe euch zuvor noch nie streiten gehört. Deshalb habe ich mich gefragt ...«

»Und du hast uns gehört, ohne es zu wollen, sagst du«, unterbrach Fiona mich. »Ich sehe schon, ihr Camarasas tut euch wirklich schwer damit, die Privatsphäre anderer zu respektieren. Margarita öffnet die Briefe eures Vaters, du spionierst mir und meinem Vater nach ...«

»Ich habe euch nicht nachspioniert«, widersprach ich, verdutzt über diese Reaktion. »Ich konnte nicht schlafen und bin in den Garten gegangen, weil ich dachte, vielleicht seist du ja auch noch wach. Ich habe euch schreien gehört und bin wieder gegangen.«

Fiona nickte, noch immer sehr ernst.

»Ich bin es auch nicht gewohnt, mit meinem Vater zu streiten. Das siehst du ja.« Sie versuchte, zu lächeln, doch es gelang ihr nur halbherzig. »Entschuldige bitte.«

»Nein, mir tut es leid. Ich wollte dich nicht kränken.«

»Es war ein privater Streit, mehr nicht. Nichts Wichtiges. Heute ist alles wieder gut.«

Ein neuerliches Schweigen trat ein. Flüchtig überlagerte der Lärm der warmlaufenden Druckmaschinen im Erdgeschoss die Stimmen der Journalisten, Sekretärinnen und Chefredakteure, die auf der anderen Seite der Tür durch den Korridor liefen. Auch durch das offene Fenster drangen Geräusche herein – die vertrauten Klänge einer betriebsamen Stadt: die Stimmen der Straßenhändler, das Stampfen und Klappern der Pferdehufe auf dem Pflaster, die Warnglocken eines Omnibusses, der sich einen Weg zur Plaza de San Jaime bahnte.

Diesmal war es Gaudí, der unser Schweigen brach.

»Möchten Sie heute mit uns zu Mittag essen?«, schlug er

Fiona mit einer so tadellos ritterlichen Miene vor, dass ich beinahe gelächelt hätte. »Kennen Sie das Siete Puertas?«

»Ich danke Ihnen für die Einladung, aber bei *Las noticias ilustradas* essen wir nicht zu Mittag. Gabriel wird es Ihnen bestätigen.«

»Unternehmensleitsatz«, witzelte ich.

»Aber den Imbiss heute Nachmittag erlasse ich Ihnen nicht.«

Fiona schenkte meinem Freund diesmal ein ganz aufrichtiges Lächeln. »Ich freue mich schon darauf, Ihr berühmtes Modell von Santa María del Mar zu sehen.«

Gaudí neigte feierlich den Kopf.

»Es wird mir ein Vergnügen sein«, sagte er. Gleich darauf sah er mich an und fügte hinzu: »Ich fürchte, Freund Camarasa, wir müssen gehen.«

Wir erhoben uns alle drei, gingen zur Tür und Gaudí und ich küssten Fiona zum Abschied die Hand. Sie drückte mir die Hand: ein stummes Versöhnungsangebot nach dieser zweiten kleinen Verstimmung zwischen uns innerhalb von gerade einmal zwölf Stunden. Als daraufhin Gaudís Lippen die Haut ihrer Finger berührten, nahm ihr Gesicht einen Ausdruck an, der mich sofort in den Dezember 1870 zurückversetzte.

»Haben Sie über meinen Vorschlag nachgedacht, Antoni?«, fragte sie.

Gaudís Wangen wurden ganz rot.

»Ich habe darüber nachgedacht, ja«, murmelte er.

»Und?«

»Ich habe noch ... ich habe noch keine Entscheidung getroffen.«

Fionas Lächeln wurde etwas breiter.

»Es hat keine Eile«, sagte sie. »Dann bis heute Nachmittag. Genießt euer Mittagessen«, fügte sie, an mich gewandt, noch hinzu.

Als wir das Gebäude von *Las noticias ilustradas* verließen und wieder an die frische Luft traten, waren Gaudís Wangen noch immer beinahe so rot wie seine Haare, die nun wieder unter seinem Zylinder steckten.

»Ich frage wohl besser erst gar nicht, oder?«

Mein Freund gab keine Antwort.

Ich nutzte die ziellosen Streifzüge durch die Gassen des Raval, mit denen wir den Vormittag verbrachten, dazu, Gaudí zu erzählen, was Fiona mir am Vorabend anvertraut hatte: die früheren Aktivitäten meines Vaters, seine gegenwärtige rechtliche Situation und das, was wir für seine Zukunft hoffen mussten. Außerdem berichtete ich ihm von dem seltsamen Verhalten, das meine Mutter seit der Verhaftung meines Vaters an den Tag legte, informierte ihn über das fragwürdige Engagement des Anwalts Aladrén und die Besuche, die wir in den drei Villen gemacht hatten, und erzählte ihm schließlich, was das alles nach meiner Einschätzung zu bedeuten hatte.

Gaudí hörte mir aufmerksam zu und stellte nur dann und wann Fragen, wenn ihm etwas in meinem Bericht unklar war oder er weitere Einzelheiten wünschte. Ein, zwei Mal bat er mich auch um den genauen Wortlaut dessen, was Fiona, meine Mutter oder Aladrén in unseren Unterhaltungen gesagt hatten.

»Nun?«, fragte ich schließlich, als ich mit meinen Ausführungen zum Ende gekommen war.

Mein Freund dachte nicht lange nach.

»Señorita Fionas Theorien erscheinen mir allesamt zutreffend«, erklärte er, fasste mich am Ellbogen und blieb an der Mauer einer der vielen Textilwerkstätten, die es im nördlichen Teil des Raval gab, stehen. »Ihr Vater ist ein Spion, der die vergangenen sechs Jahre in London damit verbracht hat, mit seinem Auktionshaus die geplante Restauration der Monarchie zu finanzieren, und der nun mit einem neuen Auftrag nach Barcelona zurückgekehrt ist, den wir momentan noch nicht kennen, Ihre Mutter aber sehr wohl, vielleicht auch Señorita Fiona und ihr Vater. Ihre Mutter darf der Polizei nicht verraten, wer ihr Mann wirklich ist und welchen Auftrag er hat, und hat deswegen die Angelegenheit in die Hände anderer verdeckter bourbonischer Verbündeter wie Aladrén gelegt, der ja schon bei Andreus Betrugsversuch mit ihnen zusammengearbeitet hat. Beide erwarten mit Sicherheit, dass der Sturz der Republik und die Ankunft des neuen Königs unmittelbar bevorstehen, ihr Vater dann aus dem Gefängnis freikommt und seine Ehre und seine Unschuld verteidigen kann«, beendete Gaudí seine Aufzählung und sah mich mit glänzenden Augen an. »Aber da ist etwas, was Señorita Fionas Theorie nicht berücksichtigt.«

»Und zwar?«

»Das Motiv für die Ermordung Andreus. Das Motiv für die Beschuldigung Ihres Vaters. Warum einen ruinierten alten Kunsthändler ermorden und Ihrem Vater die Schuld daran geben? Zu welchem Zweck?« In diesem Augenblick kam ein Lastfuhrwerk durch die Gasse und zwang Gaudí, eine kurze Pause in seinen Ausführungen einzulegen. »Gehen wir einmal davon aus, dass dies alles stimmt. Gehen wir davon aus, dass Señorita Fiona durch ihre Arbeit und ihre Informanten weiß, wovon sie spricht. Und dass das, was sie Ihnen gestern Abend erzählt hat, nicht die Mutmaßungen einer besorgten Frau waren, sondern Informationen, auf die Sie ihrer Meinung nach ein Anrecht haben. In diesem Szenario wäre Ihr Vater aber nur eine Figur unter vielen in einem groß angelegten Schachspiel. Ein Bauer in einem Schachspiel.« Mein Freund legte eine kurze rhetorische Pause ein, ehe er fortfuhr: »Wozu ihn dann mithilfe falscher Beweise ins Gefängnis bringen oder sogar aufs Schafott? Warum ausgerechnet ihn?«

Ich wusste darauf keine Antwort, und Gaudí schien auch nicht damit zu rechnen.

Das kurze Schweigen, das nun eintrat, wurde von den Unterhaltungen und Rufen einer Gruppe Arbeiter gefüllt, die aus einer benachbarten Fabrik strömten. Schließlich formulierte ich meinerseits eine neue Frage: »Und die Anarchisten, die jetzt auf der Bildfläche beziehungsweise am Tatort erschienen sind – welche Rolle spielen die in dieser Theorie?«

Diesmal war es Gaudí, der keine Antwort wusste. Daher gab ich sie mir selbst: »Vielleicht haben diese bedauernswerten Fantasten, wie Fiona sie nannte, beschlossen, einen Bauern zu beseitigen, wenn schon kein König zur Hand ist.«

Wieder sah mich mein Freund mit glänzenden Augen an, doch auch jetzt sagte er nichts.

Nachdem Gaudí und ich in unserer üblichen Ecke im Las Siete Puertas ein wohlschmeckendes Mittagessen geteilt und nach Tisch noch kurz zusammengesessen hatten, begleitete ich meinen Freund bis zur Placeta de Montcada, wo ich mich an der Haustür von ihm verabschiedete. Dann ging ich zurück zur Plaza del Palacio und hielt die erste Droschke an, die meinen Weg kreuzte. Die Erschöpfung und die Müdigkeit, die sich in den vergangenen achtundvierzig Stunden aufgestaut hatten, holten mich schließlich ein, und die Vorstellung, zu Fuß nach Gracia zurückzulaufen, wie ich es normalerweise getan hätte, erschien mir im Moment unerträglich. Daher nannte ich dem Kutscher mein Ziel, machte es mir auf der Sitzbank des offenen Cabriolets bequem und schloss die Augen in der Absicht, sie erst in Gracia wieder zu öffnen.

Den Rest des Nachmittags verbrachte ich im Haus. Ich las ein wenig in meinem Schlafzimmer, aß auf der überdachten Terrasse mit Margarita und Marina einen kleinen Nachmittagsimbiss, ging dreimal in den Salon meiner Mutter, wo ich sie aber umringt von vielen Personen antraf, die, wie es schien, nicht das geringste Interesse daran hatten, ihre Angelegenheiten mit mir zu erörtern, und als ich es gegen sieben Uhr müde war, mich unsichtbar zu fühlen, schloss ich mich in meinem Fotoatelier ein und experimentierte bis zum Abendessen mit dem einen oder anderen neuen Spielzeug, das mit der letzten Schiffspost aus England gekommen war.

Um Punkt neun Uhr klopfte Marina an meine Tür, um mir Bescheid zu geben, dass das Abendessen im Speisesaal bereits serviert sei.

Als ich fünf Minuten später meinen Platz am Tisch einnahm, saßen meine Mutter, meine Schwester und Ramón Aladrén bereits dort.

»Señor Camarasa«, begrüßte mich der Anwalt, stand auf und gab mir einen ebenso festen Handschlag wie schon am Tag zuvor. »Ich freue mich, Sie wiederzusehen.«

»Gleichfalls, Señor Aladrén.«

Dies war der Höhepunkt unserer Unterhaltung. Den Rest des Abends verhinderten das belanglose Geplauder Aladréns, das undurchdringliche Schweigen meiner Mutter, das köstliche Abendessen von Señora Masdéu und unsere gähnende Müdigkeit, dass Margarita oder ich auch nur eine ungehörige Frage stellten.

»Es war mir ein Vergnügen, Señor Camarasa«, verabschiedete sich der Anwalt genau eine Stunde später auf dem Bürgersteig vor unserem Landsitz von mir. »Demnächst müssen Sie und ich uns einmal unterhalten.«

»Morgen vielleicht?«

Der Mann deutete ein Lächeln von mustergültiger Liebenswürdigkeit an.

»Demnächst«, wiederholte er und stellte einen Fuß auf das Trittbrett seiner Privatkutsche. »Ich werde von nun an häufig zu Besuch kommen, keine Sorge.«

Und so blieb mir nichts anderes übrig, als seiner Kutsche hinterherzusehen, die Hände in die Hosentaschen zu stecken und den Mond anzugähnen.

Zehn Minuten später erwartete Margarita mich an der Tür meines Schlafzimmers.

»Erzähl mir alles«, verlangte sie, schloss die Tür hinter uns und zog mich an der Hand zum Bett.

»Er hat mir nichts gesagt. Er hat nur gesagt, demnächst müssten wir uns einmal unterhalten.«

»Nicht der Anwalt. Fiona.«

»Fiona?«

»Marina sagt, sie war gestern Abend bei dir, nachdem ich ins Bett gegangen war. Und ihr hättet die ganze Zeit geredet.«

Diese Marina, dachte ich. Noch eine Bewohnerin des Hauses Camarasa, die keine große Achtung vor der Privatsphäre anderer hatte.

»Dann hat sie also an der Tür gelauscht!«

»Wag es ja nicht, Marina Ärger zu machen«, warnte Margarita mich nachdrücklich. »Sie ist die einzige Freundin, die ich habe.«

»Es gibt da ohnehin nichts zu erzählen.«

»Ich bin kein Kind mehr, Gabi. Ich habe ein Recht, es zu erfahren.«

Es stimmte, was Margarita sagte. Was auch geschehen mochte, sie hatte ein Recht darauf, es zu erfahren. Ich wollte nicht, dass sie dieselbe ohnmächtige Enttäuschung empfand, die ich fühlte, weil meine Mutter mich von dem Geheimnis ausschloss, das sie und mein Vater offensichtlich teilten. Also nahm ich beruhigend ihre Hand und erzählte ihr das Gleiche, was ich einige Stunden zuvor auch Gaudí erzählt hatte, ohne zu beschönigen oder etwas auszulassen.

Als ich endete, schien meine Schwester eigenartigerweise erleichtert zu sein.

»Dann müssen seine Freunde also nur gewinnen, damit Papa aus dem Gefängnis freikommt. Das ist eine gute Nachricht, oder?«

Als ich sie umarmte und ihre Frage bejahte, begriff ich, dass sie recht hatte, dass dies eine gute Nachricht war. Margarita hatte gerade zum ersten Mal wie eine Erwachsene einen Pakt mit der Realität geschlossen.

Gegen drei Uhr morgens erwachte ich mit voller Blase und pochenden Kopfschmerzen. Ich ging ins Bad und ging im Dunkeln auf die Toilette, steckte den Kopf in das eisige Wasser im Waschbecken, kehrte ins Schlafzimmer zurück und öffnete das Fenster, um ein wenig frische Luft zu schnappen. Und da sah ich den schwachen Lichtschein, der die Wipfel der Bäume in unserem Garten gespenstisch beleuchtete.

Wahrscheinlich war es Fiona, die wie üblich auf der Veranda des ehemaligen Bauernhauses mit ihrer Schlaflosigkeit kämpfte, und konnte der Versuchung nicht widerstehen. Ich zog mir etwas über und ging hinaus, um in Erfahrung zu bringen, wie der erste Abend, den sie allein mit Gaudí verbracht hatte, verlaufen war. Im Dunkeln ging ich hinab in den Salon, hinaus auf die Terrasse und dann auf dem Weg mit den zerbrochenen Fliesen, der unser Haus mit dem der Beggs verband, durch den verwilderten Garten.

Das Licht, das ich von meinem Schlafzimmerfenster aus gesehen hatte, kam tatsächlich von der Veranda des Bauernhauses.

Wie in der Nacht vor ein paar Tagen lag Fiona auch jetzt wieder auf einer der Schaukeln. Ihre Augen waren geschlossen, und eine beinahe aufgerauchte Zigarette hing zwischen dem Zeige- und dem Mittelfinger ihrer rechten Hand. Sie war in eine Rauchwolke von unverwechselbarem Geruch gehüllt, und auf ihrem Gesicht lag ein ebenfalls unverwechselbares Lächeln. Das rote Haar fiel ihr lose über Schultern und Brust und hing über die Seiten der Schaukel, so wunderschön und unbändig wie jenes Haar, das den Gerüchten zufolge den Sarg der verstorbenen Lizzie Siddal ausgefüllt hatte.

Auf der zweiten Schaukel, die den beiden Stufen, über die man auf die Veranda gelangte, am nächsten war, saß Gaudí.

Mein Freund hatte die Augen halb geschlossen; sein Gesicht war leichenblass und sein Mund zu einer Grimasse verzogen, die ich nur schwer beschreiben kann. Er hielt keine Zigarette in der Hand, doch das Aschehäufchen, das rechts von seiner Schaukel lag, ließ keinen Zweifel daran, woher sein Zustand rührte.

»Freund Camarasa«, begrüßte er mich mit dünner Stimme, als ich mich nach kurzem Zögern neben ihn kniete und ihm die Hand auf die schweißnasse Stirn legte. Dann verzog er die Lippen mühsam zu einem hölzernen, missratenen Lächeln und fügte hinzu: »Ich glaube, auch ich habe gerade meine Drachen gefunden.«

# Kapitel 34

Lange hörte ich nichts von Gaudí, sodass ich am frühen Montagabend beschloss, ihn in seiner Mansarde an der Placeta de Montcada aufzusuchen, nachdem ich meine Verpflichtungen im Kommissariat in Las Atarazanas erfüllt hatte und man mich endlich gehen ließ. Dass sich mein Freund den gesamten Sonntag über nicht gemeldet hatte, beunruhigte mich. Anfangs hatte ich es als Zurückhaltung oder vielleicht auch Beschämung gedeutet, doch je weiter der Sonntag fortgeschritten war, desto seltsamer kam es mir vor. Hinzu kam, dass Gaudí sein Versprechen gebrochen hatte, das er meiner Schwester am Freitag gegeben hatte, und sich den ganzen Tag nicht im Kommissariat hatte blicken lassen, in dem meine Familie und ich seit dem frühen Morgen polizeilicher Willkür ausgesetzt gewesen waren. So kam es, dass ich mich diesmal nicht auf das Wiedersehen mit meinem Freund freute, sondern eher bedrückt war: Zum ersten Mal, seit wir uns kannten, hatte ich das Gefühl, dass die Begegnung mit Gaudí weniger ein Vergnügen oder ein Abenteuer sein würde, sondern vielmehr ein unangenehmer Pflichtbesuch.

Vielleicht, so denke ich heute, kam mir der Zufall deshalb zu Hilfe und zwinkerte mir auf eine Weise zu, die sowohl Gaudí als auch ich erst am Ende dieser Geschichte, die ich auf diesen Seiten erzähle, verstehen sollten. Zwei Monate würde es noch dauern, bis wir die Bedeutung eines gewissen Vorfalls begriffen, der sich an jenem Abend Anfang November ereignete.

Bis dahin war es wie erwartet ein langer unerfreulicher Tag gewesen. Sämtliche Angehörigen des Haushalts Camarasa – meine Mutter, meine Schwester und ich selbst, Martin und Fiona Begg sowie unsere fünf Hausangestellten – und, zu meiner gelinden Überraschung, auch der Anwalt Aladrén waren um Punkt neun Uhr im Kommissariat in Las Atarazanas erschienen, wie man uns am Freitagnachmittag angewiesen hatte. Doch erst ab zwölf Uhr hatte Inspector Labella begonnen, uns nacheinander in sein Büro zu rufen, in völlig unregelmäßigen Intervallen und einer so rätselhaften Reihenfolge, dass ich, sosehr ich es auch versuchte, kein Muster in den Namen erkennen konnte, die Agente Catalán in den Warteraum rief. Um Punkt zwei Uhr nachmittags kam ein in Zivil gekleideter Mann mit zwei großen Krügen Wasser und einer Tasche voller belegter Brötchen herein und forderte uns auf, uns zu stärken, ehe man mit den Vernehmungen fortfahre. Zu diesem Zeitpunkt hatten immerhin Señora Masdéu und Señora Iglesias alle Fragen beantwortet, die der Inspector an sie gehabt hatte. Doch der Kutscher wartete noch darauf, dass er an die Reihe kam, ebenso wie die sichtlich verängstigte Marina, Señor Carbonell, der alte Nachbar aus Gracia, der sich vormittags um unseren Garten kümmerte und dessen Anwesenheit bei dieser Vernehmung das größte Rätsel darstellte, und ich. Margarita hatte die Fragen Labellas noch vor ein Uhr beantwortet, doch meine Mutter und ich waren vier Stunden später noch immer nicht von unseren unbequemen Stühlen fortgerufen worden, was meine Schwester zum Verzweifeln brachte. Martin Begg hingegen war der erste Zeuge gewesen – Aladrén zufolge war ›Zeuge‹ an diesem Tag unser rechtlicher Status –, der zu Abelardo Labella gerufen worden war, und hatte bereits um halb eins gehen dürfen, um die neuste Ausgabe von *Las noticias ilustradas* druckfertig zu machen, während seine Tochter erst als Vorletzte an die Reihe kam. Da war es beinahe sechs Uhr, und meine Mutter und meine Schwester hatten sich endlich auf den Heimweg nach Gracia machen können, in Begleitung Marinas, unseres Kutschers und Ramón Aladréns, der aus mir unerfindlichen Gründen offenbar beschlossen hatte, dass Fiona und ich seinen juristischen Beistand nicht benötigten.

Und so saßen wir knapp zehn Minuten lang allein in diesem stickigen Warteraum, in dem wir uns bereits seit neun Stunden aufhielten.

»Wollen wir darauf wetten, wer als Letzter übrig bleibt?«, fragte Fiona mich mit einem matten Lächeln, kurz nachdem meine Mutter aus Labellas Büro gekommen war, ihre Tasche geholt und, ohne ein Wort zu sagen, mit meiner Schwester und dem Anwalt das Kommissariat verlassen hatte. »Um einen Nachmittagsimbiss in der Calle Petritxol?«

Abgesehen von der Begrüßung am frühen Morgen beim Besteigen der Familienberline waren dies die ersten Worte, die Fiona an mich richtete, seit wir uns am Samstag an der Tür ihres Büros in der Calle de Fernando VII verabschiedet hatten. Auch von ihr hatte ich den gesamten Sonntag über nichts gehört − ebenso wie Gaudí schien sich Fiona nach unserer seltsamen nächtlichen Begegnung auf ihrer Veranda in Luft aufgelöst zu haben −, und im Laufe dieses endlosen Tages auf dem Kommissariat hatte sich keine Gelegenheit ergeben, in Ruhe zu sprechen.

»Ihr Engländer und eure Begeisterung für das Glücksspiel«, erwiderte ich, stand auf und setzte mich näher zu Fiona.

Sie lächelte nochmals, lebhafter diesmal.

»Jedenfalls ist es eine listige Wette. Denn der Letzte wirst du sein.«

»Glaubst du?«

»Für den Inspector, mein Lieber, bist du das Sahnehäubchen auf der Torte. Deinen Kopf möchte er gerne besonders müde und verwundbar haben.«

Daran hatte ich auch schon gedacht, und so spielte ich gar nicht erst den Unwissenden.

»Wir wetten um diesen Nachmittagsimbiss«, sagte ich. »Heute noch?«

Fiona schüttelte den Kopf.

»Heute möchte ich nur noch nach Hause, ein heißes Bad nehmen und zwölf Stunden am Stück schlafen.«

Ich konnte mir nicht verkneifen, sie zu fragen: »Musst du Schlaf nachholen?«

»Das müssen wir alle.« Fiona streckte sich auf ihrem Stuhl und blickte mich mit ein wenig schräg gelegtem Kopf an. »In letzter Zeit schlafen weder du noch ich viel, oder?«

Dies war, so erkannte ich, eine Aufforderung, endlich das Thema anzusprechen, das uns beide beschäftigte.

»Darf ich dich dann fragen, was vorgestern Abend geschehen ist?«

»Du darfst«, erwiderte Fiona, ohne zu zögern. »Aber ich fürchte, ich habe nichts Interessantes zu berichten.«

»Gaudí hat die Nacht bei dir verbracht. Das ist durchaus interessant.«

Fiona schüttelte den Kopf.

»Antoni hat die Nacht in meinem Atelier, auf meiner Schaukel und in meinem Bad verbracht. Ich habe ihn nicht in mein Bett geholt, falls du das sagen wolltest.«

Das war nicht das, was ich sagen wollte.

Ganz und gar nicht.

Jedenfalls nicht so unverblümt.

»Ich habe nichts dergleichen gedacht«, beteuerte ich ernst. »Und selbst wenn ...«

»Selbst wenn es so gewesen wäre, würde dich das, was Antoni und ich womöglich in der Intimität meines Bettes getan hätten, nichts angehen«, unterbrach mich Fiona. »Aber keine Angst. Ich bin zwar keine Dame, aber dein Freund ist ein Kavalier.«

Das sagte sie leichthin, überhaupt nicht angriffslustig oder herausfordernd.

Fiona war keine Dame. Gaudí war ein Kavalier. Zwei schlichte Feststellungen, mehr nicht.

»Muss ich dir jetzt widersprechen und deine Tugendhaftigkeit beteuern?«

»Das würdest du tun, wenn du auch ein Kavalier wärst ...«

»Dann spare ich mir das. In deinem Atelier, auf deiner Schaukel und in deinem Bad, hast du gesagt?«

Fiona lächelte spöttisch, wodurch sie um mindestens vier Jahre jünger wirkte.

»Wie es scheint, ist der Magen deines Freundes nicht an gewisse … Zusammenstellungen gewöhnt.«

Auch ich lächelte.

»Deine Zigaretten sind wahrscheinlich weniger bekömmlich als sein grüner Tee«, mutmaßte ich und senkte die Stimme, als ich auf dem Korridor vor der offenen Tür des Warteraums Schritte vernahm. »Hast du ihn probiert?«

Im schwachen Licht der Abenddämmerung, die bereits durch das vergitterte Fenster drang, funkelten Fionas Augen geheimnisvoll.

»Hast du ihn probiert?«, fragte sie zurück.

Da ich annahm, dass ich nichts mehr zu verbergen hatte, erzählte ich Fiona kurz von meinen Erlebnissen während meines zweiten Ausflugs ins Monte Táber Freitagnacht und davon, dass der Trank bei mir überhaupt keine Wirkung gezeitigt hatte. Auch von der Faszination, die jene missgestaltete Tänzerin, deren Freundschaft mein Freund so schätzte, noch immer auf mich ausübte, berichtete ich ihr. Nur den Besuch im Zimmer der jungen Karyatide verschwieg ich Fiona.

»Mein Hirn ist für gewisse Erfahrungen offenbar nicht geschaffen«, schloss ich. »Aber ich gestehe, ich habe große Lust, diese Frau noch einmal tanzen zu sehen.«

Diesen letzten Satz ignorierte Fiona und hielt sich stattdessen an den vorangegangenen.

»Vielleicht hast du nur noch nicht das richtige Mittel gefunden«, sagte sie und rückte noch ein wenig näher an mich heran. »Gaudís Trank scheint es zumindest nicht zu sein.«

Ich fragte sie lieber nicht, ob ihre Methoden wirksamer waren. Die Erinnerung an Gaudís verzerrtes Gesicht, seine schweißbedeckte Stirn und seine Augen, die ebenso stumpf gewesen waren wie die der Opiumsüchtigen im Londoner East End, quälte mich nun schon seit Sonntagmorgen, im

Schlaf wie im Wachzustand. Ich weiß nicht, ob es an meinem Charakter, an unserer gemeinsamen Vergangenheit oder an Fionas Distanziertheit mir gegenüber lag, jedenfalls hatte ich der Versuchung, Fiona auf ihren von Zigaretten und Ideen befeuerten Traumreisen zu folgen, seit England immer widerstehen können; doch ich war nicht sicher, ob auch Gaudí dazu imstande sein würde.

»Dann war der Abend also interessant«, sagte ich und versuchte so, unsere Unterhaltung in ruhigeres Fahrwasser zurückzusteuern.

Fiona nickte, ohne zu zögern.

»Sehr interessant. Ich habe mich um fünf Uhr mit Antoni an der Tür von Santa María getroffen, bin mit ihm in seine Wohnung hinaufgegangen und habe seinen Bruder kennengelernt. Ein sehr eigentümlicher junger Mann, dieser Francesc.« Ich nickte energisch, und Fiona lächelte. »Zuerst hat Antoni mir diese überwältigende Aussicht gezeigt, die man von der Terrasse aus auf die Kirche hat, und dann hat er mir eine halbe Stunde lang das Modell, das er da baut, in allen Einzelheiten erklärt und mir auch einige seiner Zeichnungen dazu gezeigt. Diese Theorie mit den sechs, sieben Punkten, die das gesamte Gewicht des Gebäudes tragen, ist faszinierend, findest du nicht?«

»Absolut«, stimmte ich zu. »Ob sie nun stimmt oder nicht, es ist eine beeindruckende Theorie.«

»Ob sie stimmt oder nicht? Glaubst du, sie stimmt nicht?«

Ich zuckte die Achseln.

»Gaudí weiß viel mehr über Architektur als ich und er hat unkonventionellere Ideen. Ich kann seine Theorie zur Konstruktion von Santa María del Mar nicht beurteilen ... aber sie erscheint mir gewagt und unwahrscheinlich.«

Fiona schien kurz über meine Worte nachzudenken, ehe sie mit ihrem Bericht über den Abend mit Gaudí fortfuhr.

»Danach haben wir Francesc in der Wohnung zurückgelassen und sind zu unserem Nachmittagsimbiss in einen Milchladen gegangen. Hinterher sind wir eine Weile durch den

Jardín del General spaziert und von da aus zum Gelände der alten Zitadelle gegangen, wo er mir eine der Stellen gezeigt hat, an denen die Belladonnawurzeln wachsen, die er für seinen Grünteetrank braucht. Wir haben in diesem Restaurant zu Abend gegessen, in das ihr auch immer geht, Las Siete Puertas, und danach hat er eingewilligt, mich ins Monte Táber mitzunehmen. Dort habe ich zwei Stunden allein an einem Tisch ganz hinten im Saal gesessen, zugesehen, wie deine Freundin Cecilia tanzt, und die Geldscheine gezählt, die Antoni eingesteckt hat.« Fiona lächelte. »Außerdem habe ich eines von seinen Fläschchen probiert. Am Ende sind wir zu mir gegangen, waren eine Zeit lang in meinem Atelier, und dann habe ich ihn eingeladen, sich mit mir auf die Veranda zu setzen und eine meiner Zigaretten zu rauchen. Und später kamst du und hast alles verdorben.«

In Fionas Schilderung gab es so viel Seltsames, dass ich gar nicht wusste, worüber ich mich am meisten wundern sollte. Gaudí hatte Fiona mit zu den Ruinen der alten Zitadelle genommen, um Belladonna zu sammeln. Gaudí hatte Fiona mit ins Monte Táber genommen, und dort hatte er ihr trotz seiner Behauptungen über Frauen und ihr Unvermögen, den Schleier zu lüften, der unsere unmittelbare Realität verdeckt, eines seiner Fläschchen gegeben. Und schließlich – noch erstaunlicher – hatte Gaudí eingewilligt, Fiona zu nachtschlafender Zeit nach Hause zu begleiten, wo er, während Martin Begg nur wenige Türen weiter schlief, ihre Kunst und ihre Drogen mit ihr genossen hatte.

Angesichts dieser Häufung unerwarteter Neuigkeiten entschied ich mich für die harmloseste Frage, die mir einfiel.

»Was hältst du von Cecilia?«

Doch sie kam nicht mehr dazu, mir zu antworten, denn in diesem Augenblick streckte Agente Catalán den Kopf zur Tür herein und verkündete uns, Inspector Labella lasse nun Señorita Begg in sein Büro rufen.

Ich werde Sie nicht mit einer Schilderung des Verhörs, oder genauer gesagt, der offiziellen Aussage – denn das ist vielleicht die korrekte Bezeichnung – im Büro des Inspectors langweilen, die ich an jenem Nachmittag als Sempronio Camarasas Sohn und indirekter Zeuge des Mordes an Eduardo Andreu im Beisein des aufmerksam lauschenden Labella und seiner eifrig mitschreibenden Sekretärin machte. Im Lauf der langen halben Stunde, die unsere Unterredung dauerte, ähnelte Inspector Labellas Verhalten mir gegenüber allmählich wieder mehr dem, das er während seiner ersten Besuche in unserem Haus in Gracia an den Tag gelegt hatte: zuvorkommend, affektiert, unangenehm förmlich. Die angriffslustige Überheblichkeit, die er bei unseren Begegnungen am Freitag in Andreus Zimmerchen, dann bei der Verhaftung meines Vaters in unserem eigenen Haus und schließlich bei unserem Besuch auf dem Kommissariat gezeigt hatte, war verschwunden. Diesmal jedoch verwechselte ich die verbindliche Art dieses Männleins mit dem verwüsteten Gesicht nicht mit Respekt vor meiner gesellschaftlichen Stellung und schon gar nicht mit reiner Liebenswürdigkeit. Abelardo Labella hatte noch immer das Schicksal meines Vaters in der Hand, und das wusste er nicht nur, er genoss es auch. Seine neue Strategie diente einzig dem Ziel, mich für sein Anliegen zu gewinnen; und dieses Anliegen bestand selbstverständlich darin, den prestigeträchtigen Fall, den er da hatte, abzuschließen und meinen Vater so schnell wie möglich aufs Schafott des Amalia-Gefängnisses zu schicken.

»Es war mir ein Vergnügen, mit Ihnen zu plaudern, Señor Camarasa«, verabschiedete sich der Inspector an der Tür seines Büros von mir und reichte mir die Hand. »Es tut gut, mit einem so vernünftigen jungen Mann wie Ihnen Gedanken auszutauschen. Ich vertraue darauf, dass dies nicht unsere letzte Unterhaltung war.«

»Dessen bin ich sicher«, erwiderte ich und spürte dabei, wie meine Hand bei der Berührung mit der eisigen Haut des Inspectors ebenfalls kalt wurde.

Als ich in den Warteraum zurückkehrte, war Fiona nicht mehr da. Meine Jacke, der Rest meines Brötchens und die Zeitungen, die der Kutscher auf meinen Wunsch hin gekauft hatte, ehe er zurückgefahren war, lagen alle noch auf dem Stuhl, auf dem ich sie zurückgelassen hatte, und daneben lag eine Nachricht in Fionas unverwechselbarer Handschrift. Nur drei Worte: »Heim. Bad. Bett.« Lächelnd steckte ich sie in die Innentasche meiner Jacke. Dann sammelte ich die Zeitungen und das Brötchen ein, verabschiedete mich von Agente Catalán und verließ endlich das Kommissariat.

Es war beinahe sieben Uhr abends, und wieder einmal ging die Sonne an einem von Nebel und Ruß verschleierten Himmel unter. Ein Industriehimmel, dachte ich. Ein schmutziger, geschundener Himmel. Ein durch und durch moderner Himmel.

Ich folgte dem Paseo de la Muralla bis zur Plaza del Palacio, ging an den bereits verschlossenen Türen der Lonja vorüber und tauchte die Hände in den Genio-Catalán-Brunnen, vielleicht um mich von der Berührung Inspector Abelardo Labellas und seiner Welt der Uniformen und Drohungen zu reinigen. Daraufhin lief ich die zwei, drei Gässchen hinauf, die mich vom Säulenvorbau der Kirche Santa María del Mar trennten, in der Absicht, um die Kirche herumzugehen und von dort aus die Placeta de Montcada zu betreten.

Und da sah ich ihn.

Víctor Sanmartín.

Der Journalist von *La gaceta de la tarde*. Der Mann, der gegen meinen Vater und meine Familie hetzte. Der umtriebige Schreiberling, der versucht hatte, Fiona und mich für sein Vorhaben, auf Kosten Sempronio Camarasas Karriere zu machen, zu gewinnen.

Gerade als ich den Platz erreichte, der sich vor der Fassade von Santa María del Mar öffnete, betrat Sanmartín das Gotteshaus. Ich sah ihn nur von hinten, doch die langen Haare und seine Haltung ließen keinen Zweifel daran, dass er es war. Ohne lange nachzudenken, schlängelte ich mich zwischen den

Menschengrüppchen, sechs, sieben Straßenhändlern und den zahlreichen Kindern hindurch, die den Platz bevölkerten, erreichte meinerseits das Kirchenportal, nahm in letzter Sekunde noch den Hut ab und trat ein. Mein Atem ging schnell angesichts der bevorstehenden Begegnung, die, wenn schon sonst nichts, neue Aufregung versprach, als hätte es davon in den letzten Tagen nicht schon genug gegeben.

Es dauerte einen Moment, bis ich den Journalisten im Halbdunkel entdeckte, das um diese Uhrzeit im Inneren der Kirche herrschte: Weder das fahle Licht des frühen Abends, das durch die Kirchenfenster und die Rosette hereinfiel, noch die wenigen Kerzen in den Seitenkapellen konnten die dunklen Schatten, die in diesen Mauern wohnten, vertreiben. Víctor Sanmartín stand an einer der schmalen achteckigen Säulen, die den Innenraum aufteilten, in der Nähe des Presbyteriums, nur wenige Schritte von der großen Barockorgel entfernt. Er blickte zu den Kapellen bei den Strebepfeilern der Nordmauer und schien ganz versunken in irgendein Detail des Netzes aus Bögen und Gewölben, das sich über seinem Kopf spannte. Der Klang meiner Schritte lenkte ihn nicht von seiner Betrachtung ab; erst als ich seinen Namen sagte, drehte er sich zu mir um.

»Gabriel Camarasa«, murmelte er leise und in einem Ton, der dieser unschönen Situation angemessen war, vor die wir nun beide gestellt waren.

»Freuen Sie sich, mich zu sehen, Señor Sanmartín?«

Das Lächeln, das um seine femininen Lippen spielte, ahnte ich mehr, als dass ich es sah. Zumindest war deutlich zu erkennen, dass ihn meine Anwesenheit in der Kirche überrascht hatte. Überrascht und beunruhigt. Dass ich hier war, war keine gute Nachricht für Víctor Sanmartín. Und das freute mich.

»Ich würde lügen, wenn ich Nein sagte, Señor Camarasa«, behauptete er und reichte mir, diesmal mit Handschuh, die Hand, die ich selbstverständlich nicht ergriff.

»Ich glaube nicht, dass Lügen ein Problem für Sie darstellt, Señor Sanmartín.«

Nachdem er mir seine Hand für ein paar Sekunden lächelnd hingehalten hatte, zog er sie zurück und steckte sie in die Hosentasche.

»Es war ein langer Tag für Sie«, sagte er. »Das zentrale Kommissariat ist kein angenehmer Ort, soweit ich weiß.«

Ich musterte den jungen Mann von oben bis unten und verglich sein Aussehen mit unserer ersten Begegnung sieben Tage zuvor auf dem Fest unserer Zeitung. Die Haare, lang und lockig wie die einer Frau. Die großen schwarzen Augen. Die schmale, spitze Nase. Die feinen, blassen, ebenfalls femininen Lippen. Alles zusammen ergab ein zweifellos attraktives Gesicht, das auf mich dennoch seltsam wirkte.

›Einer von diesen warmen Brüdern, die durch den Hafen ziehen und nach Seemännern suchen, die andersrum sind‹, hatte Colmillos gesagt.

»Sie irren sich nicht, Señor Sanmartín«, sagte ich. »Das Kommissariat ist kein angenehmer Ort. Hoffentlich müssen Sie das nie selbst feststellen.«

»Ich fürchte, ich habe es bereits bei mehr als einer Gelegenheit festgestellt, Señor Camarasa«, erwiderte Sanmartín sofort. »Meine Arbeit, Sie wissen schon.«

»Ich weiß. Ihre Arbeit.« Ich hielt kurz inne, ehe ich hinzufügte: »Ich hätte nicht gedacht, dass Sie religiös sind.«

Der Journalist sah sich beiläufig um.

»Sagen wir, ich bin ein Kunstliebhaber«, entgegnete er. Und als mein Schweigen diesmal länger andauerte: »Mein Angebot steht noch, Señor Camarasa.«

»Ihr Angebot?«

»Das Interview, das ich Ihnen auf dem Fest bei *Las noticias ilustradas* vorschlug.«

»Sehr liebenswürdig von Ihnen«, antwortete ich. »Ich dachte, Sie hätten mich durch Fiona Begg ersetzt.«

Dieser Name löste eine eigenartige Reaktion bei Víctor Sanmartín aus. Ich hätte schwören können, dass er noch bleicher wurde und unbehaglich von einem Fuß auf den anderen trat.

»Niemand könnte Sie ersetzen, Señor Camarasa«, erwiderte

er rasch, doch in einem weniger selbstsicheren Ton, als ich es bei ihm bisher erlebt hatte. »Nicht einmal Señorita Begg.«

»Sehr liebenswürdig von Ihnen«, wiederholte ich.

»Wollen wir einen Termin vereinbaren? Haben Sie morgen Zeit?«

Ich überlegte nicht lange.

»Um sechs Uhr nachmittags bei Ihnen zu Hause. Calle Aviñón Nummer drei, erster Stock, Wohnung Nummer drei.«

Auch er zögerte nicht.

»Abgemacht«, sagte er. »Ich danke Ihnen aufrichtig. Wenn Sie mich jetzt entschuldigen würden: Man erwartet mich bei meiner Zeitung.«

Dieser jähe Abschied überraschte mich ein wenig, gleichzeitig war ich erleichtert. Wieder reichte mir Víctor Sanmartín die rechte Hand, und ich ergriff sie auch diesmal nicht. Daraufhin machte er eine kleine Verbeugung, strich mit der verschmähten Hand über die Säule, neben der wir uns unterhalten hatten, und wandte sich zum Gehen.

Erst zwei Monate später sollte ich ihn wiedersehen, und dann auch nur für wenige Minuten und zu einem Zeitpunkt, an dem für Víctor Sanmartín nichts mehr von Bedeutung war.

# Kapitel 35

Fünf Minuten später stand ich mit Gaudí auf der Terrasse seiner Mansarde bei einer Zigarette und einem Glas gutem andalusischem Wein und berichtete ihm von meiner unerwarteten Begegnung mit Sanmartín. Vor uns erstreckten sich die Dächer des Ribera-Viertels, die sich um die massige Gestalt von Santa María del Mar drängten. Die beiden achteckigen Türme der Kirche ragten in den glutroten Himmel. Ein tief hängender, feucht glitzernder Dunst fing das Licht der ersten Gaslaternen ein, streute es bis wenige Meter über unsere Köpfe und tauchte die gesamte Szenerie in warme Farben, die mich an Fionas Bilder erinnerten. Sofort musste ich unwillkürlich an die Nacht denken, die Fiona und Gaudí in ihrem Atelier verbracht hatten, kurz bevor sie auf die erste gemeinsame Jagd nach ihren metaphorischen Drachen gegangen waren.

Wortlos lauschte Gaudí meinem Bericht, wobei er abwechselnd kleine Schlucke Wein trank und lange an seiner Zigarette zog, ohne den Blick von den Obst- und Gemüseständen abzuwenden, die an der Apsis von Santa María del Mar standen.

Erst als ich geendet hatte, sah er mich an.

»Wenn Sie nichts dagegen haben, gehe ich morgen mit Ihnen zu dieser Verabredung.«

»Ich hatte Sie darum bitten wollen.«

»Vielleicht können wir so vermeiden, dass Sie sich erneut wie ein Trottel aufführen.«

»Ich habe Ihre Liebenswürdigkeit in den letzten zwei Tagen so vermisst, werter Gaudí …«

Mein Freund machte sich nicht die Mühe, sich zu entschuldigen.

»Beschreiben Sie mir noch einmal Sanmartíns Reaktion, als Sie Señorita Fiona erwähnten«, sagte er bloß.

Ich tat es.

»Aber vielleicht habe ich mir das nur eingebildet«, schloss ich. »Die Dunkelheit in …«

Gaudí unterbrach mich mit einer schnellen Bewegung der rechten Hand, die einen roten Glutregen und einen hübschen bläulichen Rauchbogen zwischen uns erzeugte, der sich sofort wieder im Dunst auflöste.

»Anstatt ihn weiter nach der Unterhaltung zu fragen, die er am Samstag mit unserer Freundin geführt hat, lassen Sie ihn einfach gehen!«

›Unsere Freundin‹, wiederholte ich im Stillen.

»Ich habe ihn gehen lassen, nachdem ich mich selbst zu einem Besuch in seiner Wohnung eingeladen hatte. Morgen.«

»Nach allem, was Sie erzählt haben, hat er Ihnen die Verabredung vorgeschlagen. Und die Anarchisten?«

»Die Anarchisten?«

»Sie haben ihn nicht gefragt, warum er sie Fiona gegenüber erwähnt hat.«

Ich atmete einen Mundvoll Rauch ein und stieß ihn langsam Richtung Himmel wieder aus.

»Morgen fragen wir ihn.«

»Morgen fragen wir ihn«, wiederholte Gaudí. »Und wir werden ihn auch fragen, woher er wusste, dass Sie den gesamten Tag auf dem Kommissariat in Las Atarazanas verbracht haben. Señor Sanmartín ist ein sehr gut informierter Mann, finden Sie nicht?«

Ich zuckte die Achseln.

»Das gehört zu seiner Arbeit, oder?«

Gaudí antwortete nicht, sondern trank den letzten Schluck Wein und strich sich nachdenklich über die schmalen Koteletten.

»Dann war der Tag also sehr lang?«, fragte er schließlich.

»Zehn Stunden auf dem Kommissariat«, fasste ich zusammen. »Neuneinhalb Stunden im Warteraum, in dem ich die Zeit mit Zeitungslektüre, gelangweilten Gesichtern und vorbeiziehenden Wolken vor den Eisenstangen am Fenster totgeschlagen habe. Und anschließend eine halbe Stunde Katz-und-Maus-Spiel mit unserem Freund Labella.«

»Hat sich bei Ihrer ... Unterhaltung irgendetwas Interessantes ergeben?«

»Nichts Unerwartetes. Heute war er liebenswürdig auf seine schmierige Art. Anscheinend möchte er mich zu seinem Verbündeten machen.«

»Sie sind das schwächste Glied in der Kette«, stellte Gaudí fest. Es waren genau dieselben Worte, die mir mein Vater fünf Abende zuvor während unserer letzten Unterhaltung in seinem Arbeitszimmer gesagt hatte, in der es ausgerechnet um die bösen Absichten gegangen war, die mein Vater Gaudí unterstellt hatte. Diese Übereinstimmung ließ mich zusammenzucken. »Das, was Ihre Eltern ihm nicht erzählen wollen und Ihre Schwester ihm nicht erzählen kann, das hofft der Inspector Ihnen zu entlocken.«

»Dann irrt er sich durch und durch. Was er mich gefragt hat, konnte ich ihm nicht beantworten. Und das, was ich ihm erzählen wollte, hat ihn nicht interessiert. Ihre Beobachtung bezüglich des Wappens auf dem Dolch, mit dem Andreu getötet wurde, beispielsweise.«

»Haben Sie ihm gesagt, wo ich es schon einmal gesehen habe?«

»Ohne ins Detail zu gehen. Aber den Inspector hat das nicht im Mindesten interessiert. Die Anarchisten passen nicht zu seiner Version der Ereignisse. Für ihn hat mein Vater Andreu getötet, um zu vermeiden, dass der Inhalt dieser Mappe öffentlich wird. Er hat sich nicht einmal für die politischen Verbindungen meines Vaters interessiert. Dazu hat er mir nicht eine einzige Frage gestellt.«

»Der Inspector möchte nicht riskieren, dass er etwas entdeckt, was seine schöne Theorie, die ihm auf dem Präsentierteller serviert wurde, ins Wanken bringt«, stimmte Gaudí mir zu. »Mit dem, was er im Moment hat, kann er den Fall abschließen; jede zusätzliche Entdeckung könnte ihm Probleme bereiten.« Nach einer kurzen Pause, die Gaudí nutzte, um ein letztes Mal an seiner Zigarette zu ziehen und sie auf die Straße zu werfen, fügte er hinzu: »Hat er Ihnen endlich verraten, was die Mappe enthielt?«

Ja, leider hatte er das.

»Beweise dafür, dass mein Vater mindestens dreimal sein Auktionshaus benutzt hat, um Diebesgut zu verkaufen.«

»Beweise?«

»Dem Inspector zufolge unwiderlegbare Beweise. Das war das Hauptziel seiner Vernehmung: Ich sollte ihm diese Straftaten bestätigen.«

»Was Sie selbstverständlich nicht getan haben.«

»Wie sollte ich?«

»Aber glauben Sie, dass diese Beweise echt sind? Könnte Ihr Vater über sein Auktionshaus Diebesgut verkauft haben?«

»Lieber Gaudí ...«

Mehr musste ich nicht sagen. Soweit ich wusste, hätte der große Sempronio Camarasa sein Geschäft für alles benutzt haben können, was in den letzten Tagen gegen ihn vorgebracht worden war: zur Finanzierung des Königs im Exil, zum Handel mit gestohlenen Waren, für alles Mögliche. Mein Freund verstand.

»Es tut mir leid, dass ich heute Morgen nicht zum Kommissariat kommen konnte«, sagte er dann. »Ich hätte Ihrer Mutter und Ihrer Schwester an diesem unangenehmen Tag gerne zur Seite gestanden.«

Ich nickte zurückhaltend.

»Auch ich hätte Sie gern an unserer Seite gehabt«, versicherte ich ihm. Aber dann konnte ich mir eine kleine Spitze nicht verkneifen: »Sicher hatten Sie einen guten Grund dafür, dass Sie das Versprechen, das Sie Margarita am Freitag gaben, nicht gehalten haben.«

Gaudís Miene verfinsterte sich.

»Ich bedauere es aufrichtig«, murmelte er. »Richten Sie Ihrer Schwester meine Entschuldigung aus, wenn Sie sie sehen.« Er hielt inne und fragte dann: »Wie geht es ihr?«

»Sie ist besorgt. Sie wird erwachsen.« Ich lächelte mit einem gewissen Stolz. »Margarita ist stärker, als ich noch vor zwei Jahren gedacht hätte.«

Gaudí fixierte mich mit seinen großen blauen Augen.

»Die Umstände zwingen uns, uns selbst zu begegnen«, sagte er. »Nur im Kontakt mit der Realität entdecken wir, wer wir sind.«

Dies war, so erkannte ich, eine Einladung, endlich das zur Sprache zu bringen, was zwischen uns stand. Ich ließ diese Gelegenheit nicht ungenutzt verstreichen.

»War es das, was Ihnen vorgestern Nacht geschehen ist? Sie sind sich auf dieser Schaukel selbst begegnet?«

Ausgerechnet in dem Moment, als Gaudí den Mund zu einer Antwort öffnete, schrie unten auf dem Platz eine vertraute Stimme unsere Namen und hektische Befehle. Der Moment der Vertraulichkeit, der zwischen meinem Freund und mir aufgekommen war, schien vorüber, ehe er recht begonnen hatte.

»Señor G! Schlauberger! Kommen Sie runter, schnell! Sofort! Señor G!«

Wir mussten nicht erst nach unten schauen, um zu wissen, wer da nach uns verlangte.

Ezequiel stand auf der obersten Stufe vor der Tür neben der Apsis von Santa María del Mar und wedelte ungestüm mit seiner Kordmütze wie ein Seemann, der sich an Deck eines Handelsschiffs vom Festland verabschiedet, oder vielleicht eher wie ein Besessener, der die Halluzinationen grüßt, die er auf sich zukommen sieht. Trotz der Entfernung war deutlich zu sehen, dass sein Gesicht vor Aufregung gerötet war, seine Augen glänzten und die Botschaft, die er für uns hatte, wichtig war.

Es war etwas geschehen. Etwas Großes. Etwas, das wir wissen mussten.

»Machen Sie sich auf das Schlimmste gefasst«, warnte mich Gaudí, setzte sogleich wieder seine beherrschte Miene auf und bedeutete mir mit der Hand, in die Wohnung zurückzukehren.

# Kapitel 36

Colmillos' Leiche lag im Eingang eines verlassenen Gebäudes im Callejón de la Farigola, einem winzigen Durchgang – Torbogen, sechs baufällige Häuser und hinten eine hohe Mauer, die vom Urin vieler Generationen von Hunden und Bettlern halb zersetzt war –, nur wenige Minuten von der Placeta de Montcada entfernt. Im Licht einer einzigen Öllampe war nur schwer zu erkennen, was passiert war. Der arme alte Mann war das Opfer einer grausamen Bluttat geworden: Messerstiche in Brust, Hals, Händen und Gesicht. Tiefe, krumme Schnitte. Aufgeplatzte Lippen. Die gebrochene Nase. Eine große Lache aus dickem schwärzlichem Blut, in der sein Körper und seine Habseligkeiten lagen. Schmerz, Wut und bodenlose Angst entstellten sein Gesicht so heftig, dass ich den Bettler fast nicht wiedererkannt hätte. Wären da der blaue Dreispitz auf seinem Kopf und die zweite Leiche nicht gewesen.

Der dreibeinige Hund lag zusammengerollt im Inneren des Gebäudes, auch er in einer Lache aus Blut. Eine kleinere Lache, schmaler, wie das arme Tier selbst. Ein einziger Schnitt hatte ihm den Kopf beinahe ganz vom Körper abgetrennt und ein zweiter seinen gebrochenen Schwanz sauber amputiert. Weitere Verletzungen waren nicht zu sehen. Der brutale Mörder von Colmillos schien nicht das Bedürfnis gehabt zu haben, seine Wut auch an dessen traurigem Gefährten auszulassen, oder jedenfalls nur in Form der unsinnigen Geste, ihm den Schwanz abzuschneiden und wenige Meter vom Kadaver entfernt fallen zu lassen.

»Wer tut so was, Señor G?«, fragte Ezequiel ein ums andere Mal mit fassungsloser Miene. »Wer tötet einen armen unschuldigen Hund?«

Der Kriminalpolizist, der die Leiche von Colmillos bewachte, ein junger Uniformierter mit großer Pistole und unglaublich arroganter Miene, ließ sich dazu herab, unsere Fragen mit Grunzern und Einsilbern zu beantworten, und das auch nur, weil Gaudí und ich so klug gewesen waren, bei unserer Ankunft in der Gasse die Namen einiger seiner Vorgesetzten fallen zu lassen. Ein Nachbar aus der angrenzenden Straße hatte die Leiche vor nicht einmal zwanzig Minuten entdeckt. Keiner hatte etwas gesehen oder gehört, jedenfalls hatte sich bisher noch niemand gemeldet. Zwei weitere Polizisten und ein Arzt waren unterwegs, um die Leiche fortzubringen und die Sache in die Hand zu nehmen. Nichts Ungewöhnliches also: nur eine Auseinandersetzung unter Bettlern, wie sie jede Woche zu Dutzenden im Ribera-Viertel, im Raval und in den Elendsquartieren im ältesten Teil dieser gottverlassenen Stadt ausgetragen wurden. Diese Sorte menschlichen Abschaums, schloss der junge Bursche in einem angewiderten Ton, hatte nicht die geringsten Hemmungen, sich gegenseitig für vier Münzen und zwei Flaschen Wein umzubringen wie Tiere.

»Und nun seien Sie bitte so freundlich und verlassen Sie den Tatort. Schaulustige haben hier nichts zu suchen.«

Dabei sah der Polizist mich an, und so antwortete ich ihm mit fester Stimme: »Wir müssen mit einem Ihrer Vorgesetzten sprechen. Wir haben Informationen zu diesem Mord, die zweifellos von Interesse für ihn sind.«

»Ach ja?« Das Lächeln des Burschen wurde noch unangenehmer. »Dann ist es Ihre Pflicht, mir diese Informationen zu geben. Ich höre.«

Ich sah zu Gaudí, doch der erwiderte meinen Blick völlig unbeteiligt: Es spielte kaum eine Rolle, wem wir unsere Geschichte erzählten, begriff ich, ob nun diesem Grünschnabel oder Inspector Labella selbst. Im einen wie im anderen Fall würde die Kriminalpolizei Colmillos' Tod genauso deuten, wie wir es gerade aus dem Munde dieses bewaffneten Kindes vernommen hatten.

»Dieser Mann, Colmillos, könnte Zeuge eines Mordes gewesen sein, der Donnerstagnacht in der Calle de la Princesa verübt wurde«, erklärte ich dennoch. »Oder er könnte wichtige Informationen darüber gehabt haben. Colmillos war ein Freund von Eduardo Andreu, dem Mann, der vor ein paar Tagen ebenfalls erstochen wurde. Wissen Sie, von welchem Fall ich rede?«

»Voll und ganz.«

»Wenige Stunden bevor Andreu ermordet wurde, sahen wir ihn an der Haustür seiner Pension mit Colmillos reden. Und am Freitag erzählte Colmillos uns, dass Andreu Umgang mit einer dritten Person hatte, die wir zufällig vor einer knappen Stunde hier in der Gegend gesehen haben.«

»Wie passend.«

Ich sah nochmals zu Gaudí, und dieser schüttelte den Kopf. ›Lassen Sie es‹, sollte das heißen.

»Dieser Dritte ist Víctor Sanmartín. Inspector Labella weiß, von wem ich spreche. Sagen Sie es ihm bitte.«

»Víctor Sanmartín«, wiederholte der Agente. »Und Sie heißen noch gleich …«

Aber ehe ich meinen Namen sagen konnte, trat Ezequiel blitzartig einen Schritt vor und tat etwas, was mich noch heute in Bewunderung versetzt: Er nahm mit rascher Geste die Mütze ab, hielt sie dem Agente ans Gesicht und ohrfeigte ihn damit dreimal.

»Du bist ein Idiot und ein aufgeblasener Tropf«, sagte er nach seinem Gewaltausbruch sachlich. Es klang wie eine simple Feststellung. »Hoffentlich passiert dir eines Tages dasselbe wie diesem armen Hund.«

Lange bevor sich der junge Polizist wieder gefasst hatte und nach der Pistole an seinem Gürtel greifen konnte, war Ezequiel unter den Hochrufen, dem Lachen und dem Beifall der Schaulustigen, die sich bereits versammelt hatten, unter dem

Torbogen des Callejón de la Farigola hindurchgerannt und außer Sicht.

Fünf Minuten später – ich war mit Gaudí zur Placeta de Montcada zurückgekehrt – wagte ich als Erster, das tiefe Schweigen zu brechen, das zwischen uns herrschte, seit Ezequiels unerwartete Handlung unserer Unterhaltung mit dem Kriminalpolizisten ein jähes Ende bereitet hatte.

»Ändert das irgendetwas?«, fragte ich. »Colmillos' Tod, meine ich.«

Mein Freund blieb vor seiner offenen Haustür stehen und holte Zigarettenetui und Streichhölzer hervor.

»Ein bei einem Streit getöteter Bettler«, sagte er. »Das wird die offizielle Auslegung sein, zweifeln Sie nicht daran.«

»Aber Víctor Sanmartín …«

Gaudí unterbrach mich mit einer gereizten Geste.

»Wenn Inspector Labella im Zusammenhang mit dieser Angelegenheit irgendein Name interessiert, dann zweifellos Gabriel Camarasa«, erklärte er. »Warum wollten Sie dem Agente Ihren Namen nennen?«

»Wie meinen Sie das?«

»Wenn wir eines im Augenblick überhaupt nicht wollen, dann der Polizei noch mehr in die Hand zu geben, was sie gegen Ihre Familie ausspielen kann, meinen Sie nicht? Ihr Vater erdolcht Eduardo Andreu in der Nacht von Donnerstag auf Freitag, und vier Tage später tauchen Sie da auf, wo gerade ein Mann erstochen wurde, der interessante Informationen für die Polizei hätte haben können, und führen sich merkwürdig auf.«

»Der Einzige, der sich heute merkwürdig aufgeführt hat, war Ihr Freund«, widersprach ich. »Wie kommt er dazu, einen Polizisten zu ohrfeigen?«

»Verstehen Sie denn nicht? Ezequiel wollte damit nur verhindern, dass Sie dem Agente Ihren Namen sagen.«

»Dieser Spitzbube wollte mich beschützen?«

»Dieser Spitzbube, Freund Camarasa, ist der ehrenhafteste und tapferste junge Mann, den ich kenne, seit ich in Barcelona

400

bin. Lassen Sie sich von seinem Aussehen und seinem Wortschatz nicht täuschen, und auch nicht von seinen flinken Fingern. Ezequiel ist ein junger Mann, der jedermanns Respekt verdient.«

Die Eindringlichkeit, mit der Gaudí sprach, überraschte mich, wenn auch nicht sehr: Es war nicht schwer, in dieser Lobesrede den Stolz eines Kesselschmiedsohnes herauszuhören, der zum angehenden Architekten aufgestiegen war, einen Stolz, wie ich ihn schon häufiger an Gaudí bemerkt hatte.

»Dann bin ich also in Schwierigkeiten?«

Gaudí schüttelte den Kopf.

»Das glaube ich nicht. Inspector Labella wird sich nicht einmal die Mühe machen, den Mord an Colmillos zu untersuchen. Aber wenn wir mit unserem Verdacht gegen Sanmartín zu ihm gehen und damit seine Erklärung für den Mord an Andreu ins Wanken bringen ...«

»... würde er sich die Sache sofort anders überlegen und mich für den Mord an Colmillos anklagen«, ergänzte ich.

»Das glaube ich jedenfalls. Und wenn Sie einmal darüber nachdenken, werden Sie auch zu diesem Schluss kommen.«

Gaudí zündete sich eine Zigarette an. Dann steckte er Etui und Streichhölzer wieder ein, ohne sie mir wie üblich angeboten zu haben. Damit, so begriff ich, gab er mir subtil zu verstehen, dass der Abend beendet war.

»Sie glauben, Sanmartín hat Colmillos ermordet?«

»Diese Frage müsste ich eigentlich Ihnen stellen«, erwiderte mein Freund sofort. »Sie waren es doch, der mit ihm gesprochen hat, kurz nachdem er möglicherweise einen Mord begangen hatte. Ist Sanmartín Ihnen wie jemand erschienen, der gerade einen anderen getötet hat?«

Ich dachte kurz darüber nach.

»Er kam mir nervös vor. Nicht nur als ich Fiona erwähnte. Die Begegnung mit mir hat ihn beunruhigt.«

»Das will nicht viel heißen. Wenn man in einer verlassenen, düsteren Kirche plötzlich dem Sohn des Mannes begegnet, den man öffentlich demütigt, ist man natürlich beunruhigt, auch wenn man noch so kaltblütig ist. Vielleicht dachte er, sie würden ihn angreifen.«

»Vielleicht hätte ich das tun sollen«, murmelte ich. »Sollten wir ihn nicht jetzt gleich zu Hause aufsuchen und uns Gewissheit verschaffen?«

Gaudí schüttelte den Kopf.

»Ich sage es Ihnen noch einmal: Weder für Ihren Vater noch für Sie selbst kann es gut sein, wenn Sie sich jetzt in Schwierigkeiten bringen.« Mein Freund nahm einen tiefen Zug an seiner Zigarette, ehe sich seine Lippen zu einem kleinen Lächeln verzogen. »Außerdem: Wenn ich mich nicht irre, übernimmt es unser Freund Ezequiel gerade, Señor Sanmartín diesen Besuch abzustatten.«

»Sie meinen …«

»Ezequiel hatte Colmillos sehr gern. Der Alte war trotz allem ein guter Mann.«

»Also, ich hatte den Eindruck, dass er den Tod des Hundes mehr bedauert als den seines Besitzers.«

»Lieber Camarasa, wenn es um menschliche Reaktionen geht, besitzen Sie ebenso viel Beobachtungs- und Deutungsgabe wie ein Stachelschwein.«

Ich widersprach nicht.

»Aber unser Besuch in der Calle de Aviñón morgen steht noch?«

Gaudí nickte energisch. Dann reichte er mir zum Abschied die Hand und fragte: »Haben Sie den Tatort, den wir gerade sahen, jetzt auch als eine Illustration von Señorita Fiona vor Augen?«

Anstatt ihm zu antworten, dass es mir genauso gehe, hielt ich Gaudís Hand fest und sah ihm in die Augen.

»Seien Sie vorsichtig, mein Freund«, warnte ich ihn. »Geben Sie acht, dass Sie nicht in Fionas Bann geraten. Genießen Sie ihre Gesellschaft, teilen Sie Visionen und Gedanken mit ihr, wenn Sie wollen, aber verlieren Sie nie die Realität aus den Augen.«

Gaudí verzog den Mund zu einem schiefen Lächeln.

»Gute Nacht«, murmelte er und warf seine noch kaum ge-
rauchte Zigarette aufs Pflaster der Placeta de Montcada.
Das war alles.

Ich hatte den Fuß bereits auf dem Trittbrett des Cabriolets,
das ich auf der Plaza del Palacio angehalten hatte, da hörte ich
eine vage vertraute Stimme meinen Namen rufen.

»Señor Camarasa!«

Von einer Seite des Platzes her kam Francesc Gaudí auf
mich zugerannt, die rechte Hand erhoben, ohne Hut und die
roten Haare zerzaust. Hier draußen, in vollem Lauf und anscheinend auf Kollisionskurs mit mir, wirkte der massige Körper des zukünftigen Anwalts sogar noch eindrucksvoller als
im Gegenlicht an der halb geöffneten Tür seiner bescheidenen
Mansarde. Wenn Gaudís Bruder schon mit gerade dreiundzwanzig die Statur eines gesetzten, beleibten Herrn hatte,
dachte ich, während ich den Fuß vom Trittbrett nahm, dann
würde ihn mit vierzig nicht einmal ein Präsidentensessel tragen können.

»Eine Minute bitte«, sagte ich zum Kutscher, ehe ich mich
umwandte und wartete, bis Francesc die knapp zehn Meter,
die uns noch trennten, zurückgelegt hatte. »Señor Gaudí, welche Überraschung!«

Mit gerötetem Gesicht und schweißüberströmter Stirn
blieb er schließlich vor mir stehen. Der Handschlag, den er
mir gab, war von derselben Festigkeit, die mir bei unserer ersten Begegnung schon Eindruck gemacht hatte, doch diesmal
war seine Hand feucht wie ein gerade aus den Wassern des
Río Besós gefischter Karpfen.

»Geben Sie mir einen Augenblick«, murmelte er heftig
atmend und trocknete sich die Stirn mit einem Taschentuch,
das nicht mehr ganz sauber war.

»Ist etwas geschehen?«

Francesc Gaudí steckte das Taschentuch ein und sah mich
mit Augen an, die so blau und eindringlich waren wie die seines Bruders.

»Das wollte ich Sie fragen, Señor Camarasa.«

Ich lächelte liebenswürdig.

»Wo soll ich beginnen?«

»Ihre Abenteuer interessieren mich nicht«, erwiderte er unumwunden. »Wenn ich Geschichten über Brände und Morde will, brauche ich nur die Romane von Alexandre Dumas zu lesen. Ich will bloß wissen, was mit meinem Bruder geschehen ist.«

Sofort wurde ich ernst.

»Wie meinen Sie das?«

»Am Samstag ging er am späten Nachmittag mit dieser jungen Dame, um sie einmal so zu nennen, aus dem Haus und kehrte um acht Uhr gestern Morgen zurück. Er stank höllisch und sah aus, als hätte er etwas getan, was sich ein Ehrenmann nicht einmal vorstellen sollte. Selbstverständlich wollte er mir nicht erzählen, wo er gewesen war oder mit wem; allerdings war es nicht schwer, darauf zu kommen.« Jetzt hob Francesc Gaudí den rechten Zeigefinger und deutete auf meine Stirn. Es war ein dicklicher, rosiger Zeigefinger wie der eines Riesensäuglings. »Diese teuflische Frau, die Sie in sein Leben gebracht haben.«

Ich nahm mir kurz Zeit, ehe ich murmelte: »Ich muss gestehen, mir gefällt nicht, wie Sie über Señorita Begg sprechen.«

»Und ich muss gestehen, dass es mich einen feuchten Kehricht schert, ob es Ihnen gefällt oder nicht.«

Ein kurzes Schweigen trat ein. Ein Omnibus fuhr auf den Platz und zwang mein Cabriolet, zur Seite zu fahren. Auf der Treppe vor dem verschlossenen Eingang der Lonja lümmelten drei Männer in Schmiedeschürzen und beobachteten uns.

»Soweit ich weiß, haben Ihr Bruder und Señorita Begg am Samstag den Nachmittag und den Abend zusammen verbracht«, sagte ich schließlich. »Aber ich glaube nicht, dass Sie das etwas angeht.«

»Sie kennen meinen Bruder nicht.«

»Und Sie kennen Señorita Begg nicht.«

»Señorita Begg interessiert mich nicht«, fuhr Francesc Gaudí auf. »Wer mir Sorgen macht, ist mein Bruder. Mein Bruder hält sich für den klügsten und gewitztesten Kerl unter der Sonne. Und in vielerlei Hinsicht ist er das vielleicht auch. Aber der Umgang mit Frauen ist nicht gerade seine Stärke.«

»Sie dagegen sind dann wohl ein echter Kenner der Materie«, sagte ich ironisch.

»Neben Antoni bin ich ein Experte für das schöne Geschlecht, glauben Sie mir«, erwiderte er ernst. »Sogar Sie müssen das ihm Vergleich zu ihm sein. So gelehrt mein Bruder ist, wenn es um Steine und Mathematik geht, Señor Camarasa, so naiv ist er in Dingen des Herzens und der Leidenschaft. Seine Erfahrungen auf diesem Gebiet haben ihn nicht darauf vorbereitet, sich gegen eine wie diese Fiona zu behaupten. Wissen Sie, was er gestern den ganzen Tag getan hat?«

Ich schüttelte den Kopf.

»Ich weiß nur, was er nicht getan hat. Ich habe den ganzen Tag nichts von ihm gehört.«

»Er lag den ganzen Tag im Bett. Den ganzen Tag. Nur einmal ist er zehn Minuten lang aufgestanden, um mit dem Polizisten zu sprechen, der ihn am frühen Nachmittag aufgesucht hat. Nicht einmal zum Mittagessen ist er aufgestanden. Und ich bin fast sicher, dass er heute Vormittag nicht in der Akademie war«, fügte er hinzu und deutete auf die Lonja. »Mein Bruder, Señor Camarasa, hat noch nie ohne Grund eine Unterrichtsstunde versäumt, seit wir in Barcelona sind.«

Obwohl ich wusste, dass es keine gute Idee war, fragte ich: »Ein Polizist hat ihn aufgesucht, sagten Sie?«

»Ich sage Ihnen noch einmal: Ihre Abenteuer interessieren mich nicht. Aber mein Bruder hat noch nie den Unterricht geschwänzt, und natürlich hat er auch noch nie einen ganzen Tag im Bett verbracht. Wir sind keine reichen Söhnchen. Wir sind Männer vom Dorf. Wenn wir eines Tages im Bett bleiben, dann ist es sehr wahrscheinlich, dass wir nie wieder aufstehen.«

»Ein Zwerg mit pockennarbigem Gesicht?«

Francesc Gaudí nickte sehr langsam, während er zugleich verächtlich den Mund verzog.

»Ich sehe schon, wie wichtig Ihnen die geistige Gesundheit meines Bruders ist«, schimpfte er. »Zuerst bringen Sie eine Frau in sein Leben, die es nicht unschicklich findet, den ganzen Nachmittag und die ganze Nacht mit einem Mann zu verbringen, den sie kaum kennt, und wenn dann das Unvermeidliche eintritt, waschen Sie Ihre Hände in Unschuld und interessieren sich nur für Ihre eigenen Angelegenheiten.«

Abelardo Labellas Besuch war also meine Angelegenheit. Doch das sprach ich nicht aus. Schließlich hatte Francesc Gaudí recht.

»Glauben Sie mir, Señor Gaudí, die geistige Gesundheit Ihres Bruders liegt mir mehr am Herzen, als Sie ahnen«, versicherte ich ihm und musste an die letzten Worte denken, die Gaudí und ich gerade noch vor seiner Haustür gewechselt hatten. »Aber ich weiß nicht, was Sie von mir erwarten.«

»Muss ich Ihnen das wirklich sagen? Ich möchte, dass Sie dieser jungen Dame sagen, sie soll sich von meinem Bruder fernhalten.«

Ich musste unwillkürlich lächeln.

»Da kennen Sie Señorita Begg aber schlecht. Ihren Bruder übrigens auch.«

»Ich kenne meinen Bruder genau, Señor Camarasa. Und Sie kennen Ihre Señorita Begg offenbar ebenfalls genau.«

Das stimmte allerdings.

»Wir haben alle das Recht, das ein oder andere auszuprobieren, Señor Gaudí«, sagte ich sowohl zu meinem aufgebrachten Gesprächspartner als auch zu mir selbst. »Wenn Ihr Bruder in Dingen des Herzens wirklich so unerfahren ist, wie Sie sagen, dann kann der Umgang mit Señorita Begg ihm nutzen. Das bedeutet es doch, zu reifen, meinen Sie nicht? Nach und nach Fehler auszuloten, die wir danach nicht mehr machen. Vielleicht ist Señorita Begg ein Fehler, der gut für Ihren Bruder ist.«

Francesc Gaudí musterte mich lange mit zusammengekniffenen Augen. Der Wind, der aus Richtung der einstigen Puerta del Mar her auf den Platz wehte, zauste ihm die krausen Haare kurz zu einem leuchtend roten Heiligenschein. Der Schweiß auf seiner Stirn war getrocknet, doch sein Gesicht war nach wie vor gerötet und grimmig.

Die drei Schmiede, die sich auf der Treppe der Lonja ausruhten, hatten schon vor einer geraumen Weile das Interesse an uns verloren.

»Ich wäre Ihnen dankbar, wenn Sie diese Unterhaltung meinem Bruder gegenüber nicht erwähnen würden, Señor Camarasa«, sagte Francesc Gaudí und reichte mir seine feste warme Hand, was ich als vorläufiges Friedensangebot verstand.

»Keine Sorge, Señor Gaudí.«

Als mein Cabriolet schließlich die Plaza del Palacio verließ und sich auf den Weg nach Gracia machte, hatte das bunte Gewimmel aus Häusern und Gassen, das die Südgrenze des Ribera-Viertels bildete, Francesc Gaudís massigen Körper bereits verschluckt.

# Kapitel 37

argarita wartete im Garten auf mich, hinter dem
verschlossenen Tor, verborgen zwischen den herab-
hängenden Zweigen einer schönen Trauerweide. Sie trug den
Otterfellmantel unserer Mutter, einen Hut, der Ohren und
Stirn bedeckte, und hatte sich überdies ein dickes Tuch aus
himmelblauer Seide umgelegt, das ihren Hals vollständig bedeckte, doch nichts davon schien die plötzliche Kälte abhalten
zu können, die mit der Abenddämmerung gekommen war. Es
fehlten noch wenige Minuten, bis die Glocken des Uhrenturms von Gracia neun Uhr schlagen würden, und die Temperatur konnte nicht mehr als zehn Grad betragen. Der November würde den Winter mit sich bringen.

»Hast du es schon gehört?«, war das Erste, was meine Schwester mich fragte, während sie hastig das Tor aufschloss, als sie
mich die letzten Meter auf unserer Straße herankommen sah.

»Was gehört?«

»Man hat diesen Bettler getötet, den ihr kennt, Toni und
du. Colmillos. Ein Bote von der Zeitung kam vor einer Stunde, um Fiona zu holen, damit sie den Tatort zeichnet. Es heißt,
er sei erstochen worden wie Andreu.«

Ich wartete, bis Margarita das Tor hinter uns wieder abgeschlossen hatte. Dann gab ich ihr einen Kuss, nahm sie kurz
in die Arme und erzählte ihr, was geschehen war, wobei ich
bei unserem Besuch im Callejón de la Farigola begann und
zurückging bis zu meiner Begegnung mit Sanmartín in der
Kirche Santa María del Mar.

Meine Schwester öffnete den Mund erst wieder, als ich mit meinem Bericht fertig war.

»Glaubt ihr, es war Sanmartín?«, fragte sie mich dann mit einer Miene, so ernst wie die einer Statue. »Ich wünschte, ich hätte ihn getötet, als er damals herkam und dir diese Visitenkarte daließ!«

»Wir wissen nicht, ob er es war. Und sag so etwas nicht.«

»Willst du nicht mit Inspector Labella sprechen?«

»Gaudí ist davon überzeugt, dass mich das nur in Schwierigkeiten bringen würde. Und ich glaube, er hat recht.«

»Aber wenn man diesen Bettler ermordet hat, während Papa in seiner Zelle saß, dann beweist das doch, dass Papa Andreu nicht ermordet hat, oder?«

Ich schüttelte den Kopf, während wir im Halbdunkel langsam Arm in Arm durch den Garten gingen.

»Colmillos' Tod muss nicht unbedingt etwas mit Andreu zu tun haben«, erklärte ich ihr. »Oder ich selbst könnte Colmillos getötet haben, entweder aus dem Grund, den du genannt hast, oder um zu verhindern, dass er gegen Papa aussagt. Schließlich waren Gaudí und ich kaum zwanzig Minuten nach der Entdeckung des Verbrechens am Tatort.«

Darüber dachte Margarita eine Weile nach.

»Du hast recht. Du bist der Hauptverdächtige, Gabi. Womöglich hat Papa sehr bald Gesellschaft in seiner Zelle.«

Ich versetzte meiner Schwester einen Klaps auf die Schulter und wechselte das Thema.

»Dein Freund Toni sendet dir Grüße und seine Entschuldigung. Er konnte nicht ins Kommissariat kommen, aber er hat uns den ganzen Tag in seine Gebete eingeschlossen.«

Margarita nahm meine Worte völlig ungerührt auf.

»Grüß ihn bitte bei Gelegenheit auch von mir«, sagte sie. »Heute essen wir im Haus zu Abend, wenn es dir recht ist.«

»Essen wir allein?«

»Mama tagt mit vier Herren im Abendsalon«, erklärte sie. »Señor Begg hat sich bereits ins Bauernhaus zurückgezogen, und wann Fiona zurückkehrt, weiß man nicht.«

»Vier Herren?«

»Aladrén und noch drei Alte. Frag mich nicht, wer die sind. Also sind du und ich wieder einmal allein.«

Und so verbrachten Margarita und ich die knappe halbe Stunde, in der wir zusammen aßen, damit, uns über unsere Vernehmungen durch Abelardo Labella auszutauschen. Zu meiner großen Überraschung erfuhr ich, dass das Hauptthema der Fragen, die er meiner Schwester in ihrer zwanzigminütigen Vernehmung gestellt hatte, weder mein Vater noch meine Mutter gewesen war, ja, nicht einmal das, was sie selbst in der Nacht von Andreus Ermordung getan hatte, sondern meine Wenigkeit. Mehr als die Hälfte der Fragen, die Margarita hatte beantworten müssen, hatten auf die ein oder andere Weise mit mir zu tun; bei Marina, Señora Iglesias und Señora Masdéu, bei unserem Kutscher und sogar bei Fiona war es anscheinend genauso gewesen.

»Und was hat das jetzt zu bedeuten?«, fragte ich mich laut, nachdem Margarita die letzte Frage wiederholt hatte, die Labella Marina über mich gestellt hatte. Das Dienstmädchen hatte sie meiner Schwester pflichtschuldig beim Nachmittagsimbiss wiedergegeben, den die beiden jungen Frauen bei ihrer Rückkehr aus Las Atarazanas in der Küche eingenommen hatten.

»Das bedeutet, dass sich der Inspector sehr für dich interessiert.«

Das schwächste Glied, hatte Gaudí wenige Stunden zuvor auf seiner Terrasse gesagt. Dieselben Worte, die auch mein Vater bei unserer letzten Unterhaltung in seinem Arbeitszimmer verwendet hatte. Und auch für Labella war ich es: das schwächste Glied in der Kette der Camarasas. Das Glied, das am ehesten zwischen den erfahrenen Händen eines republikanischen Polizisten zerbrechen könnte.

Gerade war Marina mit einer Schüssel Vanillecreme zum Nachtisch an unseren Tisch gekommen, da erschien Aladrén an der Tür zum Speisesaal.

»Señorita Margarita. Señor Camarasa.« Er machte eine

Verbeugung, bei der die Spitzen seines Schnurrbarts zitterten. »Ihre Mutter ersucht um Ihre Anwesenheit. Wenn Sie mich bitte begleiten würden …«

Sowohl seine Blickrichtung als auch sein Tonfall machten deutlich, dass diese letzten Worte nur an mich gerichtet waren. Ich war nicht überrascht: Dass Labella ein derartig großes Interesse an mir zu haben schien, hatte mir eine neue Rolle in diesem Drama gegeben. So bedächtig wie möglich kreuzte ich mein Besteck auf dem Teller, faltete meine Serviette zweimal und legte sie auf den Tisch, entschuldigte mich bei Margarita, weil ich den Speisesaal verließ, bevor wir unser Essen beendet hatten, erhob mich und bat Marina, Señora Masdéu meine aufrichtigen Glückwünsche zu dem köstlichen Essen zu übermitteln, das sie meiner Schwester und mir trotz der ungewöhnlichen Umstände zubereitet hatte.

»Wenn du fertig bist, kommst du in mein Zimmer«, befahl mir Margarita, einen Löffel voll Vanillecreme in der Hand. Die Neugier stand ihr ins Gesicht geschrieben.

Ich versprach es ihr.

Schweigend folgte ich Aladrén zum Abendsalon meiner Mutter, wo ich die Versammlung antraf, von der Margarita mir erzählt hatte: Mama Lavinia, Ramón Aladrén und drei weitere Männer fortgeschrittenen Alters, die ich nicht kannte, deren Auftreten und Kleidung aber keinen Zweifel daran ließen, wer sie waren.

»Mein Sohn, Gabriel Camarasa«, stellte meine Mutter mich vor, ehe sie mit hörbarer Ehrerbietung die Namen der drei Herren nannte, die mir nacheinander die Hand schüttelten. »Setz dich bitte.«

Der einzige freie Sessel stand dem Halbkreis gegenüber, den die fünf bereits besetzten Sessel bildeten.

Neben jedem dieser Sessel stand ein niedriger Tisch aus Nussbaumholz, und auf jedem dieser Tische befanden sich ein Glas, ein Aschenbecher aus Porzellan, ein wenig Tabak und ein Notizbuch mit einem Bleistift daneben. Sogar auf dem

Tisch meiner Mutter sah ich drei fächerförmig angeordnete Zigaretten und ein halb volles Glas mit einer Flüssigkeit von der Farbe eines Malt-Whiskys.

Zwei der Männer rauchten Zigarren, die beinahe ebenso dick waren wie die weißen Rauchwolken, die über ihren Köpfen hingen.

Während ich die Einzelheiten dieser sorgfältig für mich arrangierten Szene in mich aufnahm, bemerkte ich, dass mir das Gesicht des dritten Mannes sehr wohl bekannt vorkam. Erst hinterher, nach Ende der Versammlung, ging mir auf, dass er der Begleiter jener sechzigjährigen Dame gewesen war, die auf dem Fest von *Las noticias ilustradas* von Weinspritzern getroffen worden war und daraufhin unter Tränen und Schluchzen erklärt hatte, dies sei das unerquicklichste Fest, das sie jemals besucht habe.

Meine Mutter deutete noch immer mit der rechten Hand auf den leeren Stuhl, doch ein feines liebenswürdiges Lächeln, das erste, das sie mir seit Freitagmorgen schenkte, verschönerte ihr Gesicht. Also lächelte ich ebenfalls, nahm Platz und machte mich bereit zuzuhören.

Als ich an Margaritas Schlafzimmertür klopfte, lag sie bereits im Bett. Sie hatte eine Kerze angezündet und auf den Nachttisch gestellt, und in ihrem Schoß ruhte ein dicker, reich illustrierter französischer Roman. Als ich den Blick sah, den sie mir zuwarf, kaum war ich an ihr Bett getreten, entschloss ich mich, ihr nichts von dem zu verheimlichen, was ich in den letzten eineinhalb Stunden voller Enthüllungen, Reden und Ultimaten erfahren hatte, und auch nichts zu beschönigen. Ich schob die Bettdecke ein Stück zurück, nahm neben ihr auf der Matratze Platz und rief mir die Gesichter und die Stimmen der vier Männer, von denen ich mich soeben an der Tür von Mama Lavinias Salon verabschiedet hatte, in Erinnerung – die rotwangigen, zufriedenen Gesichter, die von Alkohol und Müdigkeit trüben Augen, der Geruch nach Tabak und Geld.

»Als Papa am Donnerstagabend das Haus verließ, glaubte

er, seine Freunde hätten ihn zu einer der Versammlungen bestellt, die sie regelmäßig an verschiedenen Orten zu ähnlichen Uhrzeiten wie der in dem Brief, den du ihm überbracht hattest, abhielten«, begann ich. »Die Uhrzeit war zwölf Uhr nachts und der Ort die Kirche Santa María de Mataró. Kurz bevor wir nach Barcelona umzogen, hatten sie in dieser Kirche bereits ein paar Versammlungen abgehalten, daher hat Papa keinen Verdacht geschöpft. Er nahm den Küstenzug und ging zu der Verabredung, doch niemand kam. Als ein Uhr vorbei war, begriff er, dass es sich entweder um eine Täuschung oder eine Verwechslung handelte, und wollte nach Barcelona zurückkehren, doch es fuhren keine Züge mehr, und Kutschen standen keine zur Verfügung. Er fand auch kein geöffnetes Gasthaus, sodass er die Nacht im Freien, am Strand, verbracht hat, bis der erste Zug des Tages fuhr. Deswegen sah er so schlimm aus, als wir ihn wiedersahen. Bei seiner Ankunft im Bahnhof von Barcelona war es nach acht Uhr, und auf den Bahnsteigen sprach man schon über die Nachricht von der Ermordung Andreus. Papa begriff, dass man ihn verhaften würde, wenn er nach Hause zurückkehrte. Daher ging er zum Paseo de San Juan und versteckte sich im Haus eines der Freunde, mit denen er sich in der Nacht zuvor hatte treffen wollen, und dort kümmerte er sich um einige Angelegenheiten, die vor seiner Verhaftung geregelt werden mussten. Er bekam Besuch von mehreren Personen, koordinierte die Strategien, die seine Kollegen von nun an verfolgen sollten, und ging schließlich zu seinem Treffen mit den Beggs in der Calle Petritxol, um mit ihnen nach Hause zu fahren und sich Inspector Labella zu stellen.«

Ich machte eine kurze Pause, und in der Stille hörte ich Margaritas erregten Atem.

»Erzähl weiter«, sagte sie.

Also nahm ich ihre Hand, führte sie an die Lippen und sprach weiter: »Papa arbeitet seit 1868 für den bourbonischen König. Seit Prims Staatsstreich Isabel II. vom spanischen Thron gestoßen und mit ihrem Sohn ins Exil getrieben hat, arbeiten Papa und viele wie er daran, die Monarchie wiedereinzusetzen. Unternehmer, Adelige, Militärs, Kirchenleute. Frag mich nicht, aus welchen Motiven Papa sich dieser Sache verschrieben hat. Eine Mischung aus politischen Überzeugungen und ökonomischen Interessen, wenn ich richtig verstanden habe; in welchem Verhältnis, weiß ich nicht. Fünf Jahre lang war es Papas Aufgabe, dieses Netz aus Verschwörern und Exilierten über unser Auktionshaus zu finanzieren. Ein Großteil des Geldes, das er mit seinen legalen Auktionsgeschäften einnahm, wanderte in die Truhen des Restaurationsvorhabens, aber das Auktionshaus diente auch dazu, Spenden entgegenzunehmen und ihre Herkunft zu verschleiern. Unser Familienunternehmen war in Wirklichkeit ein Gemeinschaftsunternehmen, das Papa stellvertretend für andere geleitet hat. Stellvertretend für die Bourbonen im Exil und ihr Gefolge von Verschwörern zuerst gegen Prim, später gegen Amadeo I. und schließlich gegen die jetzige Republik. Papa allein hat ihre Aktivitäten finanziert, während die anderen an der politischen oder militärischen Front auf die Restauration hingearbeitet haben. Aber Ende vergangenen Jahres, als die Wiedereinsetzung der Monarchie allmählich absehbar wurde, hat sich Papas Rolle geändert.«

Eine weitere Pause. Margarita atmete jetzt ein wenig leichter. Sie sah mich unverwandt an; ihre Augen waren weit aufgerissen, ungläubig und zugleich erleichtert darüber, endlich Bescheid zu wissen.

»Erzähl weiter«, wiederholte sie.

»Wenn alles so ausgeht, wie Papa und seine Freunde hoffen, wird die Republik noch vor Ablauf des Jahres zusammenbrechen. Es wird einen letzten Militärputsch geben, bevor Alfonso XII., der Sohn von Isabel II., zum neuen König von Spanien erklärt wird. Alfonso XII. wird als Erstes nach Barcelona reisen als eine Art Dank an die treuen Untertanen. Sprich: für die Treue zur Monarchie, den Kampf gegen Prim und die Republik und für die Finanzierung der Restauration. Die reichen Katalanen hatten schon immer Angst vor Regimewechseln und liberalen Experimenten. Ein Spanien ohne König bedeutet für sie ein Spanien ohne Kolonien; und ohne die Kolonien hätten die Bürger Barcelonas bald kein Vermögen mehr. Der neue König wird seinen katalanischen Untertanen also danken, und seine erste Geste wird sein, über Barcelona nach Spanien einzureisen, um seinen Thron einzufordern. Und Papa ist bei seiner Ankunft für seine Sicherheit verantwortlich – er war es jedenfalls bis Freitag.« Margarita stieß ein leises überraschtes Stöhnen aus, sagte aber nichts. Ihr Blick bat mich fortzufahren, und das tat ich: »Der Ablauf der öffentlichen Auftritte des neuen Königs steht bereits grob fest, und Papa sollte darüber wachen, dass ihm in den zwei Tagen hier in der Stadt nichts passiert. Das war der Grund für unsere Rückkehr nach Barcelona. Das ist der Zweck von *Las noticias ilustradas*. Die Zeitung dient den Verschwörern als Informationsquelle und zugleich als Propagandaorgan, das sich an die allgemeine Öffentlichkeit richtet. So erfahren Papa und seine Leute, was in der Stadt vorgeht, können die Meinung der unteren Schichten formen, an die die Zeitung sich ja richtet. Wenn der Augenblick kommt, wenn die Republik gestürzt ist und es an der Zeit ist, den neuen König zu empfangen, wird *Las noticias ilustradas* das Sprachrohr der Begeisterung des Volks für Alfonso XII. sein. Papa sollte das alles lenken und überwachen. Er sollte sicherstellen, dass der König in Barcelona von einem jubelnden Volk begrüßt wird und ihm bei seinem Aufenthalt hier nichts passiert. Aber jetzt hat ihn irgendjemand ins Visier genommen und vom Spielfeld entfernt.«

»Irgendjemand«, murmelte Margarita.

»Karlisten. Anarchisten. Republiktreue. Gegner eines zukünftigen Alfonso XII. Sie wissen nicht, wer genau, und es scheint sie auch nicht besonders zu interessieren. Es scheint sie nicht einmal zu kümmern, ob Papa unschuldig ist oder nicht. Fiona hatte recht. Ihre einzige Strategie, ihn aus dem Gefängnis zu holen, ist, auf den Sturz der Republik zu warten. Und der wird, wie sie glauben, höchstens noch zwei, drei Wochen auf sich warten lassen. Dann kommt der neue König, die Institutionen werden erneuert, und Papa wird man für seine geleisteten Dienste reich belohnen. Solange wird Mama Papas Platz einnehmen.«

Margarita riss die Augen noch weiter auf.

»Mama.«

»Sie wird ab jetzt alle Verbündete des Königs koordinieren, die verdeckt in den verschiedenen monarchiefeindlichen Milieus der Stadt arbeiten. Sie wird ab jetzt Martin Beggs Arbeit bei der Zeitung beaufsichtigen. Und wenn der König nach Barcelona kommt, wird sie es sein, die sich um die Koordinierung jener kümmert, die seine Sicherheit garantieren.«

»Mama«, wiederholte Margarita ungläubig.

»Mama. Mithilfe Aladréns und dieser drei Herren, die heute bei ihr waren. Und auch mit meiner Hilfe, falls ich mich darauf einlasse. Falls nicht, habe ich drei Tage Zeit, dieses Haus zu verlassen, meinen Nachnamen abzulegen, auf mein Erbe zu verzichten und mich auf eigene Faust durchs Leben zu schlagen. Morgen Abend muss ich ihr meine Antwort mitteilen.«

Margarita fragte mich nicht, wie diese Antwort ausfallen würde. Sie kannte sie so gut wie ich selbst.

»Das Rätsel ist also gelöst«, sagte sie nur, nachdem wir einige Minuten geschwiegen hatten. Und dem hatte ich nichts hinzuzufügen.

Als ich an diesem Abend das Schlafzimmer meiner Schwester verließ, fühlte ich mich wie einer dieser Boxer im Hafen, in deren Kreisen Eduardo Andreu sich während seines langsamen gesellschaftlichen Absturzes bewegt hatte. Desorientiert, schmutzig und entkräftet. Und ich hatte einen widerlichen metallischen Geschmack im Mund, der aus dem Rachen bis zu meinen Zähnen hinaufwanderte. Der Geschmack nach Blut, der mich ständig daran erinnerte, dass es ebendiese Blutsverwandtschaft war, die mir nun zum Verhängnis wurde.

# Kapitel 38

*A*m frühen Nachmittag des nächsten Tages wurde mein Vater ins Amalia-Gefängnis verlegt. Wir erfuhren es gegen sechs Uhr von Fiona, die Gaudí und ich vor dem Palais in der Calle Fernando VII trafen, als wir Haus Nummer drei in der Calle de Aviñón verließen. Fiona hatte es von einem der Redakteure erfahren, die Martin Begg auf Informationen aus dem Kommissariat in Las Atarazanas angesetzt hatte, und nun lief sie mit dem Skizzenbuch unterm Arm eilig Richtung Rambla, auf der Suche nach einem Cabriolet, das sie so schnell wie möglich zu Sempronio Camarasas neuem Domizil bringen würde. Martin Begg war bereits nach Gracia aufgebrochen, um meine Mutter und Aladrén über die neue Situation zu informieren.

Also hielten Gaudí, Fiona und ich statt eines Cabriolets eine Droschke an, und unterwegs zum Amalia-Gefängnis erzählte ich Fiona all das, was ich gestern Abend meiner Schwester und, während unseres Mittagessens im Las Siete Puertas, bereits einem stummen, aber aufmerksam zuhörenden Gaudí berichtet hatte. Gaudí und ich berichteten Fiona auch von unseren Abenteuern am gestrigen Nachmittag, von meiner Verabredung mit Sanmartín, der mich an diesem Morgen allerdings versetzt hatte, sowie von den Schlussfolgerungen, die sich daraus zu ergeben schienen. Fiona ihrerseits erzählte uns von ihrem Besuch am Schauplatz des Mordes an Colmillos. Schließlich hielt unsere Kutsche an der Einmündung zur Calle de la Reina Amalia, und mir rutschte das Herz in die Hose.

»Und ich dachte, Newgate sei schon die Hölle«, murmelte Fiona und hakte sich vor dem Eingang des Gefängnisses bei mir unter.

Dies war der erste meiner zehn, zwölf Besuche im Amalia-Gefängnis im Laufe der neun Wochen, bis zur Ankunft »unserer Freunde«, wie meine Schwester sie zu meinem tiefsten Missfallen von diesem Abend an nennen sollte, und das Gefühl, das mich beschlich, als ich zum ersten Mal vor diesen hohen Mauern aus nacktem Stein stand, würde mich von nun an jedes Mal befallen. Die Erinnerung an die Szenen, die ich in den letzten Tagen des Jahres 1874 dort mit ansah, hat mich seither nicht mehr losgelassen, und ich glaube, das wird sie auch für den Rest meines Lebens nicht. Männer mit gebrochenem Körper und Geist. Frauen mit durch Krankheiten verwüstetem Gesicht. Ehrwürdige bärtige Männer im Alter des Architekten Oriol Comella, auf kalten Steinböden oder in stinkenden Lachen aus Erbrochenem und Urin. Jungen in Ezequiels Alter und Mädchen im Alter meiner Schwester, der Blick trübe, die Sprache verkommen, die Herzen verhärtet, ohne eine andere Zukunft vor sich als ein Leben in einer Zelle oder einem Bordellzimmer. Der unbeschreibliche, unfassbare Schmutz in den überfüllten Zellen und Gängen. Das Ungeziefer, das von Teller zu Teller, von Kopf zu Kopf, von einem Bettsack zum anderen kroch, flog oder krabbelte und sich vom verdorbenen Blut und den kärglichen Essensresten ernährte. Der Geruch des angebrannten Essens. Der Gestank der ungewaschenen Körper und Kleider. Die Feuchtigkeit, die aus Böden, Decken und Wänden sickerte, in den Korridoren dichte, tief hängende Wolken bildete, den Atem der Männer, Frauen und Kinder sichtbar machte und verschmelzen ließ, bis es ein einziger Atem war: der kranke Atem des Amalia-Gefängnisses. Der offene Hinrichtungsplatz an der Nordmauer des Gefängnisses war eine Erinnerung an das Schicksal, das viele der Insassen hier erwartete. Die Hoffnungslosigkeit in allen Augen. Die Verderbtheit in allen Blicken. Der alles durchdringende Geschmack und Gestank des Todes.

Die Hölle. Oder der Ort, der nach der Hölle kommt. Das verfaulte Herz einer in Zersetzung begriffenen Stadt.

»Lassen Sie sich nicht entmutigen, lieber Freund«, sagte Gaudí – ich weiß es noch gut – zu mir, als wir am Ende dieses ersten Abends voller Grauen und Elend die Calle de la Reina Amalia verließen. »Das ist nur eine weitere Prüfung, die das Schicksal Ihnen allen auferlegt. Ihr Vater ist ein starker Mann und wird sie bestehen.«

»Ich wünschte, ich wäre davon ebenso überzeugt wie Sie«, antwortete ich ihm. »Ich weiß nur, dass ich dort drin nicht eine Woche durchhalten würde.«

»Sie sollten nicht so schlecht von sich selbst denken, Camarasa. Sie wären überrascht, wie widerstandsfähig Sie im Notfall sind.«

Ich blieb auf der Straße stehen und warf einen letzten Blick auf das klobige Gebäude, das einst das Kloster San Vicente gewesen war. Der kalte Nieselregen, der den ganzen Tag gefallen war, hatte das Gemäuer dunkel gefärbt, vor dem Eingang eine Pfütze gebildet und die Händler und Müßiggänger vertrieben. So ähnelte das Gefängnis mehr denn je einer mittelalterlichen Festung aus einem alten Schauermärchen. Sogar das Abendlicht, das darauf fiel, schien von der melancholischen Palette eines schlechten deutschen Malers zu stammen.

»Dann hoffe ich, dass auch mein Vater sich selbst überraschen wird«, sagte ich, nahm Gaudís Arm, und wir setzten unseren Weg Richtung Stadtzentrum fort.

»Wenige Wochen. Denken Sie daran.«

Wenige Wochen bis zum Sturz der Republik und der Ankunft des neuen Königs Alfonso XII. in Barcelona, meinte er. Das hatten mir gestern Abend die Freunde meiner Mutter beziehungsweise ihre Geschäftspartner oder neuen Untergebenen ebenfalls versichert, und auch Ramón Aladrén hatte es knapp fünf Minuten zuvor am Gefängnistor nochmals angedeutet, als er sich mit dem für ihn typischen festen Händedruck von mir und Gaudí verabschiedet hatte und zu meiner Mutter und den Beggs in unsere Berline gestiegen war.

Ebenso wie wir hatte auch er keine Erlaubnis bekommen, meinen Vater zu sehen, mit einem der Hauptgefängniswärter, die nun für Papa zuständig waren, zu sprechen oder wenigstens von irgendjemandem das genaue Datum der Gerichtsverhandlung vor der Audiencia Provincial, dem Landgericht, zu erfahren.

»Ich habe an nichts anderes gedacht, während wir dort drin waren.«

Einige Minuten gingen wir schweigend durch die Straßen des Raval, ehe Gaudí wieder das Wort an mich richtete.

»Gestatten Sie mir eine Frage?«

»Selbstverständlich.«

»Sie ist ein wenig heikel.«

Diese Rücksichtnahme vonseiten meines Freundes beunruhigte mich doch ein wenig.

»Durch nichts, was Sie mich jetzt fragen könnten«, sagte ich dennoch, »könnte ich mich noch unbehaglicher fühlen als ohnehin schon.«

»Ich habe mich gefragt, ob Ihnen eigentlich klar ist, dass das, was Ihre Mutter und diese vier Herren Ihnen gestern mitgeteilt haben, die Sache mit Andreu und Ihrem Vater in einem völlig neuen Licht erscheinen lässt.«

»Wie meinen Sie das?«

»Ich meine, dass wir jetzt endlich wissen, warum Eduardo Andreu tot und Sempronio Camarasa im Gefängnis ist«, erwiderte Gaudí. »Ohne Zweifel wollte jemand verhindern, dass Ihr Vater die Aufgabe erfüllt, die ihm bei seiner Rückkehr nach Barcelona übertragen wurde.«

Die Organisation und Überwachung der Sicherheitsmaßnahmen für den Besuch des neuen Königs in Barcelona, ergänzte ich im Stillen. Und gleich darauf schüttelte ich den Kopf.

»Sie vergessen einen entscheidenden Umstand, der nicht dazu passt.«

»Und der wäre …«

»Dass mein Vater noch lebt.«

Nun schüttelte Gaudí den Kopf.

»Vielleicht wollte Andreus Mörder Ihren Vater nicht tot sehen. Vielleicht wollte er ihn bloß von seiner Aufgabe abhalten.«

»Das ist doch Unsinn. Welcher Terrorist würde sich die Mühe machen, meinen Vater auszuschalten, indem er einem Dritten einen Dolch in die Brust stößt?«, fragte ich. »Wenn Andreus Mörder wirklich die Absicht hatte, die Sicherheitsmaßnahmen für den königlichen Besuch zu sabotieren, um einen Anschlag gegen Alfonso XII. zu verüben, warum meinen Vater dann nicht direkt töten?«

»Ich habe nicht gesagt, dass Andreus Mörder ein Terrorist ist oder dass er einen Anschlag auf den König plant«, entgegnete Gaudí sofort. »Ich verstehe Ihren Einwand, und ich teile ihn: Ich kann mir keinen Anarchisten, Karlisten oder wer auch immer dieser mutmaßliche Königsmörder sein könnte, vorstellen, der sich solche unnötigen Umstände machen würde. Er hätte ja auch einfach zu dieser vorgetäuschten Verabredung in der Kirche in Mataró gehen und Ihren Vater dort erledigen können.«

»Also?«

Mein Freund blieb mit mir an der Kreuzung zweier schlammiger Straßen stehen und ließ einen Heuwagen vorüberfahren, ehe er mir antwortete.

»Vielleicht wollte Andreus Mörder gar nicht die Mission Ihres Vaters vereiteln, sondern bloß seinen Platz einnehmen. Vielleicht ist der Mörder jemand, der die Anerkennung, die mit der Aufgabe Ihres Vaters verbunden ist, für sich beanspruchen möchte, aber nicht seinen Tod wünscht.«

Ich gestattete mir einige Sekunden, um darüber nachzudenken.

»Mir fallen zehn bis zwölf plausiblere Theorien als Ihre ein, Freund Gaudí.«

»Das liegt sicher daran, dass Sie ein paar wichtige Details außer Acht lassen, Freund Camarasa.«

»Meinen Sie?«

Gaudí nickte nachdrücklich. Selbstverständlich meinte er das.

»Andreus Mappe und das Zigarettenetui Ihres Vaters«, sagte er. »Das sind die wichtigen Details, die Sie außer Acht lassen. Beziehen Sie die in Ihre zehn bis zwölf Theorien mit ein, und sagen Sie mir dann, ob sie Ihnen noch genauso plausibel erscheinen.«

Allmählich ahnte ich, worauf mein Freund hinauswollte. Seine ein wenig heikle Frage.

Unwillkürlich musste ich lächeln.

»Sie glauben, meine Mutter hätte Andreus Ermordung und die Verhaftung meines Vaters in die Wege geleitet, um die Verantwortung für die Sicherheit des Königs übernehmen zu können?«

Gaudí blickte mich neugierig von der Seite an.

»Wollen Sie etwa behaupten, Sie hätten nicht selbst an diese Möglichkeit gedacht?«

Das seltsame Auftreten meiner Mutter seit dem vergangenen Freitag. Ihre sichtlich veränderte Haltung. Ihre erstaunliche, für sie untypische Entscheidung, die Stellung meines Vaters einzunehmen und die Leitung der Gruppe von Verschwörern zu übernehmen, die für die Sicherheit des neuen Bourbonen in Barcelona verantwortlich war.

›Es ging mir nie besser.‹

»Dieser Gedanke wäre mir nie in den Sinn gekommen«, sagte ich.

»Dann haben Sie sehr wenig Fantasie. Ich bin sicher, dass Ihre Mutter dagegen durchaus vermutet hat, Sie könnten in den Mord an Andreu verwickelt sein. Und nicht ohne Grund.«

Ich wich einer schlammigen Pfütze aus, trat wieder neben Gaudí und sagte: »Lassen Sie hören.«

»Andreus Mörder, wer er auch sein mag, ist jemand, der Zugang zu Ihrem privaten Haus hat, sei es direkt oder über Dritte. Und zwar, wie ich zu behaupten wage, nicht nur gelegentlich. Das Zigarettenetui Ihres Vaters aus seinem Schlafzimmer zu stehlen und Andreus Mappe im Schreibtisch seines persönlichen Arbeitszimmers zu deponieren, ist etwas, was ein, sagen wir, gelegentlicher Besucher im Hause Camarasa nicht hätte tun können; schon gar nicht mitten in der Nacht. Stimmen Sie mir zu?«

»Ich wüsste nicht, wie nicht«, murmelte ich.

»Dann nehmen wir also an, dass derjenige, der Andreus Mappe aus dessen Zimmerchen gestohlen und im Schreibtisch Ihres Vaters deponiert hat, jemand ist, der regelmäßig Zugang zu Ihrem Haus hat«, fuhr Gaudí fort. »Wenn man Ihr Dienstpersonal außer Acht lässt, das von den Freunden Ihres Vaters sicherlich überprüft wurde, sind die einzigen Personen, die meines Wissens völlig frei kommen und gehen können, Señor und Señora Camarasa, Señorita Camarasa, Martin Begg, Señorita Fiona und Sie selbst. Irre ich mich?«

»Sie wissen, dass Sie sich nicht irren.«

»Der Gerichtsmediziner hat Andreus Todeszeitpunkt auf zwischen elf Uhr am Donnerstagabend und ein Uhr am Freitagmorgen eingegrenzt. In dieser Zeit waren Ihre Mutter, Ihre Schwester und Martin Begg zusammen und Sie und Fiona in meiner Gesellschaft. Ihr Vater war in Mataró bei der vorgetäuschten Verabredung in der Kirche Santa María. Ihre Mutter kann sicher sein, dass Ihre Tochter und Martin Begg unschuldig sind, weil beide mit ihr zusammen nach halb zwölf vom Liceo nach Gracia zurückgekehrt und, soweit sie weiß, den Rest der Nacht über auch nicht mehr ausgegangen sind.«

»Soweit sie weiß«, betonte ich.

»Señor Begg hätte selbstverständlich ungesehen das ehemalige Bauernhaus verlassen, in einer gemieteten Kutsche in die Stadt zurückkehren und das Verbrechen vor ein Uhr begehen können. Aber soweit ich weiß, hat Ihre Mutter Grunde, Martin Begg zu vertrauen.«

»Mehr Gründe, als sie hat, ihrem eigenen Sohn zu vertrauen, wollen Sie sagen.«

»Sie, Camarasa, haben nur zwei Zeugen, die Ihnen für diesen Zeitraum ein Alibi geben können. Einer davon ist ein Freund, den Ihre Mutter kaum kennt. Und die andere ist eine

Frau, mit der Sie einmal eine Beziehung verbunden hat, mit der Ihre Mutter nie einverstanden war. Eine Frau, die Sie in London mit den gleichen Kreisen in Kontakt brachte, vor denen Ihr Vater den zukünftigen spanischen König jetzt schützen soll.« Gaudí schüttelte den Kopf. »In den Augen Ihrer Mutter, fürchte ich, sind die Personen, die Ihr Alibi bezeugen können, nicht mehr wert als ein gefälschter Schuldschein. Nehmen Sie nun noch Ihre distanzierte Haltung Ihrem Vater gegenüber, Ihr Desinteresse an den Angelegenheiten Ihrer Familie, die fortschrittlichen Ideen, denen Sie anzuhängen scheinen, und natürlich Ihre Anfälligkeit für das schöne Geschlecht hinzu. Ich würde Sie auch verdächtigen.«

Ich lächelte.

»Das meinen Sie nicht ernst.«

»Finden Sie nicht, das würde die Feindseligkeit erklären, die Ihre Mutter in den letzten Tagen Ihnen gegenüber gezeigt hat? Die harschen Worte, den Ernst, die Gefühlskälte, mit denen sie Ihnen seit Freitag mehrfach begegnet ist, wie Sie mir erzählt haben?«, führte Gaudí aus. »Und meinen Sie nicht, das Ultimatum von gestern Abend könnte ein Test sein, ob Sie trotz allem auf der richtigen Seite stehen?«

Ich lächelte nicht mehr.

Mein Freund meinte es ernst.

»Verdächtigen auch Sie mich?«

»Lieber Freund.« Nun war es Gaudí, der lächelte. »Ich möchte Sie daran erinnern, dass ich in der betreffenden Nacht ununterbrochen an Ihrer Seite war, nachdem wir das Liceo um halb zwölf verlassen hatten, bis wir uns um weit nach drei Uhr auf der Rambla voneinander verabschiedeten. Was mich betrifft, sind Señorita Fiona und Sie die einzigen Personen, die in Bezug auf den Mord an Andreu von jeglichem Verdacht frei sind.«

»Margarita wird das gefallen«, schmunzelte ich. »Dass sie in den Augen des Mannes, den sie liebt, zu einer Mordverdächtigen geworden ist, wird ihre romantische Seele sicher mit Stolz erfüllen.«

Mein Freund hüstelte.

»Mit alledem will ich nur sagen, dass Sie heute Abend mit Ihrer Mutter reden müssen. Sie müssen ihr nicht nur die einzige Antwort auf das Ultimatum geben, die der Anstand gebietet, Sie müssen sich auch mit ihr aussprechen.«

»Ich soll sie also fragen, ob sie Andreu getötet und meinem Vater die Schuld daran in die Schuhe geschoben hat, um seine Aufgaben zu übernehmen?«

»Fragen Sie sie lieber, ob sie jemanden in ihrem Umfeld verdächtigt«, antwortete Gaudí ungerührt. »Jemanden, der so unbedingt die Aufgaben ihres Mannes übernehmen will, dass er dafür einen Mord begeht. Ihre Mutter ist eine intelligente Frau, ich bin sicher, die Frage wird sie nicht überraschen. Schließlich geht es hier nicht nur um politische Ehre und gesellschaftlichen Status: Es geht auch um rein ökonomische Interessen.« Gaudí sah mich mit leuchtenden Augen und einem feinen Lächeln an. »Die Position, die Ihr Vater bis Freitag innehatte, ist sehr reizvoll, mein Freund. So reizvoll, dass Ihre Mutter nicht zögern würde, sie um jeden Preis in der Familie zu halten.«

Ein neuerliches Schweigen begleitete uns mehrere Minuten lang.

Die antirepublikanische Verschwörung als Familiengeschäft, der Putsch als Investition in die Zukunft. Die Camarasas: unternehmerische Vorbilder der neuen gesellschaftlichen Ordnung.

»Es gibt etwas, das ich Ihnen nicht erzählt habe«, sagte ich schließlich.

»Und zwar?«

»Erinnern Sie sich daran, wie mein Vater und Sie sich bei dem Fest von *Las noticias ilustradas* kennengelernt haben?«

»Natürlich.«

»Erinnern Sie sich noch an das, was mein Vater Sie beim Abschied gefragt hat?«

Gaudí nickte.

»Er hat mich gefragt, ob er und ich uns bereits begegnet seien.«

»Sie haben Nein gesagt.«

»Und das stimmt auch.«

»Aber er hat es nicht geglaubt. Oder besser gesagt: Er hat es wohl geglaubt, nur hatte er eigentlich etwas anderes wissen wollen.«

Gaudí musterte mich mit leicht zusammengekniffenen Augen.

»Ich glaube, ich kann Ihnen nicht folgen.«

»Am nächsten Morgen beauftragte mein Vater Fiona, mich über Sie auszufragen und in Ihren Angelegenheiten herumzuschnüffeln. Er wollte wissen, wer Sie wirklich sind, womit Sie Ihre Zeit verbringen, für wen Sie arbeiten. Fiona hat es mir noch am selben Morgen erzählt. Ich muss Ihnen sagen, dass dieses plötzliche Interesse, das Sempronio Camarasa an einem einfachen Architekturstudenten vom Land hatte, Fiona ebenso neugierig gemacht hat wie mich.«

Von allen Fragen, die Gaudí mir jetzt hätte stellen können, verriet die, die er dann tatsächlich stellte, vor allem etwas über seine gegenwärtige Gemütsverfassung.

»Dann hat Fiona Nachforschungen über meine Aktivitäten angestellt?«

»Ich glaube nicht. Zumindest hat sie gesagt, sie wolle es nicht tun. Allerdings weiß ich das natürlich nicht genau. Ich muss Ihnen leider sagen, dass Fionas Wort nicht viel wert ist.«

»Und haben Sie mit Ihrem Vater gesprochen? Haben Sie ihn gefragt, woher dieses Interesse an mir kommt?«

»Ich habe noch am selben Abend mit ihm gesprochen. Es war unser letztes Gespräch vor ... alledem. Er hat gesagt, er glaube nicht, dass es ein Zufall sei, dass Sie ausgerechnet jetzt in mein Leben treten: der Brand, die Hetzkampagne in der Presse, Andreus ungebetene Ankunft auf dem Fest wenige Minuten, nachdem Sie dort erschienen waren ...« Ich zwang mich zu einem matten Lächeln, um meinen Worten die Schärfe zu nehmen, denn Gaudís Miene hatte sich verdüstert. »Dass diese Ereignisse und der Beginn unserer Freundschaft zeitlich zusammenfielen, ist, das muss man meinen Eltern zugestehen, zumindest bemerkenswert.«

»Ihren Eltern?«

»Ich habe den Eindruck, dass meine Mutter sein Misstrauen Ihnen gegenüber teilt. Ich bin nicht der Einzige, der in ihren Augen ein potenzieller Verräter ist.«

Gaudí schüttelte den Kopf, ob nun traurig oder ungläubig, wusste ich nicht zu sagen.

»Hat Ihr Vater Ihnen an jenem Abend noch etwas gesagt? Einen konkreten Grund für sein Misstrauen?«

»Er hat gesagt, Ihr Aussehen stimme in allem mit gewissen Beschreibungen überein, die ihm von jemandem übermittelt worden waren, über den er mir nichts sagen wollte.« Auch ich schüttelte den Kopf. »Jetzt wissen wir es.«

»Irgendeiner der Informanten, die Ihr Vater und seine Freunde in die Kreise eingeschleust hat, die eine Gefahr für den Erfolg des königlichen Besuchs darstellen könnten«, führte Gaudí aus. »Aber das ergibt keinen Sinn.«

»Das Monte Táber vielleicht? Das Teatro de los Sueños? Jemand könnte Zeuge der Aktivitäten des Señor G geworden sein und irgendeine politische Absicht hineingedeutet haben.«

Zwei Jungen spielten mitten auf der Calle de los Molinos mit einem Kreisel, sodass wir uns kurz trennen mussten, um ihnen auszuweichen. Einer der zerlumpten kleinen Burschen hatte sehr krause Haare, und seine linke Hand war mit Lumpen umwickelt, die die Farbe von englischem Bier hatten. Der andere hob den Kopf, als wir vorbeigingen, und schenkte uns ein so offenes Lächeln, dass ich mich nach dem Grauen im Amalia-Gefängnis ein bisschen getröstet fühlte.

»Das ergibt keinen Sinn«, wiederholte Gaudí. »Die Aktivitäten des Señor G‹, wie Sie es nennen, beschränken sich exakt auf das, was Sie schon wissen. Ich verkehre in keinerlei politischen Zirkeln, ich gehe zu keinen geheimen Zusammenkünften, ich pflege keinen Umgang mit Anarchisten oder Revolutionären und bin, soweit ich weiß, noch nie im Leben einem Karlisten begegnet.«

»Das Kupfer vielleicht«, mutmaßte ich. »Sie haben selbst bestätigt, dass das Heer heutzutage beinahe das gesamte Kupfer beansprucht. Ein so unersättlicher Konkurrent wie Sie kann nicht unbemerkt geblieben sein.«

Gaudí schüttelte energisch den Kopf.

»Wenn ein Informant Ihres Vaters herausgefunden hätte, dass jemand mit meinem Aussehen große Mengen Kupfer kauft, hätte er ohne Probleme auch den Zweck in Erfahrung bringen können. Oriol Comellas Existenz ist im Hafen kein Geheimnis. Jemand, der bis zu Señor G gekommen wäre, wäre mit Sicherheit auch bis zu Comellas Lagerhaus gekommen.«

Vielleicht stand auch Oriol Comella unter Verdacht, dachte ich da. Vielleicht nahm nicht alle Welt so fraglos wie ich hin, dass da ein alter Mann seit Jahren in einem verlassenen Lagerhaus im Industriehafen an einer gewaltigen Nachbildung der Stadt Barcelona arbeitete. Doch das behielt ich für mich.

»In diesem Fall, lieber Freund, müssen wir davon ausgehen, dass es in unserer Stadt noch einen rothaarigen jungen Mann mit blauen Augen gibt, der sich verdächtig verhält.«

Gaudí machte fünf Minuten lang nicht mehr den Mund auf.

Als wir bereits den östlichen Rand des Raval erreicht hatten und in der Nähe der Rambla durch eine schmale Gasse voller Werkstätten und niedriger Häuser liefen, kehrte der feine Regen, der schon den ganzen Tag immer wieder eingesetzt hatte, als Platzregen zurück. Gaudí ging schneller und suchte Schutz im Eingang des schäbigsten Hauses der Straße – blinde Fenster, abgebrochene Kranzgesimse, eigentlich nicht mehr als eine Ruine aus Stein –, holte zu meiner Überraschung einen Schlüssel aus der Tasche und machte Anstalten, ihn ins Schloss der Tür vor uns zu stecken.

»Was wird das?«

»Ein wenig Ablenkung wird uns beiden guttun, ehe wir nach Hause gehen«, erwiderte er knapp. »Und vielleicht auch ein gutes Glas, das Körper und Geist wärmt.«

Kaum war die Tür offen, drangen Gelächter und eine fröhliche Melodie an unsere Ohren. Ich stellte keine weiteren Fragen und erhob auch keine Einwände. Etwas Musik und Alkohol waren nach dem Besuch im Amalia-Gefängnis sicher nicht das Schlechteste. Außerdem war ich es müde, über Geheimnisse, Verschwörungen und seltsame Theorien nachzudenken, um die mysteriösen Vorfälle in diesem Leben zu erklären, das mich immer mehr an Margaritas Romane erinnerte – nur leider mein eigenes war. Und so folgte ich Gaudí die Treppe hinauf, hängte meinen Mantel und meinen Hut an den ersten verfügbaren Haken, und während meine Augen sich langsam an das Halbdunkel im Lokal gewöhnten, beschloss ich, all das Grauenvolle, was ich heute gesehen und gehört hatte, aus meinem Gedächtnis zu löschen.

# Kapitel 39

Eine Stunde später, um kurz vor neun, holten Gaudí und ich unsere Mäntel und Hüte und verließen dieses Lokal ohne Namen und Hausnummer in der Calle de la Cadena wieder, tatsächlich an Körper und Geist gewärmt. Und gleich dort, vor dem Eingang einer der Werkstätten, die sich auf der gegenüberliegenden Straßenseite aneinanderreihten, trafen wir auf Ezequiel.

Der Bursche machte sich nicht die Mühe, uns zu begrüßen oder zu erklären, woher er wusste, dass er uns ausgerechnet hier antreffen würde.

»Der Kauz ist ausgeflogen«, sagte er nur und sah Gaudí mit seinen großen Augen an, von denen eines noch immer zugeschwollen war.

»Leer?«

»Ratzekahl. Ein paar Möbel, das Bett und sonst nichts.«

Gaudí sah mich an, anscheinend weniger überrascht als vielmehr neugierig.

»Sanmartín, nehme ich an«, sagte ich.

»Sanmartín«, bestätigte mein Freund und sprach den Namen des Journalisten diesmal mit einer gewissen Hochachtung aus, wie mir schien. »Da ich schon ahnte, dass unser Besuch heute Morgen vergeblich sein würde, habe ich Ezequiel gebeten, um sieben in die Calle de Aviñón zu gehen und sich auf eigene Faust ein wenig umzusehen.«

Sogleich holte der Bengel das Werkzeug hervor, das er mir bereits am Samstag vorgeführt hatte, und ließ es mit seinen geschickten Taschenspielerhänden vor meiner Nase tanzen, vielleicht um alle Zweifel hinsichtlich der Natur seines Besuchs in Sanmartíns Wohnung auszuräumen.

»Die Papiere und die Bücher, die du bei deinem letzten Besuch gesehen hattest …«, setzte ich an.

»Nichts. In der Wohnung ist nichts. Es war so, als ob da nie jemand gelebt hätte.« Ezequiel steckte die Dietriche wieder ein und sah mit gerunzelter Stirn seinen Chef an. »Komisch, oder, Señor G?«

Gaudí stieß ein leises zustimmendes Knurren aus. Es war komisch.

»Es tut mir leid, aber ich muss Sie das fragen«, setzte ich an, während mein Freund Ezequiel einen gefalteten Geldschein reichte. »Wie genau passt Víctor Sanmartín in Ihre Theorie mit dem Verschwörer, der den Ehrenplatz meines Vaters einnehmen will?«

Mein Freund antwortete mir nicht.

Zehn Wochen lang sollten wir nichts mehr von Sanmartín hören. Sein Name würde unter keinem Artikel in den vier großen Konkurrenzzeitungen von *Las noticias ilustradas* mehr stehen. Sein Schreibstil würde in keinem Leserbrief mehr auftreten. Erst am 10. Januar 1875, unter Umständen, von denen ich gleich berichte, würde uns der Mann mit dem femininen Äußeren wiederbegegnen. Doch davon ahnten im Moment weder Gaudí noch ich etwas.

An der Rambla trennten sich unsere Wege. Als wir uns bereits die Hand gegeben und eine gute Nacht gewünscht hatten und ich gerade eine Kutsche suchen wollte, die mich nach Gracia zurückbringen würde, fragte mich Gaudí, ob ich etwas dagegen einzuwenden hätte, wenn er am folgenden Nachmittag zu mir nach Hause käme.

»Ich möchte mit Ihrer Mutter gern einige Punkte klären«, begründete er seinen Wunsch.

»Wenn Sie das für ratsam halten …«

»Halten Sie es nicht für eine gute Idee?«

»Wenn Sie meine Mutter davon überzeugen wollen, dass

Sie nicht der Feind sind, für den meine Eltern Sie halten?« Ich dachte kurz nach. »Doch, das halte ich für eine gute Idee.«

Gaudí nickte.

»Dann sehen wir uns also morgen.« Damit ging er die Rambla hinab durch den dichten Nebel davon, der nach dem Regen aufgezogen war und die Stadt einhüllte.

Anstatt ihm hinterherzugehen, blieb Ezequiel bei mir, sah mich an und grinste dabei von einem Ohr zum anderen. Das war sicher die Begeisterung über den Geldschein, den er noch in der linken Faust hielt, oder die Befriedigung über das Ende eines weiteren gut genutzten Tages oder auch irgendetwas ganz anderes. Wer wusste schon, was im Kopf dieses Burschen vorging?

»Ich glaube, ich schulde dir etwas«, sagte ich jedenfalls.

Ezequiel legte den Kopf ein wenig schräg, grinste aber unverändert.

»Aha?«

»Was du gestern mit dem Polizisten gemacht hast, der die Leiche von Colmillos bewachte … als du ihn geohrfeigt hast, um zu verhindern, dass ich ihm meinen Namen sage. Das war sehr mutig von dir.«

Ezequiel schnaubte verächtlich.

»Einem Polizisten dreimal mit der Mütze ins Gesicht zu hauen, finden Sie mutig?«

»Du natürlich nicht.« Ich lächelte. »Jedenfalls finde ich, ich schulde dir etwas. Vielleicht möchtest du …«

Als er sah, dass ich Anstalten machte, meine Brieftasche zu zücken, wurde er auf einmal ernst und unterbrach mich.

»Behalten Sie Ihr Geld, Schlauberger. Ich arbeite nicht für Sie.«

»Ich wollte dich nicht beleidigen«, sagte ich hastig. »Ich wollte dir nur meine Dankbarkeit zeigen.«

»Dann sagen Sie mir, wer diese Dirne ist, mit der Señor G gestern Abend zusammen war.«

Das kam so unerwartet, dass ich kurz sprachlos war.

»Wie bitte?«

»Die Rothaarige, die mit Señor G in der Zitadelle war. Ich weiß, dass sie Ihre Freundin ist, Schlauberger. Ich hab Sie ein paar Mal zusammen gesehen.«

»Wenn du weißt, dass sie eine Freundin von mir ist, dann müsstest du auch wissen, dass sie keine Dirne ist«, war das Beste, was mir einfiel.

»Weil Sie mit Dirnen nichts zu tun haben?« Ezequiel setzte eine durch und durch beleidigende Miene auf. »Vielleicht ist sie keine Dirne, aber sie sieht aus wie eine, und sie geht wie eine. Und sie tut, was Dirnen tun. Waren Sie schon mal abends in der Zitadelle, Schlauberger?«

»Ezequiel, ich erlaube nicht, dass du so über Señorita Fiona sprichst.«

Als er den Namen der Engländerin hörte, hob er theatralisch die Brauen, woraufhin sich sein zugeschwollenes Lid so weit öffnete, dass das Auge kurz hervorblitzte.

»Señorita Fiona«, wiederholte er. »Und was ist das für ein Name?«

»Der Name einer Dame, Ezequiel. Und was sie gestern Abend in Begleitung von Señor G gemacht hat, geht dich nichts an.«

»Und Sie auch nicht?« Ezequiels Grinsen wurde noch schmieriger. »Weil wenn die Dirne Ihre Freundin und Señor G Ihr Freund ist, dann finde ich, dass das, was die beiden zusammen machen, Sie schon was angeht. Soll ich Ihnen erzählen, was ich gesehen hab, als ich ihnen gefolgt bin?«

Ich schüttelte nachdrücklich den Kopf.

»Ich möchte, dass du mir erzählst, wieso du deinem Chef folgst, ohne dass er davon weiß.«

»Es ist meine Arbeit, mich um Señor G zu kümmern und ihn zu beschützen«, erwiderte der Bengel wie aus der Pistole geschossen. »Und in der Zitadelle passiert abends alles Mögliche. Da drin hätten Sie nach drei Minuten die Hosen um die Knöchel hängen und einen Schlitz im Hals. Falls Sie wissen, was ich meine.«

Endlich tauchte eine Kutsche mit Verdeck aus dem Nebel

auf und reagierte auf meine erhobene Hand. Der Kutscher war ein abstoßender Kerl und blickte so unfreundlich, dass ich versucht war, die Hand sinken und ihn vorbeifahren zu lassen, aber Ezequiels Gesellschaft – oder besser gesagt, die Bilder, die seine Worte heraufbeschworen – war mir unerträglich geworden.

»Gute Nacht, Ezequiel«, sagte ich und tat einen Schritt auf die wartende Kutsche zu.

Sofort tat auch Ezequiel einen Schritt, packte mich am Arm und zwang mich, ihm ins Gesicht zu sehen.

»Sagen Sie mir bloß, ob ich bei dieser Dirne aufpassen muss, Schlauberger«, sagte er sehr ernst. »Weil es Señora Cecilia nicht gefallen wird, wenn sie hört, dass ihr Señor G jetzt mit einer Stute mit gefährlichen Kurven durch die Zitadelle reitet.«

Señora Cecilia. Die missgestaltete Tänzerin aus dem Monte Táber.

Eine Stute mit gefährlichen Kurven.

»Gute Nacht, Ezequiel«, wiederholte ich in so schneidendem Ton, wie es mir möglich war. Dann stieg ich in die Droschke und bedeutete dem Kutscher, sofort loszufahren.

Als ich um kurz vor zehn zu Hause ankam, beendete Margarita gerade in einer Ecke meines Fotoateliers ihr einsames Abendessen. Dass meine Schwester sich ausgerechnet hierher zurückgezogen hatte, beunruhigte mich weniger als die grimmige Miene und der verstörte Blick, mit denen sie mich begrüßte. Als ich sie kurz auf die Wange küsste und dann neben ihr Platz nahm, sah sie mich an, als wäre sie nicht mehr sicher, wer ich war. Oder als wüsste sie es zwar, doch es wäre ihr gleich.

»Tut mir leid, dass ich nicht früher kommen konnte«, entschuldigte ich mich. »Du weißt ja sicher schon, was passiert ist.«

»Papa ist im Gefängnis. Und das Gefängnis ist schlimmer als der Tod.«

Margaritas schmucklose Zusammenfassung der Ereignisse ließ mich frösteln.

»Nichts ist schlimmer als der Tod«, widersprach ich, wenn auch nicht sonderlich überzeugt.

»Mama hat erzählt, sie hat gesehen, wie ein alter Mann ein Stück Fleisch von einem madigen Hund gegessen hat.«

»Wirklich?«

»Und sie hat auch erzählt, dass der Alte das Fleisch dann wieder ausgespuckt und ein anderer alter Mann es genommen und gegessen hat.«

Ich zwang mich zu einem Lächeln.

»Das hat Mama nicht erzählt.«

»Nicht wörtlich. Aber so habe ich es verstanden.«

Margarita stemmte die Ellbogen auf die Metallplatte meines Arbeitstisches und sah mich an. Sie wirkte, als bräuchte sie eine gute Nachricht und eine Umarmung gleichzeitig, als sehnte sie sich nach dem Ende eines Albtraums, nach dem ersten Kuss ihres Lebens oder vielleicht auch einfach nur danach, so lange zu schlafen, bis das alles vorüber war.

»Das ist nur eine weitere Prüfung des Schicksals«, sagte ich. »Papa ist ein starker Mann und wird sie bestehen.«

»Das ist Unsinn.«

»Das ist das, was dein Freund Toni mir gesagt hat, als wir das Gefängnis verließen.«

Margarita bezweifelte das keinen Augenblick.

»Es ist trotzdem Unsinn«, beharrte sie und trank einen Schluck Zitronenwasser. Einen Augenblick lang war der Abdruck ihrer Lippen auf dem Glas zu sehen; dann verschwand er. »Und außerdem riechst du nach Alkohol.«

»Ich wollte wieder einen klaren Kopf bekommen, bevor ich nach Hause fuhr. Oder vielleicht wollte ich mich auch betäuben, ich weiß es nicht.«

Margarita rümpfte die Nase.

»Warst du mit Fiona zusammen?«

»Fiona ist nach unserem Besuch im Amalia-Gefängnis mit Mama, Aladrén und Martin Begg in unserer Berline davongefahren. Gaudí und ich sind allein weitergezogen. Sind sie nicht hierhergekommen?«

Meine Schwester nickte widerwillig.

»Fiona ist gleich wieder weggegangen. Aber vorher hat sie mir noch die hier gegeben.« Sie streckte den Arm nach einem Exemplar der neuesten Ausgabe von *Las noticias ilustradas* aus, das am Tischrand lag, und schob es mir zu. »War es so?«

Margarita bezog sich zweifellos auf die Illustration auf der Titelseite, die in Fionas unverwechselbarem Stil den Augenblick einfing, als zwei Kriminalpolizisten die schrecklich verstümmelten Leichen von Colmillos und seinem dreibeinigen Hund untersuchten. Ich betrachtete sie und durchlebte sofort sämtliche Gefühle des vorigen Abends erneut. Dann ließ ich den Blick abwärts gleiten, und eine schrille Überschrift fiel mir ins Auge: SIE WOLLTEN EINEN ANSCHLAG AUF DEN POSTZUG VERÜBEN! Es war ein Artikel über die Aktivitäten der Anarchistengruppen im Raval, den Martin Begg an prominenter Stelle in seiner Zeitung platziert hatte.

Fiona hatte recht. Das Blatt hatte sich bereits auf ein neues Ziel eingeschossen. Bloß erschien mir das jetzt natürlich überhaupt nicht mehr unschuldig. Bei den Camarasas war nichts mehr unschuldig, wenn es um Fragen der Politik, der Moral oder des Geldes ging.

»So war es mehr oder weniger«, antwortete ich schließlich, faltete die Zeitung so, dass die Titelseite innen lag, und legte sie auf die andere Seite des Tisches. Nach kurzem Schweigen, das Margarita anscheinend nicht brechen wollte, fragte ich: »Was machst du hier?«

Anstatt mir zu antworten, nahm meine Schwester mit der Hand ein Stückchen gekochte Kartoffel von ihrem Teller, den sie zwischen meine Fotografiegerätschaften gestellt hatte, und verkündete mir, das Datum für Papas Gerichtsverhandlung stehe bereits fest.

»Am 21. November. In nicht einmal drei Wochen. Der Anwalt war vor einer halben Stunde hier, um es uns zu sagen.«

»Am 21.«, wiederholte ich.

»Er hat auch gesagt, dass die Gerichtsverhandlung nicht stattfinden wird und dass unsere Freunde im Nu hier sein werden und dass Papa noch vor Weihnachten wieder zu Hause ist. Glaubst du das?«

Ich stand auf, küsste meine Schwester erneut auf die Wange und stibitzte eine der letzten Kartoffeln auf dem Teller.

Unsere Freunde.

»Heute Abend möchte ich dich fotografieren«, verkündete ich. »Überlege dir, was du dabei tragen möchtest.«

Margaritas Züge entspannten sich ein wenig.

»Wenn du Mama suchst, um ihr auf ihr Ultimatum zu antworten – sie ist in Papas Arbeitszimmer«, sagte sie und betonte das Wort »Ultimatum« so feierlich wie eine französische Romanheldin. »Falls du ihr sagst, dass du dich nicht auf ihre Seite stellen willst und morgen von zu Hause fortgehst, dann bringe ich mich um, das verspreche ich dir.«

Ich legte Margarita den Zeigefinger an die Nasenspitze und drückte sanft zu.

»Ich glaube, es wird nicht nötig sein, dass du so weit gehst.«

Meine Schwester lächelte.

»Was hältst du von dem grünen Tüllkleid?«, fragte sie.

Meine Mutter saß am Schreibtisch meines Vaters, umgeben von Papieren und Büchern. Auf ihrer Nasenspitze balancierte eine neue kleine Sekretärinnenbrille. Bei ihrem Anblick musste ich unwillkürlich daran denken, wie oft ich auf dem Weg in mein Schlafzimmer an der Tür dieses Arbeitszimmers haltgemacht und Sempronio Camarasa eine gute Nacht gewünscht hatte, woraufhin er mir mechanisch geantwortet und dabei nur flüchtig den Blick von den Papieren gehoben hatte. Nicht ein einziges Mal hatte ich mich gefragt, was mein Vater eigentlich in seinem Arbeitszimmer tagein, tagaus, Woche für Woche, um diese späte Uhrzeit noch tat, umgeben von Papieren und Aktenmappen, mit müden Augen und niedergedrückt von der Last der Verantwortung.

»Mama«, sagte ich jetzt bloß, als ich an die halb geöffnete Arbeitszimmertür trat. »Meine Antwort lautet Ja.«

Meine Mutter blickte auf und nickte mit ernster Miene.

»Dann haben wir viel Arbeit vor uns«, sagte sie. »Ich erwarte dich morgen um neun hier.«

# Kapitel 40

*U*nd dann geschah wochenlang überhaupt nichts. Vielmehr geschah vieles, aber nichts Entscheidendes. Abelardo Labella und das republikanische Justizsystem, für das der Inspector arbeitete, erlebten eine Enttäuschung, denn am 21. November wurde mein Vater nicht zum Tode verurteilt. Zwei Tage vor dem Gerichtstermin wurde dieser auf den 30. November verschoben, dann auf den 12. Dezember und schließlich auf den 29. Dezember. Ein Datum also, an dem aller Wahrscheinlichkeit nach die Republik und ihr Justiz- und Polizeiapparat bereits der jüngsten spanischen Vergangenheit angehören würden. Genau so, wie Fiona es vorhergesagt hatte, waren die acht arbeitsreichen Wochen, die zwischen der Verlegung meines Vaters ins Amalia-Gefängnis und dem Militärputsch vergingen, der die Republik am 29. Dezember tatsächlich zu Fall brachte, eine angespannte Schachpartie voller Hinhaltetaktik und juristischer Winkelzüge. Unsere Anwälte arbeiteten nur an einem Ziel: die Verhandlung so lange wie nötig hinauszuzögern, weil sie darauf setzten, dass die Köpfe des Richters und des Inspectors rollen würden, ehe der des Gefangenen ernsthaft in Gefahr geriet.

So machte sich niemand die Mühe, den Mord an Andreu offiziell zu untersuchen. Weder die Kriminalpolizei noch die Verteidigung meines Vaters schienen zu glauben, dass es sich lohne, den wahren Mörder zu suchen. Nur weil Sempronio Camarasas – vielmehr jetzt Lavinia Camarasas – Freunde herausfinden wollten, wer hinter diesem Angriff auf ihre Pläne und auf den König steckte, wurde das, was Gaudí und ich bisher in Erfahrung gebracht hatten, nicht völlig ignoriert. Immerhin führten unsere kleinen Entdeckungen dazu, dass die Spione des Königs die radikalen Gruppierungen schärfer überwachten, von den extrem linken Anarchisten bis zu den absolutistischen Karlisten, von den sanften utopischen Sozialisten bis hin zu den überspannten Arbeitern mit Maschinenstürmerseele, Republiktreue und glühendem Hass auf die Bourgeoisie im Herzen, deren jüngste Sabotagehandlungen in den Fabriken Barcelonas zu einer neuen Quelle der Besorgnis für unsere Freunde geworden waren.

Die erste Unterredung mit meinem Vater, die man mir gewährte, fand am 13. November statt. Zu diesem Zeitpunkt nahm ich bereits seit zehn Tagen an den Versammlungen des Gremiums »Operative Unterstützung« teil – so lautete der Name des Komitees, das für die Sicherheitsmaßnahmen für den königlichen Besuch zuständig war – und arbeitete an allen möglichen Maßnahmen zur Stärkung der Bande zwischen den verschiedenen Unterstützern des Königs. Sie alle waren auf ihre Weise und aus unterschiedlichen Gründen daran interessiert, die bourbonische Restauration zu unterstützen und Barcelona zu einem Symbol der Königstreue zu machen. Ebenso lange – beziehungsweise einen Tag länger – saß mein Vater nun schon im Amalia-Gefängnis, und seinen Gesichtszügen war immer deutlicher anzusehen, was ihn das kostete. Ich werde hier nicht näher auf seine verschmutzte, abgetragene Kleidung eingehen, auf den resignierten Eindruck, den er vermittelte, die Traurigkeit, die sich in seine Pupillen eingeätzt hatte, und ich werde auch nicht wiedergeben, was er mir über sein schlimmes Leben im Gefängnis erzählte. Ich will nur sagen, dass mein Vater mir zum ersten Mal in unserem Leben sagte, er sei stolz auf mich. Er, der durch seine eigennützige Beteiligung an der bourbonischen Restauration zusehen musste, wie die Wolken vor den Gittern seiner feuchten, ungezieferverseuchten Zelle vorüberzogen, war stolz auf mich, seinen Erstgeborenen, seinen einzigen Sohn, weil ich, um ihn aus dieser Zelle zu befreien – und um meine Mutter nicht abermals zu enttäuschen und um meiner Schwester keinen Kummer zu bereiten und aus reiner Feigheit –, mich an diesem Vorhaben beteiligte, obwohl ich in keiner Weise daran glaubte, es weder mit dem Kopf noch mit dem Herzen befürwortete und ich mir unter anderen Umständen gewünscht hätte, der Plan würde scheitern.

Die Nachrichten, die wir Tag für Tag durch die Presse und unsere Informanten erhielten, ließen jedoch darauf schließen, dass er nicht scheitern würde. Man brauchte nur eine beliebige Tageszeitung im Politik- oder Militärteil aufzuschlagen und aufs Geratewohl die Schlagzeilen zu lesen, um zu sehen, dass die Republik von Stunde zu Stunde, von Minute zu Minute zerfiel und die Lücke, die sie allmählich hinterließ, von diesem neuen, noch ungekrönten König ausgefüllt wurde, der auf den Namen Alfonso hörte. Die Kommentare, die er regelmäßig in seinem Exil in Paris der Presse gab, zeigten ihn bereits als inoffizieller König von Spanien, als den Mann – eigentlich noch ein halbes Kind, siebzehn Jahre alt –, in dessen Händen die Wiederherstellung der Ordnung und die Gesundung eines zerrütteten Landes lagen, zu dessen Rettung er herbeieilen würde, sobald es notwendig würde. Der König wartete in Frankreich nur darauf, dass seine Untertanen nach ihm verlangten, um in das Land zurückzukehren, das weder er noch seine Mutter jemals hatten verlassen wollen. Und hier in Spanien mehrten sich täglich die Stimmen, die nach einem französischen Monarchen riefen, welcher Ruhe und Ordnung in die Angelegenheiten des Landes bringen sollte – falls die Leitartikel und Kommentare in den Zeitungen nicht logen, falls die Informanten, die das Gremium Operative Unterstützung mit Informationen versorgten, in ihren Berichten die Stimmung im Volk nicht verzerrten. Und falls die Streiks und Massenkundgebungen, die das öffentliche Leben in Spanien in letzter Zeit oft zum Erliegen brachten, nicht von unseren Freunden beeinflusst wurden, sondern tatsächlich aus Überdruss, Wut und Enttäuschung geborene Reaktionen eines Volkes darstellten, das sich betrogen fühlte von diesem traurigen ziellosen Dahintreiben am Ende der Glorreichen.

Dieselben Zeitungen, die Tag für Tag den Niedergang der Republik und das Erstarken des Restaurationsvorhabens dokumentierten, hatten meinen Vater innerhalb von vierundzwanzig Stunden vergessen. Kaum hatten Sempronio Camarasas Füße den kalten Boden des Amalia-Gefängnisses betreten, da ging man mit solchem Stillschweigen sowohl über ihn als auch über sein vermeintliches Verbrechen hinweg, dass man denken konnte, das alles wäre niemals geschehen. Ohne Víctor Sanmartín und seine Artikel und gefälschten Leserbriefe in den Konkurrenzblättern versuchte nur noch *Las noticias ilustradas* eine Zeit lang, die Inhaftierung meines Vaters in den Nachrichten zu halten, doch die verschiedenen Aufgaben, die diese Zeitung erfüllen musste, sorgten bald dafür, dass er auch dort in der Schublade der veralteten Nachrichten landete. Zuerst beanspruchten die Anarchisten das Gros der Zeitungsspalten für sich, dann die Streiks und Sabotageakte der Arbeiter und ab Dezember die beharrlichen Gerüchte über den endgültigen Untergang der Republik. Sempronio Camarasa verwandelte sich in eine reine Familienangelegenheit.

Mein Leben veränderte sich in jenen acht Wochen von Grund auf. Das erste Arbeitstreffen, das meine Mutter und ich am Morgen nach der Verlegung meines Vaters ins Amalia-Gefängnis in seinem Arbeitszimmer abhielten, diente vor allem dazu, mir zu offenbaren, wie komplex und vielfältig die Arbeit war, der Sempronio Camarasa seit seiner Rückkehr nach Barcelona nachgegangen war, und wie viel Zeit, Geld und Tatkraft er ihr gewidmet hatte. Am Nachmittag besuchte ich meine erste offizielle Versammlung mit Angehörigen der Operativen Unterstützung, am Abend nahm ich an meinem ersten Galaessen in jenem legendären Herrenhaus auf dem Paseo de San Juan teil, am darauffolgenden Morgen frühstückte ich mit einigen Geschäftsleuten, die im Gegenzug für künftige Belohnungen einen Teil der Kosten des königlichen

Empfangs übernehmen wollten, und am Nachmittag erkannte ich, dass mir nichts anderes übrig bleiben würde, als mein Studium an der Fakultät für Architektur zumindest zeitweise aufzugeben. Meine Vormittage füllten sich rasch mit diversen Pflichten im Rahmen von *Las noticias ilustradas* – oder besser gesagt im Zusammenhang mit der Überwachung des reibungslosen Übergangs von dem rein populistischen Sensationsblatt, das die Zeitung zu Anfang gewesen war, hin zum Propagandaorgan der bevorstehenden Restauration. Mitte November hatte ich bereits eine eigene Aufgabe innerhalb des Zeitungsbetriebs und mein eigenes Büro im Stadtpalais auf der Calle de Fernando VII. Glücklicherweise lag es auf demselben Gang wie Fionas Büro, sodass ich, wann immer mich der Druck meines neuen Lebens zu überwältigen drohte, vormittags an ihre Tür klopfen und einen Tee mit ihr trinken konnte, während sie ihre immer weniger blutrünstigen, immer politischeren und populistischeren Illustrationen zeichnete. Meine Nachmittage und Abende verbrachte ich auf öffentlichen Versammlungen, privaten Feiern und kleinen Klausurtagungen der Führung des Gremiums Operative Unterstützung, wo ich sämtliche Informationen bekam, die ich benötigte, um meiner Mutter dabei zu helfen, dieselben Entscheidungen zu treffen, die auch ihr Mann getroffen hätte.

Mein Leben als Student in der Lonja de Mar aufzugeben, bedeutete auch, auf Zeit mit meinem Freund Gaudí zu verzichten. Ich aß weiterhin im Las Siete Puertas mit ihm zu Mittag, wann immer mein Kalendarium es erlaubte, doch das war nicht häufiger als höchstens zweimal pro Woche. Die Nachmittagsimbisse in der Horchatería del Tío Nelo, die Zigaretten auf der Plaza del Palacio und die gelegentlichen Spaziergänge durch Barceloneta fielen ebenso aus wie der Austausch über die täglichen kleinen Begebenheiten in den Hörsälen. Im Verlauf dieser acht Wochen suchte ich ihn nur dreimal in seiner Mansarde an der Placeta de Montcada auf. Vier- oder fünfmal begleitete er mich nach Hause, das erste Mal am Nachmittag nach der Verlegung meines Vaters ins

Amalia-Gefängnis. Bei diesem gerade einmal zehnminütigen Besuch sprach Gaudí im Arbeitszimmer allein mit meiner Mutter und schuf das, in seinen eigenen Worten, »unerfreuliche Missverständnis hinsichtlich meiner unbedeutenden Person« aus der Welt. Und bloß zweimal, an zwei aufeinanderfolgenden Abenden Ende November, begleitete ich ihn ins Monte Táber. Der schon einmal aufgeschobene Besuch in seinem Arbeitszimmer bei der Sociedad Barcelonesa Propagadora del Espiritismo, den er mir bereits am ersten Tag unserer Bekanntschaft versprochen hatte, wurde in dieser Zeit der erzwungenen Trennung immer wieder verschoben und fand dann ausgerechnet an dem Tag statt, an dem sich General Martínez Campos mit seinen Truppen in Sagunto erhob und die Republik endgültig stürzte.

Die Lücke, die meine Abwesenheit so plötzlich in seinem Leben hinterlassen hatte – falls ich das so sagen darf –, füllte Gaudí mit seiner Arbeit, seinem Studium und Fiona Begg. Von der Weiterentwicklung der Beziehung zwischen meinem Freund und Fiona bekam ich in jenen Tagen kaum etwas mit, bis auf die offenkundige Tatsache – denn Fiona versuchte nie, es zu verheimlichen –, dass Gaudí das ehemalige Bauernhaus mehrfach zur Unzeit aufsuchte, ohne Vorankündigung und ohne im Haupthaus vorbeizuschauen. Auch hörte ich ein paar Gerüchte, denen ich dank meines Panzers aus höchster Konzentration, den meine neuen Pflichten um mich herum errichtet hatten, kaum Beachtung schenkte. Und die letztendlich nicht mehr sagten, als dass sich die Vertrautheit, die sich zwischen Fiona und Gaudí entwickelt hatte, noch weiter verstärkte. (Ezequiel beispielsweise ließ nicht locker und behelligte mich noch zweimal mit seinen abschätzigen Fragen zu Fiona und seinen Andeutungen über »diese rothaarige Dirne« und seinen verehrten Señor G. Und eines Morgens, Anfang Dezember, stürmte Martin Begg in mein Büro und bombardierte mich mit Fragen über die Absichten, den Charakter und die Lebensumstände dieses »jungen Bauern mit Krawatte«, der anscheinend zum ständigen Begleiter seiner einzigen Tochter geworden war.) Wie sehr sich Gaudí von ihren Ideen, ihrer Persönlichkeit und ihren Kräutern hatte verzaubern lassen, wie sehr er sich in Fionas ganz persönliche Welt verstrickt hatte, wie sehr die Befürchtungen seines Bruders gerechtfertigt waren, sollte ich erst im neuen Jahr feststellen, wenn das alles vorbei sein und mein Freund mit Verletzungen zurückbleiben würde, die so schnell nicht heilen würden. Weder meine vormittäglichen Teepausen mit Fiona noch meine gelegentlichen Mittagessen mit Gaudí im Verlauf jener Wochen genügten, um mir eine Ahnung von der Natur und Tiefe oder den möglichen Folgen dessen zu geben, was wirklich zwischen diesen beiden mir so nahestehenden Menschen geschah. Vielleicht war es aber auch meine eigene geistige Verfassung in jenen Tagen, die mich blind machte, mein Urteilsvermögen trübte und mir den Blick auf das Offensichtliche verstellte: dass das, was sich zwischen Gaudí und Fiona entspann, mehr war als die Vernarrtheit eines jungen Mannes mit blühender Fantasie in eine erfahrene Frau voller Geheimnisse.

»Lieber Camarasa, wenn es um menschliche Reaktionen geht, besitzen Sie ebenso viel Beobachtungs- und Deutungsgabe wie ein Stachelschwein«, hatte Gaudí mir damals gesagt. Und zwar zu Recht.

Am 1. Dezember 1874 unterzeichnete Alfonso de Borbón auf Betreiben des Anführers der Konservativen, Antonio Cánovas del Castillo, in England das »Manifest von Sandhurst«, in dem er sich aufgrund der Abdankung seiner Mutter zum legitimen Erben des spanischen Throns erklärte und seine Rückkehr nach Spanien versprach, um eine konstitutionelle Monarchie zu errichten. Am 29. Dezember erhob sich General Martínez Campos mit seinen Truppen in Sagunto und erklärte seine Treue zum Kronprinzen. General Serrano, der Präsident der Republik, leistete keinen Widerstand gegen den Staatsstreich. Zur Überraschung aller war die Republik ohne Blutvergießen und ohne größeren Aufruhr gestürzt. Am 31. Dezember stellte sich Cánovas an die Spitze einer Übergangsregierung, während man auf die Ankunft des neuen Königs in Spanien wartete. Am 6. Januar verließ Alfonso XII. das Pariser Palais Basilewsky, in dem Isabel II. residierte, und reiste zum Hafen von Marseille, wo ihn bereits die zahlreichen politischen, militärischen und religiösen Würdenträger erwarteten, die ihn bei seiner Rückkehr nach Spanien an Bord der Fregatte Navas de Tolosa begleiten würden. Am 9. Januar um zwölf Uhr mittags schließlich legten der König und sein Gefolge am Kai Muelle de la Paz an, wo sie mit großem Prunk und fragwürdiger Begeisterung seitens der Bevölkerung empfangen wurden. Und damit begannen, ohne dass ich es hätte ahnen können, die seltsamsten vierundzwanzig Stunden meines Lebens.

# Kapitel 41

*A*ls die Kriegsfregatte, die den neuen König brachte, schließlich in Begleitung der vielen Dutzend Schiffe, die sie um Mitternacht in spanischen Hoheitsgewässern in Empfang genommen hatten, im Hafen von Barcelona einlief, hatten meine Mutter und ich seit über dreißig Stunden nicht mehr geschlafen. Sowohl den Vortag als auch die Nacht hatten wir in Besprechungen mit den zunehmend nervösen Angehörigen des Gremiums Operative Unterstützung verbracht, fast ausnahmslos überhebliche Herren in vorgerücktem Alter und beneidenswerter gesellschaftlicher Stellung, denen das unmittelbare Bevorstehen des königlichen Besuchs nach so vielen Monaten minuziöser Vorbereitungen nun offenbar als Prüfung erschien, die weit über ihre Kräfte ging.

Am Programm für den königlichen Aufenthalt in Barcelona hatte sich in den letzten Wochen nichts mehr geändert. Der frischgebackene König Alfonso XII. – der die Zahl zwar erst nach der offiziellen Krönung in Madrid an seinen Namen anhängen durfte, auf den Willkommensplakaten, die überall in der Stadt hingen, aber bereits so begrüßt wurde – würde am 9. Januar um Punkt zwölf Uhr spanischen Boden betreten und gleich darauf in einer offenen Kutsche in einem festlichen Umzug über die Rambla fahren, um die Glückwünsche und den Jubel der Einwohner Barcelonas entgegenzunehmen. Das offizielle Willkommensessen würde im alten Palacio Real stattfinden, wo der Monarch auch die Nacht verbringen und ab neun Uhr abends einem Galadinner vorsitzen würde, an dem die wichtigsten Mitglieder der katalanischen Gesellschaft teilnehmen würden, darunter selbstverständlich auch die des Gremiums Operative Unterstützung mit Familien und engsten Geschäftspartnern. Ein offizieller Empfang der zivilen Autoritäten auf der Plaza de San Jaime, eine Volksparade auf dem Paseo de Gracia und ein spektakuläres Feuerwerk im Jardín del General würden den König den Rest des Tages beschäftigen, und falls noch Zeit blieb, würde er in der Kaserne Las Atarazanas auch die militärischen Ehrentitel entgegennehmen. Am Morgen darauf sollte in der Kirche Santa María del Mar die offizielle Begrüßung des neuen Königs in Spanien in frommer Weise gefeiert werden, ehe er um zwei Uhr nachmittags erneut in See stach, mit Ziel Valencia.

Keine Abweichungen in den Abläufen also. Keine größere Neuerung in dem Plan, den mein Vater seit Oktober 1873 minuziös ausgearbeitet und meine Mutter in den neun langen Wochen, die seine Inhaftierung andauerte, mit Zähnen und Klauen verteidigt hatte. Genau der Plan, in den die Angehörigen des Gremiums Operative Unterstützung ihre Zeit und ihr Geld mit einer Leidenschaft investiert hatten, wie sie von der Aussicht auf einen dankbaren König bei den Reichen und Mächtigen immer ausgelöst wird.

Und dennoch hätte man die Anspannung bei den Sitzungen, zu denen meine Mutter mich am Vorabend geschleift hatte, mit Händen greifen können.

»Überrascht Sie das etwa?«, fragte mich nun Gaudí, der neben mir in der ersten Reihe einer der offenen Tribünen auf der Muelle de la Paz saß, nachdem ich ihn über die letzten Neuigkeiten unterrichtet hatte. »Ein einziger Punkt außer Acht gelassen, ein einziger Fehler in den Sicherheitsmaßnahmen bei einem dieser Festakte, und sechs Jahre sind zum Teufel.«

Angesichts dieser Lektion in Pragmatismus vonseiten meines Freundes musste ich lächeln.

»Ganz zu schweigen von dem Ungemach und dem Ehrverlust, einen König zu verlieren, den wir beschützen sollten.«

»Ich habe den Verdacht, werter Camarasa, dass Ihre Freunde sich heute weit weniger Sorgen um ihre Ehre als um ihren Geldbeutel machen.« Gaudí machte eine weitläufige Geste, die unsere gesamte Umgebung umfasste: den mit Wimpeln und Girlanden geschmückten Hafen, den blitzblanken Empfangsbereich mit seinem Geflecht aus Stegen, den Tribünen und farbenprächtigen Zelten auf der Muelle de la Paz, das Meer voller Lateinersegel. »Ich kann mir gar nicht vorstellen, wie viel Geld es allein gekostet haben muss, den Hafen so auf die Ankunft der königlichen Fregatte vorzubereiten.«

»Das können Sie nicht, richtig.«

Gaudí ließ ein feines sarkastisches Lächeln um die Lippen spielen.

»Wenn ein Teil dieses Geldes mir gehörte, wäre ich auch nervös. Und mir wäre sehr viel daran gelegen, dafür zu sorgen, dass der König meinen Anteil an diesem ganzen Klimbim bemerkt. Die Tischordnung beim Mittag- und Abendessen war sicher Gegenstand interessanter Debatten ...«

»Ja, zu diesem Thema habe ich auch einige schöne Anekdoten. Vielleicht bei dem Mittagessen, von dem Sie sprachen, falls Margarita das Gespräch nicht völlig an sich reißt.«

Wieder lächelte Gaudí.

»Ich vertraue darauf, dass Ihre Mutter sich einen guten Platz am Tisch gesichert hat«, sagte er.

»Einen der besten. Und für Margarita und mich hatte sie fast ebenso gute Plätze reserviert.«

»Aber Sie haben abgelehnt.«

Ich zuckte die Achseln.

»Meine Arbeit ist beendet«, sagte ich. »Ich habe am Tisch eines Königs nichts zu suchen. Und Margarita erschien die Aussicht auf zwei Bankette in Gesellschaft von überheblichen alten Männern und gekrönten Häuptern weniger attraktiv als ein ganzer Festtag in Ihrer Gesellschaft.«

Gaudí hob amüsiert die Augenbrauen.

»Ist das so?«

»Mehr oder weniger. Also seien Sie heute ein Kavalier und

kümmern sie sich um sie. Ihre Beziehung zu Fiona hat meine Schwester nicht sehr glücklich gemacht, wenn Sie mir die Bemerkung erlauben.«

Mein Freund nickte verständnisvoll.

»Sie ist ein bezauberndes Mädchen«, sagte er und sah dorthin, wo Margarita fünf Minuten zuvor noch gesessen hatte. Dann wechselte er auf die für ihn typische Weise das Thema: »Aber ich wundere mich, dass Sie sagen, Ihre Arbeit sei zu Ende.«

»Was heute und morgen geschieht, betrifft mich nicht mehr.«

»Aber Ihre Mutter sehr wohl. Sie ist für die königliche Sicherheit zuständig.«

»Für die Sicherheit ist bereits gesorgt«, erwiderte ich. »Alle wissen, was sie zu tun haben, wann und wo sie es zu tun haben und an wen sie ihre Aufgaben delegieren müssen, sobald sie ihre Pflicht erfüllt haben. Meine Mutter kann sich jetzt nur noch an das Gefolge des Königs heften, sich sehen lassen und darum beten, dass uns bei den Vorbereitungen nichts entgangen ist.«

»Und da sind Sie sicher?«, fragte Gaudí. »Kein Schlupfloch für den Dolch eines Anarchisten?«

Das hörte ich nicht gern.

»Der Dolch eines Anarchisten könnte sich in der Hosentasche jedes Kellners verbergen, der heute Abend beim Galadiner im Palast serviert, oder im Stiefel dieses blonden Jungen, der da die Trompete spielt«, sagte ich und deutete auf das Podium, auf dem eine kleine Militärkapelle fröhliche patriotische Märsche spielte, knapp zehn Meter von der Landungsbrücke entfernt, über die der König, wenn sich nichts verzögerte, in einer Viertelstunde spanischen Boden betreten würde. »Aber vor einem solchen Angriff können wir den König ebenso wenig beschützen wie vor einem Blitzschlag.«

»Irgendjemand wird doch wohl die Taschen der Kellner durchsuchen, ehe sie dem König die Suppe servieren. Und irgendjemand wird doch diese Musiker überprüft haben.«

»Selbstverständlich.«

»Und bisher wurde kein Alarm gegeben. Sie haben keinen Versuch aufgedeckt, irgendwo einen Dolch ins Besuchsprogramm des Königs zu schmuggeln?«

Ich schüttelte den Kopf.

»Die wenigen Karlisten, die nicht bereits die Uniform abgelegt haben, sind damit beschäftigt, sich ins Baskenland zurückzuziehen. Die radikalen Arbeiter scheinen sich einzig dafür zu interessieren, Webstühle zu blockieren und Kohlelieferungen an den Toren ihrer Fabriken aufzuhalten. Und was die Anarchisten betrifft: Diejenigen in unserer Stadt sind offenbar, genau wie Fiona gesagt hat, nur bedauernswerte Fantasten mit noblen Gefühlen, wirren Ideen und keinerlei Sinn für die Realität. Haben Sie die Artikel in *Las noticias ilustradas* gelesen?«

»Ich habe sie gelesen und mit Señorita Fiona darüber gesprochen, ja. Reine Sensationsmache und Propaganda, wenn Sie mir die Bemerkung erlauben.«

»Selbstverständlich. Aber ein anderer Standpunkt wäre gar nicht möglich gewesen. Zehn, zwölf junge Studenten, ein paar Alte mit nostalgischen Gefühlen für die Zeit der Klösterverbrennungen und der ein oder andere Nihilist, die sich in einem Keller im Raval versammeln, um zu planen, wie man auf der Rambla de Cataluña einen Mülleimer in die Luft jagen könnte oder in San Gervasio den Wagen eines Briefträgers. Mehr war da nicht.«

»Und dennoch ...«

Gaudí musste den Satz nicht zu Ende sprechen: Und dennoch saß mein Vater seit zehn Wochen im Amalia-Gefängnis, und die einzige Spur, die wir abgesehen von Víctor Sanmartín hatten, war nach wie vor dieses möglicherweise anarchistische Wappen auf dem Griff des Dolches, der dem Leben von Eduardo Andreu ein Ende gesetzt hatte.

»Entweder haben sich alle Spitzel, die wir in die Keller des Raval eingeschleust haben, täuschen lassen und die Beschränktheit der dort Versammelten war nur gespielt, oder die

Anarchisten haben so wenig Interesse am Besuch des Königs, wie sie vermutlich an der Premiere einer neuen französischen Oper im Liceo hätten.«

In diesem Augenblick wurden im östlichen Teil des Hafens Stimmen und Applaus laut und griffen gleich darauf auch auf unsere Tribüne über, während die Militärkapelle ihre Anstrengungen verdoppelte und links von uns, auf einem Ehrenpodium, wenige Meter von der königlichen Landungsbrücke entfernt, ein Chor weiß gekleideter Kinder ein Lied anstimmte, das ich nicht erkannte.

»Da ist es!«, wurde hinter uns gerufen. »Das Schiff des Königs!«

Tatsächlich lief die Fregatte Navas de Tolosa gerade inmitten eines stattlichen Gefolges aus Schiffen, Barkassen und sogar kleinen Ruderbooten in den Hafen von Barcelona ein. Über der Fregatte erhob sich eine Wolke aus Konfetti und Luftschlangen, buntem bengalischen Feuer und erschrockenen Möwen, was sie ein wenig lächerlich erscheinen ließ. Der neue König kehrte so nach Barcelona zurück wie die Könige in alten Märchen: übers Meer, hofiert von Possenreißern und Speichelleckern.

»Jetzt ist er also da«, murmelte ich.

Gaudí, der die mangelnde Begeisterung in meinem Tonfall mit Sicherheit bemerkte, legte mir kurz die linke Hand aufs Knie und murmelte: »Jetzt ist Ihr Vater der Freiheit schon ein Stückchen näher.«

»Das ist das Einzige, was mich tröstet.«

Mein Freund schüttelte energisch den Kopf.

»Sie müssen sich für nichts schämen, lieber Freund. Sie haben getan, was Sie tun mussten.«

»Ich danke Ihnen.«

»Ich sage Ihnen nichts, was Sie nicht schon wissen.« Ein Ausbruch unkoordinierter Hochrufe in den Zelten und auf den Tribünen zwang ihn, kurz innezuhalten. »Irgendetwas Neues?«

»Nichts bisher. Zuerst die Krönung, danach die Entlohnung für die Gefälligkeiten.«

»Sie wird jedenfalls nicht lange auf sich warten lassen.«

»Das hoffen wir. Meine Mutter trifft schon Vorbereitungen, damit wir vier für zwei Wochen in unser Haus in Palamós fahren können, sobald mein Vater in Freiheit ist.«

›Eine kurze Flucht aus Barcelona‹, besagte Gaudís Blick beifällig.

»Und wenn Sie wieder zurück sind?«, fragte er. »Haben Sie schon darüber nachgedacht, was Sie mit Ihrem Leben anfangen wollen?«

»Ich hoffe bloß, dass ich nach unserer Rückkehr wieder so etwas wie ein normales Leben führen kann.«

»Werden wir in der Akademie dann wieder in den Genuss Ihrer Gesellschaft kommen?«

Diese Frage stellte mein Freund mit beiläufiger Miene, doch er klang aufrichtig interessiert.

»Haben Sie mich etwa vermisst, Freund Gaudí?«

»Würde Sie das überraschen?«

»Mich würde überraschen, wenn Sie es zugäben«, sagte ich. Gleich darauf fügte ich hinzu: »Ich habe Sie jedenfalls vermisst. Ihre Gesellschaft ist, wenn Sie mir das Kompliment gestatten, weitaus angenehmer als die dieser sechzigjährigen Bourgeois, mit denen ich in den letzten Wochen verkehren durfte.«

Unvermittelt erhellte eine Feuerwerkssalve die Gesichter, auch das von Margarita, die endlich mit einem Tablett in Händen zu uns zurückkehrte.

»Kandierte Orangen«, verkündete sie. »Mit Muskateller. Die Dame, die sie mir verkauft hat, hat mir versichert, dass sie mich nicht betrunken machen.«

»Hoffen wir, dass sie recht hat«, sagte ich, gab Gaudí das Fernglas zurück, dass er mir vor einigen Minuten geliehen hatte, und rückte zur Seite, damit Margarita sich zwischen uns setzen konnte. »Wir dachten schon, du wärest verloren gegangen.«

»Es war sehr voll an den Verkaufsständen. Es ist überall sehr voll.« Meine Schwester nahm eine der drei Tassen vom Tablett und reichte sie Gaudí. »Toni …«

Mein Freund neigte artig den Kopf.

»Vielen Dank, Margarita. Das wäre doch nicht nötig gewesen.«

Das Lächeln meiner Schwester strahlte noch ein wenig heller.

»Heute ist ein besonderer Tag«, sagte sie. »Gabi …«

Auch ich dankte meiner Schwester für ihre aufmerksame Geste, nahm eines der kandierten Orangenstücke, steckte es in den Mund und dachte dabei, auch wenn es abwegig klingen mag, dass ich diesen Geschmack nie vergessen würde, weil er mich immer an den Vormittag erinnern würde, an dem Alfonso XII. im Hafen von Barcelona eingetroffen war.

»Ausgezeichnet«, sagte ich. »Aber der Muskateller ist nicht sonderlich gut. Sei vorsichtig.«

Meine Schwester verzog amüsiert den Mund und wandte sich wieder Gaudí zu.

»Sind Sie Monarchist, Toni?«, fragte sie rundheraus.

»Ich glaube nicht, dass …«, setzte ich an, doch mein Freund winkte gutmütig ab.

»Unter den gegebenen Umständen bin ich es heute zweifellos.«

Margarita schien diese Antwort zu gefallen.

»Heute wird ein großer Tag«, erklärte sie. »Und morgen auch.«

»Davon bin ich überzeugt.«

Die königliche Fregatte war jetzt nur noch wenige Faden vom Kai entfernt. Auf der Kommandobrücke wehten große Flaggen, auf dem Hauptdeck wimmelten Dutzende von nur unscharf zu erkennenden Gestalten umher, und hoch darüber kreisten und schrien, einem uralten Ritual folgend, die Möwen. Die Blasmusik der Militärkapelle, die hellen Stimmen des Kinderchors, das ohrenbetäubende Geschrei der Volksmassen, die jeden Winkel des Hafens ausfüllten: die Geräuschkulisse einer Stadt, die bereit war für das Fest, zu dem sie geladen war.

Da die Landung des Königs nun unmittelbar bevorstand,

reihten sich jetzt einige der Würdenträger zu Füßen unserer Tribüne auf.

»Mama«, sagte da Margarita und deutete mit der Gabelspitze auf die schwarz-blaue Silhouette unserer Mutter, der einzigen Frau zwischen zehn, zwölf Männern, welche die vordersten Plätze in der Schlange belegten. »Wie schön sie aussieht, nicht wahr?«

Das stimmte. Unsere Mutter strahlte an diesem Vormittag förmlich. Es war mir schon beim Abschied einige Stunden zuvor an der Tür des Palais von *Las noticias ilustradas* aufgefallen – sie mit einem Fuß auf dem Trittbrett unserer Berline, Margarita und ich Arm in Arm auf dem Bürgersteig der Calle de Fernando VII –, und jetzt, da die Ankunft der Fregatte mit dem neuen König unmittelbar bevorstand, lag in ihrem Blick ein Feuer, das weder meine Schwester noch ich je bei ihr gesehen hatten. Jene zehn Wochen in den Fußstapfen Sempronio Camarasas hatten Mama Lavinia entschieden gutgetan.

»Ihre Mutter hat sich als erstaunliche Frau herausgestellt«, sagte Gaudí, als hätte er meine Gedanken gelesen. »Sie sind sicher sehr stolz auf sie.«

»Das sind wir«, erwiderte Margarita sofort und sah unseren Freund ebenfalls strahlend an. »Stimmt doch, Gabi?«

Anstatt zu antworten, deutete ich mit der Gabel auf die leuchtend rote Mähne, die inmitten der Journalisten herausstach, welche über die Ankunft des Königs berichten würden und sich auf einem Podium direkt rechts der Landungsbrücke drängten.

»Da ist Fiona«, sagte ich. »Auch sie hat heute einen ereignisreichen Tag vor sich.«

Ebenso wie meine Mutter war Fiona die einzige Frau in einem Meer aus Krawatten und Hüten. Doch im Gegensatz zu Mama Camarasa war sie trotz des vergleichsweise kalten Vormittags ohne Kopfbedeckung, hatte auf Tuch und Mantel verzichtet und trug nur ein dünnes weißes Kleid, das auf einem Fest zum Johannistag nicht fehl am Platze gewesen wäre.

»Bin ich die Einzige, die den Eindruck hat, dass Fiona sich bei der Wahl ihrer Kleidung heute im Beruf geirrt hat?«

»Margarita …«

»Wenn der König sie sieht, wird er denken …«

Ich unterbrach meine Schwester mit einem leichten Klaps auf den Mund, ehe sie etwas sagen konnte, was sich nicht wiedergutmachen ließe.

»Wir haben dich verstanden«, sagte ich. »Und wir sind nicht deiner Meinung.«

»Weil ihr Männer seid.«

»Fiona sieht fabelhaft aus. Vermutlich hat sie dieses Kleid ausgewählt, um sich bei den Festakten, die sie für Mama und mich zeichnen soll, einen Platz in der ersten Reihe zu sichern. Und ich wage zu behaupten, dass es keine schlechte Strategie ist.«

Margarita rümpfte die Nase, widersprach aber nicht.

»Zu schade, dass wir Fiona aus den Augen verlieren werden, wenn wir die Zeitung schließen«, sagte sie bloß, wandte den Blick von den Journalisten ab und richtete ihn wieder auf die Würdenträger. »Mama fehlt nur noch eine Blume am Hut. Dieses rote Band ist ein wenig dürftig.«

Ich sah Gaudí an und wartete auf die Frage, die er zwei Sekunden später auch tatsächlich stellte.

»Der Schwanengesang für *Las noticias ilustradas*?«

Ich nickte mit ein wenig gekünstelter Feierlichkeit.

»Am Nachmittag bringen wir ein erstes Extrablatt über die Ankunft des Königs, und morgen früh erscheint eine Sonderausgabe, in der über alle Festakte des heutigen Tages berichtet wird. Danach wird die Zeitung noch ein, zwei Wochen erscheinen, doch dann, so fürchte ich, müssen unsere Angestellten sich eine neue Redaktion suchen.«

Gaudí steckte sich ein Stück Orange in den Mund.

»Und Señor und Señorita Begg?«, fragte er bemüht beiläufig.

›Was Fiona betrifft, müssten Sie doch besser Bescheid wissen als ich‹, hätte ich beinahe gesagt. Doch zum Glück kam Margarita mir zuvor.

»Sie kehren nach London zurück. Stimmt doch, Gabi?«

»Das wissen wir nicht.«

»Was sollen sie denn hier tun?«

»Wir kennen Papas Pläne nicht«, erwiderte ich. »Und wir kennen auch Martin Beggs Absichten nicht. Aber in jedem Fall schuldet unsere Familie ihm und Fiona großen Dank, und daher …«

Meine Schwester unterbrach mich mit einem so lauten, so verächtlichen Schnauben, dass sich mehrere Köpfe zu uns umdrehten.

»Von wegen schulden! Papa und Mama haben diese beiden Engländer über ein Jahr lang durchgefüttert. Sie haben ihnen kostenlos ein Dach über dem Kopf gegeben, sie haben sie mit Geld, das ihnen nicht gehörte, Journalisten spielen lassen, und obendrein haben sie ihnen ein Gehalt gezahlt, das jeder andere Journalist in dieser Stadt auch gerne hätte. Sie sind es, die den Boden küssen müssten, auf dem wir gehen.« Margarita wandte sich an Gaudí. »Meinen Sie nicht, dass ich recht habe, Toni?«

Mein Freund neigte zurückhaltend den Kopf. Falls Fiona und er bereits über so etwas wie die Zukunft gesprochen hatten, dann ließ er sich nichts anmerken.

»Die Camarasas und die Beggs sind eine sehr eigentümliche Interessengemeinschaft eingegangen«, antwortete er. »Wenn das alles hier ein gutes Ende nimmt, werden beide Parteien sehr davon profitieren. Was sie danach machen, wird vermutlich von Fragen abhängen, die weder Sie noch ich auch nur ahnen können.«

Margarita dachte über seine Worte nach.

»Sie sind ein Schatz, Toni«, folgerte sie schließlich, während der Applaus auf unserer Tribüne immer lauter wurde, weil die Fregatte endlich angelegt hatte und man begann, den Laufgang herabzulassen, über den der neue König an Land gelangen würde. »Schmeckt Ihnen also der Muskateller?«

Und Gaudí versicherte meiner Schwester sehr ernsthaft,

dass dies aller Wahrscheinlichkeit nach der süßeste, am meisten nach Orangen schmeckende Muskateller sei, den er je gekostet habe.

# Kapitel 42

Die Landung der Fregatte Navas de Tolosa, der erste Empfang am Fuß des Laufgangs und die Begrüßung der Würdenträger zogen sich bis beinahe ein Uhr hin. Danach fuhr der König mit seinem Gefolge feierlich durch das Portal de la Paz und begann den Umzug über die Rambla. Auf den Bürgersteigen, den Fahrbahnen und der Promenade in der Mitte des Boulevards war kein Durchkommen mehr, so viele begeisterte Monarchisten, frohlockende Republikgegner und Schaulustige in Feierlaune drängten sich dort. Über die Wipfel der Bäume und die Glaskronen der Straßenlaternen spannte sich ein Netz aus Flaggen, Girlanden und bunten Lampions, die der Wind über den Köpfen des Publikums tanzen ließ; an allen Balkonen und beinahe sämtlichen Fenstern hingen Spruchbänder mit Willkommensgrüßen in verdächtig einheitlichem Stil, und an beiden Enden der Rambla, vor dem ehemaligen Kloster Santa Mónica und neben dem Canaletas-Brunnen, hatte man Triumphbögen errichtet, die der König und sein Gefolge so stolz passierten, als wäre er ein römischer Kaiser in einem Triumphwagen mit Lorbeerkranz und Sklaven. Seit den Tagen der napoleonischen Invasionen hatte es auf der Rambla kein solches Spektakel mehr gegeben, und man würde auch lange nichts Vergleichbares dort sehen. Der König grüßte mit huldvoll erhobener Hand nach links und rechts, richtete sein hoheitsvolles Lächeln abwechselnd an die Balkone, die Bürgersteige und an die in behelfsmäßige Aussichtspunkte verwandelten Bänke und ließ den Blick im Vorbeiziehen flüchtig auf jedem Gesicht, jeder Hand und jedem Plakat ruhen.

So stelle ich es mir im Rückblick jedenfalls vor. Denn Margarita, Gaudí und ich durchquerten das Portal de la Paz hinter den Kutschen mit den Journalisten, die der königlichen Karosse folgten, und als wir im Schatten der vertrauten Mauern von Las Atarazanas standen, erkannten wir, dass wir niemals durch das undurchdringliche Menschenmeer hinter der Sicherheitsabsperrung, welche die schmale Fahrbahn für den König und sein Gefolge schützte, auf die Rambla gelangen würden.

»Ich schlage vor«, sagte ich schließlich, als ich es müde war, nach nicht vorhandenen Lücken in den Menschenmassen zu suchen, und auch weil ich befürchtete, Margarita in dem ganzen Trubel aus den Augen zu verlieren, »dass wir jetzt in Ruhe zu Mittag essen und uns heute Nachmittag rechtzeitig einen guten Platz suchen, von dem aus wir den Umzug auf dem Paseo de Gracia verfolgen können.«

Gesagt, getan. Wir durchquerten erneut das Portal de la Paz, gingen an der Außenseite der alten Stadtmauer entlang, ließen die wenigen Kais, die man für den großen Anlass hergerichtet hatte, sowie die vielen anderen, die der König zu seinem Glück niemals zu sehen bekommen würde, hinter uns, passierten Oriol Comellas halb verfallenes Lagerhaus und die Fischerkaten in Barceloneta sowie die Essensstände, die sich an den Überresten der einstigen Puerta del Mar aneinanderreihten, wurden unerwartet an einem Kontrollposten mit bewaffneten Soldaten nach unseren Namen gefragt und betraten schließlich die Plaza del Palacio, die ebenfalls für den Empfang des neuen Königs und seiner geladenen Gäste geschmückt worden war. An der Fassade des mittelalterlichen Palasts, den vier Ecken der Lonja und auf dem Aduana-Gebäude wehten Flaggen, in den Bäumen und an den Straßenlaternen auf dem Platz hingen bunte Girlanden, und der Rand des Genio-Catalán-Brunnens war mit großen Gestecken aus leuchtend weißen, roten und gelben Rosen geschmückt. Tiefgrün angestrichene Holzzäune schützten den Zugang zum Palast, und dahinter drängten sich bereits jetzt die Neugierigen und warteten auf die Ankunft der zum ersten Galaessen geladenen Gäste. Auch meine Mutter würde bald durch diesen von Menschen flankierten Durchgang schreiten und von allen diesen Menschen beneidet und bewundert werden. Meine Mutter würde sehr bald am Tisch eines spanischen Königs sitzen.

Unser eigenes Mittagessen war zweifellos bescheidener als das, welches die Gäste im Palacio Real erwartete. Dennoch sollte es für uns unvergesslich werden. Der einzige Tisch, den wir im Las Siete Puertas ergattern konnten, stand hinten im Lokal, weit entfernt von allen Fenstern und so nahe an der Küche, dass wir die heiseren Stimmen derer hören konnten, die dort an den Herden arbeiteten. Doch das farbenprächtige Mosaik aus Aufschnitt und eingelegtem Gemüse, das man uns als Vorspeise servierte, entschädigte uns für die kleinen Unannehmlichkeiten in unserem Restaurant, in dem an diesem Mittag großer Andrang von Gästen aus allen Ecken der Stadt herrschte. Seeteufel mit Muscheln und Tomaten in Weinsoße, eine Flasche andalusischer Wein und ein Krug Zitronenwasser folgten auf die Vorspeise, und während des Essens lachten wir viel und plauderten angeregt.

Als wir gerade unseren Nachtisch in Angriff nahmen, ertönte draußen lauter Jubel und kündigte uns die Ankunft des Königs und seiner Gesellschaft an.

»Gehen wir hinaus?«, fragte Margarita, einen Löffel Schokolade in der Hand, und sah Gaudí und mich erwartungsvoll an.

»Bis wir auf dem Platz sind, sind der König und Mama schon im Palast.«

Meine Schwester nickte lächelnd.

»Der König und Mama. Klingt wie ein Roman, oder?«

Und so beendeten wir in aller Ruhe unser Dessert und bestellten danach zwei Tassen Milchkaffee und eine heiße Schokolade, die wir ebenfalls ohne jede Eile tranken. Kurz nach drei Uhr verließen wir die Arkaden der Casa Xifré und überquerten die nach wie vor belebte, doch nicht mehr unpassierbare Plaza del Palacio in Richtung Replaceta de Moncada.

Auch in der Umgebung von Santa María del Mar herrschte Trubel. Wegen der Vorbereitungen für die heilige Messe am nächsten Morgen war die Kirche voller Arbeiter, die in größter Eile die Ehrenplätze und die neuen Holzbänke aufbauten, den Schmuck anbrachten, der das Besondere dieses Gottesdienstes unterstreichen sollte, und diskret die Sicherheitsmaßnahmen umsetzten, die für einen friedlichen Ablauf dieses letzten offiziellen Festakts des Königs sorgen sollten. Draußen auf dem Platz vor der Hauptfassade der Kirche fand sich nicht das übliche Gemisch aus Straßenhändlern, Müßiggängern und Anwohnern des Ribera-Viertels, sondern ein buntes Durcheinander aller möglichen Gesellschaftsschichten Barcelonas. Wer am folgenden Tag nicht an der exklusiven Messe teilnehmen durfte, nutzte heute die Gelegenheit, einen Blick ins Innere der Kathedrale zu werfen. Stauer aus dem Hafen, Näherinnen aus San Andrés, junge Arbeiter und Arbeiterinnen aus dem Raval, feine Damen aus dem neuen Stadtteil Ensanche, feine Herren von der Rambla, Sekretärinnen und Verkäuferinnen aus der Gegend der Plaza de San Jaime, Bauern aus Horta, wohlhabende Bürger aus Gracia, Kellnerinnen von der Plaza Real, der Puerta Ferrissa und aus der Calle de Petritxol … Für einen Augenblick, für wenige Stunden, waren alle Teilchen dieses riesigen Puzzlespiels, das sich Barcelona nannte, an einer ihrer schönsten Ecken versammelt.

»In den letzten Tagen gab es bei Ihnen vor der Tür sicher viel Trubel«, merkte ich an, während Gaudí den Schlüssel ins Schloss der ausnahmsweise abgesperrten Haustür steckte. »Ich vermute, Ihr Bruder ist nicht allzu erfreut darüber …«

Mein Freund lächelte, während er zur Seite trat, um uns in den Hausflur zu lassen.

»Sie vermuten richtig«, sagte er. »Entschuldigen Sie den Zustand des Gebäudes, Margarita. Und entschuldigen Sie auch das Betragen, das mein Bruder womöglich an den Tag legt.

Francesc ist ein Mann mit einem etwas … unberechenbaren Temperament.«

»Ich freue mich schon darauf, ihn kennenzulernen«, versicherte Margarita und gab sich sichtlich Mühe, nicht die Nase zu rümpfen über die dumpfige Luft im Eingangsbereich. »Und das Haus erscheint mir entzückend.«

»Das meint sie ernst«, bestätigte ich. »Was Francesc betrifft … nicht das Haus. Margarita hat vor, Ihrem Bruder sämtliche Einzelheiten Ihres Privatlebens zu entlocken, mein Freund.«

Margarita gab mir in der Dunkelheit, die auf der Treppe zur Mansarde der Gaudís herrschte, eine kleine Ohrfeige.

»Achten Sie nicht auf ihn, Toni«, sagte sie. »Gabi hat beim Essen zu viel getrunken. Sicher ist Ihnen schon aufgefallen, dass sich sein Kopf und Alkohol nicht besonders gut vertragen.«

Gaudí brummte etwas in gutmütigem Ton.

»Achten Sie auf die Stufen«, warnte er sie dann. »Einige hier sind ein wenig heimtückisch.«

Als wir den obersten Absatz erreichten, sahen wir, dass die Wohnungstür offen stand. Aus dem Inneren drang gedämpft eine eigenartige Musik, knisternd wie ein kürzlich angefachtes Feuer und mit einem Rhythmus, den ich nicht einordnen konnte, und dazu trällerte eine Männerstimme ohne die geringste Anmut eine gleichermaßen rätselhafte Melodie.

»Sie haben eine Drehorgel!«, rief Margarita sichtlich entzückt, als wir drei an die Tür traten und Francesc mit einem dieser Apparate auf dem Boden des großen Gemeinschaftsraums sitzen sahen, die Beine untergeschlagen, die Augen geschlossen, während er mit weit geöffnetem Mund falsch, aber hingebungsvoll sang.

»Ich bin ebenso überrascht wie Sie«, murmelte Gaudí, schloss die Tür hinter uns und warf seinem Bruder den Schlüsselbund mit bemerkenswerter Treffsicherheit in den Schoß. »Francesc!«

Langsam öffnete der ältere Gaudí-Bruder die Augen und blickte uns an, anscheinend nicht überrascht. Er brach Gesang und Drehorgelspiel sofort ab, doch weder erhob er sich, noch veränderte sich seine zufriedene Miene. Er klaubte die Schlüssel von seinem Schoß, wog sie kurz in der Hand und warf sie seinem Bruder zurück.

»Meine Art, die Ankunft des Königs zu feiern«, verkündete er dann und deutete auf die Drehorgel und den kleinen Haufen Stiftwalzen neben sich. »Es klingt wohl nicht sehr schön, aber das ist nur eine Frage der Gewöhnung.«

Mein Freund nickte und sah aus, als würde ihn dieser extravagante Neuzugang in ihrer gemeinsamen Wohnung ebenso wenig überraschen wie seinen Bruder unsere Ankunft. Diese beiden jungen Männer, begriff ich, überraschten einander schon lange nicht mehr.

»Wenn du dich freundlicherweise erheben und deine Hosenbeine ein wenig herabziehen würdest, stelle ich dir diese junge Dame vor. Margarita, Gabriel Camarasas Schwester. Francesc, mein Bruder.«

Ehe der zukünftige Anwalt seinen massigen Körper vollständig aufgerichtet hatte, stand meine Schwester bereits mit ausgestreckter Hand und strahlendem Lächeln bei ihm.

»Was für drollige Haare Sie haben, Señor Gaudí«, waren ihre ersten Worte an Francesc, während sie mit der linken Hand auf den unbezähmbaren roten Haarschopf deutete. »Und Ihre Drehorgel finde ich bezaubernd. Darf ich Sie Francesc nennen?«

Francesc blinzelte mehrmals, ehe er beschloss, die Hand zu ergreifen, die meine Schwester ihm reichte, und sie schüttelte, wie man es bei einem kleinen Kind machte, anstatt sie zu küssen.

»Wenn Sie das wünschen, Señorita …«

»Einfach Margarita bitte. Wenn Sie mich Señorita Margarita nennen, rede ich nie wieder mit Ihnen.«

Er nickte verständnisvoll.

»Mögen Sie Musik, Margarita?«

»Ich liebe Musik, Francesc. Zeigen Sie mir, welche Lieder Sie haben?«

Und so ließen Gaudí und ich unsere jeweiligen Geschwister vergnügt auf dem Boden sitzen, schenkten uns jeder ein Glas Sherry ein und gingen auf die Terrasse, um eine Zigarette zu rauchen. Bei dem Trubel in der Umgebung der Kirche und der allgemeinen Volksfestatmosphäre, die bis in die bescheidensten Häuser des Ribera-Viertels und das bunte Gewirr aus mittelalterlichen Straßen, Gassen und Durchgängen reichte, das man von hier oben aus überblickte, war die Aussicht heute besonders reizvoll.

»Ich sehe, dass Sie das Modell aus dem großen Zimmer entfernt haben«, stellte ich nach dem ersten Zug an der Zigarette fest, die Gaudí mir angeboten hatte.

»Ich habe es schon vor zwei Wochen fertiggestellt«, bestätigte Gaudí. »Vor drei Tagen habe ich es zerlegt. Mein Bruder wurde ein wenig lästig mit seinen Bitten, ich solle ein wenig Platz in der Wohnung schaffen. Jetzt verstehe ich, warum.«

»Ich wusste gar nicht, dass Ihr Bruder ein Musikliebhaber ist.«

»Mein Bruder ist vieles.« Gaudí setzte dem Thema durch einen akkuraten Fechtstoß mit seiner Zigarette ein Ende. »Aber ich hatte ohnehin schon beschlossen, die Beschäftigung mit den Modellen eine Zeit lang ruhen zu lassen und mich auf diese neue Kamera zu konzentrieren, an der ich gerade arbeite.«

Ich musste an den Besuch denken, den Margarita und ich Gaudí am 29. Dezember, dem Tag des Putschs von General Martínez Campos in Sagunto, in seinem Büro bei der Sociedad Barcelonesa Propagadora del Espiritismo abgestattet hatten, und lächelte unwillkürlich. Die Gerätschaften, mit denen sein Arbeitstisch übersät gewesen war. Die absonderlichen Theorien, die er mir erneut begeistert und anscheinend in vollem Ernst erläutert hatte. Die ersten drei Fotografien, die er mir gezeigt hatte: Vor dem Mund eines Mediums, das angeblich in Trance versunken war, waren form- und farblose Flecken zu sehen, die von der Spiritistengesellschaft als Geister interpretiert wurden.

»Werden die Spiritisten allmählich unruhig?«, fragte ich.

»Ich würde eher sagen ›ungeduldig‹. Die vorzüglichen Ergebnisse, die ich allmählich erziele ...«

»Die Lichtflecken, die bei der Entwicklung auf die Abzüge gelangt sind, wollen Sie sagen.«

»... haben verständlicherweise den Appetit meiner Auftraggeber geweckt. Wir befinden uns an einem entscheidenden Punkt, und ich glaube, ich sollte mich dringend auf dieses Vorhaben konzentrieren.«

Ich blickte meinen Freund neugierig an.

»Sie meinen das ernst, oder?«

»Alles, was ich sage, meine ich ernst, Freund Camarasa. Das müssten Sie mittlerweile eigentlich wissen.«

»Also glauben Sie wirklich immer noch daran, dass Sie Geister fotografieren können?«

»Ich glaube nicht nur daran, sondern werde Sie sehr bald mit Ergebnissen überraschen, die nicht einmal Sie abtun können.«

Das Lächeln, das dabei um Gaudís Lippen spielte, war so voller Selbstvertrauen, dass ich kurz versucht war, ihm zu glauben.

»Ich kann es nicht erwarten«, sagte ich und hob mein Sherryglas.

»Ich sehe schon, Sie bleiben ein Ungläubiger.« Gaudí hob ebenfalls sein Glas und stieß kurz mit mir an. »In drei Monaten kann ich Ihnen den ersten Beweis dafür liefern, dass meine Theorien nicht so absurd sind, wie Sie glauben. Darauf wette ich. Möchten Sie dagegenhalten?«

Anstatt ihm zu antworten, nippte ich an meinem Sherry und lächelte.

»Hat Fiona Sie schon mit ihrem Glücksspiel-Wahn angesteckt?«, fragte ich.

»Versuchen Sie abzulenken, lieber Camarasa?«

»Ganz und gar nicht, werter Gaudí. Legen Sie die Bedingungen für die Wette fest, und ich werde sie widerspruchslos akzeptieren. Wenn Sie mir allerdings die Bemerkung gestatten: Ich finde, dass Sie an diese Sache mit der Wunderkamera nicht sonderlich ehrgeizig herangehen.«

»Nicht sonderlich ehrgeizig«, wiederholte Gaudí.

»Wenn man schon von einer Kamera träumt, die in der Lage ist, das Unsichtbare einzufangen, warum sich dann darauf beschränken, Geister zu fotografieren? Warum nicht auch Erinnerungen oder Träume oder Fragmente der Leben, die wir nicht gelebt haben?«

Mein Freund blickte mich mit zufriedener Miene an.

»Diese letzte Idee ist sehr poetisch«, stellte er fest. »Und sehr untypisch für Sie.«

»Oder man könnte sogar jene mysteriösen Orte fotografieren, die Fiona und Sie bei Ihrer Drachenjagd aufsuchen ... Ich versichere Ihnen, dass ich mit Freuden dafür zahlen würde, diese Bilder zu sehen.«

»Jetzt übertreiben Sie es nicht, Freund Camarasa.«

Eine Weile verharrten wir in freundschaftlichem Schweigen, betrachteten die Türme und Dächer von Santa María del Mar und tranken langsam unseren Sherry aus den guten böhmischen Kristallgläsern. Im Inneren der Mansarde erklang noch immer Francesc Gaudís fröhliche Drehorgelmusik, begleitet von Margaritas Kommentaren und der Stimme des zukünftigen Anwalts.

»Señor Comella würde es gefallen, Santa María del Mar so belebt zu sehen«, sagte ich irgendwann.

»Señor Comella?«

»Sie sagten, Sie hätten sich in der Kirche kennengelernt.«

Gaudí nickte.

»Aber ich bezweifle, dass es Señor Comella gefallen würde zu sehen, wie unsere Kirche zu einem Schauplatz in diesem großen politischen und gesellschaftlichen Theater herabgewürdigt wird«, sagte er.

Unsere Kirche. Dieses ›Unsere‹ fand ich interessant.

»War das nicht immer schon die Hauptaufgabe der Kirchen?«, fragte ich. »Ein luxuriöser Schauplatz für das große politische und gesellschaftliche Theater zu sein, das mit dem Geld und Schweiß ihrer Schäfchen errichtet wurde?«

Gaudí nickte.

»Dieser Gedanke passt schon deutlich besser zu Ihnen.«

»Sie dagegen empfinden weiterhin tiefen Respekt vor der Religion, auch wenn Sie behaupten, Sie hätten den Glauben Ihrer Vorfahren verloren.« Ich lächelte. »Erinnern Sie sich an unseren Besuch im Teatro de los Sueños in der Nacht von Andreus Ermordung?«

»Ich erinnere mich sehr gut.«

»Dann werden Sie sich auch an das erinnern, was Fiona Ihnen zu den reizenden Theorien gesagt hat, von denen Sie ihr in jener Nacht erzählten.«

Mein Freund musterte mich argwöhnisch.

»Vielleicht könnten Sie mein Gedächtnis auffrischen«, sagte er.

»Fiona sagte, Sie, mein Freund, seien ein Mystiker, der nur noch an Gott glauben und den weltlichen Freuden abschwören müsste.«

Ebenso wie damals lächelte Gaudí auch jetzt ein wenig säuerlich.

»Señorita Fiona ist eine Frau, die sehr schnell urteilt«, murmelte er.

»Und zutreffend.«

»Nicht immer, fürchte ich.« Gaudí strich mit dem linken Zeigefinger über den kunstfertigen Knoten seiner großen Krawatte aus schwarzer Seide, während er mit der Rechten sein beinahe leeres Glas Sherry erhob, was mich an die Geste eines betrunkenen Gastgebers erinnerte, der seine Gäste dazu aufruft, sich zu amüsieren. »Wirke ich auf Sie wie ein Mystiker?«

Anstatt ihm zu antworten, stellte ich ihm meinerseits eine Frage, die ich schon lange auf dem Herzen hatte.

»Hat Fiona Oriol Comella schon kennengelernt?«

Gaudí antwortete, ohne zu zögern.

»Selbstverständlich nicht.«

»Selbstverständlich?«

Ein kurzes Schweigen trat ein. Zwei Möwen segelten über die Dachtraufen der Gebäude an der Placeta de Montcada.

Auf der anderen Seite der Kirche brandeten Gelächter und Applaus auf, und in der Wohnung erklangen die ersten Takte eines weiteren Volksliedes.

»Es gibt Orte, an denen kein Platz für eine Frau ist. Nicht einmal für eine Frau wie Señorita Fiona.«

Etwas an der Art, wie Gaudí diesen Nachsatz aussprach – schmale Lippen, feste Stimme, den Blick unbeirrt auf mich gerichtet –, veranlasste mich dazu, endlich eine Idee in Worte zu fassen, die mir seit meinem Besuch in jenem Lagerhaus im Hafen durch den Kopf ging.

»Sie sehen in Señor Comella etwas von sich selbst, was Sie zugleich anzieht und abstößt«, behauptete ich und erwiderte seinen Blick. »Manchmal glauben Sie, er sei Ihre Zukunft. Ein einsamer alter Mann, der hingebungsvoll an etwas arbeitet, was alle Maßstäbe sprengt, dessen Sinn sich außer ihm aber niemandem erschließt oder wofür sich niemand interessiert. Ein von der Welt abgeschnittener Mann. Irre ich mich?«

Anstelle einer Antwort leerte Gaudí sein Glas und verkündete, er wolle sich nachschenken.

Die zweite Hälfte unseres Nachmittags verlief ebenso angenehm wie der bisherige Tag. Um Punkt fünf Uhr hatten wir uns bereits dort postiert, wo der Paseo de Gracia und die Calle de Aragón sich kreuzten, um in der vordersten Reihe die zweite königliche Parade vorbeiziehen zu sehen, die sich als ebenso gut besucht, ebenso farbenprächtig und lebhaft und zu meiner Erleichterung auch ebenso frei von Zwischenfällen erwies wie die heute Vormittag. Später, nach einem Nachmittagsimbiss bei einem Chocolatier im Innenhof eines der neuen Häuserblocks von Ildefonso Cerdà, begaben wir uns in den Jardín del General und schauten uns dort das Feuerwerk an. Es war das prächtigste, das ich je gesehen hatte, noch schöner als das Feuerwerk, das jeden Abend den Himmel über den Vergnügungsparks in London erhellt hatte. Dort trafen wir dann auch Fiona wieder, die trotz der Kälte und der Dunkelheit weiterhin nur das weiße Kleid, noch immer keinen Hut und ein großzügiges Dekolleté zur Schau trug, das jedem Mann, der ihren Weg kreuzte, unverhohlene Anerkennung entlockte. Während wir nach dem Feuerwerk abwarteten, bis sich die Menschenmenge um uns herum ein wenig zerstreute, berichteten wir Fiona ausführlich von unserem abwechslungsreichen Tag, wohingegen sie uns ihren Tag in einem einzigen Wort zusammenfasste: anstrengend. Zudem bestätigte sie, dass es im Umfeld des Königs keine nennenswerten Zwischenfälle gegeben hatte. Kein einziger Attentatsversuch gegen den König, keine verdächtigen Bewegungen in seiner Umgebung, nur ein paar republiktreue und monarchiefeindliche Parolen und Treuebekundungen von Karlisten. Das königliche Mittagsmahl war ein voller Erfolg gewesen, die mittelalterlichen Salons im alten Palacio Real hatten den König und sein Gefolge entzückt, die offizielle Zusammenkunft mit den gegenwärtigen Autoritäten war ohne nennenswerte Entgleisungen verlaufen, und unsere Mutter hatte, soweit Fiona wusste, bereits ein paar private Worte mit dem zukünftigen König gewechselt.

»Dein Vater steht schon mit eineinhalb Füßen außerhalb des Gefängnisses«, schloss sie, während wir den Jardín del General im Sog derselben Menschenflut verließen, die uns schon dorthin begleitet hatte. »Deine Mutter leistet hervorragende Arbeit.«

»Du aber auch«, erwiderte ich.

Fiona machte eine kleine Verbeugung.

»Dafür bezahlt ihr mich ja, oder?«

»Sicher hilft dir dein Kleid sehr bei der Arbeit«, warf Margarita da ein. Seit Fionas Erscheinen hatte sie sich bisher diskret im Hintergrund gehalten, was überhaupt nicht ihre Art war.«

»Gefällt es dir, Liebes?«

»Du siehst fabelhaft aus. Wenn ich ein Mann wäre und zwei Geldscheine übrig hätte, würde ich auf jeden Fall dich wählen.«

»Margarita ...«, warnte ich.

»Das ist als Kompliment gemeint«, versicherte meine Schwester, ohne den Blick von der lächelnden Fiona abzuwenden. Auch Margarita lächelte mit mustergültiger Höflichkeit. »Und als solches nehme ich es auch an, Liebes.« Fiona streckte die Hand aus und strich Margarita eine Strähne hinters Ohr. »Jedes Lob, das von dir kommt, bedeutet mir viel.« »Gleichfalls.« Margarita beugte kurz den Kopf. »Aber ich mache mir Sorgen, dass du unnötig frieren musst bei so viel nackter Haut. Um diese Jahreszeit erkältet man sich leicht, nicht wahr, Toni?«

Gaudí stieß ein unbehagliches kehliges Brummen aus, das sowohl meine Schwester als auch Fiona zufriedenzustellen schien.

»Jedenfalls hat Margarita recht«, mischte ich mich ein. »Du siehst fabelhaft aus.«

»Wenigstens hast du dich heute nicht als Mann verkleidet.« Meine Schwester lächelte noch strahlender. »Haben Sie Fiona schon in einer Hose gesehen, Toni?«

Gaudí zog die linke Augenbraue ein wenig in die Höhe.

»Ich hatte noch nicht das Vergnügen«, murmelte er und sah Fiona auf eine Weise an, die ich nicht recht deuten konnte.

»Dann ist Ihnen ein echtes Schauspiel entgangen«, versicherte Margarita. »Fiona ist ohnehin gut darin, sich zu verkleiden, aber wenn sie eine Hose anzieht und einen Hut aufsetzt, ist sie von einem echten Kavalier nicht zu unterscheiden.«

»Du schmeichelst mir schon wieder, Liebes.«

»Ich sage nur die Wahrheit. Wenn du deine Kleider ausziehst und die Haare hochsteckst, käme niemand darauf, dass du eine Dame bist.« Margarita wandte sich an Gaudí. »Bitten Sie Gabi einmal, Ihnen ein paar Fotografien zu zeigen. Sie werden sehen.«

»Das ist nicht nötig, Liebes«, warf Fiona ein. »Falls Antoni neugierig ist, zeige ich es ihm selbst, wenn er es wünscht.«

In diesem Augenblick explodierten zwei Nachzüglerraketen am Himmel und füllten die Nacht mit Licht und Getöse.

»Das klingt aber nicht gut, meine Liebe«, sagte Margarita schließlich. »Am Ende denkt Toni noch, du seist eine schamlose Person.«

»Margarita ...«

»Ich sage das nur zu ihrem Besten, Gabi. Die arme Fiona friert bereits unnötigerweise in dem Kleid, das sie da trägt. Da muss es doch nicht sein, dass sie auch noch unnötigerweise in den Ruf einer schamlosen Person kommt, bloß weil sie vor einem echten Kavalier die Geistreiche gibt.«

Eine dritte Rakete explodierte hoch am Himmel über dem Jardín del General und tauchte uns in ein gespenstisches bläuliches Licht. In der Menge um uns herum brandete Applaus auf: Kinder und alte Leute, junge Damen und Burschen, Bürgerliche und Proletarier, alle vereint unter einem Himmel voller Feuer und Sterne. Und dann sagte Fiona etwas, woran Gaudí, meine Schwester und ich noch oft denken sollten.

»Liebes, ich wünsche dir, dass du niemals am eigenen Leib erfahren musst, was wir Frauen manchmal an Unnötigem tun müssen, um zu überleben«, erklärte sie in beiläufigem Ton, doch ihre Augen, so schien es mir, funkelten wütend. »Wenn uns die Entlassung deines Vaters aus dem Gefängnis gelingt, bleibt dir das hoffentlich erspart.«

Ausnahmsweise einmal fiel Margarita keine schlagfertige Antwort ein.

»Danke«, sagte sie schließlich mit erhobenen Augenbrauen und betretenem Blick.

»Und jetzt entschuldigt mich bitte, die Pflicht ruft.«

Das Skizzenbuch unterm Arm und das Gesicht zu einem Lächeln gefroren, ging Fiona davon, um das Galadiner zu zeichnen, das diesen ersten Tag des königlichen Besuchs krönen sollte. Nach kurzem Zögern beschlossen wir, uns auf den Weg zurück nach Gracia zu machen. Als wir einige Stunden zuvor an der Straßenecke auf dem Paseo de Gracia auf die Ankunft des Königs und seines Begleitzugs gewartet hatten, hatte Margarita Gaudí zum Abendessen in unserem Haus eingeladen, um diesen Tag, der – in ihren eigenen Worten –

»würdig war, in die Geschichtsbücher einzugehen«, ausklingen zu lassen, und er hatte sich nicht wehren können. So saßen wir um zehn Uhr abends im großen Salon im Erdgeschoss und aßen einen exzellenten *arroz caldoso*, ein Eintopf mit Reis und Gemüse, und tranken dazu einen Krug Zitronenwasser. Um elf Uhr saßen wir mit Marina und Señora Masdéu – Señora Iglesias hatte Margaritas Einladung liebenswürdig abgelehnt – am selben Tisch und spielten Karten, und als um Mitternacht schließlich meine Mutter in Begleitung von Fiona und Martin Begg nach Hause kam, suchte der arme Gaudí noch immer nach einem Weg, meiner völlig überdrehten Schwester zu entkommen.

Meine Mutter kam direkt vom Galadiner im Palacio Real. Sie war zugleich erschöpft und erleichtert darüber, die gestellte Aufgabe erfüllt zu haben. Ihre ein wenig geschwollenen Augen strahlten so vor Freude, wie ich es noch nie gesehen hatte, ihre Stimme zitterte vor Müdigkeit und Ergriffenheit, und auf ihren vom Schlafmangel rissigen Lippen lag endlich ein erfrischend natürliches Lächeln.

»Ein absoluter Erfolg«, lautete ihr Fazit dieses Tages, nachdem sie Margarita und mich auf die Wange geküsst und Gaudí ihre behandschuhte Hand gereicht hatte. Die Ungezwungenheit, mit der meine Mutter meinen Freund begrüßte, beruhigte mich: In den Augen von Mama Camarasa war Gaudí offenbar nicht mehr verdächtig. »Morgen Nachmittag erzähle ich euch alles.«

»Papa…?«

Meine Mutter brachte Margarita mit erhobenem Finger und einem Lächeln zum Schweigen, das, so verstand ich es, eine klare Bestätigung war.

»Morgen erzähle ich euch alles.«

Die Beggs ihrerseits kamen direkt aus der Redaktion, wo sie die Drucklegung der morgigen Sonderausgabe von *Las noticias ilustradas* mit sämtlichen Informationen über den königlichen Besuch überwacht hatten. Martin Begg hielt sich kaum bei uns auf. Als meine Mutter, das Tuch noch um die

Schultern und die Tasche in der Hand, uns verkündete, dass Margarita und sie sich in ihre jeweiligen Schlafzimmer zurückziehen würden, nutzte er die Gelegenheit, um sich ohne Verabschiedung auf den Weg zum ehemaligen Bauernhaus zu machen. Sein Tag war wie der seiner Tochter lang und anstrengend gewesen, und der morgige Tag versprach auch nicht viel erholsamer zu werden für den Direktor einer Zeitung, die in knapp vierundzwanzig Stunden drei Ausgaben herausbrachte.

Fiona hingegen schien noch überhaupt keine Lust zu haben, ins Bett zu gehen.

»Ihr erlaubt doch, dass ich euch auf ein letztes Glas einlade, ehe wir alle zu Bett gehen, nicht wahr?«, sagte sie zu Gaudí und mir, als wir allein an der Tür zur überdachten Terrasse zurückgeblieben waren. »Wir haben uns viel zu erzählen, jetzt da Margarita nicht mehr hier ist, um unsere sittliche Einstellung zu verurteilen.«

Und so kam es, dass wir drei in jener Nacht in Fionas Atelier endeten. Und so kam es, dass dieses letzte Glas zum vorletzten wurde und dann zum vorvorletzten und schließlich zum vorvorvorletzten. Und so kam es, dass mir die fremdartigen Traumlandschaften an den Wänden von Fionas Atelier im Lauf der Nacht immer weniger wie bloße verstörende, bunte Traumbilder erschienen, sondern diese konkrete Bedeutung bekamen, die wir unter dem Einfluss des Alkohols im Wesen aller Dinge wahrnehmen. Und so kam es letztlich, dass weder Gaudí noch ich ablehnten, als Fiona ein Bündel Zigaretten aus ihrer ganz privaten Traumschublade holte und jedem von uns eine anbot.

# Kapitel 43

Ich weiß noch, dass anfangs überhaupt nichts geschah. Der Rauch der Kräuterzigarette kratzte in meinem Hals und brannte mir in den Augen, und ihr eigentümlicher Geruch stieg mir in die Nase. Vielleicht war da eine leichte Übelkeit, ein leichtes Ziehen in der Magengrube und am hinteren Gaumen. Ich weiß noch, dass sich Gaudí als Erster auf den Boden legte, Fiona es ihm nachtat und die beiden für meinen Geschmack viel zu nah beieinanderlagen. Ich weiß noch, dass ich versuchte aufzustehen, um zu ihnen zu gehen und sie zu trennen, meine Beine mir aber den Dienst versagten. Ich weiß noch, dass ich auf die Knie fiel und mit der Stirn auf den mit Zeitungen bedeckten Boden des Ateliers schlug, und ich weiß auch noch, dass das Letzte, was ich sah, ehe meine Augen dem Zauber von Fionas Kräutern erlagen, eine ihrer zweifarbigen Zeichnungen für *Las noticias ilustradas* war. Eine Leiche, die mit einem Messer in der Brust ausgestreckt auf einer Pritsche lag, unter der sich eine Lache aus geronnenem schwarzem Blut ausgebreitet hatte. Fionas Zeichnung des ermordeten Eduardo Andreu. Dann kamen die Drachen, und die Laterna magica in meinem Kopf projizierte unauslöschliche Landschaften auf die Innenseite meiner Lider.

Als ich erwachte, lag die linke Seite meines Kopfes in einer kalten Absinth-grünen Lache aus Erbrochenem. Vom Geruch meines eigenen Mageninhalts hätte ich mich beinahe erneut übergeben müssen, und die klebrige Konsistenz der Lache – wie Eichensaft – machte es nicht gerade besser. Mühsam drehte ich mich auf den Rücken, blinzelte mehrmals, und dann sah ich eine hohe Decke mit hölzernen Querbalken, die ich nicht erkannte. Erst als ich den Kopf nach rechts drehte und die Gemälde erblickte, die an den Wänden hingen, die Zeitungen, die den Boden bedeckten, und das mitleiderregende rothaarige Bündel, das zu meinen Füßen schnarchte, wusste ich wieder, wo ich mich befand und warum. Im ehemaligen Bauernhaus. In Fionas Atelier. Dort, wo das Fest gestern Nacht ein so eigentümliches Ende gefunden hatte. Ich hob die klebrige Hand und betastete die frische Beule in der Mitte meiner Stirn, hart wie eine Billardkugel und so groß wie ein Wachtelei. Ich versuchte, mich zu erinnern, doch das Einzige, was mir wieder einfiel, war das Bild eines farbenprächtigen Drachen, der langsam und majestätisch über einen zersprungenen Keramikhimmel flog. Dann nahm ich diese unangenehme Wärme wahr, die man verspürt, wenn man sich in die Hose gemacht hat. Ich schloss die Augen, öffnete sie wieder, schloss und öffnete sie erneut, und dann erst fiel mir die Helligkeit auf, die durch die Ritzen in den Fensterläden drang.

»Gaudí?«, rief ich mit einer Baritonstimme, die ich kaum wiedererkannte. »Fiona?«

Niemand antwortete mir. Kein Wort, kein Stöhnen, nicht die geringste Änderung im Schnarchen des rothaarigen Bündels zu meinen Füßen. Ich wälzte mich auf den Bauch, stemmte die Handflächen auf den Boden und versuchte, mich hochzudrücken. Im dritten Anlauf trugen meine Knie das Gewicht meines Körpers so lange, dass meine Arme mir in eine aufrechtere, menschenwürdigere Position verhelfen konnten.

»Gaudí?«, rief ich nochmals, tastete meine feuchte, zerknitterte Kleidung ab und versuchte, nur anhand von deren Zustand zu erraten, wie viele Handlungen ich zu bereuen haben würde, sobald meine Sinne die Herrschaft über die Lage zurückgewannen. »Fiona?«

Es dauerte noch eine Weile, ehe ich begriff, dass Gaudí

und ich allein im Atelier waren. Mein Freund schien in einer noch beklagenswerteren Verfassung als ich zu sein; allerdings wies seine Hose auf den ersten Blick nicht die verräterischen Spuren eines peinlichen Malheurs auf. Dort, wo Fiona in der Nacht gelegen hatte, war jetzt nur ein Haufen aus alten Papieren und zerknitterter Kleidung sowie eine kleine bräunliche Pfütze zurückgeblieben, deren Geruch sich aus der Entfernung nicht sehr von dem der grünlichen Flüssigkeit unterschied, die ich selbst hervorgebracht hatte. Ich ging neben meinem Freund in die Hocke und schüttelte ihn mehrfach, erreichte jedoch nur, dass sein Schnarchen vorübergehend lauter wurde und er einmal blinzelte, sodass ich flüchtig eine Pupille erblickte, die so groß wie ein Halfpenny war.

Ich gab mich geschlagen, überließ Gaudí dem Schlaf und seinem Schnarchen, wankte zum größten der drei Fenster im Atelier und öffnete die Läden. Sogleich strömte eine wahre Lichtflut ins Zimmer und offenbarte gnadenlos das traurige Bild, das sich Fiona heute Morgen geboten haben musste, ehe sie uns zwei Betrunkene im Drogenrausch zurückgelassen hatte. Ich wollte mich nicht in dem Spiegel sehen, der an der Tür des Ateliers hing, daher blickte ich zu Boden, als ich den Türgriff hinunterdrückte, verließ den Raum und begann, das ehemalige Bauernhaus nach Fiona oder Martin Begg zu durchsuchen.

Beide waren fort. Die Haustür war abgeschlossen, und der Schlüssel steckte nicht im Schloss. Auf dem Kaminsims zeigte eine Schweizer Uhr zehn nach neun an. Drei befremdliche Informationen, deren Bedeutung mein Verstand im Augenblick nicht erfassen konnte.

Nachdem ich erneut die Schlafzimmer, die Küche und das Bad abgesucht hatte, ohne auf jemanden zu treffen, fiel mir nichts Besseres ein, als zurück in die Küche zu gehen und mir mit den drei Fingerhoch mehr oder weniger sauberem Wasser, das sich noch in einem der Spülbecken befand, das Gesicht zu waschen. Dann füllte ich eine große Tasse mit Wasser, kehrte ins Atelier zurück und goss Gaudí das Wasser über den Kopf.

Das Schnarchen meines Freundes verstummte abrupt, und dann öffnete er endlich die Augen.

»Was zum Teufel ...?«

»Das frage ich mich auch«, antwortete ich, stellte die leere Tasse auf den Boden und richtete mich wieder auf. »Es ist nach neun Uhr, wir sind allein im Haus der Beggs, und die Haustür ist abgeschlossen. Irgendeine Idee?«

Mühsam richtete sich Gaudí auf seinem Nest aus Kleidungsstücken und Zeitungen auf und sah mich an, als wäre er ebenso desorientiert wie ich.

»Und Fiona?«, fragte er mit einer Stimme, die ebenso fremd klang wie meine.

»Das müssen wir jetzt herausfinden. Passen Sie auf, dass Sie nicht in eine dieser Pfützen greifen.«

Ich trat ans Fenster und schob ein Bein über die Brüstung. Meine Gelenke knirschten, und meine steifen Muskeln protestierten – nicht nur mein Kopf war heute nicht in bester Verfassung. Ich ließ mich auf den feinen Sand hinab, der das Bauernhaus umgab, überprüfte nochmals den Zustand meiner Kleidung und machte mich auf den Weg zum Haupthaus.

Als ich die überdachte Terrasse beinahe erreicht hatte, erschien wie aus dem Nichts Margarita neben dem einzigen Zitronenbaum, der unseren Garten zierte.

»Gabi!«

Ihr überraschter Tonfall wunderte mich nicht.

»Eine ... ungewöhnliche Nacht«, sagte ich. »Wenn du diesen Urinfleck nicht erwähnst, tue ich es auch nicht.«

Meine Schwester musterte mich von oben bis unten, als betrachtete sie eine Katze, die gerade erst unter die Räder eines Cabriolets geraten war.

»Die Beule an der Stirn darf ich erwähnen?«

»Ein kleiner Unfall. Nichts Schlimmes.«

»Was machst du hier?«, fragte sie.

»Mich ein wenig waschen und umziehen, hoffe ich. Ich bin im Bauernhaus eingeschlossen worden.«

»Du bist im Bauernhaus eingeschlossen worden.« Margarita schüttelte den Kopf. »Marina hat mir erzählt, du seist schon früh aus dem Haus gegangen. Mama ist krank. Señor Aladrén ist jetzt bei ihr in ihrem Schlafzimmer.«

Ich nahm mir einige Sekunden Zeit, um diese drei unerwarteten Neuigkeiten zu verdauen.

»Mama ist krank?«

»Schlimm«, bestätigte Margarita. »Heute Morgen konnte man sie einfach nicht wecken. Marina hat Señora Iglesias zu Hilfe gerufen, und am Ende hat Señora Iglesias mich gerufen. Mama hat geschlafen wie Schneewittchen vor dem Kuss. Wir haben sie ins Gesicht gekniffen und an den Haaren gezogen, aber nichts. Wenn sie nicht geatmet hätte, hätten wir gedacht, sie sei tot.« Meine Schwester machte eine kleine dramatische Pause, ehe sie fortfuhr: »Und als es uns endlich gelungen war, sie zu wecken, musste sie sich übergeben und konnte gar nicht mehr damit aufhören, bis vor einer halben Stunde. Jetzt liegt sie im Bett und sieht aus, als könnte sie jeden Augenblick sterben.«

»War schon ein Arzt bei ihr?«

Margarita nickte.

»Den hat Señor Aladrén mitgebracht. Fiona hat ihn holen lassen, bevor er wieder losziehen konnte, um sich beim König lieb Kind zu machen. Nichts Ernstes.«

»Der Arzt hat gesagt, was Mama hat, sei nichts Ernstes?«, übersetzte ich.

»Eine leichte Vergiftung. Anscheinend ist ihr gestern Abend etwas nicht bekommen. Mit ein bisschen Ruhe und dem Gebräu, das er für sie angerührt hat, wird sie wieder gesund.« Margarita lächelte matt. »Aber jetzt macht sie sich Sorgen, ob gestern beim Galadiner womöglich etwas verdorben war. Im Augenblick herrscht hier ein ständiges Kommen und Gehen von Boten mit Umschlägen in der Hand. Unsere Freunde beten darum, dass der König gestern Abend keine Bauchschmerzen hatte.«

Trotz des leichten Tons und des Lächelns, mit dem meine Schwester dies sagte, war deutlich, dass die Aussicht auf eine königliche Vergiftung sie ebenso beunruhigte wie mich. Ein toter König in unserer Obhut hätte unter anderem unweigerlich zur Folge, dass Sempronio Camarasa auf dem Hinrichtungsplatz des Amalia-Gefängnisses landen würde.

»Und du sagst, Marina hat dir erzählt, ich sei schon früh aus dem Haus gegangen?«

»Deshalb habe ich dich ja nicht gesucht, bevor ich Fiona gerufen habe.«

»Und auch Fiona hat dir nicht gesagt, dass ich bei ihr war?« Margarita fiel die Kinnlade herab, was sehr drollig aussah.

»Du warst bei Fiona?«

»Mehr oder weniger.« Ich habe in Fionas Atelier auf dem Boden gelegen, farbenprächtige Drachen fliegen sehen und mich ebenfalls übergeben. »Wo ist Fiona jetzt?«

»Sie ist mit ihrem Vater zur Arbeit gegangen.«

»Und Marina?«

»Macht die Betten, nehme ich an.« Meine Schwester riss die Augen auf. »Warum hat Marina mir wohl gesagt, dass …?«

Ich ließ Margarita nicht ausreden, sondern bat sie noch um einen letzten Gefallen, während ich bereits ins Haus ging, in den ersten Stock hinauflief und das Dienstmädchen gleich in meinem eigenen Schlafzimmer antraf.

»Du brauchst mein Bett nicht zu machen, Marina«, sagte ich und schloss die Tür hinter mir. »Du siehst ja, dass ich nicht hier geschlafen habe.«

Sie starrte mich erschrocken an, die Augen weit aufgerissen. Dann wanderte ihr Blick über meine zerzausten Haare, meine zerknitterte, schmierige Kleidung, die dünne grünliche Schicht, die noch an meinen Händen klebte, bis er schließlich auf dem Schritt meiner Hose verharrte.

Da begriff ich, dass es vielleicht keine gute Idee gewesen war, die Schlafzimmertür zu schließen.

»Was haben Sie vor?«, fragte Marina schließlich und presste das Kopfkissen, das sie gerade aufgeschüttelt hatte, als ich eintrat, an die Brust.

»Ich will dir nichts tun, Marina«, versicherte ich ihr und hob, hoffentlich beruhigend, die Hände. »Ich möchte nur wissen, warum du meiner Schwester gesagt hast, ich sei schon früh aus dem Haus gegangen.«

Das schien sie sofort ein wenig zu besänftigen.

»Weil es das war, was Señorita Fiona mir gesagt hat«, antwortete sie.

»Señorita Fiona hat dir gesagt, ich sei schon früh aus dem Haus gegangen?«

Marina nickte eifrig.

»Als Ihre Mutter nicht wach wurde, wollte ich Sie wecken, aber Sie waren nicht da«, erklärte sie. »Dann hat Señorita Fiona mir gesagt, Sie wären schon zur Arbeit gegangen. Da habe ich Señorita Margarita geweckt. Ich habe nichts Böses getan.«

»Und hast du dich nicht darüber gewundert, dass mein Bett nicht zerwühlt war?«

Jetzt blickte sie aufrichtig befremdet.

»Das Bett war doch zerwühlt. Jetzt ist es gemacht, weil ich es gerade gemacht habe. Sehen Sie«, sagte sie, legte das Kopfkissen an seinen Platz und glättete zur Veranschaulichung den Saum der Bettdecke. Als ich verdutzt schwieg, deutete sie auf meine Hose und fragte: »Haben Sie sich in die Hose gemacht, Señor Camarasa?«

Ich nickte und öffnete zugleich die Schlafzimmertür wieder.

»Danke, Marina. Du kannst gehen.«

Als ich fünf Minuten später gewaschen und umgekleidet, doch noch immer verunsichert durch das, was ich gerade von Marina erfahren hatte, das Schlafzimmer meiner Mutter betrat, traf ich dort tatsächlich auf eine sehr bleiche Mama Lavinia, die mit fiebrigem Blick in ihrem Bett lag, und neben ihr auf einem Stuhl, den man aus dem Abendsalon herangeschafft hatte, saß ein ebenfalls sehr bleicher und sehr ernster Ramón Aladrén, der sich allerdings bester Gesundheit zu erfreuen schien.

»Was ist passiert?«, fragte ich. »Wie geht es dir?«

Anstelle einer Antwort richtete meine Mutter sich ein wenig auf und fragte ihrerseits: »Was tust du hier?«

»Hat Fiona dir auch gesagt, ich sei schon früh aus dem Haus gegangen?« Ohne eine Antwort abzuwarten, schob ich noch eine Frage hinterher: »Geht es dem König gut?«

Aladrén ließ ein beruhigendes Lächeln um die Lippen spielen, das unter dem dichten Vorhang seines Schnurrbarts kaum zu erkennen war.

»Falscher Alarm, Señor Camarasa«, sagte er. »Wir haben uns mit mehreren Freunden in Verbindung gesetzt, und alle versichern mir, dass es weder beim König und seinen Begleitern noch bei den übrigen Gästen des Galadiners einen ähnlichen Vorfall gab. Was es auch gewesen sein mag, das Ihrer Mutter gestern Abend nicht bekommen ist, sie hat es nicht im Palast gegessen oder getrunken.«

Ich nickte erleichtert.

»Du hast keine Ahnung, was es gewesen sein könnte?«

Meine Mutter schüttelte den Kopf.

»Ich habe hier oben ein Glas warme Milch getrunken, bevor ich zu Bett ging. Das war alles, was ich zu Hause zu mir genommen habe.«

Ich sah auf den Nachttisch, doch das Milchglas war fort. Auch das Glas Wasser, das wir Camarasas jeden Abend mit in unser Schlafzimmer nahmen, bevor wir zu Bett gingen, sah ich nicht.

»War heute Nacht noch jemand bei dir, nachdem du uns im Salon eine gute Nacht gewünscht hattest?«

Meine Mutter sah mich an, als hätte ich den Verstand verloren.

»Wer soll denn um zwölf Uhr nachts bei mir in meinem Schlafzimmer sein?«, fragte sie trocken.

»Margarita, Marina, Señora Iglesias, Señora Masdéu, Fiona.«

Meine Mutter schüttelte den Kopf.

»Margarita habe ich in ihrem Schlafzimmer gute Nacht gewünscht. Marina kam kurz herein, um mir die Milch und ein

Glas Wasser zu bringen, und ging wieder, bevor ich zu Bett ging. Señora Iglesias und Señora Masdéu habe ich nicht gesehen. Und selbstverständlich habe ich auch weder Fiona noch ihren Vater gesehen, nachdem ich euch im Salon zurückgelassen hatte.« Meine Mutter richtete sich ein Stückchen weiter auf. »Worauf willst du hinaus?«

Das wusste ich selbst nicht.

»Ich frage mich, was dir gestern Abend schlecht bekommen sein könnte, das ist alles«, antwortete ich. »Ich habe auch keine gute Nacht gehabt.«

»Das sehe ich, mein Lieber.« Ebenso wie Margarita deutete meine Mutter mit dem Kinn auf die Beule an meiner Stirn. »Was ist passiert?«

Ich zuckte die Achseln und setzte eine unbesorgte Miene auf, die besagen sollte: nichts von Bedeutung.

»Du wirst nicht an der heiligen Messe in Santa María teilnehmen können«, stellte ich dann fest. »Und auch nicht an der Verabschiedung am Kai. Muss ich an deiner Stelle gehen?«

Meine Mutter schüttelte energisch den Kopf.

»Du kannst nicht mehr rechtzeitig in der Kirche sein«, sagte sie. »Außerdem werden die Einladungen streng geprüft. Und zu der Verabschiedung«, fügte sie in festem Ton hinzu, »werde ich ganz sicher gehen, auch wenn ihr mich tragen müsst, du und deine Schwester. Dieser Junge wird Barcelona nicht verlassen, ohne mir vorher zu versprechen, dass dein Vater noch am Tag seiner Krönung aus dem Amalia-Gefängnis freikommt.«

Dies war die neue Mama Lavinia, dachte ich, während ich ihr Schlafzimmer verließ, und musste unwillkürlich lächeln, während sich in meinem Kopf die Gedanken überschlugen: eine Frau, die den neuen König von Spanien einen »Jungen« nannte und an deren Bett vermögende Männer Wache hielten, die nicht ihr Ehemann waren.

Margarita erwartete mich an der Tür zur überdachten Terrasse mit den Schlüsseln für das Bauernhaus, um die ich sie gebeten hatte, ehe ich auf die Suche nach Marina gegangen war.

»Und?«, fragte sie.

»Mama wird es überstehen. Und dem König geht es gut. Mit Marina ist alles in Ordnung. Aber mit Fiona stimmt irgendetwas nicht.«

Von diesen vier Punkten interessierte der letzte Margarita selbstverständlich am meisten.

»Merkst du das endlich auch?«

»Bitte denk nach«, sagte ich und sah meine Schwester ernst an. »Als du zu Mama gegangen bist, um sie zu wecken, hast du da auf ihrem Nachttisch irgendein Glas gesehen?«

Margarita runzelte die Stirn.

»Ich glaube ja«, erwiderte sie nach einigen Sekunden. »Ja. Ein Milchglas und ein Wasserglas wie jeden Morgen. Beide halb leer.« Die Augen meiner Schwester leuchteten auf. »Da war Gift drin?«

Anstatt ihr zu antworten, fragte ich meinerseits: »Hat Fiona Mamas Schlafzimmer betreten?«

»Wir haben es alle betreten. Sogar Señor Begg kam vorbei, um zu sehen, was passiert ist. Er hat als Erster gesagt, wir sollten Señor Aladrén rufen. Hat Fiona Mama vergiftet?«

Ich küsste sie flüchtig auf die Wange und tätschelte ihr den Arm.

»Geh bitte nach oben und leiste Mama Gesellschaft«, bat ich sie. »Sie will vor zwei Uhr nachmittags im Hafen sein und vom König die Gegenleistung für ihre Dienste einfordern. Und es wäre besser für uns, wenn ihr das auch gelingt. Hilf ihr, so gut du kannst.«

Margarita setzte eine sehr erwachsene Miene auf und versprach es mir.

»Aber sei vorsichtig bei Fiona«, sagte sie. »Wenn jemand Mama vergiftet hat, dann sie, das garantiere ich dir.«


Während mir die letzten Worte meiner Schwester durch den Kopf gingen, verließ ich die Terrasse mit dem Schlüssel zum Bauernhaus in der Hand und ging schnellen Schrittes zurück zu Gaudí, dessen kluger Kopf gewiss ein wenig Licht auf diese mysteriösen Vorgänge werfen würde, die uns dieser Morgen gebracht hatte.

Gerade als ich das Haus der Beggs erreichte, schob mein Freund den Oberkörper langsam aus dem Fenster von Fionas Atelier.

»Ich schließe Ihnen die Tür auf«, sagte ich und winkte mit dem Schlüsselbund.

Eine halbe Minute später standen Gaudí und ich einander auf der Veranda des Bauernhauses gegenüber, zwischen den beiden Schaukeln, die sicherlich nicht nur bei mir zahlreiche Erinnerungen heraufbeschworen. In der linken Hand hielt mein Freund eine Zeitung, in der rechten ein kleines Lederetui, und alles in allem bot er den Anblick eines Mannes, der einmal erfolgreich gewesen, nun aber in der Gosse gelandet war. Er hatte sich das Gesicht gewaschen und die Haare ein wenig geglättet, doch der Zustand seines Gehrocks und seiner schmalen Hose im englischen Schnitt ließ deutlich erkennen, was für eine Nacht er durchlebt hatte.

»Haben Sie Fiona gefunden?«, war das Erste, was er mich fragte.

»Sie ist gegen acht mit ihrem Vater zur Arbeit gegangen. Aber vorher hat sie meiner Familie noch erzählt, ich sei nicht zu Hause. Und Sie, werter Gaudí, hat sie, soweit ich weiß, nicht einmal erwähnt.« Ich legte eine kurze Pause ein, ehe ich die einzig harmlose Erklärung formulierte, die mir für dieses Rätsel einfiel. »Ob sie uns womöglich vergessen hat? Und uns deshalb eingeschlossen hat?«

Anstelle einer Antwort reichte Gaudí mir die Zeitung, die er in der Hand hielt.

»Sagen Sie mir, was Sie hier sehen«, drängte er mich.

Es handelte sich, wie ich sogleich sah, um die Ausgabe von *Las noticias ilustradas* vom Tag, an dem man Eduardo Andreus Leiche gefunden hatte, mit derselben Illustration, die meine Aufmerksamkeit erregt hatte, kurz bevor mich die Wirkung von Fionas Kräutern überwältigt hatte. Die detailreiche Abbildung des Tatorts, den Gaudí, Fiona und ich an jenem unvergesslichen Morgen Ende Oktober betreten hatten, an dem mein Vater sich offiziell in einen Mörder verwandelt hatte.

»Was müsste ich sehen?«, fragte ich.

Da deutete Gaudí auf einen der zahlreichen Gegenstände, die auf dem Boden von Andreus Zimmerchen verstreut lagen. Etwas Kleines lag vor der Pritsche, auf der die Leiche des alten Händlers ruhte. Ein mit knappen Tintenstrichen angedeutetes Rechteck mit zwei winzigen Zeichen darin. Zwei Initialen.

»Wissen Sie, was das ist?«

Meine Zunge begriff eher als mein Kopf.

»Das Zigarettenetui meines Vaters.«

»Genau.«

»Aber ...« Ich versuchte, mir die genaue zeitliche Abfolge an jenem Freitag ins Gedächtnis zu rufen, ehe ich aussprach, was Gaudí zweifellos von mir erwartete. »Aber als wir in Andreus Zimmer waren, befand sich das Zigarettenetui nicht mehr dort. Die Polizei hatte es bereits mitgenommen, bevor wir in der Pension ankamen. Und wir erfuhren erst, dass es dort gewesen war, als Inspector Labella es als weiteren Beweis gegen Papa anführte, nachdem er ihn hier verhaftet hatte.«

»Genau«, sagte Gaudí nochmals mit ernster Miene. »Und das war nach zwei Uhr nachmittags. Als diese Zeitung bereits in Druck gegangen war.«

Ich schüttelte den Kopf.

»Aber das ist unmöglich. Woher wusste Fiona ...?« Ich brach ab. »Es muss dafür eine vernünftige Erklärung geben.«

»Bringt *Las noticias ilustradas* abends eine zweite Auflage heraus?«

»Nie.«

»Sind Sie sicher?«

»Absolut.«

»Dann haben Sie recht«, sagte Gaudí. »Es gibt eine vernünftige Erklärung dafür.«

»Wirklich?«

Gaudí schloss die Tür des alten Bauernhauses, drehte den

Schlüssel herum und reichte mir den Schlüsselbund mit einer feierlichen Geste.

Die vernünftige Erklärung meines Freundes würde mir ebenso wenig gefallen wie all die abstrusen Erklärungen, die mir selbst durch den Kopf schossen.

»Jetzt wissen wir, wer Andreu ermordet hat«, sagte er. »Jetzt wissen wir, warum Ihr Vater im Gefängnis sitzt. Und jetzt wissen wir auch, wie Andreus Mörder den neuen König von Spanien ermorden will.«

Mir war, als würde sich der ganze Garten um mich drehen wie eines dieser Dampfkarusselle in den englischen Parks, an denen die Kinder solche Freude hatten.

»Wollen Sie sagen …«

»Ich will sagen, Freund Camarasa, dass Señorita Fiona uns beide mit bewundernswerter Geschicklichkeit getäuscht hat.«

Ich schüttelte den Kopf.

»Fiona hat nicht …«, setzte ich an, doch dann wusste ich nicht weiter. Ich schluckte und setzte dann mit Nachdruck beide Füße auf die sich um mich drehende Erde. »Fiona kann uns nicht derart verraten haben.«

»In ihren eigenen Augen hat Fiona, fürchte ich, nichts anderes getan, als sich selbst treu zu bleiben«, entgegnete Gaudí. »Sie dagegen haben die Ideale, die Sie irgendwann einmal mit ihr geteilt haben, verraten.«

Die Versammlungen der Sozialisten in der Nähe des Britischen Museums. Die heimlichen Zusammenkünfte der Nihilisten in Whitechapel. Die revolutionären Arbeitervereine im East End.

Und jetzt, zurück in Barcelona, hatte ich mich auf die Seite des Königs und gegen die Republik gestellt.

Ich schüttelte nochmals den Kopf.

»Es muss eine andere Erklärung geben«, sagte ich.

»Dann können Sie mir die hoffentlich geben. Ich versichere Ihnen: Nichts wäre mir lieber, als mich von Ihnen überzeugen zu lassen.« Gaudís Miene verfinsterte sich. »Ihre Mutter ist zum Hochamt heute Morgen in Santa María del Mar eingeladen, nehme ich an?«

Mir lief ein kalter Schauder über den Rücken bis hinauf in den Nacken.

»Das war sie. In der Nacht ist sie krank geworden, und im Augenblick ruht sie sich aus.« Ich berichtete ihm kurz von meiner Unterhaltung mit ihr und dem Anwalt Aladrén.

»Dann steht Ihre Berline im Augenblick zur Verfügung, nicht wahr?«, fragte mein Freund.

»Falls Sie zur Kirche wollen – dafür ist es zu spät. Die Messe beginnt um zehn, und es ist schon halb zehn Uhr durch.«

»In diesem Fall bleibt uns noch fast eine halbe Stunde, um dorthin zu gelangen.« Gaudí legte die Zeitung auf eine der Schaukeln, verwahrte das kleine Lederetui in der Innentasche seines Gehrocks und klatschte dann so laut in die Hände, dass die Sperlinge in den Baumwipfeln aufstoben. »Sie suchen den Kutscher und erwarten mich mit der abfahrbereiten Berline am Tor. Ich gehe zu Ihrer Mutter. Wir haben drei Minuten.«

Und damit begann der vorletzte Akt des eigenartigen Dramas, von dem ich hier berichte.

# Kapitel 44

Der Verkehr, der die gesamte Innenstadt unpassierbar machte, zwang uns schließlich, die Kutsche in der Nähe des Portal del Ángel zurückzulassen, und dann begann ein wildes Rennen durch eben die Gassen, in denen Gaudí und ich in den letzten Monaten so häufig unterwegs gewesen waren. Die festlich gestimmten Menschenmassen, die sämtliche Hauptstraßen der Altstadt verstopften, wagten sich zu unserem Glück nicht in die übelriechenden Schatten des dichten Labyrinths aus Durchgängen und Gässchen, die dazwischen verliefen, sodass wir lediglich ein, zwei Mal gezwungen waren, langsamer zu werden und uns mit den Ellbogen einen Weg durch eine Menschenansammlung zu bahnen, die an einer Straßenecke lautstark den König hochleben ließ und die strahlende Zukunft des neuen Katalonien begrüßte, das der noch ungekrönte Bourbone fördern wollte, wenn er erst auf seinem Thron in Madrid saß.

Dennoch war es bereits mehrere Minuten nach zehn, als wir endlich im Herzen des Ribera-Viertels anlangten.

»Das ist doch Unsinn«, keuchte ich und versuchte, wieder zu Atem zu kommen, während Gaudí neben mir überlegte, wie man am besten durch die bunte Mauer aus menschlichen Rücken käme, die uns den Weg zu den Türmen von Santa María del Mar versperrte, welche zwar schon zu sehen waren, aber noch immer unerreichbar erschienen. »Ich kann mir nicht vorstellen, dass jemand ausgerechnet hier ein Attentat auf den König verübt.«

Das schweißnasse Gesicht meines Freundes war ernster, angespannter, konzentrierter, als ich es je gesehen hatte. In den knapp zehn Minuten, die unsere Fahrt in der Berline meiner Familie gedauert hatte, hatte er nicht einen Ton gesagt und auch nicht einen Augenblick lang den Blick von der Landschaft abgewandt, die vor seinem Fenster vorüberzog, und meine zwei, drei Versuche, herauszufinden, was zum Teufel hier eigentlich geschah, waren auf ein undurchdringliches Schweigen gestoßen, das nicht dazu einlud, es weiter zu versuchen.

Diesmal hingegen antwortete Gaudí auf meine Bemerkung. Aber seine Antwort beruhigte mich nicht.

»Wenn ich das nur auch glauben könnte, lieber Freund«, sagte er nämlich, nahm meinen Arm und bedeutete mir, ihm durch eine schmale Lücke zu folgen, die sich in der lärmenden Menschenmenge aufgetan hatte.

»Diese Messe ist der am besten gesicherte Programmpunkt«, versicherte ich, mehr mir selbst als meinem Freund. »Die Gegend ist den ganzen Vormittag abgesperrt, die Personen, die zur Messe eingeladen sind, wurden mit größter Sorgfalt ausgewählt, und sowohl innen wie außen wird die Kirche pausenlos von unseren Männern überwacht. Eben weil die Eingänge und der Innenraum so leicht zu überwachen sind, hat man Santa María del Mar anstelle der Kathedrale für diese Messe ausgewählt.«

»Davon bin ich überzeugt«, erklärte Gaudí. »In einer Situation wie dieser wäre es fahrlässig gewesen, den König in die Catedral zu bringen.«

»Und selbst wenn die Sicherheitsvorkehrungen versagten, kann hier niemand eine Bombe werfen, ein Messer zücken oder eine Pistole abfeuern, ohne sofort von den zahllosen Menschen überwältigt zu werden, die hier herumstehen. Und Sie wissen, dass die Anarchisten Feiglinge sind. Solche Attentäter schlagen nur dann zu, wenn sie wissen, dass sie ungestraft davonkommen.«

»Wie diese russischen Nihilisten, die den Anschlag auf

die Londoner Untergrundbahn verübt haben, wollen Sie sagen.«

»Diese Nihilisten wurden erst nach polizeilichen Ermittlungen festgenommen, die direkt zu ihrem Unterschlupf führten. Sie haben ihre Bomben nicht einfach zwischen die Fahrgäste geworfen und dann abgewartet, bis man sie lyncht.«

»Sie haben Zeitbomben verwendet.«

»Natürlich«, bestätigte ich, und dann begriff ich, worauf Gaudí hinauswollte. »Wollen Sie damit sagen …«

»Ich will sagen, dass hier niemand eine Bombe werfen, ein Messer zücken oder eine Pistole abfeuern wird«, bestätigte Gaudí. »Ich weiß nicht, ob Eduardo Andreus Mörder wirklich ein Anarchist ist, aber der Plan, den er jetzt verfolgt, lieber Freund, ist so ausgeklügelt und so sicher für ihn selbst, wie es sich der feigste Anarchist nur wünschen könnte.«

Wieder zwang uns die Menschenansammlung, einen Umweg zur Kirche einzuschlagen. Es waren nicht einmal mehr zwanzig Meter bis zum Platz vor dem Haupteingang, doch allmählich erschien es mir wie ein Ding der Unmöglichkeit, ihn jemals zu erreichen.

»Und woher wollen Sie das wissen?«, schrie ich. »Woher wollen Sie wissen, welchen Plan dieser Attentäter verfolgt?«

Gaudí suchte nach einer Lücke zwischen den Hunderten von Körpern um uns herum. Dann sah er mich an, und seine Augen waren kalt und glitzerten wie blaue Eisstückchen.

»Ich weiß es«, sagte er, »weil ich ihn entworfen habe.«

Da glaubte ich endlich zu verstehen.

Fiona Begg.

Antoni Gaudí.

Die Anziehungskraft und Faszination, oder anders gesagt, der unwiderstehliche Zauber, den Fiona in den vergangenen Wochen auf meinen Freund ausgeübt hatte – ich kannte ihn aus eigener Erfahrung.

»Sie meinen …«

»Ich meine, Freund Camarasa, wenn hier heute Vormittag

etwas Irreparables geschieht, dann werde ich mich den Rest meines Lebens schuldig fühlen.«

Ungläubig schüttelte ich den Kopf.

»Aber Sie konnten doch nicht…«

»Ich habe nur zwei Personen von meiner Entdeckung erzählt«, unterbrach Gaudí mich erneut. »Eine davon sind Sie. Die andere ist Fiona. Mein Stolz wollte Sie beide beeindrucken, und jetzt kostet mein Stolz womöglich Hunderte von unschuldigen Menschen das Leben.«

Jetzt begriff ich es wirklich.

»Ihre Entdeckung.«

»Señorita Fiona war außerordentlich interessiert, als ich ihr mein Modell und die Pläne zeigte. Sie hat mir alle möglichen Fragen zum Grundriss der Kirche gestellt, zur Mechanik der Kräfte, die es tragen, zu den theoretischen Grundlagen meiner Entdeckung und den materiellen Beweisen, die sie stützen. Ich fühlte mich sehr geschmeichelt von ihrem Interesse.« Mein Freund lächelte traurig.

Inmitten all dieser fremden Körper, die uns bedrängten, uns durchschüttelten, uns aneinanderpressten, gelang es mir, Gaudí die Hand auf den Arm zu legen und ihn tröstend zu drücken.

»Mir scheint, Sie müssen sich für nichts schämen.«

Mein Freund dankte mir die linkische Geste mit einem Brummen.

»Und mir scheint, Sie haben nicht recht verstanden, in welcher Lage wir uns befinden.«

Ich versuchte, mir das Bild dieses eigenartigen, verkehrt herum aufgehängten Modells von Santa María del Mar vor Augen zu führen, das Gaudí mehrere Monate lang im Hauptraum seiner Mansarde gehabt hatte. Das System aus Gewichten und Flaschenzügen, die hängenden Säckchen mit Erde, die Apparatur aus Blech und anderem Metall. Und die erstaunliche Theorie, die mein Freund über die Konstruktionsprinzipien des Gotteshauses aufgestellt hatte, der ich, wie ich zu meiner Schande gestehen muss, nur mit halbem Ohr gelauscht hatte. Doch immerhin erinnerte ich mich an die wichtigste Erkenntnis Gaudís: Die gesamte Gewölbelast dieses gewaltigen Baus aus Stein und Glas, die vielen Tonnen Gewicht ruhten nur auf fünf, sechs Säulen – ein Wunder der Physik –, die mein Freund in seinem Modell mit kleinen Kreidekreuzen versehen hatte.

»Die Anarchisten wollen dem König keine Kugel in den Kopf schießen«, resümierte ich mit ungläubig bebender Stimme, die Hand noch immer auf Gaudís Arm. »Sie wollen ihn unter einer Kirche begraben. Und um das zu erreichen, werden sie den Hinweisen folgen, die Sie Fiona unbeabsichtigt gegeben haben.«

»Wenn Sie das gleich Ihren Freunden erklären, verwenden Sie nach Möglichkeit andere Worte«, bestätigte Gaudí meine Befürchtungen. Dann riss er sich von mir los und begann, uns mit Ellbogen und Schultern einen Weg zu Santa María del Mar zu bahnen.

Als es mir endlich gelungen war, bis zur ersten Sicherheitsabsperrung vor der Kirche vorzudringen, war es bereits Viertel nach zehn. Im Nu hatte ich mehrere Angehörige des Gremiums Operative Unterstützung erblickt, die um den Haupteingang patrouillierten, unterstützt von etwa zehn jungen Männern, die vermutlich aus dem Kreis der Spione stammten, der uns mit Informationen über die Machenschaften der Monarchiegegner versorgt hatte. Ich meldete mich pflichtgemäß beim ältesten Mitglied der Gruppe, Señor Agustí Riera, einem bedeutenden Industriellen aus dem Bergwerkssektor, dem ich in den letzten Wochen bei mehreren Besprechungen begegnet war, und nachdem ich seine besorgten Fragen nach dem Gesundheitszustand meiner Mutter beantwortet hatte – Riera zufolge hatte die Nachricht von der Erkrankung meiner Mutter alle, sogar den König, zutiefst bestürzt –, gelang es mir in seiner Begleitung schließlich, die Mauer aus Uniformierten zu überwinden, die den Platz schützte.

Ich werde das Gespräch, das ich daraufhin mit dem guten Señor Riera führte, nicht im Einzelnen wiedergeben. Ich fürchte, aus meinem Munde klang die Behauptung, eine Gruppe nicht identifizierter Anarchisten, deren Aktivitäten von unserem Sicherheitsdienst nicht entdeckt worden waren, könne versuchen, eine mehrere Hundert Jahre alte Kirche zum Einsturz zu bringen, indem sie drei oder vier scheinbar rein dekorative Säulen sprengten, so wenig überzeugend, um nicht zu sagen, so abwegig, wie sie mir insgeheim selbst erschien; zumal ich selbstverständlich keines der Argumente, die Gaudí und mich zu diesem beispiellosen Verdacht veranlasst hatten – Fionas seltsames Verhalten am Morgen, das Paradox mit dem Zigarettenetui in ihrer Illustration, die Vergiftung meiner Mutter und unser beider Betäubung durch die Zigaretten –, diesem alten Herrn gegenüber anführen konnte, der mich nach drei Minuten kläglichen Gestammels ansah, als fragte er sich, ob ich nicht auch ins Bett gehörte wie meine Mutter.

Señor Riera hatte allen Grund zur Skepsis. Erst heute Morgen war jede Handbreit des Kircheninneren nach Sprengstoff, verborgenen Waffen oder anderen potenziellen Bedrohungen für die königliche Sicherheit abgesucht worden. Seither hatte kein Fremder die Kirche betreten oder verlassen, und das schloss alle Soldaten ein, die den Zugang zum Platz abriegelten, und sogar die Männer in Zivil, welche die vielen Eingänge bewachten. Seit acht Uhr morgens hatten nur noch Personen, die sich als Angehörige des Gremiums Operative Unterstützung ausweisen konnten, Zugang zum Inneren von Santa María del Mar gehabt. Falls sich nun, da die Messe bereits im Gange war, eine Bombe in der Kirche befand, dann konnte sie nur versteckt unter der Kleidung eines der geladenen Gäste hereingekommen sein. Und wie ich nur zu gut wusste, waren zu dieser Messe bloß sehr ausgesuchte Persönlichkeiten aus der Zivilgesellschaft, der politischen Klasse, dem Militär und dem Klerus Kataloniens geladen worden. Menschen, die keine Bomben in Kirchen legten. Und schon gar nicht in Kirchen, in denen sie selbst an einem Hochamt zu Ehren eines neuen Königs teilnahmen.

»Gestatten Sie, dass ich Ihnen eine Frage stelle, Caballero«, sagte Gaudí, der endlich zu uns gelangt war, heftig atmend und mit angespannter Miene.

Abgesehen davon sah er mehr oder weniger so aus wie noch vor fünf Minuten, als ich ihn zwischen den Menschenmassen, die den Zugang zum Platz vor Santa María versperrten, aus den Augen verloren hatte. Doch jetzt befand sich zu meiner großen Überraschung Ezequiel an seiner Seite.

»Es ist eine wichtige Frage«, sagte der Junge und sah abwechselnd Señor Riera und mich an, mit einem Gesichtsausdruck, der zu besagen schien, er werde alles, was von nun an geschehe, enorm genießen, gleichgültig, was es sei. »Hallo, Schlauberger.«

Señor Riera musterte die verdreckte und zerknitterte Kleidung Gaudís und den zerlumpten kleinen Spitzbuben, und seinem Blick war zu entnehmen, dass ihm überhaupt nicht gefiel, was er sah.

»Und Sie sind?«

»Mein Freund Gaudí, Señor Riera, und sein Freund Ezequiel«, stellte ich die beiden hastig vor. »Sie stehen in dieser Sache auf unserer Seite.«

»Beantworten Sie mir nur diese eine Frage, Señor Riera«, wiederholte Gaudí freundlich, doch in festem Ton. »War Señorita Fiona Begg heute Morgen hier?«

Der Alte blickte zunächst mich an, als wollte er mich um Erlaubnis bitten, oder vielleicht doch eher, als machte er mich dafür verantwortlich, dass ich ihn in diese unerfreuliche Lage gebracht hatte.

»Selbstverständlich«, sagte er schließlich. »Señora Camarasa hat sie um kurz vor neun hierhergeschickt, um uns zu erklären, was geschehen war.«

»Und sicher hat sie die Gelegenheit genutzt und auch ein paar Skizzen für die Zeitung angefertigt, nehme ich an.«

Señor Riera lächelte milde.

»Wie immer. Haben Sie Señorita Fiona je ohne Skizzenbuch und Bleistift gesehen?«

»Hat sie auch das Innere der Kirche skizziert?«

Sofort erlosch das Lächeln des alten Herrn, und er wandte sich wieder mir zu.

»Was möchte Ihr Freund andeuten?«, fragte er mich.

»Nichts Ungehöriges, keine Sorge«, antwortete ich hastig, denn endlich hatte ich begriffen, worauf Gaudís Fragen abzielten. »Señorita Fiona hat das Kircheninnere sicherlich zeichnen wollen, bevor die Messe beginnt, da sie während des Hochamts nicht hinein kann. Haben Sie es ihr gestattet?«

»Selbstverständlich haben wir es ihr gestattet«, erwiderte Señor Riera, und sein Kinn bebte in vorauseilender Empörung. »Kann man dieser jungen Dame irgendetwas abschlagen? Außerdem sind sie und ihr Vater ja auch Teil unserer Informations- und Propagandaeinrichtung, nicht wahr?«

Das waren sie. Selbstverständlich waren sie das. Während ich noch pflichtschuldig nickte, fragte Gaudí: »Hat Señorita Fiona die Kirche allein betreten, um ihre Skizzen anzufertigen?«

Señor Riera antwortete, ohne nachzudenken.

»Sie war in Begleitung eines dieser Journalisten, die die Artikel zu Ihren Illustrationen verfassen.«

Gaudí und ich wechselten einen Blick.

»Zweifellos ein blasser junger Mann mit langen Haaren und femininem Körperbau«, sagte mein Freund dann, und mir rutschte das Herz in die Hose.

»Exakt.« Señor Riera verzog verächtlich den Mund. »Wenn ein junger Mann zu meiner Zeit gewagt hätte, sich die Haare so lang wachsen zu lassen, hätte man nicht gezögert, sie ihm ordentlich zurechtzustutzen und ihn dann mit einigen Tagen Gefängnis zur Vernunft zu bringen.«

Gaudí versuchte, liebenswürdig zu lächeln, doch es gelang ihm kaum, die Mundwinkel hochzuziehen.

»Beschreiben Sie uns bitte die Tasche, die dieser junge Mann über der Schulter trug«, bat er den alten Herrn sodann.

»Eine große schwarze Tasche, ungefähr so.« Señor Riera

hob die Hände vor die Brust und hielt sie drei Handbreit auseinander. »Woher wissen Sie, dass dieser junge Mann eine Tasche über der Schulter trug?«

Anstatt ihm zu antworten, sah mich Gaudí eindringlich an. Es war an der Zeit, dass ich diesem Herrn gegenüber meine Position und meinen Namen geltend machte.

»Señor Riera, wir müssen die heilige Messe abbrechen und die Kirche sofort räumen, ehe es zu spät ist«, sagte ich so entschieden wie möglich.

Der alte Herr schüttelte ungläubig den Kopf.

»Wie bitte?«

»Sie haben mich gehört. Wenn wir nicht sofort die Kirche und die Umgebung räumen, wird der Tod Hunderter von Unschuldigen für immer auf unserem Gewissen lasten.«

Der sonst so rosige Señor Riera erbleichte ein wenig, doch die Miene überheblicher Selbstzufriedenheit, die er seit Beginn unserer Unterhaltung zur Schau trug, behielt er bei.

»Wissen Sie, worum Sie mich da bitten?«

»Ich bitte Sie nicht, ich befehle es«, gab ich zurück. »In Abwesenheit meiner Mutter trage ich die oberste Verantwortung für die Sicherheit des Königs.«

»Das ist nicht richtig. In Abwesenheit Ihrer Mutter geht die Verantwortung für die Sicherheit des Königs auf ein Komitee über, das sich aus den zehn Hauptmitgliedern des Gremiums Operative Unterstützung zusammensetzt. Und die Koordinierung dieses Komitees liegt immer beim Hauptverantwortlichen für den jeweiligen Stadtteil, den der König gerade besucht. Der Hauptverantwortliche für diesen Bezirk bin ich. Und in dieser Funktion«, schloss der alte Herr und blickte mich unvermittelt streng an, »bin ich voll und ganz im Recht, wenn ich meine, Señor Camarasa, dass das, was Sie mir vorschlagen, Wahnsinn ist.«

»Wahnsinn ist es, Señor Riera, das Leben Hunderter von Menschen zu gefährden, darunter das eines Königs, aus Angst vor…«

Ich brach ab, denn Gaudí grub mir schmerzhaft die Fingernägel in den Unterarm und zwang mich, ihm das Wort zu überlassen.

»Dafür ist keine Zeit«, sagte er bloß.

Und dann rannte mein Freund zum Schrecken aller bewaffneten Ordnungshüter, die den Platz überwachten, auf den Haupteingang der Kirche zu, als wäre der Teufel hinter ihm her, wich gewandt wie ein Stier dem einzigen Mann aus, der im Moment auf der Treppe postiert war, und verschwand, dicht gefolgt von Ezequiel, im Inneren von Santa María del Mar.

# Kapitel 45

$\mathcal{B}$is heute weiß ich nicht, wie ich es geschafft habe, dass keiner der bewaffneten Männer, die für die Sicherheit des neuen Königs von Spanien verantwortlich waren, meinen Freund bei dessen waghalsigem Lauf in die Kirche erschoss. Und ich kann mir auch nicht erklären, wie ich selbst einen Augenblick später hineingelangte, nachdem ich Señor Riera das Versprechen abgenommen hatte, dass uns seine Männer wenigstens fünf Minuten geben würden, bevor sie uns nachsetzten.

Hingegen weiß ich noch, dass die Musik der Barockorgel von Santa María del Mar bei meinem Eintreten in der gesamten Kirche widerhallte, die Luft mit ihren düsteren, archaischen Klängen erfüllte und diesem gesellschaftlichen Theater, das nach Politik und Weihrauch roch, etwas Würdevolles verlieh. Ich weiß außerdem noch, dass das Licht in der Kirche an diesem Morgen seltsam unwirklich war – so weiß, klar, voller Staubkörnchen und farbiger Strahlen –, so völlig anders als das Halbdunkel, in dem ich Víctor Sanmartín hier begegnet war. Ich rief mir diesen Tag wieder ins Gedächtnis – den Tag, an dem Colmillos ermordet worden war und Inspector Labella auf dem Kommissariat in Las Atarazanas meine Aussage aufgenommen hatte – und plötzlich bekam alles eine neue Bedeutung: Sanmartíns Nervosität, als er mich in der Kirche erblickte, seine Reaktion, als ich Fiona erwähnte, überhaupt seine Anwesenheit in dieser Kirche.

Der König, seine Gäste und die Bischöfe, Priester und Messdiener, welche die Messe zelebrierten, belegten gerade einmal das vordere Drittel des Hauptschiffs; alle saßen dicht beieinander auf dem Ehrenpodium und den neuen Bänken beim Altarraum, während der Rest der Kirche so verlassen war wie der Palast eines Königs im Exil. Ich entdeckte Gaudí und Ezequiel inmitten des wunderschönen Walds aus achteckigen Säulen, der das Mittelschiff unterteilte. Beide knieten neben einem Haufen Dynamitstangen, die mit einer seltsamen Vorrichtung verbunden waren.

»Ein Zeitzünder an den Zündschnüren«, flüsterte Gaudí und hob nur ganz kurz den Blick. »Drei weitere dort, dort und dort«, fügte er hinzu und deutete, so schien es mir, aufs Geratewohl irgendwohin. »Sie haben sich keine große Mühe gegeben, sie zu verstecken. Bloß eine Abdeckung aus Gips, die aussieht wie Stein, am Fuß der Säule.«

Der Inhalt von Víctor Sanmartíns Tasche, nahm ich an, als ich die Überreste des bemalten Gipses sah, die zwischen Ezequiels Füßen lagen. Daneben lagen die Dynamitstangen, die Abdeckung und dieser kleine Zeitzünder, von dessen Zeigern jetzt abhing, ob wir eine Zukunft hatten oder nicht.

»Wie viel Zeit haben wir?«, fragte ich mit dünner Stimme.

»Genug, hoffe ich.« Gaudí deutete mit dem kleinen Finger auf die Krone der seltsamen Uhr, die den Zündmechanismus steuerte. »Wenn sich unsere Freunde nicht verrechnet haben und alle vier Hähne gleichzeitig aktiviert werden sollen, haben wir etwas mehr als zehn Minuten, bis alles in die Luft fliegt.«

Ich musste schlucken und hatte, zum ersten Mal in meinem Leben, das Bedürfnis, mich zu bekreuzigen.

»Dann stimmt es also«, murmelte ich. »Fiona und Sanmartín.« Und da mein Freund nicht darauf einging, fragte ich: »Und jetzt?«

»Jetzt beten Sie darum, dass Ezequiel nicht im falschen Augenblick die Hände zittern.«

Flugs streckte der Bursche die Hände vor, und ich konnte

sehen, dass sie völlig ruhig waren. Flecken, Schorf und Schwielen aller Art, aber kein Zittern. Vier Zeitbomben, die sich seinen geschickten langen Diebesfingern darboten, genügten nicht, um Ezequiel nervös zu machen.

»Ganz ruhig, Señor G«, sagte er, steckte die linke Hand in die Tasche und holte eine Art rostiger Nagelzange heraus, die nicht vertrauenerweckend aussah. »Das ist ein Kinderspiel.«

»Bist du sicher, dass du weißt …?«

Ezequiel warf mir einen tödlichen Blick zu.

»Ruhe jetzt, Schlauberger!«, befahl er mir. »Hier bestimme ich. Sie gehen mit Señor G und helfen ihm, den Gips abzunehmen.«

Gaudí legte dem Jungen kurz die Hand in den Nacken, dann stand er auf und ging rasch zur nächsten Säule.

Tatsächlich fand sich am Fuß der zum Altarraum hin gelegenen Seite wieder eine solche Abdeckung. Es mochte keine sonderlich ausgefeilte Tarnung sein, doch dieses einfache Stück Gips war so kunstfertig geformt und bemalt, dass man den Schwindel nur erkannte, wenn man danach suchte.

»Das sind die Säulen, die Sie in Ihrem Modell gekennzeichnet hatten«, stellte ich fest. »Fiona hat bei Ihren Erläuterungen gut aufgepasst.«

»Ihr fotografisches Gedächtnis.« Mein Freund nahm das Messer, das ihm bereits bei der Entfernung der ersten Abdeckung geholfen hatte. »Doch es hat ihr einen Strich durch die Rechnung gemacht, denn ohne Fionas außergewöhnliches Gedächtnis wären Sie und ich jetzt nicht hier.«

Ich ging neben Gaudí in die Hocke und beobachtete ihn eine Weile. Er behandelte die Gipsabdeckung mit großem Feingefühl; die schon weiß bestäubte Klinge seines Messers grub sich in das poröse Material wie das Skalpell eines Arztes.

»Wie meinen Sie das?«, fragte ich schließlich.

»Die Zeichnung von Andreus Zimmer«, antwortete er. »Ganz offensichtlich war Señorita Fiona in diesem Zimmer, bevor die Polizei das Zigarettenetui Ihres Vaters mitnahm. Ihr famoses Gedächtnis hat es ihr ermöglicht, die Illustrationen für die Zeitung zu zeichnen, ohne detaillierte Skizzen anfertigen zu müssen. Señorita Fiona hat sich den Tatort in der Calle de la Princesa eingeprägt, als das Zigarettenetui Ihres Vaters noch auf dem Boden lag und darauf wartete, von der Polizei gefunden zu werden. Und als sie dann Stunden später die Szene aus dem Gedächtnis aufs Papier übertrug, vergaß sie, dieses kleine falsche Detail auszumerzen. Das Zigarettenetui war nicht mehr da, doch ihre Augen und ihr Gedächtnis hatten es nun einmal erfasst.«

Darüber dachte ich kurz nach.

»Aber wann war Fiona denn in Andreus Zimmer?«, fragte ich schließlich.

In diesem Augenblick klaffte die Gipsabdeckung auf und gab ihren gefährlichen Inhalt frei: fünf weitere Dynamitstangen mit Zündschnüren und einem Zeitzünder, an dem etwas befestigt war, das aussah wie der Hahn einer Gaslampe.

»Señorita Fiona war in Andreus Zimmer, als sie dort das Zigarettenetui Ihres Vaters deponierte und die Aktenmappe mitnahm, die sie später in seinen Schreibtisch gelegt hat«, sagte er, legte die Sprengvorrichtung sehr vorsichtig auf den Boden und stand auf. »Dort.«

Ich folgte Gaudí zur nächsten Säule, während Ezequiel mit einem breiten stolzen Lächeln im Gesicht zu der ging, die wir gerade verlassen hatten. Erste Gefahr gebannt – blieben noch drei.

»Aber Fiona war die ganze Nacht bei uns«, wandte ich ein, als wir beide neben der Säule hockten und Gaudí sich an die nächste Abdeckung machte. »Wir wissen beide, dass sie Andreu nicht getötet haben kann.«

»Sie hat Andreu nicht getötet«, pflichtete Gaudí mir bei. »Für den Zeitpunkt von Andreus Tod haben Sie und ich ihr ein Alibi verschafft.«

»Also?«

»In jener Nacht war ihre Aufgabe nicht, Andreu zu ermorden, sondern die Polizei davon zu überzeugen, dass Ihr Vater der Mörder ist.« Plötzlich glitt Gaudís Messer auf dem bemalten Gips ab und prallte mit der Spitze auf den Fliesenboden. Ein dumpfer Knall ertönte, der in meinen Ohren wie der Schuss aus einer Spielzeugpistole klang. Meinem Freund traten einige Schweißperlen auf die Stirn, doch als er seine Arbeit wieder aufnahm, zitterte seine Hand nicht. »Wir wussten ja, dass jemand mit Zugang zum Haus an der Verschwörung beteiligt war, mit der Ihr Vater von seiner Position entfernt werden sollte. Jetzt wissen wir, wer diese Person war, wie sie es gemacht hat und warum.«

Während ich über Gaudís letzte Worte nachdachte, sah ich mich kurz um und vergewisserte mich, dass die Messe im Presbyterium weiter ihren Lauf nahm. Anscheinend nahm niemand Notiz von den drei seltsamen Schatten, die im hinteren Teil der Kirche zwischen den Säulen umherschlichen. Es ging doch nichts über die Gegenwart eines Königs, dachte ich, wenn man hundert brave Hofschranzen und einige Kirchenmänner ablenken wollte.

»Dann ist Fiona also wieder in die Stadt zurückgekehrt, nachdem sie in jener Nacht mit mir nach Gracia gefahren war«, mutmaßte ich im Flüsterton. »Sie ging in das Zimmer, in dem Andreu bereits von einem ihrer Kollegen ermordet worden war, nahm die Aktenmappe des Alten an sich und ließ stattdessen das Zigarettenetui meines Vaters dort, kehrte wieder nach Gracia zurück, schlich sich ins Haupthaus, versteckte die Aktenmappe im Arbeitszimmer meines Vaters, ging ins Bauernhaus und dort zu Bett, ohne dass jemand sie gehört hätte.« Ich unterzog meine Worte einer kritischen Betrachtung. »War es so?«

»Señorita Fiona ist eine umsichtige Frau«, stimmte Gaudí mir zu. »Wenn sie heute Nacht fähig war, das Zimmer Ihrer Mutter zu betreten und einige Tropfen Morphium in ihr Wasserglas zu geben, während Sie und ich noch mit den Auswirkungen ihrer Drogen zu kämpfen hatten, dann wüsste ich nicht, warum sie es nicht auch in der Nacht von Andreus Ermordung hätte tun können. Sie hatte ein großes Ziel vor Augen, und eine Frau mit einem Ziel ist zu allem fähig.«

»Ihr Ziel war es, meinen Vater ins Gefängnis zu bringen und von seinen Aufgaben als Verantwortlicher für die königliche Sicherheit fernzuhalten.«

»Ihr Ziel war es außerdem, dass Ihre Mutter und Sie Ihren Vater während dessen Abwesenheit vertreten. Damit alles vor ihren Augen und in ihrer Hörweite geschah, wie man wohl sagen darf.«

Ich biss mir auf die Unterlippe.

»Und welches Ziel hat sie mit der Vergiftung meiner Mutter heute Nacht verfolgt?«

Mit einem leisen Keuchen löste Gaudí die dritte Gipshülle und stand wieder auf.

»Sie wollte verhindern, dass auch Ihre Mutter in die Luft fliegt wie die übrigen Teilnehmer dieser Messe, denke ich.« Dann sah er mich mit unergründlicher Miene an. »Offenbar hat sogar eine Attentäterin, die entschlossen ist, ein altehrwürdiges Gotteshaus mit Dutzenden von Würdenträgern darin zu zerstören, so was wie ein Gewissen.«

Ich biss mir nochmals auf die Lippe.

»Uns heute Nacht zu betäuben, uns heute Morgen einzusperren …«

»Genau.«

In diesem Augenblick kam Ezequiel mit dem tänzelnden Gang eines zukünftigen Amalia-Gefängnisinsassen zu uns. Er trug in jeder Hand ein Bündel Dynamitstangen, hatte die Augenbrauen gespielt erstaunt hochgezogen, und in seinem Mund klemmte wie eine Zigarette die lebensrettende Nagelzange.

»Halten Sie die für mich fest, Schlauberger?«

»Es ist mir eine Ehre, Ezequiel«, sagte ich, schluckte und versuchte, mich nach Gaudís Enthüllungen wieder zu fassen. Ich nahm das Dynamit, das Ezequiel mir reichte, verwahrte es in den Taschen meines Mantels und legte dem Jungen die Hand in den Nacken, genau wie Gaudí vorhin. »Und erlaube mir, dir zu sagen, dass du ausgezeichnete Arbeit leistest. Wenn das alles vorbei ist, lade ich dich zum Mittagessen zu mir nach Hause ein, das verspreche ich dir.«

»Außer mir rutscht die Hand aus, und wir fliegen alle in die Luft, wollen Sie sagen.«

Ich lächelte traurig. Das wollte ich sagen, ja.

Wir ließen Ezequiel die dritte Bombe entschärfen und suchten derweil die vierte Gipsabdeckung. Sie befand sich an einer Säule wenige Meter hinter der letzten Bank mit Gottesdienstteilnehmern. Gaudí bedeutete mir zu schweigen, und ich gehorchte selbstverständlich. Keine weiteren Fragen zu Fiona, ihren rätselhaften Zielen oder zu den Gründen, die aus dieser Frau, die wir beide geliebt hatten – jeder zu seiner Zeit, auf seine Weise und mit seinem Begehren – etwas so Groteskes wie eine Attentäterin in Santa María del Mar gemacht hatten.

»Ich erkenne dich nicht wieder«, hatte ich an dem Abend, an dem mein Vater verhaftet worden war, zu Fiona gesagt.

»Du weißt nichts über mich«, hatte sie mir geantwortet.

»Nicht mehr. Und es steht dir auch nicht zu, über mich zu richten.«

Erst jetzt begriff ich, wie wahr diese Worte waren. Und erst jetzt glaubte ich auch zu verstehen, welche Absicht Fiona mit diesem nächtlichen Gespräch in meinem Schlafzimmer verfolgt hatte, und auch mit früheren Gesprächen auf der Veranda des ehemaligen Bauernhauses und während unserer Fotografiesitzungen in ihrem Atelier.

Mich zu gewinnen – mich zurückzugewinnen – für eine Sache, an die ich vielleicht, zu einer anderen Zeit, ebenfalls hätte glauben können.

»Verschwinden wir von hier«, flüsterte Gaudí da, die vierte Abdeckung bereits in Händen und die Stirn jetzt schweißnass, und riss mich aus meiner Benommenheit.

Wir erreichten Ezequiel, als er gerade den dritten Zeitzünder entschärft hatte. Sein Gesicht war nach wie vor so rosig wie das eines dreijährigen Kindes, und um seine Lippen spielte ein so glückliches Lächeln, dass es beinahe ansteckend wirkte. Wenn mir die Angst, der Kummer und die ersten quälenden Gewissensbisse die Seele nicht schon rettungslos verdüstert hätten, hätte ich ebenfalls gelächelt.

»Bringen Sie das Ihren Freunden, bevor sie ungeduldig werden«, sagte Gaudí und reichte mir die entschärften Sprengkörper, die Ezequiel ihm gerade gegeben hatte. »Sagen Sie ihnen, dass wir gleich auch die letzten bringen.«

»Sind Sie sicher, dass es nicht noch mehr gibt?«

Mein Freund schüttelte den Kopf.

»Señorita Fiona hat sich an meine Erläuterungen gehalten«, sagte er, vielleicht mit einem Unterton traurigen Stolzes. »Sie hat die Vorrichtungen an den Sockeln der vier einzigen Säulen anbringen lassen, die, wenn man sie beseitigt, den Einsturz des Presbyteriums und des gesamten Mittelteils der Kirche zur Folge hätten. Die anderen drei Punkte, die ich ihr gezeigt habe, hätten dafür gesorgt, dass das Gebäude vollständig zerstört wird, aber daran war sie nicht interessiert. Ich habe nachgesehen: An diesen Säulen befinden sich keine Sprengvorrichtungen.«

Letztlich ist Fiona eben eine Kunstliebhaberin. Besser eine mittelalterliche Kirche mit ein paar eingestürzten Wänden als eine völlig zerstörte mittelalterliche Kirche, dachte ich bei mir, sprach es aber nicht aus.

»Mal sehen, wie ich das Señor Riera erkläre«, murmelte ich stattdessen und steckte das dritte Dynamitbündel zu den anderen beiden.

»Gehen Sie nicht ins Detail.«

»Ich wüsste gar nicht, wie …«

»Sagen Sie ihm nur, Ihre Mutter und ich würden bei der nächsten Versammlung des Gremiums alles erklären. Heute Nachmittag, wenn Sie nichts dagegen haben, reden wir beide mit ihr und versuchen ihr begreiflich zu machen, was geschehen ist.«

»Sofern wir es selbst zuvor verstanden haben, meinen Sie.«

Gaudí seufzte.

»Und sagen Sie den Männern auch, sie sollen die Sicherheitsvorkehrungen am Hafen während der Verabschiedung des Königs verdoppeln«, fügte er hinzu. »Wenn unsere beiden Freunde sehen, dass ihr Plan nicht aufgegangen ist, greifen Sie womöglich vor Wut oder Verzweiflung zu weniger eleganten Mitteln.«

Erst da beschloss ich, die Sorge in Worte zu fassen, die mir durch den Kopf ging, seit wir im Ribera-Viertel angekommen waren.

»Oder vielleicht hatten auch nicht alle ihre Mitverschwörer so viel Vertrauen in Ihre Theorien zur Konstruktionsweise der Kirche wie Fiona selbst.«

Wieder nickte Gaudí.

»Als ich Señorita Fiona meine Arbeit zeigte, war Andreu bereits ermordet worden, und Sanmartín betrieb seit Wochen, wenn nicht Monaten, seine Hetzkampagne gegen Ihren Vater«, sagte er. »Der Brand bei *La gaceta de la tarde*, für den sicherlich er als Angestellter der Zeitung verantwortlich war; die nachfolgenden Artikel, in denen Sempronio Camarasa für den Brand verantwortlich gemacht wurde; die gefälschten Leserbriefe, die boshaften anonymen Briefe und die öffentlichen Angriffe gegen Señorita Fiona, die zweifellos verhindern sollten, dass wir etwas von der Verbindung zwischen den beiden ahnten; und schließlich, als die Nerven Ihres Vaters bereits blank lagen und seine Geduld am Ende war, das Spektakel auf dem Fest bei *Las noticias ilustradas*. Die gegenseitigen Drohungen vor allen Anwesenden und am Ende der provozierte tätliche Angriff auf Andreu, sodass hinterher niemand daran zweifeln würde, wer den alten Kunsthändler ermordet hatte und warum.« Gaudí hielt kurz inne und beobachtete Ezequiel, dessen Finger flink wie die einer Spinnerin über den Kabelknoten tanzten, der die Dynamitstangen mit dem Zeitzünder verband. »Als Sanmartín schließlich die Entscheidung traf, Ihren Vater von seinem Posten als Verantwortlicher für die Sicherheit des Königs zu entfernen, hat er sicherlich bereits einen eigenen Attentatsplan parat gehabt. Einen Plan, von dem er Abstand nahm, als ich seiner Komplizin dummerweise die Idee zu einem viel spektakuläreren Anschlag gab. Aber vielleicht hat er seinen eigenen Plan nicht völlig verworfen.«

»Sie reden von Sanmartín und Fiona, als wären sie allein verantwortlich für das alles«, merkte ich an.

»Nach unserem Kenntnisstand sind sie das auch.«

»Dann steht keine Gruppe von Anarchisten hinter diesem Attentatsversuch?«, fragte ich ungläubig. »Hinter alldem stecken nur ein Journalist und eine Illustratorin mit revolutionären Neigungen?«

»Ich möchte Sie daran erinnern, dass wir nichts über Víctor Sanmartín wissen«, entgegnete Gaudí leise, und ich verstand ihn kaum, so laut war die dröhnende Orgelmusik. »Übrigens vermute ich, dass wir nicht einmal seinen wahren Namen kennen. Gleich morgen werden Ihre Kollegen vom Gremium Operative Unterstützung beginnen, Nachforschungen über seine Vergangenheit anzustellen, aber am Ende werden sie bloß vor einem großen Fragezeichen stehen, davon bin ich überzeugt. Er war mit Sicherheit der Kopf und der Vollstrecker dieses Plans. Er hat Andreu ermordet, während wir jeden Verdacht von Señorita Fiona abgelenkt haben, er hat Colmillos umgebracht, als er befürchtete, er könne ihn in Schwierigkeiten bringen, und vor gerade einmal einer Stunde hat er, wie wir wissen, eigenhändig die Sprengvorrichtungen angebracht, die Ezequiel jetzt freundlicherweise entschärft.« Gaudí schüttelte den Kopf. »Nichts davon erfordert zusätzliche Personen. Es genügen eine Informantin mitten im feindlichen Lager und ein Vollstrecker, der bereit ist, sich die Hände im Namen von wer weiß welchem revolutionären Ideal mit Blut zu beflecken.«

Darüber dachte ich kurz nach.

»Dann war es Fiona, die Andreu ausfindig gemacht und beschlossen hatte, ihn zu benutzen, um meinen Vater ins Gefängnis zu bringen«, stellte ich fest. »Der Groll, den der alte Mann seit der Angelegenheit mit der gefälschten Fotografie gegen meinen Vater hegte, war das Werkzeug, mit dem Sanmartín und sie meinen Vater aus dem Weg geräumt haben.«

»Und lange davor war es selbstverständlich auch Señorita Fiona, die Sanmartín auf die Vorbereitungen aufmerksam gemacht hat, die Ihr Vater für die Ankunft des Königs in Barcelona traf«, sagte mein Freund. »Und jetzt tun Sie mir den Gefallen und gehen nach draußen, bevor einer dieser jungen Burschen in Uniform nervös wird und alles ruiniert.«

Während Ezequiel unter Gaudís aufmerksamem Blick vergnügt die letzte Sprengvorrichtung entschärfte, verließ ich Santa María del Mar, die Arme und die Taschen voller Dynamit, das Herz bedrückt von dem, was ich gesehen und gehört hatte, und den Kopf voller Fragezeichen. Als ich durch das Portal hinaus ins helle Tageslicht trat, umgab ein Kreis aus Soldaten die Treppe vor der Kirche, allesamt bewaffnet und sehr ernst, in Kampfhaltung, begierig, ihre noch ganz frische Treue zur Krone zu beweisen. Doch keiner von ihnen machte Anstalten, die Pistole auf mich zu richten oder mich zu überwältigen: Señor Riera hatte gute Arbeit geleistet und hielt seine Männer zurück, während er darauf wartete, dass ich meinen Teil der Abmachung einlöste.

»Folgendes ist passiert«, begann ich, als ich am Fuß der Treppe anlangte und das erste Dynamitbündel aus der Tasche zog.

Als Gaudí und Ezequiel schließlich mit der letzten Zeitbombe aus der Kirche kamen, hatte Señor Riera meinen hastigen Bericht über das Geschehene bereits verdaut und erstellte, aschfahl vor Schreck, aber geistig bewundernswert wendig, einen neuen Notfallplan, mit dem die Sicherheitsvorkehrungen für den König und seine Begleiter beim Verlassen von Santa María del Mar und in den letzten Stunden des königlichen Besuchs in Barcelona verschärft wurden. Ehe der gute Mann aus unserem Blickfeld verschwand, nahm er sich aber noch die Zeit, Gaudí, Ezequiel und mir nacheinander die Hand zu schütteln und einen verhaltenen Dank zu murmeln, der aus dem Munde dieses befehlsgewohnten alten Herrn wie eine aufrichtige Entschuldigung klang.

»Und jetzt?«, fragte ich Gaudí, als wir wieder zu dritt waren.

Anstatt mir zu antworten, öffnete mein Freund die obersten Knöpfe seines Gehrocks und zog das kleine Lederetui aus der Innentasche, das ich ihn im Bauernhaus hatte einstecken sehen. Als er es öffnete, sah ich, dass es nur eine Feder, einen Bleistift, ein kleines Tintenglas und ein paar von Fionas unverwechselbaren Zigaretten enthielt. Gaudí nahm den Bleistift, zog ein zerknittertes Blatt Papier aus der Hosentasche und schrieb geschwind etwas auf. Als er fertig war, faltete er das Blatt zweimal und reichte es Ezequiel.

»Lauf zum Haus der Camarasas und gib das Margarita«, sagte er. »Calle Mayor Nummer 16 in Gracia. Margarita. Sag ihr, dass Toni dich schickt. Lass dich nicht abweisen, falls sie dich nicht empfangen wollen. Erkläre ihnen, was geschehen ist.«

Ezequiel ergriff den Zettel, als ob es sich um einen Geldschein handelte, und vollführte eine seiner berühmten Verbeugungen.

»Und dann?«

»Dann ruh dich ein bisschen aus. Du hast es dir verdient.«

Der Schlingel grinste.

»Bis später, Señor G«, sagte er. »Bis zum nächsten Mal, Schlauberger.«

Als seine Gestalt in der Menge der Schaulustigen, die sich noch immer hinter der Sicherheitsabsperrung drängten, immer kleiner wurde, wandte ich mich wieder an Gaudí, der das Etui gerade wieder in der Innentasche seines Gehrocks verwahrte.

»Eine Warnung«, sagte er, ehe ich Gelegenheit zu einer Frage hatte. »Die Nachricht ist nur eine Warnung für Ihre Mutter.«

»Eine Warnung«, wiederholte ich.

»Ich bezweifle zwar sehr, dass sich Señorita Fiona oder ihr Komplize heute Vormittag in Ihrem Haus blicken lassen, aber es schadet nie, vorsichtig zu sein.«

Ich nickte.

»Und jetzt?«, fragte ich erneut.

Nach kurzem Zögern nahm Gaudí mich am Arm und steuerte auf eine Seite des Platzes zu.

»Jetzt«, sagte er, »versuchen wir, von hier fortzukommen.«

# Kapitel 46

$\mathcal{A}$ ls Gaudí und ich am Stadtpalais in der Calle de Fernando VII anlangten, läuteten in der Ferne fröhlich die Glocken der Belén-Kirche. Im Erdgeschoss wimmelte es von Druckern und Sekretärinnen, Journalisten und Metteuren, grinsenden Botenjungen und mürrischen Chefredakteuren. Der Geruch nach Tinte und dem heißen Metall der Druckerpressen vermischte sich mit dem Schweißgeruch der Arbeiter, die sie bedienten, den Parfüms der Sekretärinnen, die hinter ihrer Milchglasscheibe arbeiteten, und auch, so schien es mir, mit dem Geruch der Essensreste, die überall in Schubladen, Papierkörben oder auf den Tischen der Männer und Frauen verdarben, die nun seit beinahe dreißig Stunden pausenlos für die Familie Camarasa arbeiteten. Hohe Stapel des morgendlichen Extrablatts warteten an den Wänden des Saals auf die Straßenverkäufer, die es in der ganzen Stadt verteilen sollten, bis es ausverkauft war oder von der Abendausgabe mit der Nachricht von der Abreise des Königs ersetzt wurde. Es waren Fionas letzte Illustrationen für *Las noticias ilustradas*, wurde mir klar, als ich eine dieser Zeitungen in die Hand nahm. Ihr letzter Dienst für die Sache der Restauration, nur wenige Stunden bevor sie sie beinahe in die Luft gesprengt hätte.

Die Atmosphäre in der Beletage war kaum weniger angespannt als unten bei den einfachen Angestellten. Während wir durch die verschlungenen Korridore gingen, kreuzten mehrere Chefredakteure unseren Weg, die Hände voller Papiere und die Gesichter von Erschöpfung gezeichnet, und aus den geöffneten Türen sämtlicher Büros drangen die Stimmen von Buchhaltern und Chefredakteuren, leitenden Illustratoren und Direktionssekretärinnen, und alle klangen so erregt, wie ich sie noch nie gehört hatte.

Auch die Tür zu Fionas Büro stand offen, doch es war niemand da. Ihr Tisch war wie üblich von Kohleskizzen, verworfenen Druckabzügen und alten Ausgaben der Zeitung übersät, doch fehlten ihre Skizzenbücher und ihr Zeichenwerkzeug – die Federn und Bleistifte, die Tinten und das Löschpapier, der Satz Lineale und Zirkel –, das stets am oberen rechten Rand ihres Schreibtischs aufgereiht gewesen war: Alles war fort.

»Wie nicht anders zu erwarten«, sagte Gaudí, nachdem ich ihn auf die fehlenden Gerätschaften hingewiesen hatte.

»Ach?«

»Versuchen wir unser Glück anderswo.«

Wir verließen Fionas Büro, gingen an der geschlossenen Tür meines eigenen Büros vorüber und weiter bis zu dem von Martin Begg. Auch seine Tür war zu. Ich hob die Hand, doch ehe ich anklopfen konnte, drehte Gaudí schon den Knauf und stieß die Tür auf.

Martin Begg, der gerade einen Stapel Papiere prüfte, fuhr hoch.

»Was zum Teufel ...?«, brüllte er mit einem so starken *Cockney*-Akzent, dass ich ihn kaum verstand.

»Verzeihen Sie, Señor Begg«, unterbrach Gaudí ihn. Falls er überrascht darüber war, dass wir den Engländer in seinem Büro antrafen, ließ er sich nichts anmerken. »Wir wollten Ihnen nur mitteilen, dass der erste Versuch Ihrer Tochter keinen Erfolg hatte.«

Das darauffolgende Schweigen dauerte nicht länger als fünf Sekunden, doch mir erschien es wie eine Ewigkeit.

»Was sagen Sie da, Señor Gaudí?«, fragte Martin Begg schließlich mit unergründlicher Miene.

»Ich sagte, Señor Begg, dass Ihre Tochter und Señor Sanmartín mit ihrem ersten Attentatsversuch auf den neuen spanischen König gescheitert sind. Und wir wären Ihnen sehr verbunden, wenn Sie uns sagten, ob wir die Männer Ihres Arbeitgebers auf einen zweiten Versuch vorbereiten sollen.«

Martin Begg setzte ein Lächeln auf, von dem ich nicht wusste, ob es ungläubig oder verächtlich war. Er wandte sein fleischiges Gesicht mir zu.

»Darf man erfahren, wovon Ihr Freund redet, Señor Camarasa?«

Ganz kurz fragte ich mich, ob Gaudí sich nicht doch irrte. Ob Martin Begg nicht ebenso wenig über die Aktivitäten seiner Tochter wusste wie wir bis heute Morgen. Ob Fiona nicht auch ihn getäuscht hatte.

»Wir wissen, dass Sie Bescheid wissen, Señor Begg«, sagte da mein Freund. »Señor Camarasa hat Sie in der Nacht nach Señor Andreus Ermordung mit Ihrer Tochter streiten gehört. Sie wussten, dass Fiona in der Mordnacht das Haus verlassen hatte. Sie wussten, dass sie die Einzige war, die Andreus Mappe in Sempronio Camarasas Arbeitszimmer hatte deponieren können.« Gaudí hielt kurz inne, ehe er fortfuhr: »Und Ihnen war an jenem Nachmittag selbstverständlich der Fehler auf Fionas Zeichnung des Tatorts aufgefallen: das Zigarettenetui von Sempronio Camarasa auf dem Boden von Andreus Zimmer.«

Diese letzte Behauptung war wohl noch mehr an den Haaren herbeigezogen als die übrigen, die mein Freund gerade mit fester Stimme und gleichmütiger Miene ausgesprochen hatte. Und dennoch waren es diese Worte, die Martin Beggs Maske der Unerschütterlichkeit schließlich aufzubrechen schienen.

»Ich weiß nicht, wovon Sie reden«, sagte er mit einer Stimme, die mit einem Mal völlig fremd klang.

»Ich verurteile Sie nicht, Señor Begg. Die Liebe zu einer Tochter muss sicherlich immer Vorrang haben vor dem Pflichtgefühl einem Arbeitgeber gegenüber und der Treue zu einer Sache, die im Grunde nicht die Ihre ist. Auch wenn diese Tochter vorhat, Ihr Gewissen und Ihren Namen mit so viel Blut zu beflecken, dass Sie sich durch noch so viele gute Taten nicht davon reinwaschen könnten.«

Schwerfällig, als spürte er unvermittelt sein Alter, sein Gewicht und seine Gewissensbisse, erhob sich Fionas Vater von seinem Stuhl und kam um den Schreibtisch herum. Kurz fürchtete ich einen Gewaltausbruch, doch Begg öffnete nur die Tür, die wir hinter uns geschlossen hatten, und forderte uns auf, sein Büro zu verlassen.

»Sie sind hier nicht willkommen«, sagte er.

»Ich glaube, Sie vergessen, wer der Eigentümer dieser Zeitung ist«, mischte ich mich da ein. »Und ich glaube, Sie vergessen auch die Lage, in die Ihre Tochter Sie gebracht hat. Sie haben zwei Möglichkeiten, Señor Begg. Entweder arbeiten Sie mit den Männern meines Vaters zusammen, oder Sie belegen bald die Zelle im Amalia-Gefängnis, die er räumen wird.«

Das Gesicht des Engländers hatte sich gerötet, und seine Lippen bebten sichtlich.

»Sie sollten sich schämen, Señor Camarasa«, murmelte er. »Sie haben kein Recht, so mit mir oder über meine Tochter zu sprechen.«

Gaudí schüttelte bedächtig den Kopf.

»Sie tun sich keinen Gefallen, Señor Begg«, warnte er ihn und ging auf die Tür zu, die Fionas Vater offen hielt.

»Señor Gaudí. Señor Camarasa.«

Martin Begg schloss die Tür mit dem Nachdruck, der seiner Stimme und seinem Blick zuletzt gefehlt hatte.

Viele Jahre sollten vergehen, bis Gaudí und ich ihn wiedersehen würden.

»Glauben Sie, er hat die Wahrheit gesagt?«, fragte ich meinen Freund, während wir zurück zum Empfangsbereich der Beletage gingen.

»Ich glaube, er wünschte, es wäre so«, erwiderte Gaudí. »Und das kann ich ihm nicht verdenken.«

»Mein Vater ist alles, was ich habe«, hatte Fiona gesagt, nachdem ich, ohne es zu wollen, Zeuge ihres Streits mit Martin Begg geworden war. Eines Streits, dessen Bedeutung mir erst Gaudís Worte eben enthüllt hatten.

»Fiona ist seine einzige Tochter«, sagte ich. »Ihre Mutter

starb, als sie noch klein war. Wenn das alles stimmt, dann hat
Señor Begg gerade seine gesamte Familie verloren.«

»Wenn das alles stimmt?«, wiederholte Gaudí.

»Ein Teil von mir kann es noch immer nicht glauben.«

Mein Freund lächelte traurig.

»Als wir Fiona gestern Abend im Jardín del General trafen,
sagte Ihre Schwester, sie habe die Gewohnheit, sich als Mann
zu verkleiden. Stimmt das?«

Diese Frage kam unerwartet, doch ich stutzte nur kurz.

»Fiona hat sich gern für meine Kamera verkleidet«, bestätigte ich. »Sie haben die Bilder bei Ihrem ersten Besuch in
meinem Atelier ja gesehen. Fast immer künstlerische Verklei-
dungen: vornehme Römerin, Fee, mittelalterliche Zofe. Aber
ja, bei der ein oder anderen Gelegenheit hat sie sich auch als
junger Mann verkleidet. Diese Verkleidung war nichts Neues
für sie.«

»Sie meinen ...«

»In London hat sie das mehrfach auf ihren Ausflügen ins
East End ausprobiert. Einige der Lokale, die Fiona aufsuchte,
waren für eine Dame nicht geeignet, also besuchte sie sie als
junger Mann.«

»Als rothaariger junger Mann«, betonte Gaudí. »Die Informanten Ihres Vaters lagen doch nicht so falsch.«

Natürlich, dachte ich.

»Auch als Fiona nach Barcelona kam, verkleidete sie sich
noch ab und zu, wenn sie ihre Ausflüge machte«, sagte ich.

»Einige dieser Ausflüge müssen die Aufmerksamkeit der
Spione erregt haben, die Ihr Vater in die verschiedenen Kreise
dieser Stadt eingeschleust hatte. Ein junger rothaariger Mann
mit hellen Augen und heller Haut, der sich verdächtig verhielt.
Mich wundert nicht, dass Ihr Vater beunruhigt war, als ich
ausgerechnet am Tag des Brandes bei *La gaceta de la tarde* in
Ihr Leben trat«, erklärte Gaudí weiter. »Er tat gut daran,
Nachforschungen über mich anstellen zu lassen. Sein einziger
Fehler war, diese Aufgabe ausgerechnet Señorita Fiona zu
übertragen.«

Dann wurden wir aufgehalten.

Gaudí und ich hatten gerade die unterste Stufe erreicht, als hinter uns eine Frauenstimme ertönte. Wir blieben stehen und drehten uns um.

»Verzeihung, Señor Camarasa!«

Die Stimme gehörte einer Frau von etwa dreißig Jahren, hochgewachsen, attraktiv und mit derselben Mischung aus Eleganz und Diskretion gekleidet, die alle Sekretärinnen in der Beletage von *Las noticias ilustradas* auszeichnete. Sie stand oben an der Treppe und kam nun eiligen Schrittes zu uns herunter.

»Martin Beggs persönliche Sekretärin«, murmelte ich meinem Freund zu, ehe ich ein liebenswürdiges Lächeln aufsetzte. »Guten Tag, Señorita Gorchs.«

Als die Frau uns erreichte, schenkte sie mir ein mustergültig geschäftsmäßiges Lächeln.

»Man hat mich gebeten, Ihnen dies zu geben, Señor Camarasa«, sagte sie und reichte mir einen winzigen blasslila Umschlag. »Ich glaube, es ist eilig.«

Ich nahm den Umschlag und ertastete darin sofort das steife Papier einer Visitenkarte.

»Danke, Señorita Gorchs.«

Sie nickte knapp und machte Anstalten, wieder in die Beletage zurückzukehren.

»Verzeihung, Señorita Gorchs«, mischte sich Gaudí ein und stellte den Fuß auf die unterste Treppenstufe. »Dürfte ich fragen, wer Sie gebeten hat, Señor Camarasa diesen Umschlag zu geben?«

Señorita Gorchs musterte meinen Freund mit einer Miene, der zu entnehmen war, dass sie über diese Einmischung nicht erfreut war.

»Ein Herr«, erwiderte sie und ging eine Stufe weiter nach oben.

»Martin Begg, wollen Sie sagen?«

»Ein Herr«, wiederholte sie, ohne zu zögern.

Und nachdem sie mir erneut kurz zugenickt hatte, kehrte

sie uns endgültig den Rücken zu und ging die Treppe hinauf mit unerschütterlicher Würde, die ebenso wie die Eleganz und Diskretion eine angeborene Eigenschaft aller Sekretärinnen auf der Beletage von *Las noticias ilustradas* zu sein schien.

Unterdessen hatte ich bereits in den Umschlag gesehen und festgestellt, wem die Visitenkarte gehörte.

»Víctor Sanmartín«, stand auf der Vorderseite. »Redakteur bei *La gaceta de la tarde.*« Und auf der Rückseite standen in einer vertrauten Handschrift dieselben Worte, die Gaudí, Margarita und ich drei Monate zuvor auf einer anderen Visitenkarte gelesen hatten, die genauso ausgesehen hatte: »Calle de Aviñón Nummer drei, erster Stock, Wohnung Nummer drei.«

»Nun?« Ich reichte meinem Freund die Karte.

Er las sie und ein Glänzen trat in seine Augen, ob nun vor Überraschung, Sorge oder einfach vor Aufregung angesichts dessen, was nun geschehen mochte, wusste ich nicht zu sagen. »Wie es scheint, haben wir eine Verabredung.«

Die Tür zu Haus Nummer drei in der Calle de Aviñón stand wie immer sperrangelweit offen. Auf der niedrigen Treppe, die zur Tür führte, hatte sich ein Blinder postiert, zu dessen Füßen ein Tellerchen mit Münzen stand. Als wir an ihm vorbeigingen, hob der Mann den Kopf wie ein Hund, der Feuer riecht, und murmelte einen unverständlichen Segensspruch. Ich ließ zwei Münzen auf sein Tellerchen fallen, und als er das Klirren hörte, verzog er den zahnlosen Mund zu einem spröden, schiefen Lächeln.

Wir gingen durch den düsteren, staubigen Eingangsbereich und stiegen die Treppe mit dem fettigen Schmutzfilm auf dem Geländer hinauf. Der Geruch nach Verfall, morschem Holz und Feuchtigkeit war überall – ein Haus, das dem Abriss geweiht war. Im ersten Stock flackerte die Flamme der Wandleuchte neben der halb offen stehenden Tür von Víctor Sanmartíns Wohnung.

Gaudí war es, der die flache Hand auf die rissige Oberfläche der Tür legte und sanft drückte.

»Ihr Lieben«, begrüßte uns da eine Stimme, von der ich nicht gedacht hatte, dass ich sie je wieder hören würde.

Fiona lehnte am Fensterbrett des einzigen Fensters im Salon der Wohnung. Im hellen Vormittagslicht war ihre Silhouette scharf umrissen, doch zugleich verschwammen ihre Gesichtszüge: offene Haare, nackte Arme und nackter Hals, üppige Formen in einem schlichten hellen Kleid, und in der überschatteten Mitte ihres Gesichts nur die Andeutung zweier grauer Augen, die uns mit unergründlichem Blick beobachteten.

»Fiona«, murmelte ich und trat langsam und mit rasendem Puls auf sie zu.

Nur wenige Meter trennten uns noch, da hob Fiona die Hand und forderte mich auf, stehen zu bleiben.

»Komm bitte nicht näher«, sagte sie. Und fügte hinzu: »Wir haben fünf Minuten.«

»Wir haben fünf Minuten, bis Señor Sanmartín uns holen kommt«, übersetzte Gaudí, der noch immer an der Tür stand und den Raum zweifellos nach dem Journalisten absuchte.

»Bis er mich holen kommt«, berichtigte Fiona ihn. »Ich fürchte, meine Lieben, ihr seid nicht Teil unserer Pläne für die Zukunft.«

Da schloss Gaudí schließlich die Tür und tat ebenfalls einige Schritte in den Raum hinein.

»Dann ist das ein Abschied«, sagte er.

Fiona nickte und bewirkte damit eine flüchtige Veränderung in dem delikaten Spiel von Licht und Schatten, das sie einhüllte. Ein Sonnenstrahl beleuchtete die feinen Härchen auf ihren nackten Armen und entfachte eine jähe rot-goldene Explosion auf der weißen Haut, die ich einmal, in einem anderen Leben, mit linkischen, dankbaren Fingern liebkost hatte. Gleich darauf stand sie wieder reglos da, und die Schatten schmiegten sich an sie.

»Es ist ein Abschied, weil ihr es so gewollt habt«, bestätigte sie. »Wenn es in meiner Hand läge, wäre es nur der Anfang von etwas Neuem für uns drei.«

»Für uns vier, wollen Sie sagen.«

In meiner Fantasie spielte nun ein Lächeln voller britischer Ironie um Fionas Lippen.

»Ich glaube, wir können uns jetzt duzen, Antoni«, sagte sie. »Nach dem, was heute Nacht zwischen uns vorgefallen ist, ist Förmlichkeit fehl am Platz.«

Anstatt nach einer Antwort auf einen Satz wie diesen zu suchen, tat Gaudí noch einen Schritt Richtung Fenster und stellte sich neben mich.

Es gab so vieles, was ich Fiona in diesem Augenblick gerne gefragt hätte, dass ich die dümmste Frage von allen stellte.

»Wie konntest du so etwas tun?«

Fionas Antwort kam wie aus der Pistole geschossen.

»Wie konntest du so etwas tun?«

»Ich?«

»Du. Ihr. Euch in den Dienst eines Königs stellen. Die Republik für eine Handvoll Münzen verraten. Die getreuen Camarasas. Die Hofschranzen Camarasa.« Das zweite Mal sprach Fiona meinen Namen in abfälligem Ton aus. »Hoffentlich zeigt euer König sich dafür so erkenntlich, wie ihr es verdient.«

Ungläubig schüttelte ich den Kopf.

»Ich wusste nicht …«, setzte ich an, doch Fiona ließ mich nicht ausreden.

»Du hast nie irgendetwas gewusst«, hielt sie mir entgegen, und ihre Stimme triefte vor Verachtung. »Das Einzige, was dir immer wichtig war, war ein Teller mit Essen auf dem Tisch und eine Handvoll Geldscheine in der Tasche. Ich prophezeie dir eine glänzende Zukunft in den Fußstapfen deines Vaters.«

Ohne zu wissen, was ich tat, noch warum, legte ich die letzten zwei Meter zurück, die mich noch von Fiona trennten, packte sie um die Taille und zog sie so grob an mich, wie ich es noch nie mit einer Frau getan hatte. Ich erinnere mich noch genau, wie sie sich versteifte, wie heftig sie atmete, wie ihre Züge, die nun, da sie sich vom Fenster gelöst hatte, wieder sichtbar waren, sich verhärteten. Ich erinnere mich noch an die Wut und die Ohnmacht, die in meinem Inneren brodelten, daran, wie sehr mich das, was hier geschah, verletzte, und an das überwältigende Gefühl, überhaupt nichts mehr zu verstehen. Ich erinnere mich an Fionas Blick, der sich grausam und kalt wie ein Dolch in mich hineinbohrte, und wie mich plötzlich das Grauen und die Enttäuschung packten.

»Fiona«, flüsterte ich genau wie damals in den Opiumhöhlen des East Ends, wenn die Traumreisen meiner Freundin auf der Jagd nach ihren imaginären Drachen ihren Körper inmitten des Abschaums, der in jenen widerlichen Lokalen verkehrte, reg- und schutzlos zurückgelassen hatten. »Fiona.«

Die Ohrfeige, die sie mir gab, nachdem sie sich aus meinen Armen befreit hatte, schien alle Erinnerungen wieder ganz und gar in meinen Hinterkopf zurückzuscheuchen.

»Rühr mich nie wieder an«, zischte sie. »Nie wieder.«

Ich ließ Hände und Kopf sinken und trat einen Schritt vor ans Fensterbrett. Von draußen drangen die kalte Januarluft und der ganz normale Tumult des Alltags, der in diesem Viertel herrschte, herein. Und dennoch verstärkte sich bei mir der Eindruck, dass alles, was an diesem Vormittag geschah – das Abenteuer in Santa María, diese neue Fiona, dieses neue Ich –, nicht mehr war als ein Trugbild der Kräuter, die Fiona uns in der Nacht verabreicht hatte. Vielleicht war nichts davon real. Vielleicht war alles nur ein Produkt meiner von den Drogen befeuerten Fantasie. Vielleicht lag ich noch immer neben Gaudí im Atelier des Bauernhauses, erbrach Galle, machte mir in die Hose und träumte von Drachen und bezaubernden Frauen.

In diesem Augenblick ertönte ein Schrei auf der Kreuzung der Calle de Aviñón und der Calle de Fernando VII, doch keiner von uns reagierte darauf.

»Falls Señor Sanmartín Sie in irgendeiner Form gezwungen hat, das zu tun, können wir Ihnen helfen«, hörte ich Gaudí zu Fiona sagen, als ich mich wieder dem Zimmer zuwandte. »Noch ist es nicht zu spät, sich von ihm frei zu machen. Welche

Macht er auch über Sie haben mag, wir können Sie sicher irgendwie aufheben.«

Diesmal bildete ich mir das Lächeln nicht ein, mit dem Fiona die Worte meines Freundes aufnahm.

»Die Macht, die Señor Sanmartín über mich hat?«

»Wir wissen, dass Sie versucht haben, das Attentat in Santa María aufzuhalten. Wir wissen, dass Sie mit allen Mitteln versucht haben, unsere Aufmerksamkeit auf das zu lenken, was Sie vorhatten. Der Fehler mit dem Zigarettenetui, das auf Ihrer Zeichnung von Andreus Zimmer zu sehen ist. Die Zeitung mit genau dieser Illustration, die Sie heute Morgen auf dem Boden Ihres Ateliers liegen ließen, um mir eine neue Gelegenheit zu geben, Ihren Fehler zu bemerken. Die Umsicht, uns im Bauernhaus einzuschließen, nachdem Sie uns mit genau der richtigen Dosis der Droge betäubt hatten, sodass wir rechtzeitig erwachen mussten, um zu bemerken, dass etwas Merkwürdiges vor sich ging.« Gaudí wollte auf Fiona zugehen, doch sie trat sofort einen Schritt zurück, was sie näher an mich heranführte. »Ohne alle diese Zeichen von Ihnen würden jetzt Hunderte von Toten auf Ihrem Gewissen und dem von Señor Sanmartín lasten. Und auch auf dem Ihres Vaters.«

Ungläubig schüttelte Fiona den Kopf.

»Erlaube mir einen letzten freundschaftlichen Rat, Antoni«, sagte sie. »Hör auf, die Handlungen und Absichten der Menschen zu deuten. Du bist nicht besonders gut darin. Schon gar nicht bei mir.«

Auch Gaudí schüttelte den Kopf. Zwei Rotschöpfe, die sich in einem kahlen Salon gegenüberstanden.

Wieder drangen Schreie durchs offene Fenster herein, aber auch diesmal beachteten wir sie nicht.

»Señor Sanmartín und Sie lernten sich bei einer der Versammlungen dieser naiven Anarchisten kennen, die Sie nach Ihrer Ankunft in Barcelona mit Sicherheit besucht haben«, fuhr mein Freund fort und trat noch einen Schritt vor, woraufhin Fiona sofort einen Schritt zurückwich. »Irgendwie hat

Señor Sanmartín in Erfahrung gebracht, dass Sie eine Angestellte von Sempronio Camarasa waren, der nicht bloß ein erfolgreicher Unternehmer war, sondern eine entscheidende Figur in der Verschwörung zur Wiedereinführung der Monarchie. Ihre tiefe Ablehnung dieses Ziels, auf das Ihr Arbeitgeber hinarbeitete, hat Sie für Señor Sanmartín zu einem Geschenk des Himmels gemacht: eine Informationsquelle mitten im Zentrum der feindlichen Verschwörung. Als Sie von den Plänen für den königlichen Besuch erfuhren, beschloss Señor Sanmartín, dass dies seine Gelegenheit war, die entscheidende Tat zu verüben, von der jeder Revolutionär mit Hang zur Selbstüberschätzung träumt: ein unvergesslicher Königsmord. Sempronio Camarasas Sicherheitsvorkehrungen für den König erschwerten jedoch die Attentatspläne, die Señor Sanmartín wahrscheinlich schon Ende September geschmiedet hatte, sodass er beschloss, Señor Camarasa so aus dem Weg zu räumen, dass dessen Aufgaben auf seine Familie aufgeteilt würden. Damit hat er die Sicherheitsmaßnahmen für den königlichen Besuch geschwächt und zugleich sichergestellt, dass er Sie als Informantin bei *Las noticias ilustradas* und im Haushalt der Camarasas nicht verliert. Sie waren es, die sich dann an Eduardo Andreu erinnert hat, oder vielleicht haben sich Ihre Wege auch bei Ihrer Arbeit in den ärmsten Vierteln der Stadt gekreuzt. Die Idee jedenfalls hatte in Ihren Köpfen bereits Gestalt angenommen. Señor Sanmartín legte Feuer in den Räumen der Zeitung, die er selbst unterwandert hatte, und begann eine Hetzkampagne gegen Ihren Vater. Mit Ihrer Hilfe sorgte er dafür, dass Andreu auf dem Fest bei *Las noticias ilustradas* erschien. Er hat Andreu ermordet, während Sie bei uns waren, sodass Sie ein Alibi hatten, das Sie vor jedem Verdacht bewahrt hat, als Andreus Mappe in Señor Camarasas Arbeitszimmer uns auf den Gedanken brachte, dass jemand innerhalb des Haushalts in die Sache verwickelt sein musste. Und dann habe ich selbstverständlich den Rest besorgt, indem ich Ihnen die Möglichkeit zu einem Königsmord aufgezeigt habe, der weitaus denkwürdiger wäre als alles, was

Sie schon vorbereitet hatten. Zu dem Zeitpunkt wussten Sie bereits, dass für den königlichen Besuch auch ein Hochamt in Santa María del Mar geplant war. Kein Wunder also, dass Sie sich bei mir zu Hause so für mein Projekt interessiert und sich mithilfe Ihres erstaunlichen Gedächtnisses die Säulen eingeprägt haben, die ich Ihnen an meiner Nachbildung gezeigt habe. Da Sempronio Camarasa aus dem Spiel war und die Sicherheitsvorkehrungen für den königlichen Besuch nunmehr in den unerfahrenen Händen von Señora Lavinia lagen, und da Ihr eigener Vater *Las noticias ilustradas* nun allein leitete und Sie sich ungehindert bewegen konnten, war das Schicksal des Königs besiegelt.« Gaudí unterbrach seinen Vortrag kurz. »Oder das wäre es jedenfalls gewesen, wenn Sie nicht gewagt hätten, mich um Hilfe zu bitten.«

Fiona nickte völlig ernst.

»Faszinierend«, sagte sie und fuhr sich mit den Händen durch die roten Haare. »Ich sehe, dass ich mich in dir nicht getäuscht habe, Antoni. Du bist zweifellos der erstaunlichste Mann, den ich in dieser Stadt kennengelernt habe.«

Gaudí trat einen Schritt vor und streckte Fiona beide Hände entgegen.

Sofort wich sie wieder zurück, und diesmal streifte ihr Rücken meine Brust. Da sank mein Kinn in ihre Haare, und meine Hände legten sich, beinahe ohne dass ich es wollte, erneut um ihre Taille.

Die Schreie, die von der Straße hereindrangen, wurden lauter und dringlicher, und nun gesellte sich auch ein eigenartiger Geruch dazu, der zugleich fremd und vertraut war und sich mit dem Duft von Fionas Haaren vermischte.

»Dann lassen Sie mich Ihnen helfen«, sagte Gaudí. »Lassen Sie uns Ihnen helfen.«

Fiona drehte sich halb herum, sodass ihr Gesicht dicht vor meinem war. Ihre grauen Augen, ihre helle Haut, ihre Wangenknochen, ihre Nase. Die vollen, rosigen Lippen. Der schöne Halbmond ihres Kinns.

»Gabriel«, sagte sie.

»Fiona.«

Da wurde die Wohnungstür aufgestoßen, und Víctor Sanmartín stand auf der Schwelle.

»Meine Herren, ich bedauere, diesen innigen Augenblick unterbrechen zu müssen«, sagte er und sah Gaudí und mich mit einem spöttischen Lächeln auf den dünnen Lippen an. »Die Dame und ich müssen gehen.«

Ich weiß noch, dass ich Gaudí ansah und dass Gaudí Fiona ansah und dass Fiona zuerst meinen Freund, dann Víctor Sanmartín und dann erneut meinen Freund ansah. Und ich weiß auch noch, dass um ihren Mund ein Lächeln spielte, wie ich es in den vier Jahren, die unsere Freundschaft nun bestand, noch nie an ihr gesehen hatte.

»Alle deine Deduktionen, mein Lieber, sind völlig richtig«, sagte sie, streckte die Hand aus und zupfte eine Strähne seines roten, gewellten und nach der schlimmen Nacht und den Wirrungen des Vormittags zerzausten Haars zurecht. »Aber alles, was du daraus folgerst, ist erstaunlich falsch.« Dann stellte sie sich auf die Zehenspitzen und gab meinem Freund einen Kuss auf die Wange. »Denk darüber nach.«

Der vertraute beißende Geruch, der durchs offene Fenster hereinzog, war – jetzt bestand daran kein Zweifel mehr – Rauch. Und der Schrei, der aus zahlreichen Kehlen auf der Straße ertönte, lautete eindeutig: »Feuer!«

Auch das Lächeln, das Víctor Sanmartíns Lippen krümmte, war eigenartig und angespannt.

»Fiona«, sagte ich, legte ihr die Hand auf die Schulter und spürte die marmorne Kälte, die von ihrer Haut ausging. »Du musst das nicht tun.«

Fiona drehte sich wieder zu mir um, stellte sich nochmals auf die Zehenspitzen und wiederholte, was sie schon bei Gaudí getan hatte: Sie strich mir mit den Fingerspitzen über die Haare und gab mir einen Kuss auf die Wange. Dann murmelte sie: »Wir sehen uns wieder.«

Daraufhin ging sie mit vornehmer Gelassenheit auf die Tür zu, in der Víctor Sanmartín stand und uns mit seinem lächelnden, femininen, von tiefschwarzen Locken eingerahmten Gesicht beobachtete.

Im Gürtel des jungen Mannes steckte, vermutlich als Warnung kaum vom Saum seiner kurzen Jacke verdeckt, eine Pistole, sehr ähnlich der, die ein Polizist an dem Abend, an dem unser Vater verhaftet worden war, auf Margarita gerichtet hatte.

In der rechten Hand hielt er einen zerknitterten Lumpen und in der linken einen länglichen, flachen Schlüssel von der Farbe nasser Erde.

»Caballeros«, sagte er, als Fiona an ihm vorbei durch die Tür schritt und schließlich unseren Blicken entschwand.

Dann ließ er den Lumpen fallen und verschwand ebenfalls.

Mittlerweile war die Luft, die von draußen in die Wohnung drang, von Asche und Angstschreien erfüllt und roch genauso wie die Luft auf der Rambla am Morgen des Brandes an der Ecke zur Calle de la Canuda, an dem Gaudí und ich uns zum ersten Mal getroffen hatten.

»Kreosot«, sagte Gaudí nachdem er den Lumpen aufgehoben und kurz daran gerochen hatte. Dann ging er zur Tür, die Sanmartín zu meiner Überraschung nicht abgeschlossen hatte.

So wenig Bedeutung maß er uns bei, dachte ich. So überzeugt war er von seiner eigenen Sicherheit. Oder so machtvoll war die Überzeugungskraft, die seine große Pistole ihm verlieh.

Als sich die Glocken des ersten Feuerwehrwagens in das aufgeregte Stimmengewirr mischten, traten Gaudí und ich bereits durch die Tür von Haus Nummer drei auf die Calle de Aviñón und machten uns daran, uns Gewissheit zu verschaffen, obwohl wir im Innersten bereits Bescheid wussten: Das Gebäude, das da von den Flammen verzehrt wurde, war kein anderes als das Stadtpalais der *Noticias ilustradas.*

»Ende der Geschichte?«, fragte ich beim Anblick all der vertrauten Gesichter, die erschrocken über die Fahrbahn der Calle de Fernando VII in Richtung der sicheren Rambla hasteten: Journalisten und Illustratoren, Chefredakteure und

Botenjungen, Drucker und Direktionssekretärinnen, alle in Hemdsärmeln und ohne Kopfbedeckung, alle auf der Flucht vor den Flammen, die das Gebäude einer Zeitung verzehrten, die bereits jetzt zur Vergangenheit Barcelonas gehörte.

Ich weiß noch genau, dass Gaudí, anstatt mir zu antworten, ein wenig Asche von seiner rechten Schulter blies und die Hände in die Taschen seines Gehrocks steckte, mit einer Miene, als liefe ihm ein kalter Schauder über den Rücken.

# Kapitel 47

$\mathcal{E}$s war bereits nach zehn Uhr abends, als ich meine Mutter und meine Schwester im Schutz ihrer Träume zurückließ und unserem Landhaus ein letztes Mal an diesem Tag den Rücken kehrte. Der feine eisige Regen, der den Nachmittag und Abend über pausenlos gefallen war, hatte unsere Calle Mayor mit einer schlüpfrigen Schicht aus Schlamm und Ruß, Laub, Tierkot und Industrieabfällen überzogen, auf der ich mehrfach auszugleiten drohte. Als Gaudí sich um sieben Uhr abends nach der etwas verlegenen Dankeszeremonie, welche die führenden Köpfe des Gremiums Operative Unterstützung für ihn abgehalten hatten, allein auf den Rückweg in die Stadt begab, hatten die Straßenlaternen im wabernden Dunst nur kleine Lichtkreise auf den Boden geworfen. Jetzt hatte der Nebel sich ein wenig gelichtet, doch die Sicht war noch immer so schlecht, dass ich eher das Gefühl hatte, blind auf dem Grund eines trüben Flusses zu schwimmen als zu gehen. An der Einmündung zur Avenida Diagonal, nur wenige Schritte vom Haus Ramón Aladréns entfernt, hielt ich schließlich die letzte Straßenbahn mit Ziel Las Atarazanas an und machte es mir auf einer der leeren Bänke bequem.

Um diese Uhrzeit herrschte auf dem Paseo de Gracia so wenig Verkehr, dass die Pferde gerade einmal zehn Minuten benötigten, um die erste Biegung auf der Plaza de Cataluña zu erreichen. Wir umrundeten den Platz gegen den Uhrzeigersinn, ließen den Canaletas-Brunnen hinter uns und fuhren in flottem Tempo die Rambla hinab Richtung Meer. Von dem

Getümmel, das in den zwei vorangegangenen Tagen auf dem Boulevard geherrscht hatte, war keine Spur mehr zu sehen: Jetzt bei Nacht war die Rambla wieder Zufluchtsort für die Vögel, die darauf warteten, dass die Sonne sie weckte. Auf dem Llano de las Comedias stieg ich aus und bog in die Calle del Hospital ein, wobei ich unweigerlich an die Nacht meines ersten Besuchs an dem Ort, zu dem ich jetzt unterwegs war, denken musste: an die Militärkapelle, die auf der Plaza Real ihre alten patriotischen Hymnen gespielt hatte, die Auseinandersetzung zwischen Monarchisten und Republikanern, den peinlichen Moment, als ich mich an der Mauer des Hospitals übergeben hatte. ›Wir haben alle Liebeskummer.‹ Die geschlossene Tür des Monte Táber. Die Alte und die jungen Mädchen, die seltsame Tänzerin und der geheimnisvolle Señor G.

Diesmal öffnete mir niemand die Tür des Theaters. Ich klopfte mit dem Schlangenkopf an und wartete vergeblich. Nach ein, zwei Minuten versuchte ich es erneut, mit demselben Ergebnis. In dieser Nacht herrschte in der Calle del Hospital eine so tiefe Stille, dass man die Pfoten der Straßenkatzen über das feuchte Pflaster tappen hören konnte. Heute würde es im Monte Táber offenbar keine Vorführung geben. Heute würde es weder sich wiegende nackte Glieder noch kräftigende Kräuter geben. Kein altes Ritual für das neue Barcelona. Dies war nicht der Ort, an den Gaudí sich geflüchtet hatte, um seine Wunden zu lecken.

Als ich wieder auf der Rambla war, traten zwei Mädchen mit obszönen Angeboten an mich heran. Das Ende des königlichen Besuchs hatte die Straßen Barcelonas wieder seinen wahren Besitzern zurückgegeben, dachte ich, während ich mich von den beiden bedauernswerten Geschöpfen entfernte und einer Gruppe Bettler auswich, die vor dem Eingang des Liceo schliefen. Die Girlanden und Lampions, die noch in den Bäumen auf der Promenade in der Mitte der Rambla hingen, erschienen mir so fehl am Platze, waren in meiner Erinnerung bereits in so weite Ferne gerückt, waren so bedeutungslos geworden wie der durchdringende Brandgeruch, der noch immer in der Luft hing. Fahnen an den Balkonen, Plakate an den Fassaden, feuchte Blumensträuße an den Fenstern aller Gebäude der Rambla: auch sie nur Spuren eines seltsamen Traums, von dem am nächsten Morgen wenig oder nichts geblieben sein würde.

Bei Las Atarazanas angekommen, umrundete ich den Komplex von Kasernen und Arsenalen und ließ das Kommissariat der Kriminalpolizei hinter mir. Die erleuchteten Fenster ließen mich an Abelardo Labella denken und an meinen Vater, der noch immer in seiner Zelle im Amalia-Gefängnis eingesperrt war, aber, so Gott und der König wollten, sehr bald frei sein würde.

Links und rechts des Portal de Santa Madrona standen zwei Soldaten lustlos Wache. Ich hob die Hand an den Hut und wünschte ihnen im Vorbeigehen eine gute Nacht; nur einer der beiden antwortete mir. Auch im Hafen war, wie ich gleich darauf feststellte, das geschehen, was ich zehn Minuten zuvor schon auf der Rambla hatte beobachten können: Die ehrbaren Bürger, die um Punkt zwei Uhr nachmittags bei der Verabschiedung der königlichen Fregatte noch die Kais verstopft hatten, waren verschwunden und hatten den Hafen wieder seinen wahren Besitzern überlassen, den Arbeitern mit schwieligen Händen, Dieben niederster Sorte und Verbrechern mit Blut an den Händen, die mich, als ich jetzt durch ihr Revier ging, belauerten wie Raubtiere eine Beute.

Als ich schließlich Oriol Comellas Werkstatt erreichte, hatte es erneut zu regnen begonnen. Die Tür war nur angelehnt, und aus dem Inneren schien ein schwaches orangefarbenes Licht. Kurz befürchtete ich einen neuerlichen Brand, und mir stockte das Herz. Doch dann betrat ich den Hauptraum des Lagerhauses und erblickte die Kohlenbecken, die rund um das gewaltige Stadtmodell des Alten glühten, die vielen Kerzen, die er aufgestellt hatte, und den Glanz, der von den Gebäuden aus Kupfer, Stein und Glas ausging, aus denen diese außergewöhnliche imaginäre Stadt bestand, die sich nun wieder vor meinen Augen ausdehnte.

Ich weiß noch, dass der Regen durch die zahlreichen Ritzen im Dach des Lagerhauses drang und langsam auf Comellas Stadt tropfte. Ich weiß noch, dass der Alte neben einem der Kohlenbecken kniete und ein großes, oval geformtes Stück Kupfer darüber hielt. Ich weiß noch, dass Gaudí neben ihm kniete.

Wie lange ich dort am Rand dieses ganz privaten Barcelona gestanden haben mochte, das die beiden Männer seit Jahren im Schutz des baufälligen Lagerhauses erbauten, und still meinen Freund beobachtete, weiß ich hingegen nicht mehr. Seine gewandten, weißen Hände. Sein gebeugter Hals. Sein Blick, der sich an einem anderen Ort verlor. »Es gibt nichts, wofür Sie mir danken müssten«, hatte Gaudí am Ende der Zeremonie gemurmelt, welche das Gremium Operative Unterstützung am Nachmittag im großen Salon unseres Hauses in Gracia für ihn abgehalten hatte.

Zehn Minuten vergingen oder fünfzig oder vielleicht waren es auch zwei Stunden, und nichts geschah. Die beiden Männer arbeiteten weiterhin an einem winzigen Detail ihres Projekts, und ich stand still im Schatten und beobachtete sie dabei. Irgendwann, als der Regen nicht mehr auf die Dächer von Oriol Comellas Stadt aus Kupfer und Stein tropfte und der Rauch der Kohlenbecken sich wie ein dunkler Nebel allmählich um uns zusammenzog, irgendwann glaubte ich schließlich, die Bedeutung des Anblicks, den ich da vor mir hatte, zu verstehen.

Da wandte ich mich ab, ging durch die Tür des Lagerhauses und machte mich allein auf den Weg zurück nach Gracia.

In dieser Nacht träumte ich, es sei nichts geschehen. Ich sei niemals nach Barcelona zurückgekehrt. Ich lebte nach wie vor in London mit meinen Eltern und meiner Schwester und mit Fiona, und meine Zukunft liege noch offen vor mir. Ich hätte Gaudí niemals kennengelernt. Alles sei nur eine seltsame Wahnvorstellung gewesen, ein eigenartiges Hirngespinst, eine aus Fragmenten verschiedener Bücher zusammengesetzte Geschichte. Die roten Vorhänge im Monte Táber, die stinkenden Hafenanlagen, das brennende Palais in der Calle de Fernando VII: Szenen aus einem Schauermärchen, in dem sich alles Grauen mit den letzten, befreienden Worten auflöst. Das war es, was ich in dieser Nacht träumte: dass nichts Irreparables geschehen sei. Dass ich nur bis drei zählen müsse wie bei einem Spiel auf dem Schulhof, und dann würde unser Leben wie gewohnt weitergehen.

Am folgenden Morgen weckten mich drei leichte Schläge an meiner Schlafzimmertür. Gleich darauf sagte jemand halblaut meinen Namen, was mir in Erinnerung rief, dass sehr wohl etwas geschehen war.

»Gabriel.«

Mein Traum wirkte noch nach, und vermischte sich mit dem Anblick der weiblichen Gestalt, die an der Tür stand und mich beobachtete. Ich glaubte, nackte Knöchel, eine schlanke Taille, eine üppige Wolke roter Haare zu sehen und es dauerte einige Sekunden, bis ich die vertrauten Züge von Mama Lavinia erkannte.

»Mama«, murmelte ich und drehte mich im Bett um, woraufhin mir ein einzelner Lichtstrahl in die Augen fiel, der durch die Ritzen in den Fensterläden schien. »Wie spät ist es?«

Anstelle einer Antwort sprach meine Mutter drei Sätze, die mich sogleich munter machten.

»Die Polizei ist hier. Sie wollen, dass du sie zum Kommissariat in Las Atarazanas begleitest. Lass sie nicht warten.«

Fünf Minuten später war ich gewaschen und angekleidet, ging hinunter in den Salon und traf dort auf meine Mutter und meine Schwester in Gesellschaft von Agente Catalán. Ohne Inspector Labella neben sich wirkte der junge Polizist jetzt auf mich wie das, was er immer gewesen war: ein kräftiger, bartloser Bursche, kaum älter als ich, der seine Uniform und die Pistole an seinem Gürtel mit so wenig Überzeugung trug, als wäre er ein Schauspieler in einem Kostüm. Kaum erblickte er mich auf der Treppe, schlug er die Hacken zusammen und nickte mir knapp zu.

»Verzeihen Sie die Störung, Señor Camarasa«, begrüßte er mich in einem Ton, der etwas von der für seinen Vorgesetzten typischen schmeichlerischen Art hatte. »Inspector Labella wünscht Ihre Anwesenheit auf dem Kommissariat. Sie müssen uns bei einer Identifizierung helfen.«

»Sie haben eine Leiche gefunden«, mischte Margarita sich ein, packte meinen Arm und sah mich so bleich, so ernst, so furchtbar erwachsen an wie am gestrigen Nachmittag, als Gaudí und ich ihr und meiner Mutter von den außergewöhnlichen Ereignissen berichtet hatten, die im Brand bei *Las noticias ilustradas* gegipfelt hatten. »Heute Nacht. In der Zitadelle. Und sie wollen, dass du sie identifizierst.«

Mehr brauchte Margarita nicht zu sagen, um mir begreiflich zu machen, warum sie so bleich war.

Ich wandte mich an Agente Catalán und fragte ihn so gefasst wie möglich: »Warum ich?«

»Inspector Labella hat darum gebeten.«

Ich schüttelte den Kopf. Dies war nicht die Antwort, die mich interessierte.

»Ist es die Leiche eines Mannes?«

»Ich bin nicht befugt, darüber zu sprechen.« Der Polizist reckte das Kinn noch ein wenig höher. »Ich bedauere. Inspector Labella wird Ihnen alles erklären, sobald wir auf dem Kommissariat sind.«

Ich gab Margarita einen Kuss auf die Stirn, löste sanft meinen Arm aus ihrem Griff und sah meine Mutter an.

»Ich gebe euch so bald wie möglich Bescheid, was geschehen ist«, sagte ich und ging hinaus in den Korridor. »Macht euch keine Sorgen.«

Ich glaube nicht, dass mir je eine Fahrt so endlos erschienen ist wie die mit Agente Catalán an diesem Morgen nach Las Atarazanas. Die knappe halbe Stunde, welche die Polizeikutsche für die Strecke von Gracia bis zur Muralla del Mar benötigte, erschien mir genauso lang wie die Rückreise nach Barcelona im Zug und die vielen Hundert Kilometer, die den Hafen in Calais vom Pass über die Pyrenäen trennten. Als die Kutsche schließlich vor dem Kommissariat hielt, hatte mein Verstand mehr als genug Zeit gehabt, um die verschiedenen möglichen Bedeutungen meines Besuchs hier durchzuspielen. Abelardo Labella, der Mann, der meinen Vater ins Amalia-Gefängnis gesperrt und sich alle erdenkliche Mühe gegeben hatte, ihn aufs Schafott zu bringen, verlangte nun meine Anwesenheit auf seinem Kommissariat, um eine Leiche zu identifizieren, die man heute Nacht in der Zitadelle gefunden hatte, an einem Ort also, der nur von Straftätern, Damen des horizontalen Gewerbes und, leider, auch von Männern aufgesucht wurde, die Belladonnawurzeln zwischen den Ruinen der alten Festung suchten. Am Ende musste ich mir eingestehen: Sosehr ich es auch bedauerte, fand ich doch keine harmlose Erklärung für Margaritas bleiches Gesicht, Mama Lavinias düsteren Ernst beim Abschied und die letzten Worte meiner Schwester, die Agente Catalán und mir zum Gartentor gefolgt war: »Es ist Toni, nicht wahr? Er hat ihre Pläne durchkreuzt, und jetzt haben sie sich gerächt.«

Noch immer hing am unteren Ende der Rambla der Geruch des Brandes in der Calle Fernando VII in der Luft, vermischt mit dem Geruch nach Salz und Fisch und dem Gestank aus den zahllosen Fabriken, die auf der anderen Seite der Muralla del Mar lagen. In gewisser Weise war ich erleichtert, das übliche Getümmel der Wagen und Straßenhändler hinter mir lassen zu können und das Kommissariat zu betreten, wo es wie immer nur nach einem roch: menschlicher Verzweiflung.

Agente Catalán und ich liefen durch viele enge und düstere Gänge und betraten schließlich einen knapp fünf Quadratmeter großen Raum, wahrscheinlich eine ehemalige Zelle, in der sich lediglich ein Stuhl und ein hölzernes Schreibpult befanden.

»Der Inspector wird Sie gleich abholen.«

Dann war ich allein. Ich nahm am Schreibpult Platz, und meine Gedanken wanderten zu dem Anblick, der sich mir am Abend zuvor in Comellas Lagerhaus geboten hatte. Die Miene, mit der Gaudí an diesem beeindruckenden Modell aus Kupfer und Stein gearbeitet hatte. Sein gebeugter Nacken, sichtbarer Ausdruck seiner Niederlage.

»Señor Camarasa«, hörte ich kurz darauf den rundlichen, zwergenhaften Inspector Labella sagen, als er den Raum betrat. »Vielen Dank, dass Sie gekommen sind.«

Ich stand auf, schüttelte die Hand, die er mir reichte, und folgte ihm schweigend durch weitere endlose Korridore. Wir gingen eine Treppe hinab, ließen das Doppelportal zu den Kerkern hinter uns, durchquerten mehrere Gänge, die von finster blickenden Polizisten mit gelblicher Haut bewacht wurden, und erreichten schließlich den Eingang zum Leichenschauhaus, eine geschlossene Tür, deren Knauf Inspector Labella mit gekünstelter Feierlichkeit drehte.

»Es wird nicht angenehm für Sie sein, Señor Camarasa«, sagte er. »Aber Sie und Ihr Freund sind die Einzigen, die uns helfen können.«

Ehe ich die Bedeutung des letzten Satzes vollständig erfassen konnte, schwang die Tür auf, und eine feuchte Kälte strömte mir entgegen, bei der ich sofort am ganzen Körper eine Gänsehaut bekam. Ich gab mir einen Ruck und trat ein. Zwei Männer beugten sich über einen der Tische, die an drei der vier Wände standen. Über beinahe alle Tische waren schmutzige weiße Laken gebreitet, unter denen sich Leichen abzeichneten. Die Leiche, welche die beiden Männer betrachteten, war allerdings nicht abgedeckt. Halbstiefel aus schwarzem Leder, der Saum eines hellen Taftkleides, ein am reglosen Körper anliegender nackter Arm. Weitere Details dieses femininen Körpers, über den die beiden Männer sich beugten, konnte ich von der Tür aus nicht sehen; doch die mir wohlbekannten Stiefel und das Kleid, das ich gestern noch berührt hatte, ließen keinerlei Zweifel daran zu, wer dort tot auf dem Tisch lag.

Einer der beiden Männer, die Fionas sterbliche Überreste betrachteten, war Agente Catalán.

Der andere war Antoni Gaudí.

»Mein lieber Freund«, sagte ich und trat zu ihm, während die verschiedensten Gefühle in mir kämpften. »Lieber Gaudí.«

Gaudí drehte sich zu mir um, und sein Blick war so eigenartig, wie meine Gefühle. Vielleicht hatte auch er mich auf seinem Weg nach Las Atarazanas für tot gehalten, dachte ich. Vielleicht schämte auch er sich, weil seine erste Reaktion Erleichterung gewesen war, als er festgestellt hatte, dass nicht ich, sondern Fiona auf diesem Tisch lag.

»Sehen Sie sich das an, Camarasa«, sagte er jedoch bloß, während er vom Tisch zurücktrat und dabei meine zögerlichen Anstalten, ihn zu umarmen, ignorierte.

Also ließ ich die halb erhobenen Arme wieder sinken und wandte mich Fionas Leiche zu – ihren Lederstiefeln, ihrem Taftkleid, ihrer englisch blassen Haut –, und mir krampfte sich der Magen zusammen.

Die Leiche auf dem Tisch war nicht Fiona.

Es war Víctor Sanmartín.

»Sie müssen die Leiche nur identifizieren, Señor Camarasa«, sagte Inspector Labella hinter mir, und seine Stimme drang durch das Vakuum, das mich umgab, kaum zu mir durch. »Señor Gaudí hat es bereits getan, aber wir brauchen eine zweite Identifizierung, die seine bestätigt, um die Todesurkunde ausstellen zu können.«

Ich sah zuerst Gaudí an, dann Labella, dann Agente Catalán und schließlich erneut das, was von Víctor Sanmartín geblieben war: eine Leiche mit offenen Augen und aufgeschlitzter Kehle. Eine Leiche mit rot geschminkten Lippen. Eine Leiche in der Kleidung einer Frau.

Gaudí und ich waren nicht die einzigen Männer, die Fiona bei diesem Abenteuer benutzt hatte.

»Víctor Sanmartín«, bestätigte ich. Víctor Sanmartín in der Kleidung, die Gaudí und ich zuletzt an Fiona Begg gesehen hatten.

Inspector Labella nickte mit zufriedener Miene. Sein von den Pockennarben verunstaltetes Gesicht schien eine befremdlich gesunde Färbung anzunehmen, während er sich links neben mich stellte und die Leiche des Journalisten oder Anarchisten oder was Víctor Sanmartín in Wahrheit gewesen sein mochte, nochmals betrachtete. Vielleicht war dies der passende Ort für Abelardo Labella, dachte ich zerstreut. Vielleicht war eine Tätigkeit im Leichenschauhaus das Beste, was dieser Mann von der neuen monarchistischen Verwaltung erwarten konnte.

»Señorita Begg hat bei der Flucht aus Barcelona die Kleidung mit ihm getauscht«, sagte er und strich mit der Spitze des Zeigefingers über das schöne Gewebe von Fionas Kleid. »Nachdem sie ihm in einem Gestrüpp in der Zitadelle die Kehle durchgeschnitten hatte.« Der Zeigefinger des Inspectors wanderte hinauf bis zum tiefen Ausschnitt des Kleides und zog ihn herab, sodass eine kleine tiefschwarze Tätowierung auf Sanmartíns nackter Brust sichtbar wurde. »Sagt Ihnen das auch nichts?«

Ich sah Gaudí an und stellte fest, dass er meinem Blick auswich. Hierin war ich auf mich allein gestellt, begriff ich. Die Entscheidung lag bei mir. Also warf ich einen weiteren Blick auf die Tätowierung und zählte bis fünf, ehe ich die offensichtliche Antwort gab.

»Ein Drache.«

»Ein Drache«, bestätigte Inspector Labella. »Das wissen wir bereits. Ein Drache mit einem Buchstaben darin. Irgendeine Idee?«

Ich zuckte die Achseln, nonchalant, wie ich hoffte, während es in meinem Kopf wie wild zu arbeiten begann.

»Eine einfache Tätowierung mit einem orientalischen Motiv«, erwiderte ich. »Sicher wird es Ihnen dabei helfen, in Erfahrung zu bringen, wer Víctor Sanmartín in Wirklichkeit war.«

Inspector Labella schüttelte bedächtig den Kopf.

»Das ist keine Tätowierung«, erklärte er. »Es ist eine

Zeichnung. Eine Tintenzeichnung Ihrer Freundin Señorita Begg auf der Haut des Toten. Letzteres ist selbstverständlich nur eine Mutmaßung; aber ich glaube, es ist eine überaus naheliegende Mutmaßung.« Er schnalzte laut mit der Zunge und wandte sein Schnüfflergesicht wieder mir zu. »Vielleicht eine Botschaft an einen von Ihnen?«

Ich beugte mich noch mal über den Tisch und betrachtete Fionas Zeichnung auf der Haut des jungen Mannes, von dem ich bis vor wenigen Minuten noch gedacht hatte, er sei mit Fiona zusammen auf der Flucht in ein neues Leben an irgendeinem abgelegenen Ort des Planeten.

Ein majestätischer Drache, in vollem Flug und in allem mit den Drachen auf den Leinwänden identisch, die Fiona in ihrem Atelier im ehemaligen Bauernhaus zurückgelassen hatte. Ein mit unverwechselbarem Federstrich gezeichneter Drache mit einem einzigen Buchstaben im Bauch: einem großen G in ebenfalls unverwechselbarer Handschrift.

Ein vergänglicher Drache aus Tinte auf totem Fleisch, der sich ebenso in nichts auflösen würde wie die Träume, die Fiona im Herzen des wahren Adressaten dieser schäbigen letzten Botschaft, erweckt und dann wieder zerstört hatte.

»Falls das eine Botschaft an mich sein soll, muss ich Ihnen leider sagen, dass ich sie nicht deuten kann«, versicherte ich Labella, was keine Lüge war. »Gaudí?«

Als mein Freund mich seinen Namen sagen hörte, hob er den Blick von Víctor Sanmartíns gedemütigter Leiche und sah mich endlich doch an. Der Ausdruck in seinen großen blauen Augen erschien mir unergründlicher denn je.

»Ich habe es dem Inspector schon gesagt«, sagte er. »Weder Señorita Begg noch ihr Vater haben mir irgendeine Botschaft zu übermitteln.«

Abelardo Labella ließ den Ausschnitt von Fionas Kleid los, und der Drache verschwand wieder unter dem cremefarbenen Taft.

»In diesem Fall will ich Sie nicht länger aufhalten. Danke für Ihre Hilfe, Caballeros. Und hoffentlich ist Ihr Vater bald wieder frei, Señor Camarasa«, fügte er noch hinzu und reichte zuerst Gaudí und dann mir die Hand. »Ich versichere Ihnen, dass ich Ihrer Familie trotz allem, was im Lauf der letzten drei Monate geschehen ist, niemals etwas anderes als das Beste gewünscht habe.«

Ich drückte Inspector Labella fest die Hand und lächelte so eisig, wie mir in diesem Augenblick zumute war.

»Daran habe ich niemals gezweifelt, Inspector«, versicherte ich ihm. »Und ich bezweifle auch nicht, dass meine Familie sich für Ihr Wohlwollen gebührend erkenntlich zu zeigen weiß.«

Das war alles.

Als wir uns fünf Minuten später wieder auf der Straße befanden, den Komplex von Las Atarazanas hinter uns ließen und Richtung Paseo de la Muralla gingen, nahm ich Gaudí beim Arm und wartete, bis er als Erster das Wort ergriff.

»In gewisser Weise scheint es angemessen, dass Señorita Fiona Barcelona als junger Mann verkleidet verlässt«, sagte er, wie ich mich erinnere, nach einer ganzen Weile, während sein Blick sich in dem Wald aus kahlen Schiffsmasten zu unserer Rechten verlor. »Hier in dieser Stadt ist schließlich kein einziger Tag vergangen, an dem sie sich nicht auf die eine oder andere Weise verkleidet hätte.«

Ich stellte Gaudí die eine Frage, die mich beschäftigte, seit Inspector Labella vor meinen Augen Víctor Sanmartíns Brust freigelegt hatte: »Bedeutet dieser Drache nun, dass wir Fiona wiedersehen werden?«

Gaudí antwortete nicht. Er hob die Hand an den Kopf, der von keinem Hut bedeckt wurde, und zupfte eine rote Locke auf seiner Stirn zurecht, die der Nordwind gerade zerzaust hatte.

# Danksagung

Ohne das Vertrauen und die Arbeit zahlreicher Menschen wäre *Die Sieben Türen* niemals der Roman geworden, der er jetzt ist. Zunächst möchte ich mich bei Marcela Serras und José López Jara bedanken, die von Anfang an an dieses Abenteuer geglaubt und mich darin mit unermüdlicher Begeisterung begleitet haben. Mein Dank gilt auch Lola Gulias, Adolfo García Ortega, Belén López, Raquel Gisbert, Laura Franch, Meritxell Retamero, Daniel Cladera und dem übrigen Team beim Verlag Editorial Planeta, deren hervorragende Arbeit diesem Buch ungeahnte Möglichkeiten erschlossen hat. Ebenso zu Dank verpflichtet bin ich Puri Plaza und Natalia Mosquera, ohne deren kompromisslosen Glauben an meinen vorigen Roman *El gran retorno* es *Die Sieben Türen* heute nicht geben würde. Weiterhin danke ich Paco Solé Parellada, dem Eigentümer des Restaurants *Las Siete Puertas*, der diese Geschichte großzügigerweise las und beschloss, sich mit bewundernswertem Eifer darin einzubringen.

DANIEL SÁNCHEZ PARDOS
Barcelona, im Juni 2015

# Die stolze Spanierin im Gaudí-Gewand.

Merten Worthmann

**Gebrauchsanwei-
sung für Barcelona**

Piper Taschenbuch, 160 Seiten
€ 12,99 [D], € 13,40 [A]*
ISBN 978-3-492-27546-0

*Es lebe der Unterschied*

Nein, ihr Wahrzeichen ist nicht der Stier, und hierher kommt man besser nicht, um Spanisch zu lernen oder Paella zu essen – Barcelona, Kataloniens Hauptstadt zwischen Meer und Berg, ist viel mehr: die Heimat Gaudís zum Beispiel und seiner genialen Bauten. Die Heimat angesagter junger Designer, historischer Flaniermeilen und legendärer Anarchisten. Heimat der Multikultur und des Modernisme – und des verrücktesten Kochs der Welt samt seinem dekonstruierten Tomatenbrot.

Leseproben, E-Books und mehr unter www.piper.de